Die Tagebücher der Anaïs Nin 1955-1966

Herausgegeben
von Gunther Stuhlmann

Aus dem Amerikanischen
übertragen von Manfred Ohl
und Hans Sartorius

Nymphenburger Verlagshandlung

Titel der Originalausgabe: The Diary of Anaïs Nin 1955–1966

Satz und Druck: Presse-Druck Augsburg
Bindung: Klotz, Augsburg
Printed in Germany
ISBN 3-485-00371-9

Dieser Band ist den Ärzten
Raymond Weston, Maclyn Wade,
Leon Morgenstern und Edward Stadler
gewidmet, die im Januar 1975 mein
Leben retteten.
Und Schwester Mary Maxwell, die mir
ihren Mut und ihre Energie gab.

Vorwort

Im Sommer 1965, als die Pläne für die Veröffentlichung ihrer Tagebücher konkrete Formen annahmen, hatte Anaïs Nin einen Traum, der ihre ambivalenten Gefühle symbolisierte, ihr gewaltiges Werk der Welt schließlich doch zu enthüllen. Im Traum öffnete sie die Tür ihres Hauses und wurde von einem grellen Blitz getroffen – von »todbringenden Strahlen«, wie sie schreibt. Wenn sie den schützenden Bereich des Tagebuchs verließ, der ein Leben lang ihre wahre Heimat gewesen war, setzte sie sich vielen drohenden Gefahren aus.

Anaïs Nins Tagebücher entstanden von Anfang an in Abgeschiedenheit und Verborgenheit und konnten nur wachsen und sich entfalten, weil sie vor neugierigen Augen und dem Urteil Außenstehender geschützt wurden. Der *cri de cœur* des Kindes, ein offener Brief an den verlorenen Vater gab den Anlaß, ein Tagebuch zu führen, das sich im Laufe der Zeit zur Opiumpfeife einer jungen Frau entwickelte, und sie schrieb ihre Gedanken im Bann dieser selbstgeschaffenen Welt nieder. Nur diese wohltuende Abgeschiedenheit vermochte die unzensierte Spontaneität zu garantieren, aus der sie den Antrieb, die elementare Kraft zu diesem ununterbrochenen Dialog mit einem werdenden Ich zog. Unmittelbar nach ihrer ersten Eheschließung in den Zwanziger Jahren begann Anaïs Nin, den wachsenden Stapel dünner, handgeschriebener Bände geheimzuhalten, und seit dieser Zeit blieben sie fast ohne Ausnahme im Verborgenen.

Manchmal hatte Anaïs Nin als großen Beweis ihrer Zuneigung wenigen Freunden, denen sie vertraute, Teile ihrer

Tagebücher gezeigt – manchmal vielleicht auch, um ein Echo auf ihr einsames Wirken zu erhalten. In Frankreich hatte sie in den dreißiger Jahren June und Henry Miller, den Psychoanalytiker Dr. Otto Rank und den jungen Lawrence Durrell Auszüge lesen lassen. Sie schenkte einigen der ›Kinder des Albatros‹ in den vierziger Jahren in New York dasselbe Vertrauen. Zweifellos hatten diese Einblicke anderer in mündlichen und schriftlichen Äußerungen zum wachsenden Ruf und dem beinahe schon legendären Rang ihrer Tagebücher beigetragen. Begeisterte Freunde, finanzielle Sorgen, Verärgerung und die Enttäuschung darüber, als Schriftstellerin unbeachtet zu bleiben, hatten Anaïs Nin immer wieder dazu getrieben, die Veröffentlichung der Tagebücher in Betracht zu ziehen. Mit einigem Widerstreben hatte sie sogar Bearbeitungen für potentielle Verleger vorbereitet. Aber diese bruchstückhaften Enthüllungen, das Erbrechen der Siegel waren immer nur von kurzer Dauer und beruhten auf Vertrauen und Freundschaft.

Anaïs Nin sah ihre Tagebücher in erster Linie als ›ein Werk der Liebe‹, wie sie es selbst nannte. Und so umgab sie die Bände mit der schützenden Fürsorge, die zur Liebe gehört. Dies war nur zu verständlich, solange die Tagebücher die Stellung eines Vertrauten, eines treuen Freundes einnahmen, der Insel der Zuflucht in einer feindlichen, verletzenden und gleichgültigen Welt. Aber auch dann noch, als sich ihre Funktion wandelte und erweiterte, als sie zu einem bewußter gehandhabten Werkzeug wurden, zu einem Laboratorium, zum Instrument ihrer eigenen Schöpfung und zum Zauberstab gegen Vergeßlichkeit und Vergänglichkeit, behandelte sie die Tagebücher als ein persönliches Dokument. Dieses Werk der Öffentlichkeit zugänglich zu machen, es den neugierig forschenden Blicken aller preiszugeben, brachte offensichtlich – sowohl für die Tagebücher als auch für ihre Autorin – tödliche Gefahren mit sich. Der Traum schien mit Nachdruck davon zu sprechen. Der enthüllende Blitzstrahl konnte leicht das zarte Gewebe der Beziehungen zu allen, die das Labyrinth dieser Tagebücher festhielt, für immer verbrennen. Er konnte allen schmerzliche Wunden zufügen, die ihr nahestanden, deren Leben so eng mit dem ihren verbunden waren, deren ›Porträts‹ aber, wie sie glaubte, nicht wirklich ihr allein gehörten. Er konnte die verletzen, die ihr in Augenblicken größten Vertrauens und im Beichtstuhl psychoanalytischer Konsultation ihre geheimsten Gedanken anvertraut hatten. Darüber hinaus bedeutete die Preisgabe ungefilterter Gedanken, Reaktionen und Wertungen, die sie dem Papier anvertraut hatte, ohne dabei an eine spätere Enthüllung zu denken, ohne den Schutz künstlerischer Umgestaltung, die Schleier fallenzulassen, hinter denen sich eine unsichere Frau verbarg. Eine Veröffentlichung der Tagebücher lieferte sie der ›Gehässigkeit der Welt‹ aus. Vielleicht, und das schien die größte Bedrohung zu sein, bedeutete das Entsiegeln ihres Werkes, der letzten Zuflucht ihres Selbstbewußtseins, das Bollwerk ihres Rangs als Schriftstellerin und Künstlerin leichtfertig aufs Spiel zu setzen. Würden die Tagebücher, über die man sich soviel erzählte, würde das verborgene Werk, das Anaïs Nin im Verlauf ihres Lebens so liebevoll und sorgsam aufgebaut hatte, im kalten Licht derselben Kritik, die sie in der Vergangenheit ignoriert, mißverstanden oder ihre kunstvollen Werke, die zum Teil selbstverlegten Romane und Erzählungen, gleichgültig beiseite gelegt hatte, unter der Ignoranz und Feindseligkeit zerfallen?

Obwohl Anaïs Nin unerschütterlich an den Wert der Tagebücher glaubte, wuchsen in ihr, aufgeschreckt durch den Traum, Besorgnis und Furcht. In New York suchte sie Rat bei ihrer Analytikerin Dr. Inge Bogner. Vielleicht wäre es besser, die Tagebücher nie zu veröffentlichen? Jahrelang hatte man sie gedrängt und ihr geraten aufzugeben, was sie selbst manchmal als ihre ›neurotische‹ und ›narzistische‹ Beschäftigung ansah. Mehr als einmal hing das Schicksal der Tagebücher, ihre Existenz und ihre Weiterführung am seidenen Faden. 1955 hatte sie sich wieder einmal entschlossen, die Tagebücher zu verbrennen, da ›Schuld und Sorge‹ über den Inhalt und die Wirkung, die sie auf andere haben mochten, sie quälten. Aber wie so häufig in der Vergangenheit wurden die Tagebücher weder verbrannt, noch hörte sie auf, weiter an ihnen zu schreiben.

Zehn Jahre später zögerte Anaïs Nin noch immer; noch immer machte sie sich Sorgen über die Folgen der Enthüllung: »Wie kann man die Wahrheit sagen, ohne dem Leben anderer zu schaden? Wie definiert man Schaden, wenn er bei jedem Menschen, in jeder Situation und in jedem Zeitabschnitt ein neues Gesicht trägt?« Aber sie gelangt zu einem unumstößlichen Entschluß: »Ich muß es wagen, und das nicht mit einem Kunstwerk, das von meinem Ich getrennt ist, sondern mit dem Einsatz meines ganzen Ichs, meines Körpers, meiner Stimme und meiner Gedanken.«

Zwar deutete der grelle Blitz im Traum Gefahr an, aber offenbar symbolisierte er auch die Freisetzung eines unermeßlichen Reservoirs aufgestauter Energie, eine machtvolle, befreiende Explosion. Die Notizbücher der Jugend waren bis 1965 zu einem gewaltigen Werk geworden, das Anaïs Nin im Verlauf eines halben Jahrhunderts geschrieben hatte. Sie wanderten von Louveciennes nach Greenwich Village, lagerten in Kisten in San Francisco und Los Angeles, gingen während der Wirren des Zweiten Weltkriegs beinahe verloren und füllen jetzt zwei Aktenschränke mit je fünf Schubfächern im Gewölbe einer Bank in Brooklyn. Die Anhäufung von Material mit drückenden Geheimnissen, das emotionale Gewicht seines Inhalts und die uneinschätzbare Bedeutung der Tagebücher auf die Gestaltung und das Werden von Anaïs Nins Leben übte inzwischen einen wachsenden Druck auf sie aus.

Sie betrachtete diese Tagebücher als ihr wahres Lebenswerk, als ihr ›natürlichstes, aufrichtigstes‹ Schreiben. Die Welt kannte bisher nur wenige Proben dieser grandiosen Materialsammlung, die fragmentarisch in ihren veröffentlichten Romane und Erzählungen künstlerisch gestaltet worden waren. Der Schlüssel zu ihrer Prosa (und zu ihrem Standort als Künstlerin) liegt in dieser fundamentalen Quelle, den Tagebüchern verborgen.

Hier gesteht Anaïs Nin, daß sie seit ihrer Kindheit von der Furcht beherrscht wird, »etwas zu erfinden oder etwas zu erdenken«. Sie fürchtet, daß das ›imaginative Werk einer Loslösung vom menschlichen Leben gleichkommt‹. Eine Figur zu erfinden und zu gestalten, eine ›gute‹ Geschichte zu erzählen, eine künstlerische Botschaft zu übermitteln, sich an eine ausgewogene Struktur zu halten – wie es die Kritiker ihrer Prosa so häufig forderten –, ist für sie ein Anathema. Es hieße, einer Sache einen Plan, ein Konzept oder eine festgelegte Ordnung aufzuzwingen, die, für sie, einem ständigen Wandel unterliegt, und die ihre Lebendigkeit nur dadurch behält, daß sie in ihren Perspektiven unbegrenzt bleibt.

Der Herzschlag, der Antrieb der Tagebücher, der sich jeder Beeinflussung entzieht, war das ununterbrochene Fließen, das tägliche Abenteuer des Lebens, das Anaïs Nin spontan aufzeichnete. Solange Menschen lebten, sich im Licht der Aufmerksamkeit, das sie begleitete, veränderten und verwandelten, lagen in ihnen die Möglichkeiten des Wachstums, und über sie ließ sich nichts Endgültiges sagen. Wenn sie stagnierten, wenn die Vorstellungskraft der Schriftstellerin sie voll erfaßt hatte, wenn sie einbalsamiert in einer statischen Dimension verharrten und aufgehört hatten, sich zu entwickeln, hieß das, sie zogen sich vom Leben zurück und verschwanden aus dem Tagebuch. In ihren Aufzeichnungen konnte Anaïs Nin das nächste Ereignis, die nachfolgende Entwicklung nicht voraussehen, sie konnte sich nur offenhalten für alles, was geschah. Vorausplanen, eine logische Ordnung festsetzen, die Zukunft planen – und nichts anderes heißt erfinden und erdenken –, war für sie unmöglich. Sie konnte nur beobachten, analysieren, auf die geheimen Signale des Ichs hören, sich in ›den

Traum‹ und seine poetischen Schöpfungen einstimmen, die die bewußten Anstrengungen des Geistes transzendieren. »Ich bin eine Forscherin«, schrieb Anaïs Nin 1941, »ich muß die Länder besuchen, über die ich schreiben will.«
Obwohl ihre veröffentlichte Prosa Elemente enthielt, die sich auf Erfahrungen und Menschen stützten, die sie in den Tagebüchern beschrieb, vermied sie stets das Endgültige reproduzierter Wirklichkeit. Da sie einem ständigen Fließen entnommen wurde und so notwendigerweise fragmentarisch und unvollendet bleiben mußte, folgte die Prosa den Grundsätzen, die sich bei der Gestaltung der Tagebücher herauskristallisiert hatten. Wie die Tagebücher vermeidet sie rein verbale Photographie, Dokumentation, die Ansammlung von Fakten und die Anhäufung von Geschichten. »Ich setzte mir nur das eine Ziel, Unwesentliches auszulassen«, hatte sie 1942 einmal geschrieben. Anaïs Nin setzte ihr sensibles Reflektionsvermögen und ihre Offenheit für Erfahrungen allem entgegen, was sie als Perversion der Objektivität ansah.
Wenn sie in den Bannkreis eines starken emotionalen Stroms geriet, konnte sie mit großer Genauigkeit und mit unendlicher Behutsamkeit in die Geschichte eines Menschen eindringen. Wenn sich aber keine intensive Gegenströmung kongenialen Verstehens einstellte, konnte sie eine Begegnung, wie die mit Charlie Chaplin, die anderen vielleicht Stoff für eine ausführliche Geschichte geboten hätte, mit wenigen Worten abtun. Manchmal irritiert sie der Gegensatz zwischen realer, äußerer Welt und den eigenen Wahrnehmungen: »Wenn ich den Menschen in der Welt draußen zufällig wiederbegegne, kann ich die Liebe, die Freundschaft, das Geben und Nehmen und die Bande, die zwischen uns bestanden, nicht verstehen oder rekonstruieren. Den Begegnungen fehlt das strahlende Glühen, das ich im Tagebuch festhielt.« Es scheint, als entstünde die Magie häufiger durch die Reflektion der Begegnung, durch die Intensität ihrer Wahrnehmung, als durch Realität.

»Ich führe einen unaufhörlichen Krieg gegen die Realität«, gesteht Anaïs Nin. Die Tagebücher sind ihre einzige Brücke zum ›irdischen Leben‹, ihre einzige Verbindung zu einer Welt, die sie nicht erschaffen hatte. («Ich lebe in der falschen Welt, nur um Schutz zu finden, den Schutz, den das konventionelle Leben mit seinen Regeln, Einengungen und Gesetzen bietet.«) Nur die Tagebücher schaffen ihr einen Rahmen, in dem sie frei sein kann, und nur dort kann sie ihr wahres Leben führen. Aber solange die Tagebücher ein Geheimnis bleiben müssen, ist ihre veröffentlichte Prosa das ›einzige Dynamit‹, das sie ›aus der Isolation‹ heraussprengen kann.
Angesichts der Enttäuschungen über die nach wie vor unsichere Möglichkeit, ihre Werke zu veröffentlichen, drängten 1965 ihre unterdrückten Gefühle machtvoll und in aller Deutlichkeit an dic Oberfläche: »Ich spürte den starken Drang, die Tagebücher zu veröffentlichen, wie eine Schlange, die ihre alte Haut abstreift, die zu eng und zu klein geworden ist.« Anaïs Nin war zum Durchbruch bereit. Wie wir heute rückblickend erkennen, hatte ihr unbewußtes Ringen, sich von dem Druck zu befreien und ihr wahres Lebenswerk zu enthüllen, in der Tat immer mehr an Kraft gewonnen. In den fünfziger Jahren werden wir Zeuge, wie sie sich mit der Formung und Gestaltung der Tagebücher beschäftigt, die einst ein eher instinktives Ausdrucksmittel waren. Während sie die Originaltagebücher Band für Band mit der Schreibmaschine kopiert, legt sie neue kritische Maßstäbe an das spontane Schreiben der Vergangenheit. Mit einer flexibleren Selbsteinschätzung und einem neuen Gefühl der Reife (»Ich fühle mich der Gegenwart gewachsen«, kann sie 1955 schreiben, »mein Zorn gegen Amerika ist verflogen.«) beginnt die Schriftstellerin Anaïs Nin ihre Tagebücher neu zu sehen. Hatte sie in ihrer Sicht der Wahrheit das wirkliche Wesen der Menschen eingefangen, die sie porträtierte? War ihre Version dessen, was sie in den ›Höhepunkten‹ ihrer Wahrnehmungsfähigkeit ahnte – was

als Maßstab ihrer Reflektion und als Auswahlkriterium gedient hatte –, richtig und fair? Hatte die übermäßige Beschäftigung mit sich selbst Verzerrungen und wichtige Auslassungen gefördert? »Ich brauchte ein Leben, um zu lernen, daß Glück in der Stille liegt und nicht auf den Gipfeln der Ekstase.« Ist sie auch in der Lage zurückzutreten, ihre Tagebücher als etwas außerhalb Stehendes zu betrachten, außerhalb ihrer »Eingebung«?

»Plötzlich erkannte ich, daß der sehr persönliche Charakter der Tagebücher etwas Unvollständiges war«, notiert sie im Frühling 1962, »ich hatte auf objektives Wissen verzichtet ... plötzlich wollte ich die Menschen aus allen Blickwinkeln sehen.« Mit dem stärker werdenden Bewußtsein des Ichs schwindet die emotionale Abhängigkeit von ihrem ›geheimen Laster‹: »Ich hörte auf, im Tagebuch zu schreiben.« Befreit von ihrer alten ›Übersensibilität‹ kann sie sich der früheren Tagebücher wieder annehmen. Sie beginnt diese Arbeit mit der »Sorgfalt, der Geduld, dem schriftstellerischen Können und der Gründlichkeit«, die ihr bis dahin gefehlt hatten, und die auch nicht erforderlich waren, solange sie nicht an eine Veröffentlichung der Tagebücher dachte.

Während Anaïs Nin ihre Erfahrungen in Mexiko in *Seduction of the Minotaur* (1961 von ihrem neuen Verleger Alan Swallow veröffentlicht) künstlerisch gestaltet, während sie einige ihrer Begegnungen an der Westküste und New York in ›Graf Laundromat‹ (1964 unter dem Titel *Collages* veröffentlicht) zusammenfaßt, indem sie Kapitel aus den Tagebüchern auswählt, beschäftigt sie daneben die Aussicht auf die Veröffentlichung der Tagebücher. Sie kopiert mit der Schreibmaschine die Originalbände, füllt Lücken, ergänzt einige ihrer ›Porträts‹ und strebt dabei nicht nach Unpersönlichkeit, Distanz, sondern, wie sie es ausdrückt, nach ›einer neuen Objektivität‹. Gegen Ende des Jahres 1962 vermerkt sie: »Ich beginne jetzt, als Tagebuchautorin und Realistin zu schreiben.« Die emotionale

Intensität der früheren Notizbücher ist einer kühleren, wenn auch bis dahin weitgehend unausgesprochenen Überlegung gewichen, Wege zu finden, eine mögliche Veröffentlichung zu realisieren.

Anfang 1963 hatte sich Anaïs Nin entschlossen, als ›Hauptfigur des Tagebuchs abzutreten‹. Die alten Tagebücher sind tot, eine wichtige Verlagerung hat stattgefunden, von nun an »wird das Tagebuch das Tagebuch der anderen heißen«. Offenbar soll es nicht nur den Menschen übergeben werden, denen ihre Anteilnahme gilt, sondern auch uns, den anderen, der Welt als Geschenk, das nicht länger Geheimhaltung erfordert, als Signal einer endgültigen Befreiung angeboten werden. Die Tagebücher sind das Geschenk einer Frau, die schließlich in der Lage ist, ihre schützenden Schleier abzuwerfen, in das Licht hinauszutreten und allein zu stehen.

»Ich beschäftige mich ernsthaft mit dem Problem des Edierens und überlegte, wie ich vermeiden konnte, andere zu verletzen oder Schaden zuzufügen. Wie konnte ich Enthüllungen auf so subtile Weise machen, daß keine klaren Aussagen und keine Fakten abgeleitet werden konnten?« Anaïs Nin denkt jetzt nicht mehr an ihren eigenen Schutz, sie sorgt sich um andere wegen der Offenheit ihrer Porträts. Sie überlegt, wie sie ›enthüllen kann, ohne die zerstörerischen Aspekte der Enthüllung, wie man den Kern des Lebens herauslösen kann, ohne das Leben zu zerstören‹. Die Veröffentlichung aller Tagebücher in ihrer ursprünglichen Form ist unmöglich, aber sie argumentiert: »Es gibt soviel Material, und niemand wird vermissen, was nicht veröffentlicht werden kann.« Der starke Wunsch zu veröffentlichen, half sicher dabei, den Weg zu ebnen.

Anaïs Nins Besorgnis richtete sich nicht so sehr auf konventionelle Indiskretionen, nicht auf die zunehmend in Mode kommenden autobiographischen Enthüllungen der freizügigen sechziger Jahre, der sexuellen Revolution. »Es entsprach mir nicht«, gesteht Anaïs Nin, »in sexuellen Dingen deutlich zu werden.«

Das Tabu, mit dem sie nach eigenem Eingeständnis ›Sinnlichkeit‹ umgab, läßt sich in erster Linie auf ihre romantische, poetische Empfindsamkeit zurückführen, die, wie wir gesehen haben, selbst den Versuch, Pornographie zu schreiben, zu einem phantasievollen erotischen Abenteuer werden ließ. Vielleicht haben jedoch auch hier ihre spanisch-katholische Erziehung und die zerstörerischen Auswirkungen der Affären des Vaters auf ihre Kindheit dieses Tabu verstärkt.

Für Anaïs Nin war das Recht auf den Schutz der Privatsphäre ein wichtiger Gesichtspunkt. Sie zögerte nicht, das folgenschwere Erlebnis der Geburt ihres Kindes im ersten Band der Tagebücher und in der frühen Erzählung ›Geburt‹ in allen Einzelheiten zu schildern, aber sie respektierte die Privatsphäre, das Schweigen, das ihr von anderen auferlegt wurde, die nicht im veröffentlichten Werk in Erscheinung treten wollten. Obwohl sie einerseits den mühsamen Weg der Selbsterschaffung der Frau in seinen unzähligen Aspekten erforschte, schwieg sie über einige Beziehungen – aus freiem Entschluß.

»Wir leben heute nach einem unmenschlichen Verhaltenskodex: Das Leben des einzelnen ist immer zugunsten der vielen zu opfern: Ein Mensch, der im öffentlichen Leben steht, gehört der Geschichte, und wir haben das Recht, alles über ihn zu erfahren«, schrieb Anaïs Nin 1966, kurz nachdem der erste Band ihrer Tagebücher veröffentlicht worden war, »wir müssen eine deutliche Grenze ziehen, wenn die Achtung vor dem Leben eines Menschen wichtiger ist, als die Befriedigung der sensationslüsternen Menge. Schriftsteller haben uns Beispiele rücksichtslosen Eindringens in die Privatsphäre gegeben, anstatt uns die schöpferischen Möglichkeiten persönlichster Darstellung von Menschen zu lehren. Dies ist in einer Zeit umso wichtiger, die die Verschlüsselungen des Romans ablehnt, da sie durch Fernsehen und Filme der Aktualität und dem Geschehen im Leben großer Persönlichkeiten näher ist. Wenn die wachsende

Entfremdung ein bezeichnendes Merkmal unserer Zeit ist, dann läßt sich das weitgehend darauf zurückzuführen, daß wir uns im allgemeinen ohne Takt oder Einfühlungsvermögen begegnen.«

Um den Problemen der Bloßstellung zu begegnen, ließen sich verschiedene Vorsichtsmaßnahmen treffen: Der Betroffene konnte anonym bleiben, unter Pseudonym auftauchen oder nicht erwähnt werden. Aber das vielleicht wirksamste Mittel, Menschen zu schützen, bestand in Anaïs Nins Maxime, die schriftstellerischen Fähigkeiten auszuschöpfen und mit höchstem Können einzusetzen, »damit alle Seiten sichtbar und alle Aspekte berücksichtigt werden ... in einem solch organischen Vorgehen liegt die Möglichkeit der Ausgewogenheit.« Sicherlich konnten nicht alle mit einer Veröffentlichung verbundenen Gefahren ausgeschaltet werden, aber der potentielle Schaden ließ sich in Grenzen halten: »Das Zerstörerische der Wahrheit kann durch die eingehende Erforschung der Motivationen neutralisiert werden. Sie bringt uns ein Verständnis für den Menschen, das über das äußere Erscheinungsbild hinausgeht. Was man verstehen kann, verurteilt man nicht.«

Im Laufe der vergangenen zehn Jahre sind fünf Bände erschienen, die aus den Originaltagebüchern zusammengestellt wurden. Jeder Band stellt eine in sich geschlossene Einheit dar, jeder ist aber auch Teil eines größeren Ganzen und zusammen umfassen sie ein Vierteljahrhundert, vom Winter 1931–1932 bis zum Herbst 1955. Heute wissen wir, daß der grelle Blitz, den Anaïs Nin in ihrem Traum voll Furcht erblickte, keine zerstörerische Explosion nach sich zog, keine versengende Enthüllung persönlicher Beziehungen und keinen Anlaß zu billigen Klatschgeschichten über heute Berühmte bot. Statt dessen hat der blendende Lichtstrahl Anaïs Nins Hauptwerk hell erleuchtet. Er hat uns Einsichten in ihre Prosa, in ihr ›künstlerisches Werk‹ gebracht. Er hat eine Frau enthüllt, der es gelungen ist, sich der Welt zu stellen, sich selbst zu stellen, eine Frau, die sich von der Notwendigkeit befreit, Trost und Sicherheit in ihren geheimgehaltenen Notizbüchern zu finden, und die die vielfältigen Verkleidungen, Masken und Rollen abgeworfen hat. Er hat einer unübersehbaren Leserschaft ein einzigartiges Dokument geschenkt, und den Lesern Identifikation ermöglicht, mitfühlendes Teilnehmen, dessen Intensität alle Erwartungen und Hoffnungen auf schließliche Anerkennung weit übertrifft, die Anaïs Nin 1965 in die leuchtende Explosion ihres Traums projiziert hatte.

GUNTHER STUHLMANN

New York
Januar 1976

[Herbst 1955]

Nach meinem LSD-Erlebnis, einem Tag und einer Nacht völliger Überreizung, Ruhelosigkeit und übergroßer Müdigkeit, hatte ich das Gefühl, daß mein Körper von einem zu starken Stromstoß beinahe exekutiert worden war. Die Verdichtung von tausend Träumen zu einem Traum, die vollständige Trennung von der eigenen Mitte, die weite Reise in eine Atmosphäre, einen Rhythmus, einen Raum, die nicht in Harmonie mit dem eigenen Körper standen, überstiegen jedes menschlich erträgliche Maß. Ja, der Stromstoß war zu stark. Ich glaube, unsere Träume und Phantasien müssen organisch und allmählich absorbiert, vom Tageslicht abgeschwächt, von alltäglichen Beschäftigungen und eintönigen Unterbrechungen gedämpft werden. Wir brauchen Zeit, um diese großen Spannungsstöße metaphysischer Energie zu verarbeiten, sie mit unserem Alltag zu vermischen, und sie nach menschlichen Maßstäben in organischen Entwicklungen auszuleben. Ein chemischer Prozeß, der unserem menschlichen Organismus gerecht wird: Ein Traum, danach erwachen, handeln, Kontakt mit anderen Menschen, Rückkehr zur Erde, Kontakt mit der Erde und unserem eigenen Körper. Meine Müdigkeit erinnerte mich an die Klage Artauds: *Une fatigue de fin du monde* (Eine Müdigkeit, als sei das Ende der Welt gekommen). Lange Zeit fühlte ich mich leer und teilnahmslos. Ich schrieb nicht. Zum ersten Mal war die Suche nach dem Traum nicht ein schönes und natürliches Verweben von Tag und Nacht gewesen, sondern ein Sprung in den Raum, ein unmenschliches Kreisen im Raum. Ich spürte, etwas stimmte nicht. Meine Antriebskraft hatte gelitten.

Gewalt. Viel zu viel Gewalt, und es mußten Tage der Passivität vergehen, um alles aufzunehmen, was ich gesehen und gehört hatte.
Schließlich schrieb ich darüber. Ich benutzte dazu Notizen, meine lebhafte Erinnerung und ließ mir von Gil Henderson berichten, was ich getan und gesagt hatte. Ich empfand noch immer, daß unser Körper nicht für solche intensive Traumzustände geschaffen ist.
Das Erlebnis erschreckte mich so sehr, daß ich lange Zeit aufhörte zu schreiben (außer im Tagebuch). Ein Kurzschluß. Verbrannte Leitungen und Nerven. Verbrannte Energie.

New York.
Riis Park. Eine dichtgedrängte Menschenmenge. Außer den Negern, die schön sind, sehen alle aus, als lebten sie nur von Hot Dogs. Millionen Hot Dogs. Aber das Meer ist wärmer als das Meer in Los Angeles.
Ich kaufte ein wundervolles Buch über japanische Architektur. Es ist so schön, daß ich es nicht über mich bringe, es Lloyd Wright zu schicken. Ich kann mich noch nicht davon trennen.
Ruth Witt Diamant ist hier. Sie sucht Dichter für ihr Poetry Center am San Francisco State College. Ruth hat soviel für Dichter und Dichtung getan.
Ich schreibe Felix Pollak über das griechische Leben in Kalifornien, und er verwirrt mich durch seine Frage: »Sprechen Sie nur von der Anbetung des Körpers? Lebt man dort körperorientiert, ohne die griechische Balance und Harmonie von Körper und Geist, die soviel Gutes und Schönes hervorgebracht hat, ohne die typisch griechische sinnliche Geisteshaltung?«
Ich fürchte, bisher habe ich nur den Strandkult erlebt, das Schwimmen und Sonnenbaden.
Soweit ich es beurteilen kann, scheint der Großteil der Menschen farblos und geistig träge zu sein.

Felix Pollak schreibt mir: »Ich habe wiederholt über Ihren wundervollen Satz nachgedacht: ›Das Meer des Todes trägt mit jedem Menschen, den wir geliebt oder bewundert haben, ein Fragment unserer Insel der Seele mit sich davon.‹«
Henry arbeitet an der Geschichte über Moricand. Er erinnert sich, daß er am 12. Januar 1890 in Paris geboren wurde.
Er schreibt mir, ihm seien ein paar intuitive Seiten über den Steinbock gelungen, der auch Moricands Sternzeichen war, »über das Wesen des Steinbocks.« Ich kann mich nicht daran erinnern, wo dieser Abschnitt auftaucht. Henry fragt sich, was Astrologen dazu sagen würden.
»Ich bin etwa in der Mitte des Kapitels über Moricand. Es wird sehr lang werden. Und – vermutlich das letzte Wort über diese Episode sein.« (Das Buch erhielt später den Titel: *Ein Teufel im Paradies.)*
Aus dem Tagebuch, im Alter von elf Jahren: »Ich habe den Krieg in meinem Herzen mit dem Krieg vertauscht, der auf der anderen Seite des Ozeans hundertmal blutiger ausgetragen wird.«

Brief an Jim Herlihy:

Ich bin sehr stolz auf mein Verantwortungsbewußtsein. Das verantwortungslose Leben ist ein Problem, das mich nicht losläßt. Es war das Thema unseres Monats. Gerade, als wir es klarer und offener diskutierten, entdeckte ich, daß wir unser verantwortungsloses Leben im Geheimen leben. Die immer wieder auftauchende Gefahr der Bloßstellung verursacht die heftigen Attacken von Schuldgefühlen. Unser Verlangen, alles auszuleben, wird immer auf das Hindernis der Schuldgefühle stoßen. Dahinter stehen die Abneigung, Schmerz zu verursachen, und die Abneigung, das Urteil anderer anzuerkennen. Es gehört zu den inspirierendsten Elementen unserer Freundschaft, daß wir niemals ein Urteil fällen. Aber ich sollte das nicht so negativ ausdrücken: Wir akzeptieren das unbewußte, das verborgene Ich im anderen, und dies schafft ein beglückendes Gefühl der Freiheit. Ich habe jetzt das Problem gelöst, niemanden zu verletzen, durch Narkose oder Chloroform zu verletzen. Aber wie der Masochismus beweist, habe ich das Problem der Schuldgefühle nie gelöst. Ich kann mich von dem Gefühl der Schuld nur durch Sühne befreien. Die Analyse half mir lediglich, die Zeiten der Sühne zu verkürzen. Als Du von der Ruhelosigkeit und den Schuldgefühlen schriebst, die bereits der Wunsch nach Freiheit in Dir auslöst, wollte ich Dir helfen, denn darin liegt das wirkliche Drama, die wirkliche Tragödie. So lassen sich vielleicht alle Arten von Masochismus, Opfer und Selbstzerstörung erklären, denn Schuld, jene vergiftende Wirkung des Christentums liegt allem zugrunde. Ich habe mich oft an die Geschichte der Cäsaren erinnert, die ein noch größeres Rätsel sind, denn sie waren nicht religiös. Sie fühlten sich allmächtig. Sie waren von ihrer Allmacht und Unabhängigkeit von Gott überzeugt, sie hielten sich selbst für die einzigen Götter. Sie begingen Greueltaten. Jeder von ihnen starb an Schuld, nicht an sinnlichen Exzessen, nicht durch Krieg und nicht durch Krankheit, sondern durch einen Wahnsinn, den die Schuldgefühle hervorriefen. Also ist die Schuld älter als das Christentum. In Deinem Fall äußert sich Schuld auf subtilere Weise. Du fühlst Dich unbehaglich, wenn der Erfolg in Reichweite rückt. An Bill und seinem zerstörerischen Alkoholismus kannst Du eine deutlichere Form der Sühne für den Erfolg sehen. Du bist zu intelligent, Du bist zu beliebt, um das alles zerstören zu können, aber Du kannst Dir Deine Freude daran verderben. Diesen Zusammenhang aufzudecken und zu heilen, bedarf größerer Subtilität. Sieh Dich vor. Das ist der wirkliche Feind, der wirkliche Incubus, Sukkubus, der einzige Dämon und der einzige Woodozauber.

Brief von Jim:

Dein Brief war ein besonderes Ereignis. Man erwartet nicht, daß ein einfacher Brief so gut geschrieben ist. Deine Schilderung von Reginald als Hamlet bei Dir Zuhause und auch Deine Bemerkungen über unser Leben waren herrlich. Mir mußte jemand sagen, was Du aussprachst, da ich in letzter Zeit so sehr damit beschäftigt bin, voll und ganz zu leben. Ich glaube die Tatsache, daß ich oberflächlich gesehen alles habe, was ich vernünftigerweise vom Leben erwarten kann, ließ mich innehalten. Mir fehlt nichts, was man zum Leben braucht, ich habe genug zu essen etc., keine finanziellen Sorgen, einen gutaussehenden Freund, in Kürze erscheint ein neuer Roman, ein Theaterstück, das am Broadway aufgeführt werden wird, etc. Aber ich empfinde, daß dieses Leben im Gegensatz zu dem steht, was ich mir von solch idealen Voraussetzungen versprochen hatte, und das ist alarmierend. Nicht die Erfüllung von Träumen brachte mir die großen und herausragenden Momente meines Lebens, sondern unerwartete Ereignisse; – und das erfüllt mich immer wieder mit Verwunderung. Meine Beziehung zu Dir war ständig von solchen Höhepunkten gekennzeichnet, und es gibt andere, die weniger aufregend klingen, wenn ich sie beim Namen nenne: die Tauben in Venedig, die mich umflatterten und sich auf Kopf, Händen und Schultern niederließen – sie gaben mir das Gefühl, als seien sie mit mir davongeflogen –, bestimmte Begegnungen mit Fremden und unbekannten Orten, bestimmte Stellen in Büchern (viele in Deinen) oder ein Augenblick in einem Theaterstück, etc. Ich glaube, ich entdecke jetzt, daß die großen Dinge nicht die sind, die wir planen, sondern die, die sich einfach ereignen. Deshalb empfinde ich manchmal, daß mein Leben zu stark verplant ist, daß ich nach einem teils unbewußten, teils bewußten Plan lebe, der bestimmte Bereiche des Wunderbaren und Großartigen ausschließt.

Ich glaube, ich habe nicht wirklich gesagt, was ich eigentlich sagen wollte, aber vielleicht kannst Du daraus entnehmen, was ich meine. Diese Gefühle stehen bestimmt alle in einer Beziehung zu unserem großartigen Gespräch im Coffee Mill über die Befreiung vom Gewöhnlichen, von Kalendern, geplanten Ereignissen, einer bestimmten Art von Verpflichtungen, etc. Ich möchte nicht den Eindruck vermitteln, ich sei unglücklich – ich denke nur zur Zeit viel über meine augenblickliche Lebensweise nach. Mein Leben ist angenehm und aufregend, aber nicht außergewöhnlich. Ich glaube, ich sehne mich wie jedes wahre Kind des Albatros nach dem Außergewöhnlichen.

Du erkennst sehr deutlich eines der vielen inspirierenden Elemente unserer Beziehung, aber Dein Brief selbst war ein wunderbares Beispiel für Inspiration – etwas so Schönes aus einem einfachen kleinen Briefkasten zu holen, ist wirklich sehr erstaunlich. Ich glaube, Du bist in meinem Leben ein Beispiel für das Wunderbare, und vielleicht machst Du mich mit den Aspekten meines Lebens, die nicht wunderbar sind, weniger zufrieden. Du zeigst mir den Weg. Du setzt mir ein hohes Ziel. Du hinderst mich daran, mich leichtfertig zu verkaufen. Du bist der Scharfrichter der Mittelmäßigkeit. Was mich immer wieder von neuem verblüfft, ist die Tatsache, daß das Leben nach Deiner Pfeife tanzt, wenn Du es befiehlst, als sei es Dein Diener.

Deine Gedanken über Schuld erreichten mich ironischerweise am Morgen nach einem Traum, in dem ich enthauptet wurde.

Unsere Furcht, nicht bestraft zu werden, scheint uns stärker zu quälen, als unsere Furcht zu leiden. Das ist schlimm, denn wir scheinen ohnedies mit genug seelischen Qualen beladen zu sein.

Laß mich wissen, ob ich Dir meine tragbare Guillotine schicken soll. Oder mähst Du stattdessen den Rasen? Es ist merkwürdig und komisch, daß Du und ich durch eigenes Zutun soviel leiden – unser größter Fehler liegt vermutlich darin, daß wir anderen gegenüber zu besorgt und zu rücksichtsvoll sind.

Eine der letzten Sitzungen bei Dr. Bogner schien unwichtig zu sein und stellte sich doch als sehr wirkungsvoll heraus. Ich rief sie an und fragte, ob vielleicht meine Freundin X sie an meiner Stelle aufsuchen könne, da sie sich in einer Krise befand, während es mir gut ginge. Frau Bogner erklärte sich damit einverstanden, aber da sie eine Freistunde hatte, in der sie sich gerne meiner Freundin widmen wollte, bot sie mir an, trotzdem zu kommen.
In meiner Stunde untersuchten wir diesen einfachen Vorfall. Es stimmte, daß X im Augenblick unter größeren Problemen litt. Es stimmte auch, daß ich in der Analyse ein unproblematisches Stadium erreicht hatte, und daß wir es in den letzten Sitzungen stets vermieden, zu tief in neue Bereiche vorzudringen. Frau Bogner bezweifelte weder meine guten Absichten in Hinblick auf X noch meinen aufrichtigen Wunsch, ihr zu helfen.
»Beides ist richtig. Ich frage mich nur, weshalb Sie mir nicht direkt sagen konnten, was Sie dachten. Sie sagten nicht: ›Ich habe das Gefühl, keine Analyse zu brauchen, deshalb möchte ich heute lieber nicht kommen.‹ Oder: ›Haben Sie vielleicht eine Freistunde für X, die in Schwierigkeiten ist?‹«
»Wäre es nicht unverantwortlich, Ihnen in letzter Minute abzusagen, weil ich meine unbeschwerte Stimmung nicht verlieren möchte, nachdem Sie eine Stunde für mich reserviert haben? Das hätte ich auf keinen Fall getan. Ich will nicht verantwortungslos handeln, besonders da Sie sich so entgegenkommend auf meine unregelmäßigen Termine, Reisen, etc. einstellen.«
»Das klingt alles richtig, und es ist auch richtig. Aber es ist ein Beispiel Ihres unerbittlichen Verantwortungsbewußtseins, das Ihnen das Gefühl gibt, ›in einer Art

Zwangsjacke zu leben‹, wie Sie es neulich ausgedrückt haben, und zu Ihrem destruktiven Auflehnungsbedürfnis führt. Sie hätten sagen können: ›Ich habe das Gefühl, heute keine Analyse zu brauchen. Wenn es Ihnen nicht ungelegen ist, und Sie die Stunde für jemanden anderen verwenden können, würde ich heute lieber nicht kommen.‹ In gewisser Weise haben Sie Ihre wahren Gefühle – daß Sie nicht zur Analyse kommen wollten – hinter den Nöten von X versteckt und versucht, auf einem Umweg, die eigentliche Absicht zu erreichen, indem Sie Ihren wahren Wunsch durch ein altruistisches Anliegen tarnten. Deshalb bat ich Sie zu kommen, denn ich sah daran das beste Beispiel für einen Vorwand. Sie stellten die Falle: eine Verantwortung. Sie dachten gar nicht daran, daß ich mich vielleicht über eine Freistunde freuen würde. Sie empfanden die Verabredung als bindend und drückend. Aber da Sie nicht wußten, wie Sie sich davon befreien konnten, ohne mich zu *verärgern* oder zu verstimmen, griffen Sie nach der Not von X, die in Wirklichkeit nichts damit zu tun hat.«

Dieser kleine Vorfall erhellte die Wahrheit, daß Freiheit eine innere Haltung ist, eine Gewohnheit, die man sich leichter aneignen kann, als man glaubt. Es war wie das Thema *Zeit.* Frau Bogner sagt, es handle sich um den Versuch, meine Auflehnung gegen Verabredungen, Planungen und Disziplin zu verbergen, wenn ich immer zu früh sei (eine zusätzliche Angst und Belastung). Das Gefühl der Einengung entsteht nicht so sehr durch meine Pflichten, sondern durch den Zusammenprall dieser Pflichten mit meinem anarchistischen Ich, das ich unter Kontrolle halten muß. Die Einengung entsteht durch meine destruktive Rebellion, die ich wie wilde Pferde zügeln muß.

Offensichtlich war diese Erkenntnis wichtig, denn seit ich nach Sierra Madre zurückgekehrt bin, fühle ich mich wohl. Mich überkam kein destruktives, negatives Gefühl der

Auflehnung (gegen Hausarbeit, laute Radios). Diese Dinge berühren mich nicht. Und da ich mich nicht dagegen wehre, arbeite ich müheloser. Ich kann humorvoller und entspannter sein, weil ich mich nicht gegen sie wehre. (Sie sind der Preis für mein Leben hier).

Eine Zusammenfassung der ungewöhnlichen Veränderung, die durch Analyse bewirkt wurde: Ein Monat ohne Depressionen, Ängste oder Nervosität. Ich fühle mich in der Gegenwart wohl. Ich überlasse mich ihr. In meiner Beziehung zur Welt empfinde ich nicht länger Zorn, Mauern und Feindseligkeit. Meine kritische Einstellung hat sich gemäßigt. Ich genieße, was kommt. Ich bin nicht im voraus nervös. Ich bin fröhlich und frei. Die Ängste haben nachgelassen, die Angst, nicht in der Lage zu sein, den Lebensunterhalt zu verdienen, die Angst, nicht mehr geliebt zu werden. Ich empfinde weniger Auflehnung, sondern bin ausgeglichener und unbeschwerter. Ich besitze die Fähigkeit, Angst abzuschütteln. Es gibt keine Bitterkeit, keine Reibungen, und mein Zorn gegen Amerika, das mein Werk nicht akzeptiert, ist geschwunden. Da ich weniger Konflikte zu bewältigen habe, werde ich nicht so schnell müde und leiste mehr. Ich kann einen halben Tag Hausarbeit erledigen, einen halben Tag schreiben und trotzdem am Abend ausgehen. Ich habe Leichtigkeit und ein Gefühl der Stärke gewonnen. Diese Entwicklung hat sich in dem vergangenen Monat gefestigt. Es stimmt, vielleicht werde ich sterben, ohne Bali gesehen zu haben, aber es gibt andere Dinge, die mich dafür entschädigen. Ich kann einen Menschen glücklich machen. Ich bin einem Menschen nahe und anderen näher als zuvor. Meine angeborene Freundlichkeit kommt wieder zum Vorschein. Ich erwarte nicht, daß andere mein Werk lieben oder verstehen, ich bin nicht verbittert oder verletzt. Ich habe soviel erreicht. Ich besuchte eine Party: In der Vergangenheit hätte ich mich den Menschen nicht geöffnet, weil sie nicht interessant waren; dieses Mal nahm ich sie unkritisch hin, akzeptierte sie und ihre Art. Zufriedenheit. Ich brauchte ein Leben, um zu lernen, daß Glück in der Stille liegt und nicht auf den Höhepunkten der Ekstase. Ich bin dankbar für alles, was ich habe. Ich fühle mich wieder in die menschliche Familie aufgenommen. Für mich sind Amerikaner Menschen, die mit Schwierigkeiten zu kämpfen haben, die auf einer tieferen Ebene nicht glücklich sind. Ich will helfen, lehren, die Ganzheit und die Kraft, die ich empfinde, teilen und zeigen. Ich fühle mich durch mein Bemühen gestärkt, Erste Hilfe zu lernen. Endlich habe ich die Neurose überwunden.

[Winter 1955-1956]

The New York Times:
Der Mond wird verkauft, ein Hektar für zwei Dollar. Ein Long-Islander schließt Grundstücksverträge über Kraterland ab. Für zwei Dollar erhält der Mondkäufer einen allgemeinen Grundstücksvertrag über einen Hektar guten Kraterboden. Der kleingedruckte Teil des Vertrags verfügt über die Rechte zur Ausbeutung der Bodenschätze (einschließlich Uranium). Der Käufer erwirbt die Rechte zum Angeln und zum Wintersport in der Umgebung des erworbenen Grundstücks. Eine Broschüre beschreibt die Attraktionen des Mondes, wie sie der Initiator des Projekts sieht. Die Broschüre ist in der wohlbekannten Art der Grundstücksmakler enthusiastisch. Eine Karte zeigt dem Käufer, wo er durch ein starkes Teleskop sein Grundstück finden kann. Das Projekt ist die Idee von Robert R. Cole, einem früheren Vorsitzenden des Hayden Planetariums. Mr. Cole ist Direktor der Interplanetary Development Corporation, deren Büro sich im Little Museum, Seven The Place, Gilen Cove, Long Island befindet. Kopernikus, der Krater, den Mr. Cole abgesteckt hat, umfaßt etwa 1 Million Hektar. Astronomen haben mehr als dreitausend Krater auf der erdzugewandten Seite des Mondes entdeckt. Mr. Cole hat keine Ansprüche auf die andere Seite erhoben.

Natürlich schrieb ich dorthin. Es handelte sich um den Spaß eines Wissenschaftlers, der Interesse am Mond wekken wollte. Ich erhielt eine Broschüre mit Informationen und einen Grundstückskaufvertrag!

In New York nahm ich an der Eröffnung von Michael Field's Eissalon gegenüber dem Plaza Hotel teil. Er war nostalgisch und ganz in Eiscremefarben eingerichtet, sehr frisch und sehr kühl. Viel Prominenz hatte sich eingefunden. Eine Presseagentur hielt es für amüsant, sowohl Marilyn Monroe als auch Jayne Mansfield einzuladen. Jayne Mansfield zog dabei den kürzeren. Marilyn Monroe kam ohne Make-Up; sie wirkte frisch, strahlend und betrachtete alle Anwesenden mit echtem Interesse, anstatt sich bewundern zu lassen. Als ich mit ihr bekanntgemacht wurde, wendete sie mir ihre ganze herzliche Aufmerksamkeit zu. Jayne Mansfield dagegen beschäftigte sich ausschließlich mit ihrer Wirkung. Sie war stark geschminkt, selbstbewußt, voller Manieriertheit und Posen. Auf ihrem leeren Gesicht lag ein künstliches Lächeln. Wenn eine boshafte Absicht dahinter steckte, sie beide einzuladen, wurde sie durch die Natürlichkeit von Marilyn Monroe und ihre echte Schönheit zunichte gemacht.
Der Salon gehört Max Gordon und Michael zusammen. Sie glaubten, damit einen attraktiven Treffpunkt geschaffen zu haben, der die nostalgische Sehnsucht nach den zwanziger Jahren erfüllte. Ich setzte mich zu Frances und unterhielt mich mit ihr. Seit ihrer Heirat mit Michael hatte ich sie wegen meiner Reisen nur selten getroffen. Ich hatte ihr Baby gesehen. Ich wußte, daß Michael seinen Beruf als Konzertpianist aufgegeben hatte, nachdem sein Gehör durch ein Leiden beeinträchtigt wurde (Er war ein ausgezeichneter Pianist). Er machte sein Hobby, das Kochen, zu seinem Beruf, um seinen Lebensunterhalt zu verdienen. Er entwickelte sich zu einem so phantastischen Koch, daß er großen Erfolg hatte – er wurde berühmt. Die Gäste genossen nicht nur sein Wissen und Können, sondern auch seine allgemeine Kultiviertheit: sein Schreiben, seine Gespräche, sein Temperament. Ich kenne niemanden in New York, der sich zu einem solchen Renaissance-Menschen verwandelt hätte. Seine Kochkunst präg-

te sein Leben und beeinflußte die Wahl seiner Freunde. Aber er arbeitete mit Intensität, Willensanstrengung und solch konzentrierter Energie, daß es mich beunruhigte. Und es beunruhigte Frances.

Los Angeles.
Ich sah eine Frau in Kleidern, wie man sie beim Trödler findet. Sie trug ein verblichenes rosa Spitzenkleid aus den zwanziger Jahren mit verblichenen Rosen an der Schulter, eine verblichene Stola und einen zerschlissenen, verblichenen Sonnenschirm, dazu Satinschuhe mit hohen Absätzen, einen Hut mit Schleier und eine Abendtasche. Ich sah sie eines Morgens im Bus, und ich stellte mir vor, wie sie den Spuren längstvergangener Gartenpartys folgte. Sie zog sicher die Echos dieser Vergnügungen der eintönigen Gegenwart vor; sie liebte eine verblaßte Rose und eine verblaßte Vergangenheit mehr als eine langweilige Gegenwart. Ihr Anblick ließ mich an eine verblichene, gepreßte Blume in einem Buch denken. Ihr genügte die Erinnerung, sie wirkte nicht wie ein Geist, sondern wie eine Frau auf dem Weg zu einer Party. Der erwartungsvolle Ausdruck auf ihrem Gesicht und die Beschwingtheit ihrer Schritte, als sie aus dem Bus stieg, sprachen davon, daß ihre Erinnerungen nicht so verblaßt waren wie ihre Kleider.
Entdeckte in Giraudoux's *Choix des Elus* die Geschichte einer Frau, die in den Jardin de Luxembourg ging, um sich aufzuheitern und alle Luftballons aufkaufte. Als ich gestern Nacht nicht einschlafen konnte, stellte ich mir vor, daß an meinen Händen und Füßen Luftballons befestigt seien und schlief in diesem Zustand der Schwerelosigkeit ein.

Frau Bogner traut dem plötzlichen Wechsel meines Lebensgefühls nicht so ganz. Geht es mir wirklich gut? Ich behaupte nicht, keine Probleme zu haben, denn die zwanghafte Suche nach Erweiterung des Lebens hat nicht nachgelassen, und die Hindernisse, die der Erweiterung entgegenstehen, sind nicht verschwunden. Die Pflichten bestehen noch immer, aber meine Einstellung hat sich geändert, und ich kann sie mühelos, ohne großen Zeitaufwand erledigen und eingrenzen. Die Angst ist verschwunden.

Aber warum so plötzlich?

Beschleunige ich die Heilung, den Versuch, auf eigenen Füßen zu stehen? Ganz sicher kann man Unbeschwertheit nicht vortäuschen. Wenn mich früher die Liebe in Ekstase versetzte, dann war sie stets von einem Unterton der Angst, Furcht und Traurigkeit begleitet, als sei mir die Kurzlebigkeit der Ekstase, ihre Hinfälligkeit bewußt. Es geht mir gut Frau Dr. Bogner! Ich glaube, ich kann meinen Lebensunterhalt verdienen. Ich suche die Freude in den kleinen Dingen. Zum Beispiel freue ich mich jetzt an den Nebelhörnern in New York. Vor Jahren erinnerten sie mich an alle meine unerfüllten Träume vom Reisen und schienen wehmütige Klagen der Schiffe zu sein, die ohne mich an Bord den Hafen verließen. Jetzt sind die Nebelhörner fröhliche Beweise, daß Schiffe hin- und herfahren, und eines Tages werde ich mich an Bord eines Schiffes begeben. Liegt das Wunder nicht in der Interpretation der Ereignisse, in der Transformation von Schwermut, Bedauern und Verlangen, in Hoffnung und Vertrauen?

Ich schrieb für Jim eine Reihe kurzer Briefe, um ihn von seiner Melancholie zu heilen: »Wenn mich mein Geliebter ärgert, stelle ich mir vor, welch wunderbares Alibi er mir verschafft, auf eine Reise zu gehen.«

»Wenn mein Geliebter zuviel redet, werde ich aus dem Fenster sehen, dem Regen zuhören und denken, wie gut sie harmonieren.«

Ich finde für meine Bücher keinen Verlag, aber das gibt mir nicht das Gefühl begraben, tot zu sein, denn es steht in keiner Beziehung zu meiner Liebe zum Schreiben, die wie die Liebe eines Sängers zum Singen ist.
Ich fühle mich stärker und sicherer. Man kann andere nicht täuschen. Jim spürt das. Ich sagte zu Alice Rahon: »Leihen Sie sich von meinem Mut, ich habe genug.« Sie lachte.
Ich bin eine Genesende. Die Angst ist wie ein aufflackerndes, verheerendes Fieber. Sie ist verschwunden. Die normale Auflehnung sagt: Ich lehne mich gegen die Hausarbeit auf, und sie inszeniert einen zerstörerischen Aufstand. Die Hausarbeit muß getan werden. Wenn einem die Analyse hilft, finden die destruktiven Auflehnungen ein Ende. Die Hausarbeit bleibt, aber ich habe Wege gefunden, sie zu erleichtern, zu verringern und zu beschleunigen. Mir steht mehr Energie dafür zur Verfügung, da ich sie nicht mehr darauf verwende, mich darüber zu ärgern.
Ich glaube nicht, daß ich in Zukunft wieder unterdrückt, erstickt und gefesselt werden kann. Ich will nicht mehr das Unmögliche: verlegt werden, in Paris leben und andere Länder kennenlernen.
»Ich verstehe, was Sie zu sagen versuchen Frau Dr. Bogner. Selbst wenn ich mich besser fühle, selbst wenn ich Angst und Spannungen überwunden habe, bleiben die Probleme ungelöst. Aber wenn ich jetzt die Nebelhörner höre, klingen sie in meinen Ohren wenigstens nicht mehr wie Totengeläut; wenn die Busse überfüllt sind und an mir vorüberfahren, sitze ich nicht den Tränen nahe am Straßenrand und leide an der Unmenschlichkeit der Welt und an dem beinahe aussichtslosen Kampf, nach Hause zu kommen. Jetzt, nachdem ich mich besser fühle, werde ich leichter in der Lage sein, die Probleme zu lösen. Der Wunsch gesund zu werden, ist Teil der Genesung. Sie haben mir den Wunsch und die Energie dazu gegeben.

Meine Energie wurde von der Angst aufgezehrt. Wenn ich Depressionen, Ängste und Zorn überwinde, kann ich wirkungsvoller leben.«

Es gibt nichts Ungewohnteres als ein Leben ohne Angst. Warum können wir die kostbaren Zustände wie Entspannung und Befreiung von der Verantwortung für andere nicht durch Ansteckung erreichen? Ich erinnere mich, diese Eigenschaft an Henry bewundert zu haben. Er strengte sich nie an, er nahm alles wie es kam, und er fühlte sich nicht verantwortlich. Als ich mit ihm zusammenlebte, lernte ich diese Eigenschaft kennen. Ich erinnere mich, wie ich eines Tages sagte: »Ich muß meine Mutter besuchen.«

Er fragte: »Warum?«

Ich hatte mich nie gefragt, warum ich mir diesen Besuch dreimal in der Woche auferlegte.

Die Beschäftigung mit Simenon enthüllte mir eine interessante Wahrheit. Für mich ist er der beste Realist, besser als Zola oder Balzac, und ich machte folgende Entdekkung: Der Realismus konzentriert sich auf die Beobachtung sichtbarer Dinge, aber meist auf das Häßliche. Simenon ist unerschöpflich im Aufzeigen des Eintönigen, Langweiligen, Häßlichen, Manierierten, der Spleens, der Schwächen, der schlechten Gerüche, der nichtssagenden Kleider, der Fehler, der schlechten Augen und des animalischen Instinkts für die ›Höhle‹. Er ist mein Gegenpol. Aber das ist nicht das Erstaunliche; die Überraschung liegt darin, daß ich dies alles sehe, aber beschließe, es zu ignorieren, denn jedes Leben hat auch eine schöne Seite. Meine Aversion gegen Häßlichkeit soll nicht heißen, daß ich ihre Existenz leugne. Aber ich will darauf hinweisen, daß der Realist nicht wahrhaben will, daß auch das Gegenteil zum Leben gehört. Er schwelgt wie Henry im Häßlichen, um zu beweisen, daß das Leben häßlich ist. Die Schönheit wird ignoriert. Auch diese Menschen erleben Momente der Schönheit, auch sie haben schöne Seiten. Aber inzwischen sind wir soweit, daß wir Realität mit Häßlichkeit gleichsetzen. Weshalb? Ich habe meine Wahl freiwillig getroffen. Man kann jeden Augenblick neu entscheiden, was man sehen, wahrnehmen oder festhalten will. Es ist die eigene Entscheidung. Das Gesamtbild entsteht in Übereinstimmung mit der eigenen Sehweise. Wir haben ein Recht darauf, unsere Sicht der Welt selbst zu wählen.

In meinem Leben blieb diese Entscheidung bewußt präsent. Es ist die Entscheidung des Liebenden, der zur Liebe bestimmt ist. Wer zum Hassen bestimmt ist, der sucht wie besessen alles Häßliche in der Welt, in den Menschen und in sich selbst.

Da ich in diesem Jahr nach meinen Reisen zu den Sternen der Erde nähergekommen bin, möchte ich mich auf Physisches konzentrieren. Ich stehe mit der Erde nur durch Sinnlichkeit und Sexualität in Verbindung, schrieb ich in meiner surrealistischen Phase, und für die Liebe hat das noch immer Gültigkeit. Die physische Realität, die ich beschwöre, ist die Welt, die Liebe verdient, und die der Hassende übersieht, wie Henry in seiner frühen Zeit, als er auf die Welt zornig war, als er noch nicht erreicht hatte, was er wünschte, und auf Rache sann. Diese zornige Periode endete abrupt, als die Welt ihm seinen Wunsch erfüllte, geliebt, bewundert und geachtet zu werden.

Aber weshalb ist die äußere Realität Ausdruck unseres Charakters? Warum sieht die Wirklichkeit mancher Menschen so aus wie die der Brüder Collier, die ihr ganzes Leben lang Abfall sammelten, der sie schließlich erstickte: leere Briefumschläge, rostige Büroklammern, gebrauchte Pfeifenreiniger, leere Bierdosen, alte Zeitungen und nutzloses zerbrochenes Zeug, das jeder andere weggeworfen hätte?

Brief von Jim:

Ich überflog Deine Zeilen. Die Idee und Absicht der kurzen Briefchen in ihren Umschlägen genügte, um mich eine Stunde lang glücklich zu machen, aber dann war ich zu neugierig, um auf die Melancholie zu warten. Ich öffnete einen Umschlag, und was ich las, war herrlich (»Wenn mein Geliebter zuviel redet, werde ich aus dem Fenster sehen, dem Regen zuhören und denken, wie gut sie harmonieren.«) zutreffend, poetisch und klug. Wie ein Kind konnte ich der Versuchung nicht widerstehen, alle sofort zu öffnen. Ich habe sie in die Briefumschläge zurückgelegt und werde sie hervorholen, wenn ich sie brauche, wie Du es vorgeschlagen hast. Aber ich kann Dir gar nicht sagen, was mir jedes einzelne Briefchen bedeutet. In gewisser Weise habe ich das Gefühl, sie sind eine Warnung – wenn ich eine Lektion nicht durch Schönheit lernen kann (wie diese Briefchen), dann verdiene ich sehr wohl den Schmerz, den ich mir selbst zufüge. Ich erkannte sofort ihre Klugheit und Richtigkeit, und ich weiß, daß der Schmerz oft willkommen ist – wie Du in Deinem langen Brief auf dem Weihnachtspapier schriebst. Daraus folgt, daß jeder seine Wahl selbst treffen kann. Du setzt mich immer wieder in Erstaunen Anaïs; mittlerweile sollte ich gelernt haben, alles von Dir zu erwarten, aber ich werde noch immer auf besondere Weise von allem, was Du tust, belebt und berührt. Ich frage mich oft, wie mein Leben ohne die Anaïs-Zaubereien verlaufen wäre. Aber da ist auch noch die negative Wirkung, an der Du die Schuld trägst: Ich hadere mit einem Gott, der eine Welt erschaffen haben soll, in der es nur einen Menschen wie Dich gibt – und so viele andere! Ich bin froh, daß Deine Seele noch immer ›mit Kork ausgeschlagen‹ ist – eine schöne Metapher! Ich bin eher wie ein Sonnenmotor, der im Dunkeln völlig bewegungslos bleibt – und Dunkelheit und Licht wechseln in mir wie Tag und Nacht.

Du bittest mich, Dir zu einem späteren Zeitpunkt zu verraten, welche der Botschaften die *Geheimformel* gewesen ist, und obwohl ich glaube, sie sind alle wichtig, sehe ich die, die ich im ersten Absatz des Briefes zitiert habe, als die wesentliche an, denn sie spricht am deutlichsten aus, daß die Rettung in der eigenen Vorstellungskraft liegt. Und dies ist und war immer das Manifest unseres Lebens, Deines und meines. Habe ich recht? Ich glaube, in der Summe werden diese winzigen Briefchen mein Leben verändern. Überrascht Dich das? Seit ich sie geöffnet habe, bin ich glücklich. Ich möchte den Brief mit einem Satz über Deine winzigen Briefumschläge und die weiße Magie, die sie enthalten, schließen. Ich kann nur sagen, an mir sind sie nicht verschwendet. Ich lechze nach Magie!

Jim widerfuhr etwas Tragisches. Während er schlief, nahm sein Freund die Schlüssel zum Schrank an sich, entdeckte Jims Tagebuch, las es, und da es wie alle Tagebücher die Schmerzen und Konflikte der Beziehung enthüllte, kam es zu einer Explosion, die Jim traumatisierte. Er glaubt jetzt, das Tagebuch nicht mehr weiterführen zu können. Ich schlug vor, er solle es in Zukunft mir schikken, ich würde es versiegelt in getrennten Umschlägen aufbewahren. Aber ich fürchte sehr, daß er das Tagebuch vernichtet.

Traum: Ich sitze in einem Wagen. Ich trage ein Phantasiekostüm mit einem Schleier, wie die Frau in dem japanischen Film *Gates of Hell*. Die Männer im Wagen sind fasziniert und wollen mich entschleiern. Ich werde wütend, steige aus und nehme eine andere Kutsche. Ich soll auf einem Festival auftreten und reise dorthin. Unterwegs halte ich in einem Dorf an. Meine Mutter und Joaquin sind dort. Joaquin weint still vor sich hin, weil er an diesem abgelegenen Ort gefangengehalten wird.
Ich ziehe aus meinem Gepäck ein paar Schallplatten her-

vor, nehme sie aus den Hüllen und stelle fest, daß ich sie zerbrochen habe. Ich habe nur noch Stücke in der Hand. Es sind Schallplatten mit der Musik meines Vaters.

Ich habe mir immer gewünscht, ein Künstlerleben zu führen – das heißt, wenige Besitztümer, einfache Umgebung, ein einfaches Leben, das sehr wenig Geld und sehr wenig Kompromisse verlangt.
Aber das Leben einer Frau ist nicht festzulegen, weil der Beruf des Mannes den Ort, den Rahmen, die Atmosphäre und die Gestaltung des Lebens bestimmt.

Wenn man unter Klaustrophobie der Seele leidet, muß man eine riesige Schalttafel zum Universum besitzen, zum internationalen Leben, Paris, Mexiko, New York, den Vereinten Nationen und den Künstlern. Der afrikanische Dschungel erscheint weit weniger gefährlich als die Mittelmäßigkeit von Sierra Madre.

Im Falle einer Neurose wie der meinen bedeutet Wurzeln schlagen, sich in einem Zustand des Schmerzes zu verwurzeln. Selbst wenn ich mich nach einem schönen Haus, einem offenen Kamin und einem schönen Blick sehnte, wäre dies alles gefährlich (sie verbergen die Gitter des Käfigs). Meine Interpretation von ›Wurzeln schlagen‹ ist negativ. Für mich bedeutet es, Fluchtwege und Möglichkeiten der Kommunikation mit der Welt abzuschneiden. So stellt sich der Drang, beweglich, im Fluß zu bleiben und die Umgebung zu wechseln, dem Wunsch nach Ruhe entgegen.
In New York litt ich unter Bronchitis. Ich verließ das Bett, um Dr. Bogner zu treffen, um mich, wie ich hoffte, zum letzten Mal dem *›chute verticale‹* (wie bei den Figuren Simenons, der Sog in den Abgrund) zu stellen. In der Nacht davor wurde mir die Angst bewußt, die auf die Bronchitis gepfropft war und die Krankheit verstärkte,

die Last, die mich niederdrückte und versinken ließ. Ich wollte mich auf frischer Tat ertappen, und es gelang mir. Brust, Nase und Hals waren verschleimt. Das behinderte mein Atmen. Aber darüber legte sich eine Vielzahl alter Ängste (Ich bin hilflos, schwach und erstické. Ich kann nicht schlafen. Werde ich sterben? Ich brauche Sauerstoff.). Dann träumte ich, ich hätte mich in einem Zimmer eingeschlossen, und jemand öffnete mit Gewalt die Tür. All dies ist die Dramatisierung der ersten Krankheit im Alter von neun Jahren, des Fatalismus und des Sinkens. Aber – meine Mutter pflegte mich sehr gütig und zärtlich, wenn ich krank war. Nur in solchen Zeiten war sie zärtlich und gütig. Die einzige mütterliche Güte und Fürsorge.

Bei Dr. Bogner habe ich keine Stimme mehr, aber ich bin entschlossen, den Abwärtssog zu überwinden. Beim kleinsten Gefälle stoße ich mich selbst in den Abgrund. Mich quälen übertriebene Assoziationen: Dies ist wie die Nacht in der Klinik. Keine Analogie zwischen Bronchitis und einer schweren Operation, der Schlaflosigkeit nach einem Eingriff, etc. Ich erinnere mich an das Gefühl überwältigender Dankbarkeit für die ruhige schweigende Nachtschwester, die an meinem Bett wacht. Mitternacht. Zwei Uhr. Vier Uhr. Endlich die Morgendämmerung. Als ich ins Badezimmer ging, konnte ich vom Fenster aus die Menschen sehen, die ihren Tag begannen. Jetzt würde alles gut werden, da ich die Nacht überlebt hatte (als könne man nicht ebensogut morgens oder mittags sterben!). Nein. Die Nacht, die Einsamkeit schafft Geister und bösen Zauber.

Ich fühlte mich nicht wohl, ich hatte Angst, verlassen zu werden. Besonders, wenn ich krank war. Mein Vater verließ uns, als es mir sehr schlecht ging, nach einem dreimonatigen Krankenhausaufenthalt mit einer akuten Blinddarmreizung.

Während des Gesprächs mit Dr. Bogner atmete ich leichter. Als ich ihr Sprechzimmer verließ, drang ein Satz mit großer Klarheit in mein Bewußtsein: »Meine Mutter war immer sehr gut zu mir, wenn ich krank war.«
Aber wenn ich krank bin, fühle ich mich eingesperrt, abhängig, und ich lehne mich dagegen auf. Es erstickt mich. Ein Konflikt entsteht. Das Buch über Proust, das ich gestern Abend las, verstörte mich. Das wäre das letzte, was ich je tun würde, mich einschließen und krank sein. Nachdem ich erkannt hatte, welches Gewicht ich einer gewöhnlichen Bronchitis aufgebürdet hatte, besserte sich mein Zustand innerhalb von vierundzwanzig Stunden, und am dritten Tag war ich wieder gesund.

Die innere Musik hat wieder eingesetzt. Ich las noch einmal, was ich für *Solar Barque* geschrieben hatte, und es gefiel mir. Heute nacht höre ich die Musik, und alle meine Empfindungen sind erwacht.
Mein größtes Problem liegt im Experiment selbst begründet. Da ich dem Fluß freier Assoziationen folge, ist das daraus entstehende Gewebe selbst für mich manchmal verwirrend.
Der Versuch, auf diese Weise einen Roman zu schaffen, ist schwierig. Ein Bild führt zum nächsten, eine Empfindung ruft eine andere hervor, ein Vorfall weckt eine Erinnerung, nichts ist chronologisch, sondern nur durch eigene Erinnerung, Empfindungen und unbewußte Assoziationen miteinander verbunden.
Ich wollte zeigen, daß der Abenteurer seine Vergangenheit oder seine Flucht nicht vergißt, wenn er das Paradies der Erde betritt. Der Arzt verabreicht die Droge der Erinnerung, verweigert aber die Droge des Vergessens. Dafür wird er getötet, denn die Menschen wollen vergessen. Lillian entflieht nicht, sie kehrt zurück, um sich an die Vergangenheit zu erinnern und um sie auszulöschen.

Nach Dr. Bogners Worten projizieren wir unser Idealbild auf einen anderen und erwarten von diesem Menschen Perfektion. Andere legen der Beziehung keine Idealisierung zugrunde. Henry tat alles, um die Illusion zu zerstören, er sei eine Idealgestalt, wie auch Gonzalo es tat. So erwartete man nichts von ihnen.
Frau Bogner macht diese subjektive Projektion sehr deutlich, die die Arbeit am eigenen Ich in hohem Maße erschwert. Alles wird auf die *anderen* verlagert. Wird die Projektion analysiert, entdeckt man, daß sie im Ich begründet liegt. Sie entspringt dem Ich, den eigenen Bedürfnissen. Aber als sie anzudeuten schien, daß ich diese subjektive Sehweise auch in meinem Werk beibehalte, beunruhigte mich dies tief. Ich bin bereit, Irrtümer in meinem Leben einzugestehen aber nicht in meinem Werk. Das wollte Frau Bogner nicht sagen. Sie sprach einmal davon, ich hätte trotz der Neurose einen außerordentlichen Realitätsbezug. Ich sah ihre erste Bemerkung über subjektive Sehweise als Bedrohung der Integrität meiner Arbeit. Das meinte sie nicht; sie wollte sagen, daß alle Wahrheit in der Beziehung zwischen Subjektivität und Objektivität und nicht in einem von beiden liegt. Aber mit dem Begriff ›subjektiv‹ hat man immer meine Arbeit kritisiert. Da ich die Gültigkeit und den Wert subjektiver Kunst verteidige, glaubte ich, sie unterstelle mir psychologische Blindheit, wenn sie etwas sagt, das wie die Andeutung eines *Zweifels* klingt. Aber das tut sie nicht. Sie sagt nur, daß Wahrheit aus der Wechselwirkung von Objektivität und Subjektivität entsteht. Hemingway ist kein so objektiver Schriftsteller, wie man ihm nachsagt. Er führt uns seine Sehweise von Krieg, Stierkampf und Jagd vor. Frau Bogner sagte, es gäbe keinen objektiven Schriftsteller. Nur noch einmal kam es zu einem Mißverständnis, und auch dies bezog sich aufs Schreiben. Um objektiv zu bleiben, hat Frau Bogner meine Bücher nicht gelesen. Sie begnügt sich mit meinem Standpunkt und dem, was ich ihr über

die Bücher berichte. Sie schien mir nicht zuzustimmen, als ich sagte, ich benutze die psychoanalytische Methode, um mich dem wahren Charakter einer Figur zu nähern. Nach ihrer Meinung kann die Psychoanalyse nicht den ganzen Menschen erfassen oder beschreiben, da sie sich auf das Gebiet der Neurose beschränkt. Aber da sie der Schlüssel zum Ich ist, vertrete ich die Meinung, Psychoanalyse sei eine geeignete Methode, um zum geheimen und nicht rationalen Ich vorzudringen, das die Motivationen für unsere Handlungen birgt. Ich war der Ansicht, sie vor allen anderen müsse verstehen, was ich tue. Aber sie stellt jedes Extrem und alles Zusammenhanglose in Frage. Nichts steht für sich. Alles ist miteinander verwoben, außen und innen, Körper und Geist. In meinem Schreiben wollte ich von der Subjektivität, vom Unbewußten ausgehen und Objektivität erreichen, um beide miteinander zu vereinen.

Mein Bild von anderen hat tausend Transformationen durchlaufen, von der Idealisierung bis zur völligen Ablehnung, zur Neuerschaffung und Freisetzung eines neuen Ich. Meine Perspektive verändert sich in dem Maß, in dem ich mich verändere. Das Thema der Vorstellungen von anderen Menschen. Wie sehr muß man gegen die Schöpfungen und Erfindungen anderer ankämpfen, ihnen aufmerksam zuhören, sie über sich selbst zu Wort kommen lassen, die Eindrücke abwägen und ausgleichen. Sonst verselbständigt sich die Empfindung oder die Projektion. Wir sind wie Bildhauer, die unablässig aus anderen das Bild herausschälen, nach dem wir uns sehnen, das wir brauchen, lieben oder begehren. Häufig richtet sich das gegen ihre Wirklichkeit, gegen ihr Wohlergehen und am Ende steht immer eine Enttäuschung, da das geschaffene Bild nicht mit ihnen übereinstimmt.

Finanzielle Probleme überschatteten meine Kindheit (Ich war krank, als mein Vater die Familie verließ. Mutter

brachte uns von Europa nach New York.) und verursachten mir große Ängste. Meine Mutter war nur als Sängerin ausgebildet, und nachdem ihre Bemühungen, sich als Musiklehrerin durchzusetzen, erfolglos blieben, kauften ihre reichen Schwestern eines der Sandsteinhäuser in der Seventy-fifth Street. Dort sollten wir im ersten Stockwerk, im früheren Eßzimmer, Wohnzimmer und einer Vorratskammer wohnen. Die Miete für die übrigen Räume des Hauses sollten meiner Mutter ein kleines Einkommen sichern. Aber das erwies sich als ein äußerst unsicheres Einkommen. Wenn die Zimmer nicht vermietet waren, hatten wir nicht genug Geld zum Leben. (Aber welch wunderbare Spiele wir in den leeren Räumen spielten, besonders im zweiten Stockwerk mit seinen Schlafzimmern, die mit Teppichen ausgelegt waren, den Ankleidezimmern mit vielen Spiegeln und den für unsere Begriffe luxuriösen Badezimmern!)
Deshalb beschloß meine Mutter, Einkäuferin für ihre reichen Schwestern und kubanischen Freundinnen zu werden. Der Plan entstand, nachdem sie immer wieder schrieben und baten, dies oder jenes in den Kaufhäusern für sie zu besorgen. Es kostete viel Zeit und Mühe, die langen Listen zu erledigen. Meine Mutter eröffnete ein Konto und sollte zehn Prozent vom Wert aller Einkäufe als Kommission erhalten. Es war eine kluge Idee, und der Plan hätte Erfolg haben können. Ich erinnere mich noch daran, wie meine Mutter nach Hause kam und mit dem ihr eigenen Optimismus verkündete: »Heute habe ich hundert Dollar verdient!« Aber die hundert Dollar blieben zum Teil Illusion, denn viele der Einkäufe wurden nie oder so spät bezahlt, daß uns die Schulden über den Kopf wuchsen.
Da meine Mutter den ganzen Tag unterwegs war, um Einkäufe zu erledigen, blieb es mir überlassen, die Rechnungen zu bearbeiten, die Waren nach den Bestellisten zu sortieren, für jeden Kunden einen Lieferschein auszu-

schreiben und die Rechnungen zu verschicken. Ich mußte auch dafür sorgen, daß wir auf die Konten soviel Geld wie möglich überwiesen, aber wir fielen jeden Monat weiter zurück, und die Beträge, die wir schuldeten, überstiegen bei weitem unseren Verdienst. Meine Mutter war gutmütig, und als jemand einen Pelzmantel bei ihr bestellte, der monatlich in kleinen Raten bezahlt werden sollte, ging sie darauf ein. Ich erinnere mich noch immer an diesen Pelzmantel, denn außer der ersten Rate erhielt meine Mutter kein Geld mehr. Ich wußte bereits mit fünfzehn Jahren, daß es eine Illusion war, wenn sie jeden Abend nach Hause kam und mit leuchtenden Augen berichtete, wieviel sie ›verdient‹ hatte. Ich wußte, daß die Gläubiger vor der Tür standen, daß die Kaufhäuser im Laufe des Tages anriefen, und daß die Sorglosigkeit und Gedankenlosigkeit der reichen Familie und der Freunde meiner Mutter uns wieder einmal dazu zwang, Maismehlomeletts zu essen – der billigste Weg, um den jugendlichen Appetit meiner Brüder zu stillen.

In meinen Gesprächen mit Dr. Bogner wird erkennbar, daß mich diese Erfahrung geschädigt hat. Ich träumte von geordneten, unkomplizierten finanziellen Verhältnissen.

Später, als sich die Situation zuspitzte, und meiner Mutter der Kredit gesperrt wurde, vermieteten wir wieder Zimmer in unserem Haus in Richmond Hill. Ich suchte mir Arbeit und wurde Modell.

Nachdem ich darüber gesprochen hatte, träumte ich: »Meine Mutter fuhr ein Auto. Ich übernahm das Steuer und ihren Platz.«

Frau Bogner versuchte, mir zu erklären, daß Unabhängigkeit ein Gefühl ist und nichts, was man wörtlich nehmen kann oder das von einer Arbeit abhängt. Aber ich argumentierte, als junges Mädchen hätte ich weit weniger unter Ängsten gelitten, nachdem ich arbeitete. Ich hoffte immer, Geld wäre einmal unwichtig und würde nicht im Vordergrund des Lebens stehen. Geld sollte reine Notwen-

digkeit und kein Anlaß zu Ängsten sein, wie ich sie aus der Kindheit kannte. Ich will nicht wieder von zerstörerischen Kräften überwältigt werden und mich hilflos fühlen. Ich bin verwirrt, denn wenn die Analyse Selbstsicherheit hervorzurufen scheint, beschuldigt sie mich der Aggressivität und des Machtstrebens. (Ich nehme den Platz meiner Mutter ein, die schlecht Auto fährt.)
Das Thema Geld ist so schmerzlich, daß ich weinte. Ein ungelöstes Rätsel. Ich habe so hart gearbeitet und verdiene so wenig. Ich fühle mich in einer Falle gefangen. Wenn ich Unabhängigkeit realistisch sehen möchte, untersucht Frau Bogner meine Motivation, um sicherzustellen, daß dem keine Aggression zugrunde liegt.

Beim Betrachten schauriger peruanischer Masken dachte ich: Sie dienten dazu, den Feind abzuschrecken. In uns, in vielen von uns ist die Maske, die wir zur Verteidigung tragen, ebenfalls häßlich. Ich habe Veränderungen an Freunden beobachtet. Der Mund wird schmaler, die Furchen der Angst graben sich tiefer ein, die Augen verschleiern sich, und das Lächeln wirkt gezwungen. Manche zeigen eine Härte, die sie früher nicht besaßen, andere Hochmut, andere Arroganz. Mich stimmt das traurig. Ich frage mich, wie wir uns ohne diese Masken entwickeln würden.
Geht es mit dem Schreiben ebenso? Trägt das Geschriebene eine Maske? Jim schreibt seine besten Dinge in Einsamkeit und im Verborgenen. Was wir der Welt überlassen, ist etwas anderes.
Neurose ist eine ›Besessenheit‹. Man wird vom Dämon der Selbstzerstörung besessen. Man steht unter einem Zwang. Man zerstört. Es ist nicht die eigene Stimme, der eigene Körper, das wahre Ich, ein Dämon beherrscht den Körper. Es ist der Geist der Vergangenheit, es sind die Ichs der Vergangenheit, die sich über die Gegenwart legen, sie verschleiern und ersticken. Anaïs sieht im Alter von

fünfzehn Jahren ihre Mutter hart arbeiten. Die Arbeit wächst schnell, und die Schulden wachsen noch schneller. Das Kind ist von der Buchführung verwirrt und fühlt sich hilflos. Später arbeitete ich für das Lebensnotwendige; der kleine Verdienst eines Modells mußte vier Menschen ernähren.

Ich litt nicht darunter, den ganzen Tag für ein Kleidergeschäft zu arbeiten und am Abend für Maler und Illustratoren. Ich litt nicht darunter, kein Mittagessen zu haben, ich schrieb mein Tagebuch und fuhr mit der letzten Bahn nach Hause. Aber eines Abends erzählte mir meine Mutter, sie habe den Vertrag für einen ›Gehweg‹ unterschrieben, der sechshundert Dollar kosten sollte. Mit meinem Verdienst konnte ich diese Ausgabe niemals finanzieren. Es handelte sich um einen überflüssigen Luxus. Wir hatten keinen richtigen Heizkessel; es kostete mich Stunden, ihn in Betrieb zu setzen, und im Winter zerkleinerte ich unzählige Apfelsinenkisten, um das Haus zu heizen. Meine Mutter konnte das Unvernünftige ihres Verhaltens nicht einsehen. Ich packte sie bei den Schultern und schüttelte sie, und das Schuldgefühl, dies getan und gesagt zu haben: »Mutter, kannst Du nicht einsehen, wie töricht das ist?«, lastete mein ganzes Leben auf mir. Die Irrationalität meiner Mutter war der Schrecken meiner Kindheit. Diese Unfähigkeit zur Vernunft und die Erinnerung an meinen Vater, der sagte: »Mit Deiner Mutter kann man nicht vernünftig reden«, habe ich nie vergessen. Mein Vater war von ›Logik‹ besessen. Dieses Wort bedeutete ihm ungeheuer viel. Damals begann ich zu glauben, daß der Mann logisch und die Frau unlogisch sei. Meine erste Illusion über Logik, die *Logik des Mannes.* Als ich nach vielen Jahren meinen Vater in Paris wieder traf, mußte ich entsetzt erkennen, daß er ein Mythomane war. Noch später kam der Schock der Erkenntnis hinzu, die mir Dr. Bogner vermittelte, daß er schizophren war, als er starb.

Eine Verwirrung meiner Natur. Ich wollte die Frau sein, mit der man vernünftig reden konnte. Immer wieder stellte ich die Frage: Kann man mit mir diskutieren? Dr. Bogner nahm mich am ersten Tag für sich ein, als sie sagte, ich besäße trotz meiner Neurose einen außergewöhnlichen Realitätsbezug (Objektivität).
Zum ersten Mal verstehe ich die Furcht der alten Völker vor dem Wahnsinn, und ich verstehe, daß sie Wahnsinnige als Verbrecher behandelten. Auch in der leichten Neurose läßt sich der zerstörerische Geist feststellen, und dies muß zur Vorstellung geführt haben, der Wahnsinnige sei von einem Dämon besessen.

Ein Dinner mit einem französischen Geschäftsmann unterscheidet sich von einem Dinner mit einem amerikanischen Geschäftsmann. Charles Heurté verkauft Öfen an Fabriken, aber er malt, besitzt eine Kunstsammlung; er ist charmant, geistreich, er flirtet, ist galant und spricht nie von Geschäften. Er ist gebildet, kultiviert, weitgereist, belesen. Er zitiert Valéry und schreibt ein kunstkritisches Buch. Das Gespräch streifte Yucatán, China, und wir sprachen über St. Phalles zu erwartende Weltgeschichte. Er küßte mir die Hand, und wir gingen zusammen durch die Fifth Avenue. Er lud mich in sein Haus in der Nähe von Paris ein, das er selbst entworfen hat. In Aussehen und Kleidung erinnerte er mich an die Welt von Marcel Proust. Er beherrscht die Kunst der Konversation, die im Schwinden begriffen ist; Konversation, die dazu da ist, zu gefallen, zu unterhalten, zu bezaubern, zu überraschen und Erfahrungen auszutauschen. Frankreich kultiviert Gesicht, Körper und Sprache auf eine bestimmte Weise – die notwendigen Dinge des Lebens und des Berufs treten nicht in Erscheinung – wie es sein sollte, (wie man einen Heizofen, eine Entlüftung, einen Herd und andere funktionale Dinge versteckt), und nur die Schönheit Gegenstand der Aufmerksamkeit ist, die sie ermöglichen.

Das andere Ehepaar (aus italienischer Bankierskreisen) war sehr charmant, und ich führte mit ihnen ein geistreiches Gespräch über Giraudoux. Gegenseitiger Gedankenaustausch und Bereicherung.

Dr. Bogner erläutert, was sie mit der Unterscheidung lauterer-unlauterer Motivationen meint: »Es sind die unlauteren Motivationen, die Schuldgefühle hervorrufen. Als Sie eine Stellung annahmen, um ihrer Mutter zu helfen, geschah dies offensichtlich aus lauteren Motiven, aber Sie fühlten sich schuldig – nicht weil Sie in einer Krise eingriffen, um zu helfen, sondern weil Sie ursprünglich in der Zuneigung des Vaters den Platz Ihrer Mutter einnehmen wollen, denn ursprünglich (Erbsünde) waren Sie zornig auf die Mutter, weil sie Ihren Vater vertrieb, weil sie Sie nach Amerika brachte, wo Sie doch in Spanien so glücklich waren. So wurde dieser verborgene Zorn, der durch die guten Gründe, eine Arbeit anzunehmen, überdeckt war, in Ihrem Traum zum Anlaß, den Platz der Mutter hinter dem Steuer einzunehmen. Dies könnte sogar erklären, weshalb Sie sich weigerten, Musik zu studieren (das Vorrecht des Vaters), weshalb Sie nie Anteil an Politik nahmen (das Vorrecht Gonzalos).« Aber Schreiben? Henrys Schreiben lähmte mich nicht. Wir spornten uns gegenseitig an. Zu dieser Zeit hatte ich die Schuldgefühle überwunden, aktiv geworden zu sein und meine eigenen Begabungen entwickelt zu haben.
Das Lautere und das Unlautere sind miteinander vermischt, aber das unerbittliche Gewissen kennt jeden feindseligen Gedanken und ist stets bereit zu strafen.
Es stimmt, daß ich die Absicht hatte, Henry zu ermutigen, seine Bücher zu veröffentlichen, ihn als Schriftsteller bekanntzumachen, und daß ich hinter ihm zurückblieb und daß erst die Erkenntnis seiner Überlegenheit als Schriftsteller mich in die Lage versetzte, seinen Rat, seine Hilfe und seine Ermutigung anzunehmen.

Dieses Gespräch fand nach meinem Revolutionstraum statt: Männer, viele Männer in einem Land, das Mexiko sein könnte. Sie haben gerade eine Revolution beendet und kehren verstohlen zu ihrer Arbeit zurück. Der Anführer möchte nicht, daß ich Einzelheiten höre, aber ich sage mit übertriebener Gleichgültigkeit: »Auf mich müßt ihr keine Rücksicht nehmen, ich weiß, daß Revolutionen Gewalt- und Schreckenstaten fordern. Aber das Ziel rechtfertigt die Mittel.«
Meine Revolution?
Und davor: Der See, der alles heilt. Ich schwimme darin. Andere Menschen sitzen in Booten, die wie Faschingswagen aussehen. Die Boote fahren über mich hinweg und bringen mich in Lebensgefahr. Ich werde wütend und klopfe heftig gegen die Bootswände.
Nach dem Gespräch über die Verachtung meines Vaters für Geld, klärten wir, weshalb ich nie finanzielle Probleme lösen konnte. In den letzten Jahren seines Lebens in Kuba gab er dem Gasmann oder dem Lieferanten, wenn sie mit Rechnungen kamen, seine Brieftasche und sagte: »Nehmen Sie sich, was ich Ihnen schulde; ich möchte so etwas Widerliches nicht anfassen.«
In unserer Familie kam das Wort ›kommerziell‹ einer Verdammung gleich. Kein Wunder, daß ich das Problem nicht direkt und einfach angehen konnte; ich war stets von Widerwillen erfüllt.

Schlag auf Schlag auf Schlag. Ich bin in großer Versuchung, das Tagebuch zu verbrennen. Wenn ich nicht nach Paris gehe und das Leben eines Genêt lebe, unverstellt, verbrecherisch, ein Monster, werde ich sterben. Die Atmosphäre in Amerika, so puritanisch, bürgerlich, überkritisch, voller Angst vor der Realität, wirkt auf mich wie das völlige Fehlen von Sauerstoff.

Maxwell Geismar schreibt mir:

Was mir an der ganzen Sache am meisten Sorgen macht, ist Deine Überzeugung, daß Du als Schriftstellerin ›erledigt‹ bist, zumindest in diesem Land, und daß es sinnlos ist weiterzuschreiben. Wenn Du so fühlst ... das ist der Tod für einen Schriftsteller, und Du darfst diesen Gedanken nur als momentane heftige Reaktion ansehen ... Wenn Du wirklich davon überzeugt bist, dann laß doch die Tagebücher in Paris oder in Italien veröffentlichen. Geh selbst nach Europa, versuche das richtige zu arrangieren, oder verlege sie selbst, wie Lawrence es mit *Lady Chatterley* und mit *Pansies* getan hat, und Du kannst vielleicht sogar Geld damit verdienen. Das mag ein verzweifelter Schritt sein, aber er ist möglich, wenn Du glaubst, keinen anderen Ausweg mehr zu haben ... (Und dann werden sie natürlich eine zensierte amerikanische Ausgabe publizieren!) Oder, weshalb versuchst Du nicht den Roman zu schreiben, der auf den Tagebüchern beruht. Dies würde den endgültigen Wert der Tagebücher noch immer nicht beeinträchtigen, aber es könnte in der Mitte liegen zwischen dem, was Du bisher veröffentlicht hast, und dem, was Du zurückhältst. Ich bin der Meinung, Du solltest diesen Weg gehen; aber unternimm irgendetwas und gib nicht auf!

Ich habe den Preis dafür bezahlt, mich nicht von der bürgerlichen Welt zu trennen und völlig als Künstlerin zu leben. Warum? Warum brachte ich den Mut nicht auf, jenseits des Zugriffs aller Gesetze und Tabus zu leben, zu sein, was ich bin, wie Genêt ist, was er ist, niemandem verpflichtet, keinen Beschränkungen unterworfen, »*Le poète maudit*«, und mit denen zusammenzuleben, die keine Tabus anerkennen, statt, wie ich es jetzt tue, der Sicherheit zuliebe in der falschen Welt zu leben, wie mein Vater es tat. Ein Schutz, den man mit seinem Leben bezahlt!

Die Sicherheit, die das konventionelle Leben mit seinen Regeln, Ordnungen und Gesetzen, etc. bietet, bedeutet aber auch den totalen Verlust der Freiheit.
Jim und ich sprachen darüber und machten uns gegenseitig Mut: »Wie sehr half mir Dein Tagebuch, mich zu entfalten«, sagte Jim, »es half mir, mich in die Tiefe zu wagen. Aber ich kann noch immer nicht alles niederschreiben. Ich stelle mir vor, ich stürbe, und andere würden es dann lesen.«
Er ist sehr beschäftigt. Sein Theaterstück wird aufgeführt. Er schreibt Szenen um, kümmert sich um die Besetzung und nimmt an Konferenzen teil. Aber ein merkwürdiges Faktum kommt wieder einmal zu Tag: das beste, was er schreibt, findet sich im Tagebuch.

Bella und Sam Spewack sagen am Telefon (über *Unter einer Glasglocke*): »Wunderschön geschrieben, so schön, wie es nur sein kann, aber ein Wortgemälde. Keine Geschichte. Sie müssen eine Geschichte erzählen, es bedarf einer Handlung. Sie hätten *Bonjour Tristesse* schreiben können. Die Geschichte der Maus zum Beispiel: Sie schreiben eine Skizze, Sie erzählen nicht genug. Sie sollten mehr aus der Sicht des Mädchens schreiben. Sie hätten nicht selbst auftauchen sollen.«
»Wie konnte ich abwesend sein, wenn es die Geschichte der Maus ist, wie wir sie in unserer Beziehung zueinander erlebten?«
Und die Beiden sind so tief im Elend verstrickt. Sie leiden blind und verzweifelt unter ihrer Ehe. Sie sagt: »Nur der Tod wird mich befreien.« Ihr objektives Leben bescherte ihnen kein Wissen über sich selbst oder gegenseitiges Verständnis. Sie glauben, man könne das Ich auslöschen und erreiche dann Weisheit. Sie sagen, Simenon sei in seinen Büchern nicht zu finden. Sie irren. In der Wahl seiner Figuren, in seinem zwanghaften Hang zum ›Untergang‹ und in seiner ständigen Wiederholung der einen Geschich-

te: Der Mann, der eines morgens erwacht und sich von Frau, Kindern, Partnern, Freunden und der ganzen Welt entfremdet fühlt, ist Simenon die ganze Zeit über präsent, mit seiner Düsterkeit und der fehlenden Liebe. Alle Geschichten sind hervorragend erzählt, aber es handelt sich immer um dieselbe Geschichte. Die Geschichte von Simenons Sicht der Welt.

Es ist sehr merkwürdig, daß Jim und ich in unseren Gesprächen über etwas Wesentliches einig sind, das wir Sauerstoff nennen. Es handelt sich also nicht um etwas Imaginäres. Jim will Freiheit in seinem Leben. Es scheint ihm zu gelingen, sie zu erreichen. Wenn sein Theaterstück ein Erfolg ist, wird er sie erlangen.
Aber Jim überzeugt mich davon, daß man der Welt die Wahrheit nicht anvertrauen kann, und daß die Welt ein Dschungel voller Gefahren, Gewalttätigkeit und Bosheit ist.
Amerika haßt den Künstler. Ihm wird bewiesen, daß er im Unrecht war, wenn er in Wahnsinn oder aus Kummer stirbt. Amerika will nicht zugeben: Der Künstler ist meine Seele, und ich will meine Seele töten, da sie mir im Wege steht, Reichtum und Macht zu gewinnen.

Führte das Kollektivleben der Inkas je zu einer Aufgabe des Ich, wie sie im amerikanischen Kollektivleben erreicht wurde? Lösche das Ich aus, sagen die Spewacks, und als ich durch Amerika reiste und seine Naturschönheiten betrachtete, konnte ich mich nachher auch nicht an eine einzige außergewöhnliche Gestalt erinnern. Das Land wirkte leer oder wie von anonymen Automaten bewohnt. Massen. Keine Persönlichkeiten. Die Canyons und die Flüsse, so schön wie in Indien oder Tibet, aber die Menschen, die dort leben, ähneln sich alle, sie sind farblos. Es bleibt das Gefühl leerer Räume zurück. Ich betrachtete die Menschen, hörte ihnen zu, in Cafés, in Bussen, in anderen Autos, die

ganzen viertausend Meilen lange Reise. Sie wirkten wie Statisten in einem Film, dessen Hauptdarsteller fehlen.
Ich erinnere mich, daß Richard Wright sagte, er könne sich als Schriftsteller nicht entwickeln, da das Rassenproblem ihn aufzehre. Die immer gleichbleibenden, unveränderlichen Ärgernisse gefährden mich, und sie werden meine Arbeit vergiften, denn ich muß den Gegenstand meines Schreibens lieben. Deshalb schreibe ich über Mexiko.
Ein Alptraum klärte auch, was mich krank macht: Ich war verurteilt, durch eine Injektion in den Kopf zu sterben, die ein Neger vornehmen sollte. Ich empfand Mitgefühl für meinen Henker und versprach immer wieder, ihm die Aufgabe nicht zu erschweren. Ich traf Verfügungen über das Tagebuch. Schließlich kam die Zeit für die Injektion. Die Wirkung setzte ein, und ich erstickte langsam. Meine Mutter befand sich im Raum. Plötzlich wußte ich, daß sie mein Tagebuch lesen würde. Meine letzten Worte waren: »Schwöre, daß Du es nicht lesen wirst. Versprich, daß Du es nicht lesen wirst.« Das Gefühl zu ersticken verstärkte sich, und ich erwachte.
Ich leide unter Schuldgefühlen und mache mir Sorgen wegen des Inhalts der Tagebücher und ihrer Wirkung auf andere. Ich muß die Tagebücher verbrennen!

Lloyd (Wright) wurde durch die Persönlichkeit seines Vaters, einen übermächtigen Schatten, um seinen Erfolg betrogen, aber auch durch die amerikanische Feindseligkeit gegen Phantasie und Architektur. Anstatt mit den Borgias zu verhandeln, mußte er unter Huntington Hartford leiden, einem Millionär, der eine ganze Seite in *The New York Times* bezahlt, um moderne Malerei zu attackieren. Als Weihnachtsgeschenk für Lloyd (der für den Wilshire Boulevard in Los Angeles ein schönes Theatercenter und für den Gipfel der Hollywood Hills einen phantastischen Nightclub entwarf – jeder der Entwürfe hätte Hartford weltweiten Ruhm gebracht, wenn er ausgeführt worden wäre) schickte er einen Korb mit A & P Pfirsichen und anderen Konserven.

Wenn jemand verwundet ist wie Lloyd, lasse ihn zuerst deine Sympathie fühlen, dann leiste Erste Hilfe: bekämpfe seine negative Einstellung und den verlorenen Glauben durch Bestätigung seiner Kreativität.

Auch die Idee des Todes ist mit dem Gefühl der Schuld verbunden. Schuld wird durch Tod bestraft. Und ich kenne meine Verbrechen. Ich verwirkliche, wovon andere Menschen nur träumen. Ich gehorchte dem Traum. Aber ich kann mich nicht vom Gefühl der Schuld befreien. Und Dr. Bogner ist nicht in der Lage, mir Absolution zu erteilen.

Die Wahrheit, die Menschen nicht ertragen können, ist die Wahrheit, die sich in ihren Träumen enthüllt. Du kannst dich in deinen Vater und deinen Bruder verlieben. Du kannst dich gegen deine Mutter auflehnen, du kannst deine Rivalen töten, du kannst die Liebe anderer stehlen, du kannst jede Liebe verraten ... in Träumen. Du kannst liebestoll und orgiastisch sein, du kannst tausend Frauen sein ... in deinen Träumen. Aber wenn du in Wirklichkeit auch *eine* von ihnen bist, dann bist du in deinen eigenen Augen und in den Augen der Welt eine Verbrecherin und *wirst zum Tode verurteilt.* Dies war die Bedeutung meines Alptraums. Ich wurde durch eine Injektion in den Kopf zum Tod verurteilt (der Sitz der Träume).

Es ist noch bezeichnender, daß meine Mutter das Tagebuch nicht lesen darf.

Mich umgeben nur ungestaltete Menschen. Meine Auflehnung richtet sich meist gegen Mittelmäßigkeit. Was ich suche, ist ein Leben in der Tiefe, und das ist schwer zu finden.

Deshalb studiere ich Simenons Stil. Er ist ein Meister der sichtbaren Welt. Aber in einem Interview bezeichnet er sich als Dichter, das einzige, was er meiner Meinung nach nicht ist. Er ist ein Realist, ein Beobachter, ein Psychologe, er ist genau und geht den Dingen auf den Grund. Aber er ist kein Dichter, denn ein Dichter verwandelt alles, was er berührt, und er setzt sich über die Erscheinung hinweg, um hinter sie zu gelangen und zum Kern vorzudringen. Simenon ist wie eine Kamera, wie ein Tonband. Er befaßt sich ausschließlich mit Figuren, die sich einer Fatalität unterwerfen, die sich in der Kindheit abzeichnete. Seine Menschen können sich nicht verändern. Ihre einzige Fähigkeit besteht darin, in die Zerstörung oder Selbstzerstörung abzugleiten. Kein einziger kennt Liebe und Heldentum, besitzt die Fähigkeit zu verändern, zu entfliehen oder dic Isolation zu durchbrechen. Sein Werk ist ein umfangreiches Dokument des Versagens. Der Grundton ist stets fatalistisch und freudlos. Es umfaßt alle nur denkbaren Varianten der Zerstörung und Selbstzerstörung.
Merkwürdig. In letzter Zeit habe ich mich ausschließlich mit den anderen Aspekten des menschlichen Charakters beschäftigt: der Fähigkeit zu verändern, zu überwinden, zu transformieren oder wenigstens gegen Negation, Neurose, zwanghaftes Verhalten zu kämpfen. Ich beginne immer mit dem Höhepunkt, dem lebendigen Augenblick. Wenn ein Abstieg, ein Zurückfallen einsetzt, beschreibe ich das mit Bedauern. Die Geschichte von Henry Miller beginnt mit meinem Vertrauen in sein Werk, mit seinem fröhlichen Besuch in Louveciennes. Sie hätte auch damit beginnen können, daß er eine Nacht zwischen Abfällen in einem leeren Kinosaal verbringt und das Kino verlassen muß, als die Putzfrau ihn mit ihrem Besen weckt. Sie hätte mit dem Henry beginnen können, der ohne Glauben, und mir, die voller Glauben war; mit Henry, der zornig, und mir, die nicht zornig war. Aber meine

Geschichte würde sich immer von Simenons Geschichte unterscheiden, selbst wenn ich dieselben Figuren beschreiben sollte.

Jetzt erkenne ich, daß meine sichtbare Welt einem so starken emotionalen Licht ausgesetzt ist, daß sie für die meisten Menschen unsichtbar oder abstrakt bleibt. Und doch versuche ich mit aller Entschlossenheit, mein Werk im Bereich der sichtbaren Welt zu vervollkommnen. Ich habe zu sehr wie ein Röntgengerät gearbeitet, das Aufnahmen des psychischen Ich macht. Monsieur Simenon, Ihr Werk ist nicht die Arbeit eines Dichters. Der Dichter lebt in einer verklärten Nacht – in der Nacht der Symbole. Selbst wenn Simenon die Träume erwähnt und sie einbezieht, enthüllt er sehr wenig von den blinden, unbewußten Mustern und Zwängen, die sie verraten.

Das Aufblitzen der inneren Gesetzmäßigkeit (Bezüge zur Kindheit – wenn Mallard ein bestimmtes schmuddeliges Café sucht, da es dort genauso riecht wie im Haus seiner Kindheit) bestätigt den Einfluß der Vergangenheit. Nur Verhängnisse aber kein Sieg, keine Auflehnung gegen die unsichtbaren Kräfte, und kein Entfliehen durch Kunst und Phantasie, nur Fluchten nach Tahiti oder Afrika, die im Unglück enden.

Mein Ideal ist es, die Wohnung von allem Unwichtigen freizuhalten. Ich nehme mir das japanische Haus, in dem es nur das Schöne und das Wichtige gibt, zum Vorbild. Ich bewundere die Vorratshäuser der Japaner, die sie irgendwo draußen im Garten errichten und in denen sie alles aufbewahren, was Unordnung in die leeren Räume bringen könnte.

Gestern Abend besuchten wir die Campions zum Grillessen im Hof. Die drei Kinder trugen Nachthemden und Bademäntel. Sie kamen aus dem Bad, mit gescheitelten Haaren, die über den Ohren von einer Schleife gehalten wurden und wie Flügel abstanden. Sie saßen so artig am Tisch, als sollten sie vom Photographen für das Familienalbum aufgenommen werden, damit ihnen die Eltern erlaubten, mit uns zu essen. Durch ihre Anwesenheit schien das Leben einfach und schön.

Ein Tag des Nachdenkens. Ich suche Klarheit und eine Neuorientierung. Der Roman ist schwierig. Wieder einmal ist das Thema, das mir gefällt, zu zart gesponnen, zu symbolisch und so schwer zu dramatisieren. Es ist entmutigend, daß alle Welt *Bonjour Tristesse,* eine abgedroschene und seichte Geschichte, überschwenglich lobt. Zweifellos wollen die Menschen an der Oberfläche bleiben.

Nach einem Tag innerer Sammlung stand ich früh auf und war für ein Unternehmen bereit, das ich lange hinausgezögert hatte: Ein Flug nach San Franzisko, um die Originaltagebücher zu holen, um Auszüge zu machen. Der Bibliothekar in Evanston bot mir an, sie zu fotokopieren, um mir das Abschreiben mit der Maschine zu ersparen. Aber ich hätte ihm dafür ein Exemplar der Tagebücher überlassen müssen, und so lehnte ich ab.
Ich schreibe gerne im kalten klaren Licht der Wolkenlandschaften, wenn ich im Flugzeug sitze. Es ist ein ganz besonderes Licht, nicht golden, wie ich mir das Licht in Griechenland vorstelle und nicht blau, wie das Licht verschneiter Berge. Es ist intensiv weiß und blendend. Aber wenn ich in diesem Licht alles deutlicher sehe, hängt das nicht mit dem Licht zusammen, sondern mit der Höhe und der Trennung von allen, die ich liebe.
Trotz aller Analysen ist es mir bisher nicht gelungen, mich undurchlässig zu machen. Meine Beziehungen verzehren mich. Ich lasse das zu. Meine Liebe zu anderen scheint niemals nachzulassen, brachzuliegen, Winterschlaf zu halten, teilnahmslos und negativ zu sein. Ich bin nie-

mals gleichgültig, träge oder untätig. Meine Liebe ist von intensiver Aufmerksamkeit, und Gleichgültigkeit macht sich nur bei Erschöpfung bemerkbar. Der vergangene Monat hat mich erschreckt. Ich fühlte mich ohne Energiequellen. Meine Kraft erschöpfte sich zum großen Teil in Haus und Garten. Ich achtete nicht so sehr auf meinen gewohnten Tagesablauf. Normalerweise nehme ich um vier Uhr nachmittags ein Bad, nachdem ich den ganzen Tag geschrieben habe. Ich mache Gymnastik und ziehe mich um. Ich tat das alles gleichgültig, nicht, weil mir nicht nach Schreiben zumute war, sondern weil niemandem etwas daran liegt. Ich glaube, Jim ist der einzige Mensch, der mein Schreiben wirklich liebt. Niemand sonst. Einsamkeit. Es ist schwer, für ein leeres Haus zu schreiben, zu wissen, daß ich kämpfen muß, um für das Buch einen Verleger zu finden und es zu verkaufen. Es ist so schwer, gegen Feindseligkeiten zu kämpfen.

Als ich Bella Spewack meine Freundschaft schenkte, dachte ich nicht daran, daß sie mir einen solch vernichtenden Brief schreiben könnte: »Sie müssen sich als Autorin herausnehmen. Hören Sie auf, bedeutungslose Poesie zu schreiben. Erzählen Sie eine Geschichte. Dylan Thomas und Alain Fournier erzählen eine Geschichte, und auch *Bonjour Tristesse* ist eine Geschichte. Sie alle erzählen eine richtige Geschichte.
Malraux schreibt über den Helden. Er hat recht. Der Held ist im Menschen verborgen, und er tritt im Krieg (Saint-Exupéry, Malraux) oder in der Kunst in Erscheinung. Ich frage mich: kann ich eine Heldin in der Kunst sein, meinen einsamen Weg verfolgen, kämpfen und den Kampf als selbstverständlich hinnehmen, mich von den Angriffen nicht beirren lassen und mein Ziel nicht aus den Augen verlieren? Ich habe mir ein sehr hohes Ziel gesteckt, das weit über meine Person hinausgeht. Ich muß andere an meinen Entdeckungen über die Psyche teil-

haben lassen. Aber wir leben im Zeitalter der gewöhnlichen Menschen, und ich schreibe über ungewöhnliche Gestalten. Wie kann ich dieses Wissen anwenden? Proust gelang es, obwohl keine seiner Gestalten die geistige Tiefe ihres Schöpfers besaß. Die Gestalten werden von seinem Bewußtsein getragen. Es sind durchschnittliche Menschen, so durchschnittlich wie sie mir in meinem Leben begegnen. Aber Proust sieht durch sie hindurch, findet eine geistige Tiefe, die allen Menschen gemein ist, und zieht daraus wesentliche Erkenntnisse.

Weil ich über den ungewöhnlichen Menschen schreibe und dies in Amerika, wo der Künstler unter die Freaks eingereiht wird – die Frau mit dem Bart, die siamesischen Zwillinge und der dicke Mann –, kann ich nicht, wie Simenon es tut, über die kleinen Leute oder über Menschen wie in *Bonjour Tristesse* schreiben. Als ich über Henry schrieb, der aus einfachen Verhältnissen stammt, tat ich dies, um seine außergewöhnlichen Eigenschaften und Charakterzüge sichtbar zu machen. Vielleicht ist es auch eine Frage der Exotik. Ich liebe fremde Länder, außergewöhnliche Menschen und ungewöhnliche Erfahrungen. Niemand begreift, daß das Gewöhnliche nur eine Fassade ist, eine Rolle, daß das andere verborgen bleibt und ans Licht gebracht werden muß.

Auch über etwas anderes kann ich nicht schreiben: Über Menschen, die ihr Leben festgelegt und beschlossen haben, an der Oberfläche zu bleiben, den Ideen, der Musik, den Büchern, die sie im Alter von zwanzig Jahren kannten, die Treue zu halten, Menschen, die ihre Oberfläche mit Humor glattgeschliffen haben, die eine gelackte und emaillierte Oberfläche besitzen, die ihnen das Gewahrwerden der Tragödie verwehrt, selbst wenn sie persönlich davon betroffen sind, Menschen, die darauf beharren, tiefgreifende Erschütterungen, Krisen und unerfüllte Wünsche zu neutralisieren. Diese Mauern will ich nicht erstürmen. Die Angst hat sie aufgerichtet, und was darunter begraben wurde, ist bereits zerfallen. Der Horizont solcher Menschen ist eng und begrenzt. Ich kann vielleicht menschliche Sympathie für sie empfinden, aber in meinen Augen sind sie wie die Unberührbaren, sie bleiben unberührt von den großen Geheimnissen und Stürmen oder den Höhepunkten des Lebens. Über sie kann ich nicht schreiben.

Ich dachte mir eine schöne Verpackung für meine Weihnachtsgeschenke aus. Auf eisblaue Metallfolie lege ich einen ausgebreiteten japanischen Papiervogel. Zum Verschnüren benutze ich die am Vogel befestigte Schnur (der eigentlich ein Mobile ist, das von der Decke hängt). Der silberne Vogel spiegelt sich in der glänzenden blauen Folie, und es sieht hübsch aus. Der Vogel scheint gerade davonzufliegen. An diesem Tag fühlte ich mich sehr glücklich, etwas Schönes geschaffen zu haben.

[Januar 1965]

Silvester verlief fröhlich. Renate arbeitet als Empfangsdame im Holiday House, das Dudley Murphy gehört. Dudley war früher Filmproduzent; zu seinen Filmen gehören *Ballet Mécanique* von Fernand Léger und *Emperor Jones*. Holiday House ist ein modernes Hotel und Restaurant in Malibu mit wundervollem Blick aufs Meer. Die Hintergrundmusik der Wellen verleiht ihm einen ganz besonderen Charakter. Das ständige Klatschen des Wassers gegen Felsen gibt einem das Gefühl, daß jeder Satz ausgelöscht wird, sobald man ihn ausgesprochen hat, – die Schiefertafel ist wieder sauber. Die Murphys bereiteten mir wegen meiner Bücher einen fürstlichen Empfang und luden mich zu einer großen Flasche Champagner ein. Ich tanzte die ganze Nacht, küßte um Mitternacht Fremde und dachte dabei an die Freunde, die ich nicht küssen konnte.

Ein ungetrübter Tag der Ganzheit. Es gibt Tage, die in tausend Stücke zerbrechen, die man nicht zusammenfügen kann, die von den Kleinigkeiten des Lebens hoffnungslos zertrümmert werden. Anderen Tagen fehlt der Katalysator, der den Tag ganz und rein macht, ihn von allen kleinen Störungen befreit.
Ich würde gerne das Tagebuch 1955 zu einem richtigen Abschluß bringen. Da ich auch Romanschriftstellerin bin, möchte ich es wie einen Roman mit einer Art Höhepunkt beenden, einen Höhepunkt aufzeigen und in die Zukunft blicken. Manchmal habe ich das Gefühl, die Tagebücher seien kein abgeschlossenes Werk und müßten ergänzt wer-

den. Ich frage mich, ob ich es tun soll, da mir immer weniger Zeit bleibt.

Ingrid hat kurze rotbraune Haare wie ein Fuchs und fuchsfarbene Augen. Sie hat ein jungenhaftes Gesicht, eine kleine rundliche Nase und ein paar Sommersprossen. Ihre Haut ist sehr weiß. Sie legt kein Make-Up auf und zupft ihre Augenbrauen nicht. Ihr Gesicht strahlt vor Gesundheit. Ihr ständiges Lachen ist wie ein Feuerwerk, sie ist spontan und lebendig. Auf Renates und Pauls Party ›Tausendundeine Nacht‹ enthüllte sie schöne, große und schwere Brüste. Katys Mann bemerkte sarkastisch: »Du mußtest in aller Öffentlichkeit beweisen, daß du eine Frau bist, denn sonst ...« Sonst wirkt alles männlich an ihr. Ihr tatkräftiges Wesen, ihr direkter Blick, ihre derben Späße, ihre offene Sinnlichkeit und schließlich ihre Ehe mit einem sanften, passiven, zurückhaltenden jungen Mann, der ihre Führungsrolle akzeptiert. Ingrid ist stets schlagfertig und humorvoll, munter, lebhaft und voll Lebenslust. Ich habe gerade ihren Roman gelesen. Er ist mit den Augen eines Kindes geschrieben. Der Stil ist lebendig, aber die Figuren sind klein, unbedeutend, uninteressant und gewöhnlich. Eine Tante und ein Onkel, an die man sich nicht erinnern wird, Menschen, die man nicht kennen will.

Zwischen uns begann ein unterschwelliges Ringen. Sie rief mich jeden Tag an; sie suchte meine Bewunderung, und ich konnte sie ihr nicht geben. Deshalb hielt sie mir vor, in meinem Werk fehle das Interesse an durchschnittlichen Menschen. »Sie sind nicht wirklich.«

Nach Ingrids Hochzeit feierten wir eine Party, die buchstäblich ins Wasser fiel. Der riesige Holzklotz, das Geschenk eines Freundes, rauchte in Renates Kamin so entsetzlich, daß wir alle weinten, husteten und Türen und Fenster öffnen mußten. Es war kalt und naß. Wir fröstelten und unsere Augen tränten. Renate trat hinaus in den

Regen, als schiene die Sonne und sagte: »Ich habe mir schon immer eine Gartenparty im Regen gewünscht.« Von diesem Augenblick an wurde die Gesellschaft fröhlich.
Neulich besuchte ich Paul und Renate allein. Ein Freund, der stets behauptete, er träume nie, hatte schließlich doch einen Traum, und wir fanden, dies sei ein Grund zum feiern: Die Geburt eines Träumers!
Im Traum beobachteten er und ich ein Pferd, das einer Antilope nachstellte. Ich bemerkte, sie seien ein ungleiches Paar. Am Ende bestieg das Pferd die Antilope. Paul sagte, in der Mythologie seien Pferd und Antilope ein bekanntes Paar, denn ihrer Verbindung entsprang das Einhorn.

Renate erzählte die Geschichte ihres etwas sonderbaren Onkels. Er weigerte sich, zur Schule zu gehen und verschloß sich mit seinen Büchern in einem Zimmer, das er nur verließ, um zu essen oder neue Bücher zu besorgen. Nach sieben Jahren beendete er die Klausur, verließ das Zimmer, legte ein brillantes Examen ab und wurde Professor.
Sein Tick bezog sich auf die Knochen; er behauptete, kein Knochenmark zu besitzen. Abgesehen von dieser fixen Idee war er intelligent und klug. Renates Eltern beschlossen, sie solle von ihrem Onkel unterrichtet werden, schärften ihr jedoch vorher ein, das Wort Knochenmark nie zu erwähnen. Natürlich war Renate in großer Versuchung, das Thema zur Sprache zu bringen. Sie interessierte sich sehr für das Problem und suchte nach einem indirekten Weg, darüber zu sprechen. Sie fand heraus, daß Vögel kein Knochenmark haben. Das erzählte sie ihrem Onkel und fügte hinzu: »Wenn Du kein Knochenmark besitzt, heißt das, Du kannst fliegen.« Das beeindruckte den Onkel sehr, aber er versuchte nie, diese Theorie unter Beweis zu stellen. Später konnte Renate mehr über den Hintergrund seiner Wahnvorstellung erfahren. Es stellte sich

heraus, daß die Mutter dieses Onkels schwanger wurde, während sie ihn noch stillte. Irgendwie erfuhr er davon und kam zu der Überzeugung, daß das andere Kind, sein Bruder, der Mutter und ihm alle Nahrung (das Mark) entzogen und ihn ohne Knochenmark zurückgelassen habe. Bedeutete der Rückzug in ein Zimmer die Rückkehr in den Mutterleib, und das Nähren durch Bücher den Versuch, eine Ersatznahrung zu finden? Renates Familie kannte Freud, und Renate wuchs mit psychologischen Interpretationen auf. Sie entschlüsselt mühelos symbolisches Verhalten, und wir führen lange Gespräche darüber.

Renate steht ständig unter großer innerer Spannung, die sie in alle möglichen Aktivitäten treibt. Das Gesicht spiegelt ihre Intensität und Anspannung; ihre Bewegungen stehen in Harmonie mit ihrem wachsamen und aktiven Geist. Sie kennt keine Pausen oder Ruhezeiten. Ingrid lacht immer, als sei alles, was uns widerfährt eine Slapstick-Komödie. Knochen ohne Mark sind ebenso komisch wie die viereckigen Köpfe der Clowns von Miró. Es ist eigenartig, wie Ereignisse, die wir als tragisch erlebt haben, im Laufe der Zeit ihre komische Seite enthüllen. Jetzt kann ich darüber lachen, wie ernst ich meine Jungfräulichkeit nahm, als ich für Künstler Modell stand – obwohl ich noch nicht einmal genau wußte, worin diese Jungfräulichkeit bestand und wovor ich davonlief. Meine Mutter setzte auf den natürlichen weiblichen Instinkt und hatte mich deshalb nicht aufgeklärt. Offensichtlich funktionierte der natürliche weibliche Instinkt, denn ich erinnere mich, daß ich mich im Alter von sechzehn einmal morgens um neun in einem *Loft*, einer jener penthouseartigen Dachwohnungen, in der Innenstadt einfand, eine Adresse, die ich vom Models Club erhalten hatte. Der Künstler, der mir verschlafen die Tür öffnete, trug einen Pyjama, und durch die offene Tür sah man das ungemachte Bett. Die Art seiner Begrüßung veranlaßte mich, schnellstens wieder zu verschwinden. Der Maler, der mir anbot, für meine Reise nach Woodstock aufzukommen, da ich im Sommer arbeitslos war (um diese Zeit verließen alle Maler New York), setzte voraus, daß ich wußte, was die Einladung einschloß, und reagierte enttäuscht, als ich mich weigerte, als Geliebte in sein Atelier zu ziehen. Er erzählte allen anderen Malern, ich hätte meinen Teil der Abmachung nicht erfüllt, und niemand gab mir Arbeit. So war ich in Woodstock gestrandet und ohne genügend Geld für die Rückkehr nach New York. Das Komischste war meine Schüchternheit und Zurückhaltung. Ich erschien am Bergsee, wo alle Künstler und die Mädchen schwammen, im Badeanzug und in langen schwarzen Strümpfen, während die anderen alle Kleider auszogen. Heute wäre ich die erste, die über mein Aussehen und über den Empfang, den mir die anderen bereiteten, lachen würde. Damals fühlte ich mich als hilfloses Opfer und empfand die ganze Episode als Tragödie. Meine Mutter mußte mir Geld für die Heimfahrt schicken.

Paul sieht aus wie einer, der – wie seine dänischen Vorfahren – die Mitternachtssonne gesehen hat. Er erinnert an einen blonden Engel, der gerade von einer schwarzen Messe zurückkommt. Die Mitternachtssonne bräunt nicht. Er lächelt unschuldig, obwohl ich sicher bin, daß er die Engel und Chorknaben entkleidet und geliebt hat. In seinen Zeichnungen fehlt nie der Taktstock des Dirigenten. Er besitzt das feine, hintergründige Lächeln Pans. Er liebt Blumen, Schmetterlinge, Vögel aus Papier, und er umgibt sich mit sanften Farben und zarten Stoffen.

Ich habe ihn nur einmal zornig und wütend erlebt. Für Renate sind Geheimnisse unerträglich. Sie ist dazu geschaffen, die Büchse der Pandora zu öffnen. Pauls Seele gleicht einem dieser geheimnisvollen japanischen Kästchen, die man nur allmählich und mit unendlicher Geduld öffnen kann, ein Teil des Kästchens bleibt immer verborgen. Renate bricht dieses japanische Kästchen seiner Seele voll Ungestüm auf, und Paul, der weiß, daß sie jedesmal

wieder einen Dämon mit dem Gesicht eines Engels finden wird, sagte: »Du weißt, was ich anderen gebe, nehme ich Dir nicht weg. Es hat nichts mit unserer Liebe zu tun.«
Aber Renate ist unsicher. Sie weiß nie, wann Paul sie ohne Auto, ohne Ankündigung in Malibu alleinlassen wird und ohne Gelegenheit, seine heidnische Untreue mit einem christlichen Versuch der Untreue zu vergelten – der Untreue, die keine Lust verschafft. Nur ein Heide kann sein sinnliches Leben wie eine Frucht genießen.
Renate ist bekümmert, ihre meergrünen Augen schwimmen auf einem aufgewühlten See und können das offene Meer nicht erreichen, den schäumenden, alles umfassenden Ozean. Wann wird Paul seine Luftschlösser aufgeben, sich ihr zuwenden, und sie darüber trösten, daß sie keine Heidin ist? Trostspenden ist eine christliche Handlung. Pauls einzige christliche Tat ist die Liebe der Engel.
Ingrid hat das amerikanische Mißtrauen gegenüber Kunst und Charme: »Paul zieht Nutzen aus seiner Seele.«
»Daher kommen die kreativen Fähigkeiten. Du sprichst von der Seele, als sei sie eine Ölquelle.«
Die Surrealisten schöpften aus dem Unbewußten, das manchmal selbstbewußt war. Dann wirkte das Ergebnis gekünstelt. Aber das ist kein Grund zu glauben, daß jeder Schmuck, jede Improvisation artifizell sei. Paul liebt es, sich auf das Magische zu beziehen, sich der Verkleidungen und der Rituale zu bedienen. Er studiert Mythologie, aber ich bin davon überzeugt, daß wir in uns selbst eine eigene Mythologie finden müssen, uns nicht auf die klassische Mythologie verlassen dürfen. Weshalb sollen wir den Freund, der sich zum ersten Mal an seinen Traum erinnert, mit den Lorbeeren der Caesaren krönen? Wir müssen unsere eigenen Symbole finden.
Renates Bild beherrscht das ganze Zimmer. Es hängt uns gegenüber, als wir am späten Nachmittag um den Tisch sitzen. Eine lichtumflossene nackte Frau ruht neben einem sitzenden schwarzen Panther. Das Gesicht des Panthers

und das Gesicht der Frau sind von gleicher Größe. Die Augen des Panthers sind größer als die Augen der Frau. Der Panther herrscht über alle dunklen Kräfte der Nacht und kann das Dunkel mit seinen Augen durchdringen. In der Frau vereinigen sich der Glanz der Sonne und die Schönheit des Körpers. – Die Schöne und das Tier nach einer langen Ehe, aus der sie in Harmonie und gleicher Schönheit hervorgehen. Aber später, als es dunkler wurde, begann der Körper der Frau mit dem phosphoriszierenden Strahlen des Tieres aufzuleuchten, der Panther versank in der Dunkelheit, und nur seine Augen blieben sichtbar. Sie hat das Tier in sich aufgesogen und es in leuchtendes Fleisch verwandelt, aber das Tier besitzt das Wissen um die Alchemie.

Renate hat die Künstlichkeit der Kunst vergessen und erzählte ein Erlebnis, das sie beim Hören von Musik hatte: Ihr Körper war zu einer Säule geworden, aus deren oberen Ende eine Science Fiction-Antenne wuchs, die Lassos aus blauem, elektrischem Licht warf, die sich drehten und in ihrer Drehung andere Wellen einfingen; die Wellen des Gehirns, die Verbindung zu anderen Schwingungen aufnehmen wollten. Unsere Gehirnwellen zeichnen nicht nur Fieberkurven auf Papier. Sie leuchten wie Neonlichter, und wie neueste wissenschaftliche Experimente zeigen, sprühen sie auch Funken wie elektrische Kurzschlüsse.

War Renates Traum prophetisch?

Mark sagte: »Ich wünschte, ich hätte solche Träume.«

»Du wirst sie haben«, sagte ich, »Träumen ist ansteckend. Nimm unseren Freund hier, der sich zum ersten Mal an seinen Traum erinnert.«

»Anaïs, hast du *Solar Barque* beendet?«

»Noch nicht.«

Die Nachbarn vertrauen mir jedesmal, wenn sie ausgehen, ihre Kinder an. Der Gedanke, seine Kinder einer Surrealistin anzuvertrauen, verdient gefördert zu werden.

Ich muß gestehen, manchmal bringen mir diese Expeditionen in die Bereiche des Unbewußten keine Reichtümer. Es gibt Zeiten, in denen ich in diesem Meer des Unbewußten dahintreibe, wo es kein Licht gibt, keine leuchtenden Fische und auch keine Visionen.
Es ist gleichermaßen gefährlich, nach Kohle, Öl und Gold zu graben, und doch waren Männer bereit, ihr Leben dafür hinzugeben. So wagt der Schriftsteller, in verborgenen Welten zu schürfen; er geht auf gefährliche Entdeckungsreisen, bei denen er seine Verbindungen zum menschlichen Leben und vielleicht auch seine Gesundheit verlieren kann. Aber er sucht nach Schätzen anderer Art. Alle Schätze unseres Wesens liegen tief unter der Oberfläche. Durch Freud entstand der falsche Eindruck, daß auf dem Grund nur Unrat, Alpträume und Perversionen zu finden seien.

Ich kaufte Papier, ließ das Haus Haus sein und richtete mich in der Welt der Tagebücher ein. Ich kopierte Band achtundsechzig und war glücklich. Ich lebte in einer reichen Welt: die Druckerei, Gonzalo, Frances Field (damals Brown), Analyse bei Martha Jaeger.
Ist es der Abstand, der diese Menschen interessanter macht? Ich traf einmal die Entscheidung, niemals über etwas zu schreiben, das ich nicht liebte. Niemals über das zu schreiben, was ich hasse. Ich habe diesen Vorsatz gebrochen.
Jims Begeisterung hat mich dazu verführt, mehr Tagebücher zu kopieren. Ich konnte *Solar Barque* nicht beenden.

Traum: Ich telefonierte mit meiner Mutter. Ich hörte mich sagen: »Mammi.« Aber nach einer Weile wurde ihre Stimme leiser, und ich konnte sie nicht mehr verstehen. Ich rief vergeblich nach ihr. Dann versuchte ich, sie zu finden. Sie war klein geworden. Sie war so klein, so klein wie eine lange dünne Katze. Ich empfand große Trauer darüber.

Als Renates Katze an einem Schlangenbiß starb, sagte ich ihr, was ich von den Haitianern gehört hatte: »Sei froh, es nimmt den Fluch von Haus und Familie. Sie sagen, Katzen wenden Unheil ab.«

Im Tagebuch hat jeder Monat seinen Titel wie ein Roman. Als ich Peggy pflegte, war es mein Florence Nightingale-Monat. Diesen nenne ich Mea Culpa-Monat. Ich untersuchte alle meine Freundschaften und beschuldigte mich, versagt zu haben. Ich führe einen ständigen Krieg gegen die Realität. Selbst gegen die Realität meiner Freunde und meiner Liebe. Ich schreibe ihnen beharrlich in meinen Träumen Rollen zu, und es ist meine Schuld, wenn sie diese Rollen nicht immer erfüllen können. Mea Culpa ist eine schwere Bürde.

In Bekins Storage, Huntington Drive, Arcadia, sind drei große Metallaktenschränke mit meinen Tagebüchern gefüllt. Sobald ich einen Band kopiert habe, bringe ich das Original zurück und schicke eine Kopie an Jim.
Jims Brief über Organisation war so richtig, und beim Kopieren denke ich darüber nach. Ich muß die Porträts ergänzen und abrunden. Jeden Menschen, mit dem ich ein paar Tage zusammenlebe, sehe ich im menschlichen Licht des Tagebuchs und im fiktiven Licht des Romans. Im Roman verfolge ich die Phantasie und im Tagebuch die Lebenslinie. Wo beginnen?
Tavi, mein Cockerspaniel liegt am Fußende des Bettes. Er ist vierzehn Jahre alt, das entspricht achtzig Menschenjahren. Er ist taub, er sieht nicht mehr gut und schläft den größten Teil des Tages. Einst glaubte ich, wir würden zusammen altern, und wenn wir dann sehr alt geworden seien, würde ich mit ihm wie Eskimoeltern davon-

gehen und verschwinden. Aber ich verändere mich nicht. Ich stehe um sieben Uhr morgens auf, bereite das Frühstück, mache Ordnung im Haus, erledige alle Pflichten, gehe zur Post, bringe die Wäsche zu Graf Laundromat, koche das Mittagessen, ruhe ein paar Minuten und schreibe dann den ganzen Nachmittag auf meiner Schreibmaschine. Die Arbeit an den Tagebüchern schenkt mir Energie. Die interessante Entwicklung im Leben von Frances: Armut in der Kindheit, Tuberkulose, eine unglückliche Ehe, von Armut zu Reichtum, eine glückliche Ehe, ein Kind, ein aufregendes Leben und die vielen guten Bilder, die sie gemalt hat. Aber das flüchtige Element, das ich gerne einfangen würde, ist die geheime, innere Welt, die verborgen blieb, aus der sie ihre Kraft zog, die in ihrer Jugend nur durch Tanz, Bildhauerei oder in Gesprächen mit mir sichtbar wurde. Diese Welt schenkten ihr die Träume, die sie jetzt malt.

Vorher sah sie die Außenwelt als brutal und grausam (in ihren Kindheitserinnerungen), jetzt enthüllt sie Sensibilität, Verletzlichkeit und visionäre phantasievolle Gebilde. Sie wird geliebt, bewundert und ihre Bilder werden gekauft. Sie entfaltete sich durch eigenen Mut, obwohl sie bei Jaeger oder Staff nicht gerade die beste psychologische Betreuung erhielt.

Ich würde gerne das Sichtbare an dieser geheimen Welt beschreiben, bevor es sich in der Malerei manifestierte. Frances zeigte intellektuelle Härte und analytischen Scharfsinn, aber dahinter verbarg sie ihre Sensibilität und Phantasie.

Sie verstand die Bildersprache, die ich in meinem Schreiben benutze, aber sie beteiligte sich an der Diskussion, in der ihre Freunde eines Abends die ›Wirklichkeit‹ von Stella wegen der symbolischen Abstraktion und der fehlenden Rahmenhandlung in Frage stellten. Gleichzeitig war sie es, die mich drängte, die Geschichten *Unter einer Glasglocke* zu drucken.

Wir verloren uns für ein paar Jahre aus den Augen, während sie im Sanatorium lag, mit einem Bildhauer nach Europa reiste, Michael heiratete und schwanger war. Ich hielt mich so selten in New York auf. Die Welt des Ich, die sie in ihren Bildern malte, brachte uns wieder zusammen und erinnerte uns an unsere langen Gespräche über Träume. Licht und Glanz beherrschen die Bilder von Frances. Es ist eine Welt mit einem Gravitationszentrum, in der strahlende Fragmente im Licht größter Intensität kreisen. Dort werden die dunklen Bereiche des Herzens durch Funken konzentrierter Intuition erleuchtet. Spannungen erzeugen Funkenregen, die Farbe hat das sanfte Glühen von Zärtlichkeit und die Transparenz der Einsicht. Das Licht, das sich über die Erfahrung breitet, ist ein bestimmendes Thema ihrer Arbeiten. Zerbrechliche und doch starke Linien erwecken die Vorstellung von Antennen der Intuition, die die vielen Dimensionen der Gefühle miteinander verbinden und zueinander in Beziehung setzen.

Die Erlebnisse dieses Monats gruppierten sich wie von selbst unter das Thema: dazugehören oder nicht dazugehören. Eine Party in Hollywood, Babysitting, meine Weigerung, einen Artikel über Simone de Beauvoir und Mary McCarthy für *The Nation* zu schreiben (ich interessiere mich für beide nicht sonderlich, und ich weiß, man erwartete einen politischen Essay von mir). Frau Bogner versteht es, die Ereignisse zu einer Synthese zu bringen: Einer Gemeinschaft nur auf der menschlichen Ebene anzugehören. Das stellt mir das Problem der Einsamkeit und der Anstrengungen, die ich unternehme, um durch Dienen und Hingabe zur ›Familie der Menschen‹ zu gehören. Unter Künstlern fühle ich mich zuhause.
Ich lese über das Leben von Erik Satie und Paul Klee. Satie gehört zu den Komponisten, die ich sehr schätze, und sein Leben beeindruckt mich tief. Sein Erfindungs-

reichtum, sein Humor – sein Einfluß und sein Beitrag zur Musik werden noch immer nicht erkannt. Seine Komplexität und seine Vorstellungskraft. Er wurde nicht ernstgenommen, weil er seinen Kompositionen verspielte Titel gab. Sein Hunger. Das kleine Zimmer im Arbeiterviertel. Seine langen Gänge, wenn er von den Häusern der Reichen, wohin er der Mahlzeiten wegen ging und wo er immer spielen mußte, nach Hause zurückkehrte. Nach seinem Tod fand man viele seiner Kompositionen hinter dem Klavier, die er dorthin gesteckt hatte, um das Instrument vor der feuchten Wand zu schützen. So viele seiner Kompositionen liegen in der Bibliothèque Nationale begraben. Das Tagebuch von Paul Klee ist hinreißend und verspielt.

Es ist traurig, in Roman Garys *Les couleurs du jour* zu erfahren, daß die französischen Kriegswaisen, die inmitten von Katastrophen und Schrecken lebten, in amerikanischen Filmgangstern ihre Helden fanden, da sie als einzige Sieger in einer aus den Fugen geratenen Welt blieben.

Theodore, ein deutscher Jude, bestreitet allein eine Grand Guignol-Show. Sie findet um Mitternacht statt, um im Stil von Dr. Caligari zur Atmosphäre von Grauen und Humor beizutragen. Aber der jüdische Witz behält die Oberhand. Theodore beendet die Vorstellung mit der Karikatur des Wahnsinns *à la* Lon Chaney. Seine letzten Worte sind: »Ich bin wahnsinnig ... wahnsinnig ... wahnsinnig ... und das ist mein Glück, denn wäre ich nicht wahnsinnig, wäre ich sicher schon längst verrückt geworden.«

Im Museum of Modern Art traf ich zufällig eine alte Bekannte. Sie sah wie ein riesiges Bonbon aus Schrafft's Delikatessen aus. Sie trug ein Kleid aus blaßblauem Satin, den Kopf krönte wie eine Schaumkrone ein weißer, flauschiger Hut, ihre Halskette schien aus kandierten Früchten zu sein. Sie wurde von ihrer neuesten Liebe, einem ehemaligen Hollywoodschauspieler, begleitet. Er war sehr verbindlich, und wie sie mir zuflüsterte, nicht sehr männlich. Sicher liebt er Daunenbetten und weiche Kissen. »Ich wage nicht, ihn zu heiraten, denn ich fürchte, er liebt eigentlich kleine Jungens. Er ist Anhänger der Christlichen Wissenschaft und geht mit mir sonntags in die Kirche. Ich würde lieber mit ihm zu Dr. Jacobson gehen, um seiner Männlichkeit mit Hormonen nachzuhelfen.«

Peggy Glanville-Hicks entwickelt sehr interessante Theorien über klassische Kunst und Folklore und ihre wechselseitige Beeinflussung. Sie sagt: »Wir leben im Zeitalter der Zuschauer, allerdings feindseliger Zuschauer.«

Ich hörte, *Gates of Hell* sei wegen der perfekten Farbwiedergabe ein teurer Film gewesen. Die Kameraleute arbeiteten bis zur absoluten Perfektion an jeder Einstellung. Um die hohe technische Qualität nicht zu mindern, wurden nur wenige Kopien gezogen, und deshalb gilt der Film als kommerzieller Fehlschlag. Für uns ist das sehr traurig. Ich hoffe nur, es bedeutet nicht, daß wir nie wieder einen solch schönen Film sehen werden.

Es begann sehr einfach. Ich ließ zu, daß Dr. Grath in Sierra Madre ohne Laboruntersuchungen rheumatisches Fieber diagnostizierte und feststellte, ich würde zunehmend unter Herzbeschwerden leiden. Ich nahm Einschränkungen meiner Aktivitäten als Schicksal hin und wehrte mich nicht, als die Symptome mich zusehends übermannten. Ich wollte ein schwaches Herz haben und sterben. Aber in der vergangenen Woche entschloß ich mich, Sicherheit zu suchen. Ich schrieb die Symptome auf und ging zu einem Herzspezialisten, der mich eineinhalb Stunden lang untersuchte. Ich leide nicht an einer Herzkrankheit. Er konnte allerdings nicht feststellen, was die Symptome hervorrief. Aber Frau Dr. Bogner erinnerte mich daran, daß Angst in der Lage ist, die Symptome jeder erdenklichen Krankheit hervorzurufen. Die neugewonnene Sicherheit half mir, wieder gesund zu werden, mich wieder in den Zustand der Gesundheit zu versetzen, und ich konfrontierte mich ernsthaft mit meinen Todeswünschen. Die Vorstellung meines kranken Herzens wurde von Bildern meiner Mutter begleitet, die an unserem letzten gemeinsamen Tag impulsiv zur Tür läuft, um mit dem Milchmann zu sprechen (während mein Bruder Joaquin und ich beim Mittagessen saßen). Wir beide sehen uns ängstlich an, denn wir machen uns Sorgen über mögliche Folgen ihrer schnellen, impulsiven Anstrengung (etwa ein Jahr zuvor hatte sie einen Schlaganfall).

Die Macht des Geistes ist erschreckend. Sie bewirkt Wunder, Schöpfungen und Zerstörungen.

Dr. Bogner kam zu dem Schluß, daß ich zu sagen versuchte: »Ich werde sterben. Gebt mir, was ich mir wünsche, bevor ich sterbe.«

In meinem Traum umtobte ein Sturm das Haus am Meer (einer meiner Wünsche). Die Wellen überfluteten das Haus und rissen es ins Meer.

Jim sagte: »Ich weiß, daß ich dem Milieu entfliehen mußte, aus dem ich stamme. Aber jetzt, wo ich nicht mehr darin gefangen oder dazu verdammt bin, ein solches Leben zu leben, habe ich das Gefühl, zurückgehen und die Menschen dort beschreiben zu können. Ich fühle mich ihnen nahe. Ich verstehe sie. Ich möchte durch ganz Amerika reisen. Ich verstehe, daß es bei Dir anders ist. Du hattest keine Heimat. Du wurdest von einem Land ins andere gebracht. Die Künstler sind Deine Heimat, Du hast keine andere. Sie sind Dein Volk. Aber mein Volk sind die Menschen, die mit mir in derselben Straße lebten.«

Ich weiß, wie er über Kunst im allgemeinen denkt, und er weiß, daß meine Heimat die Kunst ist, das Land der

Künstler. Es ist ein Wunder, daß wir miteinander sprechen können. Wir begegnen uns nicht im Bereich der Kunst sondern im Leben. Er liest mich, weil mein Schreiben lebendig ist. Er wird Proust nicht lesen. Aber er liest mich, weil ich im Rhythmus unserer Zeit schreibe. Wir unterhalten uns in der Sprache des Jazz und nicht in der Sprache der Klassiker.
Jim hat den sehr bezeichnenden Wunsch, Amerikaner zu bleiben, über Amerika und das Bekannte zu schreiben. Darin gleicht er Henry Miller, der nach zehn Jahren Frankreich noch immer durch und durch Amerikaner war.

Ich benutze die Analyse nur, um Krankheit oder Verwirrung zu bekämpfen. Sobald ich wieder klar sehe, löse ich mich von ihr und wende mich von über-analytischen Menschen ab. Analyse sollte nur bei Bedarf herangezogen werden. Die andere Zeit sollte man leidenschaftlich und gefühlsbestimmt leben, kreativ sein und seine Stärke messen.

U-Boot Traum: Ich reise in einem U-Boot. Aber ich bin nicht im Innern des Bootes. Als es auftaucht, halte ich mich mit Hilfe eines langen Gurts am U-Boot fest. Es ist ein Gurt wie an einem Flugzeugsitz. Ich gleite über die Wasseroberfläche wie eine Wasserskiläuferin. Andere Menschen bewegen sich auf dieselbe Weise in entgegengesetzter Richtung. Manche reiten auf Pferden. Das Meer ist von Reisenden übersät, alle Schiffe fahren unter Wasser. Aber ich stelle fest, daß mein Unterseeboot jetzt zu tief taucht; wenn es noch tiefer taucht, wird es mich unter Wasser ziehen, wo ich nicht atmen kann. Ich überlege, ob ich den Gurt loslassen soll, aber jemand sagt mir, wenn ich loslasse, wird das U-Boot auf den Grund sinken. Ich habe dem Unterseeboot gegenüber ein Gefühl der Verantwortung. Ich lasse nicht los. Das ist sehr anstrengend, aber es gelingt mir, den Gurt festzuhalten.

Jim ist ein Mensch, der nach meiner Definition von Lebendigsein, lebendig ist. Er lebt mit jeder Zelle.
Nach einem Gespräch mit Dr. Bogner: Die alten Völker waren sehr weise, als sie Besessenheitsrituale aufführten. Es beweist, daß sie um das Geheimnis wußten, daß Lebende von Toten besessen sein können. Sie kannten aber auch Rituale, um die Geister auszutreiben. Das gleiche geschieht mit uns, den sogenannten zivilisierten Menschen, aber da es nicht objektiv wahrgenommen wird (wir kennen Rituale, mit denen wir die Toten bestatten; damit ist für uns eine Beziehung zu Ende), weist uns niemand darauf hin, wann und wo sie wieder von uns Besitz ergreifen und sich in unserer Seele niederlassen. Ich realisierte den Tod meiner Mutter nicht richtig, als sie starb. Mein Schmerz war natürlich, menschlich, physisch, eine normale Trauer. Erst Jahre später entwickelte sich eine Herzkrankheit (sie starb an Herzversagen), und ich bereitete mich darauf vor, denselben Tod zu sterben, mit ihr zu sterben. Ich übernahm einige ihrer negativen Eigenschaften: Reizbarkeit und Auflehnungsbedürfnis. Ich übernahm ihre Verhaltensweisen, unter denen ich gelitten hatte und ihre Krankheit. (Warum nicht Fröhlichkeit und ihren Mut? Aber das hätte den Schmerz ihres Verlusts nur vergrößert.)

Ich verstand auch, daß das Gefühl der Zerrüttung, des inneren Zusammenbruchs aus der *Besessenheit* und nicht aus der LSD-Erfahrung geboren wurde. Vielleicht begann es damit, daß ich mehrere Menschen in schwierigen Zeiten pflegte, und Pflegen war ein Wesenszug meiner Mutter. Wir leben also durch eine Folge von Assoziationen, Stimmungen, Empfindungen, die unbedingt und immer wieder von unserem *nicht-besessenen Ich* getrennt werden müssen, dem Ich, das von Übergriffen anderer nicht betroffen ist, von Verschmelzungen mit anderen.
Deshalb wuchs in diesen Monaten des Mea Culpa die

Scham über mich selbst. Ich war nicht ich selbst. Ich nahm Wesenszüge meiner Mutter an, Züge, die ich nicht gutheiße, und sie mischten sich mit der Eigenschaft, die ich einst so liebte, und der ich mich in Augenblicken körperlicher Schwäche beraubt fühlte: Ihr tatkräftiges Eingreifen in Zeiten großer Beanspruchung und ihre bewundernswerte Art, jemanden gesund zu pflegen.
Proust wußte viel über das Besessensein von Toten zu sagen, aber nichts über die Austreibung. Sie ist Aufgabe des Analytikers.
Ich frage mich, wie die Naturvölker in der Lage waren, diese Krisen, den Zeitpunkt der Austreibung mathematisch vorauszuberechnen (das ist die Zeit der Pubertät, der Heirat, das ist die Zeit für die Zeremonie, um die umherschweifenden Toten zu vertreiben), denn sie alle unterliegen einem intellektuellen Rhythmus und stehen in keiner Beziehung zum Kalender.

Der Geist meiner Mutter, den ihre Nähmaschine und ihr goldener Fingerhut symbolisierten, brachte mich nicht dazu, die Hausarbeit zu lieben. Vielleicht ließ die Reizbarkeit auf den Grund ihrer Auflehnung gegen die Dominanz der Mutterrolle schließen, und vielleicht identifizierte ich mich mit einer tieferen Wahrheit, die ich mit Bewußtsein nie erkannt hatte: Eine Mutter, die nicht immer nur Mutter sein wollte, die einst von einer Karriere als Konzertsängerin träumte, mußte einen Ehemann und drei kleine Kinder bemutterten.

Ich habe nie verstanden, wie man nach Reichtum jagen kann und nicht nach Liebe. Die Furcht des Geschäftsmanns ist mir ebenso unerklärlich wie seine Freuden. Natürlich könnte jemand sagen, daß ich in meiner Besorgnis um die Liebe mehr Furcht als Freude erkennen ließ, aber es war eine Welt innerer Bereicherung, und als Gewinn blieb mir ein Schatzhaus der Erinnerung. Wenn die Jagd nach

Reichtum dein ganzes Leben in Anspruch nimmt wie eine schwierige Geliebte, und dir deine Wünsche erst erfüllt, wenn du alt bist, oder sie willkürlich zunichte machen kann, ist sie öfter eine Betrügerin als ein geliebter Mensch, der stets seinen Reichtum in dir zurückläßt.
Einem betrogenen Geschäftsmann bleibt nichts, wenn er sein Geld verliert, wie beim Spielen. Der betrogene Geliebte steht nicht mit leeren Händen da.

Ein außergewöhnlicher schwedischer Film *The Naked Night* von Ingmar Bergman. Eine unbedeutende Geschichte wurde durch eine Kunst, die Goya oder Breughel nahekommt, zur echten Tragödie. In seinen Händen ist die Kamera ein Transformator und sieht mehr als menschliche Augen. Sie erfaßt die Atmosphäre der Träume und der Alpträume. Und weil sie die dunkelsten und tiefsten Winkel unseres Wesens fotografiert, prägen sich uns Bilder ein, die beim Verlassen des Theaters nicht verblassen.

Zwei Entdeckungen waren es. Die zweite, der Teil eines noch unveröffentlichten Romans von Marguerite Young, *Miss MacIntosh, My Darling* in *New World Writing*. Eine erstaunliche Art, Illusionen und Realität zu handhaben. Ein direkter Zugang zur Welt des Unbewußten. Sie löste den Konflikt mit dem Realismus, indem sie die Figur der Mutter, die Träumerin, wahnsinnig sein läßt; und so ist sie frei, sich in der Welt des Unbewußten zu bewegen und Phantasien, Träume und Illusionen zu enthüllen. Dem furchtsamen amerikanischen Publikum (das sich vor allem fürchtet, das aus der Nacht unseres Wesens entsteht) erscheinen die wilden Tiere, die der Phantasie entspringen, wie Tiere im Zoo, denn sie stehen unter dem Vorzeichen ›Wahnsinn‹. Zwischen den seltenen Exemplaren und dem Zuschauer steht das Gitter des Käfigs. Mein Fehler im Umgang mit der Öffentlichkeit war es, die Käfiggitter außer acht zu lassen.

Aber für mich, die es liebt, den Träumenden zu spüren und in seinem Traum aufgenommen zu werden, bedeutete Marguerite Youngs Buch den schönsten Ausdruck unseres Nachtlebens seit *Nightwood.*
Wir trafen uns einmal bei John Kennedy, aber damals hatte ich noch nichts von ihr gelesen und ihr Monolog überwältigte mich. Es kam mir vor, als versuchte ich *Ulysses* in einem Atemzug zu lesen. Trotzdem wollten wir uns wiedertreffen. Ihre fröhliche, singende Stimme klang schmeichelnd durchs Telefon: »Ich reise nach Italien. Können wir uns sehen? Ich bin es gewesen, die Ihr Romanfragment für *The Tiger's Eye* angenommen hat.« Wir trafen uns nicht. Aber als ich ihre Bücher las, wußte ich, daß sie vermutlich von uns allen die beste war.
Ich schreibe dies im Bus auf dem Weg zu Dr. Jacobson und seinen Vitaminen, auf dem Weg zu Frau Bogner und ihren Erklärungen und auf dem Weg zu Frances, um ihre neuen Bilder zu sehen.
Wenn Max Jacobson jemanden heilt und die Worte hört: »Es geht mir besser«, zeigt sein Gesichtsausdruck den fürsorglichen Arzt, der mit Leib und Seele den Kampf gegen die Krankheit führt. In seinen Augen spiegeln sich Stolz und Freude, er strahlt: Wieder einmal hat er über seine Feinde Krankheit und Tod triumphiert.

Augen sind Landschaften. Renates Augen lassen an das Meer denken. Es sind Meeresaugen. In ihnen sieht man bewegtes Leben, tanzende Lichtflecken und das Spiel von Grün, Blau und Gold wie auf dem Meeresgrund. Pauls Augen sind Eiskristalle, in denen sich eine Wintersonne spiegelt. Aus den Kristallen formt sich ein Stalaktit. Sie schmelzen niemals. In den Augen des Freundes, der sich zum ersten Mal an einen Traum erinnerte, schimmern warme Grün- und Goldtöne. Sie funkeln, sie schmelzen; es sind venezianische Augen, Kanäle der Reflektionen und in ihnen liegt das ganze Gold Venedigs.

Dann gibt es die erdhaften Augen. Sie kennen weder Horizonte noch Tiefen. In ihnen liegen alle Brauntöne der Erde, das Braun der Füchse, Hunde, Gazellen, Kaninchen und Rehe. In ihnen spiegeln sich nicht Wasser und Himmel, sie bewahren das Braun der Erde. Schwarze Augen sind Kohlen aus den Bergwerken. Sie können Feuer fangen, sie schwelen. Das Schwarz kann entflammen.
Dann gibt es die Neon-Augen. Eine Birne und ein Draht, Mazda-Augen. Man fällt nicht in ihre Tiefen sondern steht vor ihrer Leere. Man wird weder erwärmt noch lassen sie einen frieren.
Es gibt Augen wie die der Japaner, wie die Spalten zwischen den Lamellen einer Jalousie oder eines Fensterladens. Sie verwehren den Zugang zu den Menschen. Andere wieder flackern wie Kerzen. Manche wirken wie Schaufensterscheiben, in denen sich Straße, Verkehr und Passanten spiegeln. Dann gibt es die Augen der amerikanischen Schönheitskönigin, die wie kostbare Steine zur Schau getragen werden, um Bewunderung hervorzurufen. Sie sind wie Katzenaugen. Man kann beinahe sehen, wo die runden Juwelen gefaßt, wo die kleinen Glaskugeln ins Fleisch eingebettet sind. Es gibt Augen, die wie kleine Aquarien sind, in denen man unbestimmte flüchtige Schatten vom Leben im Meer erblickt.

Schrieb über Annette Nancarrow. Schrieb *Solar Barque* völlig um, und es ist lebendig geworden. Alles ordnet sich. Was ich berühre, wächst.

Huxleys Buch *Himmel und Hölle.*
»Als Mystiker oder Künstler galten Menschen, die durch Kunst, durch das Transzendieren des Bewußtseins, durch Chemie oder Hunger, durch Wahnsinn oder Rituale oder heute durch Drogen zu den Antipoden der Menschen gelangten.« Er erwähnte eine der sichersten Methoden, um das Bewußtsein zu überwinden, nicht: die Psychoanalyse.

Brief von Jim:

Ich nahm den Band des Tagebuchs mit dem Titel *Feuer* wieder zur Hand, beendete ihn und bin jetzt etwa in der Hälfte von *Fata Morgana.* Ich fürchte sehr, daß ich Dich einhole und dann nichts mehr zu lesen habe. Der Abschnitt: »Ich bin im Wunderbaren zuhause« aus *Fata Morgana* bewegte mich tief, auch der Teil über die sich verändernden Spiegelbilder von Kindheit und Jugend, und der Satz: »Daß die Welt sich in eine solch widersinnige Sackgasse verrannt hat! Ich lache darüber« – dem eine ausführliche Darstellung Deiner Sicht der Welt folgt, die jedem, der sie nicht teilt, als Perversität erscheinen muß. Du haderst manchmal wegen des fehlenden Mutes mit Dir selbst. Das erstaunt mich, und doch verstehe ich es. Mut ist etwas Relatives. Der Mut zu leben ist etwas Alltägliches geworden, das nichts mit Heldentum zu tun hat, und so forderst Du von Dir Unmögliches: Der Welt vor Augen zu führen, was Mut zum Leben heißt. Ich kann mich mit Deinem Mut nicht messen, aber ich wünsche mir etwas von Deiner Feigheit.
Ich bin jetzt mit Band fünfundfünfzig beinahe fertig. Mensch und Schreiben nehmen kontinuierlich an Schönheit, Klarheit und Weisheit zu. Das Tagebuch ist das große Epos eines Individuums, sehr wahrscheinlich das größte unserer Zeit. Kein wichtiger Schritt ist übersprungen: mühsame Irrwege, die Suche, die Rückfälle, die kühnen Schritte vorwärts zu Bewußtsein und Freiheit.
Dieses Tagebuch ist die Ernte einer vom Himmel gesandten Fee. Es ist durch alle Arten von Licht gewachsen: Kerzenlicht, Mondlicht, Sonnenlicht und imaginäre Lichter. Beim Lesen fühle ich mich wie ein Zauberer, der auf einen riesigen Schatz gestoßen ist, der ihn einen ganzen Winter lang ernähren wird. Ich bin froh, daß Du nicht hier bist, während ich dies sage, es würde sich in Nichts auflösen, es würde in mir liegen, und Du hättest nichts

davon. Ich weiß, ich muß mit meiner Reaktion auf Dein Werk die ganze Welt vertreten. Dir müßten alle Türen offenstehen; Rosen und Champagner, Bewunderung und Dankbarkeit für Deinen Mut und Deine Aufzeichnungen sollte man Dir zu Füßen legen. Ich glaube, Dir wird das alles vorenthalten, um Dich zum Weitermachen zu zwingen, um Dich vor den Versuchern zu bewahren. Anaïs, Du bewegst Dich auf allen Ebenen, und so etwas habe ich in keinem anderen Buch je gefunden: Sinnlichkeit, Intelligenz und Mystizismus. Ohne bewußtes Ordnen von Deiner Seite kommt es zu einer Fusion (Du achtest nicht auf Ordnung, das muß ich Dir sagen, und ich muß Dir auch sagen, weshalb: Es ist nicht Deine Aufgabe), die bewirkt, daß eine Ebene die andere erklärt, sie sich gegenseitig erhellen.

Brief an Jim:

Dein Brief hat mich sehr bewegt. Er brachte mir ein Echo und zeigte soviel Verständnis. Du hast mir wirklich alles zurückgegeben, was Dir das Tagebuch vielleicht bedeutet. Du bist an die Stelle der ganzen Welt getreten, und was kann ein Schriftsteller mehr wünschen, der eine Pyramide aus Worten gebaut hat, als daß jemand in der Lage ist, sie zu betreten, sich darin zuhause zu fühlen, sie zu genießen und zu bewohnen. Es ist eine Erfahrung, die so wunderbar wie erwiderte Liebe ist. Ja, es ist dasselbe! Aber wie Du sehr gut weißt, ereignet sich das selten. Auch ich bin glücklich, sagen zu können, daß ich jedes Wort in Deinem Tagebuch höre, verstehe und liebe. Wenn man weiß, daß hier das geheime Ich spricht, dann kann einem nichts Schöneres widerfahren, als dafür geliebt zu werden. Du hast mehr gesagt als Dir bewußt war, auch wenn Du glaubtest, das Lesen habe Dich berauscht und betäubt. Es spricht von Deinem klaren Urteilsvermögen, wenn Du sagst: »Du achtest nicht auf Ordnung, und es ist nicht

Deine Aufgabe.« Du berührst das Problem, das ich zu lösen versuche. Meine Bemühungen in den Romanen sind fehlgeschlagen. Es muß geordnet werden, vielleicht nicht so wie ich es versuchte, sondern vielleicht in der Art des Jazz. Wie Du aus Deinem eigenen Tagebuch weißt, fordert Improvisation ihren Preis, und möglicherweise klingt deshalb alles fragmentarisch. Was verleiht dem Jazz seine Struktur? Im alten Jazz ein banales Thema, Volksweisen, die jeder kennt. Der progressive Jazz macht Anleihen bei klassischer Musik, bei Bach etc., und improvisiert darüber. Ein Thema. Ja, es ist meine Aufgabe, Jim, niemand kann mir das abnehmen. Und ich habe es in den Romanen nicht getan.

Der rote Faden war das Ich, das verurteilt wurde. Lies Kronenbergs *Company Manners.* Wir leben im Zeitalter der Masse. Ich zu sein, ist ein großes Verbrechen. Für mich war das Ich lediglich ein grenzenloses Gefäß, in dem alle Erfahrungen zusammenfließen konnten. Ich hatte nie das Gefühl, daß dieses Ich andere verdrängte, sondern sah seine Aufgabe darin, daß es mit anderen in Beziehungen trat. Du hast die Bedeutung von *Les Mots Flottant,* dem Fluß der Worte oder dem Strom der Worte verstanden.

Es war wunderbar, Deinen Brief zu erhalten. In gewisser Weise ist Los Angeles eine Wüste. Ich muß neu anfangen, meine Welt zu erschaffen. Meine Freunde leben weit entfernt in Malibu, und ich sehe sie selten. Du mußt Dir vorstellen, daß Dein Brief in einer langweiligen kleinen Stadt in einem von vielen Blechbriefkästen landet, ich ihn herausnehme, mit ins Café trage und ihn dort verschlinge. Dann fühle ich mich wie ein Pilot nach einer Bruchlandung, der den Befehl zum Aufsteigen erhält, und ich gehorche sofort. Jetzt muß ich wie Scheherazade das Tagebuch weiterschreiben, um Dich zu unterhalten. Zu Deinem Leben laß mich sagen: Du wirst das Wunderbare finden, denn es liegt in Dir, und es wird ganz sicher Gestalt annehmen.

[Frühling 1956]

Warten auf Godot ist einer der wenigen Antipoden des Geistes, der mysteriöserweise von den Menschen akzeptiert wird. Warum? Weil der Träumer und der Verrückte Schweißfüße haben, das Komische gewöhnlich ist, und es sich unverkennbar um die Phantasie eines Clochards handelt, der darauf wartet, daß ihn jemand vor Langeweile und Warten retten wird. Sie lachen über Luckys Wahnsinn – seine Hölle. Die Sprache ist nicht authentisch (die Menschen der Antipoden sprechen die Sprache der Träume), aber die Zuschauer gewinnen die Illusion, ein tiefsinniges Schauspiel gesehen zu haben. Die Intellektuellen amüsieren sich, wie damals, als Tennessee Williams eine aufgeblähte Version seines persönlichen Alptraums in *Camino Real* auf die Bühne brachte.

Warten auf Godot hat Substanz, Kraft und den Mut zum *»dépaysement«*. Einiges ist ergreifend, anderes reizt zum Lachen. Es ist vielen anderen Theaterstücken überlegen und hinterließ keinen schlechten Nachgeschmack, sondern eher ein Gefühl von Substanz. Ich weiß nicht, weshalb es mich nicht völlig in seinen Bann zieht, ebensowenig wie Joyce. Vielleicht, weil es nicht den wirklichen Antipoden entstammt, sondern wieder einmal eine intellektuelle Vorspiegelung ist? Das Irrationale als Reproduktion und nicht sein direkter Ausdruck? Das Stück ist geschickt aufgebaut, in allem ein Produkt des Verstandes, und das zersetzende Element darin ist nur eine Reflektion des wirklichen Unbewußten.

Jim und ich versuchten zu analysieren, weshalb uns das Stück nicht mitgerissen hatte. Ist uns das Thema zuwider?

Passivität, Warten, leere Tage, Hilflosigkeit. Ist es das Gemisch von derber Menschlichkeit, wunden Füßen und Einsteins komplizierten Gedanken über Zeit und Raum? Was es auch sei, wir müssen allen Erforschern des menschlichen Traums die Treue halten, selbst wenn der Intellekt mit Alptraum und Traum hantiert.

Fortsetzung einer Geschichte der Besessenheit.
Im Unterbewußtsein hatte ich nicht aufgehört, um meine Mutter zu trauern, und hatte einige ihrer Wesenszüge übernommen. Es ist eine übliche Form der Trauer. Es gelang mir nicht, wie sie an einem Herzleiden zu sterben, und so legte ich mir ihre Reizbarkeit zu. Das endete erst, als ich Dr. Bogner wiedersah. Ich starb nicht. Aber plötzlich konnte ich nicht an *Solar Barque* weiterarbeiten. Ich fühlte mich gehemmt, der Fluß war unterbrochen und mich überkamen grundsätzliche Zweifel an allem, was ich tat. Ich hatte das Gefühl, nicht mehr schreiben zu können. Und so stellten sich Angst und das Bedürfnis ein, Dr. Bogner aufzusuchen (ich kam zu früh zu meiner Stunde und lief in der Nachbarschaft umher).
Erst gestern bei Frau Bogner erinnerte ich mich daran, daß die Mutter mein Schreiben verurteilt hatte: »Als kleines Mädchen hast Du so entzückend geschrieben. Wie kannst Du jetzt über dieses Monster D. H. Lawrence schreiben?« Ich weinte. Frau Bogner, stets taktvoll und feinfühlig, wurde noch taktvoller und feinfühliger: »Ich habe gerade vor kurzem *Ein Spion im Haus der Liebe* gelesen. Es ist poetisch und empfindsam. Ich sehe nichts Surrealistisches oder schwer Verständliches darin.«
Auf dem Heimweg weinte ich. Ich aß allein zu Abend. Ich widmete mich denen, die Briefe schreiben, Bücher bestellen, die sie nicht finden können. Ich las ein Buch von Pierre Molaine, ebenfalls ein vielschichtiger Autor. Vor dem Einschlafen ein neuer Anfall von Furcht. Das Herz schlägt unregelmäßig, der Körper ist kalt. Schließlich

schlief ich ein. Heute morgen arbeitete ich wieder an *Solar Barque.* Schrieb über die Party auf der Yacht des mexikanischen Generals. Ich habe den Tod meiner Mutter noch einmal durchlebt und ihr durch meine Unfähigkeit zu schreiben, sogar Gehorsam erwiesen. Aber ich befreie mich aus dieser Besessenheit. *Solar Barque* ist zum größten Teil ein Werk der Phantasie. Ich erfinde mehr als je zuvor. Sehr wenig ist dem Leben entnommen. Jetzt erkenne ich, es fiel mir schwerer als die anderen Bücher, weil ich mich nicht auf Ereignisse aus dem Tagebuch stützte. Es lag außerhalb der Reichweite des Tagebuchs, und zum ersten Mal fühlte ich mich in den leeren Raum der Phantasie gestoßen.

Ein Student in Evanston stellte mir eine sehr wichtige Frage: »Wenn der Symbolismus die Sprache unserer Träume und des unbewußten Ichs ist, weshalb kann der Schriftsteller sie dann nicht für uns übersetzen, damit wir die Botschaft unmittelbar verstehen können?«
Damals konnte ich ihm nicht antworten, aber heute weiß ich, der Schriftsteller darf symbolische Bilder nicht übersetzen, *wir müssen alle die Sprache des Symbolismus lernen,* sonst werden wir nie mit ihm vertraut. Aber wir müssen sie verstehen, um unsere alltäglichen Handlungen, das indirekte Tun der Menschen, unsere Umgebung, die Bedeutung unserer Träume und bestimmte Ausdrücke, die uns im Spaß oder spontan entschlüpfen, zu interpretieren. Sie ist die Sprache unseres verborgenen Ichs. Auch der Jazz schuf seine eigene Sprache, und sie zu übersetzen bedeutet, sie dem Intellekt zu vermitteln (und sie ist nicht für den Intellekt bestimmt). Der Symbolismus wollte uns auf einer anderen Ebene der Kommunikation erreichen, indirekt mit unserem unbewußten Ich in Verbindung treten. Diese Bildersprache zu benutzen, mit ihr vertraut zu werden heißt, direkt mit den Sinnen und dem Unterbewußtsein in Verbindung zu treten, um sie zu beeinflussen.

Brief an meinen Neffen Paul Chase:

Dein geistreiches Fernsehspiel *Prometheus Rebound* hat mir großes Vergnügen bereitet. Es ist meisterhaft und mit viel Gespür für Tempo geschrieben. Gleichzeitig liegt allem eine tiefere Bedeutung zugrunde, die geschickt unter der Oberfläche verborgen bleibt. Die bittere Wahrheit, die Enttäuschung und die Tragödie erscheinen dadurch nicht so niederdrückend. Es hat mir sehr gefallen. Ich würde es gerne jemandem zeigen, der Beziehungen zum Fernsehen hat. Bist Du damit einverstanden? Das soll nicht heißen, es sei so mittelmäßig wie die meisten Fernsehspiele; ich glaube nur, daß das Stück durch die humorvolle Behandlung des Themas bessere Aussichten hat, angenommen zu werden als eine Tragödie. Humor ist ein wunderbares Instrument, ein Passierschein für viele verschlossene Türen.
Ich bin wie immer mit Schreiben und Hausarbeit beschäftigt. Ich arbeite an einem Roman, der noch nicht beendet ist, kopiere Tagebücher und bereite sie für eine künftige Veröffentlichung vor. Ich wünschte, ich hätte wieder meine Druckerei. Ich reise auch regelmäßig nach New York und brauche dann einen Monat, um mich von der gereizten Atmosphäre dort zu erholen, wo zuviel geschieht, und mich auf diesen Ort einzustimmen, an dem außer Bränden und Überschwemmungen nichts passiert.
Da fällt mir ein, könntest Du oder Derith mir helfen, den Namen und die Adresse eines Mannes ausfindig zu machen, der in Chapel Hill studierte, und der eine Lesung meiner Bücher dort angeregt haben soll? Sein Bruder lehrt noch in Chapel Hill, und eines seiner Kinder heißt Djuna. Ich hatte vor, seine Adresse ausfindig zu machen, als ich dort war, aber ich vergaß es.
Ich denke mit großer Anteilnahme an Deriths Schwangerschaft. Ich hoffe, sie wird die Geburt gut überstehen und sich über das Ereignis freuen können. Obwohl ich keine

Kinder habe, sehe ich es als eine wundervolle Erfahrung an. Inzwischen glaube ich, daß es die einzige Erfahrung ist, die dich von diesem unbequemen Kind in dir befreit, das dich ein Leben lang verfolgt, bis du es der Zukunft übergibst, und es auf ein Menschenkind projizierst, was dich schließlich zu einem Erwachsenen werden läßt. Dieses ungeborene Kind in uns steht immer am Fenster und blickt herein.
Übrigens, die beste Geschichte, die ich in diesem Jahr gelesen habe, ist *The Jet-Propelled Couch* von Lindner (einem Analytiker). Das Taschenbuch hat den Titel *The Fifty-Minute Hour.* Lies aber *The Jet-Propelled Couch* zuerst, da Dich die anderen Geschichten vielleicht abschrecken könnten. Ich glaube, daß er die besten Porträts eines Kommunisten und eines Faschisten vom psychologischen Standpunkt aus zeichnet. Er versteht die Rebellion sehr gut, und er ermutigt sie auf gewisse Weise und auf bestimmten Ebenen. Er starb erst kürzlich, noch ziemlich jung, er war um die vierzig. Der Titel *Rebel without a Cause* stammt aus seinem Buch.

Eine Bemerkung von Jim über das Zeitalter der Mittelmäßigkeit, wie wir es nennen: »Kraft lehnte *Gypsy at the Automat* ab, da der junge Held ein Schriftsteller ist. Sie sagen, das Publikum interessiere sich nicht für Schriftsteller. Ich lehnte ab, das zu ändern, und erklärte ihm, daß Menschen wie er dafür verantwortlich seien, daß das Publikum nur noch aus Analphabeten bestünde.«

Huston verstand *Moby Dick* und zeigte seine tiefere Bedeutung auf. Es ist ein außergewöhnlicher Film. Die Besessenheit des Kapitäns hat nichts mit seinem Beruf zu tun; sein Motiv liegt nicht in der Notwendigkeit, seinen Lebensunterhalt mit Walfang zu verdienen. Walfang bedeutet ihm ebenso wenig wie das Wohlergehen und die Sicherheit seiner Mannschaft oder seine Pflichten als Kapi-

tän. Er trachtet nur danach, seine neurotische Rechnung mit Moby Dick zu begleichen, der ihn besiegt und verkrüppelt hat.
Jeder Neurotiker opfert andere und sich selbst aus Rache oder Rechtfertigung für die Vergangenheit.

Kopierte Band achtundsechzig, insgesamt zweihundertfünfzehn Seiten.
Kann *Solar Barque* nicht beenden.
Genieße die Sommerhitze, den Swimming-Pool und freue mich an den Campion-Kindern.

Phyllis, die Nachbarin, die links von uns wohnt, die Tochter eines schwedischen Bauern, überließ mir am Sonntag ihre drei Kinder, damit sie mit ihrem Mann zur *Horse Show* gehen konnte. Das Baby ist erst wenige Monate alt. Ich wechselte zehnmal die Windeln und gab ihm zwei Flaschen. Alle, die mich in dieser Rolle sahen, amüsierten sich, Pam rief sogar ihre Mutter an, um ihr die Neuigkeit mitzuteilen. Der Kreis menschlicher Erfahrungen schließt sich!
Jetzt kenne ich das Leben in der Gemeinschaft. Aber ich bin noch immer der Überzeugung, daß diese Menschen, die so stolz darauf sind, drei Kinder in die Welt gesetzt zu haben und großzuziehen, der Welt weniger geben als Beethoven, Paul Klee oder Proust. Es ist die Überzeugung ihrer Rechtschaffenheit, die mich schmerzt. Ich würde sie lieber von weniger Kindern und mehr Schönheit umgeben sehen, weniger Kindern, die besser erzogen werden, weniger Kindern und mehr Nahrung für alle, mehr Hoffnung und weniger Krieg. Ich war keineswegs stolz darauf, drei Kindern mit Gesichtern wie Pudding oder Hafergrütze über einen Sonntagnachmittag hinweggeholfen zu haben. Es hätte mich mit größerem Stolz erfüllt, ein Quartett geschrieben zu haben, an dem sich viele Generationen erfreuen könnten.

Die Jahre in Sierra Madre, in denen sich mein Leben ausschließlich auf nachbarliche Beziehungen beschränkte, bewiesen mir, daß das einfache Leben unkreativer Menschen für kreative Menschen unfruchtbar ist, eng, monoton und ohne echte Bereicherungen. Freundlichkeit, Frieden und Routine sind nicht genug. Ich bin verzweifelt ruhelos.

Louis und Bebe Barron leben in New York. Sie entwickelten einen elektronischen Sound und schufen die Musik zu Ian Hugos erstem Film *Bells of Atlantis.* Sie eignete sich sehr gut für einen Film, der einen Traum enthüllt. Hollywood fand, sie sei das richtige für einen Science Fiction Film.
Ich dachte, es müßte interessant sein zu erfahren, wie sie arbeiten:

Aus *Los Angeles Times* (von Philip K. Scheuer)

Ich weiß nicht, was die Musikergewerkschaft dazu sagen wird – aber die Musik zu einem neuen Hollywoodfilm wird nicht von Menschen ›gespielt‹.
Es handelt sich um den MGM Film *Forbidden Planet,* eine aufregende Science Fiction Geschichte, die auf einer intellektuellen Ebene angesiedelt ist. Wo im Vorspann üblicherweise Komponisten und Musiker genannt werden, liest man hier »Electronic tonalitis von Bebe und Louis Barron«.
Ich habe noch nie etwas gehört, was diesen Tönen gleicht, obwohl sie manchmal an einen Thereminapparat erinnern. Aber die Barrons, die diese Musik in ihren Studios in New York in viermonatiger Arbeit aufgezeichnet haben, erklären, das Theremin sei dabei nicht verwendet worden.
»Der Klangcharakter mag manchmal ähnlich sein«, sagt Louis, »aber die Steuerung ist völlig anders.« Es sei auch kein Musikinstrument eingesetzt worden, schwor er, ihre

Musik sei ausschließlich auf elektronischem Weg erzeugt. Die Barrons, die experimentelle Klänge – und Filme – in Manhattan produzieren, erreichten das Ohr von Doré Schary, als sie auf einer freien Kunstausstellung von Miriam Svet – Mrs. Schary – Aufsehen erregten. Das Schicksal und eine Reise an die Westküste brachten sie zu MGM, als der Produzent und der Musikzar Johnny Green gerade eine neue Art Musik für ihren Film *Forbidden Planet,* eine Mischung aus Wirklichkeit und Phantasie, suchten. Die Barrons erhielten den Auftrag.
Sie sind ein junges, hingebungsvoll arbeitendes Ehepaar, er mit noch größerer Leidenschaft als sie. Beide haben Musik studiert, aber die Klänge, die sie produzieren, sind zu unbestimmbar, um Musik genannt zu werden. Louis sagte: »Wir können nicht von einer Partitur reden, und wir können uns nicht Musiker nennen. Obwohl wir dem musikalischen Fach angehören, sind wir im Augenblick künstlerische Waisen.«
Wie dem auch sei, die Barrons haben musikalische Themen geschaffen, die überzeugend den Schrecken und die Schönheit des Unbekannten untermalen – selbst die alkoholischen Eskapaden von Robby, dem Roboter. Robby ist ein Automat, der von Walter Pidgeon konstruiert wurde, einem irdischen Wissenschaftler, der im Jahr 2200 auf Altair-4 strandet. Und wie sich herausstellt, ist er ein unberechenbarer Bursche – Robby nicht Walter.
Die Barrons erzeugen ihre Musik durch Elektronen, die sie aktivieren, um elektronische Kreise zu schaffen. Louis redete ständig von Schaltkreisen.
»Schaltkreise sind unsere Darsteller«, sagte er, »wir bringen sie in eine dramatische Beziehung zueinander, dann stimulieren wir sie, und sie reagieren entsprechend darauf. Wir beginnen mit einer Art Provokation, um sie kämpfen, sich lieben oder andere Dinge tun zu lassen.«
»Elektronen?«, wiederholte ich ungläubig.
»Der Klang wird durch das Verhalten der Elektronen

in diesen Schaltkreisen hervorgebracht«, faßte Barron noch einmal geduldig zusammen, »sich selbst überlassen, werden sie tun, was ihnen entspricht. Aber sie brauchen Ansporn. Wir können diese Schaltkreise quälen, ohne dabei ein schlechtes Gewissen zu haben – wollten wir ein ähnliches Resultat auf konventionelle Weise erreichen, müßten wir vermutlich einen Musiker foltern.«

»Eine erschreckende Aussicht«, stimmte ich zu.

Louis fuhr fort: »Wir sprechen bei diesen Schaltkreisen von echtem Schmerzempfinden, aber wir fühlen kein Mitleid. Jeder Schaltkreis hat die Tendenz, *etwas* zu tun, er kann sich auch gegen die Instruktionen wehren. Tut er das, müssen wir ihn elektronisch zurechtweisen.«

Mir tat der zurechtgewiesene Schaltkreis noch immer leid, als Louis bereits einen neuen Gedanken entwickelte.

»Wir besitzen ein neues künstlerisches Werkzeug: direkte Kommunikation durch reine Emotion und nicht durch ein Symbol, das im Geist zurückübersetzt werden muß. Wenn man Kommunikations- oder Informationstheorie studiert, um zu erfahren, wieviel Information ein Gehirn einem anderen, oder eine Maschine einer anderen Maschine übermitteln kann ...«

»Ach ja«, sagte ich, »Kybernetik«. Das war eine kühne Vermutung.

»Genau«, stimmte Louis strahlend zu, »die Wissenschaft hat bei der Natur und den Künsten Anleihen gemacht, um *ihre* Theorien zu beweisen, weshalb sollten also Künstler nicht die Werkzeuge der Wissenschaft leihen, um emotionale Ideen auszudrücken? Daraus entwickelt sich eine neue Kunstform, die ausschließlich elektronisch ist.«

Ich wollte wissen, ob Barron die Klänge hören kann, die seine Schaltkreise hervorbringen, während sie aufgenommen werden.

Ja, das könne er. Er benutze keine ›Klaviatur‹, fügte er hinzu, sondern verschiedene Kontrollschaltungen – und wenn die Schaltkreise hart angepackt werden, zeichnet

er die daraus resultierenden Leidenstöne auf Tonband auf. Das Ergebnis wird wie im Fall von *Forbidden Planet* auf den Filmstreifen kopiert.
Ich warf ein, die Musik scheine im Verlauf des Films tatsächlich Gefühle verschiedenster Art auszudrücken.
»Ob die Schaltkreise tatsächlich fühlen oder nicht, wissen wir nicht«, sagte Louis, »sie benehmen sich, als sei es der Fall. Man kann sie dazu veranlassen, beispielsweise unglücklich zu klingen, und wenn wir das hören, fühlen wir uns unglücklich.«
Dies ist die Geschichte der Barrons und der elektronischen Klänge. Ich will nicht den Eindruck erwecken, mehr zu tun, als sie zu berichten. Aber ich kann Ihnen versichern, Sie werden in *Forbidden Planet* eine neue Hörerfahrung machen.

Ich kam zu der Überzeugung, Freude sei unerreichbar: Wenn ich mir von Menschen, Ländern oder einer Lebensweise Freude versprach, wurde ich jedesmal mit der nüchternen Realität konfrontiert. Freude ist eine Lebenshaltung, nicht an einen Menschen oder einen Ort gebunden, ebenso wie die Schuld, die mein größter Quälgeist war. Gestern machte ich mich auf die Suche nach Dingen, an denen ich mich erfreuen konnte, anstatt mich von Sierra Madre wieder aus dem Gleichgewicht bringen zu lassen: Stunden ununterbrochener Arbeit, die Besuche von Chris, Mollie und Kitty.

Ich besitze eine Schatztruhe – alte Kostüme, Dinge zum Verkleiden, falsche Augenwimpern, Perücken, Stolen, Make-Up, Kämme, Kastagnetten, mein Babyschuh, der ein Holzschuh aus Holland ist.
Chris, Kitty und Mollie kramten voll Entzücken in der Truhe. Gestern gab ich ihnen meine spanischen Kostüme zum spielen. Sie trugen meine Tanzkleider, und ich sah sie den ganzen Nachmittag damit über den Rasen ziehen,

während ich an *Solar Barque* arbeitete. Ich kann verstehen, daß Menschen glauben, mit ihren Kindern das Leben neu zu beginnen und eine zweite Chance zu erhalten.

[Sommer 1956]

Ich verließ Sierra Madre und zog nach Hollywood, um meinen Freunden näher zu sein. Ich mietete ein kleines Zweizimmer-Apartment mit einem winzigen Innenhof, den Tavi, der jetzt taub und blind ist, als Gefängnis empfindet. In Sierra Madre konnte er frei umherstreifen und fand seinen Weg zurück, auch wenn er sich meilenweit entfernt hatte. Aber hier gibt es zuviel Verkehr, und ich lasse ihn nur ungern auf die Straße. Er reißt aus, wird von der Polizei aufgegriffen, und ich muß ihn dann im Hundegefängnis suchen, das sie hier ›Tierheim‹ nennen. Einmal konnte ich ihn nicht finden und wurde schon ängstlich, aber als ich ihn beschrieb und sein Alter nannte, führte man mich in eine besondere geheizte Abteilung für sehr alte Hunde, und dort lag er.

Ich lernte eine bemerkenswerte Frau kennen, Mildred Johnston, ihre Freunde nennen sie Millie. Sie kam zu meiner Lesung im YMHA und besuchte mich zusammen mit Annette Nancarrow. Sie hat ein schönes Gesicht, große blaue Augen und sehr regelmäßige Züge, ein warmes Lächeln und ein herzliches Lachen. Sie war früher Tänzerin und heiratete einen der Direktoren von Bethlehem Steel, durch den sie in die Welt des *Big Business* verpflanzt wurde. Sie löste dieses Problem auf eine Weise, die ich sehr bewundere. Sie suchte nach einem Weg, für sich diese Welt so umzugestalten, daß sie darin leben und kreativ werden konnte.

Was sie tat, schildert sie in eigenen Worten:
In unserer Zeit bietet sich das Thema Industrie für Nadelarbeiten ganz von selbst an – besonders für uns, die wir in Bethlehem leben. Als Anwohner werden wir in den Rhythmus von Spannung und Macht hineingezogen – in die gewaltige Woge der Produktion. Wir sind mit unseren Augen und unseren Gefühlen mit dem Stahl verbunden. Der Stahl ist ein machtvolles Wahrzeichen, das über unserem Alltag steht.
Staubkammern, Kippwagen, Scheddächer oder ein Hochofen vor einem roten Himmel ... diese technischen Formen eignen sich gut für Nadelarbeiten. Das optische Erlebnis der Verwandlung von kochendem Metall in kalten Stahl suggeriert unzählige Möglichkeiten – fluoreszierendes Rot für den schmelzenden Eisenschrott oder gelbes Angora für den flüssigen Stahl. Die Industrie wird in Nadelarbeiten lebendig. Ich entdeckte diesen Zyklus von Wandteppichen in der Eisenhütte mit ihrer magischen Atmosphäre unbekannten Geschehens: Männer in Masken, die Hebel, Schalter und Knöpfe bedienen. Farben und Kompositionen wurden von den dynamischen Gesetzen der Industrie diktiert, ihren Mißklängen, Texturen und Dramen, von den symbolischen Formen der Maschinen in ihrer Beziehung zum Menschen – Poesie in einer Stahlhütte.
Jede Idee entstand durch persönliche Eindrücke von bestimmten Arbeitsvorgängen in der Hütte – ritualisierte Empfindungen, hervorgerufen vom mächtigen Dröhnen der Wissenschaft, die rohes Material durch moderne Alchemie läutert.
Die Beobachtung der Welt, die sich in neuen Perspektiven und Geräuschen ausdehnt, die Entdeckung der Teile und ihrer Beziehung untereinander macht Nadelarbeit zu einem endlosen Abenteuer, zum Experimentieren im Ungewissen. Ich trenne genausoviel, wie ich nähe. Flugzeuge, Eisenbahnen und Schiffe zu weben, schafft Frieden in

einer Welt der Hektik, bringt Momente, die aus der Zeit herausgelöst sind. Materialien, Geschwindigkeit und Stimmungen fügen sich wie von selbst zu einer weiblichen Logik, einer persönlichen Verbundenheit, die untrennbar ist von den Schwingungen des Zwanzigsten Jahrhunderts und des Mysteriums, hinter der Landschaft aus Stahl.

Ich sah mir die Wandteppiche an. Sie waren von großem Farbenreichtum, besaßen die Schönheit naiver Malerei. Es war der naive Blick, der sich zum ersten Mal auf Maschinen und auf arbeitende Männer richtet. Eine außergewöhnliche Umwandlung, die all die verschiedenen Aspekte der Stahlherstellung in dekorative und abstrakte Motive umsetzte.

Auch die menschliche Motivation, der sie entsprangen, machte großen Eindruck auf mich. Als Künstlerin, die sich immer unter Künstlern bewegt hatte, betrat Millie eine fremde und unbekannte Welt. Anstatt sie abzulehnen, wie ich es vielleicht getan hätte, überließ sie sich ihr, indem sie diese Welt in Begriffe umsetzte, die sie lieben konnte und an denen sie Gefallen fand. Es gelang ihr, durch ihre Kompositionen den inspirierenden Einfluß sichtbar zu machen.

Ich denke, das ist eine Metapher, ein Beweis dafür, wie die moderne Welt den Künstler nicht zerstört, sondern von ihm zum eigenen Nutzen herangezogen werden kann. Das tat Millie.

Ich las Simone de Beauvoirs *Die Mandarine von Paris* mit großem Interesse und voll Bewunderung. Ich glaube nicht an das, was sie zu sagen hat, aber sie dramatisiert den Fall sehr gut – das tragische Opfer des Individuums für einen politischen Zweck –, und sie tut es objektiv. Sie zeigt das Drama von Politik, Gewissen, den Verzicht des Individuums, das Opfer des Künstlers, und alles führt zu nichts. Zwar sagt sie das nicht, aber ihr Buch beweist es mir. Die Politik verrät alle und enthüllt, daß das persönliche Element niemals ausgeschaltet ist, daß es kein echtes Selbstopfer gibt, sondern daß die Menschen politische Ideen benutzen, um sich gegenseitig zu verletzen und zu bekämpfen. Politik kennt keine Uneigennützigkeit gegenüber Hungrigen oder Armen, sondern nur die Unterwerfung unter eine Ideologie, die jeden Menschen zum Feind des anderen erklärt, der nicht so denkt wie man selbst.

Titel, die ich einmal benutzen möchte:
Archipel der Schuld
Der brennende Gefangene
Auf einem Bett aus Kalk
Der Schrei durch die Augen einer Statue
Astroblem
Sternenwunde
Pockennarben auf dem Mond
Von einem Asteroiden getroffen
Titel für die Tagebuchbände:
Zerfall, Die Frau, die starb. 1931.
Das Tagebuch einer Besessenen. 1932.
Apotheose und Niedergang. 1932.
La Folle Lucide Équilibre. 1932.
Uranus. 1933.
Wagemut. 1933.
Geißelung. 1933.
Inzest. 1933.
Schizoid und paranoid; der Triumph der Magie, Schwarz und Weiß. 1933.
»Und am siebten Tag ruhte er von seinem Werk.« Frei zitiert aus einem Buch, das ich nie gelesen habe. 1933.
Das tatsächliche Erscheinen des Dämons. 1934.
Strömen. 1934.
Das reale Theaterstück, die Geburt des Humors. 1935.
Tubéreuse Aux Muqueuse Pleureuse. 1935.

Révolte. 1935.
Vive la Dynamite. 1936.
Treiben. 1936.
Fata Morgana – ein Gott, der lacht. 1937.
Feuer. 1937.
Maya. 1937.
Zyklen der Einsamkeit: Erfüllung – Kollektiv – Selbstverleugnung – Le Monde. 1937.
Dem Mond näher. 1938.
Les Mots Flottants. 1938.
Der einzige Weg, die Welt zu besiegen, liegt darin, sie transparent zu machen. Ne Touchant à la Terre que par le Sexe. 1939.
Tod der Mutter. 1939.
Das Buch meiner Metamorphose; das Buch Maya. 1939.
Das Haus des Todes und die Flucht. 1940.
Intermezzo: Das Buch der Klimakterien. 1941.
Geburt der Druckerei. 1941.
A la Recherche des Jeux Perdus. 1942.
Das transparente Kind. 1946.

Gestern abend schlenderte ich mit Jim durch Greenwich Village. Wir setzten uns in ein Café, das Rienzi in der Macdougal Street. Italienischer Kaffee und Gebäck, so gut wie die Imitation eines Pariser Cafés in New York nur sein kann. Wir trafen Tambimuttu, den Hindudichter, der die Zeitschrift *Poetry* in London herausgab. Aber im Gegensatz zu den meisten Hindudichtern liebt er den Alkohol, und deshalb ist sein weißes Gewand schmuddelig und sein dunkelblaues Jackett fleckig. Negermusiker tragen hellrote Hemden, Baskenmützen und Bärte. Sie sehen biblisch aus. Frauen tragen Topfhüte, die bis über die Augen gehen, blasses Make-Up und stark geschminkte Augen wie die Flappers der zwanziger Jahre. Das New Yorker Klima, das an einem Tag trockene Hitze und am nächsten Polarkälte beschert, muß auf die Nerven gehen.

Ich begegnete einem Kind, das seinen Namen der Djuna meiner Romane verdankt.

Ich las über die Besteigung des Mount Everest: *Tiger of the Snows*, eine Autobiographie von Tensing. Eines Abends stellten alle die Nützlichkeit solcher Unternehmungen in Frage. Nur, um das eigene Ego zufriedenzustellen? Keineswegs. Es macht anderen Mut. Es steht jedem frei, die Motivationen und die Handlungen in Frage zu stellen, aber man kann das Beispiel von Mut und Ausdauer nicht in Frage stellen. Ich las das Buch als eine Metapher. Mir schien, als versuchten wir alle den Mount Everest zu besteigen. Wir riskieren Wunden, Stürze, Klippen, erfrorene Hände und Füße, Schneebrände und Schneeblindheit.

Ich verliebte mich in Lippolds *Sun* im Metropolitan Museum. Ich gehe dorthin und bade im goldenen Schein ihrer Strahlen. Unsere alte Sonne zeigt sich schließlich nur als flache runde Scheibe, aber diese Sonne besitzt Tentakeln, die von solchem Leben erfüllt sind, daß sie einen zu durchdringen und mit Licht zu erfüllen scheinen. Wenn ich bedrückt bin, gehe ich zu ihr, und sie bringt meine Depressionen zum Verschwinden. Ich fühle mich dann wie eine Mystikerin, die eine Offenbarung erlebt. Diese Sonne ist ein vollkommenes Symbol für das, was ein Künstler erreichen kann, der sich die Natur zum Vorbild nimmt. Manchmal übertrifft der Künstler die Natur mit seinen Interpretationen. Die wirkliche Sonne gibt uns Wärme und Leben, Lippolds Sonne schenkt uns ein inneres Leuchten, das uns an unseren Hunger nach Licht erinnert.
Sie ist nicht gut plaziert. An den Wänden, die sie umgeben, hängen alte Teppiche. Sie sollte ihren Platz in einem dunklen Raum finden, der ihre kraftvollen Strahlen unterstreicht. Die goldenen Fäden scheinen in der

Luft zu vibrieren. Was der Künstler erschafft, kann in einer vom Krieg zerrissenen Welt strahlen. Die Schönheit am Himmel eines Künstlers kann die Grausamkeit und den Schrecken gegenseitigen Mordens überleben.

Am selben Tag ein Konzert von Ravi Shankar. Ein sehr schöner, subtiler, vielschichtiger, unglaublicher Abend, und alles ist improvisiert: Es gibt keine Partitur. Trommel und Sitar fordern sich zu einem Duell heraus, aber keine von beiden gewinnt die Oberhand. Sie genießen das Spiel, wie die Jazzmusiker ihre Bravourstücke. Der YMHA war voller Hindus. Ich traf viele alte Freunde wieder. Santa Rama Rau, die indische Schriftstellerin und ihr Mann Faubion Bowers, der so hervorragend über Tanz schreibt. Nach dem Konzert unterhielten wir uns über die neuen elektronisch gesteuerten Computer, die den Verlagen jetzt als Kritiker dienen. Sie werden mit Statistiken gefüttert und entscheiden darüber, ob ein Schriftsteller Erfolg haben wird oder nicht. Vielleicht ist das nicht schlimmer, als die menschlichen Vorurteile und irrationalen Ansichten, mit denen wir bisher leben mußten. Aber Computer haben Ausfälle, und so malten wir uns aus, daß psychoanalytische Computer neurotische Computer analysieren. »Stellt euch einen Computer vor«, sagte ich, »der sich auf die Couch legt und zum elektronischen Analytiker sagt: ›Gestern Nacht hatte ich einen Alptraum. Ich stellte mir vor, ich würde ein Mensch!‹«
Der Sitarspieler duftete so stark nach Sandelholz, daß wir hinterher alle von diesem Duft durchdrungen waren, obwohl wir keine Hände geschüttelt hatten, da die Hindus zur Begrüßung wie betende Katholiken die Hände falten und sich verneigen.

Anne Metzger, die aus Begeisterung *Ladders to Fire* übersetzt hat, gab das Manuskript dem französischen Verlag Plon. Dort wollte man es veröffentlichen, wenn ich Strei-

chungen zustimmte, da man die Leser nicht mit der erotischen Beziehung zwischen Djuna und Lillian provozieren wollte.
Welch unglaubliche Ironie! Nachdem ich zwanzig Jahre lang die Irrationalität amerikanischer Verlage, den Puritanismus und Kommerzialismus ertragen mußte, hatte ich mir eine idealisierte Vorstellung von französischen Verlegern gebildet, die die unvergleichliche Colette und einen Genêt veröffentlichen konnten. Ich stellte mir Frankreich liberal, tolerant und aufgeschlossen vor, noch immer mit einer echten Liebe zu guter Literatur.

Ich schrieb Anne:

Ich erteile Ihnen das Recht, mit *Ladders to Fire* alles zu tun, was Sie für richtig halten. Sie können streichen, weglassen, herauslösen und verwässern, wenn Plon es möchte. Mir klingt das alles sehr nach einem amerikanischen Verlag, der angesichts von Tabus feige und ängstlich reagiert. Mir ist das nicht mehr wichtig, meine letzten Illusionen und Hoffnungen sind geschwunden. Ich möchte, daß meine Bücher in Frankreich veröffentlicht werden. Wenn ich bei einem engstirnigen Verleger lande, dann ist das mein trauriges Los. Ich hätte es vorgezogen, wenn die Kurzgeschichten, in denen es nichts zu zensieren gibt, zuerst erschienen wären, aber meine Wünsche im Hinblick auf Veröffentlichung gehen wohl niemals in Erfüllung, und das wird auch in Frankreich der Fall sein. Als nächstes höre ich die französischen Kritiker sagen, meine Frauengestalten sollten zu Küche und Kindern zurückkehren, und ich sollte nicht über Künstler schreiben – wie es die *Saturday Review of Literature* tat. Ich hoffe, liebe Anne, daß nach all der Arbeit und dem Glauben, den Sie mir geschenkt haben, der Vertrag in erster Linie für Sie, die Übersetzerin, günstig sein wird. Wenn man sich dafür entscheiden sollte, die Lillian-Djuna-Episode auszulassen, wird das Buch vielleicht zu kurz sein. Vielleicht schlagen Sie vor, *Eiszeit* mit hineinzunehmen. Tun Sie, was Sie für richtig halten. Ich gebe mich geschlagen.

Ich traf Betty bei Sylvia Spencer. Sie hatte gewünscht, mich kennenzulernen. Sie kam von ihrer Arbeit bei einer Zeitschrift, trank einen Cocktail und schlief ein. Sie sah im Schlaf schön aus; ihr junges Gesicht glatt und gesund, die grauen Haare und die katzengleiche Entspanntheit wirkten anziehend. Als sie ihre katzengrauen Augen öffnete erklärte sie, daß sie zwei Nächte lang nicht geschlafen habe.

Beim Gehen sagte sie leichthin zu mir: »Ich fahre in die Ferien, kommen Sie doch mit!«

Für mich war es ein unbeschwertes und freies Zusammentreffen. Ich schenkte ihr beim Abschied meine Bücher, und wir schrieben uns.

Nach ihrem Urlaub besuchte sie mich. Sie kam ganz in Schwarz und mit klirrendem Silberschmuck, sie wirkte sinnlich, üppig, blaß, lebendig und war eine faszinierende Inkarnation aller meiner Frauengestalten.

Sie berührte sanft meinen Arm; ich dachte: Alle Musiker, die Künstler der Liebe, kennen die Macht der ersten Berührung.

Bevor sie ging, flüsterte sie: »Du bist jemand, den ich für immer in meinem Leben haben möchte. Ich liebe Dich.«

Alle Frauen, die ich kannte, und über die ich geschrieben hatte, lebten in ihr mit einer Intensität und einem Fieber, das Männer nicht kennen.

Ich ergriff ihre Hand und antwortete sehr zart: »Ich habe nie eine Frau körperlich geliebt.«

»Und Sabina und Lillian?«

»Meine Zuneigung für June blieb eine ungelebte Erfahrung, und deshalb vervollständigte ich sie in der Vorstellung, im Buch.«

Sie setzte auch weiterhin ihre ganze Verführungskunst und ihre Faszination ein. Sie wollte mir ungestüm Worte entlocken, die ich am nächsten Tag hätte zurücknehmen müssen.

Eines Abends rief sie ziemlich spät an: »Ich bin so müde, und ich werde eine Erkältung bekommen. Ich gehe jetzt schlafen.«

»Aber keine Alpträume mehr«, sagte ich und dachte dabei an die drei, die sie mir erzählt hatte.

»Wenn ich mir vorstellen kann, daß Du neben mir liegst, werde ich keine Alpträume haben. Darf ich mir das vorstellen?«

Ich sagte ja, wie man zu einem fiebernden Kind ja sagt. Aber als sie fragte: »Ist es völlig aussichtslos?« antwortete ich: »Ja, völlig.«

Jim wußte, daß meine Ablehnung, den Abend mit Betty zu verbringen, in mir ein schlechtes Gefühl hinterlassen hatte, und so spielten wir Spiele, um uns die Zeit zu vertreiben. Bei dieser Art Vergnügen trage ich gerne schwarze Strumpfhosen und einen gestreiften Burnus; das Haar lasse ich lose auf den Rücken fallen. Wir begannen den Abend mit einer Parodie auf Bettys Nöte. Ich nahm eine große Eieruhr, preßte sie gegen mein Herz und begrüßte Jim mit den Worten: »Du bist eine Minute zu spät! Wenn sie klingelt, mußt Du sagen, Du liebst mich.«

Er tat es.

Dann erwiderte ich: »Welch wunderbar spontane Liebeserklärung.«

Aber wir gaben das Spiel auf, da es uns an Zeiten erinnerte, in denen wir selbst die Uhr zu ernst genommen hatten, und machten uns unbeschwert auf den Weg zum Rienzi. Unter den Bohemiens dort fühle ich mich wohl. Vor Jahren hatte ich beschlossen, wenn man sich schon sportlich kleide, müsse es Skikleidung sein, die einen gewissen Charme hat, und jetzt ist das bei den jungen Leuten sehr beliebt. Ich weiß nicht, was sie lesen, aber ich

teile ihre Liebe zum Jazz. Ich weiß, sie halten sehr viel von Beckett, aber ich bin nicht völlig ihrer Ansicht. Er hat sich vom Trivialen abgewendet, aber er bewegt sich in einem Universum von Toten und Geistern. Die Antipoden des Geistes müssen erforscht werden, und Becketts Streifzüge sind lebendiger als einige dieser sterilen Romane, die uns üblicherweise vorgesetzt werden.
Jim liest ihn nicht.

Die Menschen glauben, die Erforschung des Ichs sei egoistisch und egozentrisch; aber ich beobachte, daß alles, was ich für mich selbst kläre, sehr schnell alle um mich herum ergreift, als handle es sich bei meinem Tun um eine psychische Befreiung, die auf die Probleme anderer nicht ohne Wirkung bleibt. Meine veränderten Stimmungen wirken auf Ladenbesitzer, Busfahrer, Polizisten, Botenjungen und Putzfrauen ebenso wie auf alle, die mir nahestehen. Es ist wie eine positive Strömung, die sich um mich herum ausbreitet, und sie ist kraftvoller als das Opfer der sogenannten Selbstlosen, denn ihr Opfer bringt unvermeidlich eine Art innerer Erschöpfung mit sich, und alle goldenen Schwingungen werden ausgelöscht.

[Herbst 1956]

Im Altern von Männern und Frauen besteht ein Unterschied, von dem ich hoffe, wir werden ihn eines Tages beseitigen können. Das Altern des Mannes wird allgemein akzeptiert. Er kann mit Würde altern wie eine prähistorische Statue. Er kann altern wie eine Bronzestatue und eine Patina annehmen, er kann im Alter an Charakter und Wert gewinnen. Einer Frau verzeihen wir das Altern nicht. Wir verlangen, daß ihre Schönheit unverändert bleibt. Altern die charmanten, schönen Frauen deshalb nicht mit Würde, weil ihr Altern mit Mißbilligung betrachtet wird?
Italienische Frauen und auch mexikanische Frauen altern mit Würde. Die Kultur gestattet es. Sie tragen nicht länger Kleider, die zu ihren Körpern und Gesichtern in krassem Widerspruch stehen. Der Charme von Stimme und Lachen, die Lebhaftigkeit bleiben, aber da wir Weiblichkeit mit Seide, Satin, Spitzen, Blüten und Schleiern assoziieren, ist es einer Frau nicht erlaubt, die Schönheit eines Steins anzunehmen. Cornelia Runyon alterte auf diese würdige Weise. Bei ihr gab es keine Niederlage, keinen Zerfall, sondern einen allmählichen Übergang zu Stein und Leder, wie um das Wesen einer Statue anzunehmen. Das leiseste Anzeichen des Welkens ist bei Frauen tragisch, denn wir machen es dazu. Die Haut einer Frau muß sich mit der Blüte messen, ihr Haar muß seine Fülle bewahren, das Alter bringt keine neue Schönheit – eine hierarchische, gotische, klassische Schönheit – hervor. Man sieht an der alternden Frau nur das Mißverhältnis, das Abwertende. Sie ist dazu verurteilt, zwischen Seiden,

Blüten, Parfüms, Chiffon-Nachtgewändern und den weißen Negligées nicht mehr bestehen zu können. Warum kann sie nicht den Konkurrenzkampf aufgeben und wie die griechischen oder japanischen Frauen schwarze Gewänder anlegen? Es ist das Konkurrenzdenken, das wir mit Frauen assoziieren und das den Übergang zu einer anderen Schönheit verhindert. Caresse Crosby versetzte mir einen Schock, als sie in einem tiefausgeschnittenen leuchtend roten Kleid erschien, einem auffallenden Kleid, ›froufrou‹ und dazu Schuhe mit sehr hohen Absätzen trug. Aber ihr Gesicht wirkte wie ein verwittertes Fresko, das die Zeit zerstört hatte. Der Puder und der Lippenstift hafteten nicht auf der trockenen Haut, und das Make-Up schien abzublättern. Es war so traurig, daß nicht alles an Caresse in Harmonie alterte. Ihre Stimme und das Lachen wirkten jünger und ihr herrlicher Enthusiasmus für die ›Weltbürger‹.
Es ist traurig, daß das Altern der Frauen wie zerknitterter Satin, wie verwelkte Blumen ist, während das Altern des Mannes mehr die Züge von Architektur trägt, als sei der alte Glaube noch immer lebendig, daß wir Männer wegen ihres Charakters und Frauen wegen ihrer taufrischen ephemerischen Züge lieben, die wir Schönheit nennen.

Verkaufte *Ein Spion im Haus der Liebe* an Avon Paperbacks. Der Brief kam von Thomas Payne, dem Chef-lektor. Der Vorschuß scheint üppig zu sein – eintausendzweihundertfünfzig Dollar.

Jim erinnert sich, daß ich im Black Mountain College nicht sagte, das ist gut und das ist schlecht geschrieben, sondern sagte, machen Sie weiter, gehen Sie tiefer, dringen Sie tiefer vor, und es wird gut werden. Finden Sie Ihren Ausdruck, das sind noch nicht *Sie*.

Vor langer Zeit schrieb ich über die Sympathie, die Simenon für seine Charaktere hegt, und jetzt lese ich ein Buch über ihn (*Simenon in Court* von John Raymond), in dem die Sympathie hervorgehoben wird. »Nichts schreckt ihn ab. Keine Krankheiten, Verbrechen, Laster und Perversionen.« Er hat für alles Menschliche Sympathie und verurteilt nie.
Diese Sympathie war einmal mein stärkster Wesenszug. Als Kind von sieben wußte ich, daß die Geschenke, die Mrs. Rodriguez uns gab, wegen ihres Reichtums nicht genügend gewürdigt wurden, und ich sagte zu ihr (das bot in der Familie immer wieder Anlaß zu Späßen): »Du weißt Alta Gracia, ich schätze weniger die Kostbarkeit Deiner Geschenke, die Du uns Kindern machst, sondern die Liebe, mit der Du sie aussuchst.«
Wurde diese Sympathie durch die Neurose teilweise vernichtet? Neurose ist eine unheilbare Wunde. Ein Mensch mit einer unheilbaren Wunde kann für andere nicht immer Sympathie aufbringen. Die Menschen haben meine Sympathie im Leben immer empfunden, aber in meinem Werk teilt sie sich nicht mit. Ich glaube, in diesem Jahr wurde sie mir wieder in ihrer ganzen Fülle zurückgegeben, denn ich werde von meinen Ängsten nicht verzehrt.

Die eigenen Schritte zurückzuverfolgen ist von großem Nutzen. Ich stoße auf die Fehler und werde vor Wiederholungen gewarnt. Weshalb betrachtete ich das Weggehen meines Vaters als Niederlage in der Liebe, als sexuelle Niederlage? Weil ich irgendwie zu der Überzeugung gelangte, daß es die sexuellen Reize anderer Frauen waren, die ihn aus dem Haus und von uns wegtrieben (meiner Mutter und zwei Brüdern). Verglich ich mich als kleines Mädchen mit den Frauen, die in unser Haus kamen, und fühlte mich in ihrer parfümierten, eleganten Gegenwart fehl am Platz, unbedeutend und nebensächlich? Lauschte ich den Szenen, die meine Mutter machte, und wurde dabei der Treuebruch besonders hervorgehoben? Stammt daher meine Vorstellung, daß Liebe und Sinnlichkeit nur in Harmonie bestehen konnten, wenn die Frau in erster Linie verführerisch blieb? Zog ich deshalb die Rolle der Geliebten der Rolle der Ehefrau vor?

Metapher für Verwandlung und Wiedergeburt: Aus dem schönen Film *Secrets of the Reef* blieben mir die Geburten am deutlichsten in Erinnerung: die kleine Schildkröte, die sich aus dem Ei befreit, der kleine Oktopus, der aus dem Ei schlüpft, das aus Plastik zu sein scheint, der Hummer, der sich mühevoll aus seinem zu klein gewordenen Panzer schält.

Ich lernte William Goyen kennen, dessen Werk ich so sehr bewundere. Er ist ein sensibler Dichter, der sich in dem unerforschten Reich von Phantasie und Träumerei bewegt, die sich mit dem Leben vermischen und ihm Farbe verleihen. Er ist ein Meister der Atmosphäre und der Suggestion.
Grauhaarig, gutaussehend. Auch er ein gutes Beispiel für das Verlagswesen: Da von seinen Büchern zu wenige verkauft wurden, obwohl man sie bewundert und respektiert, sind die meisten jetzt vergriffen. Auch er ein verwundeter Schriftsteller. Aber wir gaben ihm das Gefühl, erfolgreich zu sein. Er las uns eine seiner Geschichten vor. Random House lehnte ab, sein letztes Buch zu veröffentlichen, nachdem sie es einem Literaturkritiker von *Time Magazine* zur Begutachtung gegeben hatten. Sie zahlten ihm einhundertfünfundsiebzig Dollar dafür, und als er ›nein‹ sagte, lehnte Random House es ab. Eine neue Methode, ein neues blasphemisches Spiel im Verlagswesen. Da *Time Magazine* den Einfluß hat, einen Schriftsteller zu machen oder ihn zu vernichten, ist es nur logisch, daß der Verleger versucht, die Meinung des Kritikers im voraus zu erfahren. Es gibt Kritiker, die auf diese Weise bis zu

zweitausend Dollar in der Woche verdienen. Einer meiner Freunde, ein Musikkritiker, hat sich im Alter von achtunddreißig Jahren ins Privatleben zurückgezogen, nachdem er diese Extras von Musikern und Schallplattengesellschaften verdient hatte. In welcher Welt leben wir. William Goyen lehrt an der New School. Seine Studenten fragen: »Wo kann ich meine Geschichte verkaufen?« Er antwortet: »Ich weiß es nicht, ich kann meine eigenen nicht verkaufen!«

Ein Brief von Allen Ginsberg:

Ruth Witt Diamant versprach, Ihnen zu schreiben, um meinem Brief eine gute Aufnahme zu verschaffen. Ich will nach Los Angeles und Umgebung kommen, um mich in Hollywood umzusehen, und Verwandte in Riverside besuchen & ungefähr in einer Woche ankommen ... zusammen mit Gregory Corso, einem Freund und Dichter. Wir haben in San Francisco ganz interessante buddhistische Dichterlesungen gehalten (mit buddhistisch meine ich verrückt) & ich ging mit Rucksack und Schlafsack in den Nordwesten & Reed Coll, hitchhikte mit einem jungen Hipster-Mönch, der jetzt aus demselben Grund in Japan ist & reist. Also, wenn Sie oder irgend jemand in Hollywood oder Los Angeles uns zuhören wollen, werden wir Ihnen gerne ein paar Gedichte singen. Ich hatte mir eine richtige, ordentliche Lesung vorgestellt, aber vielleicht bleibt nicht genug Zeit, um so etwas zu organisieren. Ich denke, wir werden eine Woche lang dort sein, versuchen Freunde zu finden, die Stadt ansehen, wir haben etwas zu bieten, frei, for kicks, falls jemand wie Sie oder andere uns zuhören möchten, wo auch immer, Zeit und Ort spielen keine Rolle, wir hoffen nur, daß jeder mit Wein kommt, um uns in Gang zu bringen, denn wir sind arme Wanderer, aber wir singen gut. Falls Sie zufällig Huxley kennen, wir haben das alles ausprobiert, Peyote & dergl.

und haben dazu etwas zu sagen, was ihn vielleicht interessiert. Und wenn Sie Marlon Brando kennen, laden Sie ihn ein, aber wenn Sie nur Beatniks kennen, für die singen wir noch lieblicher. Ich weiß nicht, ob Sie etwas mit uns anfangen können, aber wenn Sie glauben, Sie können, umso besser, und was es auch sein wird, Sie können sich darauf verlassen, es wird keine langweilige Geschichte. Ich meine damit, unsere Gedichte swingen, sie sind literarisch & O.K. Wir versprechen, sie sind in Hollywood oder sonstwo die einzige Dichtung seit gestern, heute und morgen.
Auch Isherwood und Jimmy Dean. Kennen Sie einen alten Dichter aus den Dreißigern mit dem Namen Bernhard Wolfe? Wechselte seinen Namen und schrieb *Asphalt Jungle* unter ich weiß nicht welchem Namen – schrieb in den Dreißigern ein großes, starkes Poem, *The City.*

Lawrence Lipton organisierte eine Lesung, zu der ich alle meine Freunde einlud – nicht die, um die Ginsberg mich gebeten hatte. Er wollte auf dem Fußboden meiner Einzimmerwohnung schlafen, aber das vermied ich, da ich weiß, daß ich weder die ganze Nacht trinken, noch die ganze Nacht reden kann.
Die Lesung fand in einem kleinen Holzhaus statt, von denen es in Hollywood tausende gibt. Ginsberg und Corso saßen sich an einem Tisch gegenüber, auf dem eine riesige Flasche Rotwein stand, und lasen ihre Gedichte. Eines von Ginsbergs Gedichten hat den Titel *Das Geheul.* Es ist eine große, lange, verzweifelte Klage, der Kampf, aus allem – Dingen, Menschen und Umgebung – Dichtung zu machen. Manchmal gelingt ihm eine Art amerikanischer Surrealismus, eine bittere Ironie. Das Gedicht besitzt eine wilde Kraft, in bestimmten Momenten klang es wie das Heulen eines Tieres. Es erinnerte mich an Artauds Auftritt in der Sorbonne.
Einer der Zuschauer griff Ginsberg auf stupide Weise an:

»Warum müssen Sie über die Slums schreiben? Genügt es nicht, daß wir sie haben?«
Ginsberg geriet in Rage. Er begann sich auszuziehen und warf die Kleidungsstücke einzeln ins Publikum. Meine Freundin Ingrid wurde von seiner schmutzigen Unterhose getroffen. Er provozierte den Mann und forderte ihn auf, nach vorne zu kommen, seine Gefühle und sein wahres Ich so nackt zu zeigen, wie er es tat. »Komm und stell Dich hierher! Stell Dich nackt vor die Leute hin! Komm schon! Der Dichter steht immer nackt vor der Welt.«
Der Mann versuchte, durch die dichtgedrängten Zuschauer nach draußen zu entkommen. Ginsberg rief: »Soll doch jemand wagen, einen Menschen zu beschimpfen, der jedem seine nackten Gefühle zeigt ...« Alles geschah mit großer Heftigkeit und Direktheit, und im Hinblick auf unsere Ängste, unser Ich zu enthüllen, gewann es große Bedeutung. Der Mann wurde von den übrigen Zuschauern ausgepfiffen und ausgebuht, bis er gegangen war. Die Leute warfen Ginsbergs Kleider wieder zurück, aber er saß gelassen auf dem Sofa und machte keine Anstalten, sich wieder anzuziehen. Lipton wollte, daß die Lesung weiterging und bemerkte beinahe schüchtern: »Oben sind Frauen und Kinder«, was großes Gelächter hervorrief. Die zwei Dichter lasen noch stundenlang weiter. Beim Gehen dachte ich: Eine Art neuer Surrealismus, der aus Brooklyns Gossen und Supermärkten geboren wurde.

[Winter 1956-1957]

Ich weiß nicht, weshalb es mir nicht gelingt, dem Tagebuch die Kontinuität und Geschlossenheit eines Proustschen Werks zu geben.
Ich müßte unvollständige Porträts, einige der zu skizzenhaft geschilderten Szenen weglassen.
Ich müßte Einzelheiten über einzelne Figuren außerhalb ihrer Beziehung zu mir einfügen. Albert Mangones zum Beispiel – ich habe das Gefühl, er ist nicht lebendig genug. Ich verliere auch manche Menschen aus den Augen. Als Albert nach Haiti zurückkehrte, erfuhr ich nichts mehr über sein Leben. Ich verlasse mich selten aufs reine Hörensagen. Ich traue den Schilderungen anderer nicht.
Manchmal glaube ich, daß ich mich zu sehr auf die inneren Empfindungen und nicht genug auf das Leben draußen konzentriere.
Ich schrieb den ganzen Tag an Band 66 und unterbrach nur, um die Hausarbeiten zu erledigen. Gonzalo, Jaeger, Frances Field, Thurema, Josephine Premice, Albert Mangones, etc.... das machte mich für den Reichtum in meinem Leben dankbar.

Romain Gary schrieb *Les couleurs du jour.* Meine französische Übersetzerin Anne Metzger empfahl mir, es zu lesen. Sie kannte Gary aus Südfrankreich. Ich fühlte mich sofort in die Welt des Geistes versetzt, deren Hauptstadt Paris ist. Ich schrieb ihm einen Brief. Er war nicht mehr bei den Vereinten Nationen sondern französischer Konsul in Los Angeles.
Anne Metzger hatte das Manuskript ihrer Übersetzung

von *Ladders to Fire* Romain Gary gegeben, damit es mit *valise diplomatique* befördert würde. Als ich in dem pseudospanischen Haus – ein Stil, der sich in Kalifornien großer Beliebtheit erfreut – vorsprach, um es abzuholen, begrüßte mich seine Frau Lesley Blanche. Ich erklärte ihr, Anne Metzger habe die Übersetzung meines Romans mit *valise diplomatique* geschickt.
Mit kühlen blauen Augen und englischer Distanziertheit wies sie mich darauf hin, daß so etwas nicht erlaubt sei. Aber während wir uns unterhielten, wurde sie freundlicher und lud mich später zu ihren Jour fix ein.
Romain Gary begrüßte mich an der Tür. Er wirkte sehr überrascht und küßte mir die Hand. Nach der Lektüre von *Ladders to Fire* erwartete er nicht, eine so weibliche Frau in mir zu finden.
Er ist schlank, hat große schöne meergrüne Augen, südliche, leichtgebräunte Haut und einen Mund, dessen Form durch eine Narbe beeinträchtigt wird, eine leichte Entstellung (eine alte Kriegsverletzung), die die Regelmäßigkeit seiner Züge stört. Ohne diese Narbe, die ihm ein leicht dämonisches Aussehen verleiht, wäre er ein gutaussehender Mann. Er bot uns rosa Champagner an und machte mich mit Gregory Peck und dessen französischer Frau bekannt. Gregory ist das männliche Symbol amerikanischer Schönheit, ohne jede Ausstrahlung und Ausdruck. Seine französische Frau ist sehr schön und etwas zu lebhaft; eine Lebendigkeit, die ihm fehlt. Mrs. Joseph Cotton rief durch den ganzen Raum: »Wenn dies Anaïs Nin ist, möchte ich sie unbedingt kennenlernen.« Madame Gary führte mich zu einer hübschen blonden, vitalen und ungezwungenen Frau. Sie setzte sich neben mich auf die Couch und erzählte mir, daß sie *Ladders to Fire* ihren Freunden zu lesen gebe, wenn es in ihren Beziehungen kriselte. Sie sprach von ihrem Klavierspiel und ihrem Haus am Meer. Sie muß sich mit Lillian identifiziert haben. Joseph Cotton saß höflich und zurückhaltend auf einem Kissen am

Kamin. Ein Russe spielte Akkordeon und sang französische Lieder. Der alte, alte Cole Porter stützte seinen schwankenden Körper, der so fragil wie Herbstlaub wirkte, auf einen Stock, und das Licht beleuchtete seinen kahlen Kopf. Der rosa Champagner floß in Strömen. Meine Unterhaltung mit Mrs. Joseph Cotton wurde von anderen Gästen unterbrochen, die sich um sie versammelten; und als sie gestand, daß Joseph Cotton ihr zum Geburtstag einen Rolls-Royce geschenkt hatte, wendete sich das Gespräch Autos und Juwelen zu.

Die französischen Offiziere in ihren weißen Uniformen – strahlendes Lächeln über glänzenden Uniform-Knöpfen. Mich überkam ein Gefühl des Scheiterns, dieser Fluch, der über meinem Leben liegt. Ich hatte mir so sehr einen Schriftstellerfreund gewünscht. Auch Gary sprach von Scheitern, seiner Ansicht nach versagt man entweder im Leben oder in seiner Arbeit, und am meisten bedrückte mich, daß er sich fragte, warum wir überhaupt schreiben.

Meine Antwort, »um mit der Welt zu kommunizieren«, überzeugte ihn nicht, und ich selbst hatte in letzter Zeit daran zu zweifeln begonnen, denn die Welt, die man in einem Buch erschafft, läßt man hinter sich wie ein Stück Architektur. Als Betty begann, Sabina, Djuna, Lillian und Stella zu lieben, konnte sie mich natürlich nicht in ihnen finden, denn ich befand mich bereits auf einer anderen Umlaufbahn. Warum schreiben wir? Ich richtete die Frage an den Autor von *Les couleurs du jour,* aber er war nicht die romantische Gestalt seines Buchs, sondern ein Zyniker, den ich in seinem Buch nirgends entdeckt hatte.

Gary reiste nach Südamerika, und ich blieb mit dem Gefühl einer gescheiterten Freundschaft zurück.

Nachdem ich sein neuestes Buch *Die Wurzeln des Himmels* gelesen hatte, träumte ich: Ich war in Paris. Die Installationen funktionierten alle nicht (die größte Sorge meiner amerikanischen Freunde, wenn sie Paris besuchen),

und die Stadt war schmutzig. Aber ich wiederholte beharrlich: »Trotzdem ist dies die Metropole des Geistes.« Gary lebt in einer glänzenden Welt, die mir unzugänglich blieb.
Sein Buch ist ein Meisterwerk, eine bittere Satire, und sie beweist die Irrationalität der Welt. Die Elefanten sind ein Symbol wie der weiße Wal. Der Roman erzählt, wie alle Menschen die Tatsachen falsch interpretieren, und wie die persönliche Sehweise die Ereignisse verzerrt.
Dann las ich *The Wilder Shores of Love* von Lesley Blanch, und ihr Buch nahm mich völlig gefangen. Es steckt so viel Leben darin, und sie ist eine vorzügliche Erzählerin. Sie ist Scheherazade, die von vier ungewöhnlichen Frauen erzählt. Der Charme und der Geist, mit dem sie biographische Details erzählt, faszinierten mich sehr. Die vier Frauen wurden meine Heldinnen. Ich las das Buch mehrmals. Meine Bewunderung für die Autorin war grenzenlos, und ich fragte mich, weshalb sie weniger Erfolg hat als Romain Gary. Seine Bücher werden verfilmt. *The Wilder Shores of Love* hätte lebendige und hinreißende Stoffe für Filme geboten.

Den üblichen Weihnachtsbaum schmückte ich zusätzlich mit japanischen Glückszweigen, die so festlich wirken. An der Spitze befestigte ich ein gläsernes Mobile, das im Luftzug sanft klingt.
Ein paar Tage am Meer wurden von den Bränden in Malibu überschattet, da wir uns Sorgen um Cornelia und Renate machten. Das Feuer drang bis zu Lloyd Wrights Grundstück vor, richtete aber dort nicht viel Schaden an. Wir beobachteten, wie die Flammen Straßen übersprangen, und weder Feuerwehren, Wasser, Flugzeuge und technische Ausrüstung aller Art konnten sie aufhalten.
Die Sylvesterparty verlief nicht sehr heiter. Renate hat einen neuen Liebhaber, und Paul erschien ebenfalls, was die Stimmung nicht verbesserte.

Festtagsneurose. Einmal im Jahr ist die Erinnerung gezwungen, sich mit der Vergangenheit zu beschäftigen. Die Überlagerungen anderer Weihnachten, anderer Silvester, die schreckliche Erkenntnis, daß die Zeit vergeht – all das verursacht Trauer, Bedauern oder Schmerz. Man erwartet von mir eine Fröhlichkeit, zu der ich mich zwingen muß, die ich nicht empfinde. Die Brände warfen einen düsteren Schatten über die Feiertage. Die Sorge um Freunde. Ein Kunstprofessor verlor sein Atelier, das er mit eigenen Händen erbaut hatte. Sein ganzes Lebenswerk verbrannte mit dem Atelier. Eine Freundin von Renate saß in nasse Decken gehüllt auf dem Dach ihres Hauses und besprühte es die ganze Nacht lang mit Wasser, damit der Funkenregen kein Feuer entfachen konnte. So viele Tragödien. Viele arme Künstler und andere Menschen besaßen kleine Holzhäuschen in den Bergen.

In neurotischen Beziehungen geht es niemals nur um zwei Menschen. Es gibt immer einen dritten. In beinahe jeder Beziehung ist ein anderer präsent. Es handelt sich nicht um einen anderen Mann oder eine andere Frau, den Rivalen, es ist weit komplizierter. In der Literatur taucht diese Gestalt sehr vereinfacht auf. Es ist nicht der Rivale, der jüngere Mann, sondern das Schuldgefühl, einst der jüngere Mann gewesen zu sein, der sich gegen den Vater auflehnte oder sich gegen ihn versündigte. Deshalb erwartet er jetzt von dem Sohn, seinem Sohn, ebenfalls verletzt oder gekränkt zu werden. Es handelt sich nicht um die Rivalin, die andere Frau; die andere Frau steht für die Mutter, die man verdrängt hat, oder sie personifiziert die Rache der Mutter, die erscheint, um die Tochter für ihre Auflehnung zu bestrafen.
Unser wirklicher Feind ist das Schuldgefühl, das wir alle wegen unseres Wunschs verspüren, zwischen die Verbindung von Vater und Mutter zu treten, entweder die Liebe des Vaters oder die Liebe der Mutter ausschließlich für

uns in Anspruch zu nehmen. Wir sind die jungen Rivalen, die sich vor der Niederlage fürchten, die von der Verbindung zweier anderer Menschen erdrückt werden und versuchen, sie zu trennen. Wir wollen einen von beiden für uns allein besitzen. In allen unseren Ehen ist die dritte Person der Elternteil, der niemals wirklich verjagt, vertrieben oder ausgelöscht wurde. In meinem Fall sind es die anderen Frauen, die mir den Vater nahmen (meine ersten Niederlagen). Sie haben mich mein ganzes Leben lang verfolgt, nachdem sich das Schema der Niederlage verfestigt hatte. In jeder Dreiecksbeziehung gibt es einen Außenseiter. Ich befreite mich, indem ich mich mit anderen Frauen identifizierte. Als eine Verbündete von Frauen empfand ich mich nicht länger als das kleine gescheiterte Mädchen, das gewünscht hatte, den Platz der Mutter einzunehmen.

Eine andere Party bei den Garys. Madame Gary trug einen reichbestickten Kaftan, der, wie sie scherzend sagte, ihre Rundungen verbarg. Sie war eine mütterliche und aufmerksame Gastgeberin.

Eine der Sekretärinnen, ein schönes junges Mädchen, war unheilbar an Krebs erkrankt und hatte nicht mehr lange zu leben. Wie man mir sagte, verbrachte sie ihre letzten Monate damit, sooft wie möglich mit Männern zu schlafen.

Ich schickte den Garys eine Weihnachtskarte aus chinesischem Papier, leuchtend rosa mit schwarzer Schrift. Romain beauftragte sein Büro, dasselbe Papier aufzutreiben. Ich kaufte einige Bogen für ihn, und als er den Prix Goncourt für *Die Wurzeln des Himmels* erhielt, trafen wir uns im Café de Paris. Ich bemerkte, daß er melancholisch und depressiv war. Er erklärte, er habe alles in seinem Leben der Mutter zuliebe getan. Sie wollte ihn als großen Soldaten (er hatte zusammen mit Malraux gekämpft und einen Orden erhalten), als großen Liebhaber (viele

Frauen konnten das bezeugen) und als großen Schriftsteller sehen. Sie ist tot, und deshalb bedeutet ihm der Preis nichts. Er hätte ihn erhalten müssen, als er dreißig war. Später las ich im kalten leeren Konsulat die Besprechung seines Buches. Ich konnte keinen Kontakt zu ihm finden, ich weiß nicht, ob es an mir oder an ihm lag. Vielleicht suchte ich in ihm den Romain Gary von *Les couleurs du jour*, und er war nicht mehr dieser Gary von damals (viele Menschen treten mir mit derselben Einstellung gegenüber) – oder ich erwartete eine höhere Tonlage von ihm. Im Sinne einer Jazzimprovisation gesprochen – ich war zu hoch und er war zu tief. Jedenfalls verlief der Abend unharmonisch und nicht in bester Stimmung.
Wieder eine gescheiterte Freundschaft. Es war nicht mehr als eine Freundschaft, und als ich erfuhr, daß sich sein Interesse hauptsächlich darauf richtete, jungen Mädchen nachzustellen, wandte ich mich von ihm ab und schenkte Lesley Blanch meine Zuneigung.

Die Dreiecksbeziehung umfaßt immer die Eltern und dich. Ich versuche, einen Elternteil zu verdrängen, wie andere kommen, um mich zu verdrängen. So viele meiner Freundinnen ähnelten meiner Mutter, und wie meine Mutter schenkten sie mir nicht die ausschließliche Zuneigung, die ich mir wünschte.

In diesem Zusammenhang träumte ich von *»La Fausse Petite Fille«*. Ich träumte von drei frierenden kleinen Mädchen. Wir saßen am Swimming-pool. Das Wasser war kalt. Ich forderte sie auf herauszukommen (wie ich die Campion-Kinder aus dem Wasser holte, wenn ich sie frösteln sah) und trocknete sie ab. Aber die älteste starb (Chris ist in dem Alter, in dem ich war, als mein Vater uns verließ). Sie starb vor Kälte (keine Liebe?). Ihr toter Körper sollte von einem hohen Felsen geworfen werden.

Als wir den Felsen erreichten, blickte ich in den Abgrund und sah, daß er bodenlos war. Ich fürchtete, der Körper würde unwiderbringlich in die Unendlichkeit fallen (als mein Vater uns verließ, starb ich, aber ich wollte nicht an einem Ort begraben werden, wo ich mich nicht wiederfinden konnte). Deshalb entschied ich, der Körper solle nicht in den Abgrund geworfen werden.

Thomas Payne, Cheflektor bei Avon-Paperbacks, schreibt, daß die Vorbestellungen auf *Ein Spion im Haus der Liebe* recht gut sind.

Felix Pollak besuchte Djuna Barnes und schreibt mir:

Ich traf eine kranke, sarkastische und verbitterte alte Frau, die mit Ausnahme von Dylan Thomas, dessen Stimme sie bewundert, über alle möglichen Schriftsteller zynische Bemerkungen macht. Als ich sie schließlich leicht gereizt fragte: »Welche Schriftsteller schätzen Sie denn eigentlich?« antwortete sie geradeheraus: »Ich schätze niemanden.« Ich unterließ es, zu fragen, ob sie sich selbst mag, denn diese Frage hatte sie bereits beantwortet. Sie lebt in Armut und Elend, aber sie lehnte das Angebot eines Taschenbuchverlags ab, *Nightwood* zu veröffentlichen, denn wie sie sagte, bot man ihr nicht genügend Geld dafür. Sie hat gerade ein Theaterstück in Versen geschrieben, das in Kürze erscheinen wird. Als ich beim Gehen sagte: »Ich hoffe, es wird Ihnen bald besser gehen« (sie leidet an Asthma und Rückenschmerzen), erwiderte sie: »Danke, vermutlich nicht«, und schloß die Tür.

Traum: Wir sind zu einem Abendessen mit Marlene Dietrich eingeladen. Ich schminke mich. Mein Make-Up nimmt soviel Zeit in Anspruch, daß das Abendessen beendet ist, bevor ich mich zu den anderen geselle. Ich begebe mich an einen gefährlichen düsteren Ort mit vielen Brunnen, Gräben und Tunnels. Ich bin in Schwierigkeiten.

Ich bin gerne in direktem Kontakt mit den Menschen, nicht durch Fernsehen oder Zeitungen. Mir ist ein Augenblick Leben wichtiger als stundenlange Informationen in den Nachrichten. Es bedeutet mir mehr, den Ex-Gouverneur der Goldküste kennenzulernen und aus seinem Mund etwas über Afrika zu erfahren, oder von Hilda Pole, Reginalds Schwester, etwas über die Lage am Suez-Kanal, wo sie als Sozialhelferin gearbeitet hat, als die sterilen Nachrichten der Medien zu hören. Ingrids Mann ist unschlüssig, ob er am Sonntagabend mit uns zu Curtis Harrington kommen soll, weil Bernstein um einundzwanzig Uhr im Fernsehen über Jazz sprechen wird. Als Hilda aus Jerusalem kam – sie war um die halbe Welt gereist, um Reginald wiederzusehen –, wollte Reginald wie üblich die siebzehn Uhr Nachrichten einschalten. Hilda hatte uns mehr zu sagen als Mr. Edward R. Murrow. Anscheinend bevorzugen die Menschen den indirekten Kontakt mit den Ereignissen.

Renate und Paul haben sich getrennt. Renate arbeitet als Empfangsdame im Holiday House. Sie erzählt mir von den exzentrischen Menschen, die sie dort trifft. Als ich sie kennenlernte, war sie eine romantische junge Wienerin, aber jetzt gehen viele Veränderungen in ihr vor. Sie profaniert ihre romantischen Neigungen. Als neuen Liebhaber suchte sie sich einen reizenden, unbedarften jungen Mann, der in der Werbung arbeitet und Tiefseetauchen liebt.
Sie baut sich ihr eigenes Leben auf und verwandelt es zunehmend in eine Metapher. »Meine Bilder führen ein Eigenleben. *Die Frau und der Panther* verursachten einen Skandal. Das Porträt von X verbrannte bei dem großen Feuer, während alles andere im Haus unbeschädigt blieb.«

Ich traf Jim in New York in gehobener und fröhlicher Stimmung, denn er hatte sein zweites Theaterstück an Walter Starcke verkauft, und Van Druten sollte es inszenieren.

Ich sah *A Clearing in the Woods* von Arthur Laurents, dem Autor von *The Time of the Cuckoo.* Tief berührt, ich bin sogar überwältigt. Ein erster Versuch, die Innenwelt einer Neurose dramatisch darzustellen. Die Abstraktionen der Beziehungen, das symbolische Zusammentreffen der Frau mit den Ichs ihrer Vergangenheit. Die Männer kreisen um ihre Assoziationen, die von Erinnerungen und Ereignissen in Gang gesetzt werden. Die Männer (wie Geismar sie in seiner Kritik von *Ein Spion im Haus der Liebe* beschrieb) sind ›blasse Figuren‹. Warum erhebt sich dieser Protest, wenn im Mittelpunkt eines Dramas und seiner Sehweise eine Frau steht? Die Welt durch ihre Augen gesehen. Wundervolle Sätze. Sie stellt sich ihrem wahren Ich in einem Dialog mit ihren vergangenen Ichs und ihren Beziehungen. Ein Vorgang wie in der Analyse, ein Herausschälen des Falschen. Mutige Wahrheiten. Eine außerordentliche Szene, wenn sie dem Publikum ihre Hand entgegenstreckt, um die Klinke der Tür niederzudrücken, die sie auf dem Weg zur täglichen Arbeit öffnet, – und sie kann die Geste nicht beenden; sie ist gelähmt; sie kann die Tür nicht öffnen. Das Stück ist kein Kunstwerk, denn Sprache und Situationen sind alltäglich, aber es ist ein großer Schritt vorwärts in der psychologischen Dramatisierung innerer Zustände.

Wie ich hörte, ist die Aufführung kein Erfolg, und die Schauspieler müssen auf ihre Gage verzichten, damit die Vorstellungen nicht abgesetzt werden. In ein paar Jahren wird man das Stück würdigen.

Jim wollte es nicht sehen, er hatte gehört, es sei ein düsteres Stück, ohne Humor. Es ist erstaunlich, daß es überhaupt aufgeführt werden konnte, in einer Stadt, in der alle Kräfte die Menschen zum Oberflächlichen drängen, selbst Jim. Die Figuren waren gewöhnlich, aus dem Leben gegriffen: eine Sekretärin, ein Institutsangestellter und ein Vater, der dem Trunk ergeben ist. Brooks Atkinson machte die üblichen Bemerkungen: »Blanche Du Bois war weit besser als üblich, weil niemand folgen konnte. Man wird in eine erstickende innere Welt gezogen, in das Innenleben einer Frau ...«

Frischluftfeinde – sie leiden unter Klaustrophobie des Geistes. Sie weigern sich, in irgend etwas vorzudringen, und erst recht nicht in die inneren Gefühle einer Frau.

Es war ein intelligentes Stück, das mit Phantasie inszeniert und gespielt wurde.

Als Jim die Befreiung von seinen Ängsten, seine Momente der Freiheit beschrieb, spürte ich eine Veränderung in unserer Beziehung, die ich nicht in Worte fassen konnte. Zunächst glaubte ich, es sei seine Befreiung von mir – etwas Gutes, da er sich entwickelte. Aber sein Erfolg und seine Beziehungen führten ihn in eine oberflächlichere Welt. Er verzichtete nicht nur auf intime Gespräche, sondern auch auf die Intimität mit sich selbst und seinem Tagebuch. Er schrieb ein unpersönliches Lustspiel. Er beteuerte, er verdanke seine Freiheit mir, aber diese Art Freiheit lehren meine Tagebücher nicht. Er wechselte auf eine unproblematischere, seichtere Ebene über. Als er sein Stück *Crazy October* vorlas, entdeckte ich zum ersten Mal einen Jim, den ich nicht kannte. Sein Stück dreht sich um eine Geschichte, mit der ich nichts anzufangen wußte: Eine dicke gefühlsduselige Mutter und ihr infantiler Sohn. Diese Erfahrungen macht man mit all seinen geistigen Kindern. An einem bestimmten Punkt erobern sie sich eine Welt, die einem fremd ist.

Als ich bei Avon zwanzig Exemplare von *Ein Spion im Haus der Liebe* abholte, lud Thomas Payne mich zu einem ausgedehnten Mittagessen ein, und wir freundeten uns an. Wir sprachen über Psychoanalyse. Er trank zu viele Mar-

tinis. Er sagte mir, er habe sich überlegt, wie er Avon *Children of the Albatross* schmackhaft machen könne: »Wir werden auf dem Umschlag sagen, Kinder des Albatros sei eine Bezeichnung für uneheliche Kinder.«
Er hat sensible Hände mit langen Fingern, lange dunkle Haare – keinen Bürstenhaarschnitt wie die Mehrzahl der Geschäftsleute –, die Augen sind dunkel und intelligent, seine Adlernase ist wohlgeformt, er hat einen sinnlichen Mund, ein Lächeln, das sich von den Mundwinkeln her ausbreitet. Er wollte Architekt werden, aber der Krieg warf ihn aus der Bahn. Er wirkt wie ein Schriftsteller.

Ich betrachte Stanley Haggarts Photographien portugiesischer Fadosängerinnen. Er sagt mir: »Anaïs, Du solltest keine Parties geben, denn jeder fühlt sich dabei betrogen. Sie alle suchen eine private, persönliche Beziehung zu Dir. Du bist auf Deinen Parties eine perfekte und charmante Gastgeberin, aber nicht Du selbst, denn in der Gesellschaft von vielen tritt Dein Ich nicht in Erscheinung.«
Die Party, die ich in *Ladders to Fire* beschreibe, und auf der ich nicht anwesend bin, ist meine eigene. Aber ich bin hier, zusammen mit Stanley und Tom. Toms Gemälde sind Bilder von Atlantis. Wir sitzen auf dem Boden. Bettys erste Bemerkung, als sie kommt und meinen japanischen Haarschmuck sieht: »Warum hast Du mir nicht gesagt, daß Du eine Party gibst?«
»Zuerst war es gar keine. Es hat sich so entwickelt.«

Als ich elf, zwölf, dreizehn war und mir meine reichen kubanischen Verwandten Schmuck schenkten, gelang es mir immer, ihn entweder zu verlieren oder weiterzuschenken. Schmuck galt für mich als Symbol ihrer Welt, in der Künstler verachtet wurden (»Euer ganzes Unglück entstand nur dadurch, daß Deine Mutter einen Musiker geheiratet hat.«).
Meine Einstellung hat sich nicht geändert. Ich lehne Per-

len, Juwelen und Pelze entschieden ab. Es sind Symbole der bürgerlichen Gesellschaft. Zwischen Schönheit und Luxus besteht ein Unterschied. Schönheit läßt sich ohne Luxus erreichen. Ich habe das ein Leben lang bei der Gestaltung meiner Umgebung, meiner Wohnungen und meiner Kleidung bewiesen.

Ich tat Jim unrecht. Er bewegt sich in einer unbeschwerteren Welt, aber er hat weder mich, weder sein noch mein Tagebuch aufgegeben. Als er *Crazy October* beendet und den Verkauf gefeiert hatte, begann er wieder sein eigenes Tagebuch, unsere intimen Gespräche und die Lektüre von Band sechzig. Er rief mich an, um mir Passagen daraus vorzulesen. Voll Überschwang sagte er, die Tagebücher seien für ihn eine Art Nahrung, eine Energiequelle: »Jeder Künstler sollte sie lesen können.«
»Ich sehe, und ich sehe es voll Schrecken, daß alle, die mit mir begonnen haben, bereits abgefallen sind. Die Menschen haben Unrecht, wenn sie behaupten, die Jugend sei ein kritisches Alter. Das ist falsch. Solange man noch nicht zwanzig ist, wird das Leben geformt, man studiert und experimentiert. Aber mit dreißig hat man die großen Auseinandersetzungen mit dem Leben hinter sich und muß einen Kurs einschlagen ...«
Ich hatte befürchtet, Jim würde einen Kurs an der ›Oberfläche‹ des Lebens und des Schreibens wählen. Aber gestern abend unterhielten wir uns wie früher. Es ist nicht so, daß ich das Leben an der Oberfläche ablehne, aber ich glaube, es ist gefährlich, dort zu bleiben, ohne mit den Tiefen des Ichs und dem unbewußten Ich in Verbindung zu stehen.
Jim ist meine Verbindung mit dem jungen Amerika. Die Ironie meiner Rolle liegt darin, daß ich die Jazzelemente seines Schreibens fördere, denn der Jazz ist die einzige amerikanische Ausdrucksweise und Manifestation von Lebensrhythmen, Gefühlen, Sinnen und Surrealismus. In

einer Literatur, die dem Jazz entspricht, sehe ich die Zukunft der amerikanischen Literatur, ihre Befreiung von Puritanismus und photographischer Realität. Sie ist in ihrem stupiden Kopieren des Lebens zu weit gegangen und hat dabei Bücher hervorgebracht, die so leblos sind wie Postkarten. Ihre einzige Rettung liegt im Jazz, in Improvisation, Rhythmus und Farbe.

In dem Roman *Solo* von Stanford Whitmore steckt Leben, eine Vielschichtigkeit der Figuren und ein Stil, der für mich lebendig ist. Jazz oder Jazzliteratur bringen das Poetische, das Tempo, das Pulsieren intensiven Lebens zum Ausdruck. Sein Äquivalent in Frankreich ist der Surrealismus. Es ist kein Zufall, daß sich der Pianist Jones als einen der letzten Individualisten betrachtet und die amerikanischen Idole, Erfolg, Geld und Publicity ablehnt. Die Weigerung, sich von den Mächtigen kaufen zu lassen, führt schließlich zu seinem Untergang.

Diese Höhenflüge, diese Hochstimmung, die der mittelmäßigen Literatur unbekannt sind, das Pulsieren des Jazz muß im Schreiben sein Äquivalent finden. Ich muß es finden und ermutigen. Die Akademiker werden es sicher nicht tun. Die Teenager hören es, finden es aber in Büchern nicht wieder. Ich habe erlebt, daß es Jazzmusikern gelang, diese erstarrte und hartgesottene Jugend zum Leben zu erwecken. Ich wünschte, ich könnte es selbst auch. Aber ich bin nicht hier geboren. Ich spreche die Sprache des Jazz nicht. Ich habe ein Gefühl für Rhythmus und lebendiges Schreiben, aber es kommt aus einer anderen Welt.

Traum vom Wasserrad: Ich stehe vor einem Wasserrad, das sich schnell dreht. Es ist noch jemand da, aber ich weiß nicht, wer es ist. Während ich beobachte, wie sich das Rad dreht, höre ich die Hilferufe eines kleinen Mädchens, das vom Rad erfaßt worden ist. Ich fühle mich hilflos. Ich bin vor Schreck erstarrt und unfähig, mich zu bewegen. Etwas später, entweder handelte es sich um einen zweiten Traum oder um den zweiten Teil des Traums, dieselbe Szene, dasselbe Rad und dasselbe kleine Mädchen, das um Hilfe ruft. Aber diesmal kann ich handeln. Ich gehe zum Wasserrad, halte es mit großer Anstrengung an und befreie das kleine Mädchen aus der Gefahr.

Assoziationen zum Rad. Wasser. Meine Besessenheit für alles *Fließen,* dem Fluß der Lebensströme und der Bilder. In meinen Träumen taucht immer wieder Wasser auf. Manchmal befinde ich mich in einem gefährlich schwankenden Boot, dann wieder erlebe ich reißende Flutwellen, Überschwemmungen oder fliege an einem Hubschrauber hängend über das Meer. Durst. In Wirklichkeit bin ich niemals durstig. Der neue Roman *Solar Barque* beginnt mit der Suche nach dem Meer oder dem Fluß, in dem das Boot schwimmen oder unbehindert dahingleiten kann. Was ich auf dem Hausboot empfand, ist das Schönste, was ich je erlebte: vom Fluß geschaukelt und selbst im Schlaf sanft gewiegt zu werden. Neurose ist ein Zustand, in dem alles zum Stillstand gekommen ist, in dem nichts mehr fließt. Das Wasser dreht das Rad, aber das Kind wird erfaßt und ist in Gefahr. Die Kindheit ist an das Rad gefesselt. Ich muß meine Kindheit befreien, damit sich das Rad drehen kann, ohne Schaden anzurichten. Offensichtlich geht es um das Kind in mir.

Gespräche mit Dr. Bogner über viele Themen. Weshalb erscheint mir das Leben in Kalifornien manchmal so unwirklich? Liegt es daran, daß ich nicht in meinem Element bin, ein Fisch auf dem Trockenen? Ist es das Verhalten der Menschen, die an Büchern, am Leben, an der übrigen Welt nicht interessiert sind? Ist es ihre Sorge um den Lebensstandard, wie Renate sagt? Land, Häuser – ihr ganzes Leben kreist um materielle Dinge.

Jim ruft mich an, weil ihm das Kapitel über die Abreise meines Vaters aus Paris nach Havanna so begeistert. Ich zeigte darin zunächst keine Gefühle, meine Emotionen waren erstarrt. Ich glaubte, meine Liebe zum Vater sei erloschen, aber als ich ihn nach seinem letzten Konzert, in dem er einen Ohnmachtsanfall erlitten hatte, wiedersah, ergriff mich heftiger und unerträglicher Schmerz. Das Kapitel ist ein einziger Schrei der Verzweiflung. Ich liebe diesen Mann, und ich hasse gleichzeitig alles, was er ist. Die Emotion ist so heftig (das Gewahrwerden der Gefühle unter der glatten Oberfläche), daß Jim davon ergriffen wurde und mich anrief.
Ich reagierte emotional auf seine Begeisterung.
»Ist das nicht großartig, unglaublich?«
»Ich weiß nicht«, antwortete ich aufrichtig, »ich weiß nicht, ob ich das Erlebte wiederempfinde, oder ob mich das Geschriebene bewegt.«
Aber im Gespräch mit Dr. Bogner erlebte ich die Situation noch einmal.
Frau Bogner: »Wenn Sie einen großen Schmerz vermeiden wollen, entziehen Sie sich. Sie entziehen sich damit dem großen Schmerz, den die Trennung von Ihrem Vater verursachte. Er reiste nach Kuba, und vielleicht würden Sie ihn nicht wiedersehen. Entleert von Gefühlen wird das Leben ›unwirklich‹. Wirklichkeit entsteht durch Gefühle.«
Früher ängstigte mich diese Unwirklichkeit. Sie schien unmenschlich zu sein. Es gab gewisse Dinge, die ich fühlen wollte. Millicent Fredericks beispielsweise, ein großartiger Mensch, verhält sich Erfahrungen gegenüber anders. Sie unterdrückt ihre Gefühle niemals. Als ein Verwandter von ihr nach Bellevue gebracht wurde, zeigte die ganze Familie ihren Schmerz, alle weinten und klagten.

Das Leben in Kalifornien ist für mich unwirklich, denn ich kann nicht so empfinden wie andere. Ich bin froh,

entdeckt zu haben, daß diese Unmenschlichkeit nur ein Einfrieren von Emotionen und Schmerzen ist, die zu intensiv werden. Manchmal habe ich mich ängstlich gefragt: Wie kann ich plötzlich für Soundso nichts mehr empfinden? Ich erinnere mich an den Tag, an dem ich aufhörte, meine Patentante zu lieben, weil sie meine Mutter unglücklich machte. Ich habe mich einmal gefragt: »Bin ich ein Unmensch?«
In bestimmten Bereichen versuche ich, dem Schmerz zu entfliehen.
Jim: »Anaïs, Dich bewahrte Deine Fähigkeit, auf andere Ebenen auszuweichen, davor, unter wirklich bitteren Erfahrungen zusammenzubrechen.«

Was Jim im Tagebuch schreibt, ist wunderbar. Jims innerstes Wesen spricht daraus.

Diese ständige Suche nach Tiefen und Verstehen ist ein Experiment, das die Welt tatsächlich weit wirkungsvoller verändern könnte als die Hinwendung zur Politik, wenn sich nur viele Menschen daran beteiligten.

Ich würde gerne über Millicents Leben schreiben. Aber das Leben von Heiligen zu beschreiben, ist sehr schwierig. Die Biographie Albert Schweitzers zum Beispiel fesselt nicht, obwohl er das Leben eines Heiligen lebt.

Wie kann ich meinem Leben in Los Angeles inneren Glanz verleihen? Es muß noch gestaltet werden. Ich darf nicht vergessen zu transformieren, zu transformieren.

Ein Sonntag bei den Geismars. Es ist sonnig genug, um im Garten zu sitzen, umgeben von drei Kindern und vier Hunden. Das Gespräch dreht sich ausschließlich um Henry James, denn Geismar schreibt eine Arbeit über ihn. Er hat mich nie interessiert. In meinen Augen schreibt er einen ›femininen Stil‹, wie man sagt, zu trivial, zu geziert, zu detailliert, zu pedantisch. Seine Indirektheit, seine Nahaufnahmen und seine sorgsam formulierten Dialoge ermüden mich. Er schildert eine oberflächliche Welt, in der nichts enthüllt wird, in der es keine Erdbeben oder Stürme gibt. Kultiviert, elegant und weichlich – einst bezeichnete man diese Art Literatur als Frauenromane, allerdings gibt es viele Frauen, die so etwas nicht schreiben oder lesen.

Ein Abend mit Santha Rama Rau und Faubion Bowers. Sie unternahmen eine lange Reise durch Indien, um ein Buch über Tanz zu schreiben und Dokumentaraufnahmen zu machen. Dieses Mal trug sie einen Sari in Rot, Schwarz und Gold. Ich kann mich an ihr nie sattsehen. Unseren Kleidern fehlen Farbe und Schönheit so sehr. Sie sagt, mein Schreiben sei keine Literatur sondern Zauberei.

Lernte Geoffrey Holder kennen (seine Frau, Carmen de Lavallade nicht, denn sie erwartet in Kürze ein Kind). Er ist von ungewöhnlicher Schönheit und Anmut. Er ist über zwei Meter groß und tanzt in diesem Jahr überall – in der Metropolitan Opera, auf Calypsoabenden und im Fernsehen. Ich erinnerte mich, daß ich große Hoffnungen auf die Gruppe setzte, als ich sie zum ersten Mal in Los Angeles tanzen sah. Er ist charmant und intelligent und erzählte, wie er auf dumme Reporter in Radio und Fernsehen reagiert. Wenn ihm jemand eine unsinnige Frage stellt, antwortet er nicht, sondern wartet einfach und lächelt. Und die Zuschauer erkennen, wie albern die Frage ist. Sein Nerv für die Situation und seine Reaktionen sind so vielsagend, daß die Zuschauer plötzlich über die Moderatoren zu lachen beginnen.

Lese eine Byron-Biographie. Er hinterließ ein Tagebuch seines geheimen Lebens, seiner dunkelsten Geheimnisse.

Freunde und Verwandte vernichteten es. Jetzt bemühen sich Menschen darum, sein Leben zu rekonstruieren. Schlief er mit seiner Schwester oder nicht? Etc. Maurois ist ein ausgezeichneter Biograph. Er bringt gerade genug Einzelheiten; er verbindet Fakten und innere Zustände zu einer Einheit.

Ein surrealistischer Film von Hans Richter, *8 x 8*. Berühmte Künstler wirken mit: Max Ernst, Cocteau, Caldwell, etc. Elektronische Musik von den Barrons, Lyrik von John Latouche. Paul Bowles tritt mit seinem jungen arabischen Freund auf. Die Szene beginnt mit einem leeren Swimmingpool, in dem ein Klavier, ein Bett und ein Telefon stehen. Paul Bowles spielt Klavier und der junge Araber Flöte. Alles wirkt zu konstruiert und zu berechnet, und es entsteht nicht der Eindruck eines surrealen Traums. Ein Großteil der surrealistischen Kunst vermittelt das Gefühl, daß die Bilder nicht aus freien Assoziationen oder Traumwelten stammen, sondern eine geschickte Imitation unbewußter Vorgänge sind. Wenn man mit den unbewußten Assoziationen vertraut ist, weiß man, es gibt Muster und Verkettungen, die nicht inhaltslos sind, nicht inhaltsloser als der Traum.

Aus dem Wissenschaftsteil der *New York Times:*

DAS GEHIRN EIN SPEICHER. ERINNERUNGEN SCHAFFEN MÖGLICHERWEISE EIN DOPPELTES BEWUSSTSEIN.

In der letzten Woche erschien der Jahresbericht der Smithsonian Institution, in dem Dr. Wilder Penfield, Direktor des Montreal Neurological Institute, einer der führenden Kapazitäten auf dem Gebiet der Gehirnforschung, über Untersuchungen berichtet, die zur Entdeckung eines Tonbandgeräts im menschlichen Gehirn geführt haben, das die Vergangenheit des Menschen aufzeichnet.

Wie Dr. Penfield feststellt, ist es denkbar, daß ein Mensch

ein zweites Bewußtsein hat – eines für die unmittelbare Umgebung mit ihren Ereignissen, und ein anderes für Umgebung und Ereignisse, die im Unterbewußten erinnert werden. Das Phänomen spricht für eine ›Verdoppelung‹ des Bewußtseins. Ein Bewußtseinszustand ist ebenso lebendig wie der andere, aber es ist unwahrscheinlich, daß man sie miteinander verwechselt.
Dieses seltsame Phänomen tritt unerwartet auf, sagt Dr. Penfield, wenn der zerebrale Cortex über einen der Schläfenlappen mittels eines schwachen elektrischen Stromkreises stimuliert wird, der durch einen chirurgischen Eingriff appliziert und drahtlos gesteuert wird.
Dr. Penfield gibt eine mögliche Erklärung dieses Phänomens. Offensichtlich wird jede sinnliche Wahrnehmung – sehen, hören, fühlen, riechen, berühren, etc. – von einem entsprechenden Nerv zu einem bestimmten Teil des Großhirns geleitet. Dort wird die Erfahrung mit anderen sinnlichen Eindrücken koordiniert, um ein umfassendes Bild der Wahrnehmung zu erzeugen. Die Untersuchungen des Schläfenlappens lassen darauf schließen, daß dieses Bild oder geeignete Teile des Bildes in den Zellen des Großhirns gespeichert oder aufgezeichnet werden, wie in einem Tonfilm oder auf einem Tonband. Es bleibt dort für immer, und obwohl es aus der bewußten Erinnerung entschwinden kann, verbleibt der empfangene Impuls unauslöschlich im Großhirn ...

Ich habe noch nicht berichtet, daß William Goyen mich eines Abends besuchte. Er leidet – er hat bereits graue Haare, aber sein Gesicht und seine Gesten sind jugendlich. Er ist ein junger Mann, in dessen Körper das Alter nur wenige Zeichen hinterlassen konnte, niederdrücken wird es ihn nie. Seine Stimme klingt sanft, sein Wesen ist freundlich, seine Bewegungen verrieten seelische Erregung, seine Hände bemühten sich, die Spuren der Angst auszulöschen. Er sprach über die Angriffe, Enttäuschungen, Un-

gerechtigkeiten, über die Grausamkeiten der Zeitungen. Er ist ein verletzter Mann. Die Menschen, die große Liebe erhofften und früh verletzt wurden, können die Liebe nicht erkennen, die ihnen später entgegengebracht wird. Für sie existiert nur die eine, die ihnen vorenthalten wurde. Der Weg ist bereitet, damit nur Angriffe und Enttäuschungen registriert werden. Jim und sein Freund konnten diese Verletztlichkeit nicht verstehen. Sie sind noch nicht verwundet worden. Sie erwarteten heitere Unbekümmertheit.
Er las uns eine Kurzgeschichte vor, und Jim ebenfalls. Goyens Bücher sind vergriffen.
Ich hatte ihm zu seinen Büchern geschrieben. *Time Magazine* hatte ihn rücksichtslos behandelt.

Er schrieb mir einen kurzen Brief:

Mein Theaterstück *Haus aus Hauch* (man stelle sich vor!) hat am 8. April im Circle am Square Premiere. Bitte kommen Sie. Ich brauche Sie dabei. Und rufen Sie bitte sofort im Theater an, um Karten zu bestellen, denn zu meinem Erstaunen ist die Vorstellung beinahe ausverkauft. Ich brauche Sie an diesem Abend. Sollte es Schwierigkeiten geben, fragen Sie im Theater nach mir. Ich bin außer mir vor Aufregung und Spannung, vielleicht wird es schön – *hoffentlich*. Ich würde mich freuen, wenn Jim ebenfalls käme, sie alle. Aber Sie muß ich sehen. Später mehr. Wo bin ich nur?

Am Telefon:
Anaïs: »Hallo, William Goyen?«
Goyen: »Hallo, Anaïs.«
Anaïs: »Ich habe Sie eigentlich nicht kurz vor der Premiere Ihres Stückes anrufen wollen, ich möchte Sie nicht stören.«
Goyen: »Eine gute Idee von Ihnen anzurufen. Ich liege

krank im Bett. Die Anspannung war zu groß, zu meinen anderen Ängsten kam der übliche Streß, ein Stück auf die Bühne zu bringen.«
Anaïs: »Denken Sie nur an Ihr Schreiben, und daran, was Sie zu sagen haben, nicht an sich als Menschen. Dann werden Sie sich nicht ängstigen. Sie sind ein herrlicher Künstler, und was Sie machen, kann nicht schlecht sein. Alles, was Sie geschrieben haben, ist schön.«
Goyen: »Sie sagen immer, was ich gerade hören muß.«
Anaïs: »Brauchen Sie etwas? Kann ich etwas für Sie erledigen?«
Goyen: »Nein danke, nur dort oben in den Sphären, die Sie so selbstverständlich beherrschen.«

Gestern Abend gingen wir in Regen und Schneematsch zur Premiere von *Haus aus Hauch* im Circle. Endlich Magie, Poesie und empfindsame Gefühlsebenen. Welcher Kontrast zu Tennessee Williams, der sich jetzt der Gewalt und Melodramatik verschrieben hat. Goyens Theaterstück war ebenso emotional und voller Poesie wie *Die Glasmenagerie*. Goyen sucht nach einer freien impressionistischen Form für die Bühne. Er nennt sein Stück eine Ballade. Sie hat ein sehr bewegendes Thema – der Versuch, dem Zuhause und den Eltern zu entfliehen, der zum Scheitern verurteilt ist, obwohl hier das Zuhause Tod und Stagnation bedeutet.
Der Abend war ein Erfolg. Man schleppte Goyen auf die Bühne. Er ist so schüchtern und blickte nur mit gesenktem Kopf auf den Boden. Das Ensemble spielte sehr gut, und da die jungen Schauspieler Goyen verehren, gaben sie ihr Bestes. In Greenwich Village gibt es jetzt überall lebendiges Theater. Nach der Vorstellung gingen wir in das Café nebenan, wo viele junge Leute saßen, Studenten von der New York University, Schauspieler, Sänger und Jazzmusiker. Sie sind so voller Leben; sie gehen nicht in die Bars und trinken nicht. Sie sitzen bei einem

Kaffee und planen das nächste Projekt. Goyen hatte das noch nie erlebt und sagte: »Greenwich Village ist zu neuem Leben erwacht.« Hier trafen sich echte Künstler aller Sparten. Es erinnerte mich an die Cafés in Paris. Endlich!

[Frühling 1957]

Ich erlebe zur Zeit eine beängstigende Phase: Mit Frau Bogner spiele ich Szenen, die am Ende die Macht und die Vitalität meiner Phantasien und Erinnerungen beweisen, die über der Realität liegen. Das ist ein solch subtiler, unfaßbarer Vorgang, daß ich ihn nicht beschreiben kann. Es ist so, als hörte man eine zeitlang klar und deutlich, aber mit einem Mal scheint man verwirrt, betrunken und betäubt zu sein. Die ganze Zeit über beobachtet etwas in mir diese entstellenden Vorgänge. Es ist erschreckend, denn dieser Zustand erweckt Selbstzweifel, Zweifel an meiner Intuition, der ich immer vertraut habe.

Zum Beispiel: Es gibt Fragen, die ich Frau Bogner gerne stellen möchte, die ich aber jahrelang unterdrückte, weil mein Verstand mir allzu deutlich sagt, daß die Funktion der Analyse nicht darin besteht, solche direkten Fragen zu beantworten, sondern zu erforschen, was hinter ihnen liegt, und was mich veranlaßt, sie zu stellen. Im Hintergrund sind sie mir immer präsent – tabuisiert. Aber einmal, als eine solche zurückgehaltene Frage aus mir hervorbrach, zensierte ich sie selbst sofort, nachdem ich sie ausgesprochen hatte. Ich wußte, es war falsch, diese Frage zu stellen. Warum kann ich mich nicht für eine Art des Lebens entscheiden, für einen Weg und daran festhalten? Als Frau Bogner erkannte, daß ich Fragen zurückgehalten hatte, ermutigte sie mich, sie zu stellen, denn in der Analyse soll nichts zurückgehalten werden. Ich ließ allen Fragen freien Lauf. Es waren die menschlichen Fragen, die mir jeder stellt, und die ich zu beantworten suche, wenn Menschen nicht durch Analyse geholfen wird. (Was soll ich tun? Was soll ich sagen? Warum kann ich mich nicht entscheiden, eine Wahl treffen, statt zerrissen zwischen zwei Lebensweisen zu stehen? In Sierra Madre fühle ich mich alleingelassen; es fehlt mir die Fürsorge von Dr. Jacobson und von Frau Bogner.)

Meine Fragen und die Scheu, sie zu stellen, enthüllten meine Angst vor Abhängigkeit.

In meiner Vorstellung spricht es von geistiger Unreife, solche Fragen zu stellen; es heißt, anderen ein ungelöstes Problem vorzulegen und sie aufzufordern, es zu lösen – nicht selbst an der Lösung zu arbeiten. Das erbrachte unser letztes Gespräch.

Deshalb beantwortet sie auch nicht die Frage, sondern versucht herauszufinden, was hinter ihr liegt, um die Widersprüchlichkeit oder die Verwirrung zu klären.

Wieder bei Frau Bogner – ein Gespräch über Intuition. Sie macht den Unterschied zwischen Phantasie und Intuition deutlich und erklärt mir, daß meine Selbstzweifel darauf zurückgehen, daß ich Phantasie mit Intuition gleichsetze. Für mich bedeuteten Intuition, Hellsichtigkeit oder Einsichtsvermögen die einzige Waffe gegen Sorgen und Schwierigkeiten. Ich hatte meinen Glauben an die Unfehlbarkeit dieser Waffe verloren und fühlte mich arm und machtlos. Da Intuition eng mit meinem Schreiben verknüpft, sogar seine Quelle ist, fühlte ich mich doppelt geschwächt. Frau Bogner hatte wiederholt gesagt, sie zweifle nicht daran, daß ich für Einsicht, Verstehen und Intuition geschaffen sei, aber ich hätte in einigen Fällen (die Angst vor dem Verlust der Liebe) meiner Phantasie und meinen Vorstellungen freien Lauf gelassen (im Ausmalen der Katastrophe und des Verlusts). Sie hob hervor, daß die Vorstellung der Unfehlbarkeit unrealistisch, unmenschlich und sogar gefährlich sei. Ich begann einzusehen, daß es Zeiten geben muß, in denen ich meine Intuition in Frage stelle und sie von meinen Ängsten und Befürchtungen trenne. Ich muß nachdenken, beobachten, befragen, nach Tatsachen suchen und nicht blindlings meiner Intuition vertrauen. Ich habe mich in meinem Urteil über Menschen getäuscht (Frances Keene, die Spewacks, Lawrence Maxwell).

Thomas Payne lud mich zum Mittagessen ein. Ein Cocktail löste seine Zunge:
»Die Schwierigkeiten, die wir hatten, einen Abend mit Ihnen zu planen, waren nicht echt. Es lag an meiner Frau. Seit wir im Vorort wohnen, und sie sich der Erziehung unserer Kinder widmet, hat sie den Kontakt mit dem New Yorker Leben verloren. In Bryn Mawr auf dem College las sie Ihre Bücher. Jetzt fürchtet sie sich davor, nach New York zu kommen, Sie zu treffen und zu enttäuschen. Wenn sie mich gelegentlich begleitet, hat sie das Gefühl, nicht mehr zu verstehen, worüber die Leute reden. Ich liebe mein Leben in New York, und ich liebe das Leben im Vorort. Sehen Sie ... ich stamme aus sehr konservativen Verhältnissen, Yale und das alles, aber mein Betragen war so schlecht, daß man mich beinahe von Yale verwies. Vielleicht sollte ich etwas weiter ausholen. Mein Vater starb, als ich drei Jahre alt war, und meine Mutter folgte ihm vier Jahre später. Ich wuchs ausschließlich unter Frauen auf; ich wurde von meinen Tanten erzogen. Ich fürchtete, das könne mir schaden. Dann ging ich in den Krieg, und ein paar Jahre lang schien alles gut. Erst nach meiner Rückkehr litt ich unter einer Bombenneurose. Bereits die Erkenntnis heilte mich irgendwie. Ich suchte mir eine Frau und heiratete ein gleichaltriges, unschuldiges Mädchen meines Standes. Wir lebten auf dem Land, und das gefiel mir: eine Frau, Kinder, ein Heim. Aber bei der Geschäftsführung galt ich als der Unbequeme. Im Zorn erklärte ich einmal, daß ich sie alle verachte und wisse, daß ich intelligenter sei als sie. Ich könnte zu einem Psychiater gehen, aber ich

weiß im voraus, was er sagen wird. Ich weiß alles über mich. Ich muß nichts verbergen. Mich kann nichts überraschen, selbst wenn man mir sagte, ich sei homosexuell. Die Spannung ist seitdem gewachsen. Wenn ich die Nacht in New York verbringe, leidet meine Frau darunter, und deshalb habe ich auf mehr und mehr verzichtet. Ich unternehme Dinge alleine, aber es gelingt mir nicht, meine Frau in mein Leben einzubeziehen. Ich hätte sie nie geheiratet, wenn sie diese Art Leben geführt hätte. Ich heiratete sie, weil sie ein Engel war, und ich Calvinist bin. Ich fühle, wie ich mich vom sinnlichen Leben gefangennehmen lasse. Ich möchte zu allen sagen, sie sollen sich zum Teufel scheren, aber ich kann es nicht.«

Es klang alles ungereimt, vage und verschwommen. Seine Einstellung zur Analyse war konventionell: »Sie wird mich zum Konformisten machen.«

Ich versuchte, ihm die Furcht davor zu nehmen, ihm zu erklären, daß es kein Kampf sei, der mit dem Verstand geführt wird. »Sie führen mit Ihrem Chirurgen doch auch keine geistige Auseinandersetzung.«

»Ich weiß alles über mich.«

»Aber dieses Wissen entspringt Ihrem Bewußtsein und versperrt den Zugang zu einem Teil Ihres Ichs, der Ihnen unbekannt ist. Es zählt nicht, wie hellsichtig und intelligent Sie sind. Es gibt ein Ich, das Sie nicht sehen können. Die Analyse ist kein geistiges Duell, sie ist ein emotionales Drama, ein primitives Ritual, in dem das geheime Ich beschworen und enthüllt wird.«

Ich hoffe, er bedauerte seine Offenheit nicht. Die Menschen überfällt Katzenjammer nach Geständnissen.

Jacobson ist ganz erfüllt und besessen von den letzten Ergebnissen seiner Krebsforschungen. Die Leute mißtrauen seinen Experimenten. Für ihn ist es selbstverständlich, daß jeder experimentieren will, bereit ist zu riskieren und bereit, mit ihm zu forschen. Diesen Charakterzug

habe ich schon immer an ihm geliebt. Auch den vorsichtigen und unbeweglichen Ärzten unterlaufen Fehler. Ich identifiziere mich mit seiner Forschungsarbeit.
Es begann alles mit seiner Hilfe für die Juden, die aus den Lagern kamen. Er heilte ihre Leiden. Er forderte alle seine Patienten auf, Unterkünfte für sie zu finden, bis sie wieder gesund waren.
Jetzt setzt er sich ruhig neben mich, aber in den zwanzig Jahren, in denen ich ihn kenne, habe ich ihn nie länger als eine Minute ruhig sitzen sehen. Er steckt voller Begeisterung. In seiner hektischen, sprunghaften Art erzählt er mir, daß die Nieren mehr Nährstoffe enthalten als die Leber. Er gebraucht ein Wort, das wie ›mistypoetic‹ klingt – es kann wohl kein medizinischer Ausdruck sein. Er spricht die Sprache des Spezialisten, die mir unbekannt ist, aber seine Worte sind von Freude, Sicherheit und Vertrauen beseelt. Ich erkundige mich nach seinen Forschungen. Er antwortet, er habe so viele Anregungen, Pläne, Tests und Untersuchungen, um ein großes Laboratorium zu beschäftigen. Der Zaubertrank, dessen Zusammensetzung er mir in seiner Fachsprache erklärt, ist in Flaschen abgefüllt. Er heilte meine Anämie.

Gestern abend Dinner bei Harold Feinstein. Er wohnt in einem großen Loft, der sich über ein ganzes Stockwerk hinzieht. Der Fußboden ist uneben und hat Löcher. Harold ist groß, und sein Gesicht ist rund. Er zeigt uns seine Arbeiten. Seine Frau ist blond, blaß und schwanger. In der Nähe des Eingangs steht seine photographische Ausrüstung, in der Mitte des Raums ein Doppelbett und im Hintergrund Herd, Tisch und Kühlschrank. Sie führen das besitzlose Künstlerleben, das ich in Paris kennengelernt habe. Unser Gespräch war sehr interessant. Im Stockwerk über ihnen leben Jazzmusiker. An diesem Abend kristallisierte sich meine Vision vom Jazz, der mit einer bestimmten Lebensart und einer bestimmten

Lebensphilosophie einhergeht. Die Musik ist in das Blut eingedrungen und bewahrt die Menschen vor materiellen Ambitionen. Jazz ist die einzige Rebellion gegen Konformität, Automatismus, Kommerzialismus, Mittelklassewerte und den Tod des Geistes. *Really the Blues, Solo, The Man with the Golden Arm* und *The Wild Party,* sie alle bildeten eine Synthese. Die einzige Dichtung in Amerika, die einzige Leidenschaft. Ich spreche nicht von Kriminalität oder den Niederungen von *Nelson Algren* sondern von Dichtung, gesteigertem Lebensgefühl, Suche nach Ekstase, dem Äquivalent des Surrealismus und dem Äquivalent des Jazz in der Literatur.
Wir unterhielten uns darüber. Ich sagte: »Es tut mir leid, daß ich nicht hier geboren bin, denn dann hätte ich Jazzliteratur schreiben können. Aber Jazz gehört nicht zu meinem Erbteil.«
»Mir tut das nicht leid«, erwiderte Feinstein, »denn wenn Sie hier geboren wären, hätten Sie uns nicht Bartók geschenkt – denn Ihr Schreiben ist für die Literatur dasselbe, was Bartók für die Jazzmusiker bedeutet. Was geschah mit Miller nach seiner Rückkehr nach Amerika?«
»Er lehnte Amerika ab, aber wer weiß, ob er es ablehnte, weil Amerika ihn ablehnte? Jeder Schriftsteller braucht Liebe, Zuneigung und Vertrauen, um sich entfalten zu können. Amerika verweigerte ihm, was Frankreich ihm geschenkt hatte – Frankreich und ich. Einer der besten Schriftsteller Frankreichs, Blaise Cendrars, zollte ihm uneingeschränktes Lob. Wie konnte Miller überleben, wenn Kritiker wie Maxwell Geismar behaupten, ein Schriftsteller, der mit dem *Big Business* nicht vertraut sei, könne den großen amerikanischen Roman nicht schreiben?«
Welche Absurdität. Es gibt *den* amerikanischen Roman nicht, denn es gibt tausend Amerikas. *Big Business* ist nur eines seiner unmenschlichen, monströsen Produkte. Aber der Jazz ist der Ausdruck des romantischen Amerika, seines sinnlichen Potentials und seiner poetischen

Kraft. *Big Business* und Politik sind Zwillinge, die Monster, die alles töten und korrumpieren. Weshalb achtet man nicht auf die Künstler, die Menschlichkeit zeigen, die Quellen der Gefühle offenhalten, uns lebendig halten?

In Los Angeles fühle ich mich von allen Quellen des Wissens und der Erfahrung abgeschnitten. Kein Kontakt mit interessanten Menschen, kein Kontakt mit fremden Ländern, mit publizistischen oder anderen wichtigen Ereignissen.
In New York fehlt mir die Natur, der Frieden und das nach innen gerichtete, persönliche Leben. Der Bruch läßt sich sogar an meiner Handschrift ablesen: Ich trenne meine Worte.

Ich lese über Proust. Sein einzigartiges Verständnis des Charakters (psychologisch gesprochen, war er in der Lage, das Atom zu spalten) basierte auf der Beobachtung, daß ein Gesicht tausend Masken tragen kann, daß Persönlichkeit sich auf eine nicht abreißende Kette psychologischer Zustände reduzieren läßt, die nicht unbedingt miteinander zu vereinen sind oder miteinander harmonieren.
Ich muß meine Romane aus dem Tagebuch entwickeln. Ich muß einen Weg finden, damit sie im Einklang miteinander fließen können.

Bemerkung: Das Wort, nach dem ich suchte und das ich nicht finden konnte, als ich Caresse Crosbys Porträt schrieb, ist »Haltung«. Welche Haltung sie bewahrte, trotz ihres kranken Herzens, ihrer schlechten Augen und des Alterns.

Das Tagebuch hat eine solche Kraft, die emotionale Intensität der Beziehungen wiederherzustellen, daß ich sie wieder erlebe, während ich es abschreibe. Ich versuche, die Geheimnisse zu verstehen, das Rätselhafte an Beziehun-

gen, besonders wenn man sie von Anfang bis Ende überblicken kann. Am Beginn liegt oft eine Warnung, die man nicht beachtet, und auf den lebendigen Kern folgt der Zerfall.
Wenn ich den Menschen draußen in der Welt zufällig wiederbegegne, kann ich die Liebe, die Freundschaft, das Geben und Nehmen und die Bande, die zwischen uns bestanden, nicht verstehen oder rekonstruieren. Den Begegnungen fehlt das Illuminierende, das ich im Tagebuch festhielt.
Nach solchen Begegnungen bin ich sehr deprimiert und aufgewühlt, nicht wegen des tatsächlichen Zusammentreffens mit einem Menschen aus der Vergangenheit oder durch das Echo alter Gefühle, sondern wegen des erschrekkenden Schwindens dieser Gefühle und ihres endgültigen Todes. Es ist die schreckerregende Erfahrung des Todes im Leben, die ich häufiger als die meisten anderen Menschen gemacht habe, denn ich habe die Höhepunkte des Lebens aufgezeichnet. Es scheint, als seien Liebe und Freundschaft eine Besessenheit, ein Zustand der Verzauberung, der in einer Beziehung von beiden gewaltsam beendet werden kann und keine Spur seines Bestehens hinterläßt.
Handelt es sich um den Tod der Illusion oder um den natürlichen Tod der Bindungen zwischen Menschen?

Wenn die Leute sagen, der Roman sei tot, dann nur, weil die Romanautoren nicht über die persönlichen inneren Erfahrungen schreiben, über die Vielschichtigkeit und das Unbewußte, das den lebendigen Kern unserer Erfahrung bildet: Was wir *fühlen* und nicht was wir sehen, hören, aufzeichnen oder photographieren.
Der Roman hat uns nicht gegeben, was uns am meisten fehlt: die vertraute Kenntnis anderer Menschen. Was ist das größte Bedürfnis der Menschen? Was wollen sie von

mir? Vertrautheit. Die Möglichkeit, sich zu offenbaren. Dieser Mangel, der Mangel an individuellem Leben ist in unserer Zeit so groß, daß dies alles zum Psychoanalytiker getragen werden muß. Das ist auch der Grund, weshalb sich niemand darüber freut, wenn ich eine Party gebe, und deshalb möchte jeder mit mir allein sein. Ich versuche beharrlich, mit dem inneren Ich in Berührung zu kommen. Ich höre mit meinem ganzen Wesen zu, ich schenke mein ganzes Interesse. Ich suche sofort die vorbehaltlose Verbindung mit Augen, Gefühlen und Gedanken des anderen. Diese Erwartung manifestiert sich so stark, daß selbst Taxifahrer mir ihre Lebensgeschichte erzählen (Ich weiß, daß normalerweise das Gegenteil der Fall ist. Die Fahrgäste erzählen ihnen alles, vertrauen sich ihnen an.). Es ist die Gabe, Vertrautheit zu schaffen, eine persönliche Welt, in der sich die Menschen wirklich existent fühlen, in der sie leben und eine klare, lebendige Identität besitzen.

Der Roman könnte es ihnen schenken. Das Festhalten an Objektivität hat diese Möglichkeit zunichte gemacht. Paul Mathiesen besuchte mich und erzählte mir, wie er Acapulco erlebt hat. Als er nach Mexiko reiste, erkundigte er sich nach meinem Aufenthaltsort und er erfuhr, daß ich in Acapulco lebte. Es war das Jahr, in dem ich alleine dort war. Paul fuhr nach Acapulco. Er kam an, als im Mirador Hotel eine Party stattfand, ein Tanzvergnügen. Annette und ich waren von jungen Männern umringt und befanden uns in ausgelassener Stimmung. Paul dagegen befand sich in einer Gaugin-Stimmung: auf der Suche nach dem einfachen Leben; und hoffte, ich hätte es in Acapulco gefunden: eine mexikanische Cabana mit Blätterdach, einen einsamen Strand, Kokosnüsse, Bananen und selbstgeangelte Fische zum Leben. Da ich in ihm einen Träumer, einen weltfernen, der Realität entrückten jungen Mann sah, einen Mystiker und nicht einen irdischen Gefährten, symbolisierte er für mich alles, vor dem

ich davongelaufen war. Ich unternahm keine Anstrengungen, mit seinem inneren Ich, seiner inneren Reise in Verbindung zu treten. Ich fühlte mich glücklich und fröhlich in einer rein äußerlichen Welt, in der Schwimmen, Tanzen und Musik das Leben beherrschten. Ich spürte, daß sein Schweigen, seine Zurückgezogenheit mein sinnenfrohes Leben gefährdeten. Ich suchte Vergnügen und Sinnlichkeit (er suchte Vergnügen und Sinnlichkeit!). Ich sehe Paul in Acapulco noch immer vor mir, so blond, so nordisch, und das trennte ihn von den dunkelhäutigen Mexikanern. Seine Abneigung gegen unbeschwerte und heitere Gespräche schien ein Versuch, mich aus der Welt der Sonne und der natürlichen Freuden in die Tiefen zurückzuziehen, denen ich entflohen war.
Er ging zum Schwimmen nach Revolcadero, an einen gefährlichen Strand. Die mexikanischen Jungen warnten ihn vor den Gezeitenströmungen, aber er vertraute auf seine Schwimmkünste. Er schwamm hinaus und wurde von einer Strömung erfaßt. Er konnte nicht mehr ans Ufer zurück. Er rief um Hilfe. Damals gab es noch keine Lebensretter, keine Boote und keine Rettungsflöße. Die Mexikaner sind keine besonders guten Schwimmer, und so wagte sich niemand hinaus. Paul trieb mehrere Stunden lang im Wasser. Er glaubte, sterben zu müssen. Ihm war der Gedanke an die Dunkelheit unerträglich, auch die Vorstellung, nie mehr die Sonne zu sehen. Er konnte die Menschen am Strand beobachten. Manche blieben völlig unbekümmert, tranken ihren Tequila aus Kokosnußschalen, andere sahen zu, und einmal spielte sogar eine Mariachi Band. Seine Kräfte ließen nach. Er zog seine Badehose aus, denn er dachte, wenn er schon sterben müsse, wolle er nackt sterben und nicht eine alberne Badehose mit der Aufschrift ›Catalina‹ tragen. Schließlich schwammen zwei Mexikaner hinaus und brachten den Bewußtlosen zurück ans Ufer. Man pumpte das Wasser aus seiner Lunge, er lag mehrere Tage krank in seinem

Hotelzimmer. Ich wußte von all dem nichts. Die Jungen am Strand sagten mir nichts. Als mir Paul die Geschichte erzählte, war ich schockiert. Sein Schweigen und seine Verschlossenheit bestürzten mich. In seiner Gegenwart fühlte ich mich noch einsamer, noch kontaktloser als mit meinen Tanzpartnern.

Als wir darüber sprachen, offenbarte sich ein erschütternder Mangel an Verständigung, ein trauriges Versagen unserer Freundschaft. Schweigen bedeutet für mich immer Entfremdung. Ich brauche offene Zuneigung.

Später bei den Parties in Malibu erschien er mir sinnlicher, und ich dachte, Renate habe ihn sensualisiert. Aber es stimmte nicht. Sie paßten ganz einfach zueinander.

Paul und ich unterhielten uns in dem kleinen sonnigen, modernen Atelier am North Occidental Boulevard. Kenneth Anger hat ihn nach Paris eingeladen. Kenneths Angers *Fireworks* zog die Aufmerksamkeit von Cocteau auf sich, und Cocteau hatte ihn unter seine Fittiche genommen.

Paul hatte gerade *Solar Barque* gelesen und fand es sehr schön. Seine Lektüre brachte unser Gespräch auf Mexiko. Die eng zusammenstehenden blauen Augen verleihen Paul das Aussehen eines Silberfuchses. In den Höhlen des Schweigens wurde er von Renate aufgestöbert, die so aktiv lebte, die ihre Phantasien, Träume und Eingebungen auslebte.

Paul sagte: »Jedesmal, wenn ich mich verliebe, halte ich mir einen Notausgang offen.«

Wir lachten beide darüber.

Renate hat eine große Begabung, ihre Erfahrungen zu romantisieren. Ihr Verhältnis mit einem 24jährigen Drogensüchtigen, einem Alkoholiker, der einem ›Lockvogel‹ der Unterwelt hörig ist, einer älteren Frau, die Renates Leben bedroht, – selbst dem kann sie einen Hauch Wiener Romantik abgewinnen. Die Frau hält ihn mit Drogen

in Abhängigkeit, und das ist der Drachen, den er nicht selbst töten kann, aber er hofft, daß Renate ihn aus dieser Tyrannei befreien wird. Er ist das Dornröschen, das zu neuem Leben erweckt werden muß.
Müssen alle emanzipierten Frauen solche Herausforderungen des Schicksals bestehen, um ihre Stärke zu beweisen?
In Auflehnung gegen ihre romantische Liebe Paul möchte sie ein freies Leben führen. »Er ist eine Mischung aus Jimmy Dean und Marlon Brando.«
Das amerikanische Leben birgt die Gefahr, daß alle Unterschiede ausgelöscht werden. Ich habe immer darum gekämpft, bestimmte Wertvorstellungen zu erhalten. Manche Freunde sehen keinen Unterschied zwischen Science Fiction und meinen Geschichten. Science Fiction ist die amerikanische Version von Phantasie und Vorstellungskraft, aber auf rein wissenschaftlicher Ebene, nicht auf der Ebene von Giraudoux, Supervielle, Pierre Jean Jouve, Michaux, auch nicht auf der meinen. Amerikas wahre Romantiker sind die Jazzmusiker und Jazz-Schriftsteller, die mit ihren poetischen Gefühlen und Sinnen leben.
Ich kann die Brücke zum Jazz schlagen, aber nicht zur Science Fiction Literatur, denn sie schließt alle Menschlichkeit aus. Sie klammert den Menschen aus. Sie schildert die Dramen der Wissenschaft und der Technik. Und das zu einem Zeitpunkt, an dem wir kurz vor der Entdeckung der Wissenschaft des Charakters stehen, wo wir in die Geheimnisse der Persönlichkeit und die Geheimnisse unseres unbewußten Ichs eindringen.
Also gut, Anaïs bleib Deiner Arbeit treu!

Eine Party bei den Garys, um den Vertragsabschluß für die Verfilmung von *Die Wurzeln des Himmels* zu feiern. Im Gesicht von James Mason (dessen Rollen ich jahrelang verfolgte und mir dabei vorzustellen versuchte, wieweit sich der Mensch vom Schauspieler unterscheidet; ich sah ihn zuerst als den gefühlsbetonten, glühenden und strengen Klavierlehrer in *The Seventh Veil*, später als erloschenen *Flying Dutchman*, dessen Schönheit geschwunden war) entdeckte ich gestern abend jene elementare Aufrichtigkeit seines Lebens, die ich hinter den Rollen geahnt hatte. Er ist ein Mann, dessen Feuer erloschen ist. Vielleicht war es diese eine Rolle als strenger Lehrer, die meine Aufmerksamkeit fesselte (schlug er nicht den Klavierdeckel auf die Hände seiner Nichte?) und die Neugier hervorrief herauszufinden, ob er auch im Leben gefühlsbestimmt sei. Ich sah in dem Engländer, dessen Schönheit einst in den dunklen, brennenden Augen, einer blassen Haut, dunklen Haaren und einem sinnlichen Mund lag, die menschliche Geschichte eines armen jungen Mannes aus einer Kleinstadt in Yorkshire, mit einem Hunger, der ihm half, das ungestüme Verlangen nach Liebe und ekstatischen Höhenflügen darzustellen. Inzwischen scheint er unbefriedigt und resigniert zu sein. Sein Gesicht spiegelt die Dissonanz der Trauer.

Er ist ein stiller, schlanker, grauhaariger Mann. Wir unterhielten uns darüber, wo man sich zuhause fühlt und wo nicht. Er sagte: »Wenn man älter wird, kehrt man plötzlich an den kleinen Ort zurück, aus dem man stammt, den man als junger Mann haßte, und gegen den man sich auflehnte, und man spürt, daß man dorthingehört; man fühlt sich bei den einfachen Menschen zuhause, obwohl das Leben einen so weit von ihnen entfernt hat. Sie sprechen von der Bruderschaft der Künstler, aber selbst in dieser Gemeinschaft wirken meiner Ansicht nach alle wie Verbannte. Ich habe auf den Südseeinseln erlebt, was Sie in Acapulco empfanden. Ich drehte dort einen Film, aber mir lag nichts an dem Film. Ich kümmerte mich nicht um die internationale Suez-Krise oder um einen möglichen Krieg. Ich wollte nur wie eine Pflanze oder wie eine Seemuschel leben.«

Wir sprachen über das fehlende Element in Kalifornien.

Es ist ein Stück Erde, das zwischen Natur und Kunst schwebt. Die Natur ist nicht mächtig genug, um einen zu besänftigen, zu überwältigen oder wie in den Tropen zu betäuben, und die Kunst fehlt im kalifornischen Leben völlig.

Ich spürte die Schwermut, die ich geahnt hatte, die Ernsthaftigkeit. Sein Lächeln war sanft, während er über die Freuden der Südseeinseln sprach.

Baronin Erlanger ist eine riesenhafte, uralte Mumie. Sie trägt Modeschmuck, Amulette, Ohrgehänge, Troddeln, Kleider, die aus Großmutters Truhe auf dem Speicher ausgegraben wurden, ein Kleid aus Gardinenstoff, ähnlich unseren Kleidern für die Scharaden, ihr Hörgerät hängt an einer langen goldenen Kette. Auf ihrem Gesicht liegt das rührende Lächeln einer müden Königin.

Lesley Blanch trägt ein Mandaringewand; sie hat ihr blondes Haar hochgesteckt – die Verkörperung englischer Schönheit, die wir auf Aquarellen bewundern, mit Zügen, die so zart sind, daß man fürchtet, sie könnten wie eine Kreidezeichnung auf dem Papier verschwinden. Ich bemühe mich, mit der außergewöhnlichen Autorin von *The Wilder Shores of Love*, ein Buch, das auf dem Nachttisch keiner Frau fehlen sollte, in engeren Kontakt zu kommen. Die Erlebnisse der Heldinnen dieses Buches sind aufregender und spannender als *Tausendundeine Nacht*. Diese vier Frauen haben die Konventionen hinter sich gelassen und sich auf ihre selbstgewählten Reisen begeben. Es ist schwierig, einer Autorin auf der poetischen, romantischen, überwältigenden Ebene ihrer Bücher nahezukommen. Liegt hinter der Gastgeberin, der Assistentin des Konsuls, eine dieser Frauen verborgen, in die sie sich so gut hineinversetzte?

Aber viele der anwesenden Frauen verbargen ihre Formen nicht wie Lesley Blanch in einem Mandaringewand, im Gegenteil, sie stellten sie in zu engen Kleidern zur Schau. Manche Dekolletés waren so tief, daß nichts ver-

borgen blieb. Es bedurfte keiner Phantasie, um sich eine Schlafzimmerszene vorzustellen.
Frank Sinatra hatte seinen jungenhaften Auftritt – nicht mit einer, sondern mit drei Hollywood-Standardschönheiten, die auf Bestellung angefertigt zu sein schienen. Jedes Detail so perfekt, *›tirage en serie‹*, man hat das Gefühl, sie seien aus dem *Playboy* oder aus Industrieanzeigen ausgeschnitten. Ich konnte sie nicht auseinanderhalten. Der Stolz auf seine Dreifach-Eroberung sprach aus Sinatras ganzem Benehmen. Capucine dagegen, ein außergewöhnliches französisches Fotomodell, besitzt ein Gesicht, an das ich mich in allen Einzelheiten erinnere. Zuerst glaubt man, das Gesicht einer *jeune fille* zu sehen, die sich dem Leben noch nicht geöffnet hat, aber dann trifft einen der Blick ihrer Augen, und in ihnen liegt das ganze Wissen einer Frau. Ihre Nase ist so zartgeformt wie die von Katharine Hepburn. Capucine ist keine ebenmäßige Schönheit. Die Stellung ihrer Augen überrascht – sie liegen weit auseinander und stehen leicht schräg.
Manche Frauen altern mit Würde. Altern muß nicht Sichgehenlassen und Schlaffheit bedeuten. Ich beobachte, daß es interessanten Frauen gelingt, so zu altern. Altern kann eine Konzession an das unvermeidliche Welken sein, aber jede Falte kann etwas erzählen, wie eine Schriftrolle, wie altes Holz oder Statuen. Es ist eine Patina, die die unbarmherzige Zeit über das Äußere legt, aber sie unterscheidet sich vom Altern der Schwachen, der Leeren, Disziplinlosen, deren Aussehen ihre seelische Erschlaffung enthüllt. Innere Leere zeigt sich in der Leblosigkeit des Körpers.
Mrs. Joseph Cotton ist lebendig und vital.
Romain Gary mit seinen schönen, mediterranen Augen, den langen schwarzen Haaren, die er *á l'artiste* zurückkämmt, und einem Mund, der sich an einer Seite nach oben zieht, als könne er nicht richtig lächeln, verbirgt seine Freude über den Erfolg hinter Ironie.

Irving Lazar, der Agent, verkaufte beide Bücher Garys. Eine französische Schauspielerin trägt ein rotes Kleid. Sie ist sonnengebräunt und hat wuscheliges Haar. Eine kindliche Blondine mit dem Gesicht eines Schulmädchens, das nie zum Leben erwacht und sich niemals verändern wird. Eine abenteuerliche Reise in eine schwierige Welt. Es fällt mir schwer, mich an der Oberfläche zurechtzufinden, bei Spielen, Rollen, Persiflagen, Flirts und plätschernden Gesprächen. Ich verstehe Lesley Blanch besser als Gary.

Paul will nach Paris gehen, um sich Kenneth Anger anzuschließen. Ich gab ihm Reiselektüre und die Adressen von Freunden mit auf den Weg. Er hatte das Gefühl »zu spüren, wie an seinen Armen Flügel wuchsen«. Er sagte: »Der Künstler ist wie eine Flöte. Ich möchte diese Flöte in die Luft werfen und sehen, welche Musik ihr entströmt.«

Um sieben Uhr morgens aufstehen, abwaschen und Hausarbeit. Die Tagebücher abschreiben. Ich verlasse das Haus nur, um zur Post zu gehen und Besorgungen zu machen. Diese Entfernungen in Los Angeles! Wir leben alle weit voneinander entfernt, und ich fahre nicht Auto. Taxifahrten sind übermäßig teuer. Ich brauche einen ganzen Nachmittag, um nach Hollywood zu kommen, um Papier und ein Farbband für die Schreibmaschine zu kaufen.

Jim fragt: »Wie kommt es, daß alles illuminiert und aufregend wird, wenn man mit Dir zusammen ist? Darin liegt das Geheimnis Deiner Verführungskunst. Du schaffst eine Vertrautheit, eine Atmosphäre, in der man deutlich das Gefühl hat zu *existieren.*«
Wir sprachen über Renates ›Darbietungen‹. Ich sagte: »Ich wäre gerne wie Renate. Sie spricht und handelt wie meine Figuren. Sie muß handeln und alles spontan aussprechen. Ein herrliches Schauspiel.«

»Aber«, fragte Jim, »hört sie anderen zu, hinterläßt sie das Gefühl, daß es bei ihr noch viel zu entdecken gibt?«
»Auch dazu findet sie Zeit. Aber eine gute Darbietung muß bei ihr eine Solonummer sein. Alle guten Darbietungen sind Soli, wie bei Frank Lloyd Wright. Ich konzentriere mich zu sehr auf andere. Ich höre zu und warte auf den anderen, wie man seinen Partner beim Tanzen beobachtet, und sehr vieles bleibt unausgesprochen.«
»Ich ziehe das vor«, antwortete Jim.
Aber ich denke an Renates Freimut zu handeln und zu sprechen, ohne an Konsequenzen zu denken. Sie läßt sich von ihren Impulsen bestimmen.
Versuche ich den Kontakt aufrechtzuerhalten, wann immer es zu einem Kontakt kommt? Reagiere ich darauf? Ich stimme mich ein, wenn ich angesprochen werde. Bevor ich handle oder spreche, muß ich den anderen in mich aufnehmen.
Einstimmen.
Einstimmen.

Zusammen mit Frau Bogner entdecke ich, daß ich keine Kritik ertragen kann (Kritik war der Anlaß zum Bruch mit Dutton, James Merrill, Madame Chareau und den Spewacks). Ich kann es nicht ertragen, andere zu kritisieren, und deshalb richte ich meine Kritik auf Gegenstände. Wenn ich angegriffen und kritisiert werde, ziehe ich mich zurück. Aber das ist nicht alles. Ich muß davonlaufen, wenn ich angegriffen werde, denn ich fürchte meinen Zorn. Das wirkliche Problem besteht darin, mit meinem Zorn fertigzuwerden. Ich habe ihn so lange unterdrückt, daß er sich wie eine Dynamitladung aufgestaut hat. Ich habe ihn angehäuft, und nun droht er zu explodieren. Davor fürchte ich mich.
Am Tag, an dem wir über meinen Traum sprachen, konnte ich nur physischen Schmerz empfinden: Halsschmerzen, Rückenschmerzen, Kopfschmerzen, Gereiztheit und Span-

nung. Ich brauchte meine gesamte Energie, um mit den Schmerzen fertigzuwerden. Ich verließ Frau Bogner mit dem angestauten Zorn, dessen Flut eingedämmt war. Nach meiner Überzeugung ist Zorn zersetzend. Deshalb verlagere ich ihn, richte ihn auf unbedeutende Dinge oder Menschen.
Weil ich den Zorn zur Kenntnis genommen hatte, fühlte ich mich besser. Ich setzte mich gegen die Karikatur zur Wehr, die ich in mir trug (Anna Magnani!). Echter Zorn kann nützlich und kreativ sein.

Ich gab Maxwell Geismar *Art and Artist* von Otto Rank zu lesen. Ich weiß nicht, ob es ihn beeinflußt hat.

Ich liebe das Café Figaro in Bleecker Street. Es hat Charakter. Die Gäste spielen Schach und unterhalten sich wirklich. Dort bedienen arbeitslose Schauspielerinnen und arbeitslose Musiker. Sie beteiligen sich an den Gesprächen. Ich war mehrmals mit Jim und seinen Freunden dort.
Der beste Schachspieler Haitis spielte gegen einen alten Italiener aus Greenwich Village.

Annette erscheint noch immer mit ihrem aufreizendem Gang und zeigt mehr von ihren üppigen Brüsten, als es die Mode erlaubt. Sie bekennt freimütig: »Ich bin eine entthronte Königin, aber es gefällt mir, eine entthronte Königin zu sein. Meine Freunde lieben mich jetzt mehr als früher, als ich noch der Topstar war. Sie bedauern mich. Hinter der Bühne kann man sich über vieles amüsieren. Ich überlasse es den jungen Frauen, um den ersten Platz zu kämpfen, sich zu streiten und sich anzustrengen. Während die jungen Frauen ihren Auftritt haben, gibt es genug junge Männer, die reife Frauen bevorzugen. *Jeunes filles* sind für den Tag, aber reife Frauen sind für die Nacht.«

Ihre Freiheit zu kommen und zu gehen, ihre Fröhlichkeit und ihre Fähigkeit, allein zu leben, sind bewundernswert. Gerade ist sie von einer Weltreise zurückgekehrt, die sie allein unternommen hat. Sie lebt mit ihren Kapriolen, ihrer Wechselhaftigkeit und ihren Einfällen. »Man stelle sich all die vielen Orte auf der Welt vor, die ich nicht kenne, und was man mit einhundertfünfzig Dollar im Monat außerhalb von New York anfangen kann.« Sie gab ihre Wohnung in New York auf. Annette ist eine Abenteuerin; ich bewundere sie.

Als Tomas Payne mir schreibt, er habe die Absicht, *Solar Barque* Viking Press anzubieten, lähmt mich dieser Gedanke, und ich sage mir: »Noch ein beleidigender Brief mehr für meine Sammlung giftiger Kommentare. Ich kann es nicht ertragen.« Der letzte Brief von Viking bezog sich auf *Ein Spion im Haus der Liebe*, sie nannten es eine ›erotische Phantasie‹ und lehnten es ab. Noch mehr Scherben. Noch mehr Zorn. Noch mehr der Eindruck, daß meine Bücher unerwünscht sind. Ich muß lernen, die Schläge und Angriffe hinzunehmen. Sie sind Teil jeder Arbeit auf dieser Welt. Dr. Bogner erzählte mir, wie häufig sie in der Öffentlichkeit im Namen der Psychoanalyse von Menschen angegriffen wird, die sie hassen. Sie machen sie zur Zielscheibe von Witzen und Kritik an ihrer Wissenschaft. Ich möchte mit *Solar Barque* diese Erfahrung nicht machen.

Traum nach dem Gespräch über Beleidigungen und Angriffe: Ich bin in einem Zimmer. Ein Tiger springt in den Raum. Ich renne hinaus und schließe die Tür hinter mir. Ich laufe in andere Zimmer und schließe Türen, eine nach der anderen, viele Türen. Wieviele Türen ich auch schließe, ich weiß, der Tiger ist da. Ich schließe die letzte Tür. Man gibt mir ein Messer. Ich werde das Messer nicht benutzen.

Erregte Sitzung bei Frau Bogner. Es ist der Konflikt mit der Aggression (der Tiger), und ich bin nicht in der Lage, sie abzutöten. In meiner Interpretation stand der Tiger für alle, die mein Werk angreifen. Ich hielt meinen Zorn zurück.
Ich wehrte mich gegen die Interpretation, der Tiger sei ein Teil von mir, und ich würde Türen vor einem Teil meines Ichs schließen.
Frau Bogner: »Sie vergessen, daß Widerstand zum Überleben notwendig ist. Er gehört zu Ihrem Charakter. Ohne ihn wären Sie ein dahintreibendes Nichts. Wir müssen den Tiger in uns akzeptieren. Es ist kein Verbrechen, an dem festzuhalten und das zu verteidigen, was Sie als Wahrheit ansehen. Ich versuche nur, Ihnen zu zeigen, daß Sie Türen verschließen, wenn Sie mit Ihrer Aggression konfrontiert werden. Es ist natürlich, daß Sie über die Ablehnung Ihrer Arbeiten zornig sind.«

Professor Coreys Humor in The Village Vanguard: »Marcel Marceau war ein Erfolg, aber nur weil er Franzose ist, und er seine Pantomime in französisch darbot – und da niemand französisch spricht, glaubten alle, er sei gut. Ich bin weit besser, aber da ich mit einem Brooklyn-Akzent spreche, glaubt mir niemand.«
Marcel Pagnols neuester Scherz ist ebenfalls charmanter Nonsense. Man fragte ihn, was er von seinen Imitatoren halte. Er antwortete: »Ich habe nichts gegen sie. Es ist ein großes Vergnügen, die eigenen Vorfahren zu inspirieren!«

Italienischer Jahrmarkt in der Bleecker Street, eine Veranstaltung, um für die katholische Kirche Geld zu sammeln. Jim und ich gingen dorthin; wir genossen die Spiele, die Fröhlichkeit und ergötzten uns an den italienischen Köstlichkeiten, die dort gekocht wurden. Der Croupier des Roulettes mit einem Höchsteinsatz von zwei Dollar war ein freundlicher junger Priester. Wir gewannen und wollten mit unserem Gewinn von vier Dollar nach Hause gehen, bekamen aber ein schlechtes Gewissen, weil so das Geld der Kirche nicht zugute kommen würde. Deshalb kehrten wir zurück und verloren alles, was wir gewonnen hatten. Unsere katholische Erziehung war zu stark, als daß wir den Gewinn hätten behalten können.

Ich bin nicht sicher, ob die Begegnung des amerikanischen Realismus mit dem französischen Surrealismus in unserer Zeit etwas entstehen ließ, aber wer weiß, wie sich Jim in den nächsten zehn Jahren entwickeln wird.

[Sommer 1957]

Brief von Jim:

Hinter mir liegen zehn oder zwölf wunderschöne Tage. Ich las mit wahrem Heißhunger sechs Bände Tagebücher von 1939–1943, und ich habe noch nie etwas mit solcher Anteilnahme, solchem Vergnügen und solcher Faszination gelesen. Ich *bin* in diesem Leben, das ich lese, wie ich nie zuvor *in* etwas gewesen bin, das Literatur ist. Es hat mich gepackt, und das ist vielleicht das Wichtigste an meiner Reaktion auf das Tagebuch. Ich sehe darin die Kunst der Literatur. Die Hinweise auf die Kunstlosigkeit Deiner Arbeit, auch im Tagebuch, amüsieren mich – denn das ist das Künstlerische daran: Dein Vertrauen in Deine Stimme. Ich bin sicher, darin bestand die wesentliche Stärke von Shakespeare, Dostojewski, D. H. Lawrence und Tennessee Williams – sie blieben ihrer eigenen Stimme treu und ließen dem Zweifel keinen Raum. Dazu blieb keine Zeit. Du mußt einem Fluß trauen, wenn Du auf ihm fährst, wenn er Dich trägt, – Du weißt, er wird fließen, auch wenn Du darin ertrinkst, und selbst dann wirst Du mit ihm weiterfließen. Ich bin zu dem Schluß gekommen, die Menschen, die Dein Werk nicht verstehen, sind dazu verurteilt, ihr ganzes Leben lang voll Haß auf ihre eigene Unfähigkeit, auf dem Fluß zu fahren, am Ufer zu sitzen. Du weißt, Anaïs, ich konnte nicht mehr lesen. Vor den Tagebüchern hatte ich den Glauben verloren, daß Bücher die Macht haben, mich zu begeistern und zu fesseln. Diese Bände stellen meinen Glauben wieder her. Jetzt hungere ich nach mehr, nach dem Rest und dann nach Don Quichote, Dostojewski und Proust, und zwar auf eine Weise, die ich seit Jahren nicht mehr kannte, – denn sie sind die Schriftsteller und die Werke, die Dich trugen.

Es ist erstaunlich, daß Du in den tiefsten Momenten Deiner Neurose den Kontakt zu Wahrheit, Schönheit und Liebe nicht verlierst. Sie haben Dich gerettet. Der Analytiker, der wollte, daß Du das Tagebuch aufgeben solltest, befand sich im Irrtum. Es hätte ein tragischer Irrtum werden können – einem Vogel im Flug zu raten, seine Flügel nicht mehr zu gebrauchen. Und es hätte tragisch für alle, die Dir nahestanden, werden können, denn Deine Kinder, wie Du sie nanntest, wurden von Dir genährt, und Du warst *das Tagebuch.* Ich glaube nicht, daß an Deiner Beziehung zum Tagebuch etwas Gespaltenes, Schizoides oder ähnliches zu entdecken ist; es war eines Deiner Organe und für Dich so lebenswichtig wie das Herz. Es gibt so viele Witze über die Mutter-Kind-Metapher der Beziehung des Künstlers zu seiner Arbeit, aber es ist kein Spaß, es ist eine *Tatsache.* Vermutlich trifft es in Deinem Fall noch mehr zu, weil Deine Arbeit von größerer Wahrheit ist. Du vollziehst die Trennung von Leben und Kunst nicht; deshalb erscheint einem Außenstehenden (dem Analytiker) die Beziehung krankhaft intim. Das Gegenteil ist richtig, je weiter ein Künstler von seiner Arbeit distanziert ist, je weniger gesund ist seine Beziehung zu seinem Werk.

Es ist ungeheuer aufregend, dieses Wachstum und seine Dokumentation zu verfolgen, das Privileg zu genießen, Zeuge eines schöpferischen Akts zu sein und nicht nur darüber zu lesen. Und das Geschaffene bist natürlich Du. Darin liegt der Wert Deiner Tagebücher, das verleiht ihnen ihre Einmaligkeit in der Literatur. Sie sind lebendig. Ich habe sie Dir häufig als einen Organismus beschrieben und erkenne immer deutlicher, wie wahr das ist, wie richtig.

Es mag Dir merkwürdig vorkommen, daß ich das so klar sehe, da meine eigene Arbeit eine völlig andere Wendung genommen zu haben scheint. Auch meine Arbeit wird mehr und mehr *Ich*. Langsam entdecke ich, daß in mir ein Haufen verrückter Kinder steckt, einfache, verrückte, unverständliche Menschen, die sich bemühen, mich zu erschaffen, indem sie durch mich sprechen. Ich lasse ihnen ihren Willen, und damit komme ich der Wahrheit so nahe, wie ich ihr nur kommen kann – wenigstens im Augenblick. Ich habe die deutliche und starke Empfindung, daß es unheilvoll für mich ist, meine Kinder zu lieben und sie in ihrer einfachen und verrückten Sprache leben zu lassen. Das neue Theaterstück ist ein weiterer Ausdruck dafür: Ein Stück, das ich in Millionen Jahren nie geschrieben hätte, wenn ich es im voraus geplant und gewollt hätte. Es ist so einfach und unbeschwert, daß ich manchmal nicht glauben kann, ich hätte ihm nachgegeben, wenn ich vorher gewußt hätte, wie frivol es sein würde. Aber in anderen Augenblicken scheint es wegen seiner Unbeschwertheit und Einfachheit ebenso liebenswert, liebenswürdig und lebendig zu sein, wie alles, was ich je angepackt habe. Und dies läßt nur einen Schluß zu: Wir dürfen unsere Kinder nicht durch Urteile töten. Wir sind Schöpfer und keine Richter. Überlassen wir das Richten anderen. Und ich glaube, wenn unsere Kinder aufrichtig geliebt werden, überleben sie selbst die Kritik.

Jahrelang bist Du mein einziger Kontakt zu einer Welt gewesen, die mir sonst inzwischen illusorisch und als nicht vorhanden erscheinen würde. Mit anderen Worten: Du bist der einzige Künstler, den ich seit vielen Jahren kenne, der meinen Kindheitstraum vom Künstler erfüllt: ein Mensch, der wahrhaftig ist, der Schönheit ergeben, und der sich der Aufgabe geweiht hat, die Welt durch Schönheit zu transzendieren.

Watts Towers.

Als Simon Rodia aus Italien nach Amerika kam, war er zwanzig Jahre alt. Sein Vater war Maurer und hatte ihn in diesem Beruf ausgebildet. Er ließ sich in einer dünn besiedelten Gegend von Los Angeles, dicht bei einer Eisenbahnlinie nieder, denn die graue Holzhütte, die auf einem seltsam dreieckigen Stück Land stand, war billig. Er begann zu arbeiten.

Er fuhr einen klapprigen alten Fordlastwagen und kehrte jeden Abend zu seinem bleigrauen Holzhaus zurück. Die Grundstücke zu beiden Seiten der Schiene lagen brach. Unkraut, Konservendosen und zerbrochene Flaschen waren die einzigen Blumen in diesen trostlosen Gärten. Ein paar weggeworfene Autoreifen dienten den Kindern der Nachbarn als Spielzeug. Die einzigen Bäume in dieser Gegend waren kahle Telefonmasten. Die Farben der Landschaft reichten vom Schwarzbraun des verbrannten Grases bis zum schmutzigen Braun der Bohrtürme. Die anderen Häuser ähnelten dem seinen. Lieblos zusammengenagelte Bretterhütten und lückenhafte Zäune beherbergten Neger und Mexikaner mit ihren Familien. Die Türen quietschten in rostigen Angeln, alte Zeitungen flatterten umher wie sterbende Vögel.

Der italienische Maurer trug jetzt blaues Drillichzeug. Sein Auto war grau und staubig. Aber als guter Maurer fand er genügend Arbeit. Die Radios spielten laut und schreiend, und unter dem Vorwand, Nachrichten zu senden, berichteten sie von Verbrechen, Bosheit und Gangstern. Von Selbstaufopferung und Nächstenliebe berichteten sie nie.

Nur Vertreter besuchten ihn. Einer wollte ihm eine Grabstelle verkaufen.

»Nein danke«, erwiderte er, »ich möchte in Italien begraben werden.«

Er arbeitete hart. Haus für Haus, Tag für Tag. Am Ende jedes Tages sammelte er, was weggeworfen werden sollte

– zerbrochene Kacheln, zerbrochene Mosaiksteine, Glasscherben, und nahm sie in seinem Auto mit nach Hause. Wenn er seinen Rotwein trank, seine Wurst und seine Spaghetti aß, träumte er. Es war eigentlich immer derselbe Traum. Er träumte farbig. Er erinnerte sich an den Kachelboden in der Küche des Elternhauses, den sein Vater gelegt hatte. Er erinnerte sich an das tiefdunkle Blau, an den Brunnen auf dem Dorfplatz, den Mosaiken zierten, an die Decke der Kirche mit ihren himmlischen Szenen in goldenem und blauem Mosaik. Er erinnerte sich an den Kirchturm mit den goldenen Ziegeln, die in der Sonne glänzten. Erinnerungen an Farben, Erinnerungen an Arkaden, Bögen, Kirchtüren, Treppen, Patios und Plätze, wo Mosaiken in kunstvollen Mustern lagen.

In seinem Hof hatte er Scherben und Reste zusammengetragen. Es schien, als lägen dort alle schönen Dinge, die er in Italien gesehen hatte, in Trümmern. Aber auch Bruchstücke und Schutt glänzen in der Sonne. Er erkannte immer deutlicher, daß er in dieser Trostlosigkeit nicht länger leben konnte. Er räumte seinen Hof auf, errichtete ein Eisenskelett, das an den Eiffelturm erinnerte und begann, mit den zerbrochenen Kacheln, den Glasstücken und sogar Tonscherben, die er auf den Müllplätzen fand, die Eisenkonstruktion zu verkleiden. Es entstand keine Reproduktion dessen, was er in Italien gesehen hatte; es entstand sein Traum von Farben und Dingen, die das Licht reflektierten, und in dem Zeit und Erinnerung miteinander verschmolzen. Der Turm war seine eigene Schöpfung, etwas Unvergleichbares, das aber dasselbe Entzükken hervorzurufen vermochte, wie der Anblick der vollendeten Kirchendecken, Türme und Plätze Italiens. Die Bruchstücke bildeten Muster, abstrakte Blüten, abstrakte Mandalas, deren Herz ein Flaschenboden bildete. Es gab Türmchen, Bogengänge, gotische Gewölbe – reich besetzt mit allem was Farbe besaß und das Licht einfing. Eine byzantinische Stadt, leicht verschwommen, wie man sie in Träumen erblickt. Die Kampanile Venedigs, die Kirchtürme Roms schienen sich im Wasser zu spiegeln, als seien sie aus Licht erbaut und hätten ihre klaren Konturen verloren. Aus glatten Oberflächen traten seltsame poetische Formen hervor: der Schwanenhals einer zerbrochenen Teekanne, der lyraförmige Henkel einer Tasse, etc. Die italienischen Städte hatten ihm ihr Gold, Grün, Rot und Silber mit auf den Weg gegeben, die Kirchen, die Erinnerung an Farben, die man durch buntes Glas erblickt. Von seinen Händen liebevoll zu gewundenen Türmen geformt, erschienen sie inmitten der Armut, die sie umgab, noch wunderbarer. Sie erhoben sich zwischen Telefonmasten und dürrem braunen Gras.

Der Vertreter versuchte, ihm jedes Jahr von neuem eine Grabstelle zu verkaufen.

Der Maurer war vierzig Jahre alt. Zwei Türme erhoben sich inzwischen so hoch wie Bohrtürme. Künstler aus aller Welt kamen, um sie zu bestaunen.

Als der Vertreter den Maurer eines Tages wieder besuchen wollte, der mittlerweile achtzig geworden war, traf er ihn nicht mehr an. Er war nach Italien zurückgekehrt.

Achtung, Achtung, letzter Aufruf für PAN AMERICAN Flug 36 rund um die Welt. Die Passagiere werden gebeten, sich zu Ausgang 9 zu begeben. Achtung, Achtung, Passagiere von Paris nach Mexiko bitten wir, sich wieder an Bord zu begeben. Flug 39 nach Hawaii, Flug 40 nach Japan.

Der Hindu, den ich gerne kennenlernen wollte, verschwand durch Ausgang 9 aus meinem Leben. Ein alter Mann mit schönen, sprechenden Augen – würde ich ihn ebenfalls verlieren? Ich bewunderte sein langes weißes Haar und seine ruhelosen Hände. Und der Musiker – jeder Musiker mit einem Instrument entzückt mich. Die Frau, mit der er sich unterhielt, bewegte sich langsam nach rechts und ein schwarzer Cellokasten kam zum Vorschein. Es war nicht schlimm, wenn er durch Ausgang 9 verschwand. Ihn würde ich nicht verlieren, irgendwo würde ich ihn spielen hören. Er gehörte in meine Welt, in die Welt der Künstler. Wir waren *›compadres‹*. Die Welt der Künstler ist meine Heimat. Jazz ist ein Teil von ihr. Jazzmusiker haben eine Sprache, Stil und Lebensart. Sie leben poetisch und transzendieren die Armut. Sie können daran sterben. Aber sie sind unsere Troubadoure und halten uns am Leben.

Wenn ich über die Liebe weine, dann deshalb, weil man behauptet, eine Frau müsse nichts als schön sein, um geliebt zu werden. Ich nehme mich davon aus, denn ich verlor meinen ersten Schönheitswettbewerb. Ich kann meinen Vater hören, wie er von Frauen sagte: *»Elle est jolie, elle est belle.«* Das genügte, um sein Interesse zu erwecken. Aber an seiner kleinen Tochter fand er kein Interesse, und das mußte bedeuten, ich war nicht *›jolie‹* oder *›belle‹*. Mir wurde der Apfel nie gereicht. Wenn man seinen ersten Schönheitswettbewerb verliert, hat man alle verloren. Schöne Frauen lockten ihn von uns weg – so glaubte ich zumindest. Die Vorstellung eines Kindes von der Wirklichkeit. Aber seine zweite Frau wirkte unscheinbar. In mir setzte sich der Eindruck fest, daß die schönen, parfümierten und eleganten Frauen, die mich bei den Konzerten küßten, meine Rivalinnen waren. Die erste Niederlage, der erste Verlust prägen sich in die Seele ein, und von diesem Zeitpunkt an ist das Verhalten festgelegt. Ich wollte darüber hinwegkommen und bemühte mich, so zu werden wie die Frauen, die er bewunderte, und nicht wie die mütterliche Hausfrau, die zu beschäftigt ist, um sich schön zu machen. Ich wollte nicht nur innerlich wachsen, sondern auch eine gewisse Schönheit erlangen. Ich gewann. Ich wurde Topmodell des Artists and Model's Club. Aber derartige Siege lassen den Zweifel nicht verstummen. Ich gewann Liebe, aber ich war ihrer nie sicher.

Ironischerweise stimmte es mich traurig, wenn mir Liebe aus anderen Gründen geschenkt wurde, wegen anderer Eigenschaften als der Schönheit.
Im Museum, im Lagerraum, im Speicher des Geistes bleiben Mikroben und Staub zurück. Die Vergangenheit wird unbeschädigt aufbewahrt, das Kind in uns blickt immer durch die Fenster. Ein Augenblick der Gleichgültigkeit des Geliebten löst nicht in mir sondern im Kind das Gefühl aus, vernachlässigt zu werden. Ich kann mich nicht an körperliche Zuneigung meines Vaters erinnern. Er konnte nicht zärtlich sein. Er war stets steif und förmlich. Seine zweite Frau beklagte sich darüber. Sie sagte, seine Untreue belaste sie weniger als dieser Mangel an Zärtlichkeit. Meinen Brüdern und meiner Mutter war ich körperlich nahe, und in späteren Jahren fühlte ich mich in ähnlichen Konstellationen wohl: die kleinen Brüder und die Mutter. Alte Formen einer erfolgreichen Gemeinschaft.
Frau Dr. Bogner, heute bringe ich Ihnen einen Vorhang. Ich träumte von einem Vorhang, nur von einem Vorhang. Irgend etwas muß sich hinter diesem Vorhang befinden. Ich erinnere mich an Brüssel, an einen großen runden Tisch in der Bibliothek, auf dem eine grüne Filzdecke lag, die bis zum Boden reichte und Fransen hatte. Das war unser Spielplatz. Ich war acht Jahre alt, ein Bruder sechs, und der andere zwei. Ich kann mich nicht an sexuelle Spiele erinnern, aber der Spielplatz muß Wärme und Geborgenheit vermittelt haben und hinterließ eine bleibende Sehnsucht nach Zelten oder Himmelbetten.
Ich begann, mich an Augenblicke der Verbundenheit mit Eltern und Brüdern zu erinnern, an Augenblicke der Liebe und Beweise der Liebe. Meine Kindheit bestand nicht nur aus Schmerz und Entfremdung, wie sie sich in meine Erinnerung eingegraben hatte. Ich glaubte nicht an die Liebe meines Vaters, da er während der Mahlzeiten las und (in meiner Erinnerung) uns nur schlug oder sich ver-

gewisserte, daß ich meinen Mittagsschlaf hielt (ich weigerte mich zu schlafen, damit er kam und nachsah). Machte es mich glücklich, seine Aufmerksamkeit zu genießen, wenn er kam, um nach mir zu sehen? Kam er überhaupt? »Ob Wirklichkeit oder Einbildung«, sagte Frau Bogner, »die Schuld ist dieselbe«.

Ich wollte meinem Vater gefallen.

Ursprünglich war das Tagebuch nicht nur ein Aufbewahrungsplatz für meine Geheimnisse. Zunächst schrieb ich es für meinen Vater. Er sollte es lesen und an unserem Leben teilnehmen, an uns denken, und ich hoffte, er würde wieder zu uns zurückkehren. Meine Mutter las es. Ich ließ es in der Bibliothek zwischen anderen Büchern liegen. Jeder konnte es lesen. Ich verbarg es erst, als ich heiratete. Nur der Neurotiker schleppt seine Vergangenheit mit sich herum, und er betrachtet sein Leben als einen Roman, der einmal geschrieben, nicht mehr geändert werden kann. Wenn ich heute als reife Frau dazu neige, mit Menschen zu brechen, die mich verletzt haben, wäre es nicht möglich, daß ich durch diese erste Verwundung (vom Vater verlassen werden) übersteigerte Befürchtungen entwickelt habe, die mich veranlassen, als erste zu gehen? Auch der Kriminelle erinnert sich nur an das Unrecht, das die Gesellschaft ihm zugefügt hat und niemals an das Wohlwollen, das ihm entgegengebracht wurde. So empfindet das Kind, das *alles* will und nur einen verhältnismäßig kleinen Bruchteil erhält, übertriebenen Groll. Es entwickelt sich zu einem der Griesgrame, die Simenon so vorzüglich porträtiert, die in ihrem Groll versinken, anstatt ihn zu zerstreuen oder sich lachend darüber hinwegzusetzen.

Wie wir wissen, sind Kinder wie Kriminelle absolute Tyrannen.

Aber der Blick der Psychoanalyse enthüllt einen neuen Aspekt der Beziehungen; durch die Erkenntnis der eigenen Rolle und die Interpretation des Verhaltens der Eltern entsteht eine neue Beziehung zu ihnen. Sobald man die Forderungen kindlicher Liebe aufgibt, erscheinen die Eltern als fehlbare Menschen. Der Mut meiner Mutter erschien hin und wieder als wohlmeinende Tyrannei, den Don Juanismus des Vaters zog seine kindliche Abhängigkeit von der Mutter nach sich.

Die Idee oder die Vorstellung, nicht geliebt zu werden, ist schmerzlich, aber die Erkenntnis, daß man von den Eltern auf die ihnen einzig mögliche Weise geliebt wurde, auf *die einzige Weise, die sie kannten* (die Sorge meiner Mutter um unser leibliches Wohl, die immer neuen Photographien des Vaters von uns) ist vielleicht noch schmerzhafter, aber wenigstens heilbar. Abbruch, Trennung und Verlust können durch die übersteigerte Bedeutung, die man ihnen selbst beimißt und die vom Maßstab des Kindes bestimmt wird, verschlimmert werden: die Forderung nach einer totalen, ungeteilten, fanatischen, ausschließlichen und fehlerlosen Liebe!

Man kann extreme Ansprüche stellen. Man kann eine unabänderliche Wahl treffen, aber man darf niemanden anklagen, wenn er nicht darauf eingehen kann!

Man selbst schafft die Vorhänge und Türen. Ich könnte heute sagen, die Welt des Tanzes sei mir verschlossen. Zum jetzigen Zeitpunkt ist sie mir persönlich verschlossen; aber wenn ich nicht mehr so ekstatisch tanzen kann, bleibt mir doch die Möglichkeit, dies auf andere zu übertragen, und es zu genießen, anderen beim Tanzen zuzusehen. Verzicht bedeutet keineswegs das Aufgeben einer Ausdrucksform. Man muß die eigene Liebe übertragen und andere für sich tanzen lassen.

Leben heißt nicht, im Mittelpunkt stehen, sondern mit anderen in Verbindung zu bleiben. Mittelpunkt der Aufmerksamkeit zu sein, ist das Vorrecht des Kindes.

Die ungeteilte Aufmerksamkeit gilt jetzt Bill Barker, einem Freund von Caresse Crosby, Zina, seiner früheren

Frau, und Diana, seiner derzeitigen Geliebten. Ich traf ihn zusammen mit Caresse im Gästehaus von Burton Holmes in Los Angeles. Bill hatte kaum gesprochen, einmal ein paar Worte in Englisch und etwas Französisch, als ich mir bereits seine ganze Welt vorstellen konnte: Society, Rom, Paris, Cocteau, Prinz Ruspoli, De Sica und die Filme, Jean Genêt und Bisexualität. Es war wie Sauerstoff. Wir hätten gut und gerne vierundzwanzig Stunden miteinander reden können. In seinen Augen liegt ein beunruhigendes Leuchten von Ironie, Zorn und Leidenschaft.

Er lernte Renate kennen, aber kein Funke sprang über. Bill ist in einer Phase der Rebellion. Er steht seiner augenblicklichen Umgebung feindlich gegenüber und möchte gerne in die andere Welt zurückkehren. In seinen Augen ist Kalifornien ein Beruhigungsmittel, eine Mischung aus Heroin und Bicarbonat. Er sucht leidenschaftlichere Formen des Lebens.

Wir trafen uns in New York wieder, und er brachte Zina mit. Sie ist groß, sie hat den Körper einer Venus und den Kopf eines griechischen Jünglings. Ihre kurzen blonden Locken umgeben den Kopf wie ein Helm und lassen nur Ohren und Stirn frei, *casque d'or*. Die eiskalten blauen Augen stehen leicht schräg und sind von faunischer List. Die Nase ist leicht abgeflacht, der Mund ist gerade voll genug, aber nicht sinnlich. Manchmal wirkt ihr Gesicht hart, und sie blickt mißbilligend. Mit dem prüfenden Blick eines Mannes blickt sie sich suchend im Café um. Dann lacht sie wieder, wirft den Kopf zurück und ist ganz die bezaubernde Frau. In einem Augenblick redet sie so leise, daß man Mühe hat, sie zu verstehen, im nächsten springt sie wie eine Tigerin hoch und faucht. Sie trägt ihren Schal nicht locker und weich sondern straff über die breiten Schultern drapiert wie das Gewand einer griechischen Statue. Manchmal trägt sie auch einen schmutzigen Regenmantel, Shorts oder ein dunkles, schweres Wollkleid. Ihr Vater war ein russischer Großfürst, ihre

Mutter amerikanische Millionärin. Sie spielte in Filmen, arbeitete in Nightclubs, heiratete, ließ sich scheiden und heiratete Bill Barker. Es kommt vor, daß sie völlig teilnahmslos und in sich gekehrt im Café sitzt. Man hat nie das Gefühl, in die Augen eines Menschen zu blicken. Bill sagte: »Zina ist ein Mythos.« Man kann sich gut vorstellen, sie würden jemandem der leidet, keinen Blick schenken. Sie spielt Rollen. Sie ist ein bodenloser Abgrund.

Jim und ich begannen, uns gegen die Bezeichnung ›Gestalt‹ zu wehren, um Menschen zu beschreiben, die entweder meinen Romanen entstammen (Gleiches gesellt sich zu Gleichem), oder die wie Zina bald in meinen Romanen leben werden. »Das Wort ›Gestalt‹ ist schwach und abgenutzt. Laß uns ein neues finden. Was hältst Du von Flora und Fauna? Flora für die lieblichen und Fauna für die faszinierenden Menschen.« Zu unserem Leidwesen verschwanden Flora und Fauna nach Europa.

Bill Barkers letzte Worte zu mir waren: »Anaïs, Du besitzt eine übernatürliche Begabung zu leben.«

Ihr Charme ließ mich einige Tage lang nicht los. Wenn man Bücher schreibt, geschieht etwas sehr Rätselhaftes. Sie ziehen nur Menschen an, die eine Affinität zu deren Gestalten empfinden und lassen sie nicht mehr los. Die Bande zwischen ihnen ziehen mehr und mehr Menschen in den Kreis. Sie alle beziehen sich auf die ›Gestalten‹ im Buch, ähneln ihnen, erweitern sie, und die Welt der fiktiven, halb-erfundenen, teilweise komponierten Porträts vervielfältigt sich, vergrößert sich, wird reicher und dichter. Wir bilden eine Art Familie. Wir erkennen uns gegenseitig. Es ist ein herrliches und aufregendes Wunder, wie die Geburt einer Welt aus einem kleinen Kern, wie die Zellteilung, wie eine Nation, die sich durch Liebe, Glauben, Treue und Anhänglichkeit bildet. Bill, Zina und Diana mögen nach Europa gehen, aber die Anziehungskraft der Konstellation bleibt.

Lawrence Durrell kam vor zwanzig Jahren nach Paris.

Ein kleiner, blonder, blauäugiger Mann mit sanften Gesten, der endlose Gespräche führte, ein Dichter mit einem gelenkigen Körper, der an Yoga denken ließ. Seine Wortgewalt zeigte sich bereits in *Die schwarze Chronik. Die schwarze Chronik* wurde in Amerika verboten, wie auch *Schwarzer Frühling* und *Eiszeit,* und nur wenige kannten es. Heute bringt mir Bill Barker *Justine.* Welch ein Fest der Bilder! Welch ein Bankett, eine Orgie der Worte und Farben, ein Aufruhr der Sinne. Ein unberechenbarer, unfaßbarer, aufwühlender und sinnlicher Dschungel. Durrell ist ein Jongleur, ein meisterhafter Gaukler. Das Buch steckt voller Geheimnisse, Abenteuer und Romanzen. Endlich ein Buch, das Leben und Farbe in die triste Szenerie des Naturalismus bringt. Zu meinem großen Erstaunen reagierte Amerika positiv; Amerika, das bis heute nur die verstümmelte, kahle, puritanische Sprache der Hemingways liebte, das eine reiche Sprache haßte, das ›Literatur‹ haßte, das Sinnlichkeit und Exotik haßte! Zum ersten Mal weinte ich über die spontane Anerkennung eines Schriftstellers, aber nicht aus Eifersucht oder Neid, die ich beide niemals empfand und nicht empfinden konnte, da ich das Buch liebe. Ich weinte über die Ungerechtigkeit Amerikas, das die Tür vor meinen Büchern verschloß, die ich als weibliches Pendant zu Durrells Romanen ansehe.

Eine Durrell-Epidemie brach aus. Und als er weitere Bücher ankündigte, dachte ich, er würde das Buch unseres Jahrhunderts schreiben, wie Proust es für sein Jahrhundert getan hatte. Der Gedanke, daß gute Literatur sich schließlich durchsetzte, tröstete mich schnell. Endlich wurde in Amerika zivilisierte, reife, blühende Dichtung anerkannt. Der Puritanismus hatte seine Schlacht für die kurzen angelsächsischen Worte gegen die romanische Sprachwelt verloren. Der Reichtum der Worte, der Überfluß der Bilder, die Üppigkeit eines byzantinischen Hofs war Teil unseres täglichen Lesestoffs geworden.

Zufällig las ich zur selben Zeit Kerouacs *Unterwegs*. Ich hatte meine ganze Hoffnung auf die Jazzliteratur gesetzt, eine Literatur mit lebhaftem Tempo, Schlag, Rhythmus und Herzblut. Alle die ›high‹ leben wollten, würden – so glaubte ich, dem ausgedörrten Amerika lyrisches und sinnliches Schreiben zurückgeben. Aber nach *Justine* wirkten die Ekstasen von *Unterwegs* primitiv, und der Mythos der Jazzliteratur, die eine Poesie der Sinne ankündigte, löste sich in meinen Händen in Nichts auf.
Ich erinnerte mich deutlich an den jungen Larry, der mich in Paris besuchte. Sein Gesicht hatte weiche Konturen, er war nicht mager, obwohl er ständig in Griechenland segelte und schwamm. Seine Nase war rundlich, lustig und erdhaft. Ich schrieb ihm. Er hatte bestimmte Dinge an Henry kritisiert.
Ein unglücklicher Zufall hatte das Band zwischen uns zerrissen. Er finanzierte die Veröffentlichung von *Eiszeit, Schwarzer Frühling* und *Die schwarze Chronik*. Während des Kriegs geriet er selbst in Geldnot und schrieb an Henry. Es war in der Zeit, als ich wegen der Druckerei, Gonzalo, Helba und Henry selbst in Schulden erstickte. Ich konnte nicht helfen. Henry lieh Geld von Freunden. Ich schämte mich schrecklich und Schuldgefühle lähmten mich. Wir hätten uns schreiben können. Ich hätte ihn nicht aus den Augen verloren. Von uns dreien war er der beste Schriftsteller.

Brief von Eve Miller:

Larry (Durrell) schrieb gerade auf der Rückseite eines Briefes, den der Verlagsleiter von Dutton an ihn geschickt hat. Dieser Brief ist ein wahres Wunder (!) für den Brief eines Verlegers an seinen Autor. Seine (des Lektors) Entdeckung von *Justine*, seine Begeisterung darüber und seine Pläne für Larrys Gesamtwerk. Und vor allen Dingen, man wird ihn regelmäßig bezahlen ... Eine vertragliche

Vereinbarung, die es Larry endlich ermöglicht, leben und schreiben zu können. Er sagt, es sei das erste Mal seit fünfzehn Jahren. Natürlich freut sich Henry wahnsinnig. Er jubiliert, lacht und ist bester Laune. Die Nachricht hat auf ihn wie ein Sprungbrett gewirkt, und er malt wie verrückt. Er besitzt diese phantastische Eigenschaft, sich mit jemandem oder mit etwas zu identifizieren, woran er glaubt ... Die ›Einheit‹ aller Dinge ist bewiesen: Dein Erfolg ist mein Erfolg ... Deine Freude ist meine Freude. Henry ist völlig frei. Er hat tatsächlich den Zustand erreicht, in dem er ›wie ein Kind sieht‹. Zugegeben, manchmal irrt er menschlich, und dann ist derjenige verletzt, an dem ihm sehr viel liegt. Für mich sind Sie eine der wenigen Frauen in Henrys Leben, die ›richtig‹ waren. Sie haben für ihn nur Gutes und Richtiges getan, ihn immer wieder moralisch und geistig aufgerichtet. Die Torturen, die ihm die meisten seiner anderen Frauen zufügten, sind für mich weit quälender, als ich Ihnen schildern kann, denn wegen seiner Unschuld und Reinheit hatte er diese Behandlung nicht verdient (und er ist sicherlich auch kein Engel). Aber genug, damit ließen sich Bände füllen (und ich habe das seltsame Gefühl, daß Sie alle bereits wissen, was ich darüber sagen könnte – und vermutlich weit besser als ich!). Wir sind so glücklich darüber, daß Ihr Leben erfüllt, schön und reich ist, daß die häßlichen Momente vergessen sind. Es ist eine große Sache, so etwas sagen zu können. Ja, ich würde sehr gerne *Wilder Shores of Love* lesen. Ich glaube, mein Geschmack wird in dieser Hinsicht dem Ihren gleichen. Mein Interesse ist nicht erlahmt ... in keiner Hinsicht.

Brief an Durrell:

Justines Erscheinen war nach den trostlosen, sterilen, frigiden, langweiligen, hausbackenen amerikanischen Romanen ein großes Ereignis, ein wirkliches Fest, ein Bankett, eine Orgie. Sobald ich zu lesen begann, wurde die Welt groß und weit. Nicht nur durch den großen fühlbaren Reichtum, die Farben, die Gerüche, das vielfältige Aroma der Dinge, der Atmosphäre, sondern auch durch die plötzlichen tiefen Einsichten, die geschärften Sinne und die wache Intelligenz. Ich bin versucht, dies nicht Schreiben sondern Zauberei zu nennen. Lieber Larry, was immer es auch ist, ich möchte Dir sagen, für das, was Du geschaffen hast, hege ich die größte Achtung. Was Du in all den Jahren an Kraft und Farbenreichtum in Dir angesammelt hast! Ich griff sofort nach der *Schwarzen Chronik* und las sie wieder. Ich fand den Reichtum der Sprache und die Kunst der Charakterisierung, aber abstrakter, rätselhafter, punktueller. Heute ist das Gleichgewicht zwischen Surrealismus und Realismus perfekt, Oberflächen und Tiefen, das Verweben und das Zusammenspiel verschiedener Bewußtseinsebenen sind vollkommen. Die oszillierenden Grenzen zwischen Träumen und Fühlen. Die Gestalten erwachen zum Leben, sobald Du sie ergreifst, verschwinden dann wieder in den Tiefen und tauchen im Strom der Poesie von neuem auf. Die Poesie, mit der die Stadt zu Körpern wird und die Körper zur Stadt werden. Die vielen Metamorphosen des Geistes und der Dinge, der Sinne und der Gedanken. Ich weiß, das mag maßlos klingen, aber Dein Schreiben ist maßlos schön. Es ließ für mich den 26- bis 28jährigen Larry wieder lebendig werden, der in Paris und in den Tagebüchern auftaucht. Seit diesem Tag sollte ich in dieser besonderen Welt, die ich als Künstlerin durchwandern wollte, allein bleiben.

In Los Angeles leben in der Nachbarschaft zwei alte belgische Damen, Irene Delanoeye und Agnes Dedecker. Eine von ihnen erteilt Massagen. Wenn ich nach stundenlanger Arbeit an der Schreibmaschine Rückenschmerzen habe, gehe ich zu ihr. Wir unterhalten uns französisch. Ihr Haus könnte das Haus meiner Mutter sein. Der glei-

che Geschmack, die gleiche Ordnung, das gepflegte Silber, die sorgsam ausgebesserten Kleider, die Schlichtheit. Die Fotografien und Bibelots der Vergangenheit sind sorgfältig aufgehängt, gerahmt oder auf dem Kaminsims aufgereiht. Das ordentliche Nähkörbchen, das Klöppelkissen. ›Petite vie.‹ Alles ist ordentlich und sauber aufgeräumt. Die Massage ist eine Art Familientreffen, das uns nach Europa zurückversetzt. Wir sprechen über das Leben in Europa und von dem, was sie hierherführte. Eine von ihnen ist ausgebildete Krankenschwester, die Belgien nach ihrer Heirat verließ. Wir sprechen vom Leben während des Ersten Weltkriegs, als es so wenig zu essen gab. Irene fuhr mit dem Fahrrad zu den Häusern reicher Damen. Sie erlitt Erfrierungen an den Händen. Ihr Vater besaß ein kleines Kurzwarengeschäft. Sie lieben Musik, sie sind höflich und rücksichtsvoll. Obwohl mein Vater eine gewisse Künstlerromantik in unser Leben brachte, pflegte meine Mutter die bescheidenen Tugenden der Mittelklasse. Es ist seltsam, in die Atmosphäre der Kindheit zurückzukehren, gegen die man sich einst auflehnte – und mit menschlichem Respekt zurückzukehren. Wie haßte ich früher den Schwan aus Sèvres Porzellan, die bemalten Louis XV Teetassen, das Silberbesteck in seinen Filzbeuteln, die dekorativen Blumenvasen, die unzähligen Tischchen.
Das Photo vom Wohnzimmer meiner ersten Wohnung zeigt eine Überfülle von Gegenständen, Lampen, Seidentüchern, Photographien, Bibelots. Heute ist die freundliche Höflichkeit der beiden Damen eine Wohltat inmitten rauher Manieren, und ihre ordentlichen, sauberen Kleider sind rührend.

Menschen, in denen das Kind nicht gestorben ist, ziehen mich unwiderstehlich an. Offenheit, Vertrauen, Neugierde, Zärtlichkeit, Eifer, Enthusiasmus und andere Eigenschaften, die sich nicht in Worte fassen lassen, entspringen dem Kind in uns und sind die Quelle des Charmes. Das Lachen und Lächeln, das nicht berechnet ist, die Spontaneität, die nicht gebremst wird. Ich kann mich an ›Charme bei Erwachsenen‹ nicht erinnern, daran, daß er überhaupt existiert.

Henry besaß diesen kindlichen Charme in höchstem Maße, aber in seinen Büchern wird er nicht so deutlich sichtbar wie in seinen Aquarellen. Fast alle Künstler, die ich kannte, besitzen ihn, Harry Partch, Janko Varda.

[Herbst 1957]

Soviel ist in diesem Monat geschehen. Lawrence Lipton brachte mich zu der neuen Zeitschrift *Eve.*

»Ich diskutierte mit Jane Ihre Mitarbeit bei *Eve*, und wir kamen zu der Ansicht, daß für den Augenblick eine Art Brief der beste Rahmen für Ihre Beiträge wäre, eine Art Tagebuch über Ihr Tun und Lassen, Ihre Gespräche mit Menschen, die Sie treffen, Berichte über Dinge, die Sie tun und Orte, die Sie besuchen, – was immer Sie für unsere imaginäre Eve interessant finden, von der ich glaube, daß sie Ihnen gut bekannt ist, denn schließlich sind Sie diese Eve. Ich weiß nicht, wie ich besser beschreiben soll, was wir von Ihnen erwarten, als Ihre eigene Reportage, um den Frauen das Gefühl zu vermitteln, dabei gewesen zu sein.«

Ich versuchte, mit Margaret Mead und Dr. Erich Fromm Kontakt aufzunehmen, schickte Photographien von Val Talberg, versuchte Kay Boyle und Santha Rama Rau zu erreichen, schlug James Leo Herlihy vor und die Barrons für einen Artikel über elektronische Musik. Ich setzte mich mit allen Leuten in New York in Verbindung, die Lawrence Lipton mir nannte.

Es ist schwierig, unsere Gefühle für Renates Sohn Peter zu beschreiben. Wir kannten seinen Vater nicht, denn Renate war geschieden, als wir sie kennenlernten. Da er überaus sensibel und unglaublich talentiert war, betrachteten wir ihn alle in gewisser Weise als unser Kind. Er zeichnete bereits im Alter von fünf Jahren, mit sieben erinnerten seine Zeichnungen an mexikanische Plastiken und Fresken, ohne jedoch Imitationen zu sein. Ich wählte einige seiner Bilder als Illustrationen für *Solar Barque* aus. Für die Maskeraden entwickelte er eigene Ideen. Er schrieb eine Geschichte für die ›Tausendundeine Nacht-Party‹ und las sie vor. Seine Zeichnungen waren eine erstaunliche Mischung aus Imagination, Poesie und Kunstfertigkeit. Manchmal zeichnete er futuristische Flugzeuge und Autos, dann wieder traumähnliche Gestalten. Er war kein extrovertiertes Kind, sondern eher scheu und zurückhaltend. Auf seinem Gesicht lag ein visionärer Ausdruck, der Ausdruck eines Träumers. Er sah uns zu, als träume er.

Die Zeichnungen, die ich für *Solar Barque* auswählte, sind sehr ausdrucksvoll. Es wird ein schönes Buch werden. Im Februar soll es fertig sein. *Eve* versprach einen Vorabdruck, um ihm einen guten Start zu verschaffen, und Thomas Payne bot an, sich um den Vertrieb zu kümmern.

Ich erinnere mich, daß ich Peter vorschlug, als Dr. Janiger fragte, ob ich ein Kind kenne, das sich für einen LSD-Versuch zur Verfügung stellen würde, denn Peter war mit Träumen vertraut, und das Erlebnis würde ihn nicht beunruhigen.

Aber Renate hat einen Horror vor Drogen und lehnte ab.

Brief von Renate:

Dein Brief machte mich glücklich – und mit dem Brief trat mir ein Bild vor Augen: Du reitest auf dem Kamm einer Welle, die Zügel sind rote Fäden – vielleicht der Faden der Ariadne. Die Pferde sind Schaum und Fisch. Das ganze Bild erinnert an eine persische Miniatur, die Du so sehr liebst. Ja zu allem, was Du mit Peters Bildern planst. Einhundert Dollar sind großzügig, und Peter

hat sich sehr gefreut. Als er diese Bilder malte, war er sieben. Er hat sich bereits ein paar Entwürfe für den Umschlag von *Solar Barque* ausgedacht – selbstverständlich im selben Stil wie die anderen. Ein König hält eine Sonne in der einen Hand und ein Boot in der anderen. Eine Sonnenscheibe und ein Boot schweben am Himmel. Das Boot hat die Gestalt eines Drachens. Er hat auch ein paar Boote in Gestalt von Fischen entworfen. Du hast ihn inspiriert!
Manchmal glaube ich, Du hast mich erfunden (wie eine Person in Pirandellos Suche nach einem Autor). Und wie die Rolle sitzt! Mit mir ist es immer dasselbe. Der Traum, die Erfindung, die Rolle scheinen für mich wirklicher zu sein als die Realität (was Menschen Realität nennen). Es überrascht mich nicht, daß Deine Bücher in Indien veröffentlicht werden.

Brief von Larry:

Ich habe ziemlich *en poète* in einem hinreißenden türkischen Haus auf Zypern gelebt, bis die Situation mich zwang, die Insel zu verlassen. Zuerst war ich traurig, aber wunderbarerweise kam alles anders, als ich befürchtete. Im Augenblick ist die Languedoc ideal, ein eher felsiges, windiges Departement, zerklüftet und frei von Touristen. Aber Wein und Essen sind wie überall. Ich habe eine junge Französin aus Alexandria entführt. Sie schreibt heitere Romane in Englisch, ist sehr hübsch, kocht und liebt wie die Frauen aus Tausendundeine Nacht. Sie heißt Claude. Wir flüchteten uns nach Frankreich und schlugen uns mit sehr wenig Geld hierher durch. Mit viel Glück stießen wir auf diese hübsche Villa an einem Hang. Sie liegt in einem Meer von Weinbergen, und wir mieteten sie für ein halbes Jahr. Dank der erwähnten findigen und geschickten Frau bekamen wir sie billig und ließen uns nieder, um herauszufinden, ob wir unseren

Lebensunterhalt ausschließlich durch Schreiben verdienen könnten. Ich glaubte nicht daran, aber es war ermutigend und tröstlich, zum ersten Mal in meinem Leben eine Frau gefunden zu haben, die sich beinahe mehr als ich darum sorgte, daß ich schrieb. Sie war sogar entschlossen, eine Arbeit anzunehmen, um uns über Wasser zu halten, wenn es mir nicht allein gelingen würde. Ich ließ mich darauf ein und begann eine Reihe Romane – *Justine* ist der erste von vieren, ein etwas verschlungenes Werk. Dann ereigneten sich andere Wunder. Plötzlich entdeckte mich Dutton für die USA, kaufte alle meine Bücher und nahm mich für die künftigen unter Vertrag. Dann wurde *Bittere Limonen* von einer Buchgemeinschaft in England angenommen, und dies bedeutete noch einmal unerwartet etliche hundert Pfund. Kurzum, wir haben uns für ein Jahr in Sicherheit gebracht und stürzen uns mit einer wahren Besessenheit auf die Arbeit, um unsere Lage wenn irgend möglich zu stabilisieren.

Brief von Henry:

Ich höre jetzt ziemlich häufig von June. Dank unseres gemeinsamen Freundes in New York bessert sich ihr Zustand zusehens.

Drei Menschen, Henry, June und ich, entdeckten unterschiedliche Wege, um die Wahrheit zu verbergen. Henry Miller tat es durch einen übersteigerten Realismus.
Dr. Bogner: »Wenn man so beharrlich äußere Dinge beschreibt, solchen Nachdruck auf äußere Dinge legt, dann ist das ein Weg, Gedanken, Erinnerungen oder Assoziationen zu verbergen, die hinter oder jenseits der Dinge oder der anderen Dimensionen liegen.«
June log immer, und niemand erfuhr die Wahrheit darüber, ob sie Liebhaber hatte oder nicht, lesbisch war oder nicht, Drogen nahm oder nicht (weder Henry noch ich

kamen je dahinter). Sie log auch bei unwichtigen Dingen, beispielsweise beim Kauf belangloser Gegenstände.

Dr. Bogner: »Wenn ein Mensch in allen Lebensbereichen so verzweifelt lügt, dann nur deshalb, weil der Zwangsmechanismus nie unterbrochen wurde. Lügen ist ein Symptom übersteigerter Abwehrhaltung und großer Furcht, daß die Wahrheit zum Vorschein kommt.«

Ich beobachtete, daß es Henrys Realismus nicht gelang, June gerecht zu werden. Da ich die Wahrheit nicht enthüllen konnte, die meine Tagebücher enthielten, mußte ich einen Weg finden, um sie poetischer, symbolischer, surrealistischer auszusprechen. Die Vieldeutigkeit und Indirektheit der Dichtung kamen meinen Absichten entgegen.

Die Tatsache, daß Frau Bogner auf psychologischem Weg zu demselben Schluß gelangte, zu dem ich vor langer Zeit auf künstlerischem Weg gekommen war, erschien mir so aufregend wie eine wissenschaftliche Entdeckung, ein Augenblick erhellender Wahrheit.

Die Wahrheit lag in dem kaum wahrnehmbaren Zusammenspiel aller Ebenen, und um zu ihr vorzudringen, mußten die Hindernisse entfernt werden, die persönlichen Hindernisse der Abwehrhaltung und der Neurose.

Es ist eine neue Auffassung, daß die Psychoanalyse sich nicht nur (wie wir es gelernt haben) mit einer persönlichen Mythologie beschäftigt, sondern daß sie durch Erforschung und Enträtselung persönlicher Mythologie zu einer unpersönlichen gelangen kann.

Mr. Joseph Campbell, Sie irren, wenn Sie sagen, die Mythologie ende um 1400.

Die Amerikaner sind nicht in der Lage, Dichtung oder Symbolismus zu verstehen, und dies verhinderte, daß man verstand, was ich in meinen Romanen auszudrücken versuchte.

Alles, was mit meinem Schreiben im Zusammenhang stand, verband sich in mir mit dem Wunsch, meinen Vater

zu bezaubern und zu verführen. Alles Tun wurde von Schuld und Widerruf begleitet. Jede Handlung wurde verurteilt. Die Ungeheuerlichkeit meiner Sünde verurteilte mich (der Wunsch, den Vater zu bezaubern).
Jede Handlung, die andere einbezog, vom Verkauf eines Buches bis zur Annahme eines Dollars wurde mit direkten sexuellen Assoziationen aufgeladen: Die Welt bezaubern. In meinen Träumen veröffentlichte ich nicht *Unter einer Glasglocke*, sondern kaufte ein ordinäres giftgrünes Kleid, das Kleid einer Hure. In meinen Träumen gelang mir kein Werk der Kunst, das ich der Welt zum Geschenk machte, sondern ich lag (mit einem unsichtbaren Liebhaber) nackt auf einem Bett, und die ganze Welt sah zu.

Ich arbeitete für die Zeitschrift *Eve.* Ich sammelte Artikel, machte Aufzeichnungen. Ich besuchte Henrietta Weigel, die ich seit zehn Jahren nicht mehr gesehen hatte, ich tat es, weil sie mit der Herausgeberin befreundet ist. Wir verbrachten Stunden in Erinnerungen an die Zeit, als wir in der Thirteenth Street Nachbarn waren und gegenseitig unsere Arbeiten bewunderten.
Traf George Borchardt, einen Literaturagenten, und Gunther Stuhlmann, einen Lektor.
Unterstützte Peggy und Sylvia in ihren Bemühungen, eine Aufführung von Peggys Oper *Transposed Heads* zu ermöglichen. Ging auf eine Party bei den Barrons, zu Eric Hawkins Tanzabend (zum Verzweifeln bewegungslos), ging mit Stanley, Karon und Tom, Wilfredo Lam und seiner jungen Frau nach Harlem. Sprach persische Gedichte für einen Film von Walter Lewisohn über persische Miniaturen; drei Stunden Arbeit brachten mir einhundertfünfundzwanzig Dollar. Traf Tambimuttu, der glaubt, Rechte an unseren heutigen Arbeiten zu haben, weil er Durrell, Miller und mich während des Krieges in England verlegte.

Ich schrieb für *Eve* meinen ›Brief aus New York‹:

Eve trug in New York ein Leopardenpelz-Barrett und ein rotes Kleid, um sich auf das pulsierende Leben der Stadt einzustimmen. Rote Kleider in den Schaufenstern ... das Rodeo, das zwischen den Bussen in der Fifth Avenue ausgetragen wurde ... die eindrucksvolle Black Watch in ihren Kilts und Leopardenfellwesten marschierte im Madison Square Garden und riß die üblicherweise zurückhaltenden New Yorker Zuschauer zu wilden Begeisterungsstürmen hin ... Kirchenglocken, Feiertagsglocken, indische Glöckchen an Hausschuhen ... man spricht von einem umfassenden internationalen Kulturaustausch; so viele Bücher werden übersetzt, die wir sonst niemals lesen könnten, unsere Musik und viele unserer Bücher finden den Weg in andere Länder ... verwaschene Bluejeans werden von arabischen Frauen als Symbol der Unabhängigkeit übernommen ... während unsere erfolgreichen Frauen mehr und mehr Weiblichkeit zeigen.
Peggy Glanville-Hicks, eine äußerst aktive Vertreterin der zeitgenössischen Musikszene, gilt als die beste Komponistin unserer Zeit. Sie bereitet die Aufführung ihrer Oper vor, die auf Thomas Manns Novelle *Die vertauschten Köpfe* basiert. Peggy Glanville-Hicks ist zerbrechlich, zierlich und sehr charmant. Sie kleidet sich mit einfacher Eleganz, als wolle sie damit ausdrücken: Seht nicht auf mich sondern auf die Musikerin. Bei guter Laune trägt sie einen Tirolerhut mit Feder. Sie spricht mit Leichtigkeit, einem Lächeln, einer sanften Bewegung ihrer zarten, feinen Hände über die schwierigsten Themen moderner Musik. Ihr Charme und ihr Humor lassen nichts von ihrer kraftvollen Musik ahnen. Ihre Weiblichkeit offenbart sich in der Rolle einer unermüdlichen Helferin für andere Komponisten. Rivalität ist ihr fremd, sie kennt nur echte Sympathie. Ihr Gespür für Qualität ist unfehlbar. Ihre meisterhafte Fähigkeit, sich auszudrücken, ist unter Musi-

kern selten und befähigt sie, musikalische Werte, Entwicklungen und Trends zu bewerten, zu erhellen und einzuordnen und daneben kreativ zu sein. Und so steht neben ihrer musikalischen Aktivität ein weitreichendes und umfassendes Musikverständnis. Diese Fähigkeit zu objektiver Einsicht wird üblicherweise nicht als weibliches Charakteristikum betrachtet. Peggy und Eve sprachen über die beinahe unmerkliche Fusion von Aktivität und Aggressivität, die moderne Frauen verwirrt. Die Frauen fürchten sich vor ihrer neuen aktiven Rolle, nachdem sie solange passiv und im Hintergrund wirkten. Die sensiblen unter ihnen sind sich des Unterschieds zwischen Aktivität und Aggressivität bewußt. Aktivität ist kreativ, Aggressivität ist eine kämpferische Haltung gegen Widerstände. Die Legende berichtet, daß Lilith und nicht Eva unabhängig vom Mann erschaffen wurde. Eva bestand aus demselben Stoff wie Adam, und dies machte sie unteilbar. Ihre neue Aktivität und Kreativität waren mit Gefahren verbunden. Peggy ist die Freundin, die Beschützerin, die Initiatorin, die Organisatorin anderer Musiker geblieben. Ihre Worte über Olin Dowenes treffen auch auf sie selbst zu: ». . . eine Art Radar für Musik zu besitzen.«

Eine andere Art Musikerin ist Bebe Barron, die mit ihrem Mann Louis zusammenarbeitet. Er komponiert elektronische Klänge, eine neue Permutation der Musik, die aus der Physik geboren wurde. Bebe ist eine schöne junge Frau mit kurzen dunklen Haaren, feinen Gesichtszügen und großen, sanften, dunklen Augen, die sich graziös ihren Weg durch ein Labyrinth von Lampen, Drähten, Knöpfen, Tonbandgeräten, Kopfhörern und Röhren bahnt. Sie spricht sanft und leise, sie kleidet sich weiblich und ist an der Entwicklung dieser neuen, verwirrenden Wissenschaft beteiligt, ohne sich dabei in den Vordergrund zu drängen.

An einem kalten Vormittag trifft Eve in der Fourteenth Street die Becks (Julian Beck und Judith Malina), die

jahrelang in ihrem ›Living Theatre‹ unerschrockene und kühne Aufführungen erarbeiteten. Sie haben gerade ein Haus für ihr Theater gekauft, nachdem sie von einem *Loft* zum anderen gezogen waren. In New York spielen zur Zeit achtunddreißig off Broadway Theater. Dieses, das neununddreißigste, beweist die Vitalität der Anstrengungen, einen künstlerischen Underground zu schaffen, um den herrschenden konventionellen und kommerziellen Maßstäben etwas entgegenzusetzen. Diese blühende Bewegung, die sich vom kommerziellen Denken abgewendet hat, konnte sich nur durch viele persönliche Opfer entwickeln. Die kleinen Gruppen, die seit langem zum elementaren Theater zurückkehren, bringen nicht selten dem Broadway neues Leben, der wegen seiner Durchschnittlichkeit an Blutarmut leidet. Die Becks sagen: »Theater bedeutet Liebe, Traum, Ritual, Poesie, Prosa und Realität. Es ist ein Ort intensiver Erfahrungen ... an dem der Zuschauer durch Fühlen und Begreifen teilnehmen muß. Es ist mehr als Unterhaltung, es ist das Leben ...«
Der faszinierendste Aspekt des New Yorker Lebens ist dieser künstlerische Underground. *Lofts* werden gemietet, um Ausstellungen, Konzerte, Filme, Vorlesungen, Vorträge und Jazz-Sessions zu veranstalten, für die man nur durch Mund-zu-Mund-Propaganda wirbt. Die Zuschauer, die sich zu diesen Ereignissen einfinden, heben sich durch besondere Aufnahmebereitschaft und echtes Interesse vom normalen Publikum ab.

Ein Symposion Moderner Musik war eine dieser Veranstaltungen. Das Publikum, das sich mit der höchst abstrakten Musik von John Cage und seinen europäischen Parallelen konfrontiert sah, hörte nicht nur konzentriert zu, sondern forderte die Komponisten hinterher auf, über ihre Intentionen zu sprechen. Ein junger Schwede, gerade in den USA angekommen, hörte die Musik, die bis zu den Gammlern und Kneipengängern in der Second Avenue drang, und stieß zu uns. Als er mit Eve und ihren

Freunden den Loft verließ, bemerkte er: »Von diesem Amerika haben wir noch nie gehört.« Eve hat es schon immer das verborgene Gesicht Amerikas genannt; ein Amerika, das Europäer lieben und verstehen könnten.

Von stilisierten Klängen zum besten Jazz in der Stadt: das Five Spot am Cooper Square. Das Publikum möchte den Gaffern entgehen, die in den Cafés von Greenwich Village so unangenehm auffallen. Hier bedienen zum größten Teil Künstler und Musiker die Gäste. Eve und ihre Freunde versuchten, die Berufe der Kellner zu erraten. Auch Maxwell Geismar, der amerikanische Literaturhistoriker, der zur Zeit eine Sammlung seiner Kritiken vorbereitet, befand sich in Eves Gesellschaft. Als Geismar einen der jungen Männer fragte, ob er Maler sei, antwortete dieser: »Nein, ich bin Schriftsteller, aber was ich schreibe, wird Sie nicht interessieren. Ich bin ein Avantgarde-Schriftsteller.«

In der Buchhandlung fielen Eve zwei Bücher in die Hände: *Justine* von Lawrence Durrell und *My Father, My Son* von Edward G. Robinson Jr.

Justine ist ein außergewöhnliches Abenteuer in intimste Erfahrungen – eine Liebesgeschichte, wie man ihr in der modernen Literatur nur selten begegnet. Den Hintergrund bildet die sinnenfrohe, schöne Stadt Alexandria. *Justine* besitzt die tiefen warmen Farben eine Chagall-Gemäldes, eine betäubende Sprache. Die Mischung aus Humor, intelligenter Analyse, poetischer Beschreibung, Realismus und Surrealismus gibt dem Buch die verschleierte, geheimnisvolle, verführerische Atmosphäre vielschichtiger Dimensionen ... es ist eine Reise zu den Antipoden der Erfahrung. Die Fäden verknüpfen sich zu üppigen orientalischen Teppichen, so verschlungen wie orientalische Städte, aber dazwischen liegen unerwartete präzise und enthüllende Einsichten in die Entwicklung der Beziehungen, und das rückt sie für alle, die Wahrheit suchen, in den Brennpunkt täglicher Erfahrung.

My Father, My Son ist beinahe das Gegenteil. Es handelt sich um das Dokument der Tragödie von Menschen, die keine Beziehung zueinander finden, die durch alle Entstellungen und Fehler des Nicht-Liebens und des Nicht-Verstehens stolpern und straucheln, die uralte Geschichte einer gescheiterten Eltern-Kind Beziehung im modernen Milieu von Hollywood. Das Thema kreist um die unerfüllte Forderung nach totaler Liebe, die Rache gebiert, – das Thema moderner Kriminalität. Hollywood trägt durch seine Geschwätzigkeit, die aus Beziehungen Karikaturen macht und Intimität vernichtet, zu dem Unglück bei. Das Buch erweckt Anteilnahme für Eltern und Sohn. Die eigentliche Tragödie ist die Unfähigkeit des Jungen, seine Identität zu finden, deshalb kann er dem Scheitern und der Leere nicht entfliehen. Der Zwang zu Vergeltung und Zerstörung tritt an die Stelle einer selbstgeschaffenen Welt, in der er leben könnte.

Mit diesen beiden Büchern stehen sich zwei Welten gegenüber: die eine reich, magisch und kraftvoll, die andere leer und destruktiv.

Es gelingt Robinson Junior, Mitgefühl für den entwurzelten Menschen zu erwecken, dem der Passierschein zu einem inneren Leben fehlt.

Partys ... bei den Barrons. Durch ein schalldichtes Fenster ihres Wohnzimmers blickt man in den Science Fiction-Raum elektronischer Geräte ... Geoffrey Holder, der schwarze Tänzer, wirkt wie eine lebensgroße Giacometti-Statue, die in vollendeter Anmut zum Leben erwacht ist. Er ist so groß, daß er manchmal ein Zimmer wie ein Blinder mit ausgestreckten Händen betritt, wie um sich einen Weg zu bahnen, als müsse er mit größter Vorsicht Raum um sich schaffen, um mit niemandem zusammenzustoßen ...

In einer anderen Ecke sitzt James Leo Herlihy mit gekreuzten Beinen. Sein Theaterstück *Blue Denim*, das in Zusammenarbeit mit Bill Noble entstand, wird zur Zeit geprobt. Jim ist ein gutaussehender junger Mann, der selbst die Helden seiner Stücke spielen könnte ... Er verkörpert den angespannten schnellen Rhythmus des Jazz. Sein facettenreiches Sprechen sprudelt in verwirrenden Improvisationen, mit lässiger Eleganz und Leichtigkeit hervor. Es erinnert an den Titel einer seiner Geschichten: »A Breeze from China«, ist aber reinsten amerikanischen Ursprungs und Geschmacks.

Joseph Campbell, der Autor von *The Hero with a Thousand Faces,* ein hervorragender Kenner der Mythologie, behauptet, die Mythologie sei im vierzehnten Jahrhundert erloschen. Aber er lebt unter Menschen, die im Zeitalter Freudscher Mythologie geboren wurden, und die wissen, daß es eine mythologische Sprache gibt, die wir alle sprechen, wenn wir es gelernt haben, unsere Träume zu übersetzen ... In dieser Wohnung, auf dieser Party ist der Symbolismus ein vertrauter Gast und kein Esoteriker. An der Kleidung der Frauen läßt sich das leicht erkennen. Romanautoren haben den Symbolismus weiblicher Kleidung liebevoll beschrieben. Proust widmete der Ähnlichkeit von Odettes Negligées und den Blumen, mit denen sie sich in den Wintern in Paris umgab, zehn Seiten. D. H. Lawrence ließ seine Heldinnen an konfliktreichen Tagen rote Strümpfe tragen, ohne etwas von Mode zu wissen. Eve kannte eine Filmschauspielerin, die unzählige Hüte besaß. Wie in den Träumen aller Frauen vom Kleiderschrank einer Schauspielerin, hingen die Hüte ordentlich über ihren Hutständern, aber sie wurden nie heruntergenommen. Sie zu tragen, verlangte zuviel Kühnheit. Sie zu tragen bedeutete, eine Rolle mit höchster Perfektion zu spielen. Jedesmal, wenn sie vor ihrer phantastischen Hutsammlung stand und die kostbaren Hüte betrachtete, griff sie wieder nach der kleinen unauffälligen Kappe von Pagen und Chorknaben ... Ihre zarte Hand zögerte, und sie streichelte höchstens liebevoll über eine stolze Feder, über die kühn geschwungenen Krempen,

über den königlichen Samt, die undurchdringlichen Schleier, die herausfordernd prächtigen Schleifen, den Schmuck und die Zeichen des Sieges. War es Selbstzweifel, der sie nach der kleinen, enganliegenden Kappe des Priesters, des Chorknaben und des Gelehrten greifen ließ?
Es besteht derselbe Unterschied zwischen langweiliger Kleidung und Kleidern, die den Charakter, die Stimmung und das Schillern einer Persönlichkeit zum Ausdruck bringen, wie zwischen einer Uniform und der Kunst, sich zu kleiden. Diese Kunst entspringt dem Wissen um die eigene Identität, der Wahrnehmung der Stimmungen, der Aufmerksamkeit für die Eloquenz des Körpers und der Worte. Sie ist untrennbar mit der Kunst, Freundschaften zu pflegen, und der Kunst zu leben, verbunden. Die Wahl eines Schals, einer Frisur, eines Schuhs, einer bestimmten Farbe, vermag diese poesievolle Rolle zu erfüllen, die den inneren Reichtum einer Frau enthüllt. Die Kunst, sich zu kleiden, ist im Leben ebenso wichtig wie auf der Bühne. Die Kunst zu leben bedeutet: Erneuerung, Einfallsreichtum, Forschungsdrang, Offenheit für das Unerwartete und eine Liebe zu Überraschungen. Eve ist keine Zuschauerin bei einer Modenschau, sie weiß, daß sie selbst bei Stoffen die Wahl unter dem Gesichtspunkt der Bedeutung für ihr Leben treffen muß. Sie weiß, daß sie die Motive, die Muster, die Fäden ihres Lebens und derer, die sie liebt, die Stimmungen, das Temperament und die Hinweise auf die verborgenen Ichs, die nicht schlecht gekleidet auftreten können, in Einklang bringen muß.
Die Tänzerin Jean Erdman, die in der Mitte des Raums stand, unterschied sich durch ihre Körperhaltung von allen anwesenden Frauen. Ihre vollkommene Haltung ließ die Frauen, die neben ihr standen, wie in sich zusammengesunken erscheinen. Sie besitzt, was Martha Graham einst als ›Bauchbewußtsein‹ bezeichnete.
In New York empfindet man sehr deutlich zwei Klimazonen. Eine ist die sauerstoffreiche, aus der frischer Wind

vom breiten, offenen East River und dem Gebäude der Vereinten Nationen weht. So viele Fenster öffnen sich der Welt, Menschen aller Nationen gehen die breiten, windigen Treppen auf und ab; in den Aufzügen treffen sich alle Rassen. Besucher aus anderen Städten und anderen Ländern, die nicht an den Sitzungen teilnehmen, schlendern durch die Geschäfte im Erdgeschoß, in denen es Dinge aus aller Welt zu kaufen gibt. Ein internationaler Basar verkauft Flöten aus Jugoslawien, geflochtene Körbe aus Mexiko, Silber aus Indien, Schals aus Persien, bemalte Holzgegenstände aus Griechenland, Puppen, Löffel und Spielzeug. Ganz in der Nähe eine Buchhandlung, die anders ist als alle anderen. Ein Netz geschriebener Kommunikation mit der gesamten Welt, Bücher in allen Sprachen, über jedes Thema, Studien der Vereinten Nationen über die lebenswichtigen Probleme der Menschheit. Technologie – das Geschenk Amerikas an andere Länder, ob Brückenbau oder Entwicklung der Landwirtschaft, Organisation von Gemeinwesen, Lösung von Ernährungsproblemen. Ein einfaches Beispiel, wie man Menschen zu ökonomischer Reife erziehen kann, war die erfolgreiche Arbeit des UNO-Beauftragten in Haiti. Die Haitaner litten unter großer Armut, obwohl das Meer Fische im Überfluß bietet. Ihnen fehlten Fischerboote, und sie waren zu arm, um sie zu bauen. Man unterstützte sie beim Bau von Booten, damit sie schließlich selbst ihren Lebensunterhalt beschaffen konnten und dadurch unabhängiger wurden. Es war auch ein Amerikaner, der erkannte, daß es in Haiti ausgezeichnete Maler gab, und inzwischen finden in New York in jedem Jahr Ausstellungen haitanischer Malerei statt. Dieser Amerikaner erzählte eine Geschichte, die sich während der letzten Flutkatastrophe ereignete: Amerikanische Hubschrauber retteten Menschen, die hilflos im Meer trieben, und flogen sie nach Port au Prince, wo sie Verpflegung und neue Kleider erhielten. Die Piloten bemerkten jedoch bald, daß sich arme Haitianer freiwillig in die Fluten warfen, um gerettet, verpflegt und neu eingekleidet zu werden. Je mehr Menschen sie retteten, desto mehr verzweifelte Schwimmer trieben im Wasser.

Neben dieser farbenfrohen Welt mit ihren bunten Fahnen und dem großzügigen Teilen eigener Privilegien breitet sich über New York die heißglühende Sphäre des Jazz, nicht nur zu unserer Freude, nicht nur als die eigenste Kunst, die Amerika gebar, sondern als neubelebender Einfluß auf die amerikanische Literatur. Nach dem Krieg erlebte der Roman eine Zeit, die man gelinde gesagt, als ›tot‹ bezeichnen kann. Die Literatur war blaß, steril, ohne Schwung oder Leben. Man muß sich an die Namen der Schriftsteller nicht erinnern. Sie waren langweilig, schwunglos und dem Klischee verhaftet. Aber ein anderer Trend machte sich bemerkbar. Er zeigte sich zuerst bei Autoren, die über Jazzmusiker schrieben, wie *Really the Blues* oder *Solo,* ein bemerkenswerter Roman über einen Jazzmusiker, der seine Individualität nicht preisgab, und den die Gesellschaft ruinierte. Auf seiner Visitenkarte stand: ›Ich bin der letzte Individualist‹. Er war nicht der letzte Individualist. Vermutlich gehört er zu den Künstlern, die unsere Literatur beeinflußten. In dem Film *The Wild Party* hörte man ein langes Gedicht in Prosa. Damals blieb es unbeachtet, aber heute wird seine stilisierte Schönheit deutlich. Die poetischen Passagen in Kerouacs *Unterwegs* sind von archaischer Schönheit. Diese Autoren sind alle lebendig. Die amerikanische Literaturwissenschaft sollte nicht den Surrealismus oder den langweiligen, flachen Realismus der Mittelklasseromane untersuchen, sondern in erster Linie diese ureigenste Sprache, die aus dem Jazz geboren wurde, die das Tempo amerikanischen Lebens, seinen Rhythmus, seine Vitalität und seine Farbigkeit besitzt. Der Widerstand gegen den Jazz, gegen seine künstlerische Leistung, seine Einmaligkeit entspringt nur der Angst vor Freiheit, der Angst vor Individualität, die versucht hatte, das Schreiben zu einem anonymen, funktionalen Gebrauchsgegenstand zu machen. New York steht unter dem Einfluß eines Klimas, das von der Westküste weht ...

[Winter 1957-1958]

Die Befreiung von Schuld bewirkte eine Wiedergeburt, eine Befreiung aus der Fixierung auf die Vergangenheit. Die Traumata der Vergangenheit schufen Ablagerungen in den Gelenken, eine geistige Arthritis. Plötzlich konnte ich mit jedem Kontakt aufnehmen, sogar zu denen, die mich verletzt hatten. Ich ließ alte Freundschaften wiederaufleben, wie die zu Wallace Fowlie. Er hatte mich einst sehr verletzt, weil er mich in seinem Buch über Surrealismus nicht erwähnte, aber Henry Miller aufnahm. Ich konnte mit Menschen arbeiten, die ich zwar schon kannte, zu denen ich aber bisher keinen richtigen Kontakt finden konnte. Ich hatte vergessen, daß auch sie sich verändern konnten. Entwicklung in ihnen, Entwicklung in mir. Gunther ist jetzt Literaturagent und hilft mir. Er ist ein intelligenter Mann, der Literatur liebt. Er macht Übersetzungen und arbeitet an Filmen. Ich verstehe mich gut mit Tom Payne. Wir konnten von Anfang an offen miteinander sprechen.

Tom brachte eines Abends Jack Kerouac mit zu mir nach Hause. Kerouac begrüßte mich auf französisch, küßte mich und sagte: »Sie sind schön.« Aber er war bereits betrunken, und man konnte sich nicht mit ihm unterhalten. Er hatte eine Schallplatte mit eigenen Lesungen mitgebracht, die er auflegte, und der er verzückt zuhörte. Es schien, als wolle er die Platte für sich sprechen lassen, da er selbst dazu nicht mehr in der Lage war. Das Telefon klingelte. Kerouac nahm ab und legte den Hörer neben den Plattenspieler. Eine halbe Stunde später klingelte es an der Tür. Tom Payne glaubte, es handele sich um einen trostsuchenden Freund, und verließ das Haus durch die Küchentür. Vor der Tür stand seine Freundin, die Kerouacs Platte gehört und daraus geschlossen hatte, daß Tom hier sei. Ihr Unglück ging mir zu Herzen, und ich tröstete sie. Nach einer Weile verabschiedete sie sich. Ich setzte mich zu Kerouac, der den Schluckauf hatte. Ich habe ein unheilbares Vorurteil gegen Betrunkene. Ich schlug vor, in die Cedar Bar zu gehen, wo alle unsere Freunde saßen. Wir gingen an die Bar. Er hatte von meinem LSD-Versuch gehört, klopfte stolz auf seine Brusttasche: »Wenn Du LSD hast, ich habe genug Geld, Dir alles abzukaufen.« Das verletzte mich. Ich antwortete: »Ich habe nur ein einziges Mal LSD genommen, und das hat mir ein Arzt gegeben.« Unter dem Vorwand ich müsse telefonieren, schlüpfte ich aus der Bar. Ein gescheitertes Zusammentreffen, denn ich bin als Trinkgenossin ungeeignet.

Ich bemerke, daß Tom unter inneren Spannungen steht. Er ist beredt und wortgewandt. Er ist gefühlsbestimmt, obwohl sein Verstand seine Gefühle beherrscht. Aber sie sind da. Einmal bezeichnete er sich selbst als tot. »Ich bin so tot.« Ich schlug ihm vor, die Dschunke zu kaufen, die Walter Trampler aus China hatte kommen lassen. Tom sah sie vom Auto aus, auf dem Weg nach Hause und verlor beinahe die Kontrolle über seinen Wagen. »Es wäre das ideale Leben.« Versuchte ich ihm einen Weg aus Realität und Restriktionen aufzuzeigen? Sein Leben zu einem freien Gedicht zu machen, wie mein Leben auf dem Hausboot?

Ich verbrachte den Sonntag mit der Suche nach Walter Trampler, der die Dschunke verkaufen wollte. Ich besuchte ihn mit Peggy.

Aufregung. Die Aufregung, wieder einmal in der Welt zu sein, handeln zu können, spontan zu sein, sich in Aktivitäten zu stürzen, nachdem ich befürchtet hatte, mein

Leben würde in der Isolation und der Zurückgezogenheit einer Verwundeten enden.
Morgens ein Stapel Briefe. Entdeckungen der Analyse. Realismus und Surrealismus. »Darüber sollten wir sprechen und über Pläne für Veröffentlichungen. Es ist eine Zeit der Krisen und Konflikte.«
»Im Augenblick brauchen Sie Erste Hilfe. Für all das werden wir später Zeit finden.«
Ich vertraute Tom die fünfhundert redigierten Seiten des Tagebuchs an, um zu hören, wie er die gegenwärtige Reaktion darauf beurteilte. Er trug das Paket mit sich herum, und nach einigen Wochen nahm ich es stillschweigend wieder an mich.
Ich traf die Becks an dem Tag, als sie ihr Theater in der Fourteenth Street gekauft hatten. Judith führt ein Tagebuch, sie hat über Nina geschrieben. Ich schlug vor, unsere Porträts zu vergleichen, aber sie zögerte. In all diesen Jahren habe ich ihre Kühnheit, ihre Originalität, ihre Experimente und ihren unglaublichen Mut bewundert. Am Anfang besuchte ich ihre Aufführungen in Greenwich Village, und ich gab meinen Namen für das Theater. Aber ihre Stücke gefielen mir nicht: Rexroth, Stein und andere. Deshalb sagte ich ihnen, wie sehr ich sie, ihr Spielen und ihre Inszenierungen bewundere, aber daß mir die Stücke nicht gefielen, und ich zog meinen Namen zurück. Wir blieben Freunde.
Ich erkenne, welch negativen Einfluß die Neurose auf meine Freundschaften und die Veröffentlichung meiner Bücher hatte: Verwundbarkeit, Überempfindlichkeit und sofortiger Rückzug bei jeder Auseinandersetzung. Ein Glücksgefühl über diese neue Freiheit hat mich erfaßt. Ich konnte Dr. Bogner auch weiterhin von Erfolgen berichten. Grove Press beachtete mein Werk nicht, und Don Allen suchte als Autoren nur Männer. Normalerweise hätte ich mich zurückgezogen und Einladungen zu ihren Parties abgelehnt, eine Wand zwischen ihnen und mir

errichtet. Jetzt konnte ich mit Jim auf eine ihrer Cocktailparties gehen – unverletzbar, unempfindlich und gleichgültig gegenüber ihren Intrigen.

Ein Augenblick unerträglichen Schmerzes, als ich erfahre, daß Gonzalo in Paris an Kehlkopfkrebs erkrankt ist. Wilfredo beschreibt mir die Behandlung, bei der lange radioaktive Nadeln in den Hals eingeführt werden. Ich spürte den Schmerz in meinem eigenen Hals. Schöner Gonzalo, der immer sagte: »Ich werde Alter und körperlichen Verfall nicht ertragen können.«

Dann kam der Tag ruhiger Hinnahme, die aus dem Wissen entsteht, daß uns allen Krankheit und Tod bestimmt ist. Meine intensive persönliche Vorstellung seines Todes wird schließlich von der Zeit aufgesogen und fließt zurück in einen universalen Ozean, wo alle unsere Schmerzen und Tode eins sind. Wir sterben nicht individuell sondern Stück für Stück beim Tod derer, die wir lieben. An manchen Tagen zähle ich die Toten, und es ist wie ein Ritual Schwarzer Magie, als beschwöre ich Namen und sei nicht ganz sicher, daß der meine nicht auch unter ihnen ist.

Die Nachricht von Gonzalos Krankheit erreichte mich, als ich gerade dabei war, mein Porträt von Henry zu beenden, da ich gehört hatte, er sei sehr krank.

Ich glaubte immer, Altern bedeute einen Verlust an Sensibilitäten, an Schwingungen, aber ich fühle mich intensiver lebendig als je zuvor. Musik durchströmt mich ungehindert, zeigt mir meine Empfänglichkeit und Aufnahmebereitschaft an. Ich glaubte, man nähme Abschied von Fragmenten des eigenen Lebens, wenn man von den Toten, den Sterbenden oder den Kranken Abschied nimmt. Ich stellte mir vor, so viele Tote würden in mir kleine Friedhöfe schaffen, aber ich bin mit anhaltender Lebensfreude gesegnet, als sei ich im Gegenteil die Bewahrerin ihres Lebens. Es stirbt kein Teil von mir mit Gonzalo, und ich

sehe nicht neun Jahre meines Lebens in den Tod sinken, wie bei einem großen Erdbeben. Ich fühle stärker als je das Verlangen, Gonzalos Lebendigkeit unter Beweis zu stellen.
Es ist herrlich, von Zorn und Wunden befreit zu sein. Meine Narben verschwinden. Ich danke Dr. Bogner. Als Tom mir von den Auseinandersetzungen mit seinem Psychiater erzählte, hatte ich für mich keine Befürchtungen, denn Frau Bogner hat eine unverbrüchliche Treue zur Wahrheit bewiesen und hat sie weder durch ein falsch gewähltes, noch durch ein falsch angewendetes oder unachtsames Wort verraten. Sie ist Semantikerin. Sie ist ein Genie der Nuancen und des Ausdrucks. Sie packt Konfusionen energisch an, wie bei mir die Verwirrung der Begriffe ›Aktivität‹ und ›Aggression‹.
Als Tom zum ersten Mal von Analyse sprach, beurteilte er sie intellektuell. In seinen Augen war sie wie ein Schachspiel, bei dem der Geschicktere gewinnt. Aber ich beharrte darauf, Analyse sei etwas anderes. Man mobilisiert seinen Verstand nicht gegen den eigenen Chirurgen. Er besitzt ein Wissen, das man selbst nicht hat. Ja, man muß sein Wissen analysieren, aber keine Zeit damit verschwenden, dagegen zu kämpfen.

Meine Beziehung zu Jim ist schwierig geworden, denn ich mag seine Theaterstücke nicht. Als ich ihm zu erklären versuche, wie ich sie sehe, reagiert er verstört. Er braucht unkritische Zustimmung.
Jim hörte auf, Tagebuch zu führen. Er geriet zunehmend in ein oberflächliches Leben und in einen Freundeskreis, der mich nicht interessierte, und das schwächte unsere Freundschaft. Ich glaube, der echte Jim ist im Tagebuch zu finden.

Als Antonin Artaud begann, sich mit dem Film zu beschäftigen, war er begeistert, denn er sah in ihm ein perfektes Medium, Träume darzustellen. Sein Wunsch ging nicht in Erfüllung. Ian Hugo benutzte den Film, um die Atmosphäre, den Symbolismus und den Zauber der Träume wiederzugeben.

Melodic Inversion ist das großartige Beispiel eines verfilmten Alptraums. Man erlebt eine Umkehrung: Realität, die sich selbst auslöscht, sich nicht erschafft, und dieser Vorgang läuft vor unseren Augen wie in einem Stundenglas ab. Der Film ist eine visuelle, musikalische Studie der Transposition. Herrlichste Farbkompositionen enthüllen in fließenden Verläufen Stimmungen, die in dieses Thema eingebettet sind. Die Kühnheit seiner Imagination ist unvergleichlich. Häufig sind Traumbilder zu verschwommen, um festgehalten zu werden, aber Ian Hugo gelingt es. Der Übergang von einem Bild zum nächsten geschieht auf beinahe unbegreifliche Weise – wie in Träumen. Auf jedem Meter Film entrollen sich unvergeßliche Bilder einer einzigartigen Welt schwimmender Farben und Lichter.

Ich habe das Gefühl des Schmerzes verloren, der jene Bereiche meines Lebens verschlossen hatte, die sich nur im Tagebuch öffneten. Jetzt kann ich sie unverfälscht erleben. Eine Destillation hat sich vollzogen, in der sich die Vergangenheit aufgelöst hat und die Erfahrung frei von Rückständen zurückließ. Ich kann unbeschwert Henry und Eve schreiben, nachdem Eve eine freundschaftliche Brücke geschlagen hat. Ich kann mit Lawrence Lipton zusammenarbeiten. Als ich ihn zum ersten Mal in seinem Cottage in Venice, Kalifornien, besuchte, sah ich einen kleinen Mann vor mir, dessen Augen durch die Brillengläser vergrößert wurden, und der vom Zigarrenrauchen dunkle Zähne hatte. Einmal mehr stand ich der Antithese des Schöpferischen gegenüber, wie ich es nenne. Meine Definition von Kreativität lautet, Staub in Gold zu verwandeln. Lawrence Liptons Definition und die seiner Freunde besagt, dem Häßlichen Ausdruck zu verleihen.

Sein Haus war ein Motel, ohne einen einzigen Gegenstand, den ich hätte bewundern können, aber voller Bücher, Tonbänder und Schallplatten. Ein prosaischer, langweiliger Abend, an dem er Schallplatten von Dichterlesungen spielte, anstatt die Dichter lesen zu lassen, die anwesend waren. Durch ihn lernte ich Ginsberg und Corso kennen. Aber ich ging nicht wieder hin. Es war nicht meine Welt. Er rief mich an, als die Zeitschrift *Eve* gegründet wurde, und ich zeigte Interesse, denn ich hatte mir schon immer gewünscht, freie Redakteurin zu sein, zu reisen, wie ich es immer tue, wertvolle Erfahrungen zu sammeln und gleichzeitig meinen Lebensunterhalt zu verdienen. Sie wollen achthundert Worte aus *Solar Barque* veröffentlichen und meinen ›Brief aus New York‹. Sie bezahlen mir ein Honorar dafür.

Als ich aus New York zurückkehrte, ging ich am selben Abend zu einem Lyrik- und Jazz-Konzert. Lawrence Lipton stand dahinter. Mir wurde klar, daß er bei dieser neuen Fusion von Musik und Lyrik eine wichtige Rolle spielte. Aber die Lyrik war schlecht. Rexroth (wie ich schon seit langem von seinem Theaterstück wußte, das die Becks aufgeführt hatten) ist kein Dichter, und seine Prosa ist leblos. Aber in diesem Versuch, Jazz und Lyrik zu vereinen, liegt mehr Leben, mehr Freiheit und eine größere Möglichkeit zum Experiment als in der übrigen amerikanischen Literatur. Die sterile Literatur bleibt dahinter zurück. Jazz hat die neuen Autoren beeinflußt. Jetzt sind sie wenigstens lebendig und haben Rhythmus. Mein hoher Anspruch hatte mich dem Irrtum, den Versuchen und Experimenten entfremdet. Aber hier lag ein Ansatz, ein Versuch, der gefördert werden sollte.

Brief von Jim:

Du hast es wirklich geschafft. Du bist der Sputnik der Literatur. Du steigst höher und höher. Wieviel Entzükken spricht aus Deinen Postkarten. Ich bin sehr glücklich darüber, daß Lipton meine Geschichte annimmt. Ist es *Pretty on the Bus at Nighttime?* Ich erinnere mich nicht, welche Du mitgenommen hast. Es ist die dritte von meinen Geschichten, die Du untergebracht hast.

Die vom Künstler geschaffene Sonne übertrifft die gewöhnliche Sonne bei weitem. Deshalb wählte ich sie als Symbol unseres neuen Jahres der Kreativität.
Ich wählte Lippolds *Sonne* aus Golddrähten, die im Metropolitan Museum hängt, als Symbol für meine Weihnachtskarten. Die irdische Sonne beschien nur Häßliches, wenn ich das Leid in Ungarn, die Suez-Krise, das Aufflackern von Kämpfen, die Monstrositäten der politischen Welt, die Arbeitslager und die Sklavenarbeit in Rußland bedenke. Die Menschen scheinen sich weniger als je zuvor zu lieben, während sie so viel über Gemeinschaftsleben, Gemeinschaften und ein Vereinigtes Europa reden. Aber ein Künstler wie Lippold konnte uns die Erde und eine Sonne, die nicht nur Freude bringt, vergessen lassen.

Brooks Atkinson in *The New York Times.*

Eine Geschichte, die so alt ist wie unser Land. In Amerika liegt die Kunst abseits der Hauptströmungen des nationalen Lebens. Der Künstler besitzt weniger Prestige und Einfluß als in Europa, ja sogar weniger als in der Sowjetunion, wo er ebenso geachtet wird wie ein Ingenieur.
Aber eine Kultur, in der die Kunst nur in den eigenen Reihen blüht, ist unvollständig . . . Henry Myers hat festgestellt, daß es grundsätzlich zwei Wege gibt, den Men-

schen in Beziehung zum Universum zu sehen: »der eine von innen, der andere von außen.« Die Kunst blickt von innen. Sie bringt dem Individuum Erkenntnis und erlöst den Menschen von der ›einsamen Insel im Meer seiner Isolation‹. Die Wissenschaft blickt von außen auf den Menschen und mißt ihn an objektiven Maßstäben. »Dichter und Wissenschaftler sind keine Rivalen«, schließt Professor Myers, »sondern gleichwertige und glaubwürdige Partner bei der Aufgabe, den Menschen durch Einsicht zu lehren, andere so zu sehen wie sich selbst, und durch Objektivität sich selbst zu sehen, wie man von anderen gesehen wird... Denn die Gesellschaft – die Masse – setzt sich aus Individuen zusammen. Keine Gesellschaft kann gesund sein, wenn sich ihre Individuen nicht individuell verwirklichen können.«

Zweimal zerriß meine Verbindung zur Welt: das erste Mal, als mein Vater mich verließ, das zweite Mal, als Amerika meine Bücher ablehnte. Ich habe mich darum bemüht, meine Brücke zur Welt wiederherzustellen. Ich mußte eine objektive Rolle für ein Comeback finden. Als Schriftstellerin konnte ich nicht zurückkehren, das wäre zu schwierig gewesen. Aber die Zeitschrift *Eve* half mir. Als ich Lipton kennenlernte, ihn sprechen hörte und seine Leitartikel las, war mir unwohl, und ich fühlte mich unglücklich. Ich konnte in seiner Umgebung nicht arbeiten. Aber ich hielt durch. Ich sammelte das beste Material, das ich in New York finden konnte, Talbergs Photographien, Beiträge von Louis Barron, Peggy Glanville-Hicks, eine Geschichte von James Leo Herlihy, etc. Ich schrieb meinen ›Brief aus New York‹ ehrlich und ohne unter mein Niveau zu gehen, mit dem Gefühl, einen Fehlschlag zu riskieren. Ich traf die Herausgeberin Jane Morrison. Ich war offen, begeistert, aber ich bewahrte meine Integrität. Am Sonntag bat sie mich, sie zu Hause zu besuchen. Sie war wegen Liptons ›Über die Kunst der Liebe‹ verzweifelt. Sie bat mich um meine Meinung. Ich sagte ihr, was ich davon hielt. Es war vulgär. Er hatte mir meine Stellung verschafft, aber ich konnte nicht lügen. Ich half Jane nicht nur, den großen Fehler zu vermeiden, den Artikel zu veröffentlichen, der eine Beleidigung weiblicher Intelligenz darstellte, sondern auch einen Weg zu finden, es Lipton zu erklären, ohne ihn zu verletzen. Ich schlug ihr vor, den weiblichen Standpunkt hervorzuheben. Jane erzählte mir, daß das Mädchen an der Telefonzentrale, der sie meinen ›Brief aus New York‹ zu lesen gegeben hatte, sagte: »Sie schreibt, als betrachte sie mich als intelligente Frau, die denken kann. Es gibt mir das Gefühl, ein Individuum zu sein.«

Dreißig Jahre lang habe ich gearbeitet, um ein solches Lob zu erhalten. Ein Lob für mein Vertrauen und meine Führungsqualität. Das Ergebnis meiner Bemühungen um Integrität und Reife. Meine Ziele waren immer hoch gesteckt. Jane sagte: »Ich habe das Gefühl, Sie sprechen in Ihrem Artikel aus, was viele Frauen denken.« Alle Themen, die ich angesprochen hatte, hatten ihre besondere Bedeutung – die tiefere Bedeutung der Kleidung, die tiefere Bedeutung der Rolle der Frau, die Notwendigkeit, Rollen abzustreifen.

Hinter all dem lag mein eigenes Drama: Kind eines tyrannischen Vaters zu sein, was mich daran hinderte, meine Führungsqualität zu beweisen oder darzulegen, dort wo ich das vermocht hätte, schließlich aber das selbstverständliche Bewußtsein meines erworbenen Wissens. Würde ich wie früher das Gefühl schrecklicher Schuld empfinden, einen Mann zu übertreffen, einen anderen zu übertreffen, wenn ich Jane dabei unterstützte, Liptons Artikel abzulehnen? Nein. Ich wußte, es war die Wahrheit. Liptons Artikel behandelte die Frauen als Unterlegene, zu intellektueller Gleichheit nicht fähig.

Ich freute mich über diese neue Kraft. Es schien, als könne ich endlich Stärke zeigen, ohne mich selbst zu beschnei-

den. Ich fühlte mich sicher. Ich hatte nicht einen Sieg über Lipton errungen sondern über meine Unschlüssigkeit, meine Konflikte, und ich war bereit, anderen Frauen zu helfen.
Mir war bewußt, daß ich für andere Frauen sprach. Aber daß ich dies kreativ tun konnte, bereitete mir große Freude.
In diesem Moment trug meine Arbeit mit Frau Dr. Bogner ihre Früchte. Ich konnte mit Jane sprechen, die so ganz anders ist als ich, einen anderen Hintergrund, andere Erfahrungen, eine andere Sprache besitzt.
Wenn sich Kreativität entfaltet, gibt es weniger Müdigkeit zu bekämpfen, als in Zeiten der Frustration. Ich habe ein erstaunliches Arbeitspensum bewältigt. Ich schreibe Briefe, redigiere den Tagebuchband 32, schreibe Weihnachtskarten, die Artikel für *Eve* und mache Notizen, erledige Hausarbeiten, telefoniere. Aber da all dies Leben und Kreativität ist, fühle ich mich nicht erschöpft.

Ich redigiere den Tagebuchband 33, schreibe fünfzehn Briefe. Die Brücke zur Welt festigt sich. Ich kam zu früh nach Amerika. Ich verfolge meine Schritte zurück, um verstehen zu können, was mich in die Einsamkeit führte. Die Enttäuschung über meine ›Kinder‹, die sich auf der Suche nach ihren fliegenden Teppichen, Science Fiction, Drogen und Alkohol zuwandten, und ihre Verpflichtung gegenüber Proust, Joyce und dem Surrealismus nicht anerkennen wollten, sondern vorgaben, aus dem Augenblick, durch eine chemische Reaktion geboren worden zu sein. Sie verneigen sich vor dem Jazz, aber der Jazz stellte die Unzulänglichkeit der Schriftsteller bloß. Die anderen Schriftsteller, die ich verteidigte und schützte, Miller, Durrell, Djuna Barnes warteten hinter der Bühne auf den richtigen Augenblick. Ich wünschte, die Jazzmusiker hätten den Mut, die Poeten abzuschütteln, die nur Schmarotzer sind. Mich selbst trennte meine Ablehnung von Drogen, Alkohol und das Fehlen der Kunst von ihnen. Man kann keinen Einfluß ausüben, wenn man außen steht, man kann nur etwas von innen bewirken. Als Gil mir Meskalin anbot, lehnte ich zunächst ab. Ich schrieb *House of Incest* ohne Drogen, aber als ich LSD akzeptierte, nahm ich an etwas teil, was zur Gegenwart gehörte. Wenigstens verstand ich ihr Bedürfnis danach. Sie hatten nichts, was ihnen half zu träumen. Der Traum war verboten, und der Künstler, der ihnen das Träumen hätte beibringen können, lebte im Exil.

In New York hörte ich Harry Partchs Musik wieder. Ich sah Tawneys poetische Webereien, Filigrane in Wolle. Ich besuchte sie in ihrem phantastischen Atelier in South Street, in der Nähe der Battery. Früher gehörte es einem Segelmacher. Im Fußboden ist eine runde Öffnung, durch die Segel, die repariert werden mußten, an einer Kette hochgezogen wurden. Das Atelier ist groß genug, um ein Segel zu Reparaturarbeiten auszubreiten. An der Tür hing noch immer das Firmenschild.

Ich verschickte *Solar Barque*. Am meisten freute mich Joaquins aufrichtiges Lob. Ich war voller Hoffnungen. William Kozlenko von MGM schrieb mir einen Brief, in dem er Interesse an der Verfilmung von *Ein Spion im Haus der Liebe* bekundete. Ich hatte mich zwei Abende lang mit ihm unterhalten. Er ist intelligent, belesen und gab mir ein Exemplar von *Masterplots of 1954*, in dem *Ein Spion im Haus der Liebe* beschrieben und gut beurteilt wurde.

Kozlenko läßt mich im Ungewissen. Er sagt, mein Schreiben sei räumlich und nicht zeitlich; ich sei eine große Schriftstellerin, und die Menschen würden früher oder später meine Bücher entdecken. Aber er wollte, daß ich für das Fernsehen schreibe.

Er war ein Wunderkind auf der Violine. Er hinkt.

Brief von Lawrence Durrell:
Hab vielen Dank für den erfreulichen Brief. Wir sind gerade aus London zurückgekehrt, und ich habe den dritten Band von *Justine* beendet – ein Roman ganz in der naturalistischen Tradition. Die vier Bände sollen vom Subjektiven zum Objektiven und zurück führen, vom Sein zum Schein. Ich will das Gedicht *und* seine Wurzeln ausbreiten. Ach, wir werden sehen! Der letzte Band wird wieder ein einziges Gedicht sein. Liebe Anaïs, mit Dutton sieht es so aus: Sie möchten buchstäblich alles, was ich schreibe, obwohl sie bisher nur für das *Justine*-Quartett und *Bittere Limonen* unterschrieben haben. Inzwischen habe ich entdeckt, daß der Text von *Die schwarze Chronik* so voller Fehler steckt, daß es unmöglich ist, einen photomechanischen Nachdruck zu machen. Aber Macrae wird im Februar zu einer großen Besprechung über mich und alle Titel, die ich anzubieten habe, nach London reisen. Ich erhielt gerade ein Angebot für *Cefalù!* Wenn er wegen *Die schwarze Chronik* kalte Füße bekommen sollte, bin ich sicher, wir können einen photomechanischen Nachdruck der Londoner Ausgabe machen, die ich vorher korrigieren werde, und die, wie ich Dir gesagt habe, Eliots Segen hat, – eine Art katholischer Straßenräumer! Schreib mir, wann Du Deinen Brüsselbesuch planst, und ob Du eine Möglichkeit siehst, über Marseille zurückzufahren. Wir könnten Dich dort sicher treffen. Auch Paris wäre möglich. Im Augenblick versuche ich der englischen Einkommensteuer zu entgehen und stattdessen französische zu zahlen; allerdings muß ich die französische zahlen, bevor ich die englische zurückfordern kann. Und diese Zeit, in der ich doppelte Steuern *bezahlt habe,* kann mich gerade dann knapp bei Kasse sein lassen, wenn ich die Moneten dringend brauchen würde, um Dich in Paris zu treffen. Ich bezahle gerade die französische Steuer, aber das englische Steuerjahr beginnt im April, und ich zweifle daran, daß sie mir die Rückzahlung vor Ende

Mai überweisen werden. Verstehst Du? Wenn Du Deine Heimreise über Marseille planen würdest, könnten wir sicherlich für ein paar schöne Tage dorthin kommen, gleichgültig wie es um die Finanzen bestellt sein wird. Vielleicht läßt sich das für Dich ohne größere Umstände einplanen. Denk darüber nach ... bitte!

Ich habe Deinen *Spion im Haus der Liebe* mitgenommen und wieder gelesen. Ich glaube, ich habe meine Bewunderung schlecht ausgedrückt, als ich sagte, Du seist ›bedächtiger‹ geworden, denn ich meine dies keinesfalls in einem rationalen Sinn. Ich wollte damit sagen, Dein Gefühl für organische Form ist neu. Nicht im bewußt intellektuellen Sinn eines vorgefertigten Entwurfs, sondern in der Absicht, dem Werk zu erlauben, die Windungen und die Lage anzunehmen, die das Samenkorn, das sich darin entfaltet, verlangt, – eine organische Form, die in gewisser Hinsicht ebenso starr ist wie eine intellektuelle, die man aber durch größere Hingabe, größere Identifikation mit dem Buch erreicht. Ein Embryo ist keine Gedankenformation, obwohl er Gesetzen gehorcht, die beinahe genauso starr sind, wie die einer mathematischen Berechnung. Ich spüre in solchen Büchern eine größere Gelassenheit und mehr Spielerisches. Vielleicht hast Du Deine Haltung der Zeit gegenüber im Sinne des Tagebuchs reorientiert. Früher habe ich genau das gemeint. Die Intensität war so stark, das Material so einmalig, daß es praktisch unmöglich war, die Tagebücher zu kürzen. Man vermißte das Gefühl von Strömung und Gegenströmung, einer Spannung, die aufgebaut und gelockert wurde; die unverändert hohe Tonlage bewirkte eine Betäubung – wie ein Schmerz, der zu lange anhält. Auch damals entstand Dein ganzes Werk ausschließlich *aus den Tagebüchern,* und ich konnte beobachten, daß Du meine Fassungslosigkeit teiltest, wie man ein so reichhaltiges und dichtes Material, das so üppig wucherte wie ein Dschungel, redigieren sollte.

Jetzt bemerke ich in Deinen Büchern, daß Du die Wirkung nicht mehr verschenkst, sondern den ganzen Reichtum der Orchestrierung auf die Komposition der Höhepunkte wendest, was dem Leser erlaubt, sein Gleichgewicht wiederzufinden, bevor Du ihm von neuem den Boden unter den Füßen wegziehst. Eine kurze kühle Beschreibung. Eine Aufzählung von Dingen, Kleidern und Gesten. Die Glut der Dichtung ist in *Rhythmen* geformt. Das meinte ich. Ein Tagebuch kann natürlich keine Form haben, da es zeitgebunden ist. Ich meine, die Bücher sind über diese Zeitbindung hinausgegangen, hinaus aus dem Tagebuch ins Leben. Ich freue mich sehr über Deinen wohlverdienten Erfolg. Es wird schön sein, Dich nach so langer Zeit wiederzusehen. Gerade habe ich einen langen Brief von Joe erhalten. Er hat einen Roman mit dem Titel *Love in the Ink Gutter* geschrieben! Auch Henry steckt voller Unternehmungsgeist und schreibt lange Briefe über seine Kinder. Er möchte mit ihnen durch den Orient reisen, – man stelle sich vor!

Justine ist in den Staaten ganz gut verkauft worden, und im April wird *Balthazar* (Band zwei) in England erscheinen. Ich schicke gerade *Mountolive* (Band drei) an Faber. Ich habe wie ein Sklave geschuftet. *Bittere Limonen* schickte ich nur anstelle eines Briefes, um zu berichten, was ich in diesen letzten Jahren getan habe. Ich schrieb es in sechs Wochen, um Geld zu verdienen. Es ist ein modisches und irgendwie ärgerliches Buch, aber das Thema und seine Gestaltung hatten eine große politische Wirkung. Aber durch die Notwendigkeit, einen Prozeß zu vermeiden, und weil in Zypern zu dieser Zeit viel Blei in der Luft lag, entstand ein großes Problem. Ein unvorsichtiges Wort hätte einen griechischen Freund das Leben kosten können, und deshalb mußte ich sehr behutsam vorgehen. Ich glaube, Dutton wird es im März veröffentlichen... Unser großer Plan scheint sich bislang gut zu entwickeln, und ich muß in diesem Jahr nicht in den Steinbrüchen arbeiten. Claude hat ein Trio leichter Romane geschrieben. Sie spielt noch immer mit literarischen Formen, um den Beruf des Büchermachens formal zu lernen, bis sie ihre eigene Stimme hört. Das ist sehr klug von ihr, Technik und Erfahrung zu sammeln, bis der Geist sich zu Wort meldet. Sie ist ein gutes Mädchen. Sie arbeitet schwer, sie ist fröhlich und empfindsam, *sans pretensions.* Gerade hat sie die hundertvierzigtausend Worte von *Mountolive* innerhalb von zwei Wochen auf der Maschine abgeschrieben. Eine flinke Schreibkraft, eine gute Köchin ... Ich habe großes Glück. Wir haben gerade ein kleines Kanu gekauft, damit die Kinder auf dem Fluß spielen können. Sie kommen im Sommer zum Schwimmen und zum Segeln hierher. Das ist sehr anstrengend, aber es macht auch großen Spaß. Meine älteste Tochter Pinky ist inzwischen siebzehn Jahre alt und Tänzerin. Sie wird im Juni für drei Wochen kommen, die jüngere, Sapphy, ist sieben und besucht uns im August.

Nein, liebe Anaïs, ich habe nie Tagebuch geführt. Ich glaubte immer, es würde mich verschlingen. Die Tagebücher in *Justine* stehen symbolisch für das Prisma der Charaktere, die von verschiedenen Seiten gesehen werden. In *Balthazar* und *Mountolive* wird vieles deutlich, werden neue Positionen bezogen. Ich glaube, die *Form* wird Dir gut gefallen, – vielfache Buchführung. Aber vielleicht schreckt sie auch ab! Sobald ich die anderen Bücher habe, werde ich sie Dir schicken. Die Franzosen sind von *Justine* begeistert, – eine sehr gute Presse. Hast Du unser Horoskop für dieses Jahr gelesen? Ein gutes Jahr – das beste seit zehn Jahren, wie sie sagen! Laß uns hoffen, daß es stimmt ...

Habe ich mich bei Dir für die Bücher bedankt? Welch ein Segen, besonders der dicke Keyserling. Welche Intensität und welch geistiger Reichtum. Ich erlebe es noch einmal. Gott mit Dir und 1000 Dank.

Erst heute verstand ich, weshalb die Dramen der Geschichte mich nie fesseln konnten, und ich der Erforschung der Beziehungen zwischen Menschen den Vorrang gebe. In der Geschichte ist die Macht das große Ziel, in menschlichen Beziehungen die Liebe. Außerdem wird die Geschichte von Menschen bestimmt, die die Macht erobert haben, und ich glaube, wir müssen eine neue Art Mensch erschaffen, der die Macht nicht mißbraucht. Zuerst muß der Mensch in der Lage sein, sich auf seine Mitmenschen zu beziehen.

Landete mit typisch spanischer Dramatik in New York. Ein Motor stand in Flammen. Auf dem Flughafen ein Empfangskomitee aus Rettungsfahrzeugen und Feuerwehren. Eiseskälte. Wir standen im Mittelpunkt des Interesses auf dem Idlewild Airport, und für eine Weile glaubte ich, mein Ende sei gekommen. Alles ging gut aus. Wir mußten das Flugzeug nicht über eine Strickleiter verlassen wie Bergsteiger, wir benutzten lediglich den Ausgang der Ersten Klasse (Im Fall von Bränden erlaubt man den Passagieren der Touristenklasse den Ausgang der Ersten Klasse zu benutzen).

Ionescos Theaterstück *Die Stühle* gehört zu den eindrucksvollsten, die ich je gesehen habe. Man fühlt sich in einen Traum versetzt, eine symbolische Handlung. Welch eine bewundernswerte Gestaltung der Phantasie. Selbst Max Lerner schrieb darüber, obwohl es ein symbolisches Stück ist. Vielleicht beginnt man, den Symbolismus zu verstehen. Ich schreibe in *Eve* ausführlich darüber. Von *Eve* kein Wort, kein Scheck, keine Pressekarte, keine Briefe. Ich hasse es, für Taubstumme zu arbeiten.
Inzwischen mußte sich Ionesco gegen Mr. Tynans Vorwurf verteidigen, er sei ein überzeugter Antirealist und habe erklärt, Worte besäßen keinen Inhalt und, jede Art Sprache sei für eine Verständigung unbrauchbar. Ionesco

antwortet: »Ich sage nur es sei schwierig, aber nicht unmöglich, sich verständlich zu machen, und mein Stück *Die Stühle* ist ein – vielleicht trauriges – Plädoyer für gegenseitiges Verständnis.« Seine Erwiderung verdient es, gelesen zu werden.

The New York Times, Januar 1958

Die Rolle des Theaterschriftstellers von Eugene Ionesco

Mich ehrte der Artikel von Mr. Tynan über zwei meiner Stücke – *Die Stühle* und *Die Unterrichtsstunde* – natürlich, trotz der scharfen Angriffe, die er enthielt, zu denen ein Kritiker aber durchaus berechtigt ist. Da jedoch einige seiner Einwände in meinen Augen auf Voraussetzungen basieren, die nicht nur falsch sind, sondern offengesagt nichts mit dem Theater zu tun haben, fühle ich mich berechtigt, zu gewissen Gedanken Stellung zu nehmen.
Mr. Tynan sagt, man habe behauptet, ich sei eine Art ›Messias‹ des Theaters und ich hätte diese Feststellung gebilligt, ja sie sogar bekräftigt. Das ist in zweifacher Hinsicht unwahr, denn erstens liebe ich keine Art von Messias und zweitens sehe ich ganz sicher die Berufung des Künstlers oder Theaterschriftstellers nicht in dieser Richtung. Ich habe vielmehr den Eindruck, Mr. Tynan sucht einen Messias. Aber es ist die Aufgabe von Religionsgründern, Moralisten oder Politikern, der Welt eine Botschaft zu überbringen und den Wunsch zu verspüren, der Welt den Weg zu weisen oder sie zu retten, – und leider erfüllen sie ihre Aufgabe schlecht, wie wir nur zu gut wissen. Ein Theaterautor schreibt einfach Theaterstücke, in denen er ein Zeugnis ablegen, aber keine didaktische Botschaft verkünden kann – ein persönliches, gefühlsbestimmtes Zeugnis seiner oder der Ängste anderer oder seines Glücks, und das ist selten –, er kann auch seine komischen oder tragischen Einsichten über das Leben äußern.

Ein Kunstwerk hat nichts mit einer Doktrin zu tun. Ich habe bereits an anderer Stelle geschrieben, daß ein ausschließlich ideologisches Kunstwerk sinnlos, tautologisch und in bezug auf die Doktrin, die es erläutern will, nichtssagend ist, da die Doktrin bereits ihren Ausdruck in der ihr angemessenen Sprache, in einer logischen Abhandlung gefunden hat. Ein ideologisches Theaterstück kann nicht mehr sein als eine simplifizierte Ideologie. Ein Kunstwerk hat meiner Ansicht nach seine eigene, einzigartige Ausdrucksweise, seine eigenen Möglichkeiten, die Wirklichkeit zu erfassen.

Mr. Tynan beschuldigt mich, ein überzeugter und eingeschworener Antirealist zu sein und erklärt zu haben, Worte besäßen keine Bedeutung, und jede Art Sprache sei für eine Verständigung unbrauchbar. Das ist nur zum Teil richtig, denn Schreiben und Theaterstücke aufführen sind mit einem solchen Standpunkt unvereinbar. Ich sage nur, es ist schwierig, nicht aber unmöglich, sich verständlich zu machen, und mein Stück *Die Stühle* ist ein – vielleicht trauriges – Plädoyer für gegenseitiges Verständnis.

Zum Thema Realität – Mr. Tynan scheint (wie er auch in einem Interview, das im *Encounter* veröffentlicht wurde, deutlich gemacht hat) nur eine Realitätsebene anzuerkennen: Die sogenannte ›soziale‹ Realität, die mir als die äußerlichste oder in anderen Worten als die oberflächlichste erscheint. Deshalb halte ich Schriftsteller wie Sartre (Sartre als Autor politischer Melodramen), Osborne, Miller, Brecht etc. schlichtweg für die neuen *auteurs du boulevard,* Vertreter eines linken Konformismus, der ebenso beklagenswert ist, wie sein rechtsorientiertes Gegenstück. Diese Autoren verkünden nichts, was nicht bereits durch Bücher oder politische Reden bekannt wäre. Aber damit nicht genug: Es genügt nicht, ein realistischer und sozialkritischer Schriftsteller zu sein, man muß offenbar auch ein militanter Anhänger des sogenannten Fortschritts sein. Die einzig nützlichen Autoren, die Vertreter der ›Hauptströmung‹ des Theaters, wären demnach alle, die auf eine bestimmte, klar definierte Weise denken und gewisse vorgefertigte Prinzipien oder Direktiven respektieren. Dies würde die ›Hauptströmung‹ zu einem Rinnsal werden lassen. Es würde die Realitätsebenen (die zahllos sind) verringern und den Bereich künstlerischen Forschens und Schaffens einengen.

Was die Menschen, wie ich glaube, voneinander trennt, ist die Gesellschaft, oder, wenn Sie es vorziehen, die Politik. Sie errichtet Barrieren, und sie schafft Mißverständnisse.

Wenn ich mich paradox ausdrücken darf, möchte ich sagen, daß die wahre Gesellschaft, die echte menschliche Gemeinschaft ›extra-sozial‹ ist, – eine umfassendere, tiefere Gesellschaft; die Gesellschaft, die sich in unseren gemeinsamen Ängsten, unseren Wünschen und unseren geheimen Sehnsüchten enthüllt. Die gesamte Weltgeschichte wurde von diesen Sehnsüchten und Ängsten regiert, die von den Politikern nur reflektiert und unvollkommen interpretiert werden. Keiner Gesellschaft ist es gelungen, menschliches Leid zu beseitigen; kein politisches System kann uns vom Schmerz des Lebens befreien, von der Angst vor dem Tod und unserem Durst nach dem Absoluten. Das menschliche Wesen lenkt das soziale Wesen uud nicht umgekehrt.

Diese ›Realität‹ erscheint mir umfassender und vielschichtiger als die, auf die sich Mr. Tynan und so viele andere limitieren wollen. Das Problem besteht darin, zur Quelle unseres Leids vorzudringen, die unkonventionelle Sprache unserer Ängste zu finden, – vielleicht, indem man die ›soziale‹ Sprache zerstört, die nur aus Klischees, nichtssagenden Formeln und Schlagwörtern besteht. Die ›Roboter‹-Figuren, die Mr. Tynan nicht gefallen, scheinen mir genau die zu sein, die ausschließlich zu diesem oder jenem Milieu oder zu dieser oder jener Realität gehören, ihre Gefangenen, verarmt, entfremdet und leer sind, da sie nur soziale Wesen sind und eine Lösung ihrer Probleme ausschließlich auf dem sogenannten sozialen Weg suchen. Dieser Konformist, der *petit-bourgeois*, der Ideologe jeder Gesellschaft ist verloren und entmenschlicht. Es sind unsere Ideologien mit ihren vorgefertigten Lösungen (sie werden von der Geschichte schnell überholt und widerlegt) und Worte, die erstarren, sobald sie ausgesprochen werden, die entmystifiziert werden müssen. Die Ideologien müssen immer wieder im Licht unserer Ängste und Träume neu untersucht, und ihre erstarrte Sprache muß rücksichtslos zertrümmert werden, um die Lebensader freizulegen.

Um das elementare Problem der Menschheit zu entdekken, muß ich mich selbst fragen, was mein elementares Problem, welches meine unüberwindlichste Furcht ist. Dann werde ich sicherlich die Probleme und Ängste aller anderen finden. Dies ist der wahre Weg in mein eigenes Dunkel, in unser Dunkel, das ich versuche, ans Tageslicht zu bringen.

Es wäre amüsant, ein Experiment zu versuchen, für das hier kein Platz ist, aber das ich eines Tages hoffe durchzuführen. Ich könnte beinahe jedes Kunstwerk, jedes Theaterstück nehmen und ihm abwechselnd eine marxistische, eine buddhistische, eine christliche, eine existentialistische und eine psychoanalytische Interpretation geben und ›beweisen‹, daß das Werk in jeder Interpretation eine vollendete und exklusive Illustration des entsprechenden Glaubensbekenntisses ist, daß es offenbar diese oder jene Ideologie bekräftigt. Mir beweist dies etwas anderes: Jedes Kunstwerk (es sei denn, es handelt sich um ein pseudointellektuelles Werk, um ein Werk, das bereits in Abhängigkeit von einer Ideologie steht und sie lediglich illustriert, wie bei Brecht) steht außerhalb einer Ideologie und läßt sich nicht auf eine Ideologie reduzieren. Die Ideologie umschreibt, ohne zum Kern vorzudringen. Das Fehlen einer Idelogie im Kunstwerk bedeutet nicht notwendigerweise ein Fehlen von Ideen, – im Gegenteil, es befruchtet sie. Mit anderen Worten: nicht Sophokles wurde von Freud inspiriert sondern umgekehrt. Ideologie ist keine Quelle der Kunst. Ein Kunstwerk ist die Quelle und das Rohmaterial für kommende Ideologien.

Was sollte der Kritiker also tun? Wo soll er seine Kriterien suchen? Im Werk selbst, in seinem Universum und in seiner Mythologie. Der Kritiker muß das Werk ansehen, anhören und einfach sagen, ob es seiner Natur gerecht geworden ist. Das beste Urteil ist eine sorgsame Darlegung des Werks. Die Voraussetzung dazu ist, daß man dem Werk erlaubt, ungefärbt von vorgefaßten Meinungen und Vorurteilen zu sprechen.

Gehört es zur ›Hauptströmung‹ oder nicht? Ist es das, was man gerne in ihm sehen möchte oder nicht? – Diese Fragen zu stellen, heißt bereits, ein Urteil zu fällen; ein Urteil, das äußerlich, unsinnig und falsch ist. Ein Kunstwerk ist der Ausdruck einer unaussprechlichen Realität, die man auszusprechen versucht, – und die manchmal ausgesprochen werden kann. Darin liegt sein Paradox und seine Wahrheit.

New York. Schnee auf den Bäumen aber nicht auf der Erde. Jim ist von Theaterproben in Anspruch genommen. Ich sammle Material für *Eve.* Dodd Mead erwägt ernsthaft, zwei- bis dreitausend Exemplare von *Solar Barque* zu bestellen und es mit eigenem Umschlag zu verkaufen. Schickte Artikel anderer Autoren an *Eve.* Verfolgte die Geschichte der Dschunke weiter, die am East River ankert und wurde enttäuscht. Ich hätte so gerne eine in Los Angeles gesehen. Der Mann, der die erste Dschunke nach New York brachte, erwarb sie in China und bezahlte nur fünfhundert Dollar, da es ein altes Boot war. Er mußte sie zerlegen, fünfhundert weitere Dollar für den Transport bezahlen und sie wieder zusammenbauen. Aber jetzt macht er ein Geschäft daraus. Er verkauft neue Dschunken, die kostbarer ausgestattet, aus Teakholz und sehr schön verarbeitet sind. Um eine zu besitzen, die ich mir leisten kann, müßte ich nach China gehen.

Eine merkwürdige gegenseitige Befruchtung. In Frankreich interviewt man Burroughs mit Ginsberg und Corso. Sie erklären den Zeitungen, sie seien Mystiker und keine Literaten. Sie erläutern das Credo der Beatgeneration. Der Beatnik, halb Vagabund, halb Krimineller, hat die amerikanischen Götter Business, Fernsehen, Publicity zugunsten eines Lebens außerhalb der sozialen Schranken aufgegeben. Er sucht ein *erleuchtetes, reines* Leben.
Und die französischen Schriftsteller erkennen, daß Jazz die Sensibilität des Menschen erweitert, der von Logik eingeengt wird.

Stanley Haggart photographierte während des LSD-Versuchs eine meiner Gesten. Ich faltete meine Hände vor der Brust wie zum Gebet. Man sagte mir, dies sei eine Geste der Mystiker, die ihre Hände falten, wenn der Energiestrom zu stark wird, damit er im Kreis fließt und sich nicht aufstaut.
Eve erhielt Lob für meinen ›Brief aus New York‹.

[Frühling 1958]

Ich erhielt einen Brief von Dr. Betty Eisner, der mich an vieles erinnerte, was ich aus Zeitmangel nicht aufgeschrieben habe. In Louveciennes besuchte mich eines Tages eine junge Frau, die gerade ein Stipendium nach Amerika erhalten hatte. Sie war eine hochbegabte Violinistin und hieß Laura Archera. Ihr Besuch dauerte lange. Sie schenkte mir ein Bild von sich. Wir trafen uns in New York wieder, als ich unter Otto Ranks Anleitung Psychoanalyse praktizierte.

Sie ist jetzt mit Aldous Huxley verheiratet. Aldous Huxley ist auch ein alter Freund von Reginald Pole, und so war es unausbleiblich, daß wir wieder zusammentrafen. Ich respektiere Huxleys Werk, aber es hat mich nie fasziniert, denn es ist zu intellektuell und zu gelehrt. Der Gegensatz zwischen Huxley und D. H. Lawrence zeigte deutlich, wohin ich mich entwickelte.

Wir wurden zum Mittagessen in sein verblüffend weißes Haus eingeladen. Laura glaubt, er könne in einer solchen Umgebung besser sehen. Seine schöne und edle Erscheinung beeindruckte mich. Eines seiner Augen ist getrübt. Er hatte auch Dr. Betty Eisner eingeladen, die mich kennenlernen wollte. Der sonst eher förmliche Huxley wurde in ihrer Anwesenheit aufgeschlossen und natürlich. Wir sprachen über meine LSD-Erfahrung, und Huxley behauptete, daß ich eine zu große Dosis erhalten habe und erklärte, unterschiedliche Temperamente erforderten unterschiedliche Dosierungen. Er war beinahe ungehalten, denn, wie er sagte, jeder könne erkennen, daß ich bereits auf eine kleine Dosis stark reagieren würde.

Ich äußerte meine Überzeugung, wir seien alle nicht auf Drogen angewiesen, wenn wir richtig angeleitet und dazu erzogen worden wären, Musik, Malerei, Dichtung, Meditation und Träume zu verstehen, denn ich erreichte solche ›Zustände‹ einfach durch Hören von Musik, Betrachten gewisser Bilder, die Lektüre bestimmter Bücher und manchmal auch in der Natur.
Aber Huxley widersprach energisch: »Sie haben einen direkten Zugang zu Ihrem Unterbewußtsein, und das ist selten. Bei den meisten Menschen ist das nicht der Fall, und deshalb brauchen sie Drogen.«
Er steht Europa äußerst ablehnend gegenüber. Mir blieb keine Zeit herauszufinden, weshalb. Dr. Eisner sprach enthusiatisch über ihre Arbeit und versprach, einen Vortrag zu schicken, *Observations on Possible Order Within the Unconscious,* den sie vor dem Ersten Internationalen Kongreß für Neuro-Psycho-Pharmakologie in Rom gehalten hatte. Ihre Widmung lautete: »Für Anaïs Nin, die mehr darüber weiß als jeder Wissenschaftler.«

Ich stimme Aldous Huxley nicht zu, wenn er sagt, daß alle Menschen Drogen brauchen. Als ich LSD nahm, bewies ich mir, daß es nur die Bereiche öffnet, zu denen man durch Träume, Dichtung und Literatur ebenfalls Zugang findet. Ich schrieb *House of Incest* ohne Drogen.
Huxley und ich finden keinen richtigen Kontakt zueinander. Er ist zu sehr Wissenschaftler und überhaupt kein Dichter. Ich kann mir seine Freundschaft mit Lawrence nicht vorstellen. Sie müssen sich häufig gestritten haben. Für mich ist er zu wissenschaftlich, zu nüchtern und zu präzise. Ich bin der Überzeugung, die ich schon immer vertrat, daß die *Bemühungen,* ohne künstliche Stimulanzen zu leben, zu lieben und zu schaffen, Teil der Bereicherung der Persönlichkeit sind. Sie stärken den Willen zu Kreativität. Menschen, die passiv sind, und Hindernissen aus dem Weg gehen, können niemals leidenschaftliche

Schöpfer sein. Daneben besteht das Problem, diese Visionen mit dem Leben zu verbinden, sie dazu heranzuziehen, das eigene Leben zu gestalten. Wer Drogen nimmt, vollzieht diesen zweiten Schritt nicht. Er sieht das Paradies und entscheidet sich dafür, zur Vision des Paradieses zurückzukehren und versucht nicht, es zu erschaffen, wie Varda es tat. Michaux ist eine Ausnahme. Obwohl er seit zehn Jahren Drogen benutzt, ist er noch immer ein großer Schriftsteller, aber nur, weil er ein wortgewaltiger Dichter war, bevor er Drogen nahm.

Hollywood ist eine Fabrik der Illusionen, und so vieles wird niemals realisiert. Curtis Harrington verkaufte vor zwei Jahren ein Drehbuch, und es ist bis heute noch nicht verfilmt. Lesley Blanch verkaufte eine der Geschichten aus *The Wilder Shores of Love,* und sie wurde nie verfilmt. Deshalb ging ich zu dem Abendessen mit Bill Kozlenko und einem Mr. Pink ohne große Hoffnungen.
Mr. Pink besitzt mehrere Filmtheater und ist ein ›unabhängiger‹ Filmproduzent, der Gelder beschafft und dessen Filme von MGM vertrieben werden. Kozlenko schreibt Theaterstücke, Fernseh- und Filmdrehbücher. Er versteht *Ein Spion im Haus der Liebe* und sagt wundervolle Dinge darüber; die Reinheit meines Werks würde alle Trends und Moden überleben; es sei tief, Sabina sei keine Dutzendware. Er hat vor, das Szenario zu schreiben. Da er früher Musiker war, versteht er vielleicht die Musikalität von *Ein Spion im Haus der Liebe.* Aber zum ersten Mal in meinem Leben lasse ich mich von solchen Plänen nicht mitreißen, obwohl Kozlenko sagt, die Menschen seien der falschen Psychologie müde.
Auf eine stille Art bin ich glücklich, denn das Unternehmen wird von Kozlenkos echtem Interesse und Verständnis des Romans getragen.

Solar Barque steht nicht für sich allein. Ich beschreibe

Lillians Gefühle, die zu einem bestimmten Zeitpunkt den Zugang zum Leben durch Gewalt erzwingen will *(Ladders to Fire)* aber scheitert, dann, indem sie Ehemann und Kindern entflieht und sich in die Künstlerwelt von Paris begibt (und scheitert) und dann, indem sie die Natur sucht. Lillian ist von der Natur verzaubert, aber sie stellt fest, daß sie keine Beziehungen zu ihr aufnehmen kann (obwohl sie potentiell vorhanden sind), und die Natur es ihr auch nicht ermöglicht, tief genug ins Leben einzudringen, denn sie muß zuerst die Vergangenheit, die Schatten und das Leben unter der Oberfläche auslöschen. Die Menschen sind so, wie Lillian die Menschen sieht (wie auch Sabina ihre Liebhaber partiell wahrnahm). Die innere Sehweise unterscheidet sich von der objektiven. Felix Pollak vermißt die objektiv abgerundete Beschreibung der Figur, aber dann befände man sich nicht in Lillians Innenwelt. Ich möchte, daß die Menschen die Welt sehen, wie Lillian sie sieht. Es unterscheidet sich von anderen Büchern. *House of Incest* bestand nur aus Träumen, die Natur fehlte. *Eiszeit* ist das Bemühen um Bewußtsein. In *Solar Barque* ist die Natur schön, aber Lillian kann nicht völlig in ihr aufgehen. Und jetzt sind wir für den nächsten Schritt in der Entwicklung bereit. Die Bücher sind unabhängig voneinander. In *Solar Barque* hat Michael (der in *Children of the Albatross* voll Qual den falschen Menschen liebt) sich an exotische Orte zurückgezogen. Es entsteht keine Leidenschaft, denn Lillian ist nicht bereit dazu. Es ist eine andere Atmosphäre. Wer *Solar Barque* zum ersten Mal liest, wird nur die Beziehung zur Natur und zum Exil finden.
Der einfache Versuch, den Leser in Djuna, in Sabina, in Lillian hineinzuversetzen, damit er die Welt durch ihre Augen sieht, war ein gefährliches Experiment. Denn jetzt glauben alle, ich sei es, die die Welt so sieht. Es stimmt, die passive Leidenschaft ist ebenfalls eine Erfahrung und für Lillian notwendig, die viel zu aggressiv war. Ich gebe

dem Leser den Schlüssel, wenn ich auf Drogen hinweise, auf Golconda als Droge. Lillian lernt, passiv (man erinnere sich an ihr Ungestüm in *Ladders to Fire*) und feminin zu werden.

Dies alles schrieb ich für Felix Pollak, der konventionelle Ergänzungen forderte. Äußere Realität. Ich hätte deutlich machen sollen, daß die Reise mit *House of Incest,* dem Traum beginnt und nach außen führt (Jung). *House of Incest* war ausschließlich Traum, und die Figuren glitten in den Traum hinein und hinaus. Lillian begibt sich auf den Traum der Reise, den Traum der Tropen und verläßt ihn *verändert.* Mein ganzes Bemühen beim Schreiben zielt darauf zu sagen, was noch nicht gesagt worden ist. Ich muß manchmal einen dunkleren und verschlungeneren Weg beschreiten, um das zu erreichen. Im Fall von *Solar Barque* überging ich die Kritiker. Ich verschickte kein Exemplar an Kritiker. Ich weiß, sie verdrehen mein Werk und ohne sie nähern sich die Leser ihm mit einem weit natürlicherem Instinkt. Auf diese Weise habe ich eine direkte Verbindung mit denen erreicht, die mich lesen.

Joaquin schreibt mir:

Solar Barque ist wunderbar. Schöne Dichtung, in der es erstaunliche Übergänge von einer Realität in die andere gibt. Du besitzt unbestreitbar die große Gabe, das Unsichtbare wirklich werden zu lassen, beredtem Schweigen Töne zu entlocken. Für Dich ist der Dialog nicht Sprache sondern etwas anderes, entfernter, tiefliegender und doch immer realer. Es scheint, als seist Du mit einer materiellen Seele oder einem immateriellen Körper beschenkt. Triff Deine Wahl.

Lese alle Bücher von Anna Kavan.

Inzwischen denke ich über eine Fortsetzung von *Solar Barque* nach. Die schrittweise Zerstörung der Fiktion

oder der Rolle, durch die Figuren gelebt haben, und die schrittweise Enthüllung tieferer Wahrheiten. Schwierig bei erfundenen oder konstruierten Gestalten.
Um mich herum besteht großes Interesse an Science Fiction. Manches gefällt mir, aber das meiste ist nur erschreckende Entmenschlichung. Der Mensch fehlt völlig und auch menschlicher Kontakt. Ist es im Hinblick auf die Technologie eine Prophezeiung der Zukunft? Ich sah die größte Science Fiction Sammlung der Welt. Die Garage von Forest Ackerman quillt davon über. Monster aus den Science Fiction-Filmen, eine Kombination aus Okkultismus, Schwarzer Messe, Aleister Crowley und *Popular Science.*
Gestern ein Science Fiction Tag, ganz Los Angeles vergiftet vom Qualm der Heizöfen in den Obstplantagen, den der Nebel nach unten drückte. Jim und ich hatten eine Schachtel Kleenex neben uns auf den Tisch gestellt. Eigentlich hätten wir Gasmasken tragen sollen, wie sie in den ersten Kriegstagen in London verteilt wurden.

Große Bewunderung für Lili Saint Cyr. Die Frauen sollten von ihr lernen. Sie stellt nicht den narzistischen Autoerotismus der Stripteasetänzerinnen zur Schau. Sie vermittelt das Gefühl der Gegenwart des Mannes, ihr Tanz ist der Ausdruck des Kontakts mit dem Mann. Sie benutzt ihren Körper mit unglaublicher Anmut und großem Können, um aufzufordern, zu enthüllen, anzudeuten, zu antworten, aber stets als Geschenk, als Gabe. Sie ist eine große Künstlerin und wirkt niemals ordinär. Die Durchschnittsmänner mögen sie nicht. Einmal fuhr ich mit den Barrons den ganzen Weg nach Newark, um sie zu sehen. Bebe wollte wissen, was ich an ihr fand. Ich antwortete: »Die Frauen sollten bei ihr lernen. Sie ist eine Künstlerin der erotischen Verführung.« Ich sah sie in Hollywood wieder. Sie fällt auf. Sie kleidet und schminkt sich nicht wie andere Stripteasetänzerinnen. In einer Darbietung nimmt sie ein Bad, in einer anderen erprobt sie ihre Verführungskünste vor dem Bild eines spanischen Matadors. Der Mann ist immer gegenwärtig, deshalb ist der Tanz spannungsgeladen und elektrisiert die Zuschauer.

Traum: Ich lebe in einer Art Pension. Ich schreibe in einem kleinen Zimmer. Die anderen Zimmer sind alle belegt. Ein sehr häßlicher, pockennarbiger Mann fordert mich auf, in sein Zimmer zu kommen, während er die Treppe hinaufgeht. Ich antworte, ich sei zu beschäftigt. In einem der Zimmer wohnt Maria Schell. Ein rothaariger junger Mann unterbricht die Unterhaltung mit mir, um zu ein paar gleichaltrigen Teenagern zu gehen. Ich verliere meinen Schlüssel. Ein Ehepaar erscheint, das dringend eingelassen werden möchte. Ich sage, der Schlüssel sei nicht weiter wichtig, ich würde durch das Fenster einsteigen. Ich stoße das Fenster auf. An der Wand steht ein antiker Schrank. Ich berühre ihn, und er beginnt, unter meinen Händen zu zerfallen. Ich muß ihn zusammenhalten. Irgendwo in dem Haus ist meine Mutter, aber ich kann sie nicht sehen. Ich gehe in das oberste Stockwerk hinauf, aber aus Versehen betrete ich ein fremdes Zimmer. Die Bewohner schlafen, und ich bemerke, daß die Gasleitung undicht ist. Ich dichte sie ab, bis kein Gas mehr entweicht. Eine Alarmglocke schrillt. Ich klopfe an alle Türen, um die Leute zum Verlassen der Zimmer aufzufordern. Maria Schell reagiert ärgerlich: »Lassen Sie mich in Ruhe, ich gehe nicht hinaus.« Die anderen verlassen das Haus. Ich stehe vor dem üblichen Problem, die Tagebücher zu retten, aber dieses Mal (im Unterschied zu anderen Träumen) lasse ich sie im Haus zurück. Das Alarmgeheul erinnert mich an die Sirenen bei Luftangriffen. Unten im Hof sehe ich viele Menschen. Greta Garbo ist unter ihnen, äußerst elegant, in silbergrauen Samt gekleidet, sie trägt einen großen Hut. Ich scheine allein zu sein und niemanden zu kennen. Die anderen Pensionsgäste sind

Ehepaare und Einzelpersonen. Ich führe mit einer Gruppe ein Gespräch über Symbolismus. Wir sprechen darüber, daß er früher unbeachtet blieb und jetzt zu seinem Recht gelangt.

Die Atmosphäre erinnerte mich an unser Haus in der Seventyfifth Street. Beim Erwachen dachte ich daran. Erinnerungen an die West Seventyfifth Street. Das braune Sandsteinhaus. Vermietete Zimmer. Wir lebten im hinteren Teil des zweiten Stockwerks. Ich war fünfzehn Jahre alt. Ich stand nicht im Leben. Ich konnte die Fremden im Haus nicht ertragen. Es demütigte mich. Ich hatte viele Pflichten. Ich kannte keinen der Mieter näher, aber trotzdem ahnte ich ihr Leben. Heute erinnere ich mich deutlich an sie. Ab und zu ein Freund. Enric Madriguera bewohnte ein früheres Dienstbotenzimmer im obersten Stockwerk. Den ganzen Tag über hörte ich ihn auf der Violine üben. Wenn ich vorüberging, zog er mich an den Zöpfen. Damals dachte ich viel an ihn, aber er gehörte in eine fröhliche Gruppe, die sich um seine Schwester scharte, Paquita Madriguera (sie heiratete später Segovia). Paquitas Schönheit, ihre Selbstsicherheit, ihr kokettes Wesen verwirrten mich und schüchterten mich ein. Ich wollte wie sie sein. Aber ich war es nicht. Ich war schüchtern, in mich gekehrt und las wie eine Besessene. Es gelang mir sogar zu lesen, während ich Betten machte und Geschirr abwusch. Ich beobachtete das Leben und wollte daran teilnehmen, aber ich fand es quälend und schwierig.

Der frühere Ehemann von Teresa Careno, der großen südamerikanischen Pianistin, wohnte im Erdgeschoß. Emilia Quintero, eine bekannte spanische Pianistin, lebte ebenfalls in unserem Haus. Sie gab Joaquin Klavierunterricht. Sie hatte Sarasate geliebt und zeigte mir seinen weißen Seidenschal, den sie ihm nach einem Konzert entwendet hatte. Sie war unglaublich bieder. Sie liebte uns und lobte uns bei jeder Gelegenheit. Jedesmal, wenn wir im Eßzimmer (das auch als Schlafzimmer diente) beim Abendessen saßen, warf sie einen Blick herein und tat überrascht, während sie in Wirklichkeit schnell feststellte, ob das Essen ihrer einfachen Diät entsprach. »Ah, gekochter Fisch«, rief sie dann mit solcher Sehnsucht, daß meine Mutter nicht umhin konnte, sie einzuladen. Als sie nach Paris ging, schrieb ich meinem Vater einen Brief, in dem ich sie mit der naiven Aufrichtigkeit eines Kindes beschrieb, und da er allergrößten Wert auf körperliche Schönheit legte, müssen ihn meine Worte entmutigt haben. Ich forderte ihn nachdrücklich auf, sie zum Abendessen einzuladen und ihr anzubieten, was ihre Diät erlaubte.

Aber ich verstehe den Traum nicht, denn ich fühle mich nicht mehr entfremdet. Es ist ein Zustand, der der Vergangenheit angehört. Es würde zu lange dauern, ihn aufzulösen. Und ich sehe deutlich die Falle, die ein zu langer, zu klarer Traum darstellt. Ich weiß nicht, was ihn auslöste.

Liegt es daran, daß ich in das infernalische Innenleben von Tom Payne gezogen werde, ohne eine andere Rolle, als die der Analytikerin dabei zu spielen? Er ist in der Hölle und leidet.

Er hat gesagt, daß er gerne Künstler geworden wäre, zuerst Musiker, dann Architekt, danach Maler und schließlich Schriftsteller, aber der Psychiater konnte ihm nicht helfen, denn er verstand nichts von Kunst.

Wir sprechen über Kerouac. Er kennt ihn gut. Wir wissen, es ist bei ihm immer dasselbe Lied, er sucht eine Freiheit, die keine Freiheit ist. Er hat keine wirkliche Freiheit erlangt sondern die oberflächliche Bewegungsfreiheit; ein unstetes Leben: ausbrechen, entwurzelt sein und keine menschliche Verantwortung übernehmen. Trotzdem versteht er es, über Höhepunkte zu schreiben.

Tom ist zerrissen und gequält. Er lädt mich in seine New Yorker Wohnung ein, die in einem Hinterhaus liegt. In einer anderen Wohnung des Hauses war ein Feuer ausge-

brochen, und das verkohlte Mobiliar lag noch im Hof. Seine Wohnung ist wie ein verborgener Mutterleib. Sie könnte schön sein, aber er hat sie nicht möbiliert. Er hat noch nicht einmal die alten Zeitungen im Kamin verbrannt. Im Lichtkreis einer Lampe stehen ein Tisch und ein Stuhl, die man von der Tür aus sehen kann. Das ist alles. Die Wohnung wirkte wie das Bühnenbild zu Ionescos *Die Stühle.* Er hat kein Telefon. Eigentlich wollte er die Wohnung geheimhalten, aber er gab die Adresse einem Freund, der sie weitergibt, und jetzt fühlt Tom sich dort nicht mehr sicher. Die Wohnung gehörte einem Freund, der auszog, ohne die Miete zu bezahlen, und Tom kann deshalb weder zugeben, ihn zu kennen, noch seinen eigenen Namen an der Tür anbringen. Ein Nachbar nimmt die Post für ihn entgegen.
Als ich über seine Schwierigkeiten lachte, mußte er ebenfalls lachen und gestand, er liebe Schwierigkeiten. Sie sind eine Art Schöpfung, fehlgeleitete Phantasie. Er ist ein Meister des Labyrinths. Es gibt immer wieder eine neue Windung, die ich nicht vermutete.

Ich erhielt einen Scheck über dreihundertzehn Dollar von *Eve* für den Vorabdruck von *Solar Barque* und meinen ›Brief aus New York‹. Ich bin sehr stolz.

In Washington interviewte ich Caresse (Crosby) für *Eve.* Sie ist eine außergewöhnliche Frau. Sie entwarf ein symbolisches Gebäude, das ihre Idee der ›Weltbürger‹ symbolisieren soll. Es steht in Delphi. Dort hißte sie die Flagge der ›Weltbürger‹, aber die griechische Regierung reagierte empfindlich, da man an eine Invasion subversiver Elemente glaubte. Man schickte Soldaten, um Caresse zu verhaften und vor Gericht zu stellen. Die Soldaten waren junge Bauern, die sie als ihre ›Lady Bountiful‹ kannten, und die ihr dabei geholfen hatten, das Gebäude zu errichten. Sie waren ihr zugetan, und der Befehl, sie zu verhaften, setzte sie in Verlegenheit. Sie trugen ihre Gewehre, wie es die Dienstvorschrift forderte, aber in den Gewehrlauf steckten sie Blumen. Von dieser galanten Eskorte wurde Caresse zur Gerichtsverhandlung gebracht. Ein griechischer Bischof setzte sich für sie ein, Literaten kamen, um sie zu verteidigen. Der Prozeß fand statt. Der Ausgang ist ungewiß.

Mein Artikel für *Eve:*

Die Weltbürger

Die griechischen Schafhirten beobachteten eine Amerikanerin, die die Hänge des Parnaß erstieg. Sie kannten sie gut. Sie hat lebendige, fröhliche blaue Augen, ein ansteckendes Lachen, eine kleine lustige Nase, ein herzliches Wesen, mit dem sie jeden für sich einnimmt und die Gabe, Freundschaften zu schließen. Ihre kurzen leicht gewellten Haare sind weiß, aber ihre Ausstrahlung und ihre Aufgeschlossenheit wirken jugendlich. Sie erteilt keine Befehle, aber ihre Bitten werden sofort erfüllt.
Es handelt sich um Caresse Crosby. Sie steht an der Spitze der Weltbürgerbewegung und besitzt einen Berg in der Nähe von Delphi, den sie als symbolischen Ort gewählt hat, den die Weltbürger besitzen müssen, um offiziell anerkannt zu werden.
Delphi liegt an den Hängen des Parnaß und blickt auf Itea, einen der bedeutendsten Häfen der klassischen Welt, am Golf von Korinth.
Vor mehr als zweitausend Jahren fanden auf der Insel Salones die Festspiele von Delphi statt.
Von Sokrates stammt die Idee: »Wenn Dich jemand fragt aus welcher Stadt Du kommst, erwidere nicht, ich bin ein Athener oder Korinther, sondern antworte, ich bin ein Weltbürger.«
Zu dieser Zeit gab es in Griechenland eine demokratische

Ratsversammlung – Gesetzgeber, Philosophen, Lehrer und Dichter –, die Gesetze des Gemeinschaftslebens entwarfen, unter denen die Menschen in Eintracht und Freiheit leben konnten.

Hier entstand das erste Dokument der Menschenrechte.

»Frauen und Kindern soll in Kriegszeiten kein Leid zugefügt werden.

Keine Häuser sollen in Brand gesetzt werden.

Keine Brunnen sollen vergiftet werden.

Ein Pferd, das unter seinem Reiter in der Schlacht verwundet wird, muß getötet werden.«

Dieses Dokument ist eines der ersten Zeugnisse humanistischen Denkens.

Caresse Crosby kehrte nach Paris zurück und ließ von der Black Sun Press den ersten Paß für Weltbürger drukken, in dem es heißt:

»Dieser Paß an sich bedeutet wenig. Er gewinnt seine Bedeutung dadurch, daß Du ihn gewünscht und angenommen hast. Er steht für etwas, das man nicht auf Visitenkarten drucken oder verordnen kann: Deine eigene Bereitschaft, Deine Mitmenschen zu achten, Deinen Wunsch, in Frieden mit ihnen zu leben.

Du wirst feststellen, daß Du kein Gelöbnis oder Versprechen abgelegt hast. Der Paß identifiziert Dich als einen Menschen, der sich darum bemühen wird, seine Verantwortung als Mitglied der einen, alle umfassenden Weltgemeinschaft zu übernehmen. Die Weltbürgerschaft ist unvereinbar mit Vorurteilen, blinder Furcht und kollektivem Haß. Durch Krieg dient man ihr nicht (Krieg kann nichts anderes als ein störender, regionaler Friedensbruch unter Weltbürgern sein). Die Weltbürgerschaft kann in bestimmten Situationen entschlossenen Beistand, wirksame Hilfe oder Fürsorge verlangen, aber ihre Anwendung in Deinem Leben ist Dir selbst überlassen.

Dies spricht von Vertrauen, beinahe von Glauben. Die Nummer in Deinem Paß steht für die Zahl der Menschen,

die dieses Vertrauen bereits aufbringen. Sie zählen auf Dich, und ihr Glaube wird durch Dein Gewissen gerechtfertigt; deshalb kannst Du auch auf sie zählen. Ihre Zahl wächst. Unsere Aufgabe, an deren Erfüllung Du Dich nach eigenem Ermessen beteiligen kannst, ist es, die Zahl ständig zu vergrößern, bis soviele von uns zusammenstehen, daß das Weltbürgertum als eine lebendige Tatsache unter den Menschen besteht.
Wir alle heißen Dich willkommen und begrüßen den Schritt, zu dem Du Dich entschlossen hast. Als einer der unseren bist Du jetzt ein Mensch, der Du gestern noch nicht warst. Der Unterschied ist nicht gering, wenn Du ihn nicht dazu machst.«

Caresse Crosby und R. G. King

Caresse Crosby hatte sich der Idee des Weltbürgertums verschrieben. Ihr erschien es als der wirksamste und beste Weg zu einer echten Weltgemeinschaft. Ihre Bekanntschaft mit wertvollen Menschen hatte sie davon überzeugt, daß unter individuell herangereiften Menschen eine solche Gemeinschaft möglich sei und schließlich zur Vereinigung aller Nationen führen könne.
Die amerikanische Botschaft in Paris zeigte sich aufgeschlossen. Caresse Crosby druckte immer neue Pässe. Sie schrieb einen Artikel über ›Frauen gegen Krieg‹ in der *Herald Tribune:*
»*Frauen gegen Krieg* ist eine inoffizielle Allianz der Frauen aller Länder, die erreichen wollen, daß Krieg als Instrument nationaler Politik nicht mehr eingesetzt wird. Wir sind Millionen.
Nach der letzten weltweiten Bevölkerungszählung sind wir Frauen in allen Ländern in der Mehrzahl, und in vielen Ländern bestimmen wir den Ausgang der Wahlen. Frauen, Ehefrauen und Mütter sind angesichts der Machtpolitik und der potentiellen Kriege weit mehr von Entsetzen erfüllt als Männer.

Wie kommt es, daß wir in Angelegenheiten, die uns so tief bewegen, bereitwillig schweigen?«
Caresse Crosby machte den Vorschlag, unsere Kinder als Weltbürger zu erziehen.
Ein Buch wurde veröffentlicht: *Rufus King's Manifesto for Individual Accession into World Community.* Gary Davis, ein junger Mann, las dieses Buch. Einem jugendlichen idealistischen Impuls folgend und ohne Rücksicht auf die Konsequenzen gab er als symbolische Geste seinen amerikanischen Paß zurück, um sich der Bewegung der Weltbürger anzuschließen. Damit wollte er sein Heimatland nicht beleidigen, sondern er dachte an eine Adoption der gesamten Welt, an ein Überwinden der Grenzen, an die Vorstellung der Welt als einer einzigen großen Gemeinschaft und den Versuch, die Ursachen des Kriegs zu beseitigen.
Gary Davis hatte im Krieg gekämpft. Er hatte seine Schrecken und die wachsenden Feindschaften kennengelernt, die durch Grenzen entstanden, und er glaubte, die Aufhebung der Grenzen sei eine Lösung, um den Fortbestand menschlichen Lebens zu sichern.
Seine Tat hatte eine große Wirkung auf junge Menschen und führte der Bewegung viele neue Anhänger zu. In London, Washington und New York berichteten die Zeitungen über Gary Davis. Er war nun ein Anhänger von Caresse Crosby, und viele Menschen wollten der Bewegung beitreten.
Rufus King unterstützte Gary Davis mit juristischem Beistand, denn er war jetzt ein junger Mann ohne Land, und konnte überall und jederzeit ausgewiesen werden. Als Ausdruck seines Protests setzte sich Gary Davis auf die Stufen des Gebäudes der Vereinten Nationen in Paris. Man erlaubte ihm nicht, das Gebäude zu betreten. Als einzige Geste gestattete man ihm die Benutzung der Toilette, aber nicht der Cafeteria. Monsieur Lescaret, der Drucker der *Black Sun Press,* der heldenhafte Drucker

der Résistance, kam jeden Tag, um Gary Davis Käse und Wein zu bringen.

Die ganze Welt wartete darauf, daß die Vereinigten Staaten eine kühne Idee unterstützen würden, die der Zeit weit voraus und auf die die Welt nicht vorbereitet war. So vieles hätte erreicht werden können, wenn man in einem kühnen Schritt bereit gewesen wäre, ein Beispiel zu geben.

Stattdessen wurde Gary Davis verhaftet. Die Presse blieb ihrer negativen Haltung treu und karikierte und diskreditierte. Unglücklicherweise hatte er den Weltbürgern eine schädliche Publicity gebracht und behinderte ihren Erfolg. Wenn man von Weltbürgern spricht, gibt es noch heute Menschen, die sagen: »Ach, das war doch diese Bewegung, die der verrückte Davis ins Leben rief.« Aber Caresse Crosby versuchte trotz allem, der Wahrheit zum Sieg zu verhelfen. Sie reiste nach Rom und sprach mit dem Bürgermeister und dem Polizeipräsidenten. Sie bat darum, Davis die Schlüssel der Stadt zu überreichen, damit er auf der Piazza del Popolo zur Jugend sprechen könne. Man stimmte zu. Sie kehrte nach Paris zurück und plante, mit Davis nach Italien zu reisen. Er steuerte ihren Wagen. Aber unterwegs geriet er in Panik und blieb in einem Kloster in Südfrankreich zurück. Ein halbes Jahr danach war es zu spät. Nach zehn Tagen des Nachdenkens kehrte er nach Paris zurück und berief eine Pressekonferenz ein. Er war jung, unbeholfen, unerfahren und wußte nichts zu sagen. Von da an brachte ihn sein Wunsch nach Alleingängen um jede Wirkung.

Caresse Crosby kehrte im selben Jahr nach Griechenland zurück und sprach mit dem Premierminister Venizelos, mit Dichtern, Schriftstellern und Kirchenmännern über ihren Plan, Delphi zum Symbol der Weltbürger zu machen.

Nach den Überlieferungen der Hirten wurden die Ratsversammlungen dort abgehalten. Pausanias beschreibt den

Ort, der westlich von Delphi und über dem heiligen Hain des Apollo auf dem niedrigsten Ausläufer des Parnaß liegt. Auf einer Seite fällt er etwa hundert Meter zur Stadt Krissa ab, und von dort führt die Straße auf ebenem Grund etwa drei Kilometer durch den Hain nach Itea, das zu Perikles Zeiten in Blüte stand. Die Schatzhäuser von Korinth, Athen und Sparta wurden als Symbol der Einheit der verschiedenen griechischen Stämme und Städte erbaut. Als man sie vor mehr als zweitausend Jahren errichtete, mußte man die vorgefertigten Bauteile dorthin bringen, denn in Delphi selbst gab es keinen Marmor. Große Bildhauer wie Phidias und seine Schüler ließen die Marmorblöcke auf verschiedenen Inseln brechen. Sie wurden bearbeitet und markiert, ähnlich wie wir es heutzutage mit Baufertigteilen tun, dann auf Segelschiften oder Triremen von den Inseln nach Itea gebracht und von dort auf Maultierrücken oder von Maultieren gezogen nach Delphi. Damals existierten noch keine Straßen zu den delphischen Tempeln.

Caresse Crosby entschloß sich, diesen Platz für die Weltbürger zu erwerben.

Die Besitzer waren Ziegenhirten. Der älteste von ihnen verbrachte die meiste Zeit bei seinen Ziegen hoch in den Bergen. Es war schwierig, ihn zu finden, aber zwei jüngere Mitglieder der Familie erboten sich, ihn zu suchen, Yani und Paracles. Die übrige Familie lebte in Delphi.

Die beiden jungen Männer wanderten tagelang umher und kehrten schließlich mit dem Patriarchen zurück. Man berichtete ihm, daß Caresse Crosby den Berg kaufen wolle. Er erwiderte darauf: »Kein gutes Land, noch nicht einmal für Ziegen.«

Als Caresse Crosby beharrlich blieb, machte er eine typisch griechische Geste und verkündete, er wolle das Land verkaufen. Nach weiteren *pourparlers* kam man überein, daß Caresse für einen Hektar zweihundertfünfzig Dollar bezahlen würde. Um den Vertrag abzuschließen, mußte die gesamte Familie zusammengerufen werden. Das Land war seit dem Jahr neunhundert in Familienbesitz. Schließlich fand die Versammlung statt, und eines Abends unterzeichneten achtzehn Mitglieder der Hirtenfamilie bei Kerzenschein in Anwesenheit des Bürgermeisters, eines Rechtsanwalts, der Polizisten und bei viel Retsina das Dokument, das die Weltbürger zu Besitzern eines der schönsten und symbolträchtigsten Plätze der Welt machte. Zur Übergabe dieses Landes an die Weltbürger verschickte Caresse Crosby Einladungen an die Weltbürger in allen Ländern, an diplomatische Vertretungen, an die Regierung in Athen.

Der amerikanische Botschafter war skeptisch aber bereit, den Plan zu unterstützen. Der griechische Premierminister antwortete, er könne nicht anwesend sein, aber in seiner Vertretung würde Mr. Sifneos teilnehmen. Eine Einladung in Englisch und Griechisch wurde gedruckt:

Feierliche Übergabe in Delphi:

Staatsminister P. Sifneos – für die Freiheit vor Furcht.

Der Erzbischof von Amfissa – für die Freiheit des Glaubens.

Der Bürgermeister von Delphi – für die Befreiung von Not.

Caresse Crosby, Weltbürgerin, wird das Land übergeben.

Hugh Schonfield, Gründer des Commonwealth, wird die Dankrede halten.

Da die griechische Regierung den Einwand geltend machte, hinter Caresse Crosby stünde keine offizielle Organisation, eine solche Schenkung und Inauguration sei jedoch ohne offiziellen Status unmöglich, schloß sie sich dem Commonwealth an, das Hugh Schonfield in England gegründet hatte, und das eine Konstitution und legalen Status besaß. Die Schonfields hatten sich bereit erklärt, an der Inaugurationsfeier teilzunehmen, und dies schien die Veranstaltung zu legalisieren. Caresse begab sich zwei Tage vor dem angesetzten Termin nach Delphi.

Während ihres Aufenthalts dort berichtete die Presse (wie immer ihrer Lieblingsbeschäftigung treu, die Bemühungen der Menschen zu karikieren), daß die in England organisierten Weltbürger in Delphi ein Stück Land besetzen, eine Weltfahne hissen und Flugzeuge darüber kreisen lassen wollten.

Das symbolische Projekt war nicht länger ein Mythos, der Menschen inspirieren sollte; mit einem Mal wurde es ein realer Übergriff gegen die griechische Souveränität. Am Sonntag fragten Reuterkorrespondenten Caresse Crosby: »Werden Sie die Zeremonie stattfinden lassen?«

»Ja.«

»Wir schicken ein paar Leute, um darüber zu berichten.«

Aus Athen erreichte sie eine amtliche Mitteilung: »Sagen Sie die Zeremonie ab.« Sie wurde von der Polizei überbracht. Weiter hieß es dort: »Wir entsenden Militär.«

Sie versuchte, den Verteidigungsminister zu erreichen, – er befand sich auf Reisen. Der amerikanische Botschafter war auf der Jagd, und das griechische Königspaar segelte auf der königlichen Yacht.

Caresse Crosbys humanistischer Plan hatte einen kleinen Krieg entfesselt! Während sie darum kämpfte, ihr Projekt zu retten, erkannte sie mit ihrem Sinn für Ironie und Humor die Absurdität, den komischen Aspekt der Situation. Die einheimischen Soldaten, die sie alle gut kannten und liebten, hatten den Tag damit begonnen, Blumensträuße für sie zu pflücken. Sie warfen sie nicht weg, um ihre neuen Befehle auszuführen: In der linken Hand trugen sie die Blumen und in der rechten die Gewehre. Sie wirkten erstaunt und verwirrt. Sie wußten nicht, was sie tun sollten.

Reporter auf Motorrädern trafen ein. Caresse trug ihre nutzlose Fahne. Die Soldaten schossen über die Straße, die zum Berg führte. Der Reporter der *New York Times* sagte: »Das ist Ihr Territorium, Mrs. Crosby. Wir sind Amerikaner. Wir werden auf den Berg gehen.« Caresse

Crosby sagte: »Ich habe das Recht, die Schenkungsurkunde zu verlesen.«
Einer der Reporter begann zu filmen. Er wurde verhaftet und ins Gefängnis gebracht. Die Busse mit den angereisten Gästen hatte man in Delphi aufgehalten.
Man behandelte sie wie eine Invasionsarmee. Caresse Crosby hatte nicht vorausgesehen, daß die Griechen die Zeremonie als Invasion und Gründung einer neuen Nation ansehen könnten.
Man brachte sie in ihr Haus nach Delphi zurück und stellte sie unter Arrest. Sie betrat die Terrasse.
Ein zarter Mond hing über dem verzauberten Land. Sie sah die Schatten der Soldaten um das Haus. Wenige Schritte entfernt war ihre Galerie, in der sie Miró, Calder, Picasso, Tanguy und andere ausstellte. Ihre Freunde (und sie hatte viele Freunde) waren über ihre mißliche Lage besorgt. Sie führten Gespräche mit dem Verteidigungsminister, der den Standpunkt vertrat, eine große Organisation habe ihr Hauptquartier in Delphi aufgeschlagen (oder versucht, es zu tun) und Delphi sei ein griechisches Nationaldenkmal.
Caresse Crosby ließ sich nicht von ihrer Überzeugung abbringen. »Ich habe das Recht zu einer friedlichen Versammlung und das Recht auf Redefreiheit.«
»Sie haben das Recht, vor Gericht zu gehen«, erklärte man ihr.
Griechenland war die erste Nation, die die Charta der Vereinten Nationen in ihre Verfassung aufgenommen hatte.
Caresse Crosby klagte gegen die Regierung.
Der Staatsrat lehnte im Dezember 1953 die Klage der Weltbürgerin Crosby ab. 1955 erteilte Verteidigungsminister Rollis Caresse Crosby die Genehmigung, »Ausstellungen zu veranstalten, Besucher zu empfangen, auf ihrem Eigentum zu bauen, Versammlungen mit ihren Freunden abzuhalten und als Einzelperson ihre künstle-

rische, kulturelle und humanistische Ideologie in Delphi frei zu äußern.«
Professor Pikionis, der in höchstem Ansehen stehende Restaurator klassischer Gebäude Griechenlands, hat Pläne für ein Weltschatzhaus entworfen (im alten Sinne des Wortes war das griechische Schatzhaus ein Gebäude, in dem Tafeln aufbewahrt wurden, auf denen Grundgesetze der Regierung festgehalten waren, wie zum Beispiel die humanistische Philosophie Platos. Zu dieser Zeit war das Schatzhaus nicht für Gold bestimmt, es war eine *Bank des Geistes* für Kunstwerke, kostbare Statuen, Dokumente).
Caresse Crosby hatte Spenden für ein solches Schatzhaus erhalten. Die Fundamente sind gelegt. Es wird ein rundes Gebäude aus pantelischem Marmor sein, dem gleichen Marmor, der auch für das Parthenon verwendet wurde. Es wird in englischer und griechischer Sprache die Aufschrift ›Weltbürger‹ tragen. Im Fries sollen eingemeißelt die fünf Worte: Wahrheit, Schönheit, Liebe, Gerechtigkeit, Entscheidungsfreiheit stehen. Wir besitzen jetzt die Freiheit zur Entscheidung, sagte Caresse. Unter der Kuppel wird ein Schrein stehen, in dem Schriftrollen aufbewahrt werden, die die bedeutendsten Dokumente unserer Zeit enthalten, wie die Verfassung der USA und andere demokratische Proklamationen. Caresse Crosby beabsichtigt, jede Regierung aufzufordern, das wichtigste Dokument zur Einheit und Demokratie ihres Landes zu übersenden.
Dies dient dem Mythos, den der Mensch ebenso braucht, wie technische Zeichnungen für seine Konstruktionen.
Die sichtbaren Zeichen: 1957 erarbeitete Caresse Crosby einen Vorschlag für die Unabhängigkeit Zyperns. Auf dem Weg zu den Vereinten Nationen, wo sie diesen Plan vorlegen wollte, erkrankte sie. Aber nichts wird diese lächelnde, charmante Frau von ihrer Überzeugung abbringen, daß es eine Möglichkeit gibt, Grenzen und Sackgassen zu beseitigen, die unter den heutigen Regie-

rungen bestehen. Sie bleibt, sowohl im Handeln als auch in ihrer augenblicklichen Inaktivität, die Frau, die ihr Leben lang dafür kämpfte, unterschiedliche ethnische Gruppen durch ihre persönliche Gabe zu freundschaftlichen Beziehungen zu vereinen. Ein weiblicher Weg, mit Aggressionen fertigzuwerden. Mit dem ihr eigenen Humor fügt sie hinzu: »Die Frauen vermögen es. Man denke an Lysistrata. Die griechischen Frauen drohten, sich ihren Ehemännern zu verweigern, wenn sie in den Krieg ziehen würden. Heute, in einer weniger romantischen Zeit mag eine solche Drohung vielleicht nicht so wirkungsvoll sein, aber fünfundachtzig Prozent des nationalen Vermögens befindet sich in den Händen von Frauen, und in dieser pragmatischen Zivilisation könnte es den Frauen sehr wohl gelingen, einen Krieg durch die Drohung zu verhindern, ihre Gelder aus der Rüstungsindustrie abzuziehen.

Der nächste Krieg ist der Krieg der Frauen, herbeigeführt und finanziert von Frauen.«

Dies sagte die *Chargée d'affaires* des Gewissens der Welt.

Ich fragte Tom, weshalb *Justine* mit größerer Fairneß behandelt worden sei, als meine Bücher, da doch eine Verwandtschaft zu ihnen bestünde.

Tom antwortete: »Aus verschiedenen Gründen. Dein Werk ist reiner als Durrells. Er mischt Poesie und das Unbewußte mit langen Abschnitten beinahe konventioneller Romanliteratur, und die Leser können ihm folgen. Ein anderer Grund ist die Zeit. Deine Bücher kamen zu früh, zur falschen Zeit. Du standest in der ersten Reihe, und alle Aggressionen richteten sich auf Dich. Und drittens bist Du eine Frau, die Kritiker sind alle Männer.«

Er schaute sich ein Heft von *Eve* an. Er versteht viel vom Verlagswesen. Er beriet mich bei meiner Geschichte über ›Die Weltbürger‹.

Brief an Bill Goyen:

Wir sind alle traurig darüber, daß Sie uns verlassen und keinem von uns eine Zeile geschrieben haben, obwohl wir Sie so sehr mögen. Ich bin jetzt die Verlegerin schöner Paperback-Ausgaben ausgewählter Bücher. In einem Anfall von Frustration begann ich, *Unter einer Glasglocke* (Offsetdruck) wiederaufzulegen, ein hübsches Buch für einen Dollar. Es gab immer wieder Nachfragen. Ich verkaufte ohne jede fremde Hilfe fünfhundert Exemplare. Thomas Payne war beeindruckt und bot mir an, jedes Buch auszuliefern, das ich verlege. Ich kann tausend Exemplare drucken und dem Autor den ganzen Gewinn überweisen, nachdem die Druckkosten bezahlt sind. Es ist alles sehr einfach. Nehmen wir an, Ihr Buch kostet bei einer Neuauflage fünfzig Cents. Entweder erhalten sie die Druckkosten vom Vertrieb zurück, nachdem fünfhundert Exemplare verkauft sind, oder sie verkaufen fünfhundert Exemplare direkt, für einen Dollar wie in meinem Fall, dann verdient man zweihundert Dollar. Wenn die Auflage höher ist (in Ihrem Fall zweitausend) können Sie fünfhundert Dollar oder mehr verdienen. Aber ich weiß, nicht das Geld ist Ihnen wichtig, Sie möchten die Bücher für interessierte Leser greifbar haben. Es ist die einzige Lösung. Ich habe eine ausgewählte Adressenkartei. Frances Steloff sagte mir, *Haus aus Hauch* sei vergriffen, aber man frage immer wieder danach. Sie versprach, viele Exemplare abzunehmen, falls wir es neu auflegen. Ein Buch kann dem anderen helfen. Es ist ein Anfang. Und wenn wir uns gegenseitig unterstützen, können wir uns von den Verlegern befreien. Denken Sie darüber nach! Wir können unsere Buchumschläge selbst gestalten. Jeder von uns hat einen treuen Leserkreis. Ich werde tun, was Sie wünschen. Wenn Ihr Stück wieder aufgeführt wird, wäre es schön, *Haus aus Hauch* lieferbar zu haben, oder auch das unveröffentlichte Manuskript, von dem Sie sprachen. Edward Brothers in Ann Arbor ist eine sehr anständige Druckerei. Das kann uns alle von der Qual befreien, mit Verlegern zusammenarbeiten zu müssen, die die Literatur nicht lieben. Der Kommerzialismus macht mich ganz krank. Wir wollen in einen kompromißlosen, ästhetischen und unkorrumpierten Underground gehen.

Brief an Jane Morrison:

Ich konnte es Ihnen am Telefon nicht erklären: Natürlich glaube ich an Ihre Integrität, denn sie ist Ihr großer Vorzug. Aber ich weiß auch, Sie müssen für einen höchst schwierigen Menschen arbeiten. Ich glaube, die Eigentümerin sollte Ihnen völliges Vertrauen entgegenbringen, nachdem sie Sie einmal als Herausgeberin gewählt hat; sie sollte Ihnen die Möglichkeit geben, Ihre Talente und Fähigkeiten voll zu entfalten (ich meine, sie hat keinen Grund, ihre Entscheidung für Sie und Ihre Fähigkeiten zu bereuen). Aber ich bin auch der Ansicht, der Herausgeber sollte seinem Autor das gleiche Vertrauen entgegenbringen, nachdem er sich für ihn entschieden hat, weil er ihn für kompetent hält. Von einem bestimmten Augenblick an hatte ich das Gefühl, nicht für Sie sondern für die Eigentümerin zu schreiben. Ein Herausgeber, der einen Beitrag wählt und danach alles mögliche daran ändern möchte, hat diesen Beitrag nicht seiner Qualität wegen angenommen, oder ihn wegen Unbrauchbarkeit abgelehnt, er benutzt den Autor dazu, zu schreiben, was er geschrieben sehen möchte. Zum Beispiel, das Ende von John Hinshaws Geschichte zu ändern oder *Solar Barque* zu ändern, war nicht ihre Idee, sondern die der Eigentümerin. Liebe Jane, das ist der Grund, weshalb Zeitschriften so langweilig und steril sind und sich lesen, als seien sie Fließband- oder Fabrikarbeit. Wenn wir in den Schriftsteller unsere eigenen Bedürfnisse oder Ideen hineintragen, ihm vorschreiben, wie etwas geschrieben sein sollte, ist das ein egoistisches Vorgehen, und das Ergebnis wird immer nach ›Ersatz‹ klingen. Ich glaube, das Mißlingen vieler Filme und Zeitschriften ist auf den Mischmasch zu vieler Meinungen, zu vieler Standpunkte (im Bemühen, den Beifall der Masse zu finden) und auf den Mangel an Respekt vor individueller Arbeit zurückzuführen. Ich respektiere Sie als Herausgeberin, aber ich habe mich mein ganzes Leben lang geweigert, auf Anweisung zu schreiben. Ich bin ernsthaft davon überzeugt, dies hat die Entwicklung und das Wachstum Amerikas behindert. Ein grundsätzlicher, einmaliger individueller Gesichtspunkt ist notwendig, um ein echtes und vollkommenes Werk oder einen echten und vollkommenen Menschen hervorzubringen. Dieses Prinzip hat mir große Opfer abverlangt. Als ich meine ersten Kurzgeschichten schrieb, hätte jede von ihnen in einer Zeitschrift erscheinen können, wenn ich dieses oder jenes geändert hätte. Man sagte immer wieder, meinen Geschichten fehle der Schluß. Anstatt diese Änderungen vorzunehmen, kaufte ich eine Druckerpresse und druckte sie selbst. Heute werden sie an sechs Colleges gelesen. Ich bin der Ansicht, die Eigentümerin hat eine konventionelle und prosaische Auffassung von Literatur. Ich vertrete den Standpunkt, eine Geschichte sollte entweder angenommen oder abgelehnt, nicht aber geändert werden. Sie umzuschreiben heißt nichts anderes, als daß der Autor inkompetent ist. Erst kürzlich äußerte ein New Yorker Verleger, dem einer der geschliffenen Romane Giraudoux angeboten wurde, er wolle ihn annehmen, wenn sich Giraudoux zu einigen Änderungen bereiterklärte (Giraudoux ist bereits gestorben und ein Klassiker der französischen Literatur.). Ich glaube, es läßt sich darauf zurückführen, daß kein Schriftsteller schreibt, was der Lektor sich vorstellt, wie gut er auch sein mag. Ich weiß, daß *Time* seine Autoren einen Beitrag solange umarbeiten läßt, bis er klingt wie *Time*

(James Agee sagte mir, er müsse manche Beiträge mehr als siebzig Mal umschreiben). Aber weshalb sollte der scheußliche Ton von *Time* dem wunderschönen Stil von James Agee überlegen sein? Es ist kein Wunder, daß alles klingt, als sei es von einem einzigen Menschen verfaßt. Und irgendwie glaube ich, etwas ähnliches hat die Eigentümerin im Sinn. *Eve* soll sprechen und denken wie sie. Und wer ist sie?
Weder eine Schriftstellerin noch eine kreative Persönlichkeit im weitesten Sinne des Wortes. Sie ist einfach eine Frau mit Geld. Ich stehe zu Ihnen, und ich verstehe sowohl ihr menschliches Problem als auch Ihre Schwierigkeiten als Herausgeberin. Ich an Ihrer Stelle wüßte nicht, was ich tun sollte. Ich glaube an Sie und weiß, daß Sie für mich und mein Schreiben großes Verständnis aufgebracht haben, und daß Sie selbst in der Lage sind, etwas Gutes zu schreiben. Sicherlich werden Sie verstehen, daß jemand wie ich, der soviel für die Substanz und die Wahrheit jedes Wort geopfert hat, nicht aufgeben kann, was mich für andere zum Symbol der Integrität und Beständigkeit hat werden lassen. Ein Standpunkt durchdringt alles, und er ist gegenwärtig in allem, was man schreibt. Man muß ihm treubleiben. Er ist die kostbarste Quelle von Kraft und Wirkung. Alles andere, der Ersatz, zerfällt.

Die Geldgeberin verlor nach dem Erscheinen der ersten Nummer das Interesse an *Eve*. Ich erhielt einen bezaubernden Brief von Jane:

Zweifellos habe ich noch nie einen Menschen getroffen, der wie Sie bereit ist, soviel zu geben und zu lieben. Und ich weiß, daß durch Ihre Integrität und den Preis, den Sie bezahlt haben, sie zu erlangen und zu erhalten, meine eigene Integrität und meine leidenschaftliche Auflehnung gegen jene, die versuchen, mich zu verändern, gestärkt wird. Dies muß die Kettenreaktion sein, von der Caresse sprach. Und dabei denke ich an die Wirkung, die Menschen durch ihr Tun oder Nichttun auf andere ausüben können. Ihr wunderbarer Brief kam heute Abend, nachdem ich den ganzen Nachmittag ... zuhörte, die mir sagte, wie dringend ich lernen müsse, mich zu verstellen, zu betrügen, mich über fehlende Grundsätze und Werte bei anderen hinwegzusetzen etc. Nachdem ich Ihnen und Caresse geschrieben habe, werde ich meine Kündigung aufsetzen. Ihre Autobiographie hatte große Wirkung auf mich, und auch ihre Leistungen als *Weltbürgerin* haben mich sehr beeindruckt. Allein Sie kennengelernt zu haben, liebe Anaïs, war das ganze *Eve*-Projekt wert.

Am Abend zuvor schlief ich ein, während ich an eine ›Figur‹ aus dem Tagebuch dachte und dem Porträt Züge hinzufügte. Ich erkannte, daß ich zum ersten Mal Personen des Tagebuchs als ›Figuren‹ angesehen hatte, und dies zeigte mir, ich ziele auf ein Kunstwerk, auf die Transzendierung des Tagebuchs, denn ich begann auch, es bevölkert zu sehen, ja geradezu überfüllt, wie die sogenannten Gesellschaftsromane. Oh ja, die Nebenfiguren waren liebevoll dargestellt, allerdings nicht nach den üblichen Maßstäben, die Amerika so sehr liebt: Der Cellist mit dem roten Hemd und der Pfeife, der nicht spricht, der Wissenschaftler, der intelligent über Wissenschaft redet, aber nur *Reader's Digest* liest, die pferdenärrische Violinistin, die wie die pferdenärrischen Frauen englischer Romane aussieht, der glänzende Mathematiker, der alte Witze erzählt, die Ehefrauen, die stricken oder *Look* lesen. Ja, es ist wahr, ich habe sie nicht aufgenommen, denn sie haben sich nicht aufgenommen. Auch in ihren Augen haben sie die Anonymität gewählt, nach einem billigen Standardmuster gelebt, ohne es zu bemerken. Ich habe ihnen oft genug zugehört, um Anzeichen individuellen Lebens zu erkennen. Sie tragen die Maske der

Trivialität, in der es keine Sprünge gibt. Manchmal empfinde ich große Trauer und denke: Sie sind gefangen, sie sind in einem begrenzten Vokabular gefangen, in Witzen, die aus ihren Collegetagen stammen. Ich sehe mir die Bücher in ihren Bücherschränken an, und sie enthüllen Mittelmäßigkeit und geistige Unterernährung. Ich kann ein Haus nicht vom anderen unterscheiden. Wenn ich nach Merkmalen Ausschau halte, um mich erinnern zu können, gelingt es mir schließlich, sie zu unterscheiden. Aber wenn ich nicht aufpasse, zerfließen sie zu einer einheitlichen und diffusen Masse. Ich suche vergebens die Zeichen eigener Identität. Es ist eine freiwillige Depersonalisierung, und wenn ich sie nicht beschreibe und sie im Tagebuch kaum auftauchen, ist es ihr Wunsch und nicht der meine. Wir hinterlassen bei anderen einen deutlichen oder einen vagen Eindruck, je nach dem, wieviel wir nach eigener Entscheidung von uns offenbaren wollen. Nicht mir fehlt das Interesse, denn meine Neugier und Aufmerksamkeit sind grenzenlos. Aber ich liebe das Außergewöhnliche, es ist ein Hinweis auf Großzügigkeit, und Großzügigkeit läßt unsere Beredsamkeit, unsere Ausdrucksmöglichkeiten wachsen. Sie vergrößert den Reichtum, den wir mit anderen teilen, die Üppigkeit unseres Wachstums und unseres Überflusses. Ich liebe das reiche Blühen eines Menschen ebensosehr wie die Üppigkeit der Tropen. Alle, die versuchen, sich zu verbergen und anonym zu bleiben, können das Tagebuch nicht betreten. Menschen, die eine größere Anstrengung unternehmen, um zu *sein* und zu *werden,* müssen dafür belohnt werden.

Die ›Figur‹, an die ich mich zu erinnern suchte, erschien sie mir in einem Traum? Das beunruhigte mich. War sie der gesichtslose, der sprachlose, der ungeborene Mensch? War ich nicht aufmerksam genug? Hatte ich jemanden übersehen oder überhört?

Heute abend versuchte ich Reginald Pole zu erklären, was ihn vielleicht davor bewahren würde, die Liebe und

Zuneigung seiner Freunde zu zerstören. Ich versuchte, ihm zu sagen, daß der Schauspieler in ihm eine Rolle spielt – die Rolle des Sterbenden auf dem Totenbett –, und das sei ein Flehen nach Liebe. Aber gerade durch diese Rolle werde Liebe zerstört, denn die Menschen empfinden sie wie einen Sog aus der Welt des Todes, der auch sie in die Schattenwelt zieht. Aber er verstand mich nicht.
Ich kann die Figur, die ich suche, nicht finden.
Auch meine Träume nicht.

Brief von Eve Miller:

Entschuldigen Sie, daß ich wieder auf der Schreibmaschine schreibe. Ihre Briefe sind in so hohem Maße ›Sie‹, und ich weiß, die Handschrift spielt eine bedeutende Rolle für den Empfänger. Auch ich sollte lernen, meiner Handschrift Farbe zu geben. Komisch, ich wußte, daß Sie nicht in der Lage sein würden, meinen letzten Brief zu beantworten. Bereits als ich ihn schrieb spürte ich das, ahnte ich das Echo. Ich hatte das Gefühl, mir selbst zu schreiben. Ja, ich weiß, auf bestimmte Probleme gibt es nur wenige Antworten, besonders im Reich der Emotion – und ich suche sie auch nicht. Ich glaube, die Erleichterung oder Hilfe kann nur darin bestehen, sich lange genug mit dem anderen zu identifizieren, um eine Perspektive für die Zukunft zu gewinnen. In Ihrer Antwort erwähnen Sie, daß die Liebe zu den eigenen Kindern fast schon Eigenliebe ist. Das war eine Offenbarung für mich. Ich hatte das nie so gesehen, und es ist so wahr! Ja, ich habe oft die Empfindung, daß Henry nur seinen Kindern Gefühle entgegenbringt. Ich habe es ständig vor Augen. Ich bin nicht eifersüchtig, verblüfft wäre das richtigere Wort dafür. Er ist in der Lage, ihnen etwas von sich zu geben, nicht aber der Frau, die er liebt. Das ist für mich merkwürdig. Da ich ihn liebe, empfinde ich es als niederschmetternd, daß ich es nicht vermag, die Schleusen zu öffnen und seiner Fähigkeit zum Durchbruch zu verhelfen, sich voll und ganz zu schenken. Was wurde blockiert, wann und wo? (Obwohl ich das Gefühl habe, es zu wissen!) Ich stand am Sterbebett seiner Mutter. Sie starb mit sechsundachtzig Jahren. Sie flößte mir Entsetzen ein, sie war ein wirklicher Tyrann; so kalt wie Eis, und sie starb, ohne Henry ›anzuerkennen‹. Das verwundete ihn tief. Ich glaube, er klammerte sich an die Hoffnung, daß der Haß und die Ablehnung eines Tages verschwinden würden, sei es auch nur durch einen liebevollen Blick, und daß ein Mutterbild in ihm entstehen könne. Das geschah nicht. Aber Anaïs, ich kann Ihnen sagen, ich liebe Henry und weiß, daß Henry mich liebt. Eigentlich bin ich sicher, daß ich mit dieser Art Liebe leben kann. Es hat mich Mühe und Anstrengung gekostet, diese Kraft in mir zu erreichen. Ich wünsche mir so sehr, eines Tages mit Ihnen reden zu können. Arthur Knight besuchte Emil eines Tages und sprach von dem Zusammentreffen mit Ihnen. Er erzählte, wie ungewöhnlich schön und jung Sie seien, und daß Sie ihm nicht erlaubten, Sie zu photographieren. Ich persönlich kann ihn nicht ausstehen. Es ist eine dieser chemischen ›Haß‹-Reaktionen. Sein burschikoses Wesen geht mir gegen den Strich. Bei vielen Menschen, die Henry um sich duldet, kann ich nur mit den Zähnen knirschen.

Hans Wolfert schreibt in *An Act of Love:*

Eine neue Auffassung der menschlichen Wirklichkeit ist im Entstehen, eine neue Auffassung der Realität. Freud und Einstein haben dem Künstler keine neue Welt geöffnet. Aber dem Romanschriftsteller haben sie eine neue Dimension als Herausforderung überlassen. Diese neue Dimension erweitert das Bewußtsein der Romanleser. Wenn es den Romanschriftstellern nicht gelingt, sie zu bewältigen, wird der Roman zugrunde gehen.

Während ich mich damit beschäftige, die Tagebücher abzuschreiben, erfüllen mich Gedanken, Hochgefühle, Erinnerungen; in meinem Kopf lebt eine reiche Welt. Das Glücksgefühl, das sich während des Tages einstellt, verschwindet nicht angesichts der großen Themen unserer Geschichte, sondern angesichts der alltäglichen Familienstreitereien der Nationen, der korrupten Politiker, durch das Wettbewerbsdenken der Wissenschaften, das nur Arroganz, Rivalität und Eigenliebe beweist, aber keine Liebe zur Wissenschaft. Natürlich reagiere ich auf elementare, lebenswichtige Ereignisse, aber nicht auf diesen trüben Strom der Nachrichten, mit dem Zeitungen und Radios uns auf niedrigstem Niveau überschwemmen. Der Unterschied zwischen der Atmosphäre, in der ich, umgeben von meiner Arbeit lebe, und der Ebene, auf der wir aufgefordert werden zu leben, ist gewaltig. Meine Paradiese und Infernos sind anderer Art. Mir liegt nichts an der Gesellschaft der Männer, die unser Leben regieren, denn sie sind nicht besser als die, die sie ins Gefängnis bringen. Tausend und abertausend leuchtende Zellen, eine Wolke von Feuerfliegen, sterben langsam bei ihrer Berührung mit der Welt. Was wir im Menschen zerstören – Begeisterung, Höhenflüge und das Schillern der Seele –, ruft unberechenbare Phänomene hervor, und dann wundert sich die Gesellschaft, wenn sie gefühllose Monster produziert. Durch die Konzentration und den Nachdruck, den die Gesellschaft auf die niedrigste Ebene des Lebens legt, verursacht sie selbst das Übel. Die Menschen lernen zu töten und zu zerstören. In den Zeitungen steht nichts über das Schöpferische oder über Menschlichkeit; Eitelkeit, Wettbewerb, Flugzeugunglücke, Raubüberfälle, Verbrechen, Filmstarhochzeiten, Kämpfe in Jerusalem, das häßliche Antlitz der Menschheit beherrscht die Schlagzeilen, aber über positive Dinge wird nichts berichtet. Kaum hören wir, daß ein Impfstoff gegen Kinderlähmung entwickelt wurde, erfahren wir auch schon von den

Intrigen der Hersteller oder von den Todesfällen, die auf Nachlässigkeit oder Geldgier zurückzuführen sind. Wir hören nur von der Degradierung französischer Politiker, aber nichts von den dreitausend modernen Kirchen, die französische Künstler gebaut haben. Wir lesen Schlagzeilen über den Tod von Mike Todd, aber nicht die kleinste Notiz über den Tod von Dr. Otto Rank und nur wenig über den Tod von Einstein.
Uns werden nur selektierte Nachrichten vorgesetzt. Ich nehme beinahe nichts davon zur Kenntnis, denn dahinter steckt die Absicht, uns zu schaden. ›*La vie descendente*‹. Nur die Gifte.
Warum lebt diese Generation so selbstzerstörerisch und behauptet, sie tue das nur, weil sie jeden Tag in die Luft gesprengt werden könne? Was für eine billige Entschuldigung. Die Menschen haben trotz des Wissens um den unausweichlichen Tod großartig gelebt, kreativ gewirkt, geforscht und geliebt. Und selbst heute sind andere kreativ, entdecken, forschen und erschaffen Leben, während die Beatgeneration sich in Destruktivität erschöpft.
Eines der faszinierenden neuen Gebiete ist die Erforschung des menschlichen Unterbewußtseins mit Hilfe von Drogen. Bei bestimmten verschlossenen, hermetisch versiegelten Menschen gibt es keinen anderen Weg. Dr. Janiger nennt es die Erforschung des Inneren Raums.

Ein Abend mit Aldous und Laura Huxley, Dr. Janiger mit seiner schönen Frau und Lesley Blanch. Huxley besitzt ein überwältigendes, unerschöpfliches Wissen. Er ist kein Dichter, aber er hat einen neugierigen, wissenschaftlich orientierten, forschenden Geist. Dr. Janiger las uns Alan Watts' Beschreibung seiner LSD Erfahrung vor. Watts lehrt östliche Religionen. Er beschreibt seine Erfahrung unter dem Aspekt aller philosophischer Implikationen und endet, indem er LSD mit zwei mystischen Erlebnissen vergleicht, die er hatte. Für ihn sind die

mystischen Erfahrungen wegen ihrer Ordnung wertvoller, die das LSD nicht kennt. Er vergleicht LSD mit einem komplizierten Traum, dem der Zusammenhang fehlt, und der später interpretiert und geordnet werden muß, um verstanden zu werden. Die mystischen Erlebnisse beschreibt er nicht, weil er sie offensichtlich für unbeschreibbar hält. ch fragte mich, weshalb sie nicht beschrieben werden konnten, wenn sie doch geordneter und harmonischer waren, als die LSD Visionen.
Dr. Janiger möchte alle diese Berichte veröffentlichen, aber nach seinen Worten fehlen ihm noch ein Priester, ein Kind und ein durchschnittlich gebildeter Mensch. Einer seiner interessantesten Fälle war eine Frau, die sich künstlerisch veranlagt fühlte, aber nicht wußte, in welchem Medium sie sich ausdrücken sollte. Unter der Wirkung von LSD bat sie um Ton und wurde von diesem Augenblick an Bildhauerin. Eine andere Erfahrung war beinahe erschreckend: Eine Frau, die das Erlebnis einer Geburt immer wieder machte, sie von neuem mit allen Schmerzen erlebte und nicht in einen anderen Zustand gelangen konnte.

Ich habe mich Jim gegenüber sehr schlecht benommen, wie eine Mutter, die hoffte, daß das Kind ihr sehr ähneln würde. Sein Schreiben entwickelte sich so verschieden von allem, was ich erwartete. Ich freue mich über seinen Erfolg, denn er wird sein Leben erleichtern. Ich bin traurig, daß sein Werk in mir kein Echo erweckt. Er hat das Nest für immer verlassen; keine Familienähnlichkeit. Im Grunde ähnelt er einem Adoptivsohn, und schließlich war er das auch! *Blue Denim* ist erfolgreich und hat gute Kritiken.

Nach dem Scheitern von *Eve* war ich noch immer entschlossen, meinen romantischen Traum zu erfüllen, freie Redakteurin zu werden. Ich traf Vereinbarungen mit verschiedenen Zeitschriften, um Artikel über die Weltausstellung in Brüssel 1958, vielleicht auch über Paris, Venedig, Florenz, etc. zu schreiben. (Ein Teil dieser Artikel erschien später anonym und bis zur Unkenntlichkeit verändert.) Dann traf ich Vorbereitungen für meine Reise nach Europa.

Nach Brüssel hatte mich das American Cultural Center eingeladen. Mein Cousin Gilbert Chase, ein Musikwissenschaftler, war zu dieser Zeit Kulturattaché, und man bat mich, im Rahmen der Weltausstellung einen Vortrag zu halten. Ich hatte auch eine Einladung von Baronin Hansi de Lambert für die Eröffnungswoche erhalten. Ich glaubte, das würde mir Material für mehrere Artikel geben. Wenn mein Leben nicht reich und farbig genug war, lag mein Heilmittel stets darin, mich in eine wahre Leseorgie zu stürzen. Ich suchte ein Ziel.

Ich las alle Romane von Pierre Jean Jouve noch einmal. Er hat eine Trilogie über eine Schauspielerin mit dem Namen Catherine Crachat geschrieben. Weshalb er ihr einen so abstoßenden Namen gab (›*crachat*‹ heißt auf französisch ›Spucke‹), habe ich nie verstanden. Jedenfalls litt Catherine unter einer unglücklichen, gescheiterten Liebe und nahm die Einladung einer ihrer großen Verehrerinnen, einer österreichischen Baronin, an. Ich erinnere mich gut an Catherines Ankunft im Schloß, den herrlichen Blumenstrauß, die großartige Begrüßung durch die Baronin. Im Mittelpunkt dieser glänzenden Umgebung stand eine leidende Frau, die die Freundschaft einer anderen Frau suchte. Ich verglich die österreichische Baronin mit Baronne Hansi de Lambert, die ebenfalls Österreicherin und mit einem Rothschild verheiratet ist.

Wer hatte behauptet, Literatur habe nichts mit dem Leben zu tun? Ich war auf mein neues Abenteuer vorbereitet. Auf dem Flughafen in Brüssel erwartete mich der Chauffeur von Baronin Lambert, der mich mit den Worten be-

grüßte: »Madame La Baronne warten im Wagen« und sich dann um mein Gepäck kümmerte.
Die Baronin in Jean Jouves Roman war sinnlich und besitzergreifend. Baronin Lambert war kultiviert, hatte freundliche dunkle Augen und begrüßte mich mit einem herzlichen Lächeln. Sie war mit unauffälliger Eleganz gekleidet, und das Gespräch drehte sich sofort um die wichtigen und unwichtigen Veranstaltungen der Ausstellung, wobei sie ein Gespür für das Wesentliche bewies.
Wie in jeder europäischen Stadt berührten mich die menschlichen Proportionen, die kleinen Plätze, die zierlichen Menschen, die kleinen Straßen – kleine Autos, kleine Busse, kleine Karren. Nach den gigantischen Dimensionen Amerikas erschien alles beinahe kindlich, winzig und zart. Jede Geste wurde von guten Umgangsformen diktiert, Umgangsformen, die nicht aus Konvention, sondern aus Menschlichkeit geboren waren, aus Achtung vor der Würde des anderen, einem Bemühen, Haltung zu bewahren. Menschliches Maß, menschliches Verhalten, menschlich und persönlich. Es zeigte sich selbst in der natürlichen Einfachheit der Baronin im Umgang mit dem Personal. Keine Arroganz, nur klare Anweisungen und Freundlichkeit. Das Verhalten des Chauffeurs sprach von Respekt, Würde und Stolz auf seine Arbeit. Madame la Baronne gab nicht einfach Befehle, es waren auch vernünftige Befehle. War es ihm möglich um diese Zeit an dem und dem Platz zu halten? Er erfüllte seine Pflichten mit einer intelligenten Fürsorge, die seine Stellung über das Unpersönliche eines Arbeitsverhältnisses erhob. Seine Identität war klar umrissen und in Bezug auf das Wohl des Haushalts festgelegt. Es blieb ihm überlassen, das Problem der Ankunft sovieler Gäste zu den verschiedensten Zeiten zu lösen. Seine Verantwortung erfüllte ihn mit Stolz.
Unzählige Blumen, die die Gäste überreicht hatten,

schmückten die Empfangshalle. Nicolas, der Butler, empfing uns. Er ließ mein Gepäck auf beinahe magische Weise verschwinden und führte mich auf mein Zimmer.

Das Gästezimmer war mit gelbem Samt bespannt, was allen Geräuschen etwas Gedämpftes verlieh. Während die Zimmermädchen meinen Koffer auspackten, fiel mein Blick auf das Telefon neben meinem Bett, das fünfzehn Knöpfe hatte: einen für Zimmerreinigung, einen für Wäsche, einen für Schuhe, einen für die Näherin, die Küche, die Zofe, den Butler, den Chauffeur, den Botenjungen, etc.

Das Bett war daunenweich und warm. Die Koffer wurden ausgeräumt und die Kleider hingen bereits in den Schränken. Ein duftendes Bad wartete auf mich. Die Badetücher hingen über geheizten Handtuchhaltern. Der Rand der Badewanne war aus Holz. Es gab keine harten Kanten, keine neue Farbe, keinen glänzenden Lack. Alles war weich und dezent. An der Wand hing als einziges Bild ein Paul Klee. Zu meinem Entzücken fand ich auf meinem Schreibtisch alles bereitliegen, um Briefe zu schreiben. Das Schreibpapier trug eine kleine Krone, in einer kleinen Silberdose fand ich Briefmarken, die weiße Schreibunterlage trug Kronen in den Ecken. Die Bettwäsche und die Kissenbezüge waren mit Kronen bestickt. Ich schritt über die geschwungene Freitreppe hinunter in den Salon. Dort brannte ein Feuer im Kamin; die Baronin hatte ihre Gäste zum Mittagessen versammelt. In den Bücherschränken bemerkte ich erlesene Bücher. An den Wänden, die mit rotem Brokat bespannt waren, hingen die schönsten Bilder von Paul Klee und einige Moderne, die ich nicht kannte.

An amerikanischen Maßstäben gemessen war das Haus schlicht. Es lag an einem ruhigen Platz und war mit unaufdringlichem Luxus eingerichtet, den man erst allmählich entdeckte, ganz im Unterschied zum schreienden amerikanischen Luxus, der darauf zielt, sofort mit Lack,

Glanz und dem Allerneuesten zu blenden. Die Oberflächen waren matt. Den einzigen Glanz verbreitete das Silber, – Silberleuchter, silberne Zigarettendosen, silberne Feuerzeuge. Eine eigenartige Umgebung, wie ich sie seit 1939 nicht mehr gesehen hatte. Ein Luxus, der matt, unauffällig, angenehm, weder kalt noch formal oder steif wirkte.
Alles sprach von Qualität. Das exquisite Essen, das brillante Gespräch, die hervorragenden Bilder und Bücher. Plötzlich betrat ich eine Welt, in der alle Themen, Interessen und Gespräche vertraut wirkten: Literatur, Malerei, Musik, Theater. Selbst Musil, den man in den USA so ernsthaft liest, wurde leichthin mit: ›Ja, ein *Roman fleuve*, aber ein endloser Strom der Langeweile‹ abgetan. Ein Kunsthändler sprach begeistert über ein bestimmtes Bild von Buffet, und als die Baronin ihn bat: »Sie müssen es mir zeigen, wenn ich wieder in Ihrer Galerie bin,« antwortete er: »Es ist nicht in meinem Besitz, es gehört einer anderen Galerie, aber ich liebe dieses Bild, und Sie müssen es sich ansehen.« Zu meiner Rechten saß ein junger Professor, der gerade ein Buch über Pierre Jean Jouve beendet hatte! Mir gegenüber saß ein Ehepaar aus Zürich, das über Pschyoanalyse und LSD sprach.
Es begann eine Woche, an deren Realität ich selbst dann noch nicht glauben werde, wenn ich alles aufgeschrieben habe. Ich traf mit dem Talent, der Schönheit und dem Geist Europas zusammen. Namen, die in Geschichte, Politik und den Künsten von Glanz umgeben sind. Wir besuchten die Weltausstellung in verschiedenen Gruppen. Es war überwältigend. Um es in einem Wort zu sagen: Europa war *lebendig;* es lebte mit jeder Zelle, jedem Nerv, jedem Teil seines Wesens; es lebte kreativ, erfinderisch, dynamisch. Zunächst glaubte ich, es läge daran, daß Hansi das Beste ausgesucht habe, aber dann bemerkte ich, daß kein Plan dahinter steckte: Kunsthändler, Journalisten, Politiker, alle Filmregisseure, deren Filme Preise erhiel-

ten, Abel Gance, der die Cinerama-Technik erfunden hatte, Edgar Varèse, der deutsche Kulturattaché, der schwedische Kulturattaché, Claudels Sohn, Chagalls Sohn. Hansi ist eine wunderbare Frau. Sie interessiert sich für alles; sie ist offen und aufnahmebereit, voller Einsichtsvermögen und Menschlichkeit.

Jeden Abend waren zehn bis zwölf Gäste zum Essen eingeladen. Le Corbusier, Varèse. Konversation in vielen Sprachen.

»Oui, c'est ravissant. Isn't love wonderful? Cara mia.«

Ich genoß den Menschenstrom ebensosehr wie die Ausstellung. Die Herzöge, die Barone, die Grafen, die alle aus Prousts Romane zu stammen schienen. C. L. Sulzberger mit den neuesten Nachrichten, die Züricher Journalisten. Die schönen Namen der Gäste (es wäre ein Paradies für meinen Vater gewesen!)

Comte Jacques de Grugge

Comte de Lesloy

Duc d'Ursell

Madame Duroy de Blintney

Comtesse de Greffult, eine Nachfahrin jener Gräfin, die Proust zur Herzogin de Guermantes inspirierte.

Neben meinem Bett liegt keine Bibel, sondern ein Gedichtband.

Eines Abends schritten wir nach dem Diner über die Treppe hinauf in den Großen Salon. Auf jedem Treppenabsatz stand ein Lakai in roter Livree, der ein Silbertablett mit einer Kerze, einer Zigarrenkiste und einem Zigarrenschneider hielt. Es war wie das Leben an einem Hof des 18. Jahrhunderts.

Eine Freundin von Hansi bemerkte: »Hansi ist keine glückliche Frau. Sie lebt von dieser Abwechslung und diesem Menschenstrom, der sie ablenkt.« Das erinnerte mich an die Baronin bei Pierre Jean Jouve, und ich hatte das Gefühl, ihr helfen zu können, wenn ich blieb. Aber zu einem intimen Gespräch fand sich keine Gelegenheit.

Frühstück im Bett. Der einzige Luxus, um den ich die Reichen beneide. Ein Feuer im Kamin. Durch das Fenster konnte ich Brüssel sehen, wo ich als Achtjährige gelebt hatte. Damals wollte mein Vater in der Nähe des Violinisten Isaye sein, um zusammen mit ihm für ihre Konzertreisen zu proben. In dem Trio spielte Casals als Cellist. Wir zogen in einen Vorort mit dem Namen Uccles, und mein Vater schickte uns in die deutsche Schule, weil in Deutschland gute Musik gemacht wurde und wir eines Tages dorthin gehen würden. Ich lernte Deutsch lesen und schreiben. In Uccles wäre ich beinahe an Bauchfellentzündung gestorben. Der ansässige Arzt stellte eine falsche Diagnose. Als er am Abend das Haus verließ, traf er einen Nachbarn, dessen Tochter in meinem Alter war. Er sagte zu ihm: »Die Tochter der Nins wird die Nacht nicht überleben.« Ich erinnere mich noch immer an den Namen des Nachbarn, denn man erzählte mir, daß ich ihm mein Leben verdanke. Mr. Hostele informierte meinen Vater. Mein Vater ließ einen berühmten Chirurgen aus Brüssel kommen. Ich wurde sofort in die Klinik gebracht und gerade noch rechtzeitig operiert. Es dauerte drei Monate, bis ich wieder gesund war. Eine Folge dieser Operation waren die Verwachsungen, die mein Kind erstickten und die Fehlgeburt verursachten. Aber die Vergangenheit quälte mich nicht. Um zehn Uhr versammelten wir uns alle im Parterre und begaben uns in mehreren Gruppen zur Ausstellung. Die Baronin wünschte stets meine Begleitung. Ihr Chauffeur hatte die Idee, täglich einen Strauß frischer roter Rosen an die Antenne des Wagens zu binden, damit sie ihn unter den Tausenden anderer Autos erkennen konnte, die vor dem Ausstellungsgelände geparkt waren.

Den amerikanischen Pavillon hatte Edward Stone entworfen, eine Kombination aus Vogelkäfig und Geburtstagstorte. In einer Glasvitrine lag wie ein Juwel eine riesige Idahokartoffel. Nummernschilder von Autos bedeckten eine Wand. Eine geschmacklose Modenschau wurde vorgeführt. Aber glücklicherweise gab es drei Dinge, die die Europäer anzogen: Frühe amerikanische Malerei, das Modell der schönen Glaskapelle für die Swedenborgkirche in Los Angeles (irrtümlicherweise wurde sie als Entwurf von Frank Lloyd Wright ausgegeben, aber ich veranlaßte, daß der Name auf Lloyd Wright abgeändert wurde) und die Filmshows. Die Hälfte der Filme kam aus Amerika und in ihnen präsentierten sich amerikanischer Humor und Rhythmus. Abel Gance, inzwischen neunzig Jahre alt, erhielt einen Preis für seine Erfindung der Cineramatechnik, die er 1926 aus finanziellen Gründen nicht weiterentwickeln und auswerten konnte. Er zeigte einen Film in Polivision, um die Komik der Gegenschaltung zu demonstrieren, die lustigen Parallelen und gegensätzlichen Bilder. Er setzte das Cineramaverfahren zum ersten Mal für eine Verfilmung der Schlacht von Waterloo ein, und ich erinnere mich noch immer an den Effekt der beiden getrennten Leinwände, die plötzlich sichtbar wurden, als die beiden Armeen aufeinanderzumarschierten. Die Preisverleihung wirkte wie eine verspätete Ehrung, an die die kommerziellen Nutznießer der Cineramatechnik nie gedacht hatten. Ein anderes sehr beliebtes Ausstellungsstück im amerikanischen Pavillon war der IBM Computer. Man schrieb eine Frage auf ein Stück Papier und erhielt beinahe sofort eine Antwort. Ich wollte die Ereignisse meines Geburtsjahres wissen und erhielt als Antwort: »Das erste Flugzeug erhob sich in die Luft. Picasso malte sein erstes Bild der Blauen Periode.«

Der Schweizer Pavillon war langweilig, ernst und zeigte natürlich die vergrößerte Reproduktion eines Uhrwerks. Auf einem großen Transparent stand zu lesen: »Die Kunst der Schweiz mißt die Zeit.«

Der russische Pavillon wirkte förmlich. Die Porträts der politischen Führer überstiegen menschliche Proportionen.

Der Hauptakzent lag auf Propaganda und Selbstverherrlichung.
Der deutsche Pavillon bot eine faszinierende Demonstration der Wissenschaft, die ihre eigene Ästhetik hervorbringt. Es gab beispielsweise das Modell einer Fabrik aus Glas, – ein Blick auf künftige Transparenz. Modelle von Maschinen aus schwarzem und weißem Plastik mit roten und orangenen Markierungen. Statistische Tabellen so schön wie ein Mondrian oder Kandinsky.
Das Philips-Gebäude hatte Le Corbusier entworfen. Es erinnerte an ein geblähtes Segel, an einen weißen Wal, der sich aus dem Meer erhebt, oder an eine schäumende weiße Woge, die sich überschlägt. Le Corbusier hat den Inbegriff der Bewegung in einer silberglänzenden Fläche eingefangen, die von einem silbernen Netz umhüllt war, die richtige Umgebung für Varèses *Electronic Poem.* Der Ton kam aus allen Richtungen, überschwemmte und ertränkte die Zuhörer.
Electronic Poem könnte als Motto über dieser Weltausstellung stehen.
Der englische Pavillon wirkte leicht komisch (obwohl ich nicht sicher bin, daß dies beabsichtigt war). Beim Eintritt glaubt man sich in eine kleine dunkle Kapelle versetzt. Die Stimmen sinken unwillkürlich zu einem Flüstern herab. Eine Hymne erklingt. Auf dem Altar steht von Kerzen und Blumen umgeben, ein Bild von Königin Elizabeth II. Schwerter, Orden, Diademe und Kronen sind wie die Reliquien von Heiligen zur Schau gestellt. Ein Altar, dem Königtum geweiht. Im Gegensatz zu dieser übertriebenen Feierlichkeit war das Museum daneben ein Genuß. Der erste Regenmantel, der erste Briefkasten, der erste elektronische Nebeldetektor, – alles englische Erfindungen – und fünfundzwanzig Nobelpreisträger.
Mir gefiel der österreichische Pavillon. Dort sah man moderne Klaviere und Partituren der berühmten Komponisten. Mit Erstaunen bemerkte ich beim Eintreten Men-

schen in altmodischen Großvatersesseln, die unter dem Einfluß von Drogen zu stehen schienen. Als ich mich in einem dieser Sessel niederließ, entdeckte ich, daß aus den gepolsterten Kopfstützen Musik klang, und ich saß dort wie alle anderen mit geschlossenen Augen und in einem Zustand der Glückseligkeit.

Der japanische Pavillon stimmte mich traurig. Ein schönes Haus mit dem üblichen seidigen Naturholz, von erlesenem Geschmack, einige wenige Kunstobjekte und Wandschirme, aber im Garten ein riesiger Traktor, um den Fortschritt zu demonstrieren.

Die ganze Welt blickte auf Amerika und Rußland und verglich die beiden Mächte miteinander, die das Schicksal anderer Länder beeinflussen. Die amerikanische Selbstdarstellung hatte durch ihre Heiterkeit großen Erfolg. Der russische Pavillon wirkte zu feierlich und pompös. Aber die Menschen hätten auch gerne gesehen, wie der amerikanische Durchschnittsbürger lebt, was der israelische Pavillon sehr geschmackvoll mit einer Photoreportage zeigte. Wandgemälde von Jean David und M. Bezem führten durch die jüdische Geschichte. Die Bilder bedecken die Wand eines langgestreckten Raums und zeigen die ganze Tragödie der ersten Hälfte der israelischen Geschichte. Der Durchgang führt zu einer übersichtlichen, hell erleuchteten photographischen Darstellung des Lebens im heutigen Israel. Durch großformatige Photographien wird man mit der Geschichte des Volkes vertraut gemacht.

Die meisten Ausstellungsgegenstände waren aus Glas, Aluminium und Plastik. Deshalb bereitete es ein sinnliches Vergnügen, das finnische Gebäude zu durchwandern. Es ist aus schönem Holz errichtet und wirkt wie die moderne Version der Holzburg eines Kindes. Im Innern breitet sich eine Unzahl von Holzgegenständen aus: Holzskulpturen, Holzteller, Möbel und Skier; von den Decken hingen Angeln.

Das Herz der Ausstellung ist das Atomium, das von der belgischen Metallindustrie errichtet wurde. Die riesige Konstruktion demonstriert die neuen Möglichkeiten von Metall und verleiht der Hoffnung Ausdruck, daß die Nuklearindustrie zum Nutzen der Menschheit eingesetzt wird und nicht zu ihrer Vernichtung. Das Atomium ist das hundertfünfzigmillionenfach vergrößerte Modell eines Atoms. Es besteht aus neun Kugeln, die durch Röhren verbunden sind. Die Oberfläche ist mit einer Aluminiumlegierung überzogen. Nachts leuchten die Kugeln wie flimmernde Sterne. Die Reise mit dem Aufzug durch sein Inneres ist wie eine Reise in Science Fiction-Welten. Man sieht in anschaulichen Darstellungen alle Schritte und Entwicklungsstufen der Nuklearenergie. Für den Uneingeweihten ist es das Erlebnis einer neuen Welt. Über Kopfhörer kann man sogar den Tönen lauschen, die die Atome erzeugen. Der Akzent liegt auf dem friedlichen Einsatz der Atomenergie. Es gibt Modelle von Atomreaktoren, und es werden Filme vorgeführt, die die Anwendung der Radioaktivität in Medizin, Biologie und Landwirtschaft demonstrieren. Zu diesem Projekt haben die USA, Deutschland, Italien und Belgien beigetragen.
Das schönste Gebäude entstand nach einem Entwurf des Architekten M. J. Van Doosselaere und ist ein Symbol belgischen Bürgergeistes. Es hat die Form eines abstrahierten Vogels mit weitgeöffneten Betonflügeln. Eine Form, die durch Plastiken von Brancusi bereits wohlvertraut ist. Es symbolisiert Hoffnung, den Flug der Menschen in den Raum zu neuen Zielen und Dimensionen in Europa. Unter den riesigen Flügeln steht eine Reliefkarte der gesamten belgischen Industrie.
Der Vatikan zeigte eine moderne Kirche nach einem Entwurf von M. P. Rome, mit Glasfenstern nach Vorlagen moderner Künstler, die so abstrakt sind wie die Gemälde auf der Ausstellung. Selbst die Kirche hat die abstrakte Kunst als neuen Ausdruck alten Glaubens akzeptiert.

Beim Abendessen lerne ich zwei Professoren für Russisch kennen, die gerade von einer Rußlandreise zurückgekehrt sind. Dank ihres Berufs und ihrer Kenntnis der russischen Sprache gestattete man ihnen, ohne Begleitung zu reisen. Sie berichteten, was sie alles gesehen hatten. Die Menschen leben noch immer in überfüllten Häusern und in beengten Verhältnissen; mehrere Familien teilen sich eine Wohnung. Sie kennen keinen Luxus; fast alle tragen nur einfachste Kleidung. Es sind ernste, der Partei ergebene Menschen, die glauben, daß Amerika gegen sie Krieg führen will, daß sie jetzt in einem sozialistischen Staat leben, aber bald das kommunistische Idealziel erreichen und für ihre ausdauernde Arbeit belohnt werden. Sie haben das Gefühl, für sich selbst zu arbeiten, für ihre eigene Entwicklung. Sie wissen nichts über andere Länder, man erlaubt keine ausländischen Bücher oder Zeitschriften. Bibliotheken und Universitäten werden streng überwacht und sind ideologisch ausgerichtet. Die einzig bewundernswerte Neuerung, die die Professoren bemerkt hatten, war die Umwandlung der alten Paläste in ›Paläste der Pioniere‹, Fortbildungszentren für jung und alt. Jeder kann nach der Schule oder nach der Arbeit dorthingehen und ein Fach studieren, für das er sich interessiert: Malerei, Tanz, Film, Handwerk. Sie können sich sportlich aktivieren, Theaterstücke aufführen, und alles ist kostenlos. Die beiden Professoren wurden von Russen auf der Straße angehalten, die sie baten: »Bitte sagen Sie bei sich zuhause allen, daß wir keinen Krieg wollen.«
Wir sollten uns alle zum Abschiedsdiner treffen, etwa fünfundzwanzig Gäste. Wir kleideten uns entsprechend, – und wie schön alle im Kerzenlicht aussahen, vor dem dunkelroten Samt der Wände und gespiegelt in den goldgerahmten Spiegeln. Geräuschlose Diener, edle Weine und der zarte Duft der Blumen. Plötzlich bemerkten wir, daß die Baronin nicht anwesend war. Eine Freundin erklärte: »Ihre Mutter ist heute Nacht erkrankt. Hansi wollte un-

seren letzten Abend nicht verderben und reiste deshalb am frühen Morgen ab, ohne sich von jemandem zu verabschieden.« Ein letzter Akt vollendeter Rücksichtnahme, der so bezeichnend für sie war. Aber ich dachte daran, daß die Regeln der Höflichkeit und des Gesellschaftslebens einen Menschen mit seinen Sorgen und Kümmernissen alleinließen und ihn kein Mitgefühl erreichte.

Von Brüssel reiste ich nach Paris. Ich hatte mich nach seiner Schönheit gesehnt, aber ich hatte den Reiz seiner gedämpften Töne vergessen (gedämpft wie der Luxus bei Hansi), die klaren Züge seines Gesichts, die Skala der Grau- und Schwarztöne, die Konturen der Gebäude, die an Kupferstiche oder Radierungen denken ließen, voll Harmonie vor einem opalfarbenen Himmel. Ich kam früh am Morgen an und fuhr durch die ärmsten Straßen, vorüber an ungestrichenen Häusern, den dunklen Eingängen mittelalterlicher Häuser, erhaschte einen Blick auf kümmerliche Pflanzen in Innenhöfen und lepröse Farben. Aber alles wirkte schön, sanft und schweigsam. Keine schreienden Plakatwände in grellen Farben, keine leeren Whiskyflaschen auf den Gehwegen, kein unnatürlicher Gigantismus der Gebäude. Endlich eine menschliche Stadt mit einem menschlichem Maß und menschlichen Materialien. Hier herrschte nicht der emaillierte Badezimmerglanz, sondern die sanften Grautöne des Mauerwerks, das Zeit und Wetter zerfallen lassen. Staub konnte sich darüberlegen. Eine Häßlichkeit, die nicht so häßlich ist wie die messingglänzenden, glitzernden und ständig auf Hochglanz gehaltenen Filmdekorationen amerikanischer Häuser mit ihrem aufdringlichen Glänzen, ihrer Sprödigkeit, die an Plastik erinnert, und die in den Augen schmerzt. Welch eine Erleichterung dagegen diese Palette der Grautöne, die Konturen eines Kupferstichs, die Intensität von Tinte, Kohle und Perlen, dieser Himmel aus indischen Saris. Alles in Paris lädt zum Liebkosen ein,

›*La ville caresse, la ville caressante*‹. Das Leben auf den Straßen ist voller Anmut und Geist. In seinem Herzen ist Paris ein mystischer Liebhaber, ein Philosoph, voll Kultur.
In seinem alten Kleid bleibt Paris immer jung, denn es lebt aus den inneren Quellen, die sich unablässig erneuern. Die Vergangenheit ist so lebendig, daß alle Straßen davon erfüllt sind.
Später, als ich an einem kühlen Frühlingstag die Seine entlangging, verschwand eine andere Furcht: die Furcht, unter dem Fehlen der Menschen zu leiden, die ich in der Vergangenheit geliebt hatte. Wenn ein Leben seines Inhalts wegen gelebt wird und zur Gestaltung einer poetischen oder philosophischen Idee dient, bleibt von der Vergangenheit nur Poesie zurück, kein quälender Schmerz, kein Tod oder Verlust. Nichts ist von meiner Vergangenheit geblieben außer ihrem großen Leuchten, das wie die sanften Lichter von Paris am Abend ist, die sich auf Kirchen, Denkmäler, Paläste und Türme richten, – eine Auswahl von Momenten großer Schönheit, die das Licht trifft. Und so tobte nicht Gonzalo verrückt und ungestüm am Kai, nur eine heitere und gelassene Seine floß dahin, andere Hausboote, Liebende, neue Wasser, neue Boote und neue Lieben.
Mich erfaßte Freude auf meinem ersten Spaziergang entlang der Seine, da ich entdeckte, daß es kein Weg in die Vergangenheit war. Der Zauber von Paris lag in seiner Einheit und Harmonie von Farben, Texturen und Stilen. Gegensätze zeigten sich als Gegensätze zwischen mittelalterlicher Schwermut und moderner Fröhlichkeit. Im Hof der Beaux Arts, vor einem Hintergrund so ernst wie ein Skelett, hatten die Studenten für einen Basar zugunsten ihrer Schule Zelte errichtet. Mit viel Humor hatten sie die Zelte mit Pseudo-Mirós, Pseudo-Picassos und Pseudo-Mondrians bemalt. Eine Pseudo-Jazzband spielte, und sie tanzten auf den holprigen Pflastersteinen.

Die Toten fehlten nicht. Sie waren ein Teil des gegenwärtigen Lebens. Man spielte die Musik meines Vaters, aber Joaquins Concerto enthielt alle Gefühle und Farben, die mein Vater skizziert und nicht vollendet hatte. Das lange Zeit nicht lieferbare Werk Artauds war in zwei Bänden neuaufgelegt worden. Man liest Allendys Bücher; sie werden in der Buchhandlung für psychologische Literatur ausgestellt. Otto Rank wird gelesen. Freunde von Moricand hatten gerade ein Manuskript aus seinem Nachlaß veröffentlicht.

Mich erwarteten keine Gespenster an den Straßenecken. Nur einmal hörte ich am Fluß Artaud, der heftig rief: *»Entre nous, il pourtrait êtra question d'un meurtre.«* Diese melodramatische Drohung veranlaßte mich damals, einen langen Brief zu schreiben, in dem ich erklärte, daß ich nicht verliebt sei.

Und wieder ergriff mich die Menschlichkeit von Paris. Ich fühlte mich zart und verletzlich. Ein verbrauchtes Paris, wie eine alte, heißgeliebte Mutter, aber lebendig, so lebendig. Persönlich und vertraut. Keine Schranken zwischen den Menschen. Keine Rollen. Wundervolle, persönliche Beziehungen; man schämt sich nicht, ihr Leben und Lieben, ihre Ideen zu teilen.

Unglaubliche Gespräche über Existenzialismus, modernes Theater und berühmte Menschen mit Taxichauffeuren.

Das Hotel steht in der Nähe der Stelle, wo früher mein Hausboot ankerte. Ich liege auf dem Bett und beim Betrachten des Leuchters überkommt mich eine Ekstase wie bei meinem LSD-Erlebnis. Die Bettdecke aus Goldbrokat ist abgenutzt. Mir gefallen die Spitzenschoner auf den verblaßten Gobelinsesseln nicht. Und doch – was liegt in dieser Luft, die man atmet, was liegt in diesen Lebensströmen und Schwingungen, die man aufnimmt? Alles ist in Gold verwandelt. Eine geheimnisvolle Essenz, die den Legenden entströmt, den Gestalten der Geschichte, den Biographien und Romanen. Andere Lieben, andere

Schönheiten, erfülltere Lieben und tiefere Schönheiten. Die Umgebung ist von ihnen erfüllt. Der Kleiderschrank ist unpraktisch und unförmig, viel zu klein für meine Kleider. Im Badezimmer sind die Rohre auf den Wänden verlegt, aber es ist das Paris von Colette, Proust, Flaubert, Carco, Simenon, Erik Satie, Suzanne Valadon, Gide, Ninon de Lenclos, George Sand und Chopin. Ein Leuchten umgibt mich. Es entspringt nicht nur meiner Liebe zu Paris, es ist eine Essenz der Vergangenheit, eine Verbindung von Anmut, Intelligenz, Genuß an Freude und Sinnlichkeit.

Die ganze Stadt ist davon erfüllt. Eine Mischung aus Menschlichkeit, Wissen und dem Fluß essentieller Werte. Der Fahrstuhlführer sagt nicht: »Heute regnet es«, er denkt sich eine persönliche Begrüßung aus. Wir sind zwanzigtausend Meilen von Klischees und Platitüden entfernt.

Ich unternahm einen Spaziergang. Es war kühl und feucht. Ich ging an der Seine entlang, und die Schönheit der Stadt überwältigte mich. Die Bäume sind immer gegenwärtig, die Brunnen, der Fluß, die kleinen Cafés, die kleinen Restaurants und die kleinen Theater. Nirgends das Gefühl einer riesigen Menschenmasse wie in New York, Gullivers Land.

Intelligenz manifestiert sich in den Zeitungen, liegt auf den Gesichtern und beherrscht die Gespräche. Es sind echte Gespräche, keine vorgefertigten Phrasen. Identität. Charakter. Jeder weiß, wer er ist, was er ist. Jeder kennt den Sinn seines Lebens. Wir sind zwanzigtausend Meilen von Chaos, Konfusion und Robotern entfernt, die nur bereits Bekanntes denken und sagen.

Liegt es daran, daß Amerika seine Vergangenheit abgeworfen und seinen Charakter verloren hat? Hier leben die Nachkommen von Erik Satie, George Sand und Proust. Im Hotelzimmer verwandelt sich alles in Gold. In den Straßen erinnert jedes Gebäude an eine Radierung, an eine Kohlezeichnung vor einem opalinen Himmel.

Ich begab mich auf einige unglückliche Pilgerreisen, die sich als Friedhofsbesuche entpuppten. Ich ging in das graue, rußige Grand Guignol Theater, das uns früher Entsetzensschauer einjagte, uns mit Grauen erfüllte, denn auf seiner Bühne erlebten wir alle unsere Alpträume voll Sadismus und Perversionen. Ich sah die letzte Vorstellung; das Theater war leer. Und wie ein Freund erklärte: »Der Krieg, die Konzentrationslager, die Schrecken der Besatzungszeit ließen alles harmlos und kindlich erscheinen, was das Theater bot.« Grand Guignol, nur die Worte hatten Eingang ins Lexikon gefunden, als ein Synonym für Sadismus und Foltern. Zwei Worte blieben von den Szenen, die in einer Kapelle stattfanden, um die Gefühle der Entweihung und des Bösen zu verstärken.

Bei meinen Streifzügen in die Vergangenheit geriet ich auf eine andere Beerdigung, die des *Cirque Medrano,* der unter Künstlern und Malern großen Ruf genoß. Auch dort erlebte ich eine der letzten Vorstellungen, und der Clown wirkte nie melancholischer als in diesem leeren Zirkus. Das Publikum bestand aus etwa zehn Personen. Die Kulissen waren zerschlissen, und die Darsteller hatten den Mut verloren. Ich erlebte, wie ein einst glitzernder und funkelnder kleiner Zirkus den Geist aufgab. Ich hatte die Geister der Vergangenheit, das Bedauern gefürchtet, aber ich fand das berauschende Parfum und nicht den Schmerz. Ich erlebte den Schmerz so tief, daß er sich selbst verzehrte und nichts außer einem Parfum hinterließ. Und als ich über die Pflastersteine der Villa Seurat ging, fühlte ich mich unbeschwerter als mit zwanzig Jahren, als ich die Beute aller Ängste war, die jeden beherrschen, der am Beginn des Lebens und des Liebens steht.

Ich konnte die Seine entlanggehen, ohne mich nach *La Belle Aurore* zu sehnen. Ich erinnerte mich nur an Augenblicke der Leidenschaft. Ich konnte in dem arabischen Restaurant essen, mit all seinem Dekor aus Tausendundeine Nacht, den gedämpften Kupferlampen, den Samtkissen, Nischen und Kupfertabletts, wo Gonzalo die wildeste seiner Eifersuchtsszenen spielte, die einem Othello zur Ehre gereicht hätte.

Ich konnte die Wohnung in Passy aufsuchen, die auf die Seine geht, wo Lawrence Durrell und ich auf Kissen vom Balkon das Spektakel der ›*Exposition Universelle*‹ betrachteten. Ich ging zu der Wohnung in der Rue Cassini, direkt neben dem Haus, in dem Balzac Séraphita geschrieben hatte.

Ich suchte die Vergangenheit nicht. Sie tauchte zufällig auf. Ein Verleger lud mich in sein Haus in einem Vorort ein, und ich mußte am Gare Saint-Lazare den gleichen Zug besteigen, mit dem ich früher nach Louveciennes gefahren war. Sein Haus ähnelt meinem Haus in Louveciennes. Aber es war ein schöner Sommertag. Ich trug ein fröhliches indisches Baumwollkleid, und ich fühlte mich wohl und frei. Am selben Tag lud mich ein Filmregisseur ein, seine Filme anzusehen. Er lebte in der Villa Seurat, gegenüber von Henrys altem Atelier. Nach zwanzig Jahren hätte ich zögernder, unschlüssiger, langsamer über die holprigen Pflastersteine der Villa Seurat gehen sollen, aber hier war ich, unbeschwerter als je zuvor, auf hohen Absätzen, hüpfte wie ein Kind von einem Pflasterstein zum nächsten, überlegte, wie mir damals zumute war und erinnerte mich, daß ich mich nie so frei, so glücklich und unbeschwert gefühlt hatte. Ich war vielen tragischen Fallen entflohen, die auf mich warteten. Dem Egoismus der einen, der Selbstzerstörung anderer, der dunklen Welt von Gonzalo und Helba.

Mein Baumwollkleid flatterte im leichten Wind. Ich entfloh den rauhen Pflastersteinen, den löchrigen, den zu glatten, den tückischen, die unter Moos verborgen lagen. Der Place de la Concorde wirkte schöner und weicher

als je zuvor, die Fontänen so graziös, die Lichter verschwommen und die leicht verwitterten Steine der Häuser wolkig wie auf alten Stichen.
Ich besuchte Pierre Jean Jouve, einen meiner Lieblingsschriftsteller. Er lebte in einer düsteren Wohnung. Er wirkte sehr alt, hatte eine Glatze und erinnerte mich an einen protestantischen Professor. Über meinen Besuch freute er sich sehr. Er hatte einen Herzanfall hinter sich und erzählte mir, seit fünfzehn Jahren habe ihn niemand besucht, was ich nicht glauben konnte. Er sagte mir, während des Krieges habe man die Dichter vergessen und jetzt nach dem Krieg würden nur die Realisten wie Sartre gelesen. Ich bemerkte, daß die französischen Schriftsteller sich wie Japaner mit Formalitäten umgeben (man kann sie nicht ohne die richtige Empfehlung besuchen), die sie schützen, aber auch isolieren. Er sagte, er beneide die amerikanische Ungezwungenheit. Daß ich meine Bücher selbst gedruckt und verkauft haben sollte, ohne meinen Ruf zu verlieren, setzte ihn in Erstaunen. Die Leser schreiben den Schriftstellern nicht. Sie dringen nicht in ihr Privatleben ein, sie kommen nicht zu ihnen, wie in Amerika. Er bedauerte nur, daß ich seine Romane mehr liebte als seine Gedichte, aber ich erklärte ihm weshalb: Ich sei in erster Linie Romanschriftstellerin und seine Romane hätten mich gelehrt, Poesie mit Prosa zu vereinigen.
Ich hatte versprochen, die Durrells in Südfrankreich zu besuchen. Ich nahm einen Schlafwagen bis Nîmes, und Larry holte mich frühmorgens am Bahnhof ab. Wir erkannten uns sofort wieder, und das zeigte, wie wenig uns die achtzehn Jahre verändert hatten. Larry sagte: »Du schmeichelst mir, liebe Anaïs.« Claude wartete im Hotel. Sie ist jünger als Larry und wirkte eher irisch als französisch, sehr lebendig und lachte bereits um sieben Uhr morgens. Wir begannen zweitägige Non-stop-Gespräche.

Sie leben in einem Bauernhaus am Hang und vor ihnen breitet sich die schönste Provencelandschaft aus, ein römisches Kastell und ein Fluß, den eine römische Brükke überspannt. Das Haus besitzt die beruhigende, solide Ausstrahlung alter Bauernhäuser.
Überall an den Wänden hängen Larrys fröhliche und farbige Bilder, Rezensionen, Zeichnungen und Photographien. Es ist alles klösterlich und einfach. Ein Garten mit Weinreben, die Larry selbst pflegt. Es gibt viel Rotwein. Das Gemüse kommt zum Teil aus dem Garten. Claude redet temperamentvoll und mehr als Larry. Larry macht auf mich den Eindruck eines Verwundeten. Er bleibt ruhig, während Claude ständig auf den Beinen ist, kocht, aufträgt und sich um alles kümmert. Ich hatte *Balthazar* kurz vor meiner Reise nach Brüssel gelesen, und so konnten wir darüber reden.
Claude ist lebhaft und gescheit. Aber Durrell hinterließ in mir das merkwürdige Gefühl von fehlendem Kontakt. Ich hatte ihn nicht so unpersönlich in Erinnerung und vermißte die Wärme und das Verständnis meiner anderen Freunde. Es schien, als spiele er nur eine Rolle und halte sich selbst zurück.
Wir besuchten eine Höhle mit der Statue der Schwarzen Madonna, von der man sagt, sie habe echte Tränen geweint. Wir hatten ein Picknick am Strand. Der schönste Augenblick, an den ich mich erinnere, war, als Durrell beim Abendessen von seinem Leben in Brasilien oder Argentinien (ich kann mich nicht mehr genau erinnern) erzählte, wo alles so schnell wächst und riesig groß wird. Während er dies sagte, erhob er sich von seinem Stuhl, als begännen die Pflanzen tatsächlich unter ihm zu wachsen.
Mich stimmte traurig, daß Claude eine Dame mit Perlenkette und Brosche erwartet hatte. Es zeigte mir, wie falsch mich Durrell aus seiner Erinnerung an die Zeit in Paris geschildert hatte. Er erinnerte sich nicht an meine

unkonventionelle Art, mich zu kleiden. Ich trug Blusen, die ich mir aus spanischen Tüchern nähte, Jacken aus marokkanischen Stoffen und Sandalen. Ich suchte etwas Eigenes, Phantasie oder Folklore, alles im Gegensatz zur Mode.

Larry ist noch immer arm. Sie haben so viele Kinder, und ich glaube, er unterstützt seine frühere Frau. Wir sprachen lange über die nächsten Bücher, über *Mountolive*, über Amerika, über Henry und Eve (Larry legte die Platte mit dem Miller-Interview auf.), über Paris. Bis seine Arbeit beendet ist, versteckt er sich gewissermaßen und legt keinen Wert auf Abwechslung. Er sagte, er habe genug von Reisen und Menschen.

Am Abend tranken wir eine Flasche Champagner, die ich mitgebracht hatte und mehrere Flaschen Rotwein. Danach wurden wir geradezu hysterisch fröhlich, bis wir müde wurden, einschliefen und erst nach zwölf Stunden wiedererwachten. Am frühen Nachmittag des nächsten Tages fuhren wir nach Nîmes, um Einkäufe zu machen und zu Abend zu essen, bevor ich mit dem Zug zurückfuhr. Wir trafen den Schriftsteller Temple, der ein kleines Büchlein gedruckt hat, dessen Manuskript ihm ein Freund aus Moricands Nachlaß gab (ein Büchlein über Astrologie und Berufe). Er hat ein Buch über die Entdeckung Amerikas übersetzt, das Henry sehr gut gefällt. Wir überflogen Jahrzehnte in einem Augenblick, fragten uns, weshalb Henry Miller nicht in Frankreich geblieben war, wo man ihm mit größerer Achtung begegnete als in Amerika. Larry liebt Frankreich und träumt davon, in der Provence und in Paris zu leben. Larry besitzt diese merkwürdige Eigenschaft, sich dem Leben zu überlassen und doch seinen Sinn nicht aus den Augen zu verlieren. Claude ist ihm treu ergeben. Sie neigt weniger zu Kompliziertheiten, aber sie besitzt Humor, mit dem sie ihn vor den Untiefen bewahrt. Uns umgaben Schönheit und Wärme der südlichen Landschaft.

Larry möchte, daß ich *Asylum in the Snow* und *Zero* drucke, zwei Texte, die Miller und mir gewidmet sind; George Leite hatte die Widmungen weggelassen.
Larry ist so ernst und Claude so fröhlich. Die Arlesienne-Landschaft, die Gegend um Nîmes, der Fluß, die Häuser, die römische Stadt, die Brücken und die Schlösser sind alle so schön. Die Durrells haben einen hübschen Garten, in dem alles üppig gedeiht. Sie ziehen ihr eigenes Gemüse. Es gibt kein heißes Wasser, kein Badezimmer und keine Toilette. Es ist wie in Mexiko. Larry kühlt die Weinflaschen in der Zisterne. Beide haben Kinder aus früheren Ehen, die nur die Hälfte des Jahres bei ihnen leben. Claude ist irisch-französischer Abstammung und wuchs in Alexandria, in Neuseeland und in Frankreich auf. Sie ist eine hübsche junge Frau. Sie gingen mit mir zu einem ›Royal‹, einer Arena, wo die Stiere Troddeln an ihren Hörnern tragen; die Männer erhalten einen Preis, wenn es ihnen gelingt, sie abzustreifen. Sie versuchen es immer wieder, rennen um ihr Leben und springen über die Barrieren, um dem wütenden Stier zu entrinnen. Manchmal springen die Stiere ebenfalls, und alles ist sehr lustig, da es nicht mit dem Tod der Tiere endet. Ab und zu werden Männer dabei verletzt, aber nie so schwer wie bei Stierkämpfen. Man trinkt den ganzen Tag über Rotwein, der alle in einen gehobenen Zustand versetzt, aber niemand ist wirklich betrunken.
Durrell hat soviel Armut erlebt, daß er davon besessen ist, Erfolg zu haben. Die Franzosen bewundern ihn sehr. Durrell haßt Städte und liebt das Meer. Mit ihrem Kanu rudern sie auf dem Fluß, und sie gehen schwimmen.

Die politische Situation in Frankreich ist verworren. Ich bin traurig darüber, daß die Franzosen politische Schwierigkeiten haben, weil sie geistreiche Menschen sind und nur für geistige Werte leben. Sie sind unpraktisch und unrealistisch. Im Grunde sind sie alle Künstler und stehen der Realität der modernen Welt hilflos gegenüber. Sie halten es für wichtiger, ein neues Buch zu lesen oder ein Bild zu kaufen. Es ist so, als wollten die Künstler, die wir kennen, Varda und Lloyd Wright, versuchen, die Welt zu regieren. Das ganze französische Volk besteht aus Künstlern – vom Bauern bis zum Fabrikarbeiter, und wie die Mexikaner lieben sie den Augenblick so sehr, daß sie die Zukunft nicht planen können. Sie stehen der Misere der Arbeiter zwar nicht gleichgültig gegenüber, aber ihnen ist ihr persönliches Schicksal im praktischen Leben gleichgültig, und wenn nicht gleichgültig, dann sind sie unfähig, es zu ändern. Ich erinnere mich an eine Geschichte, die Durrell erzählte: Er ging in die Metzgerei der kleinen Stadt, in der er lebt, und der Metzger sagte zu ihm: »Monsieur Durrell, gestern entdeckte ich in unserer Fleischerzeitung eine Anzeige Ihres Buches *Justine.* Man sagt, es sei ein schönes Buch und so gut geschrieben. Vielleicht habe ich keine Zeit, es zu lesen, aber ich bin sehr stolz, Ihnen das Beste aus meinem Laden zu geben, damit Sie weiterhin schöne Bücher schreiben können.«

Die Peking-Oper, eine Mischung aus Oper, Ballett, Akrobatik, Pantomime, ist eine unglaubliche Herausforderung der Schwerkraft. Das Gegenteil von Kabuki. Voller Dynamik. Die Frauen kämpfen mit Schwertern. Als Finale verfolgt ein leuchtender Papierdrachen mit aufgerissenem Maul, der die ganze Bühne füllt, sich in den Raum zu erheben und seine Schwingen zu entfalten scheint, eine Laterne. Moderne Malerei, Filme, Akrobaten, alles wird mit einbezogen. Kostüme in leuchtenden Farben und fremdartige Musik.

Joaquin erzählt mir eine Geschichte, die der von Durrell ähnelt. In Madrid fuhr ihn ein Taxichauffeur und wollte kein Geld annehmen, da er ein Musik-*aficionado* sei; er sagte, er sei stolz, einen Komponisten fahren zu dürfen. Davor hatte er Casals zu einem Konzert gebracht. Er parkte sein Taxi und besuchte das Konzert.

Ein anderer Taxichauffeur sprach mit mir über Politik. Er schüttelte seinen Kopf und sagte: »Armes Frankreich, unsere Marianne gleicht einer Frau ohne Mann. Sie hat keinen Führer und ist verloren!«
Abendessen im Haus des Mannes, der Hochöfen für Stahlwerke herstellt. Uns umgibt eine hervorragende Gemäldesammlung. Seine Geliebte ist die Tochter des Archäologen, dem Proust sein Wissen über Kirchenarchitektur verdankte. Als Proust krank und der Archäologe zu alt war, um die Treppen emporzusteigen, trafen sie sich in der Conciergeloge und führten dort ihre Unterhaltungen. Der alte Archäologe konnte den Geruch von Prousts Asthmazigaretten nicht ertragen.
In jeder Straße stehen Bäume. Es gibt soviele Parks und Gärten, daß ganz Paris wie ein Garten duftet.
Esprit und Fontänen. Wo auf der Welt würde man über eine Frau sagen: »Ihre Beine haben Esprit«.
Die alten Freunde sind gereift wie alter Wein, und die neuen sind so lebendig. Die Sinnlichkeit und die Freizügigkeit der Theaterstücke; eine erregende Atomsphäre, eine beruhigende Atmosphäre; Parks; sanft dahinfließende Gewässer; temperamentvolle Unterhaltungen; eine Stadt schenkt sich nur dem, der sie liebt. Paris entfaltete seinen geheimen Zauber, weil ich es so sehr liebe. Die Freude, wieder verliebt zu sein. Ich zog meine Schuhe aus, um die Pflastersteine zu spüren. Ich lernte einen Bankier kennen, der jeden Tag um fünf Uhr morgens aufsteht, um an einer Geschichte Frankreichs zu schreiben, bevor er zur Arbeit geht.
Soviele Fortsetzungen von *Unter einer Glasglocke*.
Ich hoffe, die farblose Zeit Sartres ist vorbei. Er paßte zu den Schuldgefühlen und Depressionen der Nachkriegszeit, aber seine Philosophie ist leblos, farblos und schafft nichts außer Verzweiflung. Er lehrt nicht, wie man Ereignisse transzendiert, sondern wie man es zuläßt, von ihnen erstickt zu werden.

Ich kehrte ins Hotel zurück – mit Musils *Mann ohne Eigenschaften*, eine Übersetzung aus dem Deutschen. Wie konnte ihn jemand mit Proust vergleichen? Ein schwerfälliges, unverständliches, langweiliges Buch ohne psychologisches Einfühlungsvermögen.
Jetzt weiß ich, weshalb einer der Gäste Hansis es als *›roman fleuve‹* bezeichnete, und ein anderer sagte: »Ein Strom der Langeweile.«
Kaufte *Lolita*, das in Amerika großen Erfolg haben müßte, wo soviele Männer sich vor Reife fürchten und die Unreife lieben.
Ich hatte das Ausmaß der Tabus nicht realisiert, die Amerika beherrschen. Das französische Theater vermochte mich tatsächlich durch seine Freizügigkeit zu schockieren. Ich sah Marionetten, die von behandschuhten Händen geführt wurden (vier Paare) und zur Musik von *Gymnopédies* die Illusion eines Lebens unter Wasser vermittelten und die sehr realistische Liebesszene eines Pärchens am Strand darstellten. Der Nightclub L'Écluse ist klein und intim, das Programm einfallsreich und lustig.
Ein Restaurant, in dem die Frau kocht, die Gäste unterhält, singt, Geschichten erzählt und schlagfertige Antworten provoziert. Jemand schaltete das Radio an. Junge Studenten drehten es sofort wieder ab und sagten ärgerlich: »Wir können uns selbst unterhalten.« Und das taten sie. Anekdoten, Geständnisse, Geschichten. Ein krasser Gegensatz zu Amerika, wo niemand echte und persönliche Gespräche führt. Hier beschäftigten sich etwa zwanzig Personen spontan und geistreich mit Imitationen und Parodien. Sie spielten mit vielen bissigen und noch mehr erotischen Anspielungen Ionescos *Die Unterrichtsstunde*, frech und witzig. Ich lachte, bis mir alles wehtat.
An einem anderen Ort, in einem Privathaus sah ich Gemälde von Braque, Utrillo, Buffet, da Silva, Picasso. Und im Bücherschrank entdeckte ich alle Bücher, von denen ich träume. Man zeigte mir Manuskripte von Proust. Eine

Wand war mit Zeichnungen und Radierungen von Schriftstellern bedeckt, aber sie hingen dort nicht nur als Dekoration. Der Besitzer griff nach einem Band von Genêt und gab mir eine Kostprobe seines bewundernswerten Stils. Er las Tocquevilles prophetische Worte über Amerika, die vor hundert Jahren geschrieben worden waren. Ich lernte die Schauspielerin kennen, die in Cocteaus *Les Enfants Terribles* mitgewirkt hatte.
Die Männer hier stehen im Geschäftsleben, aber das Geschäft nimmt sie nicht völlig in Anspruch. Es fehlt in ihren Gesprächen und im gesellschaftlichen Leben. Das Geschäft bleibt dort, wo es hingehört, bei den Hochöfen, den Kühlhäusern, den anderen funktionalen Dingen des Lebens; es ist kein Kult.
Jean Carteret war früh zum Greis geworden. Es erschütterte mich, ihn in der alten Wohnung wiederzufinden, umgeben von denselben Dingen, die ich in *Unter einer Glasglocke* beschrieb, auf die sich jedoch neue Staubschichten gelegt hatten. Aber seine Sprache klang unverändert poesievoll, und ich konnte in seinem verwüsteten Gesicht das Entzücken über das eigene verbale Feuerwerk sehen. Ein paarmal versuchte er, mich in seine Krankheitsgeschichte einzuweihen, seine Symptome auszubreiten und seine Siege über die Psychoanalytiker zu berichten, die versucht hatten, ihn zu heilen. Ich wollte nicht in das Labyrinth seiner Schizophrenie eindringen. Wir stritten uns darüber, daß er das Schreiben immer als schwierig und Reden immer als leicht empfunden habe und glaubte, jetzt sei die Zeit gekommen, in der das Schreiben vom Tonband abgelöst werden würde. Als Schriftstellerin protestierte ich natürlich dagegen. Neben Pillen zog er auch noch andere Dinge aus seiner Wundertüte: Astrologische Aufzeichnungen, seltene Bücher, Photographien von Treibholzfiguren und Horoskope. Mit einem Blick auf Fance Frank, eine Künstlerin, sagte er über den Caféhaustisch hinweg: »La course au trésor.« Eine Minute zu-

vor hatte Fance, mit leiser Stimme und nur für meine Ohren bestimmt, über ihre Jagd nach dem Mythos gesprochen.
Eines Abends machte ich mich in der Umgebung des Montparnasse auf die Suche nach dem Atelier von Rachel Rosenthals Freunden. Ich geriet in die dunkle, feudale Impasse du Mont Tonnerre. Die schwarzen Silhouetten der verschachtelten Dächer hoben sich vor einem muschelrosa Himmel ab. Die sinnliche Atmosphäre, die in der Luft lag, erweckte die Vorstellung, daß jeder, der sich aus einem dieser Fenster lehnen würde, bis zur Erschöpfung geliebt habe und nun in einem Glücksgefühl, das der intensiven Lebendigkeit jeder einzelnen Zelle entsprang, die Macht der Liebe verkünden wolle. Dicht beim Impasse Tonnerre und den schweigenden Fenstern hinter verschlossenen Läden, von denen man sich vorstellen konnte, daß eine Gestalt von Proust, Balzac oder Zola sie öffnen würde, lag die Rue de l'Astrolabe. Der Dunst von Höhlen, der Gewölbe mittelalterlicher Burgen, längst vergangene Zeiten. Madame de Pompadour eilte in hochhackigen Satinschuhen über das Straßenpflaster (oder in einer Sänfte getragen und hinter Vorhängen verborgen) und hinterließ dort den Duft ihrer Röcke und ihre Liebe zur Architektur, Gartenkunst, zur Verschönerung von Paris. Paris ist bevölkert. Wir sind weit von Science Fiction entfernt, dem amerikanischen Traum und der Phantasievorstellung, leere Planeten zu erobern. Der Mensch ist aus der Welt der Wissenschaft verschwunden. Es bedrückt sie nicht. Sie lieben es, sich Planeten vorzustellen, auf denen Vorstufen der Menschheit vernichtet wurden. Sie betrachten die Vernichtung des Menschen (in den USA bereits teilweise verwirklicht) als unvermeidlich. Wenn Science Fiction eine Vorausschau auf die Zukunft ist, ziehe ich meinen Planeten Paris mit seinem brodelnden, dampfenden menschlichen Leben vor. Paris wird von Menschen bevölkert, die keinen Grund sehen, die Vergan-

genheit über Bord zu werfen, die sie vielmehr dazu benutzen, die Gegenwart zu bereichern und zu erhellen. Der Turm von Saint-Chapelle ist noch immer schöner als ein Satellit, und er stößt weiter in die bevölkerten Planeten der Psyche vor, auch wenn wir in Saint-Chapelle nicht länger beten.

Paris liegt in der geöffneten Hand. Man kann es von einem Ende zum anderen durchstreifen. Keine Reklametafeln, keine Leuchtreklamen, keine Tankstellen sind zu sehen. Als der Taxifahrer tanken will, steuert er in einen Innenhof, der hinter einer Mauer verborgen ist, und ein unauffälliges Schild sagt: ›*Essence*‹, was mich an ein Parfum denken ließ.

Keine Preise in großen Buchstaben und schreienden Farben.

ESSENCE

Ein Taxichauffeur rät mir, Claudel zu lesen, und verwendet das Wort ›*hybride*‹ in der Unterhaltung. Das Wort ›cachet‹ erhält eine tiefsinnige Bedeutung. ›Cachet‹ bezeichnet Dinge von unauffälliger Eleganz und Stil. ›Cachet‹ bedeutet auch verborgen. Parfum und Qualität sind unsichtbare Dinge. ›*Savoir faire*‹ wird zu einer wichtigen Eigenschaft. ›*Savoir vivre*‹.

Amerikaner sorgen sich um die Menschheit im allgemeinen, die Franzosen legen Wert auf Vertrautheit mit Menschen. Die Amerikaner sterben trotz aller Kollektivität und Gruppenaktivitäten an Einsamkeit.

In Paris sah ich mehrere Maschinen von Tinguely. Eine zerbrach Flaschen, anstatt sie zu verkorken, eine andere verschluckte das Papier, auf dem ein Text sichtbar wurde, eine dritte füllte eine farbige Flüssigkeit in Flaschen, die dann explodierten, aus einer vierten kam unerwartet ein Wasserstrahl, eine andere rauchte, eine produzierte Tintenflecke, zerriß das Papier und überreichte es dem Betrachter wie ein Kunstwerk.

Man erzählt sich, er sei verhaftet worden, als er seine Maschinen aus dem Atelier zur Galerie brachte, und sie in einem langen Zug durch die Straßen transportierte. Man verdächtigte ihn, Geheimwaffen entwickelt zu haben.

Bevor ich Los Angeles verließ, las ich alle Science Fictionromane, die Gil Henderson mir empfohlen hatte. Er behauptete, ich müsse sie lesen, da sie nicht nur Science Fiction, sondern ein Blick in die Zukunft seien.

»Wenn sie uns einen Blick in die Zukunft erlauben, sind wir in großer Gefahr, und für die Menschheit besteht keine Hoffnung mehr, denn der Mensch ist in diesen Science Fictionromanen nicht mehr vorhanden.«

Aber im Leben von Paris fehlt der Mensch ganz sicher nicht: Er ist unübersehbar; er ist engagiert, tätig, aufmerksam, interessiert und begeisterungsfähig. Die Menschen haben großes Interesse aneinander. Sie haben Zeit, in den Cafés zu sitzen und zu reden, Zeit, um nach dem Essen im Restaurant sitzenzubleiben und nachzudenken, bei einer Tasse Kaffee zu träumen. Wenn ein neuer Gast das Café betritt, wenden sich ihm alle Blicke zu, alle beobachten ihn. Im Theater drehen die Zuschauer der Bühne tatsächlich den Rücken zu, um sich die Menschen anzusehen. Ihr Geschmack am Leben, ihr Genuß daran ist so ausgeprägt, wie er nur sein kann.

[Sommer 1958]

Los Angeles:
Für Jim Herlihys *The Sleep of Baby Filbertson*, das bei Dutton erscheint, schrieb ich folgendes:
»Diese Geschichten sind im schnellen Tempo des Jazz geschrieben und sprechen von der geballten Vitalität eines leidenschaftlichen Autors, der mit jeder Zelle seines Bewußtseins lebt.«

Brief an Larry und Claude:

Um sechs Uhr abends, während Ihr noch immer schlaft, trinke ich beim Kochen gern ein Glas Rotwein, um mich in Euer kleines Haus zurückzuversetzen und an unsere Gespräche zu erinnern. War es der Rotwein, Larry, oder sagtest Du wirklich: »Während wir *Justine* betrachten, während wir glauben, Justine zu entdecken, ist es Larry, den wir sehen und kennenlernen werden.« Hörten wir tatsächlich Henrys Ansichten über Tolstoi, während wir den herrlichen Salat aus Eurem Garten aßen? (Die Amerikaner lieben junge Mädchen, weil ihr Gemüse so alt und zäh ist und unter Gigantismus leidet.) Seid Ihr in Euer neues Haus gezogen? Schickt mir doch bitte Fotos. Eves Antwort auf meinen Brief, in dem ich über den Besuch berichtete, klang euphorisch. Es scheint, als hätte ich ihnen das Gefühl gegeben, mit dabei gewesen zu sein.
War zum Mittagessen bei den Huxleys eingeladen und traf dort eine Ärztin, Betty Eisner, die davon überzeugt ist, daß LSD die Neurose der Welt heilen wird. Huxley und sie glauben, LSD öffne nicht nur den Zugang zum

Unterbewußten, sondern man lerne dabei auch diese Kräfte kennen und verstehen. Ich habe es nur einmal genommen, um mir und anderen zu beweisen, daß es sich dabei nur um das Unbewußte und die Welt des Künstlers handelt und *nicht um eine neue Welt.*
Seit meinem Frankreichbesuch fühle ich mich weniger einsam. Ich kam mir bereits exzentrisch vor und glaubte, niemand denke so wie ich. Aber sobald ich französischen Boden betrat, wurde mir klar, daß ein ganzer Kontinent hinter mir stand. Giraudoux hat es so ausgedrückt: ›*L'Amérique, c'est tout simplement le contraire de la France.*‹«

In Paris wurde ein neues Parfum auf den Markt gebracht: ›Rock and Roll‹ von der Firma Marquay. Die Werbung nannte es ›das dionysischste Parfum der Welt‹. In Amerika kann man nur zwei Lebensweisen wählen: die spießbürgerliche, die zu starr, zu begrenzt, zu engstirnig ist, und die der Beatniks, die selbstzerstörerisch ist wie die Romantik, wie das Bohemienleben (man denke an Utrillo, Erik Satie, etc.). Das Leben in Europa entzieht sich beiden Kategorien. Es ist menschlich, persönlich und sehr lebendig.

Brief von Dr. Betty Eisner:

... dann überraschte mich Ihre Bemerkung, daß Analyse für Sie die Methode war, um zu verhindern, daß die negativen Aspekte in einem Menschen die Oberhand gewannen, der mit dem Unbewußten in dauernder enger Verbindung steht. Das klingt für mich sehr einleuchtend. Es gibt einen anderen Aspekt, durch den das Negative verständlich und kreativ eingesetzt werden kann, anstatt einengend und zerstörerisch zu wirken: Das wurde mir bewußter, je mehr Erfahrungen ich mit LSD machte. Ich glaube, das geschieht, wenn der Mensch mit seinem tiefsten Innern – nennen Sie es, wie Sie wollen –, das in uns allen liegt und vermutlich einen gemeinsamen Ursprung hat, in Berührung kommt. Mit Sicherheit ist es eine auf Einheit zielende und eine kreative Kraft. Bei richtiger Anwendung ermöglicht LSD dem Individuum, mit dieser Kraft in Verbindung zu treten, sie zu erfahren, und dadurch kann sich sein Leben grundlegend verändern. Es gibt aber auch eine bestimmte Kategorie von Menschen, die diese Erfahrungen machen und trotzdem unfähig sind, ihr Leben in Übereinstimmung mit dieser Erkenntnis zu ändern. Weshalb geschieht das und auf welche Weise? Es scheint sich dabei um eine frühe Verkümmerung von Fähigkeiten, eine Art Entstellung des Charakters zu handeln, vielleicht um eine Veranlagung, mit Anstrengungen und Streß nicht fertigwerden zu können. Ich entdecke auch, daß für bestimmte Ebenen des Unterbewußten keine Drogen notwendig sind. Ich weiß, für Sie war das Ihr ganzes Leben lang selbstverständlich, aber Menschen, die vor LSD nie ein Bild, eine Vision oder eine farbige Phantasie kennengelernt hatten, erscheint es als Offenbarung, wenn sie durch LSD erleben, daß eine solche unendliche Vielzahl von Welten in uns existiert, zu denen wir unter richtigen Voraussetzungen beinahe jederzeit Zugang finden können. Wir müssen diese Voraussetzungen schaffen, lernen, sie richtig einzusetzen, und herausfinden, wie tief man ohne biochemische Hilfe in das Innere eindringen kann. Und welcher Art Mensch gelingt das am besten? Natürlich dem Künstler und zweifellos dem Mystiker. Aber warum das betonen? Diese Menschen haben einen besseren Zugang zu ihrem Unbewußten als andere.

Brief von Jim:

Du entdeckst nicht neue Goldgruben – Du *bist* eine Goldgrube. Wie sehr bewundere ich Deine Suche nach Schönheit und Deine Fähigkeit, sie zu finden. Das ist so selten! So wenige Menschen kennen das Geheimnis. Ich kann Dir nicht sagen, wie sehr ich mich über Deine Briefe aus Europa gefreut habe und über Deinen erfolgreichen Sommer. Ich weiß, was dem alles entgegenstand, aber Du ignorierst die Hindernisse und gehst vorwärts.
Die Proben für *Crazy October* haben begonnen, und ich führe auch Regie. Bisher haben wir Talullah Banhead, Joan Blondel ... und Estelle Winwood engagiert. Starcke verhält sich als Produzent großartig. Ich war in seinem Haus in Key West, aber nur für ein paar Tage. Mir gefällt es dort. Es ist eine in sich ruhende Welt von großer Schönheit und bestens organisiert. Erinnerst Du Dich an meinen Traum von der Wintersonne? Meine alten Tagebücher sind voll davon. Jetzt habe ich sie gefunden, ich habe alles. Seltsam und wunderbar.

Die Arbeit für meinen Verlag besteht darin, einen Offsetdrucker zu finden und die Bücher nachdrucken zu lassen, sobald sie vergriffen sind. Ich habe auf diese Weise eine neue Ausgabe von *House of Incest* mit Fotomontagen von Val Talberg herausgebracht. Ich umgehe die Kritiker und habe einen wunderbaren, direkten Kontakt zu meinen Lesern gefunden. Sie schreiben mir, bestellen Bücher bei mir, bestellen Bücher für ihre Freunde.
Ich verkaufe die Bücher zum Selbstkostenpreis.

Mein Leben verläuft jetzt so ereignisreich, und mir bleibt keine Zeit aufzuschreiben, was geschieht. Ich bin mit meinen Aufzeichnungen weit zurückgefallen.
Aber es war wirklich eine gute Idee, die Bücher neu aufzulegen, denn jetzt habe ich nicht mehr das Gefühl, in

einem Vakuum zu schreiben. Ich wünschte, jeder Schriftsteller könnte dies tun. Vielleicht wird sich mein Unternehmen ausweiten, und ich kann eines Tages die Bücher anderer drucken.

Dinner mit Frances und Michael Field. Er kocht phantastisch, mit *brio* und Stil. Frances und ich führen eine merkwürdige Freundschaft. Es kann lange Zeit vergehen, ehe wir uns wiedersehen, aber wir nehmen die Beziehung sofort wieder auf, als habe es keine Unterbrechung gegeben, denn unser Blick auf die Welt ist verwandt. Ihre Bilder sind poetisch und zart. Während ihrer letzten Tuberkulosebehandlung malte sie auf dem Rücken liegend, mit einem Gestell über dem Kopf.

Ich verkaufte *Children of the Albatross* und *Four-Chambered Heart* nach England. Ich habe den Vertrieb von *Solar Barque* selbst übernommen.

Ich lese Blaise Cendrars. Er ist ein unglaublicher Schriftsteller, ein Akrobat der Sprache, ein Abenteurer, den Amerika lieben würde. Er suchte Gold, liebte Autos, er wollte der erste Mensch auf dem Mond sein, wünschte sich, Filme in Hollywood zu drehen, plante Expeditionen durch gefährliche Dschungel, war mit Zigeunern befreundet und liebte exotische Frauen aus aller Welt. Er bewunderte Henry Miller, und Henry bewunderte ihn. Ich habe ihn nie kennengelernt, aber ich las jedes seiner Worte mit großem Entzücken. Er sollte übersetzt werden.

Ich bat Lawrence Durrell um ein Vorwort für die englische Ausgabe von *Children of the Albatross.* Was er schrieb, war so ungeeignet, daß wir nur die Hälfte davon verwenden konnten. Er versteht weder mich noch mein Werk. Er nannte mich ein Kind der Grand-Hotels. Welche Ironie, wenn man bedenkt, daß mein Vater das kleine Salär eines Musikprofessors an der Schola Cantorum bezog, das, wie jeder weiß, nur allzu bescheiden ist, als ich in Neuilly geboren wurde. Ohne die Hilfe des Vaters meiner Mutter wäre es uns schlecht ergangen. Warum glaubt er, daß ich durch reiche Eltern privilegiert sei?

Time brachte eine grausame Parodie auf *Four-Chambered Heart* und schreibt mit Achtung über James Leo Herlihy.

[Winter 1958-1959]

Brief an Lesley Blanche:

Ihr Buch *(The Sabres of Paradise)* ist wunderbar. Es ist ein Abenteuer, es ist Geschichte, Biographie und mehr, denn es ist von soviel Leben, Farbe und Vitalität durchdrungen. Um ehrlich zu sein, ich erwartete nicht, von diesem leidenschaftlichen Leben so mitgerissen zu werden. Aber Sie haben wieder einmal unzählige Fakten mit der Ihnen eigenen Mischung aus Dynamik und Einfühlungsvermögen belebt. Jede Figur wird lebendig – als historische Persönlichkeit und auch als Individuum. Die Kapitel, die Sie mir gaben, handeln weniger von der Hauptfigur, und doch genügten bereits diese drei, um mich durch die lebendige Atmosphäre und das farbige Milieu zu fesseln. Ihre Begabung für die Darstellung der Realität, die Gabe, Dinge durch eine Mischung aus großer Erzählkunst und kluger Interpretation lebendig werden zu lassen, wird an diesen Kapiteln deutlich. Ich bin keine leidenschaftliche Leserin historischer Bücher, aber Ihr beseeltes Schreiben ist so eindrucksvoll, daß ich bei mir dachte: mein Gott, diese Frau erfüllt jeden Ort, jedes Jahrhundert, jede Figur mit solch intensivem Leben, und in ihren Händen wird alles faszinierend. Ich erwachte um fünf Uhr morgens und las das letzte Kapitel. Mir gefiel, daß die Charakterstudie neben all den Bildern und der Lebendigkeit nicht überwuchert wurde. Nur drei Kapitel und eine solche Begeisterung. Zuerst dachte ich, es sei die Art der Darstellung und das Thema, was mich so in den Bann zog, aber jetzt sehe ich, das sind alles Sie, mit Ihrer einzigartigen Begabung, jedem Thema der Geschichte Leben einzuhauchen. Diese Eigenschaft fehlt leider in den meisten Biographien. Welch ein Humor und welche Ironie! Und was mich sehr erstaunte, daß eine Frau Gewalt, Stolz und Mut so kraftvoll darstellen kann. Bravo!

Brief an . . .

Ich weiß besser als irgend jemand auf dieser Welt, was Einsamkeit bedeutet, deshalb beantworte ich Briefe. Und wenn Sie von dem Mangel an Menschen sprechen, erinnere ich mich an Zeiten und Orte, die lebensfeindlich waren. Müssen Sie dort leben? Man sollte mutig den Schritt wagen, leere und einsame Orte zu verlassen. Das Leben ist zu kostbar. Rückblickend sehe ich, daß wir durch unsere Passivität und deren negative Aspekte unser eigenes Schicksal gestalten. Wir sollten ein ärmliches Leben niemals akzeptieren. Ich weiß, es ist schwierig, sich dem Unbekannten zu stellen, eine andere Arbeit, eine andere Lebensweise zu finden. Aber es liegt in Ihrer Hand. Akzeptieren Sie die Leere nicht.

Henry gab mein Geburtsdatum bekannt, und dies verursachte mir Ängste. Eve (Miller) schreibt mir so menschliche und liebevolle Briefe:

Lassen Sie sich Ihre Zuneigung zu Henry nicht nehmen. Er ist ein zu großer Mann, Sie sind eine zu große Frau. Er lebt gedankenlos und ist unfähig, emotional etwas zu geben. Er ist eigensinnig und egozentrisch, aber er ist Henry Miller. Jeder, der mit ihm in Kontakt kommt, erhält neben großen Belohnungen auch harte Schläge. Man kann nicht mit ihm rechten, man muß ihn als Ganzes hinnehmen. Wer weiß, weshalb er dieses oder jenes tut . . . welchen Preis er für das Genie bezahlt hat, das er unter Beweis stellte? Welchen Preis wir bezahlt haben und noch zahlen ... es ist Teil unseres individuellen Schicksals.

Die geplante Rückkehr nach Frankreich erfüllt mich mit großer Freude. Wenn ich erst einmal einer Aufgabe im Leben sicher bin, kann niemand mich von dem Weg abbringen, den ich eingeschlagen habe – wohin er auch führt. Henry muß ›sehen‹, das heißt, wenn wir zusammenbleiben sollen. Hier ... verhungere ich buchstäblich ... und es kann nicht so weitergehen. Unser Leben in Big Sur ist auf Treibsand gebaut. Das war es von Anfang an. Man kann nicht ein gemeinsames Leben auf den Trümmern der Niederlage einer anderen Frau aufbauen. ›Kinder‹ sind keine Entschuldgiung – in aller Aufrichtigkeit gesagt – das Unmögliche zu versuchen. Man muß Schläge von allen Seiten einstecken, auch emotional, auf jede erdenkliche Weise, und am Ende ist man nur noch ein stöhnendes Wrack. Vorausgesetzt, man will wirklich beginnen zu *leben* ... findet sich immer ein Weg!

Ich frage mich, ob es die gleiche Hoffnung auf ein herrliches Leben war, die die arme Lepska (Henrys frühere Frau) anzog, die sogar noch jünger als Eve war, und die sich die Einsamkeit, die Isolation und das begrenzte Leben in Big Sur nicht vorstellen konnte.

Durch Larry lernte ich Jean Fanchette kennen. Er hat gerade einen Literaturpreis für seine Gedichte erhalten. Er studierte Medizin und plante eine zweisprachige Zeitschrift mit dem Titel *Two Cities*. Er hat bereits eine Kritik über meine Arbeit geschrieben und Larry, Miller, George Sykes, Richard Aldington und F. Temple haben Beiträge zugesagt.

Er ist ein gutaussehender junger Mann aus Mauritius. Er lernte Larry kennen, als er in einer Zeitschrift für Medizinstudenten über ihn schrieb. Er scheint ein guter Kritiker und ein guter Dichter zu sein.

Brief an Marguerite Rebois, Paris:

Ich war durchaus bereit, Sie für die Übersetzung von *Ein Spion im Haus der Liebe* zu empfehlen, aber es gelang mir nicht, die beiden Verlage zu interessieren, die Miller und Durrell vorschlugen. Deshalb will Jean Fanchette bei seinem Verlag einen Vorstoß unternehmen, aber falls er Erfolg hat, wird er der Übersetzer sein. Ich habe das Gefühl, daß die Veröffentlichung von *Ein Spion im Haus der Liebe* den Weg für die anderen Bücher ebnen wird. Dann werde ich Sie als Übersetzerin vorschlagen können. Jean ist überzeugt, daß nach dem Erscheinen von *Two Cities* etwas geschehen wird. Er schreibt einen Artikel über *l'Art d'Anaïs Nin.* Für mich bedeutet das eine symbolische Verbindung zu Frankreich. Wie Sie wissen, wollte ich unbedingt in Frankreich veröffentlicht werden, da ich fürchtete, mein Scheitern in Amerika könne die Meinung in Europa negativ beeinflussen, und so ist es. Man hat mich fühlen lassen, daß ich *dorthin* und nicht *hierher* gehöre, und ich möchte zurückkehren.
Henry Miller will im April mit seiner Frau Eve Frankreich besuchen. Sie ist fünfunddreißig Jahre alt. Ich habe sie nie persönlich kennengelernt, aber wir korrespondieren freundschaftlich miteinander.
Ich arbeite neun bis elf Stunden am Tag.
Ich danke Ihnen sehr für die Übersendung von Desoilles *Le Rève Éveillé.* Es ist ein großartiges Buch, inspirierend und eindrucksvoll. Es beflügelt die eigene Fähigkeit zu träumen.
Ich verstehe Eves Verlangen nach einem erfüllteren Leben nur zu gut. Man erwartet von einem Schriftsteller nicht, daß er sich zurückzieht, Abgeschlossenheit und Einsamkeit sucht; ganz besonders nicht von einem Schriftsteller wie Henry. Aber er zeigte bereits in Paris Tendenzen, sich aus dem hektischen Leben zurückzuziehen, um in Ruhe schreiben zu können.

Ich erkläre meinen französischen Freunden den Beat: Um einen amerikanischen Trend verstehen zu können, ist es notwendig, ihn von seinen karikierenden Aspekten zu lösen. Amerika genießt Farce und Karikatur weit mehr als jede Einsicht, und grobe Übertreibungen zerstören die Einsicht nicht selten. Was in diesem rauhen Klima wachsen soll, braucht notwendigerweise Härte. Schwielen des Herzens und Hornhaut der Psyche sind einheimische Gewächse, die überall gut gedeihen.

Die Fanfarenstöße und Entstellungen, die die Beatniks umgeben (in meiner Übersetzung Bohemiens oder ein Hinweis auf den Jazz oder den Herzschlag – sie leiten die Bezeichnung vom Zustand der Glückseligkeit (Beatitude) oder mystischen Zuständen ab), haben ihre Ähnlichkeit mit den europäischen Bohemiens, den Künstlern, die lieber in Armut lebten, als Sklaven einer verhaßten Arbeit zu werden und sich gegenseitig aus einem unerklärlichen Gefühl der Bruderschaft heraus unterstützten, verwischt. Aber der amerikanische Beatnik erkennt diese Verwandtschaft nicht an, um der amerikanischen Geringschätzung des Künstlers zu entgehen; er begibt sich lieber in die Nähe von François Villon-Gestalten. Sie schaffen ein neues Klima, aber insgeheim nähren sie sich von Michaux, Rimbaud, Artaud. Sie kleiden, sprechen, verhalten sich defensiv, was lediglich die Auflehnung gegen Kommerzialismus, bürgerliche Standards und roboterartige Lebensformen beweist, in der sie sich nicht von den Dadaisten unterscheiden. Aber das verzerrende Auge der Öffentlichkeit trifft die Unterscheidung zwischen Revolte und Meuterei nicht, die Dr. Lindner (in *The Fifty-Minute Hour*) traf. Revolte ist von Evolution und Wachstum nicht zu trennen. Im puritanischen Denken ist jede Art von Revolte gegen das bürgerliche Leben ein Verbrechen.

Bestimmte Verzerrungen des Bildes sind darauf zurückzuführen, daß die Beatniks sich selbst eher mit Drogenabhängigen, Dieben etc. verwandt fühlen als mit Malern,

Dichtern oder Musikern. Sie stehen Villon näher als Michaux.
Sie wählten den Zen-Buddhismus als Religion, denn er steht im Gegensatz zum amerikanischen Pragmatismus. Sie mußten ein Gegenmittel gegen die herrschende praxisorientierte amerikanische Geisteshaltung finden. Die Beatniks sahen sich einem größeren Problem gegenüber als die Bohemiens, die nur das Gelübde der Armut abzulegen hatten und ihrer Arbeit nachgingen. Die Bourgeoisie fand nicht an allen ihren Possen Gefallen, aber sie liebte und achtete ihre Werke. Nur in Frankreich ist es möglich, daß ein Autor wie Genêt in erster Linie als großer Schriftsteller und nicht als Verbrecher angesehen wird. Die Beatniks jedoch sind mit einem vielschichtigeren Problem in einer Gesellschaft konfrontiert, die ihren Werken ausgesprochen feindlich gegenübersteht. Daher der Zwang zur Pose der Gefühllosigkeit, der Gleichgültigkeit und Härte. Daher die Geheimhaltung der intimen Seite ihres Lebens. Wenn die Beatniks Jimmy Dean zu ihrem Symbol erhoben, der jung in einem Sportwagen ums Leben kam, dann deshalb, weil er die amerikanische Besessenheit von Besitz ablehnte. Es ist wahr, Jimmy Dean ist kein Kultursymbol, wie der schwindsüchtige Keats für seine Generation.
Die Beatniks versuchen, ein Leben losgelöst von kommerziellen Werten zu führen. Sie haben keinen anderen Weg entdeckt, als alle Arbeit abzulehnen, da sie wissen, welch mächtiger Druck auf sie ausgeübt würde (ein Druck, dessen Stärke in Europa unbekannt ist), damit auch sie den Kult der Arbeit, des Ehrgeizes, der Gier und des Erfolgs in materiellen Bereichen übernehmen. Deshalb wird Arbeit als eine Falle abgelehnt, die zu noch größerem Verzicht zwingen würde.
Ihre einzige Konzession an die herrschenden Sitten ist die Leugnung jeder Nähe zu kulturellen Werten. Sie unternehmen außerordentliche Anstrengungen, den Schriftstel-

ler zu entdecken, der unbekannt ist, den Komponisten, dessen Werke nicht gespielt werden, denn sie ahnen, daß man sie durch kommerzielle Machenschaften um die echten Werte betrogen hat. Gleichzeitig ist dies ein Teil des Vorgangs, ihre eigenen Talente zu entdecken, eine delikate Angelegenheit und nicht für die Augen der Öffentlichkeit bestimmt. Was sie erschaffen, wird etwas anderes sein.

Léon-Paul Fargue, der phantasievollste und aristokratischste aller Bohemiens war ein begabter Erzähler. Die jungen Beatniks haben die Pose der Unartikuliertheit angenommen. Aber vielleicht entdecken sie ihre eigene Sprache. Symptome dieser Originalität zeigen sich in ihren Büchern. Ihr Schreiben ist vom Jazz und dem amerikanischen Lingo beeinflußt.

Sie erhalten wenig Hilfe und werden als Freaks behandelt. Ich sehe sie als eine neue Art Dichter.

Brief von Eve Miller:

Große Neuigkeiten! Henry hat endlich einer Reise nach Frankreich zugestimmt! Er nennt es so. Aber ich bete, daß mehr als eine Reise daraus wird. Eine ›Rückkehr‹, wenn Sie so wollen. In den letzten sechs Jahren habe ich nur davon geträumt. Es ist nicht nur ein egoistischer Wunsch von mir; Henry braucht Frankreich. Dieses Stück Paradies, in dem er Wurzeln geschlagen hat, ist gefährlich, und er weigert sich, es zu erkennen. Ich sehe zu, wie dieser vitale Mann zerfällt. In Europa ist er ein anderer Mensch. Wie lange kann ein Künstler aus sich selbst schaffen? Die Stimulanz, die er braucht, liegt dort, nicht hier. Wie auch immer ... in den vergangenen Monaten der Verzweiflung habe ich wichtige Entscheidungen getroffen. Notfalls werde ich Berge versetzen, um ihm ›die Augen zu öffnen‹. Meine persönlichen Bedürfnisse ... sind mir deutlich bewußt. In diesem Land kann ich mein Potential

nie entfalten. Jetzt ist der Zeitpunkt gekommen, wo ich beginnen muß zu leben. Die Schwerfälligkeit breitet sich hier aus wie ein Schwamm. Anaïs, wie können Sie das ertragen?
Voilà. Henry läßt Ihnen sagen, daß er die Sache für Ihren Freund in Paris ganz sicher schreiben wird. (Fanchette.) Aber zurück zu unseren Plänen. Ich bin so aufgeregt, ich kann kaum glauben, daß sie sich verwirklichen ... aber es stimmt. Ich werde erst aufatmen, wenn ich in Paris aus dem Flugzeug steige..!
Wir werden die beiden Kinder mitnehmen. Ihre Mutter hat ihnen erlaubt, die Gelegenheit wahrzunehmen (dies war immer die ›Entschuldigung‹, um an eine Rückkehr nicht zu denken). Wir werden sechs Wochen in Paris bleiben. Darauf bestehe ich. Den Sommer wollen wir dann in Südfrankreich verbringen, vielleicht in dem Ort, wo Durrell lebt. Er hat in den Sommermonaten das Haus voller Kinder, und Val und Tony dazu... Sie müssen mit anderen Kindern zusammenkommen, um das Leben in Frankreich wirklich kennenzulernen. Mitte August sollen sie dann zurückkehren, aber ich hoffe, daß dieses Mal *M. Dieu* auf meiner Seite ist, und die Pläne sich ändern. *La vie est très compliqué!* Henry ahnt natürlich nichts von all diesen verborgenen Träumen und Hoffnungen. Ich bin nicht sicher, daß er mich in den sieben Jahren unseres Zusammenlebens einmal nach meinen Träumen und Hoffnungen gefragt hat!

Die Kinsey Collection kaufte einen Teil der Erotika, die ich in den vierziger Jahren für einen Dollar pro Seite geschrieben habe. Boshafterweise bot man sie ihnen als meine Tagebücher an, und sie erwarben sie unter dieser falschen Voraussetzung. Unglücklicherweise kann ich mich in diesem Fall nicht verteidigen, wenn die Bibliothekare des Kinsey Instituts den Unterschied zwischen einem echten Tagebuch und Geschichten, die auf Bestellung mit einem Unterton der Ironie geschrieben wurden, nicht selbst bemerken.

Brief an Anna Kavan, London:

Vor vielen Jahren bat ich Ihren amerikanischen Verleger um Ihre Adresse, da ich die Absicht hatte, Ihnen einen langen Brief zu schreiben. Doubleday schickte meine Anfrage unbeantwortet zurück. Zu dieser Zeit stand ich ganz unter dem Eindruck von *Asylum Pieces.* Es schien mir das erste Mal zu sein, daß jemand die Welt des Wahnsinns mit solcher Klarheit und soviel Mitgefühl schilderte. Zum ersten Mal machte ein Schriftsteller diese Empfindung deutlich, und dadurch wurde sie menschlich nachvollziehbar. Ich gab das Buch vielen Menschen zu lesen. Und ich war überrascht, wie wenige es kannten. Danach las ich Ihre anderen Bücher. Sie gefielen mir sehr gut. Ich fühlte mich ihnen verwandt. Dann besuchte mich Peter Owen (er ist inzwischen mein Verleger), und zum ersten Mal erfuhr ich etwas über Sie. Aber ich zögerte, Ihnen zu schreiben, bevor ich die Bücher noch einmal gelesen hatte. Seit langem trug ich einen fertigen Brief an Sie in meinem Kopf herum, so daß ich das Gefühl hatte, ihn bereits geschrieben zu haben. Sie verwirklichen auf so schöne und vollkommene Weise die Aufgabe, die nach meiner Meinung Schriftsteller unserer Generation zu erfüllen haben. Sie sind in einen Bereich vorgedrungen, der unvermeidlich und notwendigerweise erforscht werden muß: die irrationale Welt. Wir alle wissen, daß wir in einem Zeitalter der Neurosen leben und lernen müssen, das Irrationale zu verstehen. Die Romanschriftsteller haben dies außer acht gelassen, besonders in Amerika. Ich bewege mich ständig zwischen Bewußtsein und Unterbewußtsein hin und her und wurde jahrelang geschmäht und ignoriert. Aber eine neue Generation wird aufmerksam, eine Generation, die sich dem Unbewußten stellt.

Sie laufen nicht alle zum Mond, und ich hoffe, daß diese Generation Sie lesen und wiederentdecken wird, wie sie mich neuentdeckt. Ich schicke Ihnen *House of Incest*, das zu Ihrem *House of Sleep* Parallelen aufweist. Ihr Stil ist so schön, und Sie behandeln geheimnisvolle und verwirrende Bereiche mit großer Klarheit.
Ich möchte Sie zur Mitarbeit an einer Zeitschrift einladen, an der ich mich engagiere: *Two Cities*. Sie erscheint in englischer und französischer Sprache. Herausgeber ist Jean Fanchette, ein dreiundzwanzigjähriger Dichter, Romancier und Kritiker. Sie können keine Honorare zahlen, aber ich glaube, die Zeitschrift wird Bedeutung erlangen. Ich lernte Jean Fanchette durch Lawrence Durrell kennen, der Sie sehr bewundert. Ich wäre Ihnen sehr dankbar, wenn Sie uns etwas schicken könnten.
Da niemand in Amerika meine Bücher veröffentlichen will, habe ich sie selbst verlegt. Ich hoffe, mein Eigenverlag wird wachsen, damit ich auch die Bücher anderer veröffentlichen kann. Als *Asylum Pieces* erschien, war Amerika nicht dafür bereit. Das Klima ändert sich, und es sollte wieder aufgelegt werden. Peter Owen schickte mir Ihre beiden letzten Bücher. Nachdem ich sie gelesen habe, möchte ich De Gaulle zitieren: ›Sie fliegen zum Mond? Dahin ist es nicht sehr weit. Der Weg in unser Inneres ist so viel weiter.‹«

Die größte Freude in diesem Monat war der Artikel von Jean Fanchette über mein Werk. Er zeigte beinahe vollkommenes Verständnis; er traf ins Schwarze, und ich träumte, ihn verschluckt zu haben. Ja, echtes Lob ist Nahrung, man sollte sich nicht schämen, sie zu sich zu nehmen, nicht anders, als wenn man den Körper sättigt! Sehr viele Menschen haben sich von meinem Lob und Verständnis genährt.
Jean Fanchette über *House of Incest:* »Anaïs Nin wirft ein beinahe blendendes Licht auf einen Bereich, den Gene-

rationen von Schriftstellern nur in Paraphrasen zu beschreiben wagten.«

»Anaïs Nins große Begabung ist es, die Alchemie des Körpers und der Seele zu benennen und zu definieren, die Wurzeln dunkler Instinkte zu entdecken und sie beim Namen zu nennen. Ein nicht abreißender Dialog zwischen Traum und Wahrheit.«

Mount Sinai Hospital, New York City, 9. März 1959

Ich gab diesem Band den Titel *The Fallen Jet.* Bei meiner Rückkehr nach New York machte eine Geschichte, die ich las, großen Eindruck auf mich. Ein Jet auf dem Weg von Paris nach New York begann plötzlich, an Höhe zu verlieren. Der Pilot befand sich nicht in der Kanzel, sondern unterhielt sich mit den Passagieren. Der Druckanstieg lähmte alle, aber der Pilot kämpfte gegen den Druck an, erreichte unter größten, übermenschlichen Anstrengungen die Kanzel und fing das Flugzeug im letzten Moment wieder auf. Die elektronische Steuerung hatte versagt.

Dieser Vorfall blieb mit großer Lebendigkeit in meinem Gedächtnis haften, und ich erkannte, daß er ein Ausdruck dessen war, was in mir geschah. Ich versuchte, meine Flugbahn zu korrigieren, und es bedurfte größter Anstrengungen, dies gegen den Sog nach unten, den negativen Druck zu erreichen. Das Gewicht und der Druck, die Hindernisse.

Ich erkrankte an doppelseitiger Lungenentzündung. Sie begann als Erkältung. Ich hustete und wollte mich gerade ins Bett legen, als Tana anrief: »Ich muß Sie sehen. Ich habe mich gerade scheiden lassen und meine Wohnung aufgegeben.«

»Ich bin krank«, antwortete ich schwach. Tana kam trotzdem, und ich hörte ihr zu, blieb dabei aber unberührt und unbeteiligt, als sei ich zum ersten Mal nicht in der Lage, das Leid eines anderen nachzuempfinden. Um vier

Uhr morgens erwachte ich mit heftigem Schüttelfrost. Ein heißes Bad, das elektrische Heizgerät und auch zwei Dekken konnten mich nicht wärmen. Ich rief Ärzte an. Aber die meisten hatten Anrufbeantworter. Andere machten keine Hausbesuche. Das Fieber stieg auf 40 Grad, und ich erbrach mich. Im Morgengrauen kam Dr. Jacobson. »Ich glaube, Sie haben Lungenentzündung.« Millicent brachte mich im Taxi in die Klinik. Trotz heftigen Fiebers mußte ich einen langen Fragebogen über mich ergehen lassen, den ich nicht beantworten konnte, und man forderte eine Vorauszahlung der Behandlungskosten in bar. Doppelseitige Lungenentzündung, sagte das Röntgenbild. Heute ist der achte Tag. Es schneit. Das Zimmer ist voller Blumen, und viele Freunde besuchten mich. Jim kam aus Key West, Stanley Haggart, Woody Parrish-Martin, Sylvia Spencer, Peggy Glanville-Hicks, Bebe Barron und Dr. Bogner.
Ich schreibe Briefe.
Auf dem Weg zum Röntgenraum trage ich meinen roten Burnus, und alle amüsieren sich. Die Schwestern sind dankbar, daß ich mich zurechtmache und nicht wie eine Sterbende aussehe.

Brief an Louise Varèse:

Es ist so aufregend für mich, jemanden zu finden, der meine große Begeisterung für Henri Michaux und besonders für dieses Buch teilt. Darüber muß ich Ihnen vieles erzählen. Ich würde das Buch gerne veröffentlichen. Um Ihnen die Situation kurz darzustellen: Alle meine Bücher waren vergriffen und kein Verleger bereit, sie neu aufzulegen. So begann ich in diesem Jahr selbst, sie nachzudrucken, und es wird eine Weile dauern, bis ich damit fertig bin. Da ich auf eine treue Leserschaft zählen kann, trägt sich das Unternehmen ohne Kritiker, ohne Werbung, nur durch die Unterstützung von Freunden. Und deshalb hoffe ich, auch andere Schriftsteller verlegen zu können. Ich würde gerne Michaux und Durrells *Die Schwarze Chronik* drucken. Bitte schreiben Sie mir, wieviel die Übersetzung kostet. Es handelt sich um ein Non-Profit-unternehmen, und ich plane, den Autoren nach Abzug der Unkosten den Überschuß auszubezahlen.

Ja, Amerika ist verwirrend. Man zieht den analytischen Weg von Aldous Huxley der Poesie von Michaux vor. Man möchte nicht in Erfahrungen hineingezogen werden, man will sie untersuchen. Man traut dem Künstler nicht zu, die Menschen in Ekstase zu versetzen, aber andererseits drängen sich die Amerikaner darum, die Drogen zu nehmen, anstatt den Effekt durch die weit subtileren und rezeptiveren Fühler eines Michaux zu erreichen.

Ich schicke Ihnen den Artikel von Jean Fanchette. Wenn er Ihnen gefällt, würde ich mich freuen, wenn Sie ihn ins Englische übersetzen. Außerdem schicke ich Ihnen einige Vorankündigungen. Bitte verteilen Sie sie an Interessenten von *Two Cities* und meiner Arbeit. Dies ist die einzige Lösung, das einzige Heilmittel gegen den übermächtigen Kommerzialismus.

Jean Fanchette übersetzt *Ein Spion im Haus der Liebe* ins Französische. Zwanzig Jahre lang wurde ich verleumdet und übergangen, und in diesem Sommer fühlte ich mich zum ersten Mal gewürdigt.

Ich habe das Gefühl, daß Varèse dieselbe Gerechtigkeit widerfährt – nach so vielen Jahren, in denen seine Imitatoren erhielten, was nur ihm zustand.

Brief an Karl Shapiro:

Ich habe Ihre Gedichte und Rezensionen vor einiger Zeit gelesen, sie aber kürzlich mit einem neuen Verständnis wiedergelesen. Mich beeindruckte die ungewöhnliche Mischung aus tiefer Menschlichkeit und beinahe hellseherischen Erkenntnissen.

Ich könnte mir vorstellen, daß Sie etwas zu unserer Zeitschrift *Two Cities* beitragen wollen. Ich bin die amerikanische Herausgeberin (welche Ironie, nachdem man mich aus der amerikanischen Literaturszene vertrieben hat). Verdienen läßt sich dabei nichts, aber sie befänden sich in guter Gesellschaft, und es besteht Hoffnung, daß ein französischer Verlag die Zeitschrift unterstützt. Ich wäre stolz, von Ihnen etwas bringen zu können. Bitte helfen Sie mir, meinen Eigenverlag bekanntzumachen. Ich habe entdeckt, daß dies der einzige Weg ist, um mein Werk vor dem Lebendigbegrabensein zu bewahren. Kein einziger amerikanischer Verlag will meine Bücher veröffentlichen. Ich weiß, daß andere Schriftsteller in derselben Situation sind, und ich möchte auch ihre Bücher drucken, die vergriffen sind, vergessen oder fallengelassen wurden und auch einige neue Autoren, an denen niemand interessiert ist. Durrell, Miller und ich begannen vor dem Krieg zusammen, und nach zwanzig Jahren der Isolation und des Underground formt sich die alte Konstellation wieder neu.
Zur Zeit liege ich mit doppelseitiger Lungenentzündung im Krankenhaus, aber sobald ich zuhause bin, werde ich Ihnen ausführlich über Ihre Bücher schreiben. Jetzt fehlt mir die Kraft dazu.

Brief an Claude und Larry:

Ich liege im Krankenhaus, erhole mich von einer doppelseitigen Lungenentzündung (spanische Extravaganz!) und arbeite meine Korrespondenz auf. Diesen Monat habe ich meine ganze Energie auf *Two Cities* verwandt, was für uns alle gut sein wird. Ich möchte Dir für die Bekanntschaft mit Jean Fanchette danken. Seine Freundschaft ist eine wahre Wohltat. Es ist so merkwürdig, Larry, daß Du von neuem Wachstum und Gesundung sprachst, die Du Claude und Frankreich verdankst. Als ich in den Zug stieg, faßte ich meine Eindrücke von Dir in dem Gedanken zusammen: Er ist ein verwundeter Mann. Aber ich wußte nicht, wie sehr verwundet Du bist.

Es ist eine Ironie, daß ich das Ausmaß der Schäden nicht kannte, die das Leben in Amerika hervorruft. Jean scheint sie alle zu heilen. Solange ich kein Exemplar der Zeitschrift habe, werde ich nicht genügend Subskribenten gewinnen können. Nur wenige amerikanische Schriftsteller sind bereit, ohne Honorar zu schreiben. Henry und Eve wird es guttun, mit Euch zusammenzusein.

In Deinem Vorwort zu *Children of the Albatross* mußte ich ›ein Kind der Grand-Hotels‹ streichen, denn als ich geboren wurde, war mein Vater mit dreiundzwanzig Jahren der jüngste Musikprofessor an der Schola Cantorum, und Du weißt, wie Musiker in Frankreich bezahlt werden. Wir lebten mit Unterstützung des Vaters meiner Mutter, der ihnen zur Hochzeit ein Klavier schenkte und ihnen eine bescheidene monatliche Rente aussetzte. Du wirst Bilder der kleinen Wohnung in der Rue Henrion Berthier in Neuilly sehen, in der ich geboren wurde. Als mein Vater uns verließ, und der Großvater starb, hatte meine Mutter kein Einkommen mehr. Ihre reichen Schwestern vertraten den Standpunkt, sie habe ihr Erbteil bereits erhalten. Deshalb waren wir in Amerika auf sehr unromantische Weise arm. Meine Mutter arbeitete und vermietete Zimmer. Als ich Henry unterstützte, war es nur möglich, weil ich sparte, und nicht weil ich im Überfluß lebte. Schließlich verzichtete ich auf Louveciennes, das Auto und das spanische Mädchen (zehn Dollar im Monat). Ich wuchs nicht in Samt und Seide auf. In New York erledigte ich alle Hausarbeiten. Ich glaube, Du hast mein Leben mit dem späteren Leben meines Vaters verwechselt, der eine reiche Erbin heiratete, ein Haus in Passy besaß und in Luxus lebte. Ich bemerkte, daß Du eine falsche Vorstellung von mir hattest, als Du davon sprachst, daß ein Chauffeur die Tagebücher ablieferte.

Als wir in Louvenciennes lebten, besaßen wir zwar ein Auto aber niemals einen Chauffeur. Aber wenn Dir diese Vorstellung so gut gefällt – es ist das Recht eines großen Romanciers!

Brief von Elizabeth Moore:

Beim Lesen von *House of Incest* überkam mich dieselbe merkwürdige Empfindung wie bei *Children of the Albatross* und *Unter einer Glasglocke*, daß hier ein sehr dünnhäutiger Mensch am Werk sein mußte – vielleicht mit einer Trommel vergleichbar, der bestimmte Melodien, zart und doch stark, mit zunehmender und abnehmender Geschwindigkeit entlockt werden. Das Tanzen einer Silbermünze auf Marmor, das Klingen eines Kristallglases; Ihr Schreiben ist für mich alles, stark und doch zart, gedämpft und doch jubelnd. Manchmal eine Trompete, dann wieder eine Violine. Vielleicht verweben sich bei Ihnen mehr als bei jedem anderen Schriftsteller rhythmische und musikalische Assoziationen. Ich habe mich immer verwundert gefragt, wie Sie Musik und Prosa miteinander verbinden (was Ihr Werk auf die Stufe der Poesie erhebt). Vielleicht ist dies der Grund, daß man so deutlich eine zusätzliche Dimension wahrnimmt. Sie wissen, wie geheimnisvoll das Picken eines Vogels im Morgengrauen vor dem Fenster sein kann. Das Geräusch dringt durch den Schlaf, durchdringt das Bewußtsein, *ehe man bewußt empfindet.* Mit den vielfältigen Bildern der Nacht, den Halbgedanken, den kreisenden Welten ist eine Wahrnehmung eingedrungen, bevor das Ich des Tages erwacht. Virginia Woolf ist es gelungen, das Gefühl der anderen Dimension zu vermitteln, auch Elizabeth Bowen und in einem geringeren Maß Anna Kavan. Aber jede dieser Schriftstellerinnen schien neurotische Züge zu tragen, ihre Wunden werden sichtbar. Ich finde es sehr merkwürdig, aber bei Ihnen ist das nicht der Fall. Sie *fließen* mit dem

Leben – während viele Schriftsteller (besonders aus der Schule der Empfindsamkeit) sich gegen das Leben entschieden haben. Das wird an einer gewissen Sterilität deutlich.

Varda ist in New York und lädt zu einer Party ein, um die Scheidung von seiner griechischen Frau Chryssa zu feiern. Er mietete einen der langweiligsten, trostlosesten und einfachsten Lofts, malte die Wände weiß und die Decke himmelblau. Er hängte Kletterpflanzen auf, seine Collagen bedecken die Wände, und es entstand ein schöner, großzügiger Raum, in dem man Vogelgezwitscher und tanzende Fontänen erwarten würde. Chryssa hat ein Stockwerk höher ebenfalls ein Atelier, voll von ihren riesigen, schweren plumpen Zeichnungen und Bildern. Varda hat das Märchen nie aufgegeben.

Ich erholte mich rechtzeitig, um meine Lesung in Harvard zu halten. Harvard war sehr schön und wohltuend. Zwei Redakteure von *The Advocate* holten mich am Flugzeug ab, einer von ihnen ein Franzose. Wir aßen in einem französischen Restaurant zu Mittag und gingen danach in den Grolier Book Shop. Dort hat man mir von Anfang an die Treue gehalten und immer meine Bücher geführt. Gordon Cairnie lag krank zuhause im Bett. Es war bitterkalt, und das berühmte Efeu wirkte zerzaust. Die Lesung fand in einem großen, überfüllten Saal statt. Man hörte mir voll gespannter Aufmerksamkeit zu; es gab viel Beifall und die Aufforderung, mehr zu lesen. Ich las insgesamt eine Stunde lang. Danach fand an einer anderen Stelle ein großer Empfang statt, wo hunderte von Studenten sich mit mir unterhielten, die alle mehr oder weniger dasselbe sagten: »Wir haben den Realismus satt. Wir haben genug von der flachen Literatur. Wir wünschen uns Poesie und Phantasie.« Nicht das Englische Institut hatte mich eingeladen sondern die Studenten. Sie hatten gesammelt, um mir die Reisekosten und meine Auslagen zu erstatten. Sie waren sehr beredt, belesen und gescheit und standen mit der ganzen Welt in Verbindung. Amüsanter verlief eine Party, auf der ich einen alten Herren aus dem State Department kennenlernte. Er erzählte mir, ich habe ihm einmal zur Zeit des Marshall Plans viel Kummer bereitet, als man Bücher an die Truppen in Europa verschickte, darunter auch *House of Incest*. Der Botschafter in Brüssel *kabelte* umgehend seinen Protest. Er mußte in die Kongressbibliothek gehen und das Buch dort lesen, um festzustellen, wodurch es die amerikanische Armee verderben könne; aber außer einem surrealistischen Traum konnte er nichts entdecken!

Nach meinem angenehmen Besuch in Harvard schrieb Vincent Capanzano einen ausführlichen Artikel über mich, in dem er erwähnte, daß ich meine Bücher selbst verlegte. Seine Ausführungen gipfelten in der Schlußfolgerung: Wenn die großen Verlage meine Bücher nicht veröffentlichten, bedeute dies, daß ich keine große Schriftstellerin bin!

Daisy Aldan und ich korrespondieren über unsere Pläne, Bücher zu verlegen. Sie besuchte mich vor einiger Zeit, als sie beabsichtigte, eine Doktorarbeit über amerikanische surrealistische Schriftsteller zu schreiben. Ich gab ihr alle meine Bücher. Mir gefielen *Folder* und ihre Gedicht-Editionen, und wir haben die Absicht, uns zu treffen.

Als meine Bücher vergriffen waren, erhielt ich Briefe, in denen man mich fragte, wo sie zu kaufen seien. Die Briefe sprachen von aufrichtigem Interesse, und ich wußte nicht, was ich antworten sollte.
Es bekümmerte mich auch, daß meine Leser die Romane nicht in der richtigen Reihenfolge lesen können. Ich hatte beabsichtigt, sie nacheinander zu veröffentlichen, denn der

Entwurf der Figuren trat von Band zu Band klarer in Erscheinung. Aber die Verleger wollten nicht von einem fortlaufenden Roman sprechen. Sie behaupteten, das amerikanische Publikum liebe es nicht, mehrere Bände lesen zu müssen, um ein abgeschlossenes Werk kennenzulernen. Kein Mensch las je einen zweiten Band. Deshalb wurde nie erwähnt, daß die Romane in einer Folge stehen. Sie wurden als abgeschlossene Romane gelesen. In mir entstand der Wunsch, sie in der richtigen Reihenfolge herauszugeben, damit die Entwicklung deutlich wurde. Ich fand eine Offsetdruckerei in Ann Arbor. Ich ließ alle Romane mit einigen Radierungen von Ian Hugo unter dem Sammeltitel *Cities of the Interior* drucken. Woody lachte über den Titel und sagte, man würde ihn wörtlich nehmen und das Buch als eine geographische Studie auffassen; aber mir gefiel die symbolische Bedeutung, und ich behielt ihn bei.

Die Ausgabe hatte einen Nachteil. Die Seitenzählung der Originalausgaben wurde abgedeckt, aber ich konnte eine neue Numerierung nicht bezahlen, und die Ausgabe erschien ohne Seitenangabe und jeder Band in einer anderen Schrifttype. Dies verwirrte die Leser, und wer die Romane gründlich studieren wollte, dem fehlte ein Register. Aber das war alles nicht so wichtig, denn wenigstens standen die Romane den Lesern wieder zur Verfügung. Die Korrespondenz bestärkte und ermutigte mich – sie und der Ausdruck auf den Gesichtern der Menschen bei Signierstunden. Sie näherten sich mir nie nur mit konventionellen Worten. In ihren Gesichtern spiegelten sich Emotionen, in ihren Augen Botschaften. Häufig fehlten ihnen die Worte, denn die Gefühle überwältigten sie. Aber wir verständigten uns immer auf einer tieferen, emotionalen Ebene. Die Arbeit konnte nicht nutzlos gewesen sein.

Brief von Alyse Gregory:

Ihre Prosa mit ihren vielen Unter- und Obertönen hat auf mich die Wirkung von Poesie. Ihrer Wortmagie gelingt es auf vollkommene Weise, die immaterielle Strömung von Emotionen und Sinneswahrnehmungen auszudrücken. Ich glaube Ihre Begabung ist einzigartig, und es ist nicht weiter verwunderlich, daß Ihre Originalität nicht die volle Anerkennung findet, die Sie erwarten können. In den Worten Cocteaus: »*Ce que le public te reproche, cultive-le, c'est toi.*« Eigentlich ist es irreführend, wenn man Ihren Namen im Zusammenhang mit Virginia Woolf nennt. Ich glaube, Sie beginnen dort, wo sie aufhört, Sie schreiben auf einer völlig anderen Ebene. In Ihrem Schreiben wird man in den Strom des Lebens hineingezogen. Und in mir stellt sich nach der Lektüre das Gefühl einer Erleuchtung ein, die um die schöne, geheimnisvolle, kaum wahrnehmbare und schmerzliche Verzauberung kreist, die Liebende einander in die Arme treibt, aber nur, um sie am Ende erkennen zu lassen, daß sich die Kluft zwischen ihnen vergrößert hat. Dieses unsagbar komplizierte und doch so überstrapazierte Thema haben Sie mit großer poetischer Einsicht behandelt, frei von allen zeitgenössischen Platitüden, mit zarter und begnadeter Aufrichtigkeit. Diese Einsicht an sich ist eine Kunst, und sie wird Ihre Bücher noch lange lebendig halten, wenn die flüchtigen Nadelstiche Ihrer Kritiker vergessen sind, falls es welche geben sollte.

Ist es nicht merkwürdig, wieviel schöner Briefe sind als Kritiken, wie großzügig, warmherzig und klarsichtig Menschen sind, wenn sie nicht unpersönliche Kritiken schreiben? Sie sehen mehr, sie empfinden mehr, wenn sie nicht beabsichtigen, für die Öffentlichkeit zu schreiben.
Diese oder solche Briefe sind für mich der schönste Lohn. Das Buch über D. H. Lawrence ist kaum noch aufzutrei-

ben. Nur ab und zu findet sich im Gotham Book Mart ein Exemplar zu einem hohen Preis. *Ladders to Fire* ist vergriffen, wird aber in *Cities of the Interior* aufgenommen werden, in dem auch *This Hunger* erscheint. *Eiszeit* wird zusammen mit drei anderen Kurzgeschichten im Mai oder Juni als Paperback erscheinen. *Realism and Reality* ist vergriffen, aber ein Teil ist in *Two Cities* erschienen.

Ein paar Zeilen an Maude Hutchins, mit denen ich sie zur Mitarbeit an *Two Cities* einlade: »Ich habe Ihr *Noel's Tagebuch* immer bewundert, seinen Geist, die Sinnlichkeit und Intelligenz.«

Autoren, die ich wählte:

William Goyen
Anna Kavan
Wallace Fowlie
Daisy Aldan
Karl Shapiro
Nabokov.

Karl Shapiro antwortet:

Es ist eine Schande für die Literatur, daß jemand mit Ihrem großen Talent versuchen muß, die eigenen Bücher zu verlegen. Schriftsteller bewundern Ihre Arbeit, aber auch das scheint nicht zu helfen. Mit Miller ist es dasselbe. Die Menschen fürchten sich vor Ihren und Millers Büchern, aber es sind Bücher, die ich liebe, und ich entdecke, was es heißt, in seiner Liebe für gewisse Autoren allein zu stehen. Ich lese Ihre Romane im Geheimen und weine dabei. Sie sind eine wahre Dichterin, und was Sie sagen, die Schönheit, mit der Sie es sagen, ergreift mich tief. In gewisser Hinsicht möchte ich Sie als Geheimnis bewahren.

An solche Briefe muß ich mich halten. Die Gefahr, in Vergessenheit zu geraten, ist gebannt. Alle Bücher werden veröffentlicht. Aber ich frage mich häufig, wie viele Schriftsteller wir verloren haben. Wie viele gibt es, die aufgehört haben zu schreiben?
Zwei meiner Bücher sind ins Schwedische übersetzt worden.
Von *Miss Lonelyhearts* wurden nur achthundert Exemplare verkauft!
Sollte ich je zu Geld kommen, werde ich Schriftsteller verlegen, die ich liebe.

Die Arbeit für *Two Cities* hat mich viel Zeit gekostet. Was mir an Zeit bleibt, verwende ich darauf, die Tagebücher abzuschreiben, damit ich die Originale zurückbringen kann.
Die Korrespondenz dreht sich nur um *Two Cities* und den Vertrieb der Bücher, die ich neu aufgelegt habe. Der Phoenix Bookshop wird sie verkaufen.

Ich habe das Gefühl, Anna Kavan ist bei all Ihrer Brillanz in der Erforschung des Labyrinths zu weit gegangen, ohne sich den nötigen Sauerstoff durch das Leben besorgen. Es scheint, sie hat aufgehört zu leben und befindet sich in einer Sackgasse. Ich bewundere sie und fürchte nur, sie wird in Zukunft vielleicht gegen Sterilität kämpfen müssen.

Ich kann es nicht glauben, ich habe schon einundsiebzig Tagebuchbände abgeschrieben. Auf jetzt zu den nächsten zwanzig Bänden! Aber nach der Lungenentzündung bin ich noch immer schwach.

Heute erinnerte ich mich an Dr. Allendys Haus. Ich bin nicht sicher, es schon beschrieben zu haben. Es stand in einem ruhigen Wohnviertel und hatte einen kleinen gepflegten Vorgarten. Ein dunkler Flur führte zu einem dunklen Salon, und durch den Salon betrat man einen Wintergarten. Dort gab es einen kleinen Teich mit Goldfischen und einen Kiesweg. Das Licht drang durch grünliches Glas. In den Schatten der Pflanzen schlummerten Katzen. Die Sessel waren tief und samtig. Zu allen Stunden des Tages herrschte dasselbe diffuse Licht im Innern des Hauses. Es schien ein adäquater Eingang zu den tieferliegenden Welten.

Dr. Allendys Sprechzimmer war durch einen schweren schwarzen chinesischen Vorhang mit goldgestickten Papyruszweigen gegen alle Geräusche abgeschirmt. Dadurch schien das Sprechzimmer weniger einem Arzt als einem Zauberer zu gehören. Er schob zuerst die Tür zurück und dann den Vorhang beiseite. Dr. Allendy war groß, aber in den kleinen Zimmern wirkte er noch größer. Seine sehr großen, blauen, keltischen Augen waren das Lebendigste an ihm; sie erinnerten an einen Seher. Sein Körper war schwer, sein bärtiges Gesicht und die große Nase verliehen ihm das Aussehen eines Muschik. Er hätte ein Fanatiker sein können. Es überraschte, in ihm einen Analytiker zu finden, der ruhig in seinem Sessel saß, mit Notizpapier raschelte und mit leiser Stimme sprach. Er hatte schöne Zähne, aber er lachte selten und niemals laut.

An den Wänden des Sprechzimmers standen die Bücherregale bis zur Decke. Sonst gab es dort nur noch einen Tisch und zwei Stühle. Auch hier herrschte gedämpftes Licht, die Tischlampe brannte bereits am frühen Nachmittag.

Nach seinem Auftauchen hinter dem schwarzen, chinesischen Vorhang wurde er unsichtbar. Erst beim Gehen sah ich ihn wieder. Er begleitete mich stets zur Tür. Wenn er den schwarzen Vorhang öffnete, wirkte er wie ein Zauberer; ein Zauberer, der sich beharrlich darum bemühte, die Geheimnisse der Menschen zu ergründen. Aber beim Verabschieden an der Tür, im Tageslicht, wirkte er wie ein freundlicher Arzt.

Es war immer seltsam, das Haus mit der Atmosphäre eines versunkenen Gartens zu betreten, ein schmerzvolles Abenteuer zu erleben und wieder hinaus in die Welt, auf die sonnigen, bürgerlichen Straßen zu treten.

[Frühling 1959]

Ich habe mein Werk vor der Vergessenheit bewahrt. Ich wünschte, ich könnte das für andere Schriftsteller auch tun, aber ich kann nicht beides, schreiben und veröffentlichen. Im letzten Jahr übernahm ich mich durch zuviel Kleinarbeit. Es kostet so wenig, einen Offsetdruck bereits erschienener Bücher herzustellen, die von den kommerziellen Verlagen nicht mehr aufgelegt werden, wie die von William Goyen, Isabel Bolton, Anna Kavan, und man kann immer zwei- bis dreitausend Leser dafür finden; er genügt, um sie ständig lieferbar zu halten.

Ich las alle Bücher von Artaud, Michaux und Kafka und konnte mehrere Nächte lang nicht schlafen. Welch gequälte Menschen! Die Foltern, die von der Psyche ausgehen, ihre Intensität, – es ist unglaublich.
Freue mich sehr über den Erfolg von Harry Partchs *The Bewitched.* Alle schreiben mir, wie schön es war, welche Schönheit amerikanische Folklore unter seinen Händen erreichte, eine fließende und bezaubernde Musik.

Als Varda sich von Chryssa trennte und eine schwere Zeit durchstehen mußte, kaufte ich eine seiner Collagen. Sie sind bezaubernd, ein magisches Gegengift für die kahlen Abstraktionen, das Gekritzel und die leeren Leinwände, die sich moderne Kunst nennen. Wie traurig er auch sein mag, in seinen Arbeiten finden nur Freude, Leichtigkeit, die schwimmenden Gärten des Geistes ihren Ausdruck. Sie machen das Unsichtbare sichtbar, und das, so räumt selbst das Lexikon ein, ist die Funktion des Symbolismus.

Jim Macy sagt mir: »Wir haben den Verstand überentwickelt. Es ist der Verstand, der uns in der Vergangenheit, in der Zukunft leben läßt und die Gegenwart zerstört. Es ist der Verstand, der eine Erkenntnis der Wirklichkeit sucht, die immer falsch ist. Die Gegenwart, der Augenblick sind alles, was wir haben. Zen fördert dieses Bewußtsein.«

»Aber wenn der Verstand krank ist, in der Vergangenheit oder in der Zukunft lebt, kann Zen ihn dann heilen?«

»Nein.«

»Nachdem wir dieses Instrument entwickelt haben, wäre es dann nicht besser zu lernen, einen Weg aus dieser mißlichen Lage zu ersinnen? Wir können den Verstand dazu einsetzen, unser Leben zu lenken, das Unterbewußte zu erforschen. Er ist ein wertvolles Instrument. Er kann dabei helfen zu werden, was man ist, zu erreichen, was man möchte, während Instinkt und Gefühl ohne die Hilfe des Verstandes uns zerstören können.«

Diese Art Zen-Bewußtsein, in der Gegenwart zu leben wie Henry oder Gonzalo, verstehe ich. Aber ich kann nicht verstehen, was Zen heute für uns tun kann. Es ist das Gegenteil der Analyse, die uns tatsächlich zum Unterbewußtsein zurückführt. Nachdem die Vergangenheit ausgelöscht ist, und wir aufgehört haben, in der Zukunft zu leben, versetzt sie uns in die Lage, in die Gegenwart zurückzukehren.

Als Larry Durrell mir nach Paris schrieb, ich solle Jean Fanchette aufsuchen – was ich auch tat –, wußte ich nicht, daß er mir dadurch eine neue Verbindung zu Frankreich schaffen würde.

Ich wartete am Deux Magots, und ein junger, schöner Neger trat auf mich zu; schlank, nicht groß, mit zarten Gesichtszügen, wie man sie bei den Haitianern findet, einer kleinen, geraden Nase, sanften, freundlichen Augen und einem sinnlichen Mund. Er war Medizinstudent und gab eine kleine Zeitung für Medizinstudenten heraus. Für seine Gedichte hatte er vor kurzem einen Preis erhalten. Er war sehr charmant und hielt die Balance zwischen Erdverbundenheit und Poesie. Er hatte eine Kritik über Durrell geschrieben, und wenn Durrell in Paris war, verbrachte er viel Zeit mit ihm zusammen.

Später erfuhr ich, daß er mit Durrell die gleiche Enttäuschung erlebt hatte wie ich: Er lehnte es ab, ein Vorwort für Fanchette zu schreiben. Mir schlug er das nicht ab, aber was er schrieb, war so oberflächlich, daß ich mich nie darüber freuen konnte.

Ich unterstützte die Zeitschrift. Ich war dankbar für Fanchettes Verständnis. Ich betrachte ihn als meinen besten Freund in Frankreich. Er ist das magische Verbindungsglied. Merkwürdig, daß mir damals nicht wohl dabei war, wieder in die alte Miller-Durrell Konstellation zurückzukehren. Es erschien mir als Regression. Aber dann erkannte ich, daß es keine Rückkehr zu Miller und Durrell bedeutete, sondern zu Frankreich und den Weg zu Fanchette. Die Gegenwart behauptete sich.

Jacques Senelier. Er schrieb mir, daß er während des Krieges in Algerien in einer zerfledderten Zeitschrift einen Ausschnitt aus *Je Suis le Plus Malade des Surréalistes* gefunden habe. Er entdeckte meinen Namen und Adresse in *Two Cities*. Er schreibt wie ein Erbe Artauds.

Ich möchte *Solar Barque* ein Kapitel hinzufügen. Aber ich konnte es nicht. Ich glaube, daß der nicht abreißende Strom der Analyse meinen Blick so schnell kreisen läßt, daß mir keine Zeit bleibt, die Realität zu übersetzen, bevor ein neuer Aspekt auftaucht. Ich beginne mit einer Figur oder einer Geschichte, und sie verändert sich von Augenblick zu Augenblick. Heute sah ich Henrys zwanghaftes Bemühen, Junes Lügen zu entlarven, als Projektion seiner immer neuen Erfindungen. Die Welt nennt seine

Lügen schöpferisch und phantasievoll, aber bei der armen June bezeichnet man es als Mythomanie.

Abendessen mit Renate und John. Er ist groß und außergewöhnlich schön. Er hat zerzauste, leicht gewellte, goldene Haare, klare, aufmerksame, durchdringende, blaue Augen, blendendweiße Zähne, buschige Augenbrauen, ein klar gezeichnetes Profil mit einer kleinen Nase, einen vollen, geschwungenen Mund. Er ist strahlend jung und hat makellose Haut. Sie sind glücklich miteinander. Sie reisten zusammen nach Mexiko. Er erzählt, wie er mitten in einem brutalen Spiel sich fragte: »Was tue ich hier; ich bin ein Dichter«, während ein genagelter Schuh über seinem Gesicht schwebte, kurz davor, ihn zu verunstalten.
Renate sagte: »Du kannst Dir die Vollkommenheit seines Körpers nicht vorstellen. Er ist schön wie ein griechischer Gott.«
Er möchte ein Boot kaufen und um die Welt segeln.

Anaïs, beginne ein Buch!
Schreibe!
Beginne irgendwo.
Beginne mit Lillians Rückkehr aus Golconda, nachdem sie es abgelehnt hat, den Arzt aufzusuchen. Das Erlebnis seines Todes schreckte sie aus ihrem ausweichenden Verhalten auf, und sie begann zu sprechen, zu sehen und zu verstehen.
Sie durchquerte das Labyrinth.
Sie suchte den Lügendetektor nicht als Wächter, Polizeibeamten, Verkehrspolizisten, als Herrn über innere Verwirrungen sondern als ein Sieb, als jemanden, der Klarheit schaffen sollte.
Lillian sprach; sie ließ Wendungen, Windungen, helle und dunkle Alleen für sich sprechen.
Und Sabina trat schließlich auf einer wirklichen Bühne

auf und wurde berühmt. Nicht am Broadway, sondern auf off-Broadway Bühnen. Ihr Name stand auf den Reklametafeln der Straßen, die sie süchtig nach Liebe und Erotik durchwandert hatte. Sie spielte nicht ihre eigenen Alpträume sondern die von Tennessee Williams. Sie spielte sie gut.

Ich bin im Tagebuch gefangen. Wo ich auch beginne, es bringt mich zu Figuren zurück, die bereits durchgezeichnet sind.
Ich bin unter der Menge meines Materials begraben.
Ich war so lange spontan und sprunghaft, daß ich nichts mehr ordnen kann.
Werde ich jetzt ein Chaos bedeutungsloser Erfahrungen zusammenstellen wie Kerouac?
Wo bin ich?
Suche ich eine rationale Ordnung wie Proust?
Kerouac lebt in der Gegenwart – aber in Fragmenten.
Ich sehe zwischen all den Fragmenten eine Verbindung.
Ich lese Lawrence Liptons Buch *The Holy Barbarians.*

[Sommer 1959]

Was eine der schönsten Partys hätte werden können, die ich je besuchte, wurde zur größten Enttäuschung.
Gil Henderson hatte zu einer Strandparty eingeladen. Gil hatte Zelte entworfen, die jeweils für eine Gruppe seiner Freunde bestimmt waren. Jede Gruppe sollte das eigene Zelt aufbauen und Wimpel und Flaggen mitbringen. Als wir ankamen, flatterten Wimpel in allen möglichen Formen und Farben fröhlich im Wind. Manche wirkten mittelalterlich, andere modern. Draußen brannten offene Feuer und in den Zelten Kerzen in Gläsern. Musik spielte. Der Mond schien hell. Das Meer rauschte sanft. Es war eine schöne Sommernacht.
Wir konnten Gils Zelt nicht entdecken, deshalb gingen wir umher und fragten überall nach ihm. Junge schöne Menschen lagen im Sand. Aber das Erstaunliche, das Schockierende und Erschreckende für mich war, daß sie alle schwiegen. Es herrschte keine Fröhlichkeit und kein Interesse aneinander. Kein Lächeln, kein Gelächter, kein Übermut – nichts von der hungrigen Neugier auf andere, die ich erwartete. Sie antworteten kaum, sie verhielten sich gleichgültig und uninteressiert. Es schien, als hätten sie den Trank der Gleichgültigkeit getrunken. Als wir schließlich Gils Zelt erreichten, dasselbe Bild. Kein Leben, kein Funken, kein Feuer.
Gil brummte eine Begrüßung, und danach schienen wir für ihn nicht mehr vorhanden zu sein. Olympia lächelte matt.
Ich erinnerte mich an haitianische Feste, tahitianische Feste, Boheme-Feste in Paris, spanische Partys, kubanische Par-

tys, mexikanische Partys; ich erinnerte mich an überschäumendes Leben, sinnliches Vergnügen, Umarmungen, Lebendigkeit und körperliche Ausstrahlung. Hier gab es Musik im Überfluß, Wein im Überfluß, eine traumhafte Umgebung und Dekorationen aber kein Leben. Die Party erwachte nicht zum Leben.

Ich erinnerte mich an meine Schilderung der Party, an der niemand teilnahm. Die Enttäuschung war so groß, daß ich früh ging.

Ich bekam das Angebot, für mehrere Zeitschriften über Modenschauen in Venedig zu berichten. Wenn der Zug sich Venedig nähert, scheint er über das Wasser zu fahren, denn auf beiden Seiten der Schienen ist Wasser. Der Traum beginnt bereits im Zug; es ist, als verließe man die Erde und betrete einen neuen Planeten. Venedig bei Nacht. Ein Italiener mit grauen Haaren saß mir gegenüber, er hatte einen dunklen Teint, feurige Augen und blitzende Zähne. Wir konnten nicht viel miteinander reden, denn ich spreche nicht Italienisch. Aber mit etwas Spanisch und seinem Englisch gelang es uns, zumindest eine freundliche Atmosphäre zu schaffen. Ich glaubte, er sei zu einer müden Frau höflich. Ich verstand sein Italienisch. Er war ein einfacher Mann, aber was er sagte, wirkte lebendig, in Klang, Tonfall und menschlicher Wärme. Es wurde dunkel. Er öffnete das Fenster, damit ich die ersten Lichter Venedigs sehen konnte.

Das ruhige Wasser und die schwebenden Lichter.

Als wir Venedig erreichten, half er mir in das Motorboot und trug meine Tasche. Aber er verabschiedete sich nicht, sondern sprang in letzter Minute ebenfalls ins Boot und setzte sich neben mich, um mich sicher ins Hotel zu bringen. Und wie man sich das vorstellt, wurde ich in Venedig mit verliebten Worten begrüßt. »Ich möchte Ihnen eine Million Küsse rauben.« Ich lächelte hinter meinem Schleier und wünschte, ich könnte mich meinem ersten Eindruck von Venedig überlassen. Venedig bei Nacht. Bewegtes Wasser, Gold, überall Lichter und die vielen Spiegelungen dieser Lichter, geisterhafte Häuser, eine Schönheit, die man zunächst nicht erfassen kann, denn sie ist so zart, so versponnen und von der Flüchtigkeit eines Traums. Die an Spitzen erinnernden Fassaden, die plastischen Formen, die steinernen Friese, Reliefs, Simse und Statuen, die Muster der Schatten und die weißen Säulen. Es ist das Verschmelzen einer Stadt mit den Spiegelungen einer Stadt, und es scheint, als sei die Stadt zum Teil versunken. Die Musik des Wassers, das sanfte Klatschen der Wellen gegen Wände, Brücken und Treppen beim Vorüberfahren der Boote. Die dahingleitenden langen schwarzen Gondeln, der Rhythmus, die Stimmen, die sich vermischen, das Gelächter, alles wird durch das Wasser gemildert, scheint zu schweben und aufgesogen zu werden. Unter den Werbungen des Italieners glitt das alles traumhaft und zart an mir vorüber. Seine Leidenschaft steigerte sich immer mehr, bis ich sagte, ich würde erwartet. Danach verschwand er sofort in der Nacht, nachdem er mich mit meiner Tasche am Landesteg des Hotels abgeliefert hatte.

Die Stadt, die sich aus dem Meer erhebt, ist von der melancholischen Schönheit eines Traums, der sich aufzulösen beginnt.

Mich erfüllte die Zeremonie, die in jedem Jahr wiederholt wird, mit großer Angst: Um Venedigs Hochzeit mit dem Meer zu feiern, wird ein Ehering ins Wasser geworfen. Aber mir schien es eine Hochzeit zu sein, bei der die Braut jeden Moment untergehen und Venedig für immer in die Tiefe sinken konnte. Mich ergriff die Furcht, die Stadt könne verschwinden. Venedig wiegt Gefühle und Sinne, erregt und besänftigt sie, verzaubert und betäubt; man fühlt sich aufgesogen und mit der Stadt verschmolzen. Es ist wie Acapulco keine Stadt sondern eine Droge. Die ganze Palette kreidiger Farben, über und über vergoldet, gewiegt von einem ständigen Rhythmus, und um die Boote, um die Gebäude das gurgelnde Wasser. Man sitzt in der Gondel, man wird getragen, in Passivität und stiller Betrachtung davongetragen.

Die Stufen werden von den Wellen bespült und ausgewaschen. Häuser lehnen sich aneinander, und Wäscheleinen scheinen sie zu stützen. Kinder blicken von Balkonen. Verlassene Häuser mit vernagelten Fenstern verfallen. Dann ein Fenster mit Blumen und ein anderes mit einem roten Brokatbehang, der zum Lüften aufgehängt ist. Ein anderes Fenster gibt den Blick auf einen Raum, auf Leuchter und Gobelins frei; plötzlich eiserne Gitter, hinter denen historische Dunkelheit gähnt. Hausgänge sind vom Alter zerfressen oder zeigen das verblassende Leuchten ausgebleichter Farben und matte Goldtöne, die unbeschreibbare Patina der Zeit. Feuchte, rostige Brauntöne und Moder verwandeln sich in der untergehenden Sonne zu reichen Brokaten. Venedig verändert seine Erscheinung, seine Kleider wie eine große Kurtisane, um vielen Liebhabern zu gefallen. Aber alle, traurig oder heiter, festlich oder düster, tragisch oder frivol, sind aus lebendigen, sinnlichen Fasern – Früchten, Haut, Blüten, Baumwolle oder Sand gewebt. Die prunkvollen Fassaden wirken wie die großartigen, juwelenbesäten Gewänder der Medicis. In die schwarzen Steine gräbt der Regen weiße Rinnsale oder kapriziöse Muster nach eigenen Entwürfen. Manche Dächer sind verworfen, andere glänzen sanft; die Balkone bringen Leben in die Fassaden, und auf ihnen entdeckt man immer interessierte Gesichter, ein unendlich neugieriges Kind, einen alten Mann oder eine Frau, die Sonne suchen. Das arme und das reiche Venedig stellen ihr Leben zur Schau. Die Arbeiter befördern auf ihren Kähnen Fleisch, Möbel, Weinfässer und Obst. Hochzeitspaare oder Beerdigungen fahren auf Gondeln vorüber, oder auch zwei festlich gekleidete Aristokraten auf dem Weg in die Oper. Sie scheinen der Vergangenheit entstiegen zu sein. Vergangenheit und Gegenwart überlagern sich, ereignen sich gleichzeitig. Die zerstörerischen Motorboote verkörpern die skrupellose Gegenwart. Sie zerstören den Rhythmus des Traums.

Nachkommen der Tauben, die einst von Keats, Byron, George Sand, Chopin und vielen anderen berühmten Liebenden gefüttert wurden, werden noch immer gefüttert. Wenn sie alle erschreckt gleichzeitig auffliegen, klingt es wie das Klatschen riesiger Segel. Zu Zeremonien und Festen werden die alten Kostüme hervorgeholt. Die Holzpfähle, an denen die Gondeln festmachen, sehen wie Zukkerstangen aus. Wenn der *Vaporetto* vorüberfährt, tanzen die Gondeln im gleichen Rhythmus auf und ab. Das Wasser, aus dem die Häuser sich erheben, verleiht ihnen eine flüchtige Schönheit, als seien sie vorbeifahrende Schiffe, die am Horizont verschwinden. Die unendliche Vielfalt der Fassaden macht es schwierig, sie zu unterscheiden, und wenn man versucht, ein Haus wiederzufinden, scheint es verschwunden zu sein.

Und auch die Gondeln, obwohl sie sich alle ähneln, variieren endlos in Farbe und Aussehen. Sie sind schwarz und haben silberne Spitzen. Im Profil erinnern sie an Krieger, Fische oder Vögel. Wie Vögel mit angelegten Flügeln scheinen sie über das Wasser zu gleiten und dabei kaum die Oberfläche zu berühren. Es gibt die prunkvollen Gondeln, die Aristokraten zu Festen bringen; ihr silberner Bug ist eine geschnitzte Plastik – messerscharf, um sich den Weg durch das Wasser zu schneiden. Roter Brokat liegt über den Sitzen. Die Aristokraten nehmen die neugierigen Blicke gelassen hin, ohne sie zu erwidern, – legendäre und symbolische Gestalten. Eine Gondel mit schwarzen und silbernen Tüchern behängt, bringt die Toten zum Friedhof. Eine Gondel befördert Touristen, die die Schönheit mit ihren Kameras schänden. Eine vorübergleitende Gondel bringt Müll aufs Meer hinaus. Ein Kahn ist mit Zement, Steinen und Fischernetzen beladen.

In einer Ambulanzgondel liegt eine Frau im Koma, in einer anderen Gondel steht ein Polizist.
Hungrige, abgemagerte Hunde streunen am Wasser entlang.
In manchen Häusern sind Geschäfte und kleine Betriebe. Zeitungen werden in düsteren, hohen Räumen gedruckt, Glasbläser sind bei der Arbeit, man verkauft Antiquitäten. Eine alte Puppe in einem Medicigewand blickt aus dem Fenster. In einem Hof sägen Zimmerleute Holz, in einem anderen werden Gondeln repariert. Bestimmte Kanäle gehören den Armen. Sie sind eng, und hier fließt das Wasser nicht, keine Sonne fällt auf die zum Trocknen aufgehängte Wäsche. Andere Kanäle sind für Touristen, und manche sind so schön, so geheimnisvoll, so verborgen zwischen blühenden Sträuchern, daß sie augenblicklich alle Liebesgeschichten heraufbeschwören, die man gelesen hat. Das Haus von Byron, die Häuser von Verdi, Wagner, Marco Polo, Nietzsche, Chopin und George Sand. Die Maler, die Glasbläser, die Spitzenklöpplerinnen und die Bildhauer erschufen eine Stadt, die das Meer in einen Traum verwandelt.
In kohlschwarzen Eingängen sieht man schwervergitterte Fenster, die die Echos von Mord und Grausamkeit heraufbeschwören, von denen Venedigs Geschichte voll ist. Aber die Schönheit überwiegt, und die Schönheit suggeriert Leben und Leidenschaft. Die Kunst, Ton-, Zement- oder Marmorsimse zu modellieren, gleicht den Zärtlichkeiten eines Liebenden. Die sinnliche Ansammlung von Seide und Gold verschmilzt mit den dumpfen Gerüchen vergangener Jahrhunderte. Aber in Venedig kann man die Vergangenheit nicht als leblose Ruinen erfahren, denn sie ist zu mächtig und nimmt einem den Atem. Erfüllte Leben hinterlassen ein Parfum, und es ist nicht der Geruch des Todes. Gipfel der Leidenschaften können niemals den Tod beschwören. Es gibt Kanäle, die unter den Geheimnissen erschauern, aber selbst wenn Venedig vom

Meer verschlungen werden sollte, und sein Versinken von den abscheulichen Motorbooten beschleunigt wird, wird seine Vergangenheit glitzern wie seine nie verlöschenden Lichter.

Am Abend sind die Paläste erleuchtet, und man kann durch die vielen Fenster, die sich auf die Kanäle öffnen, einen Blick in das Innere werfen. Riesige Räume, an den Wänden unzählige Bilder, Gobelins und Fresken, Vorhänge aus Goldbrokat, die aus den Fenstern zu fliegen scheinen wie das letzte kokette Winken einer davoneilenden Dame. Die Gondeln sind mit Laternen oder Lichterketten in Girlanden künstlicher Blumen geschmückt. Ich bin sicher, früher waren es frische Blumen. Die Gondeln, die den Verliebten auf weichen Kissen Platz boten, damit sie sich im Schutz eines gewölbten Baldachins lieben konnten, und die winzige Seitenfenster besaßen, um den eifersüchtigen Ehemann zu erspähen, sind nirgends mehr zu sehen. In einem verlassenen Innenhof entdeckte ich die Baldachine. Werden sie nur im Winter hervorgeholt, oder ist die Zeit vergangen, in der man sich in einer Gondel liebte?

Nachts wirken die Gondeln geheimnisvoll; nur kleine Lichter erleuchten sie, und nur die Rufe der Gondoliere, mit denen sie sich ankündigen, wenn der Kanal eine Biegung macht, oder sie unter einer Brücke hindurchfahren, unterbrechen die Stille, in der sie dahingleiten.

Wenn man durch die schmalen Gassen wandert, trifft man auf die ganze Bevölkerung. Die Geschäfte sind voller Überraschungen. Die Restaurants duften nach frischem Obst und Wein. In Harry's Bar trifft sich die internationale Gesellschaft, entweder in extravaganten Kleidern oder in Jeans.

Ich betrat eine Buchhandlung im teuren Viertel und bewunderte die italienische Ausgabe von *Unter einer Glasglocke*, deren Titel *La Campana di Vetro* so viel schöner klingt. Plötzlich blickte mein italienischer Freund sehnsüchtig durch die Scheiben. Er hielt einen Bekannten für meinen Liebhaber und verschwand sofort wieder. Aber während mein Freund das Buch bezahlte, und ich das Geschäft bereits verlassen hatte, stand er wartend draußen, und mit der Geschwindigkeit und Entschlossenheit, die ein Erbe jahrhundertelanger Tradition in der Kunst der Intrige ist, steckte er mir ein Zettelchen zu, auf dem stand: »Schreiben Sie mir!« und verschwand in der Menge. Echteste italienische Romantik.

Eines Abends saß ich in einem der Cafés in der Piazza San Marco, das mit rotem Samt, kunstvollen Schnitzereien und hellroten Sofas ausgestattet ist. Es wirkte wie die Kulisse für die Verführungsszene einer frivolen Amoure des achtzehnten Jahrhunderts.

Venedig bietet die reichsten, üppigsten Goldbrokate und den ganzen Reichtum orientalischer Lebensfreude, aber auch Gefängnisse und Gassen mittelalterlichen Schreckens. Verfallene Häuser wirken wie geplünderte Gräber; überflutete Keller, zerbrochene Fensterläden und vom sturmgepeitschten Wasser bespritzte Wände – als habe ein Kugelhagel die Mauern getroffen –; geneigte Türme versinken langsam im Morast, Pflastersteine sind von den Wellen ausgespült worden. Es gab ›*oubliettes*‹, deren Gefangene vergessen wurden und verfaulten; manche besaßen Falltüren, durch die man den Gefangenen in den Kanal stoßen konnte.

Ich las über Venedigs Geschichte. Sie kennt Greueltaten, die sich mit den Verbrechen Hitlers vergleichen lassen. Man baute enge Straßen, um feindliche Invasionen zu verhindern. Aber diese Stadt erlebte in der Vergangenheit außer Greueltaten auch Liebesgeschichten; heute werden uns sogar die Grundelemente vorenthalten, die uns trösten und helfen zu träumen.

Lernte den Filmregisseur Sam Kramer kennen, der hier lebt, um zu malen. Er ist mit einer schönen Dänin verheiratet. Nach einem bestehenden Gesetz dürfen die Fassaden alter Häuser nicht verändert werden. Aber das Haus, in dem sie leben, wurde durch Umgestaltung der Innenräume bewohnbar gemacht. Es steht im Universitätsviertel, wo die Künstler Venedigs leben. Es ist groß, mit allem modernen Komfort ausgestattet, und man blickt aus einem riesigen Raum auf die Kreuzung zweier Kanäle. Sie haben es für siebenundsechzig Dollar im Monat möbliert gemietet. Einen Augenblick lang träumte ich davon, hier zu leben. Sie haben ein Schlafzimmer für das Kind, ein eigenes Schlafzimmer, ein Atelier für ihn, ein Wohnzimmer, ein Eßzimmer und diesen unbeschreiblichen Blick. Es ist zehn Uhr abends. Bisher habe ich noch niemanden in Venedig singen hören, aber gerade fährt die Serenadentour vorbei. Zehn Gondeln gleiten langsam durch das Wasser und folgen der einen, an deren Bug der beste Sänger steht. Welch ein Gesang! Kaskaden, machtvoller als die weichen mexikanischen Stimmen, opernhafte, strahlende Stimmen, deren Echos sich in anderen Kanälen brechen. Während ich hier stehe, empfinde ich eine Intensität, die mich überschwemmt, ein ekstatisches Zerfließen, wie ich es nur in den Extremen der Schönheit oder der Liebe erlebe, wie beim ersten Anblick Portofinos vom Schiff aus, in den sanften Nächten von Acapulco. Ich weine auf dem dunklen Balkon, ich weine vor Freude. Die Kramers erleben dieses Schauspiel jeden Abend. Er lernt Gitarre spielen, und beide machen Mosaikarbeiten. Das Leben moderner Künstler in Venedig. Sah Peggy Guggenheim in ihrer Gondel vorüberfahren mit zwei Gondolieros in weißer und karmesinroter Livree.

Ich rette eine verwundete Taube vor dem Ertrinken, die hilflos auf dem Wasser treibt. Man sagt mir, es gäbe eine Taubenklinik. Ich besuche ein Krankenhaus, das früher ein Kloster war und im Mittelalter ausschließlich von Nonnen geführt wurde. Inzwischen hat man einen neuen Flügel angebaut, und es arbeiten gute Ärzte dort.

Diese Stadt, die jeden Tag neu darum kämpft, sich aus dem Wasser zu erheben, besitzt einen Zauber, den nur das Meer verleihen kann, das Pulsieren unseres Blutes und unseres Herzens; wiegt Gefühle und Sinne, schläfert sie ein, bezaubert und hypnotisiert sie. Venedig ist keine Stadt sondern eine Droge.

Das Sonnenlicht badet die kreidigen Farben in Gold, und der Rhythmus der Gezeiten wiegt Häuser und Brücken. Es sind die Kanäle des Mutterleibs, es ist der Schlaf des Mutterleibs, die Gondeln sind so seidig und sanft, daß man glaubt, im Wasser zu schwimmen. Man wird von einem Strom der Passivität davongetragen.

Im Sonnenlicht ist Venedig eine Orgie für die Augen, ein Fest der schimmernden und flimmernden Lichter. In die Ocker- und Sepiatöne mischen sich die Grauschattierungen der Rauchzeichnungen, verblaßtes Korallenrot und silbriges Türkis. Dann plötzlich ein dunkler Durchgang, faulig, geschwärzt, pockennarbig, eine tote Gasse, von Ratten bevölkert und von vergangenen Verbrechen gezeichnet. Verlassene Häuser zerfallen und werden vom Meer verschlungen. Ein unauflöslicher Gegensatz, eine ewige, zärtliche, aushöhlende Liebkosung verbindet Stadt und Meer. Ein Meer, das darum kämpft, Venedig hinabzuziehen.

Man sieht Giebeldächer und flache Dächer, die an den Rändern zerfallen. Alle beherbergen Statuen mit fehlenden Nasen, Armen oder Beinen. Es sind die Männer, die Venedig besangen, es malten, darüber schrieben, es beherrschten; andere Statuen verkörpern Dämonen, Fratzen, Engel und Heilige. Manche Fenster sind vernagelt, andere stehen weit offen. Die Balkone verleihen ihnen einen besonderen Ausdruck: Stirnrunzeln, eine Einladung, ein Geheimnis.

Die Holzpfähle sind wie Banderillas bemalt, wachsen aus den Kanälen als Ruheplätze für die Gondeln, die wie ein gut einstudiertes Ballett auf- und abtanzen.

Die Häuser erheben sich wie flüchtige Bilder aus dem Wasser, als fehlten ihnen die Verankerungen; sie wirken so ruhelos wie die tanzenden Gondeln.
Ein verschlungenes Ornament muß wie eine Schriftrolle entziffert werden, die Unterschiede zwischen den Ornamenten sind kaum erkennbar. Schwarze Gondeln fliegen wie schwarze Schwäne über das Wasser und strecken ihre Köpfe und Hälse stolz empor. Blumenüberladene Gondeln bringen Särge zum Friedhof. Gondeln transportieren Fleisch, Weinflaschen, Möbel, Kohle, Abfall und Statuen. Auf einer steht ein neu gepolstertes, rotes Samtsofa, andere sind wie Hochzeitswagen mit künstlichen Blumen und kleinen Glühbirnchen dekoriert und befördern Touristen. Eine Gondel trägt ein Hochzeitspaar, das unter weißen Blumen beinahe verschwindet. Einige transportieren Betstühle für die Kirche, eine ohnmächtige Frau, Kardinäle. Der geschnitzte Bug der Gondeln, der an den Helm eines Kriegers erinnert, schneidet mit seinem scharfen Profil einen Weg durch die reflektierende Helle oder zu manchen Zeiten durch das schwarze Wasser dunkler Kanäle wie durch schwarze Spiegel.
Was vom Meer davongetragen wird, schaffen die namenlosen Maler, Glasbläser, Spitzenklöpplerinnen im Verlauf der Nacht wieder neu.
Man sieht noch die mittelalterliche Grausamkeit Venedigs, aber sie wird von den Liebenden aufgewogen. Die konzentrierte sinnliche Atmosphäre von Seide, Gold, Lichtern, Liebenden und Wasser hinterläßt keine verbrannte Asche. Städte, die ein so erfülltes Leben bergen, verströmen ein Parfum, das niemals altert.
Venedig. Die Bedeutung Venedigs. Selbst Proust, der Jäger jeder Bedeutung, konnte die Bedeutung Venedigs nicht aufdecken. Venedig ist nicht wie Chopin sagt, eine Stadt, die von der Vergangenheit heimgesucht wird. Venedig ist das Drama einer Stadt und des Meeres, der Kampf einer Stadt, sich gegen den Untergang zu behaup-

ten. In ihr leben Vergangenheit und Gegenwart. Für mich enthüllte sich seine Bedeutung in jener Zeremonie, die in jedem Jahr wiederholt wird: Ein goldener Ehering wird in den Kanal geworfen, um die Hochzeit Venedigs mit dem Meer zu besiegeln; es ist keine Hochzeit, es ist eine Vereinigung, die die Existenz Venedigs bedroht, und eines Tages wird Venedig auf dem Grund des Meeres ruhen.

[Herbst 1959]

In der Oktoberausgabe von *Vlaamse Gids* erschien ein langer Artikel über mein Werk von Hugo Raes, einem belgischen Schriftsteller. *Ladders to Fire* und *Unter einer Glasglocke* wurden ins Holländische übersetzt.

Jean Fanchette plant Nummer drei von *Two Cities.* Machte Harry Partch mit Peggy Glanville-Hicks bekannt, und ihr gefiel seine fremdartige Musik ebensogut wie mir. Sie sagte, er sei seiner Zeit weit voraus, und will ihm helfen. Sie leitet *Composer's Forum* und wird auch Joaquin für ein Konzert verpflichten. Wir trafen uns an dem phantastischen Ort, den ich so liebe, in der ehemaligen Werkstatt des Segelmachers nahe der Battery. Wir sahen einen Film über Harrys Arbeit, seine Instrumente; er verpackt seine eigenen Schallplatten und verschickt sie, wie ich es mit meinen Büchern tat. Als er *Pleasure Dome* sah, zog er die Musik, die er dafür komponiert hatte, zurück. Ich hörte sie zum ersten Mal. Sie wirkte auf mich wie balinesische Musik. Er lebt vom Verkauf seiner Schallplatten.

Ich besuchte mit den Barrons Billy Kluver, einen Wissenschaftler, und seine Frau Hill. Heute kam sie völlig aufgelöst zu uns und drohte wieder mit Selbstmord: »Ich habe Billy verloren. Er liebt diese Frau in Paris wirklich. Ich möchte nicht mehr leben.« Sie blickte zu Boden, wie ein Kind, wie eine Puppe mit einer kleinen Stupsnase. Ich brachte sie heute morgen zu einem Psychiater. Das letzte Mal überlebte sie nur, weil Billy zurückkam, da er etwas vergessen hatte, und sie ins Krankenhaus bringen konnte, wo man ihren Magen auspumpte. Ich versuchte, ihr klarzumachen, es sei falsch, Billy wegen einer Sache, der er sich nicht widersetzen konnte – sich in eine andere Frau zu verlieben –, für den Rest seines Lebens mit Schuldgefühlen zu belasten. Er liebt diese Frau so sehr, daß er bereit ist, eine ganze Nacht lang zu fliegen, um mit ihr einen Tag zu verbringen und zurückzufliegen, um rechtzeitig zur Arbeit wieder in New York zu sein.

Ich bat John, die Geschichte eines Fußballstars zu schreiben, der plötzlich zum Dichter wird. Er antwortete mit diesen schönen Worten: »Die Geschichte nahm mich an ihre gütige Hand, und so solte ich ihr – allerdings etwas erschrocken über einige schwarze Schatten, denn ich bin wie ein Kind und fürchte mich vor der Dunkelheit. Und der Held sprach auf dem Papier mit mir wie ein Fremder, aber mir gefiel die Unterhaltung. Ich hoffe, er wird mich bald wieder besuchen.«

Cities of the Interior, die fünf Romane in einem Band sind erschienen. Ich las im Living Theatre der Becks die Party-Szene, mit der *Ladders to Fire* endet. Am selben Abend fand eine Vernissage im Guggenheim Museum statt, und dies brachte meine Freunde in eine schwierige Lage. Aber sie kamen alle und erwärmten den Saal. Kein Treuebruch! Jemand brachte ein zwei Monate altes Baby mit, das schrie, bis ich anfing zu lesen. Im Foyer stand ein Papageienkäfig, den man abdecken mußte. Man kann dort Kaffee trinken und Bücher kaufen. Gute Atmosphäre. Das letzte Stück der Becks, *The Connection*, bekam so vernichtende Kritiken wie kein Stück zuvor. Es war abstoßend, aber außerordentlich gut gespielt. Die Schauspieler mischten sich in den Pausen unter die Zuschauer, gaben vor, drogensüchtig zu sein und baten um einen Joint. Aber im *New Yorker* erschien eine gute Kritik, deshalb kommen die Reichen in die Vorstellungen, und sie verdienen zum ersten Mal Geld. Ich erinnere mich an die Zeiten, als die Becks Flaschenmilch für ihre Schauspieler sammelten.

Caresse kam ebenfalls, einen Tag, bevor sie wegen einer Staroperation ins Krankenhaus ging. Sie erzählte mir die Geschichte ihres Schlosses, das sie für fünfzehntausend Dollar gekauft hat – ein historisches Baudenkmal zwischen Rom und Spoleto. Sie läßt das Dach instand setzen, um das Schloß wieder bewohnbar zu machen. Dreihundertsechzig Zimmer! Sie kaufte es in der Hoffnung, die italienische Regierung bewegen zu können, die Reperaturkosten für das Dach zu übernehmen. (Ist erst einmal das Dach zerfallen, wird aus dem Schloß bald eine Ruine. Das habe ich in Frankreich häufig beobachtet. Die Mauern überlebten, aber sobald das Dach eingefallen war, zerstörte der Regen das Gebäude von innen, und bald stürzte das ganze Schloß ein.) Verwandte und Freunde wollen die Kosten einer teilweisen Renovierung übernehmen. Wir alle schicken Bücher für die Bibliothek. Es soll die Heimat der ›Weltbürger‹ und der ›Women for Peace‹ werden. Sie lädt uns alle ein, den Sommer dort zu verbringen, und stellt Wein und Spaghetti in Aussicht. Sie ist nicht mehr reich, aber sie besitzt die große Gabe zu leben (wie Varda mit noch weniger Geld). Sie ist halb blind und wegen ihres schwachen Herzens nicht mehr in der Lage, Treppen zu steigen, aber was für ein Unternehmungsgeist!
Das Theater war ausverkauft. Ich las gut. Die Becks sagten, ich besäße die Kraft, einen Zauber zu verbreiten, ohne zu spielen.

Eine Montagsvorlesung im City College. Man stelle sich vor, was die Veranstalter sich ausdachten, um das Publikum anzulocken – »Anaïs Nin wird über Kerouac sprechen«. Ich war sehr verärgert.

Ich diskutierte mit Frau Bogner meine unglückselige Angewohnheit, Freundschaften zu beenden, sobald mich jemand verletzt oder betrügt. Wenn mir jemand wehtut, mich enttäuscht, wende ich mich ab und gehe; aber das ist keine

Lösung. Sogar in meinen Romanen gibt es immer wieder ›Schnitte‹. ›Schnitt‹ sagt die Regisseurin Nin, als würde ein Film geschnitten, und als könne man die Grausamkeiten oder Rücksichtslosigkeiten der Menschen herausschneiden.

»Sie wollen tiefe Beziehungen zu anderen aufnehmen«, sagt Dr. Bogner, »Ihre Verletzlichkeit und Ihre Angst verletzt zu werden, bringen Sie jedoch dazu, sich zurückzuziehen, sich zu trennen, eine Beziehung abzubrechen. Früher oder später begeht jeder, was Sie Verrat nennen. Weshalb erklären Sie zum Beispiel Jean Fanchette nicht, der um mehr und mehr finanzielle Unterstützung bittet, daß Sie ihm unmöglich Geld geben können, daß Sie sehr schwer für die Zeitschrift gearbeitet haben und ihm nur Zeit und Energie schenken können. Stattdessen sind Sie verletzt und ziehen sich zurück. Vermutlich hat Durrell ihm gesagt, daß Sie reich sind. Sie haben mir doch erzählt, daß er überall die Geschichte Ihres angeblichen Reichtums ausstreut. Fanchette wird ihm geglaubt haben.«

Freundschaften abbrechen, schafft Einsamkeit. Ich träumte nach diesem Gespräch, ich würde von Bienen angegriffen und müsse mich verteidigen. Beziehungen, die sich von mir nährten, stachen mich?

Jeder Brief enthält eine Bitte, eine Forderung; jedes Telefongespräch ist ein Hilferuf; jede Aktivität wird zu einer unerträglichen Last. Die Arbeit für *Two Cities* nahm meine ganze Zeit in Anspruch und hinderte mich am Schreiben.

In der Post ein Brief von Fanchette, in dem er mich um einhundert Dollar bittet, die der Phoenix Bookshop ihm schuldet. Sara Berenson: »Bitte lesen Sie meine Geschichte, die *Evergreen* abgelehnt hat. Ich brauche Ihre Ermutigung.« Gil bittet mich: »Zeigen Sie die Dias meiner Bilder den New Yorker Galerien.«

Ich träume davon, eine Bombe zu tragen.

Das Living Theatre hat Schulden, deshalb werde ich für

meine Lesung, die ein volles Haus brachte, nicht honoriert. Ich schreibe Fanchette aufrichtig, aber ich breche nicht mit ihm.
Offensichtlich versuche ich, ein Verhaltensmuster zu verändern, und das ist kompliziert. Das neue hat sich noch nicht durchgesetzt. Ich sagte: »Ich identifiziere mich mit dem Nehmenden, aber ich ziehe es vor zu geben.«
Daisy Aldan und Serge Gavronsky werden Mitherausgeber von *Two Cities.*

Ein weiterer Abend mit japanischen Filmen. Zauber und Poesie. Sichtbare Schönheit, ein Konflikt zwischen vollkommener Form und Gewalt. Das Element der Überraschung und des Unwahrscheinlichen durchzieht diese Filme. Der Held kämpft immer allein mit seinem Schwert gegen fünfzig Feinde, bleibt jedoch stets Sieger. Die Theaterszenen verwandeln sich unversehens zu Szenen im Drama des Lebens. Es stellt sich heraus, daß der Schauspieler ein von Zuhause weggelaufener Prinz ist. Eine Vorstellung wird angesetzt. Um sechs Uhr erwartet man die Prinzessin. Eine wirkliche Prinzessin auf der Flucht vor ihren Verfolgern erscheint. Der Prinz-Schauspieler ist der beste Schwertkämpfer. Alle können sich durch einen Sprung aufs Dach retten und entfliehen. Sie sind Meister der Verwandlung. Männer verkleiden sich als Frauen oder als Schauspieler. Unzählige Zauberer treten auf. Hinterhalte, Intrigen, Anschläge, ein brennendes Gefängnis (aus Holz), Liebende in einem Boot, das wie ein Papierboot aussieht und von Kerzen erleuchtet wird, unterirdische Gefängnisse, neue Kampfarten, bei denen Ketten und Pfeile geworfen werden. Eine Welt, die in einer unablässigen Metamorphose begriffen ist und beinahe nur märchenhafte Züge trägt. Die Intrigen sind so verwirrend, daß ich nicht verstehe, worum es geht, aber es kommt stets zu einem glücklichen Ende. In allen Filmen gibt es die Überraschung, das Fest, ein Marionettenspiel, eine Szene aus einem Theaterstück, einen

Tempel mit Gläubigen. Die Kostüme sind von unglaublicher Schönheit und Vielfalt; die Frauen entkleiden sich nie. Die komischen Figuren kommen wie bei Shakespeare aus dem Volk und verkörpern Furcht, Feigheit oder Habgier. Männer und Frauen sind von größter Liebenswürdigkeit, bis es zu einem Kampf kommt, dann tritt eine erstaunliche Grausamkeit zutage. Gestern Abend war die Heldin ein weiblicher Samurei. In Szenen der Gewalt werden Häuser zertrümmert, Holzwände stürzen ein, Wandschirme von großer Schönheit werden von Schwertern durchbohrt. Dazwischen Sanftheit, Musik und Poesie. Ehrenkodex. Ohne Zögern geben sie ihr Leben hin, wenn sie ihr Gesicht verlieren oder besiegt werden.

Ein Herbsttag. Ich erinnere mich an meinen Spaziergang mit Daisy Aldan bei unserem zweiten Zusammentreffen. Ich erinnere mich an einen melancholischen Spaziergang, denn wir waren beide von der Arbeit erschöpft, die der Eigenverlag unserer Bücher bereitete.

Sie schreibt schöne Gedichte, die in kleinen Zeitschriften veröffentlicht werden, und durch *Folder Editions* hat sie für andere Dichter und Künstler viel getan. Trotzdem muß sie ihre Bücher selbst veröffentlichen, und wir können beide keinen Vertrieb finden, der die Routinearbeiten (Versand der Bücher und Auslieferung an Buchhandlungen) übernimmt. Wir machten beide die Erfahrung, daß Buchhandlungen sich hüten, die Rechnungen großer Verlage unbezahlt zu lassen, da ihre Lieferungen sonst gesperrt werden, aber bedenkenlos kleine Zeitschriften und Selbstverlage warten lassen. Sie wissen, daß wir machtlos sind. Die Arbeit wächst uns über den Kopf.

Während dieses ersten Spaziergangs erzählten wir von unseren Enttäuschungen und Schwierigkeiten und empfanden gegenseitiges Mitgefühl. Davon abgesehen ist Daisy eine sehr intelligente, fröhliche junge Frau. Sie war Schauspielerin, studierte bei Anna Balakian und schrieb vermutlich als erste Frau über amerikanische surrealistische Schriftsteller. Sie lehrt Literatur an der *New York High School of Art and Design,* deren Studenten außergewöhnlich begabt sind und die alle künstlerische Berufe ergreifen wollen. Im Unterricht behandelt sie die Geschichten aus *Unter einer Glasglocke.* Sie ist inzwischen Mitherausgeberin von *Two Cities.*

Ich schrieb Fanchette, daß ich die Arbeit einer Herausgeberin für *Two Cities* nicht länger übernehmen könne. Ich versprach, wenn mir etwas Gutes in die Hände fiele, würde ich es ihm schicken. Fanchette gab niemals Material zurück und beantwortete die Briefe meiner Freunde nicht. Dadurch verlor ich Freunde, denn ich ermutigte sie, Geschichten, Photographien und Gedichte an ihn zu schicken. Aber Fanchette sandte weder etwas zurück, noch nahm er es in die Zeitschrift auf.
Ich bat ihn zurückzugeben, was er nicht zu benutzen gedachte, und erklärte, daß ich dabei sei, Freunde zu verlieren und mir wegen *Two Cities* Feinde schaffe. Keine Antwort.
Ich sandte ihm wichtige Beiträge: Geschichten von Maude Hutchins, eine Übersetzung von Michaux' *Miserable Miracle,* die Louise Varèse besorgt hatte, und Daisy schickte Artikel und Gedichte. Wir versuchen, die Lektoratsarbeit unter uns dreien aufzuteilen.
Fanchette schreibt mir: »Wenn Sie *Two Cities* aufgeben, bedeutet dies das Ende unserer Freundschaft.«

Ich empfehle meinem sehr aktiven belgischen Kritiker Hugo Raes Anna Kavan, William Goyen, Isabel Bolton, Maude Hutchins, Djuna Barnes. Er schreibt an Anna Kavan, und sie antwortet, *Asylum Pieces* sei vergriffen. Außer Djuna Barnes *Nightwood* kann er keines der empfohlenen Bücher finden.

Daisy verkauft *Unter einer Glasglocke* an ihre Studenten zum Selbstkostenpreis.
Jim beendet einen Roman *All Fall Down.* Er glaubt, daß meine Romane dadurch gewonnen haben, daß sie in einem Band erschienen sind: »Die Struktur, die Du geschaffen hast, scheint sich durch die Verbindung der Teile von selbst zu erklären. In diesem Kontext gewinnt jeder Teil an Kraft.«

In *New World Writing* hatte ich den Auszug eines Romans von Marguerite Young, *Miss MacIntosh, My Darling,* gelesen. Seine Phantasie und Poesie beeindruckten mich tief. Die Sprache floß wie Quecksilber und schuf eine unbestimmbare, verführerische Atmosphäre. Ich beschloß, sie zu besuchen. Wir hatten uns vor ihrer Reise nach Italien kennengelernt. Als Mitherausgeberin von *The Tiger's Eye* hatte sie einen Ausschnitt aus *Children of the Albatross* angenommen.
Ihr Lächeln und ihre Worte sind bezaubernd, eine Fortsetzung und eine Untermalung ihres Schreibens. Ihre Vorstellungskraft und ihre Sprache sind von außergewöhnlicher Kraft.
Väterlicherseits ist sie eine Verwandte von Brigham Young, dem Mormonen. Sie spricht liebevoll von ihrer Großmutter, die sie erzog. Sie will ihr dieses Buch widmen, an dem sie jahrelang gearbeitet hat. Sie lebt in einer Umgebung, die mich an meine Kindheit erinnert: Antiquitäten, kleine Sofas, Couches, Stühle, kleine Tische, künstliche Blumen, Puppen, Sterne, Bonbonnieren, Kästchen, Lampen, Statuetten. Es erinnert an ein Spielzimmer mit Puppensammlung, Puppenhäusern und Puppenmöbeln, einem Karussellpferd, Zinnsoldaten und alten Photographien. Die Wohnung ist überfüllt und wirkt wie ein Nest.
Sie hat glatte, am Kopf anliegende Haare. Ihre Monologe kennen keine Pausen. Ihr Sprechen wuchert wie ihr Schreiben; jede Zelle bringt eine neue Zelle hervor; eine Figur

entsteht durch eine Kette von Assoziationen aus einer anderen.
Sie hat Philosophie und Geschichte studiert. Sie gab die poetische Lyrik auf, da ihre Menschenliebe und ihr Interesse an Geschichte sich in Gedichten nicht ausdrücken ließ. Sie betrachtet den Roman als die moderne Form des epischen Gedichts.
In ihren Augen ist jeder Mensch schön. Sie umhüllt alle ihre Freunde mit Schönheit; aber ihr eigener Charme liegt in den kaleidoskopischen Veränderungen ihrer Phantasie, ihrer fesselnden Erzählungen, ihrer menschlichen Wärme. Sie benutzt die Sprache sowohl symbolisch als auch real greifbar. Sie ist mit Melville, Boswell, Lord Byron, Jane Welsh Carlisle und Knox verwandt. Sie läßt einen an Beethoven denken, und in ihrer überfüllten Wohnung wirkt sie wie eine Riesin, die sich in ein Kinderzimmer verirrt hat. Ihre aristokratischen Hände sind schön, schlank und wohlgeformt.
Ich traf sie in ärgerlicher Stimmung in ihrem Raritätenladen an, denn sie hatte gerade sechshundert Seiten ihres Buches redigiert und Wiederholungen entdeckt. Ich achtete sorgfältig darauf, nicht an Vasen, Blumen, Fähnchen, Bilder und Bücher, die aus dem Bücherschrank quollen, zu stoßen.
»Das Unterbewußte wiederholt sich«, sagte ich, »Dichtung ebenfalls.«
Über mein Schreiben sagte sie: »Kontrollierte Wildheit.« Und sie pries den Stil: »Ich habe schlampige Schriftsteller wie Kerouac satt.« Wir stimmten darin überein, daß das Unbewußte nicht schlampig ist, daß Improvisation und Spontaneität nicht schlampig sein müssen. Mir gefällt Kerouacs pulsierender Rhythmus.
Studenten und Freunde fragen sie häufig: »Ist das Buch fertig?« Auf diese Frage reagiert sie mit gemischten Gefühlen. Sie gestand, daß sie in ihrem Buch lebe und glücklich sei, während sie daran schrieb, daß sie es nicht eilig

habe, zu einem Ende zu kommen, und jeden Tag von neun Uhr morgens bis fünf Uhr nachmittags daran schreibe, aber andererseits bedeute das Buch auch eine Last.
Einer ihrer Freunde, ein Wiener Psychoanalytiker, sagte später, sie würde den Roman nie beenden, er sei eine Lebensweise geworden, und sie sei zufrieden, solange sie daran arbeite, aber sie würde nie mehr davon loskommen. Er glaubte, es sei für Marguerite vielleicht gut, wenn ich sie dahingehend beeinflussen könne, das Buch zu beenden, an dem sie bereits so viele Jahre schrieb. Heute sagte Marguerite: »Anaïs, Du bist weise. Du weißt, das wahre Erleben liegt im Schreiben, und man sollte sich nicht beeilen, das Unvollständige, das Halbfertige, das Nebensächliche zu veröffentlichen. Die Liebe, die Du mir entgegenbringst, ist ein kostbares Geschenk. Wie ein guter Golfspieler verfolgst Du den Ball; Dein Ich ist in der Anbetung der Kunst völlig versunken, ohne sich von der Unendlichkeit des Platzes ablenken zu lassen, von dem Grün, das wie in St. Andrews in das Weiß der Brandung übergeht.«
Ich weiß noch nicht, warum ich seit meiner Kindheit die Furcht nicht überwinden kann, Dinge zu erfinden oder auszudenken, obwohl ich das damals im Übermaß tat, selbst dann noch, als ich deswegen bestraft wurde. Fürchtete ich, es würde mich dem menschlichen Leben entfernen? Wenn in dem Sandsteinhaus in New York ein Zimmer leerstand, stahl ich mich dorthin und überließ mich meinen Träumereien, die ich heute Tagträume nennen würde. Ich geriet dabei in einen Zustand der Trunkenheit.
Eines Tages erwachte ich zu der Erkenntnis, daß meine Mutter mich brauchte. Die Träumereien wurden seltener, ich widmete mich zunächst der Aufgabe, meinen Brüdern die Mutter zu ersetzen, und danach verdiente ich den Lebensunterhalt für die Familie.
Ich klammerte mich an das Tagebuch als meine Realität; es ebnete mir den Weg in den Alltag. In meiner Vorstellung begann ich unbestimmt, das schöpferische Werk des Men-

schen mit der Trennung vom menschlichen Leben gleichzusetzen. Der Mensch als Schöpfer war nicht menschlich, nicht so menschlich wie meine unkreative Mutter.
Wie auch immer, ich widmete mich dem Tagebuch und versuchte nicht, Prosa zu schreiben, bis Henry mich dazu ermunterte, beziehungsweise bis ich meines geheimen Lebens müde wurde.
Als ich Marguerite Young kennenlernte, kehrte die alte Furcht zurück. Für mich ist sie ein Genie. Wieder schien mir die Gabe zur Fiktion, zu phantasievoller Darstellung historischer Ereignisse, zu Höhenflügen der Phantasie gefährlich zu sein, und Marguerites Distanz und Abkehr vom alltäglichen menschlichen Leben schien sich damit erklären zu lassen. Sie interessierte sich leidenschaftlich für Politik. Freunden und Studenten schenkte sie Zuneigung und Liebe. Aber sie lebte in einer eigenen Welt, und ihre Beschreibung von Menschen kann ihnen nie gerecht werden. Sie sind nicht realitätsgetreu, sie sind Fiktion. Sich selbst bezeichnet sie als *Raggedy Ann.*
Ein Werk der Imagination könnte man als einen einzigen langen Traum bezeichnen, wie bei James Joyce. Aber obwohl er sich verselbständigende Wortspiele erlaubte, verlieh er dem Schwall der Worte doch immer eine Form, die er dem Mythos entnahm.
Marguerite Young orientiert sich in ihren Träumen nicht an Mythen. Sie hält sich an Folklore, an ihre Kenntnis des amerikanischen Lebens und Charakters, die sie im sehr bodenständigen Mittleren Westen erworben hat, in Indiana, wo sie geboren wurde.
Das Repertoire der volkstümlichen Figuren in *Miss MacIntosh, My Darling* enthüllt jedoch keine Repertoirefiguren; sie dringt tief in die Charaktere ein, und niemand ist gewöhnlich oder einfach. Darin besteht die Einmaligkeit ihres Werks. Die Suffragette, der Knochenflicker, der Bibelverkäufer, die alte Jungfer und die Krankenschwester – bei ihr werden sie zu außergewöhnlichen Menschen.

Sie wird für Amerika werden, was Cervantes für Spanien und Joyce für Irland sind.

Jedesmal, wenn ich jetzt nach New York komme, liest mir Marguerite Young am Telefon aus ihrem Buch vor. Das Hauptthema scheint Illusion und Wirklichkeit zu sein, aber die Grenzen sind nicht starr. Ich werde mit einer Vielzahl ihrer Charaktere vertraut – allegorischen, symbolischen, komischen, ausgefallenen. Ihre beredte Sprache erweckt sie alle zum Leben. Endlich eine sprachgewaltige Schriftstellerin. Kein Stammeln, keine verstümmelte und kahle Sprache, kein Telegrammstil, sondern Reichtum und Überfluß. Sie packt ihre Figuren an der Oberfläche eines prosaischen Lebens, dann stürzt sie sie in die Ströme des Unterbewußten, und erstaunliche Persönlichkeiten kommen zum Vorschein. Ertrinken ist ein wiederkehrendes Thema, Ertrinken im Ozean des Unterbewußten. Der alte Landarzt, der sich aller annahm, und der in einer stürmischen Nacht, als er in seinem klapprigen Ford unterwegs ist, ertrinkt; allerdings bleibt offen, ob in Wirklichkeit oder in seiner Vorstellung. Das Ertrinken und das Träumen sind Teil jeder Figur. Auch nachdem der Arzt in den Fluten versunken ist, besucht er noch Menschen, die ihn nicht riefen.

Vielleicht ist alles Illusion, das Weinen, der Zerfall, das Auseinanderfallen, das Verschwinden, diese Enthüllung von Dingen, die nicht mehr existieren, und wir sehen nichts als diesen Traum. Vielleicht ist dieser Traum kein Geschenk sondern ein Verdienst.

Ich beobachte gern Frauen bei der Arbeit; ich schreibe gerne über eine der außergewöhnlichsten Frauen unserer Zeit, die eines Tages ebenso studiert, analysiert, interpretiert und untersucht werden wird wie James Joyce. Und das nicht wegen ihrer Gelehrsamkeit, ihrer sprachlichen Kunststücke, semantischen Spielereien und intellektuellen Gaukeleien, sondern weil sie eine vollständige, in sich geschlossene und reiche Welt erschafft, eine Welt der Träumer. In dieser Welt hat sie sich selbst komfortabel einge-

richtet, wie jeder Mensch im Mittleren Westen sich in der rauhen Wirklichkeit einrichtet. Sie fühlt sich wohl; sie kann es sich im Herzen des Traums ebenso bequem machen wie inmitten ganz alltäglicher Ereignisse. Das Buch ist ein langer Traum, in dem selbst die Tiere träumen können.
Illusion und Realität werden während dieser langen Reise immer wieder auf dramatische Weise in Frage gestellt. Die Leser sind heute so träge; sie sind mehr als träge; sie fürchten sich davor, größere und vielfältigere Welten als ihre eigenen zu betreten. Und eine Welt, die ausschließlich aus Träumen entstanden ist, die unendlich sind, und aus denen niemand erwacht, übersteigt ihren Mut. Das winzige Fragment eines Traums, ein kleiner, ein unterbrochener Traum gibt ihnen Sicherheit. Aber ein Traum ohne Ende erscheint ihnen gefährlich.
Der Träumer gehörte zu den Unberührbaren, zu den Schwachen, den Eskapisten, den Geächteten und Ausgestoßenen. In Marguerite Youngs Buch erscheint er von neuem in all seiner Herrlichkeit.
Die Schale wohlbekannter Gestalten wird aufgebrochen, und ein metaphysisches Universum wird sichtbar, das den überraschenden, erstaunlichen Reichtum unterbewußten Lebens selbst gewöhnlichster Menschen beweist. Neuland. Eine neue Archäologie der Seele, eine neue Vision. Vor kurzem schrieb jemand, ein Zeichen kreativen Geistes sei die Fähigkeit, neue Zusammenhänge, neue Beziehungen aufzudecken. Das trifft auf Marguerite Young zu. Die Reise in den Traum gibt mir das Gefühl von Zeitlosigkeit und unendlichem Raum, wie die Wissenschaftler es uns in der äußeren Welt vermitteln; aber bei ihr entsteht es durch Tiefe und dadurch, daß alle ihre Figuren in das Meer des Unterbewußten eintauchen. Marguerite kann eine Geschichte damit beginnen, daß ein Mann seine altbekannte Kontrollstrecke abgeht, dabei gelangt er auf die andere Seite des Spiegels und geht auf eine metaphysische Reise.
Es ist ihr gelungen, die Nabelschnur zu durchschneiden,

die Frauen mit der menschlichen Realität verbindet. Sie hat das Zepter der Phantasie übergeben, aber wie sie sagt: »Ganz gleich wie weit uns die Phantasie, die Woge der lebendigen Fabel trägt, sie muß uns immer wieder ans Ufer zurückbringen.« Das Ufer ist die Menschlichkeit. Das Ufer ist Marguerite, die durch die Straßen von Greenwich Village geht, um im Drugstore der Bloom Brothers zu frühstücken. Es ist Marguerite, die durch die Bleeker Street geht, und in den Schaufenstern der Antiquitätengeschäfte nach neuen Puppen für ihre Sammlung sucht.

Ihre Wohnung ist ein Paradies für Träumer und Kinder. Rot dominiert und schafft eine weihnachtliche Atmosphäre. Das Karussellpferd hat eine lange feine Silbermähne. Mobiles, Glockenspiele, es gibt soviel zu sehen, daß man sich nur an ein paar Gegenstände erinnert. Es spricht von einer rührenden, unbewußten Bescheidenheit, daß sie ihre schwierige, umfangreiche Arbeit an einem wackligen alten Kartentisch erledigt, der droht, jeden Augenblick zusammenzubrechen.

Wer ist je einer alten Jungfer begegnet, einer Frauenrechtlerin wie Kusine Hannah, die »wünschte, die Männer zu besiegen«, und die doch bei ihrem Tod eine Truhe mit vierzig Hochzeitskleidern hinterließ? Die Geschichte beruht auf Wahrheit, wie alle Geschichten in *Miss MacIntosh.*

Wer hat je eine Reise durch das Ohr der Mutter gemacht?

Wer hat je einen Mr. Spitzer getroffen, den Überlebenden eines eineiigen Zwillingspaares, der nie sicher ist, wer von beiden gestorben ist und wer überlebt hat? Mr. Spitzer ist Rechtsanwalt, ein geachteter Bürger, aber er ist auch ein sonderbarer Kauz. Sein Bruder war ein Spieler, ein Mann der Unterwelt. Aber der Spieler hört nicht auf, die Identität des Anwalts zu unterwandern, bis Mr. Spitzer zu der Überzeugung gelangt, daß sein Bruder, der Spieler, lebt, und er gestorben ist. Er ist sein Bruder. In jedem von uns lebt auch das Gegenteil. Sie hatten ein Doppelhaus gebaut. Mr. Spitzer versucht, sich von seinem Bruder durch die

Kenntnis musikalischer Kompositionen zu unterscheiden, während der Spieler mit den Geräuschen der Natur vertraut war. Er konnte zum Beispiel einen Elchruf imitieren und schwor, sein Ruf sei in den Straßen Bostons mehrere Male von einem wirklichen Elch beantwortet worden.

Marguerite erzählt mir: »Unsere ausgeprägteste Kunstform ist die Poesie; eine Phantasie bis an die Grenze des Wahnsinns. Europa besitzt Stabilität, Traditionen, Kunstformen, Architektur, Zeremonien, Gesellschaftsklassen, Muster und Strukturen. Amerika hat außer Autobahnen und Supermärkten nichts. Deshalb kann ein Amerikaner alles sein. Er ist unbestimmbar; er besitzt nur das WORT.«

Ein anderes Mal sagte sie: »Ich möchte zwanghaftes Verhalten darstellen. Wenn ich eine Figur gestalte, muß ich sie bis zum Ende durchspielen, bis ich dem zwanghaften Verhalten auf die Spur gekommen bin.«

Wo auf der Welt trifft man in der Literatur einen Henker, der seinen Beruf aus Nächstenliebe ausübt, weil er weiß, wie er den Knoten knüpfen und schmerzlos töten kann. Keiner, den er je gehängt hatte, kam zurück, um sich über seine Technik zu beschweren. Als seine erste Frau sich selbst erhängte, wiegte er bedenklich den Kopf und sagte: »Schlechte Arbeit.«

Als ich heute zum Telefon griff und Marguerite anrief, hörte ich eine ausführliche Beschreibung vom Tod der letzten Wandertaube; eine Prophezeiung über das mögliche Schicksal aller Tauben von New York City.

Manchmal erinnert sie mich an Lewis Carroll, dann wieder an Charlie Chaplin. Marguerite trägt bequeme Schuhe, liest die Zeitungen, hört nachts, wenn sie nicht schlafen kann, Long John, ißt in Drugstores, und dies mit der Selbstverständlichkeit eines Middlewesterners, der in seiner vertrauten Welt lebt, während sie nicht aufhört zu träumen wie Don Quichote, wie Thurber.

Wir sprechen häufig über Expansion, denn sie expandiert bis zur äußersten Grenze, während ich verdichte. In Ver-

teidigung ihres ausufernden Stils sagte sie einmal: »Ich versuche ja nur, den Weg so deutlich zu beschreiben, damit sich niemand verirren kann.«
Sie ist der Überzeugung, daß es notwendig ist, den ganzen Kreis auszuschreiten, wenn man das Ausmaß eines Phantasieflugs ermessen will. Joyce ist kein Vorbild für sie. Amerika ist ihr Ideal. Seine unendliche Weite, seine gigantische Expansion. Ein Buch muß seiner Größe und ungeheueren Ausdehnung gleichen.
Die ersten zwölf Jahre ihres Lebens widmete sie der Poesie. Schon als Kind schrieb sie so viel, daß die Blätter über den Boden des Wohnzimmers verteilt lagen, und ihre Großmutter Besucher aufforderte, das Haus durch die Hintertür zu betreten, denn: »Meine Enkelin schreibt.«
Auch ihre Beschäftigung mit Geschichte und Politik ist etwas sehr Amerikanisches. Ihr erstes episches Gedicht beschäftigte sich mit Harmony Indiana, an den Ufern des Wabash, der ersten sozialistischen Stadt, dem Schauplatz zweier Utopien. Georg Rapp, ein Mystiker aus Württemberg, stand an der Spitze der einen und Robert Owen, der Vater der britischen Arbeiterbewegung, an der Spitze der anderen. Sie kannte die Stadt sehr gut.
Wenn ich sie beschreiben sollte, würde ich ihr Porträt mit den sehr zarten, feinen Händen beginnen und mit den ebenso zarten Füßen, die ich sah, als sie beim Nachhausekommen ihre Schuhe auszog. Dann würde ich ihre Stimme beschreiben. Wie James Joyce spricht sie mit einem leicht singenden Tonfall, der enthüllt, daß in ihrem Schreiben Musikalität, eine Art Gesang liegt.
»Mr. Spitzer«, verkündet sie am Telefon, »ist zum letzten Mal gestorben.« Es war ein trauriger Tag, als Mr. Spitzer schließlich starb.
Am selben Tag ging ich durch die Houston Street, auf der Suche nach einem bekannten *Fix It.* Dort gab es mehrere Steinmetze für Grabmäler. In einem Schaufenster stand ein Marmorgrabstein mit der Inschrift: SPITZER.

Ein Bienenkorb der Bilder, ein Werk, dessen Ufer am Horizont entschwindet, wie Calderons *La Vida Es Sueno*. Amerika, ihre große Liebe – seine komische Seite, seine Freude am Spielerischen. Sie enthüllte mir ein Amerika, das ich lieben könnte.

»Das Meer ist nicht gefährlich, wenn man auf seinem Grund schläft, wenn man nicht darauf schwimmt. Es ist der beste Ort, um Schätze aufzubewahren.«

Ich glaube, dort schläft sie.

Jemand fragte Marguerite: »Lieben Sie Kinder?«

»Natürlich liebe ich sie. Meine Kinder sind die Buchstaben meines Alphabets.«

Sie spricht über die Besucher, die sie hätte haben mögen. Ich kann mir gut vorstellen, daß Henry James von ihren intelligenten Gesprächen begeistert gewesen wäre, in denen so viel Wissen zum Vorschein kommt.

»Ich habe nur künstliche Blumen in der Wohnung, für den Fall, daß Proust mich besuchen sollte, denn er war gegen frische Blumen allergisch.« Zu Ehren von Poe staubt sie einen alten ausgestopften Raben ab. Irene Rice Pereira schenkte ihr anläßlich von *Miss MacIntosh* ihr Bild mit Tauben. Sie liebt Dreiser, denn auch er war ein *Hoosier*. »Er ist Teil unserer Tradition. Der Mittlere Westen hat eine besondere Geschichte. In Indiana siedelten sich Pioniere, enttäuschte französische Idealisten, Rousseau-Jünger, intellektuelle Europäer, Utopisten und Individualisten an. Sie liebt auch den Heiligen Augustinus, Berkeley, Bischof Hume, Laurence Sterne, Blake, Melville, Henry und William James. Nach einem unserer Gespräche verabschiedete ich mich mit den Worten: »Ich kehre in meine Unterwasserwelt zurück.«

Marguerite antwortete: »Dein Periskop bleibt sichtbar.«

Es gibt nichts Wunderbareres als einen Schriftsteller, der eine vollständige, abgerundete Welt erschafft, der die Macht der menschlichen Phantasie demonstriert, einen neuen Planeten zu erschaffen. Marguerite ist ein neuer Planet. Die

Wissenschaft achtet nicht genug auf Planeten, die von der Phantasie geschaffen wurden, und auf denen menschliches Leben gedeihen kann.

Durch Marguerite lerne ich ein Amerika kennen, das ich als Teenager erlebte, als ich Emerson, Poe, Melville, Whitman und die Idee des Transzendentialismus in mich aufsog. Nach meiner Rückkehr aus Europa fand ich ein Amerika, dessen Literatur sich in die entgegengesetzte Richtung entwickelt hatte; antidichterisch, antigeistig, antimetaphysisch.

Mit Marguerite habe ich nicht nur einen Menschen entdeckt, sondern Amerika, die humorvolle Seite Amerikas, die dichterische Imagination Amerikas.

Was Marguerite tut, tut sie gründlich. Als sie sich in ihrer Jugend, in Werthers Alter, mit dem Gedanken an Selbstmord trug (denn durch die Scheidung ihrer Eltern war sie im Alter von drei Jahren Waise geworden), ersann sie eine unfehlbare Methode, einen Dreistufenplan. Sie wollte sich erhängen, aber bevor sie die Schlinge umlegen und springen würde, plante sie, Gift zu nehmen und ihre Pulsadern zu öffnen. Die Schlinge sollte an einem Ast, der über den Fluß ragte, befestigt sein, damit sie mit Sicherheit ertrinken würde. Um ihren Abschied von der Welt vorzubereiten, schrieb sie allerdings ein Gedicht – den Abschied einer Selbstmörderin von der Welt –, und als das lange Gedicht schließlich beendet war, hatte sie den Selbstmord emotional erlebt und mußte ihn nicht mehr begehen.

Alle, die in ihrem Krieg gegen Poesie so lautstark wettern, sollten sich einen Augenblick lang eine Welt ohne Träume vorstellen, eine Welt, wie die Zeitungen sie zeigen. Alle, die den Traum als absonderlich und exzentrisch ansehen, etwas, das nur wenigen als Wahnsinn zuteil wird, sollten sich einen Dichter vorstellen, der die Existenz des Träumers im durchschnittlichsten aller Menschen nachweist – die Fähigkeit des durchschnittlichen Menschen, auf verschiedenen Ebenen, tragisch und komisch, absurd und tiefsinnig, zu

existieren. Diese Welt verrät ihre Existenz in den Träumen der Nacht, in Tagträumereien, in Besessenheit.
Was ist Realität? Eine Frage, die wir uns auf dem Höhepunkt einer Tragödie oder Komödie alle schon einmal gestellt haben, beantwortet Marguerite: »Die Träume des Menschen, denn ohne sie ist er verloren.« ›Wenn nur ein Frosch gestorben und sonst noch niemand gestorben wäre, wenn alles Leben vollkommen, ohne Veränderung und ohne Wechsel verliefe, wäre er vermutlich der große Trauernde gewesen‹, schreibt sie von ihrem Pseudomusiker Mr. Spitzer.
»Plagen dich Zweifel, Marguerite?«
»O ja, jeder zweifelt in gewissen Augenblicken. Nur der Mittelmäßige kennt keine Zweifel.«
»Deine Zweifel, Marguerite, entstehen, weil du so tief im Strom des Unterbewußten lebst und nicht weißt, wie er auf andere wirkt. Und die Menschen fürchten am meisten, was du immer wieder beschreibst, die Metamorphose. Alles ist auf dem Weg, etwas anderes zu werden.«
Einige Zeit vor Mr. Spitzers Tod sage ich zu ihr: »Bald wirst du Mr. Spitzers Ende erreicht haben.«
»Das möchte ich eigentlich nicht«, antwortet Marguerite, und ich verstand plötzlich, wie lebhaft sie an ihren Figuren Anteil nimmt. Sie sieht in ihnen lebende Wesen, die in ihr Leben einbezogen, die Teil ihres Lebens sind. Abschied von ihnen zu nehmen, fällt ihr so schwer wie von Verwandten oder Freunden.
»Am Ende des Buches kommt er zurück.«
Die Weigerung, den endgültigen Tod zu beschließen. Tod und Trennung bedeuten dasselbe. Der Dichter hat die Macht, die physische Welt zurückzuweisen und auf einer metaphysischen Welt zu beharren.
Als Mr. Spitzer endlich gestorben war, sagte Marguerite: »Mr. Spitzer ist der einzige Komponist, den ich kannte, und nun ist er tot.«
Ich antwortete: »Niemand ist endgültig tot. Ich bin nicht

für das Endgültige, ich genieße die Unbestimmtheit. Du hast gesagt, er wird am Ende des Buches zurückkehren.«
»Elizabeth Hardwick ist anti-poetisch«, sagte ich einmal und bezog mich dabei auf ihre Nüchternheit.
»Ich bezweifle, daß sie selbst dazu die Überzeugung aufbringen kann.«
Marguerite gab eine Party, obwohl ihr die eigenen Parties nicht gefielen. »Eine Party ist ein Geschenk für meine Freunde.«
Sie sagte, sie könne kein Tagebuch führen, denn sie habe »kein persönliches Leben. Ich beobachte mich nicht selbst. Ich versenke mich in andere. Ich glaube, es ist schade, daß ich mich nicht im autobiographischen Sinn erforsche. Ich weiß nicht weshalb. Ich gehe in meinem Schreiben auf, und dort spielt sich mein Leben ab.«
»Du hast eine Welt erschaffen.«
»Mir blieb keine andere Wahl, sonst hätte ich aus dieser Welt verschwinden müssen.«
Sie schreibt über Esther Longtree, die ›für ihre immerwährende Schwangerschaft und für ihr liebendes Herz bekannt ist, und die nie einen Liebhaber hatte‹. Die immerwährende Schwangerschaft ist Marguerites riesenhaftes, grenzenloses, zeitloses Werk. Über Mr. Spitzer schreibt sie: »Vielleicht schenkt er seine Sympathien immer denen, die ihre Lieben verpaßt haben ... Musiker, die ihre Harfen verloren haben, Brückenbauer, die ihre Brücken verloren haben, große Helden, die jede Schlacht gewonnen hatten, mit Ausnahme der letzten, Anwälte, die ihre Klienten verloren, für die sie Testamente aufgesetzt haben, in denen die Klienten Eigentum hinterlassen, das sie nie besaßen. Mr. Spitzer entdeckt einige bemerkenswerte Fälle von nicht existierenden Erblassern, die nicht existierendes Eigentum nichtexistenten Erben hinterlassen, die Mr. Spitzer jahrelang versucht aufzuspüren, ehe er entdeckt, daß es sie nicht gibt.«
Es erstaunte Marguerite, als ich ihr erzählte, daß ich mich schminkte, als ich glaubte, an einer Fehlgeburt zu sterben.

Die ästhetische Disziplin reicht in die Nichtexistenz. Getuschte Wimpern, geschminkte Lippen. Diese Einstellung wäre nur den Japanern verständlich, für die Ästhetik eine Art Religion ist.
Manchmal prallen amerikanische Gleichgültigkeit gegenüber Ästhetik und europäische Besessenheit für Ästhetik zusammen. Ihr ist es gleichgültig, wo sie ißt; sie stört sich nicht an Lärm und kleinbürgerlicher Atmosphäre.
»Da mir eine normale Mutterschaft nicht bestimmt war, begann ich, Figuren ins Leben zu rufen.«
Plötzlich verstand ich, weshalb sie sich von ihrem Buch nicht trennen oder es beenden konnte. Sie genoß den Zustand der Schwangerschaft.
Marguerite empfindet es als seltsam, daß ich selbst die Fehlgeburt als ekstatische Erfahrung erlebte, anstatt zu klagen und zu weinen.
»Denn ich besaß immer eine Ader für das Mythologische. Vor dem drückenden Gewicht unserer menschlichen Kümmernisse rettete ich mich immer im letzten Moment in Mythologie, in unsere mythologische Reise.«
Marguerite fragte: »Eine Suche nach Gott?«
»O nein, eine Suche nach der Einheit mit anderen und mit der Natur. Für mich ist Gott zum Inbegriff eines schlechten Vaters geworden, ich habe gelernt, ohne ihn zu leben.«
Wir vergleichen ihr endloses Spiel mit Figuren und meine Methode, sie sich selbst zu überlassen. Sie sagt, die Verfolgung psychologischer Symbole und Motive, die Suche nach voller Entfaltung sei notwendig, um die Besessenheit zu beschreiben. Sie glaubt, wir alle seien besessen. »Die Besessenheit läßt uns nicht los.«
Ihre Wurzeln sind so amerikanisch, und doch glaube ich, sie ist einmalig.
»Jeder echte Schriftsteller ist einmalig«, sagt Marguerite, »seine geographische Herkunft ist weniger wichtig als das Kollektivgedächtnis seines Volkes, das in die Geschichte zurückreicht und die Zukunft vorzeichnet.«

Marguerite erinnert mich an Calderons *Das Leben, ein Traum.*

Vor langer Zeit hat Otto Rank, der viel über Künstler schrieb, festgestellt, daß die Frau phantasievolle Werke wie *Don Quichote* oder *Ulysses* nicht erschuf, weil sie fürchtete, die Nabelschnur zu durchschneiden, sich vom Menschen und vom Menschlichen zu entfernen.

Ich besaß diese Furcht, und aus ihr wurde das Tagebuch geboren.

Marguerite löste dieses Problem durch Formung eines Zellgewebes, eines endlosen Zellwachstums, eines riesigen Netzes, das alles einfing, nichts trennte und nichts aufteilte. Sie umfing die ganze Welt. Der weibliche Trieb zu nähren, zu umfangen, zu halten, sich zu verbinden, wurde durch dieses spinnwebähnliche Netz befriedigt. So wurde das Leben erfaßt, aber nicht als intellektuelle Erfindung wie bei Joyce. Bei ihr entsprang jedes Beginnen dem Leben, wurde vergrößert, ausgeweitet, entsprang einem natürlichen Keim: ein Zeitungsausschnitt, Menschen, die sie kannte oder über die sie gelesen hatte, Anekdoten, historische Vergangenheit oder Biographien. Beim Lesen ist sie ständig auf der Suche nach neuem Material. Assoziatives Denken verbindet jede Figur und jedes Ereignis ihres Buches mitcinander. Deshalb mußte sie nicht die Nabelschnur durchtrennen und Abstraktion suchen.

Das gelegentliche Frösteln, das mich in den Korridoren ihrer geisterhaften Reisen überfällt, geht von dem unbekannten, unsichtbaren geistigen Leben aus, das uns mit kräftigen Händen ergreift, so daß wir vor seiner Macht erschrecken.

Sprache, um zu hypnotisieren. Ihr Werk ist eine Symphonie. Sie ist eine Akrobatin des Raums. Sie fliegt von Bild zu Bild, von Wort zu Wort, ohne ihren Rhythmus zu unterbrechen.

Sie schreibt auch über die Verkrüppelten, die Blinden, die Tauben, die Stummen, die Versager und die Exzentriker.

Liebevoll beschreibt sie Fehler, Hochzeiten, die nicht stattfinden, Identitätsprobleme, Wunder, Halluzinationen und Alpträume.

Sah die Verfilmung von Tennessee Williams *Orpheus steigt herab (The Fugitive Kind).* Kaufman, der Kameramann, ist ein Dichter. Meade Roberts schreibt das Drehbuch. Es gibt eine wunderbare Szene auf dem Friedhof, in der das Mädchen sagt: »Hörst Du die Toten sprechen?«
»Die Toten sprechen nicht«, antwortet der junge Mann.
»Oh ja, sie sprechen. Sie sagen LEBEN, LEBEN, LEBEN, LEBEN.« Am Schluß wird alles zu einem Grand Guignol, aber die erste Hälfte ist gut. Anna Magnani und Joanne Woodward sind ausgezeichnet. Sogar Marlon Brando gibt sich große Mühe.
Der Dichter Ottone Riccio schreibt: »Das Messer des Dichters schneidet tief.« Ich schreibe ihm, daß ich nicht viel von Überarbeitungen halte. Das Material beginnt, unter den Händen zu welken. Ich halte es für besser weiterzuschreiben und neue Ansätze zu suchen, damit es seine Lebendigkeit bewahrt. Wenn man seiner überdrüssig wird, verdorrt es; solange man wirklich daran interessiert ist, behält es seine Kraft.

Maude Hutchins ist von völligem Schweigen umgeben. Ich versuche, Bewegung und neues Leben um sie zu schaffen.
Daisy ist jetzt die offizielle Herausgeberin von *Two Cities*, wir arbeiten weiterhin eng zusammen.

Ich schreibe einer Lektorin, es wäre eine große Wohltat, wenn auch Schriftstellerinnen wie Maude Hutchins, Anna Kavan, Isabel Bolton und Marguerite Young verlegt würden. Ihre Werke bedeuten eine Befreiung von Krieg, Gewalt, Vergewaltigung, Kastration und Kannibalismus, mit denen wir unablässig überschwemmt werden.

Ich beantworte den Brief eines Dichters im Gefängnis:

Es stimmt, mir bleibt nicht viel Zeit, Briefe zu schreiben, und wenn ich den ganzen Tag geschrieben habe, würde ich lieber Musik hören, Freunde treffen oder japanische Filme sehen. (In Los Angeles leben so viele Japaner, daß ich in der Woche vier Filme sehen kann. Es sind sehr schöne Filme mit komplizierten Handlungen, und es ist eine Herausforderung, sie zu entwirren.) Aber da ich weiß, daß Ihnen das alles verwehrt ist, möchte ich Ihnen gerne Neuigkeiten berichten. Wie gelingt es Ihnen, so gut über Theater, Filme, Zeitschriften und Bücher informiert zu sein?
Sie sprechen von dem Vorurteil der Gesellschaft gegenüber jedem, der aus dem Gefängnis kommt. Aber die Welt steckt voller Vorurteile aller Art, und man lernt, mit ihnen zu leben. Es gibt eine Möglichkeit, die negativen Aspekte der Gewalt umzukehren. Sie kann zum aktiven Willen des Künstlers werden, zur Behauptung kreativer Fähigkeiten. Es geschehen so viele Verbrechen, weil Kommerzialismus und Technologie die kreativen Fähigkeiten der Menschen zerstören. Wenn man nicht mehr kreativ sein kann, wird man destruktiv. Ich habe die Biographien vieler europäischer Künstler gelesen: Modigliani, Dégas, Toulouse-Lautrec, Picasso und Utrillo. Zwischen ihnen und den Beatniks besteht ein sehr großer Unterschied. Sie schufen Kunstwerke und verwirklichten sich in einem solchen Maß, daß es keine zerstörerischen Kräfte gab außer denen, die durch Hunger und Armut hervorgerufen wurden. Ihre Abhängigkeit von Alkohol ließ sich auf die Notwendigkeit zurückführen, sich in den ungeheizten Ateliers warmzuhalten. Ich las gerade über das Leben von Suzanne Valadon, der Mutter von Utrillo. Sie war Modell, Malerin und Geliebte. Wenn Sie entlassen werden, denken sie an das Märchen der Eskimos, die glauben, daß nichts zählt, was man in der Vergangenheit getan hat. Man muß nur auf den Gipfel eines Berges steigen, den alten Namen ablegen, einen

neuen annehmen, und wenn man auf der anderen Seite nach unten steigt, hat man sein früheres Ich hinter sich gelassen.

Die Gefängnisverwaltung erlaubt ihm nicht, seine Gedichte nach draußen zu schicken, und so kann ich sie nicht an *Two Cities* weiterleiten. Er ist wegen eines Gewaltverbrechens zu acht Jahren verurteilt worden.

[Winter 1959-1960]

Jim beendet seine Überarbeitung von *All Fall Down.* Daisy Aldan, jetzt amerikanische Herausgeberin von *Two Cities,* schickt Fanchette gute Gedichte und Photographien. Die Studenten der New York High School of Art and Design bitten mich, zu ihnen zu kommen und mit ihnen zu sprechen. »Sie gefallen uns, Anaïs Nin. Sie sind neu, erfrischend und unkonventionell. Wir möchten so sein wie Sie. Helfen Sie uns.«

Brief an Jim:

Es fällt mir sehr schwer, diesen Brief zu schreiben, und ich hoffe, Du wirst die Bürde mit mir teilen. Aber ich liebe Dich so sehr, und deshalb kann ich Dich nicht belügen. Bedenke die Welt, in der ich gelebt habe, und vergleiche damit die Welt, die Du in *All Fall Down* beschreibst. Sie ist mir so fremd, und ich kann nichts für sie empfinden. Ich habe meine Grenzen, und für diese Art Musik bin ich taub. Meine Bemerkungen zu dem Roman werden bedeutungslos sein. Sei deshalb nicht traurig, wenn ich sage, daß ich für den Roman nichts empfinden kann. Erinnere Dich, daß wir von Anfang an darüber diskutierten, daß Du Dich in unbedeutende Menschen versetzt. Das hast Du in diesem Roman wieder getan, und obwohl ich weiß, daß Dich das Thema der Bruderliebe sehr beschäftigt, kann ich nur bedauern, daß es in solch begrenzte, furchtsame, unartikulierte, beinahe geistig beschränkte Menschen eingebettet ist. Warum, warum frage ich mich, müssen wir emotionale Erfahrungen vielschichtiger Gefühle in solche Figuren legen? Ich übersehe den Humor nicht, und mir ist klar, daß Dich gerade das Leben solcher Menschen interessiert und fasziniert, und daß Tausende Dich lieben werden, weil sie vielleicht sich oder ihren Nachbarn wiedererkennen, so daß meine Zustimmung oder Ablehnung letzten Endes unwichtig ist. Ich wollte etwas sagen, weil ich Dich liebe, weil ich an Dein Schreiben glaube, weil ich an Dich glaube, an Deine Intelligenz, an Dein Wahrnehmungsvermögen und Deine Intuition. Ich habe kein Recht, Dich dafür zu kritisieren, daß Dich diese Menschen interessieren. Aber auf mich wirkt es, als versetze jemand sein größeres Ich in Zwerge, in geistige Zwerge. Darüber läßt sich nicht streiten. Ich führe es nur an, um meine Unfähigkeit zu erklären, dem Roman gerecht zu werden, und mich auf die Gefühle einzulassen, die er beschreibt. Die Figuren wirken verkümmert und halbtot. Das läßt sich allerdings auch von Sherwood Andersons Gestalten sagen. Es ist Dein Recht, sie zu wählen, ihren Geschichten Deine Sorgfalt und Dein Können zu widmen. Viele Menschen werden diese Menschen richtig verstehen; mir erscheinen sie unglaubhaft.

Brief von Jim:

Dein Brief ist schön und mutig. Er bedeutet mir mehr als jeder andere, den ich in den letzten zwei bis drei Jahren oder vielleicht noch länger von Dir erhalten habe. Er ist lebendig, und das fehlte unserer Korrespondenz in letzter Zeit – zum Teil vielleicht deshalb, weil das Leben uns in verschiedene Richtungen geführt hat –, aber wahrscheinlich liegt der tiefere Grund darin, daß wir uns als Künstler in entgegengesetzte Richtungen entwickelt haben. Vielleicht fürchten wir, dies sei eine Bedrohung unserer Freundschaft, unserer Beziehung, die tiefer und wichtiger ist als unsere künstlerische Verbindung. Aber ich spüre, daß Du diese Furcht für uns ausgeräumt und bewiesen hast, daß unsere Besorgnis für einander auf dieser Ebene unbegründet war. Du schriebst mir mit Liebe und Achtung – und in diesem Rahmen, mit diesen Worten gibt es nichts, was ich von Dir nicht akzeptieren könnte, selbst wenn es sich um Deine harte Kritik handelt. Da ich wußte, daß Du sie mit Liebe äußerst, fühlte ich mich sicher genug, sie herauszufordern, und wie nicht anders zu erwarten, wurde sie für mich sehr bedeutsam. Sie hat mich zu einer Überprüfung meiner Werte und meiner Sehweise gezwungen, und für einen Künstler kann es nichts Wichtigeres geben. Du hast für mich alles getan, und ich weiß, ich muß dasselbe für Dich tun: Dir mit gleicher Aufrichtigkeit, gleicher Liebe und gleichem Mut anworten.

Ich verstehe Dein Unvermögen, meinem Roman Sympathien entgegenzubringen – einer fremden Welt, voll fremder Sitten und mit einer fremden Sprache. Dein Leben wurde von der Welt der Künstler geprägt, seit Deiner Kindheit warst Du gezwungen, die gewöhnlichen, einfachen, oder wie Du sagst, die ›Hafergrützen‹-Menschen abzulehnen. Das Wunderbare unserer Beziehung lag immer darin, daß trotz der unterschiedlichen Welten, aus denen wir kommen, eine solche vitale Verbindung entstehen konnte. Wir haben oft über den geistigen Zwilling gesprochen, der solche Gegensätze überlebt. Durch Dich habe ich viel über das Schaffen des Künstlers erfahren, über den Künstler in mir und in anderen, über die Entwicklungen im Künstler, über seinen Geist und seine Psychologie, seine grenzenlose Unzufriedenheit und über die Kreativität, die sie bewirkt. Das ist der Spielraum Deines Einflusses und der Wirkungskreis Deiner Arbeit. Es ist Deine Spezialität, und Du bist bestens dafür qualifiziert. Niemand behandelt dieses Gebiet mit auch nur vergleichbarer Präzision, Kraft und Schönheit. Ich spreche über das Material Deiner Arbeit, das der Künstler selbst ist, nicht über sein Produkt. Dein größtes Werk, Deine bedeutendste Leistung ist das Tagebuch, in dem Du den Geist des Künstlers begreifbar gemacht hast. Und soweit ich weiß, hat bisher niemand gleiches geleistet. In Deinem Brief sagst Du, daß dieses Werk oder dieses Leben (im Tagebuch sind sie austauschbar) eine Art von Blindheit, musikalischer Taubheit für bestimmte andere Welten nach sich zieht. Du sagst sogar, daß es Menschen gibt, die ›begrenzt, unartikuliert, verkümmert und zwergenhaft‹ sind, über die es sich nicht lohnt zu schreiben. Meinst Du das wirklich? Gibt es auf der Welt einen Menschen von so geringem Wert, daß er nicht in das Blickfeld eines Schriftstellers gehört? Habe ich Dich falsch verstanden?

Brief an Jim:

Nein Jim, das wollte ich nicht sagen. Ich habe oft über die Zu-kurz-Gekommenen voll Sympathie und Liebe geschrieben: die Maus auf dem Hausboot, die Lumpensammler, der Wahnsinnige, etc. Im Alltag bin ich auf Nichtkünstler eingestimmt, auf Millicents Leben in Harlem, auf Taxichauffeure, Portiers, Handwerker, Zimmerleute. Aber es gibt Zeiten, in denen dir eine Welt fremd ist und dir das Einfühlungsvermögen fehlt. Ich konnte nichts für Main Street empfinden, für die Puritaner, für die repressiven Figuren einiger der Romane aus dem Mittleren Westen. Es stimmt, daß mich Deine Figuren nicht ansprechen. Es ist mein Schaden. Alles, was Dir widerfährt, berührt mich. Ich sollte das auf die Figuren, die Dein Leben und Dein Interesse in Anspruch nehmen, ausdehnen. Mach Dir nicht zu viele Sorgen darüber. Wir alle haben unsere dunklen Punkte und Schattenseiten. Ich wollte auch für mich versuchen zu klären, warum ich so sehr auf Dein Tagebuch reagierte und weniger auf die Theaterstücke und Romane. Ich konnte es nur mit dem Begriff ›fremde Welten‹ erklären; für viele Amerikaner ist meine Künstlerwelt ebenso fremd. Der Grund liegt darin, daß Du ein Künstler bist, der um seinen künstlerischen Ausdruck kämpft und

darum, sich als artikulierter, fruchtbarer Schriftsteller neu zu erschaffen. Aber es ist ein kleiner Verlust, mich als Leserin Deiner Romane zu verlieren, wenn Du meine Liebe als Mensch und meine Achtung vor Deinem Tagebuch besitzt, das schließlich mehr Du bist, als die Romane.
Ich übersehe nicht den Humor und die Tatsache, daß tausende von Menschen sich in Deinen Charakteren wiedererkennen und Dich darum lieben werden. Ich glaube an Dich und an Dein Schreiben. Ich sollte nicht fragen, weshalb Dich diese Menschen interessieren.

Brief an Jim:

Du hattest recht zu bezweifeln, daß ich annehmen könne: Es gibt Menschen, die unartikuliert, verkümmert und verkrüppelt, der ernsthaften Auseinandersetzung literarischen Schaffens nicht wert sind. Nein, das meinte ich nicht. Mein erster Brief war emotional, und Du weißt weshalb. Ich fürchtete, daß diese Differenzen unsere Beziehung bedrohen könnten, und ich habe zu heftig reagiert. Ich habe etwas anderes im Sinn (Du erinnerst Dich, daß ich Menschen kritisierte, die Einwände dagegen erhoben, daß Proust über Menschen der besseren Gesellschaft oder über Homosexuelle schrieb. Das ist ebenso unzulässig wie die Kritik an meinem Schreiben über Künstler). Ich habe das Gefühl, daß Du durch die Wahl solch einspuriger Charaktere freiwillig einen großen Teil Deines Reichtums und Deiner Möglichkeiten ausgeschlossen hast. Nimm zum Beispiel Deine Beredsamkeit, Deine Höhenflüge, Deine Improvisationen oder Deine Freundschaften. Sie sind so subtil und kompliziert, und das hast Du sehr gut in Deinem Tagebuch beschrieben. Ich empfand, daß Du eine zu kleine, zu geradlinige Figur gewählt hast, und daß das ganze Können, die Farbigkeit, die Ausdruckskraft keine Möglichkeiten erhielten, sich zu manifestieren. Ich wollte nicht sagen, Du sollst Dein Talent der Welt der Künstler zu-

wenden (Deiner eigenen). Es ist wichtig, daß die Charaktere eine Herausforderung für das eigene, sich erweiternde Blickfeld sind. Wenn Du eine Rolle in einem Theaterstück spielen solltest, würdest Du nicht eine Rolle vorziehen, die Deine ganze Persönlichkeit fordert? Dies ist der beste Vergleich, der mir dazu einfällt. – Eine Rolle, in die Du die ganze Skala Deiner Fähigkeiten einbringen kannst.
In Deiner Wahl der Figuren liegt eine unvermeidliche Einengung; es ist, als habe ein Maler beschlossen, nur mit zwei Farben zu malen. Ich hoffe, ich drücke mich verständlicher aus als in meinem ersten Brief. Vielleicht bin ich von meinem Gefühl beeinflußt, daß der Schriftsteller die Welt bereichern soll. Die Welt, in die wir geworfen sind, ist eng. Du weißt, die Welt, in die ich geworfen wurde (die Familie), war auf andere Weise eng als Deine.
Ich meine, wir sollten das alles nicht zu wichtig nehmen. Ich vergleiche die Menschen, über die Du schreibst, mit Dir, und das ist nicht fair. Aber versprich mir, daß Du eines Tages aus Deinem Ich heraus schreiben wirst und nicht in die Haut anderer schlüpfst, mit Deiner eigenen Beredsamkeit, Farbigkeit und Deinem Rhythmus. Benutze die Begabungen, die Du besitzst, verleihe den Figuren etwas von Deinem Leuchten, Deiner Phantasie und Deiner Freiheit. Ich weiß, wir vertreten eine unterschiedliche Auffassung vom Schreiben. Deine ist objektiv. Aber aus manchen Kollisionen entsteht Gutes. Es ist merkwürdig, daß unser erstes Gespräch in Hollywood sich um die Wahl von Charakteren drehte. Erinnerst Du Dich? Vielleicht bin ich nicht Deine beste Leserin, wie Du mein bester Leser warst, und ich bedauere das. Aber vielleicht bin ich Deine beste Leserin, indem ich auf das volle Erblühen eines noch nicht erforschten oder noch nicht entdeckten Herlihy warte, und es im Auge behalte. Deine beste Leserin des James Leo Herlihy in Person, des Kreators und nicht der kreierten Geschöpfe. Kann das helfen, mir zu verzeihen?

Brief von Jim:

Heute erhielt ich Deinen Brief auf dem hübschen Domjan Papier, das Dich vor meinen Augen so klar entstehen ließ wie Deine Worte. Ich erhielt auch Deinen ersten Brief, in dem Du unsere Diskussion über Roman, Auswahl der Charaktere, etc. erläuterst. Dein Standpunkt ist jetzt deutlicher geworden. Und es gibt soviel darüber zu sagen, daß ich nicht weiß, ob es auch nur möglich ist, damit zu beginnen. Ich verstehe und akzeptiere Deinen Standpunkt; er gefällt mir sogar. Aber er ist nicht mehr mein Standpunkt. Klingt das widersprüchlich? Vielleicht ist es so, oberflächlich gesehen, aber ich bin sicher, daß es auf einer tieferen Ebene nicht so ist. Mein Werk ist Teil der Gesamtheit meines Lebens geworden, wie es bisher nicht der Fall war: Meine Themen und Charaktere wählen mich in gleichem Maß, wie ich sie wähle. Für mich sind sie wie Freundschaften oder Liebesbeziehungen. Ich entdecke, daß ich mich fasziniert und entzückt mehr und mehr mit einer Gruppe Menschen, einer Gestalt, einer Situation oder auch einer Kombination aus allem beschäftige. Ich setze mich an meine Schreibmaschine und lasse ihnen ihr Leben (das ist weit weniger objektiv, als Du Dir das vorstellst. Und der Roman beispielsweise war höchst persönlich, da das Problem und die Charaktere in meiner Familie zu finden sind). Seit ich auf diese Weise arbeite, hat mein Leben eine neue Einheit und Gestalt gefunden: Ich lebe glücklicher und natürlicher – und ich habe das Gefühl, daß es mich auf wichtigen Gebieten freier gemacht hat, besonders in der Liebe. Im Gegensatz zu diesen Kräften ist das Schreiben als solches für mich nicht wichtig –, nur insoweit, als es zu einem wesentlichen Teil des Ganzen, zu meinem Leben beiträgt, und es formt. Ich bin nicht in Versuchung, mir den Kopf darüber zu zerbrechen, ob mich dies zu einem mehr oder weniger bedeutenden Schriftsteller macht, obwohl ich gestehe, ich wage zu glauben, daß in meinem Fall das Werk dadurch besser wird. Ich stimme mit Dir darin überein, daß der Schriftsteller jede Herausforderung annehmen muß, damit sich seine Sehweise erweitert. Jede Freiheit, die erstarrt, der Wachstum und Expansion fehlen, ist unecht. Du mußt mir glauben, daß ich weiß, meine Expansion war unglaublich. Wenn mein Werk das in Deinen Augen nicht unter Beweis stellt, liegt das einfach an unserem unterschiedlichen Ausgangspunkt. Für mich ist Dein Standpunkt von großem Wert, wenn Dunkelheit mein Leben überschattet. Deine Einsichten haben viel Licht auf meine Stimmungen und Zustände geworfen, und Du hast zu meiner Freiheit beigetragen. Jetzt, da mein Werk Gestalt angenommen hat und Dir fremd und unerwartet erscheint, Deinem Geschmack, Deinen Neigungen fremd ist, kann ich verstehen, daß Du versuchst, ihm Deine Interpretation zu geben – ich setzte nicht alle meine Kräfte ein. Ich kann nur noch einmal sagen, daß ich für Deine Zuneigung zutiefst dankbar bin, denn Deine Zuneigung läßt Dich das alles aussprechen. Mir ist es sehr wichtig, daß Du mir glaubst, daß ich nicht aus Bequemlichkeit der Herausforderung ausweiche. Seltsam genug, ich verlange von mir mehr als je zuvor.

Der junge Dichter im Gefängnis schreibt mir:

Ich habe versucht, meine Arbeiten herauszuschicken, aber es ist einfach unmöglich ... Mir bleibt jedoch ein kleiner Trost: Nathan Leopold und Roger Touhy mußten ebenfalls bis nach der Entlassung warten, bevor sie ihre Sachen veröffentlichen konnten. Vielleicht ist das ganz gut so. Alles, was ich in letzter Zeit geschrieben habe, ist aus meiner Seele gewrungen – Bitterkeit und Selbstmitleid. Ich brauche eine neue Perspektive. Es ist gut, daß ich bald draußen sein werde. Bald – nun ja, nach achteinhalb Jahren scheinen achtzehn Monate eine kurze Zeit zu sein.

Dann schreibt er über Literatur, Zen, japanische Filme, D'Annunzio und Kabuki.
Ich versuchte, für *Two Cities* einige Arbeiten von ihm zu erhalten. Aber ich habe wenig Hoffnung für ihn. Er schrieb: »Vielleicht kann Verbrechen kreativ sein.«

Brief vom Dichter im Gefängnis:

Nein, ich leide noch immer unter den Auswirkungen meiner Rebellion, ohne deren Grund zu kennen. Vielleicht ahne ich ihn, aber ich kann ihn nicht wirklich erfassen. Vielleicht ist er eine Verneinung des ›Ich‹. Das wäre eine zutreffende Erklärung. Es ist schwer zu beschreiben, ich wünschte mir, Sie zu sehen – mit Ihnen zu sprechen, als ich Ihren Brief las. Was Sie erreicht haben, versuchte ich in den vergangenen vier oder fünf Jahren zu tun. Ich kenne Ranks *Art and Artist*, und habe auch Colbys *Energy Structure in Psychoanalysis*, Mowers *Psychotherapy: Theory an Research*, French und Alexanders *Psychoanalytic Therapy*, Bergs *Deep Analysis* und selbst Sartres Gedanken zur Psychoanalyse gelesen, aber ... nichts. Künstler sind Neurotiker, die sich mit Hilfe ihrer Kunst heilen – zugegeben. Ich weiß, mein Schreiben wird tot, leblos bleiben, bis ich diesen ganzen kreativen Prozeß freigelegt habe, und das ist solange unmöglich, bis es mir gelingt festzustellen, warum ich nicht in der Lage bin, über ›die destruktive Vorstufe‹, den Zorn und die Rebellion hinauszugehen. Da ich diesen Grund nicht entdecken kann, denke ich an eine gewalttätigere, geballtere Rückkehr zu alten Formen und Verhaltensweisen. Das wäre Selbstzerstörung, ja, aber eine schnelle, totale Zerstörung. In der anderen Richtung liegt die kreative Repression, die ebenfalls eine Form der Selbstzerstörung ist, eine langsamere, zersetzende Form. Dies muß wie die Beichte eines labilen Neurotikers klingen. Das tut mir leid.

Brief an den Dichter im Gefängnis:

Es tut mir leid, daß ich Ihnen keine Bücher schicken kann. Ist es Ihnen erlaubt, Bücher über eine Buchhandlung zu beziehen? Der Phoenix Bookshop wird Ihre Bestellungen ausführen und sie mit den Verkäufen meiner eigenen Bücher verrechnen. Machen Sie sich bitte keine Sorgen wegen der Dinge, die ich vielleicht für Sie tue. Ich kann mir nichts Schlimmeres als den Verlust der Freiheit vorstellen, und da Ihnen die körperliche Freiheit genommen ist, möchte ich dies ein wenig durch die andere Freiheit, die Freiheit der Phantasie und der Kreativität ausgleichen. Ich kann noch immer nicht verstehen, weshalb Sie keine psychologische Hilfe erhalten, wenn ich an Ihre Begabungen, Erkenntnisse und die Anstrengungen denke, die Sie unternehmen, Ihre Konflikte zu lösen. Es ist so schwierig, dies allein zu tun. Auch Freud gelang die Selbstanalyse nicht. Ich kann den Verlust der Freiheit sehr gut nachempfinden. In meiner Vorstellung war es immer die eine Erfahrung, die ich nicht überleben würde. Ich mußte viele symbolische Gefangenschaften erdulden, aber das ist nicht das gleiche, und es geschah freiwillig, um andere Menschen glücklich zu machen.

Brief vom Dichter im Gefängnis:

... in *Ladders to Fire* schreiben Sie: ›Der Mensch, der einst hungerte, rächt sich an der Welt nicht dadurch, daß er einmal stiehlt oder stiehlt, was er braucht, sondern dadurch, daß er von der Welt unbegrenzten Zoll für etwas Unersetzliches fordert: Das verlorene Vertrauen.‹ Und: ›In der niederen Welt der Natur werden Schulden mit gleicher Münze bezahlt: Falschgeld wird nicht akzeptiert. Hunger mit Hunger, Schmerz mit Schmerz, Zerstörung mit Zerstörung.‹ Ich frage mich, wie ich nach zehn Jahren Freiheitsentzug reagieren werde. Ich bin froh, daß Sie die beiden Bücher von Lindner, *Fifty-minute Hour* und *Rebel Without a Cause* erwähnten. Ich habe so viele Bücher über Verbrecher gelesen, so viele, die nichtssagend waren, daß ich die beiden nicht beachtete. Ranks Dualitätsproblem ist in mancher Hinsicht meinem inneren Konflikt sehr ähnlich.

Henry Miller begann eine Korrespondenz mit Roger Bloom, einem Mann, der eine lebenslängliche Freiheitsstrafe im Missouri State Penitentiary verbüßt. Er wurde verurteilt, weil er im Alter von siebzehn Jahren mit einer Spielzeugpistole eine Bank überfallen hatte. Gewalttätig war er nie gewesen. Er wollte Schriftsteller werden und hatte Theaterstücke geschrieben. Henry gab ihm meine Adresse, nachdem er Roger Blooms Leseleidenschaft bemerkte, und ich erhielt seinen ersten Brief: »Gute Lektüre zu erhalten, wäre ohne die Hilfe von Henry Miller unmöglich gewesen. Ich würde sehr gerne mehr Nummern von *Two Cities* lesen und ganz besonders gerne eines oder alle Ihre Bücher, denn Sie sind eine außergewöhnliche Frau.«

Brief an Roger Bloom:

Ich mache Ihnen keinen Vorwurf daraus, daß Sie mich mit Djuna Barnes verwechselt haben; ihr Buch *Nightwood* hatte großen Einfluß auf mich, denn sie schreibt auf einer Ebene zwischen Bewußtsein und Unterbewußtsein, Poesie und Prosa. Wie ich höre, erlauben Ihnen die Bestimmungen, Bücher nur von Verlegern und nicht von Privatpersonen zu erhalten. Ich werde den Phoenix Bookshop bitten, Ihnen meine Bücher zu schicken. Sie sagen, Sie seien ein gefühlsbetonter Mensch, das läßt sich auch an Ihrem Brief erkennen. Ich empfinde deshalb freundschaftliche Gefühle für Sie, denn diese Eigenschaft bewerte ich höher als jede andere.
Ich habe daran gearbeitet, die Tagebücher abzuschreiben

und zu redigieren, über die Henry schrieb, und ich bin erst bei Band siebzig angelangt. Aber aus menschlichen Gründen (um niemanden zu verletzen) kann ich sie noch nicht veröffentlichen. Dieses Geheimnis zu wahren, fällt mir immer schwerer, da die Tagebücher mein Hauptwerk sind.
Ich schreibe Ihnen, ohne danach zu fragen, was Sie ins Gefängnis gebracht hat. Sie werden wissen, daß jemand, der sich ernsthaft mit seinem wahren Charakter auseinandergesetzt hat, erkennt, daß er zu jeder Handlung fähig ist, und daß uns nur ein kleiner Schritt von denen trennt, die ihre gewalttätigen Gefühle ausagieren. Ich vermute, uns ist klar, daß wir unter bestimmten Umständen unserem Zorn ebenfalls freien Lauf gelassen hätten. Jemand, der zu diesem Mittel greift, handelt im Dostojewskischen Sinne für uns! Und wir haben das Gefühl, zumindest ich – die Folgen mittragen zu sollen; wir, die Träumer, die nur in unseren Alpträumen zornig werden und töten. Für Sie muß es härter sein, denn Sie sind ein gefühlsbetonter Mensch.

Brief von Roger Bloom:

Sie sollen wissen, daß ich Ihre Bücher liebe – sie sind wirklich schön, und wenn ich eines von ihnen in der Hand halte, lasse ich dieses Leben voll Bitterkeit und Verzweiflung hinter mir. Ich bitte Gott, daß wir einen Weg finden, und ich durch Ihre Bücher oder durch Bücher, die Sie für mich auswählen, mehr von Ihnen erfahre.
Sie werden mit der Zeit feststellen, daß ich ein sehr emotionaler Mensch bin – daß ich meinen Gefühlen freien Lauf lasse – besonders gegenüber Menschen, die ich liebe – und als ich Ihren Brief öffnete, mußte ich sofort einen Blick auf die Unterschrift werfen, um wirklich sicher zu sein, daß er von Ihnen kam. Ich weiß nicht, wie ich Ihnen für die große Freundlichkeit danken soll – daß Sie andere

Briefe zur Seite legten, um mir zu schreiben – wie kann man die Größe einer Freundschaft ermessen –, die sich nicht an meinem gegenwärtigen Zustand stößt, gleichgültig aus welchem Grund ich mich an einem solchen Ort befinde. Ohne ein einziges Wort des Vorwurfs teilen Sie einfach Ihr Leben mit mir.

Das Leben hier oder in jedem Gefängnis kann man nur mit einem Wort beschreiben: abnormal. Vom Moment an, in dem man eine derartige Institution betritt, oder vielleicht jede Institution, die die Entfaltung des Lebens unterdrückt, und durch die man in einen Zustand der Reglementierung gerät, beginnt man zu glauben, in eine unheimliche Welt geraten zu sein. Es gibt Regeln, Bestimmungen, in Abständen von fünfzehn Minuten Pfiffe von den Wachtürmen, die das Zuchthaus umgeben, Klingeln, die befehlen, das Licht in der Zelle zu löschen – am Morgen aufzustehen – zum Rapport zu erscheinen – mit dem Essen zu beginnen – den Eßsaal zu verlassen, und im Verlauf des Tages kann man keinen Augenblick vergessen, daß jede Handlung oder Bewegung als Auflehnung gegen die REGELN und BESTIMMUNGEN oder gegen die Launen eines Wächters oder Wärters ausgelegt werden kann, und das zieht Strafen verschiedenster Art nach sich.

[Frühling 1960]

Ich wurde zu Lesungen und Vorträgen nach Schweden eingeladen, da zwei meiner Romane dort erschienen sind. Schwedische Freunde hatten diese Reise organisiert.
Das Licht in Schweden, die Mitternachtssonne und das nie verlöschende Licht von *Fräulein Julie.* Das Licht, das die Literatur auf unser Leben wirft. Die armen hungernden Menschen, die nicht lesen können. Es ist das Land Ibsens und seiner Dramen. Es ist das Land der schwedischen Romanciers, die ich gelesen hatte, *Hunger* von Knut Hamsun, Stig Dagerman, der im Alter von einunddreißig Jahren Selbstmord beging, als er glaubte, nicht mehr schreiben zu können, das Licht dieser Bücher, der Wahnsinn Strindbergs. Das Licht von Folklore und Literatur ist jetzt Realität geworden. Ich kann nicht schlafen, weil es nicht dunkel wird, weil der Körper aus dem Gleichgewicht gerät, weil die Augen sich nicht schließen. Es ist nicht Tag, es ist nicht Dämmerung. Es ist das Licht der Gletscher, das Licht unbekannter Planeten. Es ruft ein Gefühl gespannter Erwartung hervor. Es ist weder warm noch kalt, es ist beunruhigend. Es macht schwermütig. Man schläft nicht und wacht nicht. Das Herz flattert und sagt, du darfst nicht schlafen, denn die Erde wacht. Erwartung. Der Zyklus von Licht und Dunkelheit ist durch den Nicht-Tag, die Nicht-Nacht gestört. Kein Mond, keine Sonne. Ist das die Vorhölle? Hat die Erde vergessen, sich zu drehen? Sind wir aus der Umlaufbahn geworfen worden und in den Lichtkreis eines unbekannten Planeten geraten? Ich verspüre Angst.
Plötzlich überschwemmten mich Journalisten, Kameras und

Interviews. Es war eine erste Kostprobe der Berühmtheit. Als etwas Neues bereitete es Spaß und stellte meine geheime, verborgene Scheu auf eine harte Probe. Man verglich mich mit Marlene Dietrich, die eine Woche zuvor hier war; man sprach von meiner Eleganz und meinem Glamour. Am nächsten Morgen in drei großen Zeitungen Artikel auf der ersten Seite. Anrufe und Blumen. Am Nachmittag ein Interview mit dem Neffen von Isak Dinesen. Eine Lesung im Museum für Moderne Kunst. So viele Menschen kamen, daß wir von einem kleinen Saal in einen größeren überwechseln mußten. Die schöne Schauspielerin Ingrid Thulin war da. Ihr Mann hat als einer der ersten Besprechungen meiner Bücher geschrieben. Für den Abend waren zwei Partys geplant, und man kam schließlich überein, sie zusammenzuwerfen und eine Party im Haus des Museumsdirektors Hulton zu geben. Ich lernte alle Autoren, Dichter und Schauspieler der Bergmanfilme kennen. Bergman selbst war krank, und mein schwedischer Verleger hatte sich in Cannes das Bein gebrochen. Ich traf meinen Agenten, dessen Sohn den Taschenbuchverlag von Bonniers leitet, und der vielleicht *Ein Spion im Haus der Liebe* herausbringen wird. Heute um 13.30 Uhr habe ich ein Interview mit Artur Lundkvist, Schwedens bestem Dichter und Kritker. Als ich ein Restaurant betrete, bittet man mich um ein Autogramm. Nach der Gleichgültigkeit in Amerika ist das sehr beglückend.

Das Geheimnis meines Erfolgs liegt nicht in einer Verwandtschaft zwischen Schweden und meinem Werk, wie ich glaubte, sondern in der Anziehungskraft der Gegensätze. Die Schweden sind erdverbunden, beinahe wie Bauern. Ihre Literatur ist schlicht und volkstümlich, und das Leben verläuft einförmig und schwerfällig. Die Bars schließen um Mitternacht. Würde und Ordnung.

Morgen ist ein Feiertag, und ich werde mit Hill und Billy Kluver im Landhaus von Gelber einen ruhigen Tag verleben.

Gestern ein kurzes, sachliches Rundfunkinterview mit Artur Lundkvist. Er erzählte mir vom Erdbeben in Agadir. Er und seine Frau wohnten dort in einem der Hotels. Sie wollten sich trennen, denn die Ehe schien auseinanderzugehen. Dann kam das Erdbeben. Die Hotelfassade stürzte ein. Zitternd und bebend standen sie im vierten Stockwerk. Sie waren dem Tod knapp entronnen, und das erschütterte sie so, daß sie sich versöhnten.
Die Party bei Hultons. Vier riesige leere Atelierräume, in denen seine und Tinguelys Mobiles hängen. Das Haus eines echten Künstlers. Orangefarbene Bücherregale aus Apfelsinenkisten. Sehr wenig Mobiliar. Es gab Rotwein, ein riesiges rundes, selbstgebackenes Brot, als Hors d'œuvres geräuchertes Rentier und Yoghurt mit Ingwergeschmack. Ich lernte faszinierende Menschen kennen: Ingrid Thulin und ihren Mann Harry Schein, Gunilla Palmstjerna, eine schöne Keramikerin, die mit dem Schriftsteller Peter Weiss verheiratet ist. Wir tanzten zu Jazzmusik von Schallplatten. Lundkvist und seine dänische Frau, die ihre Haare à la Veronika Lake trägt. In Ingrids Gesicht spiegelt sich große Emotionalität; sie hat dunkle, brennende Augen, eine helle Haut und eine warme rauhe Stimme. Sie wollte Bergman dazu überreden, *Ein Spion im Haus der Liebe* zu verfilmen, aber er schreibt lieber seine eigenen Drehbücher.
Gestern war Feiertag. Nils und Arnita, Billy und Hill bereiteten ein Picknick vor, und wir fuhren aufs Land. Zuerst zeigten sie mir das Projekt einer Trabantenstadt, die so monoton, so langweilig und gleichförmig wirkte wie unsere. Die Wohnungen machten eher den Eindruck von Gefängniszellen. Aber dann fuhren wir zum Familienbesitz von Nils, der an einem See liegt, und zu dem über zehn Hektar Land gehören. Alles erinnerte mich sehr an Bergmans *Illicit Interlude:* ein kalter See, Möven, aber Frühlingsvegetation, alle Arten wilder Blumen, Birken, Hirsche und Schlangen. Es ist das Haus, in dem Nils seine Kindheit verbrachte; es ist ganz aus Holz gebaut wie die großen

Häuser in den Südstaaten, aber da es unbewohnt ist, haben Jugendliche es beschädigt und sogar teilweise verbrannt. Ein Mann mit einer Angel tauchte auf, und Nils stritt sich mit ihm, denn er hatte kein Recht, auf dem Grundstück zu fischen. Sie wollten mit Fäusten aufeinander losgehen. Billy holte die Polizei. In Schweden kümmert man sich nicht sonderlich um Privateigentum. Der Sozialismus hat sich aller Probleme angenommen, aber gegen die Bosheit der menschlichen Natur ist er machtlos. In Bezug auf Trinken, Küssen etc. ist Schweden ein Land voller Restriktionen. Die Frauen leisten Sozialarbeit, die wie jede andere Arbeit bezahlt wird.

Als sie von ihrer Kindheit sprachen, den kurzen Sommern, klang es wehmütig. Ein Sommer ist zu kurz, um sich an der Natur, den Seen, am Segeln, Fischen und Schwimmen zu erfreuen.

In den langen Wintern lesen sie viel.

Jede Zeitung bringt einen Artikel über mich. Sie schreiben über alles, was ich tue, wie ich mich anziehe, und was ich sage.

Gestern nach dem Tag auf dem Land besuchten wir Gunilla, die Frau von Peter Weiss. Ihre Wohnung liegt im obersten Stockwerk eines Hauses im alten Viertel. Sie hat helle Kiefernholzböden, seidig und glatt wie die in dem japanischen Haus im Museum of Modern Art, niedrige Decken mit schönen alten Balken, einen großen weißen Kamin. Schöne Keramiken.

Ich vergaß, über meinen ersten Eindruck vom Flugzeug aus zu berichten. Seen, kiefernbewachsene Inseln, kleine rote Häuser wie die deutschen Zuckerbäckerhäuser in Konditoreien und dunkelgrüne Wälder. Stockholm wäre langweilig, gäbe es nicht die Flüsse, Kanäle und Boote.

Von Billy sieht man nur Ohren, die von seiner Skimütze nicht bedeckt werden. Hill ist voller Sommersprossen. Kleine Autos, graue Gebäude. Ich wohne in einem kleinen Hotel im Zentrum, gegenüber einer Buchhandlung, in der alle meine Bücher im Schaufenster ausgestellt sind. Der Luxus beschränkt sich auf reichbestickte Bettwäsche. Das Badezimmer ist am Ende des Flurs. Die Badewanne bietet vier Personen Platz. Ich wäre beinahe darin ertrunken. Mir ist dies alles aus den Bergmanfilmen vertraut, die ich in mich aufgesogen habe. Ich sah ein Boot, wie es die Ballettänzerin in *Illicit Interlude* bestieg, als sie auf die Suche nach ihren Erinnerungen ging. Der Palast ist erdfarben. Ich sehe nicht mein Schweden sondern das Schweden Bergmans. Es herrscht noch immer ein kalter Winter. Ein Venedig des Nordens. Die Gebäude haben merkwürdige Farben: braun, vichysoisse und dunkelrot. Die Restaurants und Bars wirken wuchtig und massiv. Eine melancholische Farbskala, von der sich die hellen modernen Stoffe, Tongefäße, Küchengeräte und Möbel abheben. Sie bringen eine erfreuliche Helligkeit. Ich machte einen Spaziergang durch die Stadt. Die schmalen Straßen sind für Autos gesperrt, deshalb kann man mit Genuß spazierengehen und Schaufenster betrachten.

Abendessen bei den Gelbers. Ihre beiden kleinen Töchter erwarten mich an der Tür und begrüßen mich mit zwei Worten Englisch. In der Schule ist Englisch Pflichtfach. Sie wohnen in einem ehemals verrufenen Viertel aus dem achtzehnten Jahrhundert, in dem jetzt viele Künstler leben, denn Wohnungen sind knapp. Auf einem Hügel erheben sich dunkle Häuser mit freundlichen roten Giebeldächern. Man blickt auf den Fluß, und das Licht der Mitternachtssonne schafft eine interessante Atmosphäre. Es wirkt wie ein langes Zwielicht. Die Sonne scheint gerade unterzugehen, aber sie geht nicht unter. Als ich die Gelbers um Mitternacht verließ, schien der Morgen zu dämmern. Ein merkwürdiges Gefühl von *dépaysement*.

Der letzte Abend war der interessanteste. Wir besuchten einen Maler, der im alten Stadtviertel wohnt. Mittelalterliche Häuser. Da es dort keine Portiers oder elektrische Türöffner gibt, standen wir in der engen, gepflasterten

Gasse und riefen: »Wir sind da!« Der Maler beugte sich aus seinem Dachfenster und warf den Hausschlüssel in einem Handschuh herunter. Wir stiegen eine schmale ausgetretene Holztreppe bis zum fünften Stockwerk empor. Jazz von Schallplatten. Der Maler hatte ein riesiges rundes Brot gebacken, ein Bauernbrot, und außer Wein gab es nichts dazu. Mir gefiel diese Einfachheit. Seine Bilder waren erstaunlich; eine künstliche Welt auf einer Papierrolle, die um das ganze Zimmer ging. Er ist ein großer Maler.

Ich mochte sie alle sehr gern. Beim Abschied weinten wir beinahe. Mein Zimmer stand voller Blumen, aber es waren keine Sträuße vom Blumenhändler sondern Blumen, die sie am Wegrand pflücken, wilde Maiglöckchen, wilde blaue Glockenblumen, wilde Veilchen und wilden Flieder.

Es sind leidenschaftliche Menschen, die in alten Formen, Konventionen und Puritanismus erstarrt sind. Ihr Nacktheitskult ist Teil der athletischen Liebe zu körperlicher Kondition und hat nichts mit Sinnlichkeit zu tun.

Rückkehr aus Schweden über mein geliebtes Paris.

Ich empfand das Leben in Paris als ein Leben der Offenheit, Kompromißlosigkeit, es ist natürlich, impulsiv und instinktiv. Hier regieren Erotik, Phantasie und Kreativität; selbst das Böse ist aufrichtiger. Die Menschen besitzen Reife und größeres Einsichtsvermögen. Max Frischs *Biedermann und die Brandstifter* handelt von einem militanten Revolutionär, der mit verbalem Feuerwerk agitiert, bis die Revolution beginnt, dann kann er die Gewalt nicht ertragen; Bomben und Feuer erschrecken ihn.

Wie ehrlich ist doch die Welt der Prostitution.

Aus meinem Fenster sah ich Nebelschleier, die über die Stadt zogen, und ich wünschte mich zu verwandeln, um nicht von den vielen Pflichten und Verpflichtungen des Lebens gefangen zu werden. Ich beneidete die Nebelschleier.

Simenon hat hundertmal einen Menschen beschrieben, der in völliger Verbindungslosigkeit zu seinem Leben und zu den Personen, mit denen er zusammenlebt, erwacht. Er erwacht als ein Fremder, für den alle Verbindungen abgerissen sind. Dieser Gedanke verursachte mir solche Angst, daß ich einschlief und wie so oft träumte, daß das Meer mich überflutete, und ich ertrank.

Der Taxichauffeur zitiert Sokrates und Balzac. Ich liebe die kleinen intimen Restaurants, das vertraute und persönliche Gefühl, unter Menschen zu sein.

Ich besuchte Henri Michaux. Louise Varèse, die *Misérable Miracle* übersetzte, hatte mir ein Empfehlungsschreiben gegeben. Ich verwandte viel Zeit darauf, um einen Verlag dafür zu finden, und brachte es bei City Lights unter.

Er ist ungefähr siebzig Jahre alt. Er ist krank und hat sich aus dem öffentlichen Leben zurückgezogen. Louise hatte mir ein Gedicht gezeigt, das er nicht veröffentlichen ließ; es erklärte die Tragik seines Lebens. Seine junge, schöne Frau, eine Südamerikanerin, starb an Verbrennungen, da eines der neuen Nylonnachthemden, die sie trug, vor dem Kamin Feuer fing. Ich frage mich, warum er das Gedicht nicht publizieren ließ. War es ein zu emotionaler Schmerzensschrei?

Er wohnt in einem dieser phantastischen, riesigen alten Häuser am linken Seineufer – Relikte der *Belle Epoque*, mit hohen Decken, grandiosen Eingängen, königlichen Treppen, ungeheizt aber mit Marmorfußböden, Fresken und ausladenden Kronleuchtern. Wir saßen in der Bibliothek, und er erzählte begeistert über seine Entdeckung des Unendlichen, aber nicht über Dichtung. Er spricht, wie er schreibt. Er sagt, er greife nicht häufig zu Drogen, vielleicht einmal im Jahr, die andere Zeit verbringe er damit, den vollkommensten Ausdruck dieser Erfahrung zu finden. Er arbeitet mit ungeheurer Sorgfalt und Genauigkeit. Ich erzählte ihm von meiner LSD-Erfahrung.

Er hatte erwartet, daß Amerika größeres Interesse an seinen Büchern zeigen würde. Ich erklärte ihm, daß nur sehr wenige Amerikaner französisch lesen, und nur wenige seiner Bücher übersetzt seien, daß die Amerikaner aber auch an Dichtung, die aus Drogen geboren wurde, kein Interesse haben, und es vorziehen, daß Erfahrungen einfach, nüchtern und klinisch wie Fallgeschichten berichtet werden. Sie vertrauen mehr den wissenschaftlichen, intellektuellen Kommentaren eines Huxley. Die jungen Menschen sind davon überzeugt worden, daß Drogenerfahrungen wie mystische Erfahrungen nicht beschrieben werden können. Ich habe dem stets widersprochen. Dichter können das. Michaux kann es.

Es stimmt, er hat nur wenige Leser in Amerika.

Am selben Tag war ich zum Abendessen bei einem französischen Sammler eingeladen, der mir einen Stapel von Michaux' Büchern brachte, der so hoch war, wie ich groß bin. Die meisten sind vergriffen und in Amerika unbekannt.

Michaux scheint unter dem zu leiden, was Artaud als ›fatigue de fin du monde‹ bezeichnete. Ich fühlte in seiner Gegenwart einen solchen Mangel an Wärme, daß er mir vorkam wie ein Mensch aus der Eiszeit.

Sylvia Beach bereitete den Transfer ihrer Sammlung von Briefen und Photographien nach London vor. Sie erinnerte sich an meinen Besuch vor vielen Jahren, als ich sie auf Henry Miller aufmerksam machen wollte. Sie kommentierte das mit den Worten: »Natürlich, Frauen waren schon immer das Sprungbrett für Künstler.«

Ich traf Kenneth Anger im Deux Margots. Er erzählte, er verfilme das Leben des Marquis de Sade im Schloß des Marquis in Sologne für den Prinzen Ruspoli.

Merkwürdig, daß manche Zusammentreffen keinen lebendigen Funken, keine Echos, keinen Widerhall hervorrufen. Dieses Rätsel hat mich immer beschäftigt. Was hemmt, was verhindert eine Verbindung zwischen zwei Menschen, was

trennt ein Leben vom anderen? In anderen Fällen sprühen die Funken sofort. Kenneth lebt in seiner eigenen Welt. Wer betrat sie? Wer bewohnt sie, wen liebte er, wen vertraute er, wem vertraute er sich an? Es scheint, ich beschäftigte mich *immer* mit dem, was Menschen entfremdet. Woran lag es, daß mein Vater so beziehungslos lebte, daß niemand ihn wirklich kannte, daß er nur eine Maske zeigte, daß ich keinen Menschen traf, der sagen konnt: »Ich habe Ihren Vater wirklich gekannt.« Lag es an der großen Distanz, die er zu seiner Frau, seinen Kindern aufrecht erhielt, und die in mir zum ersten Mal den Wunsch, das Bedürfnis und die Suche nach Vertrautheit entstehen ließ?
Ich kann die Menschen wie Planeten im Raum kreisen sehen. Und viele Begegnungen verliefen wie die mit Kenneth Anger; mit Michaux, mit Pierre Jean Jouve, Lawrence Durrell und häufig auch, trotz meiner großen Zuneigung zu ihr, mit Marguerite Young.
Am Sonntag ein ruhiges Mittagessen im Restaurant Paul auf der Île de la Cité. Jean-Louis Barrault und seine Frau sitzen am Nebentisch. Draußen im kleinen Park braten Clochards Würstchen über einem Grill und trinken die unvermeidliche Flasche Rotwein. Clochards schlafen nachts mitten auf dem Gehweg, eine Frau schläft vor der Polizeiwache über dem Entlüftungsschacht einer Bäckerei; Dampf umhüllt sie, es wirkt, als würde sie gekocht.
Die jungen Mädchen versuchen alle, wie Brigit Bardot auszusehen. Ein Konzert mit *musique concrète.* Ein Alptraum verzerrter Töne, darunter das Tonband mit der Stimme einer Frau, die in den Wehen zu liegen scheint. Ein Film von Pierre Shaeffer, in dem er seine Theorien erläutert.
raux' *Psychologie d'Art.*

In Paris sah ich eine Ausstellung mit dem Titel ›*Noir*‹. Sie war in der Tat schwarz; Plastiken aus verbranntem Holz, schwarzem Eisen, schwarze Figuren, Kreise, schwarze

Schnitzereien und *musique concrète* als Hintergrund. Die Wände und die Lichter waren schwarz verhängt. Die Ausstellung wirkte wie die Welt nach einer Atombombe, einem Erdbeben oder einer Feuerkatastrophe, alles verbrannt und von Lava bedeckt. Ist das prophetische Kunst?
Abendessen mit Peter Weiss und Gunilla in einem chinesischen Restaurant. Wir gingen am linken Ufer der Seine entlang, saßen in dem Café am Place de la Contrescarpe. Weiss ist ein ernster, verbitterter Mann. Er hat Filme gedreht und Theaterstücke geschrieben.
Eine Spannung liegt in der Luft, die Stadt ist voller Polizisten, Algerier schießen. Vor einigen Tagen wurden in dem Café, in dem wir sitzen, Bomben geworfen.
Gestern Abend kontrollierte die Polizei auf der Suche nach Bomben unser Taxi. Dem Taxi entstiegen zwei vornehme alte Herren, die beide den Orden der Ehrenlegion tragen: Roger Vieillard und Stuart Gilbert, Übersetzer von Malrauxs *Psychologie d'Art.*
Die Polizei entschuldigte sich.
Ein Spaziergang vom Place Clichy zum Place Blanche ist ein Gang durch vielfarbige Welten. Es ist das zwielichtige Paris: Cafés voller Zuhälter und Dealer, dunkle Seitenstraßen, in denen nur ein paar Hotelreklamen leuchten, in den Hauseingängen Prostituierte, die so interessant aussehen wie die in Mexiko – stark geschminkt, lebhaft und herausfordernd. Viele Kinos, auf dem Gehweg werden amerikanische Taschenbücher gehandelt, flanierende Menschen, in den offenen Cafés spielen Jazzbands, Nightclubs, Anreißer, Händler mit pornographischen Postkarten, Sexkinos; es herrscht ein Leben auf der Straße wie in Spanien. Spielautomaten wie am Broadway, im Moulin Rouge eine japanische Revue, temperamentvoll und sinnlich. Alles in künstlichen Farben, phosphoriszierend, zu grell, zu gelackt. In uns allen erwacht die Lust am *night life.*
Am Tag zuvor sah ich die Bilder eines griechischen Malers, die alle Galerien abgelehnt hatten. Kurz entschlossen häng-

te er sie an die dunklen rußgeschwärzten Mauern unter die Brücke. Hier gab es viel Platz für seine großen Bilder, die von den Lichtern unter dem Pont Neuf beleuchtet wurden – und da die Franzosen Humor haben, schickte man einen Polizisten, der seine Bilder bewachte, und ganz Paris kam, um sie zu sehen. Als ich später über die Brückenmauer blickte, sah ich eine Gruppe, die amerikanische Folksongs sang. Sie sammelten in großen Cowboyhüten unter den Zuschauern. Ich fragte: »Woher kommt Ihr?« »Aus England«, antworteten sie, »wir sind *Fakes*. Wollen Sie Ihr Geld zurück?«

Besuch bei Stuart Gilbert. Er ist inzwischen sehr alt aber geistig so beweglich wie immer. Er erzählt herrliche Geschichten über die zwanzig Jahre, die er als Richter in Burma verbrachte, und wie er versuchte, den Gerechtigkeitssinn der Burmesen zu verstehen. Als er in den Ruhestand versetzt wurde, kam er nach Paris. Caresse schlug ihm in ihrer unbekümmerten Art vor, er solle Saint-Exupéry übersetzen. Mit der gleichen Unbefangenheit riet sie ihm zu James Joyce. – Und er übersetzte beide. Inzwischen ist er als Übersetzer sehr geschätzt. Er hat die Jahre vor dem Krieg auf einer der schönen und noch immer mittelalterlich anmutenden Seineinseln in einer Wohnung mit Blick auf den Fluß gelebt, in der er auch heute noch wohnt. Alles war unverändert; ich hätte schwören können, daß auf den kleinen Tischen im Salon noch immer dieselben Bücher liegen, und daß er seit Jahrhunderten im selben braunen samtbezogenen Sessel sitzt. Dort hatte ich James Joyce getroffen, der nicht sprach, aber sang. Wir schwelgten in literarischem Klatsch. Während des Kriegs lebte er in Wales. Die Concierge trank in dieser Zeit seinen Weinkeller leer. Er erzählte mir, Gertrude Stein habe jeden vor die Wahl gestellt, sie oder Joyce zu besuchen; man konnte daher nicht mit beiden befreundet sein.
Alle sprechen davon, daß die Welt auseinanderfällt, aber

ich sehe keinen Zerfall. Ich sehe nur überall Künstler bei der Arbeit, die Schönes hervorbringen, die so diszipliniert wie Mönche leben und ohne Besitz. Das liebenswerte, heitere Paris, wo das Café nicht nur ein Ort ist, um zu trinken oder sich zu unterhalten, wo man sich der Betrachtung eines Baumes oder der Passanten hingibt. Die Süße des Lebens, wenn wir Geschichte und Politik hinter uns lassen. Eine Stadt mit viel Sinn für Natur. So viele Bäume und Brunnen. Die Fontänen am Rond Point sind unglaublich zart. Sie entspringen bernsteinfarbigem Glas und verwandeln sich unter den Augen zu Spitzen und Dampf. Überall flanierende Menschen, die sich über die kleinen Dinge des Lebens freuen. Nirgendwo wird das einfache menschliche Leben so hoch bewertet. Die Arbeit ist schnell vergessen. Man ißt sein Mittagessen aus einem Korb am Ufer der Seine. Zeit zum Träumen! An Sonntagen ist Paris eine schläfrige, verträumte Stadt. Opalfarbene Himmel, alte Bäume.

Eine Ausstellung polnischer Malerei, bemerkenswert aber melancholisch. Die Bilder zeigen alle Schwarz- und Grautöne und nur wenige Farbflecke. Abstraktionen, die wie aufgeschnittene Körper wirken.

Ein Konzert mit *musique concrète* im Salle Gaveau, wo mein Vater unzählige Konzerte gegeben hatte. Science Fiction-Töne, die man nicht ernst nehmen kann. Verzerrte Stimmen, Töne wie von Satelliten oder wie der Wind im Grand Canyon; vieles klingt wie der Lärm aufsteigender Düsenflugzeuge, elektrischer Motoren, Kühlschrankmotoren; Geräusche, die unser Hund hervorbringt, wenn er an der Glastür kratzt, oder wenn seine Hundemarke gegen den Futternapf klappert. Der Dirigent steht an einem Schaltbrett mit farbigen Knöpfen. Die Geräusche kommen aus allen Richtungen, ergießen sich aus gigantischen Plastikbehältern, die wie mexikanische Tonkrüge aussehen. Es

ist so monoton, daß die Leute einschlafen. Trillerpfeifen, Maschinengeräusche, erstickte Stimmen. Eine weibliche Stimme erstirbt plötzlich, und ein Franzose sagt laut: »Hat die ein zähes Leben.« Die internationalen Komponisten verneigen sich auf der Bühne. Armer alter Salle Gaveau. Ich glaube, Chopin spielte einst hier.
Die ›Radiodiffusion‹ vor den Toren von Paris lud zu einer Vorführung von Pierre Shaeffers Film über *musique concrète* ein. Shaeffer ist der führende Vertreter dieser Musik. Seine Erklärungen klingen interessanter als das Ergebnis. »Wir müssen«, sagt er, »wie in der Wissenschaft das Atom spalten, um neue Energie freizusetzen. Wir können nicht länger Violine, Cello und Klavier spielen, denn auf diese Weise kann sich nichts verändern. Wir müssen die Töne zerlegen, um eine neue Musik (Varèse, Cage) zu erhalten. Wie in der Malerei erschafft die Entstellung eines bekannten Bildes ein neues Bild. Deshalb entstellen wir den Klang einer Violine, den Klang einer Glocke mit Tonband und Schnitten wie beim Filmschnitt, und wir erschaffen Effekte, die unserem Leben ähnlicher sind.«
Ich konnte mich nur mit dem Echo anfreunden. Es gab mir das Gefühl eines riesigen Raums, als ereigne sich alles auf anderen Planeten.
Traf mich mit Roger Blin. Er ist ein Schauspieler mit einem asiatischen Gesicht und einer geheimnisvollen Ausstrahlung. Ich überbrachte ihm eine Nachricht vom Living Theatre, das *Die Neger* aufführen will. Er war der erste Produzent-Schauspieler von *Warten auf Godot.* Wie viele Schauspieler verdient er seinen Lebensunterhalt beim Fernsehen. Aber alle, die den Algerienaufruf zur Einstellung der Feindseligkeiten unterschrieben haben, verloren ihre Arbeit und sind in Schwierigkeiten. Die Schauspieler leiden am meisten darunter, da das französische Fernsehen staatlich ist.
Ich hatte ein schlechtes Gewissen, ihn zu ermutigen, nach Amerika zu kommen, da ich wußte, daß das Living Thea-

tre kaum überleben konnte, und schließlich sagte ich ihm die Wahrheit. In Frankreich ohne Arbeit zu sein, war schlimm genug, aber in New York zu stranden, war weit schlimmer.

Eine Pop Art Ausstellung. Eine Verhöhnung der Kunst auf jede erdenkliche Weise. Eine riesige Sperrholzplatte von der Größe einer Wand ist mit kobaltblau gefärbten Schwämmen bedeckt, die die Oberfläche des Mondes darstellen sollen.

Man gieße den Inhalt eines Tintenfasses auf ein großes Stück Papier, falte es, öffne es, und stelle es aus. Wir taten das als Kinder.

An einer Wand hing die naturalistische Zeichnung einer Säge in fünf oder sechs Wiederholungen und am Ende die wirkliche Säge an einem Haken.

Warum?

Plastikbomben wurden in die Wohnungen von Regierungsbeamten geworfen. Alle sind nervös. Abendessen bei Roger Vieillard und Anita de Caro, berühmte und interessante Künstler. In ihrem Flur explodierte eine Bombe, die für einen Regierungsbeamten bestimmt war. Das Dienstmädchen war so nervös, daß sie beim Servieren zitterte. Wir nahmen ein Taxi, um ins Theater zu fahren und holten Stuart Gilbert ab.

Als wir das Theater verließen, sahen wir die Clochards auf dem Gehweg schlafen. Sie ziehen ihre Freiheit einem Krankenhaus oder einem Altersheim vor. Sie schlafen lieber über den Entlüftungsschächten von Restaurants und Küchen, um sich warmzuhalten. Die Wärme aus den Backstuben oder U-Bahnschächten steigt nach oben und verwandelt sich in Dunst. Sie scheinen in einem Bett aus Dämpfen zu schlafen.

Der Mond über den verschachtelten mittelalterlichen Dächern scheint ein anderer Mond zu sein, als der der neuen Welt. Ein weiserer und traurigerer Mond.

Mein Aufenthalt in Paris endete traurig. Ich erfuhr vom Tod Gonzalos, der an Kehlkopfkrebs starb und dem Tod der Baronin Lambert auf dem Operationstisch.

Ein italienischer Geschäftsmann und seine Frau luden mich in Paris ein, sie in ihrem Haus in Florenz zu besuchen. Wie kann jemand behaupten, Literatur bereite den Menschen nicht auf das Leben vor? Plötzlich fand ich mich in einer völlig fremden Umgebung: Das Haus, ein früheres Kloster, lag auf einem Hügel. Ein schönes rechteckiges Gebäude aus erdfarbenen Steinen. Ein ruhiger heiterer Innenhof mit Blumen und einem Springbrunnen.
Bereits der Empfang am Flughafen war ungewöhnlich. Rena ist zierlich und quicklebendig, aber ihre geistreichen Bemerkungen sind zu glatt, und über ihren Bewegungen liegt eine Glasur, die den Einblick in das Innere der Frau verhindert. Ihre Maske war makellos und zeigte keine Sprünge; Rena schützte sich mit Humor und gesellschaftlicher Liebenswürdigkeit. Das Verhalten des Chauffeurs lieferte mir den Schlüssel. Ich erkannte sofort, daß ich mich in einem Roman von Pierre Jean Jouve befand, in dem die Schauspielerin, die gerade eine unglückliche Liebesaffäre hinter sich hat, Paris verläßt, um eine österreichische Gräfin zu besuchen. Vor dem großartigen Hintergrund, in der förmlichen und ästhetischen Perfektion des Schlosses suchen die beiden Frauen eine unerreichbare Vertrautheit. Nur durch die Blumen, die die Gräfin ihr jeden Tag mit dem Frühstück schickt, gibt die Gräfin zu erkennen, daß sie um das Leid der Schauspielerin weiß.
Der Chauffeur besaß diese unglaubliche Mischung aus Förmlichkeit gegenüber seiner Herrschaft und Arroganz gegenüber den Gepäckträgern, die die Identifikation mit dem Status der Herrschaft bei europäischen Dienstboten entstehen läßt. Er verkündete das Prestige der Familie lauter als alles andere.
Als wir in den steingepflasterten Hof einfuhren, fühlte ich

mich unvermittelt in das mittelalterliche Florenz versetzt. Das Benehmen des Hauspersonals ähnelte dem des Chauffeurs. Man brachte mich in mein Zimmer, und durch drei geöffnete Fenster erblickte ich zum ersten Mal die Landschaft um Florenz. Die Landschaft der sanften Hügel, der Weinberge, niedriger, erdfarbener Häuser, Zypressen und Feldwege ordnete sich zu einem Bild in sanften Farben, nicht grell, sondern als sei sie gleichmäßig durch Jahrhunderte unveränderten Lebens gealtert. Sie verströmte eine Aura der Ewigkeit, was nur wenige Landschaften vermögen. Sie trug die Farben der Zeitlosigkeit.

Beim Abendessen am langen Refektoriumstisch der Nonnen, auf dem eine rote Tischdecke lag, sah Rena in ihrem perlenbestickten Abendkleid wie ein Kobold aus. Auf einem Stuhl saß ein lebensgroßer Pinocchio, eine Stoffpuppe, an die sie ab und zu das Wort richtete. Pinocchio trug die Last ihrer Vorwürfe, die dem Ehemann galten, der ›in Geschäften‹ unterwegs war. Er mußte sich ihre ironischen Klagen anhören.

Das rote Tischtuch war mit Blumen bestickt; wir aßen von schwarzen Tellern. Vor jedem Gast standen eine Kerze und eine vollkommene Rose in einer langstieligen Vase. Rosenblätter schwammen in den Fingerschalen.

Am Ende des Abends, der wie eine Folge von *tableaux vivants* vorüberglitt – niemand hatte etwas geäußert, das die Atmosphäre feinster Liköre und bester Zigarren stören können –, ging ich auf mein Zimmer. Betten mit Baldachinen kannte ich nur aus Romanen und Bildern des achtzehnten Jahrhunderts, und sie hatten mich immer gelockt. Ein Gefühl von Heimlichkeiten lag in diesen schweren Brokatvorhängen, die das Bett umgaben, und die man schließen konnte. Das ungewöhnliche Gefühl, in die Vergangenheit zurückversetzt zu sein. Ich fühlte mich außerhalb des Körpers von Anaïs, und in all den Körpern, über die ich in historischen Werken gelesen hatte. Es verstärkte sich noch, als ich den Nachttisch öffnete, um nachzusehen, mit welchen Büchern ich mich in den Schlaf lesen könnte, und eine Woge von Sandelholzduft aufstieg. Der Nachttisch war aus Sandelholz und innen mit Brokat ausgeschlagen.

Die übrigen Möbel lagen in der Dunkelheit, aber durch ihre Größe und ihr imponierendes Aussehen schienen sie mir präsenter als moderne Möbel. Ich hatte das Gefühl, den Borgias zu begegnen, wenn ich den Kleiderschrank öffnete, und wenn ich mich aus dem Fenster beugte, würde eine florentinische Begräbnisprozession vorüberziehen, deren Teilnehmer Kapuzen trugen, da der Täter, der vergiftet, der gemordet hatte, sich unter den Trauernden befinden konnte.

In mein Zimmer drängten sich Gestalten, die mir vertraut waren: die österreichische Gräfin, die leidende Schauspielerin, die beide gesellschaftliche Distanz bewahrten, während sie dic Tragödien ihres Lebens kaum ahnen ließen und nur andeutungsweise sichtbar wurde, weshalb die Gräfin die Schauspielerin liebte.

Die Tür öffnete sich, und Rena betrat das Zimmer. Sie trug ein langes dunkelrotes Gewand. Sie setzte sich an das Fußende meines Bettes und sprach. Plötzlich war sie ein sehr junges und sehr verletzliches Mädchen, das sich in einer prächtigen Umgebung einsam fühlte. Sie litt unter ihrer Ehe. Ihre Ehe erstickte sie, sie konnte sich nicht bewegen, entwickeln, sie konnte nicht atmen. Gefangen in der Rolle einer Ehefrau wartete sie auf einen Mann, der sich auf der Jagd nach Reichtum und Ruhm stets auf Reisen befand.

Ohne Pierre Jean Jouves Hilfe, seiner meisterlichen Beschreibung prunkvoller Milieus und des Versuchs zweier Frauen der Gesellschaft, Vertrautheit zu erreichen, hätte mich vielleicht Renas scheinbare Kontrolle über ihre luxuriöse und glatte Welt getäuscht, aber als sie um Mitternacht mein Zimmer betrat, traf sie mich keineswegs unvorbereitet. Dies war der schöne Moment hinter allen Kulissen und kein Aufwand an Schönheit, aristokratischem und historischem Hintergrund vermochte, den Schmerz einer jungen

Frau zu überdecken, die vom Ehrgeiz ihres Ehemanns betrogen wurde.
Ich ließ sie sprechen. Sie hatte einen Roman geschrieben, und ich griff nach meiner üblichen Zuflucht und verlagerte den Akzent auf die Erzählung, den erzählerischen Aspekt der eigenen Tragödien. Für einen Schriftsteller ist dies ein mögliches Heilmittel. Wir sprachen bald über die Komödie seiner ›Abwesenheit‹, als böte sie Stoff für ein gutes Theaterstück. Rena hatte Pierre Jean Jouve gelesen. Wir gelangten vom Schmerz zu schöpferischem Denken. Der Morgen graute. In ihrem weiten, langen dunkelroten Gewand wirkte sie weniger zerbrechlich und weniger verletzlich. Gelassen und ruhig verließ sie den Raum. Pierre Jean Jouves Roman hatte einen anderen Schluß. Die Schauspielerin verführt den Liebhaber der Gräfin. Ich gab Rena eine Schriftstellerin zurück, die eine einsame Frau aufrichten konnte.

[Sommer 1960]

Brief von Roger Bloom:

Ich bin während den zwanziger Jahren in einer Kleinstadt in Pennsylvania aufgewachsen. Mein Vater arbeitete, wann immer er Arbeit fand. Er war ein ehrlicher und guter Mann. Die Armut schien allgemein zu sein, und so auch bei uns zuhause. Deshalb begann ich zu stehlen, um uns Lebensmittel zu beschaffen. Ich erzählte meinen Eltern stets, ich hätte das Geld verdient ... ob sie manchmal daran zweifelten, wird ein Geheimnis bleiben ... Schließlich verlor mein Vater unser Haus an die Bank ... Hypothekenschulden ... Meine Familie mußte die Stadt verlassen und war auf die Hilfe von Verwandten angewiesen, bis mein Vater wieder auf eigenen Beinen stand. In mir wuchs die Bitterkeit gegen Institutionen, die willkürlich den Menschen alles wegnehmen konnten ... Schließlich kam ich nach Chicago ... moralisch ungefestigt wie vermutlich jeder normale Junge. Ich wurde zum Einzelgänger ... Straßenraub, Alkoholschmuggel und auch ein paar Einbrüche. Es gab einen Ring, wo man ›heiße Autos‹ verkaufen konnte. Durch diese Lebensweise verlor ich das Gefühl für gut und schlecht. Obwohl ich sagen kann, daß mein gesetzwidriges Verhalten nicht soweit ging, einfachen Menschen zu schaden ... oder Freunden ... oder Frauen ... Ich nahm nicht von den Armen ... sondern nur von den Reichen. Manchmal wurde ich geschnappt und eingesperrt. Auflehnung gegen die Polizei, die Wachen und die Aufseher, die über uns herrschten. Sie mußten hart sein ... heute kann ich verstehen, weshalb sie alle Kriminellen nur mit Verachtung behandeln ... aber in jenen Jahren verstand ich es nicht, und ihr Verhalten bestärkte mich in meinem Wunsch, mit ihnen abzurechnen. Ich nahm mir, was ich nehmen konnte, und von da an in einer anderen Größenordnung ... Nur ein Gedanke beherrschte mich ... geh dorthin, wo es etwas zu holen gibt. Ich begann, mich zu rächen. Zu meinem großen Leidwesen lernte ich viele gute und ehrliche Menschen kennen. Mein Verhalten ihnen gegenüber mußte sich ihrem Leben anpassen ... ehrlich und gesetzestreu. Es war, als lebte ich zwei Leben. Noch immer beherrschte mich dieses krankhafte Denken, obwohl es mir Freude machte, mit diesen ehrlichen Menschen zusammenzusein. Jetzt bezahle ich den Preis dafür ... und das empfinde ich als die größere Strafe ... der Verlust der Menschen, die ich lieben und achten gelernt hatte ... Henry Miller hat mir sehr dabei geholfen, die Überzeugung zu festigen, daß man durch ein ehrliches Leben weit mehr gewinnen kann. Und dann traten Sie in mein Leben und haben es so sehr bereichert. Ein Filmteam der United Artists Studios soll heute hier Szenen für den Film *The Hoodlum Priest,* die Geschichte von Father Dismas Clark aus St. Louis, drehen. Er und ich sind alte Freunde (seit etwa 1954 NBR, nach Bankraub). Vielleicht sehe ich sie wieder ...

Brief an Roger Bloom:

Ihre Lebensgeschichte hat mich tief berührt. Ich war sicher, es mußte etwas Verständliches und Menschliches sein, das eigentlich jedem von uns hätte widerfahren können, und ein Aufbegehren, das man Ihnen schon lange hätte vergeben sollen. Es ist die natürlichste Regung in einer Welt, in der es bei der Verteilung der Reichtümer soviel Ungerechtigkeit gibt. Wann wird man endlich erkennen, daß ein Mensch von heute nicht mehr der Mensch von siebzehn ist? Wie weit sind wir vom Verständnis der Veränderungen und Entwicklungen der Menschen entfernt.

Und wie schön ist es, wenn Roger Bloom mir aus dem Gefängnis schreibt: »Ich werde bestimmte Bücher und Autoren in meinen Briefen an Sie immer wieder erwähnen. Aber nur, weil ich spüre, daß sie vielleicht einen Einfluß auf mein Leben oder auf meine Einstellung zum Leben haben ...«

Brief von Roger Bloom:

Die Artikel von Ihnen und Miller in derselben Ausgabe erinnern mich daran, wie ich Ihr und Millers Werk kennenlernte. Es war entweder 1946 oder 1947 in meinem zweiten oder dritten Jahr auf der High School. Ich las ein Buch mit dem Titel *Spearhead.* Ich glaube, es wurde 1942 bei New Directions veröffentlicht. Das Buch enthielt Beiträge von Ihnen, Paul Goodman, Kenneth Patchen und einen Auszug aus Henry Millers *Wendekreis des Steinbocks.* Mein Vater, der sah, was ich las, schenkte mir etwa einen Monat später den *Wendekreis des Krebses* und den *Wendekreis des Steinbocks,* die damals unter dem Ladentisch verkauft wurden. Er sagte, er freue sich, daß sich mein literarischer Geschmack entwickelt habe, und sprach davon, es sei Zeit, die Begeisterung für Thomas Wolfe zu vergessen. Ich mußte also das von mir neuerworbene Buch *Von Zeit und Strom* unter der Matratze verstecken, um ihn nicht zu enttäuschen. Ich experimentierte mit einer neuen Form von Lyrik, wie ich glaubte, aber nachdem ich *New World Writing 14* gelesen hatte, stellte ich fest, daß Otavio Paz das viel besser kann. Es ist eine inspirierende Form. Ich habe ein schlechtes Gewissen, wenn ich das schreibe, denn ich weiß, wie beschäftigt Sie sind, und ich möchte nicht, daß Sie sich gedrängt fühlen, mir zu antworten. Wegen der zunehmenden Kriminalität werden ehemalige Strafgefangene diskriminiert, und ich weiß nicht, wie ich mich darauf einstellen soll oder wie ich darauf reagieren werde. Meine literarische Begabung, die ich vielleicht besitze, kann durch die alten Formen und Verhaltensweisen, von denen Sie sprachen, verschüttet worden sein. Ich glaube nicht, daß es notwendigerweise so ist, aber die Möglichkeit besteht. Ich möchte kein schlechtes Leben führen.

Ein Freund verlor seinen Glauben an Astrologie, weil er der Ansicht ist, der Sputnik wird die Strahlungen der Sterne ändern und deshalb werden unsere Horoskope in Unordnung geraten.

Brief eines Dichters im Gefängnis:

In der vergangenen Woche erhielt ich Ranks *Birth of the Hero* und andere Arbeiten. Er war sehr jung, als er so weitreichende Erkenntnisse hatte – erst fünfundzwanzig, als er *Birth of the Hero* schrieb. Es ist traurig, daß er nicht lange genug lebte, um *Beyond Psychology* fertigzustellen. Ich besitze sein *Art and Artist.* Ich frage mich, ob es mein Leben geändert hätte, wenn ich *Art and Artist* vor zehn Jahren gelesen hätte. Ich hätte so viel mehr verstanden und vielleicht manches vermieden . . . vielleicht auch nicht.
Ich las in letzter Zeit Bücher über Semantik: Walpoles *Semantics,* Hayakawas *Language in Truth and Action,* und (das schaffte mich) *Meaning and Necessety* von Rudolf Carnap. Wenn Konfusion notwendig ist, um zu einer tiefen Einsicht zu gelangen, dann ist dies ein sehr tiefschürfendes Buch. Ich arbeitete mich durch Carnaps Symbole, S-Konzepte, Varianten etc., bis sich meine Gehirnwindungen krümmten wie Folie über Feuer. Eine Weile ging es dann leichter, bis ich auf den Satz stieß: ». . . wir wollen jetzt die pragmatische Untersuchung der Sprache eines Roboters in Angriff nehmen und nicht die des Menschen.« Ich überließ Mr. Carnap und seine Roboter ihren Plänen und hoffe, sie sind glücklich miteinander. Jetzt werde ich meine semantischen Bestrebungen auf Kenneth Burke und I. A. Richards beschränken.

Ich freue mich, daß Ihnen *Night Image* gefiel. In letzter Zeit habe ich mit neuen Formen experimentiert – aber hauptsächlich Unterlagen gesammelt für ein paar längere Sachen, die ich nach meiner Entlassung schreiben will. Jetzt ist das zu schwierig. Ich habe Pläne für Theaterstücke und Romane. Mit den Figuren habe ich so lange gelebt und kenne sie so gut, daß sie Realität zu sein scheinen. Ein Theaterstück *(The Reincarnation of Casey Dudek)* wird eine Tragikomödie sein. Seltsam, daß ich während meines kurzen Versuchs als Schauspieler nicht daran dachte, für das Theater zu schreiben, denn damals schrieb ich schon – aber nur Stimmungsbilder und ein paar Gedichte. Ich werde immer schreiben ... es ist eine Notwendigkeit. Hoffentlich gelingt es mir, meinen Zorn etc. in meinem Schreiben aufzubewahren, wie Sie das vorschlugen, und wie Miller und andere es getan haben. Ja, Oktober 1961 ist schon ziemlich nahegerückt. Entschuldigen Sie, wenn das traurig klingt. Ich hörte gerade über den Kopfhörer eine Jazzsendung, und sie spielten eines meiner Lieblingsstücke: John Coltrain auf dem Saxophon *While My Lady Sleeps* (zu viele Erinnerungen). Coltrain ist am besten, wenn er langsame stimmungsvolle und melancholische Stücke wie dieses spielt. Viel Gefühl. Wenn das Stück vorbei ist, bleibt die Stimmung wie der sich langsam auflösende Rauch einer ausgedrückten Zigarette im Raum zurück. Manchmal wünsche ich, ich wäre nicht so sensibel – zu sensibel. Mir fehlt rationale Erfahrung. Ich kam mit neunzehn Jahren ins Gefängnis, und in vielen Dingen bin ich immer noch so alt wie damals. Hoffentlich bemerkt man das nicht zu sehr.

Das Konzert mit *musique concrète.* Schön, daß Sie hingegangen sind. Ich verfolge diese Art Musik schon seit langem. Die neuen Klänge usw. Besonders die Kompositionen von Anton Webern, Varèse, John Cage, Stockhausen, Krenek etc. Soviel Aufregendes geschieht in der Welt ... Ihren Brief lese ich immer wieder, bis das Papier zerfleddert ist. Ich hatte Schuldgefühle, daß sie soviel Zeit aufwenden, um mir zu schreiben, aber ich bin glücklich darüber ... Verbrecher sind angeblich hart, gerissen und skrupellos. Ich bin keiner von dieser Sorte, vermutlich zu sehr das Gegenteil. Ich weiß nicht, wie ich es ausdrücken soll, aber Ihre Briefe haben mir sehr geholfen – die Neuigkeiten, die ich durch Sie erfahre, und das Selbstvertrauen, das Sie mir zurückgegeben haben.

Ich kannte die Gefängnisvorschriften für Schreibmaschinen nicht. Ich schickte meine eigene. Die Bestimmungen erlauben allerdings nur neue Maschinen, die von einem Geschäft geliefert werden. Deshalb schickte man meine Maschine zurück, da sie vielleicht präpariert sein konnte. Rogers Enttäuschung machte mir Sorgen. Ich schrieb ihm:

Was auch die Gründe für diese Bestimmung sein mögen, ich glaube, sie ist sehr unklug und steht im Gegensatz zu humanitären Gesetzen, einen Menschen zu enttäuschen, der versucht, seine Begabung zu entwickeln, um als Schriftsteller in die Gesellschaft zurückzukehren. Man sollte einem Mann helfen, ein neues Ich zu finden, anstatt sich seinen Anstrengungen und seiner Kreativität in den Weg zu stellen; man sollte ihn dabei unterstützen, sich zu entwickeln und zu entfalten. Aber stattdessen schafft man neuen Haß. Leider scheinen nur wenige der Verantwortlichen in den Gefängnissen es für notwendig zu halten, den Insassen zu helfen, die es verdienen. Der Direktor wußte aus unserer Korrespondenz, daß ich eine meiner Schreibmaschinen schicken würde, also konnte es keine neue sein. Wie Sie sagen, man kann nicht erwarten, daß die Gesetze human sind, aber die Großen wissen immer, wann man sie lockern kann. Wenn ich wieder in New York bin, werde ich Ihnen durch ein Schreibmaschinengeschäft eine neue Maschine schicken lassen. Vielleicht hält Ihr Gefängnisdirektor Miller und mich für keinen guten Einfluß, da wir Künstler sind. Aber der Künstler ist derjenige, der seine Fähigkeiten kreativ einsetzt und versucht, eine Welt der Schönheit und der Freiheit zu erschaffen. Ich werde im Oktober wieder in New York sein.

Renate und John kauften in Holland ein Segelboot und tauften es *Solar Barque.* Aber die Reise auf den europäischen Flüssen war von kurzer Dauer. Offenbar hatte John sich nicht ernsthaft genug bemüht, navigieren zu lernen, und erwartete von Renate, daß sie ihm bei Manövern assistierte, die in einem Buch beschrieben waren – allerdings in Fachausdrücken, die sie nicht verstand. Vermutlich glaubte John, das Boot würde sich selbst steuern. In der Mitte eines Flusses verlor er die Kontrolle, und *Solar Barque* begann, wie ein Derwisch zu kreisen, während andere Schiffe auf sie zuhielten. Ein anderes Mal steuerte er das Boot unter eine historische Brücke, die für den Mast zu niedrig war, und zum großen Zorn der Bevölkerung beschädigte er ein ehrwürdiges Baudenkmal. Das Navigieren nach einem Buch, das in Fachausdrücken geschrieben ist, erwies sich als verheerend. Um nach Villefranche zu gelangen, verluden sie *Solar Barque* schließlich auf die Bahn. Das Boot war tagelang der Sonne und der trockenen Luft ausgesetzt, und als sie Villefranche schließlich erreichten und das Boot zu Wasser ließen, sank es sofort. Renates letzte Postkarte erreichte mich aus Wien, und sie berichtet, *Solar Barque* läge im Trockendock.

Obwohl Roger Bloom eine lebenslange Freiheitsstrafe verbüßt, wird er von der Gefängnisverwaltung offensichtlich als ein besonderer Mensch angesehen. Er schreibt:

Es gibt so wenig über ein Gefängnis zu berichten, was das Schreiben lohnen würde. Das Alltagsleben verläuft fast ohne Veränderungen. Ich bin jetzt im sechsten Jahr hier, und dank Henry Miller, George Dibbern und jetzt auch Ihnen, Anaïs, ist es mir gelungen, ein normales Leben zu führen. Im letzten Dezember wurde ich vom Direktor ausgewählt, zusammen mit einigen anderen nach St. Louis zu gehen, um in Vertretung der Insassen Weihnachtsgeschenke in zwei Waisenhäusern zu verteilen, für die wir alle gesammelt hatten. Wir trugen Zivilkleidung und wurden von zwei Kindern des Direktors begleitet. Es gab keine Gewehre, Fesseln oder Handschellen, und es wurde auch kein Wort darüber verloren, daß wir das Gefängnis auf ›Ehrenwort‹ verlassen hatten. Wir waren einfach fünf Menschen auf dem Weg zu einer Wohltätigkeitsveranstaltung. Unterwegs wurden wir von Journalisten interviewt, und ich wurde zweimal mit dem Direktor verwechselt. Sicher haben meine weißen Haare dazu beigetragen. Wir kamen auch ins Fernsehen, und alles in allem war es ein schöner Ausflug. Ich erzähle Ihnen das, weil es für mich ein bedeutsames Ereignis darstellte, da ich zu lebenslänglicher Haft verurteilt bin.

[Herbst 1960]

Brief an Marguerite:

Ich stürzte mich auf Dein Buch, las es Tag und Nacht, überall, völlig versunken, bewegt, erfreut, berührt, amüsiert, hypnotisiert, verloren, betäubt, verzaubert, traurig, erschrocken und wie in einem Opiumtraum. Es ist eine Welt auf einem anderen Stern, und doch so vertraut, menschlich und mir gut bekannt. Eine außergewöhnliche Handlung, Tiefe, Dimension; ein ständiger Wechsel zwischen Realismus und Realität, Leben und Tod; alles wird in Frage gestellt; ungewöhnliche Höhenflüge der Phantasie und Einbildungskraft, eine liebenswürdige Menschlichkeit – eine Welt, für die Träumer üblicherweise einen zu kurzen Atem besitzen. Die Liebe zum Detail, um auf seine Bedeutung hinzuweisen; Brillen, Dinge, die Miss MacIntosh trägt, der schwarze Schirm, etc. Diese Welt ist so groß, daß man gar nicht alles erwähnen kann; besonders beim ersten Lesen muß man sich in sie hineinfallen lassen wie in einen grenzenlosen Ozean. Der Roman ist komisch, musikalisch und unermeßlich; seine Dimensionen lassen kleinere Reisen verblassen, verschlingen den Alltag, Städte, Menschen und Geräusche. Dieses Buch ist für die Einsamkeit, für die Meditation und für die Nacht geschaffen. Man sollte es jeden Abend lesen und dann auf Deinen ausgebreiteten Schwingen davonfliegen, um den Raum zu erforschen, die Unendlichkeit, die Zeit, das Leben und den Tod. Es liegt Größe und etwas Absolutes darin. Es verlangt großen Mut, ein solches Werk zu schreiben, der Phantasie freien Lauf zu lassen, wie die Surrealisten es wünschten und nie erreichten. Du überläßt Dich allen Schwingungen, der Wellenlänge der Seele. Du umschließt auch das großmaschige Gewebe des Geistes in allen Schattierungen, in jeder Tonart, ja, selbst die Vierteltöne östlicher Musik. Dein Weg wird nicht einfach sein. Ich sehe nicht, daß die Trägen, die Eindimensionalen es *en passant* lesen, aber für alle, die wie ich empfinden, wird es eine Bibel der Dichtkunst, eine ozeanische Welt sein. Der Schlüssel scheint mir Calderóns *La Vida Es Sueno* zu sein: Am Ende ist alles ein Traum, es gibt keine Grenzen.

Der Widerstand gegen das Schreiben ist vielen Schriftstellern wohlvertraut. Henry Miller schrieb in Paris lieber vierzig Seiten lange Briefe, Durrell schreibt, er baue lieber eine Mauer, und ich beschäftige mich damit, zu drucken, den Hund zu baden, Holz für den Kamin aufzustapeln, etc. Aber wenn ich ein Tagebuch abschreibe (zur Zeit Band neunundsiebzig), entsteht das ganze Leben neu, und es bereitet großes Vergnügen, Augenblicke des Lebens und der Liebe wiederauferstehen zu lassen, für die sich der Kampf gelohnt hat. Häufig weiß ich nicht mehr, was ich getan habe, oder daß ich es getan habe. Wenn ich am sorglosesten und ganz spontan zu sein schien, gelang es mir auf wunderbare Weise, der Empfindung, die ich erlebt hatte, *sur le vif* Ausdruck zu verleihen. Das Schreiben wird nur dann zum Fluch, wenn es keine Leser gibt. Beinahe jede andere Beschäftigung bringt mehr Vergnügen: Kochen, Nähen, Gartenarbeit und Schwimmen. Aber *keine dieser Beschäftigungen gibt einem das Leben zurück, das uns jeden Augenblick entschwindet.*

Daisy (Aldan) ist eine treue Freundin. Wir haben vieles zusammen unternommen. In der Maison Française lasen wir gemeinsam Mallarmés *Un Coup de Dés.* Sie las ihre Übersetzung und ich das Original. Es wurde aufgezeichnet und im Rundfunk gesendet. Wir teilten das wechselvolle

Schicksal von *Two Cities* und die Unterstützung von Freunden. Daisy ist eine großartige Dichterin, und doch muß sie ihre Gedichte selbst veröffentlichen. Sie verwendet ihr Gehalt als Lehrerin nur dafür. Mir zuliebe hat sie sogar ihre Stelle gefährdet. Ihre Studenten sind ungewöhnlich begabt, aber sie können kein College besuchen und werden nach Beendigung der Schule in den Beruf überwechseln. Sie las die Geschichten von *Unter einer Glasglocke* im Unterricht. Ihre Schüler schrieben bemerkenswerte Aufsätze darüber, die größeres Verständnis erkennen ließen, als die Artikel der Kritiker. Aber eine Mutter beschwerte sich über ›Geburt‹ und sagte, sie wünsche nicht, daß ihre Tochter eine solch tragische Geschichte lese und dadurch eine falsche Vorstellung von einer Geburt bekäme. Daisy verteidigte die Geschichte sehr gut. Sie zeigte der Mutter die Groschenhefte, die die Kinder an jeder Ecke kaufen können, und in denen es von vulgären, sensationell aufgemachten Geschichten wimmelt. Sie wies mit Nachdruck darauf hin, daß Literatur mit einem Sinn für Schönheit, Inhalt und Aufrichtigkeit besser für einen Heranwachsenden sei, als alles, was in den Zeitungen stünde. Bei der Mutter hatte ihre Argumentation keinen Erfolg aber in der Schule.

Brief an Jim:

Ich bin noch immer bei Band neunundsiebzig und den Zeilen, die sich als prophetisch erwiesen haben: »Ich habe das Gefühl, Jim wird erfolgreich sein. Sein Erfolg in der Welt wird mich für mein Versagen voll entschädigen. Wenn er anerkannt wird, fühle ich, er ist mein mystischer Sohn, und ich gewinne meinen Glauben an die Welt zurück. Es zählt nicht, daß das Leben mich dazu verdammt hat, als Schriftstellerin in einer Einzelzelle zu schreiben, zumindest er wird im Leben stehen, daran teilnehmen und in seinem Mittelpunkt agieren.«

Diese Prophezeiung hat sich bewahrheitet. Und es sollte Dich nicht beunruhigen, daß ich es akzeptiert und deshalb aufgegeben habe, Romane zu schreiben. Ich bin entschlossen, mich an dem zu erfreuen, was ich erreicht habe. Ich schreibe die Tagebücher ab für eine ferne Zukunft, staple Holz, genieße Sonnenuntergänge und Martinis und vergesse, daß ich Schriftstellerin bin. Mit neun Jahren faßte ich den Entschluß, mit anderen zu leben, und ich hätte dieser Entscheidung treubleiben sollen. Aber bitte berichte mir von all dem Schönen, das Dein Erfolg mit sich bringt, von all Deinen Freuden, denn sie schaffen, wie ich das nenne, in den Büchern der Mystiker das Gleichgewicht.

Als Renate und John Amerika verließen, um auf *Solar Barque* in Europa zu segeln, wurde Peter der Fürsorge einer amerikanischen Familie anvertraut. Renate glaubte, er würde dort glücklich sein, da er von ihr immer wieder mehr Familienleben forderte. Peter erkannte nicht, daß man in einer Familie seine Rolle spielen muß. Er wurde aufgefordert, rechtzeitig zum Frühstück aufzustehen und bei den Einkäufen auf dem Markt zu helfen. Mahlzeiten fanden zu festgesetzten Zeiten statt, der Tag wurde im voraus verplant. Peter verlor all seine Freiheiten und damit auch die Möglichkeit zu Spontaneität. Er hatte gegen Renates lässiges, ungeordnetes Leben protestiert; jetzt fand er sich in einem geordneten Leben und fiel in Depressionen.

»Mittlerweile«, schreibt Renate, »nahm John bei einem schmächtigen, lispelnden, katalanischen ›Musiklehrer‹ Gitarrenunterricht. Ich mußte bei den Stunden anwesend sein, um zu übersetzen; auch die große Familie des Lehrers saß im Zimmer und reparierte Schuhe. Wann immer ein musikalisches Problem auftauchte, unterbrachen alle ihre Arbeit, um mit spanischen Temperament und Bravado ihre Meinung zu äußern. Wir entdeckten zu spät, daß der Musiklehrer keine einzige Note lesen kann und auch nicht das absolute Gehör besitzt. Mit Ausnahme von Flamenco

und *Paso Doble* spielt er alles in der falschen Tonart, und es klingt entsetzlich. John bringt es nicht übers Herz, die Stunden abzubrechen, denn er liebt den kleinen Katalanen und die Schuhmacherfamilie, und fünfzig Cents für eine Stunde sind wirklich wenig Lohn. Und so lernt er, *Paso Doble* und Flamenco zu spielen.«
Renate ist in Barcelona, das für mich so viele glückliche Erinnerungen birgt: Carmen, das spanische Dienstmädchen, das den ganzen Tag sang, Granados, der gütige, väterliche Freund, der meiner Mutter ermöglichte, am Konservatorium Gesangsunterricht zu erteilen. Eine bescheidene aber heitere Wohnung mit einem Balkon, von dem man das Meer sah, die freundlichen Nonnen, die uns unterrichteten, der Glaube an die Heilige Jungfrau, die meinen Vater zurückbringen würde. Der Blick vom Balkon. Alles strahlend weiß unter dem blauen Himmel. Tanzende Kinder auf der Straße und immer Musik.

Roger Bloom kämpft um seine Begnadigung. Ich zeigte seine Briefe einem Psychiater, der ein günstiges Gutachten über seinen Charakter und Geisteszustand schrieb. An seinem achtundvierzigsten Geburtstag erschien er vor dem Ausschuß der Justizbehörde. Er hatte fünfunddreißig Minuten, um seinen Fall darzulegen. Achtundzwanzig seiner achtundvierzig Jahre lebte er in Gefängnissen. Jetzt glaubt er, ein anderer Mensch zu sein.
Ich schrieb Briefe:

Brief an den zuständigen Ausschuß der Justizbehörde:

Ich bin eine Schriftstellerin, die Psychoanalyse studiert und zwei Jahre als Assistentin von Dr. Otto Rank Psychoanalyse praktiziert hat. Mit Roger Bloom stehe ich seit einigen Jahren in Briefwechsel und wurde von ihm über seine Vergangenheit, seine Familie, seine Herkunft, seinen gegenwärtigen geistigen Standort und über seinen Charakter ins Vertrauen gezogen. Ich glaube, er hat eine tiefgreifende Entwicklung durchgemacht, die ihm Klugheit, Verständnis und objektive Einsicht über sich selbst brachte. Durch die Pflege von Freundschaften, durch Lesen und psychologische Studien hat er viele Einsichten gewonnen. Ich glaube, er besitzt natürliche Güte, Menschlichkeit und den Wunsch, anderen zu helfen; er ist zu Sympathie und Großzügigkeit fähig und weit von dem entfernt, was wir üblicherweise als geborenen Kriminellen bezeichnen. Er ist weder grausam noch egoistisch und neigt nicht zur Gewalt. Seine Entwicklung stand unter ungünstigen Vorzeichen, und seine Taten waren auf jugendliche Rebellion zurückzuführen, aber inzwischen versteht er, was ihn damals motivierte. Ich habe ihn als Menschen kennengelernt, der Rücksicht auf andere nimmt, die Gefühle anderer respektiert und für Freundlichkeit und Verständnis empfänglich ist. Ich vertraue ihm.

Was ich als wesentliches Motiv der Kriminalität ansehe, ist bei ihm nicht vorhanden: Er hegt keine Rachegefühle, kennt keinen Zorn oder Bitterkeit. Er verurteilt die Gesellschaft nicht und versucht nicht, die Verantwortung von sich abzuwälzen. Er hat seinen eigenen Charakter aufrichtig studiert und untersucht.

Briefe über einen solch langen Zeitraum sind enthüllend. Er hat in vielen Stimmungen geschrieben, auch unter verschiedensten Umständen. Ich entdeckte nicht den Wunsch, andere zu verletzen, sich selbst für das Vergangene zu entschuldigen oder andere dafür verantwortlich zu machen.

Brief an Miss Bacon:

Ich habe erfahren, daß Sie versuchen, Roger Bloom zu helfen, und ich schreibe diesen Brief seinetwegen.

Als Schriftstellerin, die nun seit zwanzig Jahren schreibt, glaube ich, einen Charakter recht gut beurteilen zu können. Ich stehe mit Roger Bloom seit Jahren in brieflichem Kontakt und bin der Überzeugung, er hat eine große menschliche Entwicklung durchgemacht und ist nicht mehr der Mensch, der er einmal war, als er ins Gefängnis kam. Ich glaube, sobald er frei ist, kann er für die Gesellschaft von großem Nutzen sein, denn er ist im Kern ein großzügiger und gefühlsstarker Mensch. In keinem seiner Briefe entdeckte ich jene Haltung, die er als junger Mann mit siebzehn Jahren einnahm. Er ist geistig gewachsen und gereift, und hat freundschaftliche Beziehungen zu Menschen innerhalb und außerhalb des Gefängnisses aufgenommen. Alle diese kleinen verräterischen Hinweise, die Charaktermängel enthüllen, fehlen in seinen Briefen völlig. Er versteht sein Leben, er hat viel gelesen und sich einer Art Selbstanalyse unterzogen, um herauszufinden, was seine jugendlichen Handlungen motivierte. Ich würde ihm heute bedenkenlos mein Vertrauen schenken.

Ich möchte hinzufügen, daß ich unter Dr. Otto Rank Psychoanalyse studiert und praktiziert habe, und ich glaube, daß dies zu meiner Fähigkeit beigetragen hat, einen Rückfallgefährdeten von dem zu unterscheiden, der sich zu einem Menschen mit Gewissen und Bewußtsein entwickelt hat und in der Lage ist, sein Leben und Denken zu kontrollieren.

[Winter 1960-1961]

Daisy Aldan hat ihre Ausbildung durch hart erarbeitete Stipendien und Studienbeihilfen finanziert. Nach ihrem Examen begann sie sofort zu unterrichten, um auf eigenen Beinen zu stehen. Sie hat schon immer ihre Bücher selbst verlegt und daneben *Folder,* eine Anthologie der besten amerikanischen Dichter und Maler, herausgegeben. Ihre Übersetzung von Mallarmés *Un Coup de Dés (Ein Würfelwurf)* wurde von Gallimard und Mallarmés Erben autorisiert. Nach allgemeiner Auffassung ist es das unübersetzbarste Gedicht der Welt.

Sie besuchte Varèse und schreibt mir: »Es schmerzt mich, wenn ich daran denke, daß ein so großer Künstler so lange auf Anerkennung warten mußte, und daß es selbst jetzt in Amerika keinen Ort gibt, wo sein Werk im richtigen Rahmen aufgeführt werden kann. Ich spüre in ihm eine große Ruhelosigkeit und die Angst, daß ihm nicht mehr viel Zeit bleibt. Er erzählte mir, sein Leben sei wie das Leben eines Gefangenen gewesen, der draußen den Himmel und die Freiheit sieht, der aber in seiner Zelle bleiben muß.«

Sie ist nicht nur eine hervorragende Dichterin, ein Mensch von größter Integrität, sie nimmt sich auch anderer Dichter an.

Lawrence Durrells Vorwort zu *Justine* ähnelt einem Brief von Proust: »Es gibt eine Geometrie der Flächen und eine Geometrie des Raums. Für mich ist der Roman nicht nur Oberflächenpsychologie, sondern Psychologie in Raum und Zeit, und das versuche ich deutlich zu machen. Die Figuren werden sich später als andere enthüllen, als die sie in der

Gegenwart erscheinen. Sie unterscheiden sich von dem Bild, das man sich von ihnen macht. Im Leben geschieht das oft genug.«

Brief an einen Dichter im Gefängnis:

Zu Weihnachten sprach ich mit einem Schriftsteller Ihres Alters über Sie, und er interessierte sich so sehr, daß er Ihnen schreiben wollte. Er heißt Roger Baldock, und ich hoffe, er hat es getan. Phoenix versprach, Ihnen ein Buch von Reich zu schicken – haben Sie es erhalten? Nein, ich habe nicht das Gefühl, daß Sie sich dem Selbstmitleid überlassen. Die Situation ist tragisch, denn Sie sind begabt und haben richtig erkannt, was geschieht, wenn die Kreativität versagt. Aber Sie haben alle Voraussetzungen dazu, sich als Künstler durchzusetzen. Wenn Sie entlassen werden, möchte ich Sie mit den Leuten vom Living Theatre bekanntmachen, mit James Herlihy und den Künstlern Ihres Alters, die sich durch Schwierigkeiten und Hindernisse hindurchgearbeitet haben. Hüten Sie sich vor Bitterkeit – sie ist ein Gift. Ich beobachte es an mir selbst. Wenn ich feststelle, daß sich Bitterkeit wie ein Abszeß bildet, schneide ich schnell ... Da Vincis Leben war voller Enttäuschungen, Demütigungen und Plänen, die andere verhinderten. Aber jedesmal, wenn ein Projekt sich nicht verwirklichen ließ, griff er nach einem anderen; wenn er den Auftrag für ein Fresko nicht bekam, um den er sich bemüht hatte, trieb er Anatomiestudien. Nachdem sein Flugzeug mißlang, studierte er Vögel. Wenn ihm seine Auftraggeber sein Leben zur Hölle machten, entwarf er eine Kirche oder widmete sich der Astronomie. Wir alle haben eine Unzahl von Gründen, zornig zu sein, aber wenn wir den Zorn anwachsen lassen, wird er zum Krieg und führt zum Tod allen Lebens. Wußten Sie, daß Genêt nicht mehr stehlen muß, nachdem er sich als Schriftsteller verwirklicht hat? Er ist ein großer Schriftsteller! Sie sind ein guter Schriftsteller, das kann ich an Ihren Briefen erkennen. Ich nehme meine Korrespondenz überall mit hin, und dieses Mal konnte ich meinen Brief an Sie nicht beenden. Jetzt bin ich zurück, habe Tennessee Williams *One Arm Stories* mitgebracht und lese sie wieder. Es ist eine limitierte Ausgabe. Mir gefallen die Geschichten und Romane besser als seine letzten Theaterstücke, die in meinen Augen bis an die Grenze des Vulgären gehen. Ich nenne das die Grand Guignol-Schule; in Paris besuchte ich eine Vorstellung des Grand Guignol Theaters. Es gehört in das achtzehnte Jahrhundert. Die Aufführungen finden in einem Theater statt, das wie eine katholische Kapelle wirkt: viel Holz, Beichtstühle, abgeschlossene Logen, rote Teppiche und alte Gaslaternen. Die alten Gruselgeschichten werden ins Maßlose übersteigert; sie sind so grotesk und unglaubwürdig, daß sie bei den Zuschauern nur Gelächter hervorrufen. Aus dieser Tradition entwickelte sich ein literarischer Stil, der nie ernstgenommen wurde. Es ist immer schwierig, an so etwas anzuknüpfen, und man weiß nie, an welchem Punkt er sich erschöpft. Aber Grand Guignol ist noch lebendig. Ich glaube, Williams Fehler bestand darin, den Symbolismus in wirkliche Handlung zu übertragen (die Knaben essen den jungen Mann etc.). Der Fluch der amerikanischen Literatur ist *action.* Mit unseren Rebellionen ist es das gleiche; Lindner hat das sehr gut erkannt. In Europa richteten sich die Revolutionen gegen die bürgerliche Welt, aber dahinter stand der Wunsch nach Behauptung von Werten, mit denen sich das Individuum identifizierte. – Romantische Revolutionäre, die das Existierende umstürzten, das nur noch sich selbst bestätigt. In Amerika tritt der Revolutionär im Rudel auf, zur Zerstörung entschlossen, aber ohne jede Motivation. Er handelt einfach aus Zorn. Der Surrealismus war eine Revolution, der der Dadaismus vorausging. Und was haben die Beatniks erreicht? *Action* auf dieser Ebene wird bedeutungslos. Der ›Actionkult‹ . . . um auf Williams zurückzukommen, hat den Symbolismus praktisch exekutiert. Williams besaß eine große Theaterbegabung, aber wenn er Kannibalismus und Kastration ins Theater bringt, verrät er das Symbol elementar und total. Der Horror tritt anstelle des Gefühls, *action* tritt an die Stelle des Gefühls. Am Ende ist alles so leer wie die Schreie, Klagen und Morde der Medea, die ihre Kinder tötet. Nein, das Schöpferische beginnt an einem anderen Punkt, und zwar dort, wo wir das Symbol verstehen (selbst den Symbolismus des Stierkampfs, das Essen der Hostie anstelle des Leibs Christi), aber ganz bestimmt nicht in *action.* Bei Williams fiel mir das in *Camino Real* zum ersten Mal auf. Er machte aus dem Traum eine Burleske. Er zerstörte ihn, um Lachen und Gänsehaut hervorzurufen. In diesem Augenblick verlor ich meine Achtung vor ihm. Vielleicht ist es eine Reaktion auf Gewalttätigkeit, daß sich so viele Künstler unserer Zeit für Zen interessieren; wie ich bemerkt habe, auch Sie. Aber für mein Gefühl ist Zen ein Schritt ins Ungewisse, während sich die Bedeutung unserer Handlungen in uns selbst formen muß, damit sie nicht zu Selbstmorden werden. Williams versuchte, uns in seine selbstmörderischen Alpträume wie Kastration etc. hineinzuziehen, in sein Eigenes. Genêt unterscheidet sich darin von ihm. Er benutzt Gewalt, aber er versteht, was er tut und in *Der Balkon* kehrt sich der Prozeß um: symbolische Handlung entsteht. Was wollen Sie nach Ihrer Entlassung tun? Stellen Sie alles, was Sie geschrieben haben, zusammen, damit wir sehen, was wir damit tun können. Benötigen Sie Papier, Kohlepapier etc.? Tun Sie, was ich als Kind im Tagebuch tat: Analysieren Sie in einer Spalte, was Sie zornig macht und in einer anderen, was in Ihnen Liebe und Bewunderung hervorruft. Sie werden feststellen, die beiden Spalten gleichen sich aus. Ich tat das immer, wenn ich niedergeschlagen war, und selbst heute tue ich das noch. Ich lege auf dem Schreibtisch den Brief eines vierzehnjährigen Kindes, das mir über meine Geschichten schreibt, neben den ablehnenden Brief eines Verlages, und ich bin zufrieden. Ihr

Brief über mein Werk ist sehr schön. Er trägt sehr viel zu diesem Gleichgewicht bei.

Brief an Roger Bloom:

Ich weiß, daß Sie die Freiheit fürchten, daß Sie Angst haben, die Fehler der Vergangenheit zu wiederholen. Ich hoffe für Sie, daß der unendliche Wert, die Schönheit der Freiheit und ihre Kostbarkeit so stark sein werden, daß sie den Konflikt lösen, wie die große Liebe einen Konflikt einfach dadurch lösen kann, daß sie stärker als das Hindernis ist. Ihre Freude an der Freiheit wird stärker werden und die Gefühle der Bitterkeit, der Auflehnung und des Selbstzweifels überwinden. Ich hoffe, daß Ihnen das Leben so kostbar und wertvoll sein wird, daß sich Vorurteile ausrotten lassen. Auf alles werden Sie hungrig sein. Man muß eine Wahl treffen. Wir wählen Menschen und Situationen, um zu beweisen, was wir beweisen wollen. Zu einem Zeitpunkt wollten Sie sich an der Gesellschaft für die Bank rächen, die Ihnen das Zuhause genommen hat. Das haben Sie getan; es liegt hinter Ihnen. Jetzt können Sie die andere Seite Ihres Ichs leben, jene Seite, die in einem kleinen Jungen Liebe und Freundschaften entstehen ließ . . . Es beginnt alles mit einem Gefühl. Erwachen wir verärgert, stellen wir uns darauf ein und finden die Ereignisse und Menschen, die uns zornig machen. Diesen Tod haben Sie erlebt. Lassen Sie es nicht zu, daß er Ihnen Ihr Leben nimmt. – Ein neues Leben beginnt. Da Sie Schauspieler waren, Theaterstücke geschrieben haben, können Sie sich vorstellen, daß Sie völlig neu beginnen, mit einem neuen Ich?
Wir haben gerade von einem LSD-Erlebnis gehört, das genügt, um jeden zu erschrecken. Einer unserer Freunde, ein Arzt, nahm für ein Experiment eine zu hohe Dosis. Er hielt sich mit Freunden, die er mit Bedacht ausgewählt hatte, – sehr enge und ihm vertraute Freunde – am Lake Arrowhead auf. Aber unter dem Einfluß des LSD glaubte

er, sie wollten ihn umbringen. Er war von dieser Vorstellung so überzeugt, daß er davonrannte. Er lief die Straße entlang und hielt ein vorüberfahrendes Auto an. Darin saßen Leute auf dem Weg zu einem Maskenball. Aber für den Arzt verstärkte sich der Alptraum. Ihre Fratzen, ihr Gelächter, ihre Späße wurden zu einer neuen Bedrohung. Seine Freunde kamen, um ihn zurückzuholen. Sie gaben ihm ein Beruhigungsmittel. Noch immer spricht er in einer Weise von diesem Erlebnis, als sei der Alptraum Realität gewesen.

Brief von Roger Bloom:

George Dibbern schrieb kürzlich, und da ich ihm berichtet hatte, daß im Hinblick auf eine frühzeitige Entlassung für einige von uns hier nichts getan wurde, bot er an, den Versuch zu unternehmen, für mich wegen guter Führung eine Begnadigung nach Neuseeland zu erreichen – falls ich dies wünsche. Ich antwortete ihm unverzüglich und schrieb, wenn mich die Behörden dort trotz meiner Klassifizierung als ›Gewohnheitsverbrecher‹ akzeptierten, wäre ich sehr glücklich darüber. Ich sprach mit dem Sekretär des Ausschusses und bat ihn, meinen Märzbericht bis Mai dieses Jahres zurückzuhalten. Vielleicht erfahre ich dadurch etwas mehr über das, was George ›dort unten‹ tun kann. Ich wollte mit dem Direktor reden, aber ich glaube, es ist besser zu warten, bis etwas Definitives geschehen ist – dann werde ich es tun. Das größte Problem wird es sein, die Kommission davon zu überzeugen, daß sie etwas Gutes tun, wenn sie mir erlauben, nach Neuseeland zu gehen. Ich bin sicher, der Federal Court wird zustimmen – das habe ich bereits erfahren, und wenn man dort einverstanden ist, wird der Ausschuß sich nicht dagegen aussprechen. Außerdem warte ich noch immer, daß etwas von Milwaukee und dem Federal Court im Hinblick auf eine Zurückverlegung zu diesem Gericht unternommen wird.

Ich glaube daran, daß ich eine entscheidende Wendung zur Realität vollzogen habe, seit ich Sie kenne – nicht, daß nicht schon die ganze Zeit über ein Funke in mir geglüht hätte –, aber durch Ihre vielen Beweise der Zuneigung habe ich den Mut gefunden, etwas Glück zu suchen – und zu finden –, aber noch mehr, um mich dieser Freundschaft wert zu erweisen. Jetzt will ich den Brief beenden; ich hatte nicht vor, das zu schreiben. Darf ich es am nächsten Sonntag wieder????

Brief an Roger:

Ich bewundere George Dibbern. Ich will alles tun, was in meiner Macht steht, um ihn bei seinem Versuch zu unterstützen, Sie wegen guter Führung zu begnadigen und nach Neuseeland zu entlassen.
Aber über Mailer bin ich anderer Meinung. Ich finde es bedauerlich, daß sein Werk nicht als das angesehen wird, was es ist: ein Fall von geistiger Unausgeglichenheit. Sein Erfolg hängt jedoch auch damit zusammen, daß er ein so lautstarker und lärmender Autor ist. Seine Bücher sind ungesund und gefährlich ... In *The White Negro* schrieb er, man brauche Mut, um eine alte Dame umzubringen. Er beeinflußt junge Menschen. Ein junger Dichter, der mir aus dem Gefängnis schreibt, bewundert Mailer und glaubt, ein Akt der Gewalt könne seine Kreativität freisetzen. Das Gegenteil ist der Fall, Gewalt ist ein Symptom von Impotenz.

Brief an George Dibbern:

Ich habe von Ihnen durch Roger Bloom gehört und natürlich Ihren Beitrag in *Two Cities* gelesen. Ich bedauere, sagen zu müssen, daß ich Roger Bloom nicht persönlich kenne. Aber seit wir korrespondieren, weiß ich, daß er ein ehrlicher, gefühlvoller Mann ist, der eine große Wandlung

durchgemacht hat und für Freundlichkeit empfänglich ist. Es ergab sich, daß ich zur gleichen Zeit Briefe von einem jungen Schriftsteller aus dem Gefängnis erhielt, und der Kontrast zwischen ihnen zeigt den GUTEN Charakter von Roger (der junge Schriftsteller ist nach zehn Jahren im Gefängnis noch immer zornerfüllt; er denkt an Gewalt und wird sicherlich seine Rebellion gegen die Gesellschaft nicht aufgeben, während Roger die Bücher verstand, die ich ihm schickte. Er stimmte mir zu, als ich ihm schrieb, er müsse die Motivationen für sein Handeln in der Vergangenheit begreifen, um eine Wiederholung zu vermeiden, etc.). Seine Bereitschaft, weder die Gesellschaft noch andere zu beschuldigen, seine Vergangenheit zu untersuchen, Zuneigung zu erwidern, seine Freiheit von Bitternis und Rachegefühlen – alles deutet auf einen veränderten Menschen hin. Und wie Sie wissen, erhalten Gefangene keine Bücher oder psychiatrische Hilfe. Er scheint auch guten Einfluß auf andere in seiner Umgebung auszuüben. Er ist großzügig und versucht nicht, seine Tat zu beschönigen; er hätte seine Umgebung anklagen können. Kurz gesagt, ich würde ihm vertrauen. Ich habe mit ihm über ein Jahr lang korrespondiert, und wie wir beide wissen, enthüllen Briefe einen Charakter ebensogut wie eine Freundschaft.
Ich kann mein Urteil vielleicht dadurch erhärten, wenn ich sage, daß ich zwei Jahre lang unter Dr. Otto Rank als Psychoanalytikerin gearbeitet habe – und ich glaube, Menschen objektiv beurteilen zu können. Dr. Rank pflegte zu mir zu sagen: »Ein Mensch, der ein Gefühl für Schuld hat, ein Gefühl für richtig oder falsch, stellt für die Gesellschaft keine Bedrohung dar.« Ich hoffe, dies genügt.

Brief an Daisy Aldan:

Ich dachte heute über Lyrik nach und wollte sicher sein, daß Du nicht denkst, mir gefielen Deine Gedichte nicht. Ich liebe sie wirklich. Wenn ich davon spreche, an Lyrik generell kein Interesse zu haben, liegt es daran, daß mich Poesie im Roman stärker interessiert. Die Romane von Virginia Woolf, Djuna Barnes oder Marguerite Young sind für mich Beispiele poesievoller Prosa. Aber dies ist meine rein persönliche Ansicht. Ich glaube, der Roman braucht Dichter. In meinen Augen ging Genêt weiter als Rimbaud, Giraudoux übertraf Claudel, und Djuna Barnes ist poetischer als Dylan Thomas. Ich versuche stets, Dichter für den Roman zu gewinnen, denn der Roman stirbt. Wenn ich mir vorstelle, welchen Roman Du schreiben könntest! Du bist eine außergewöhnliche Künstlerin, und Gedichte sind Deine Ausdrucksform. Meine Neigung gilt dem Roman. Du besitzt aber auch eine gesunde Fähigkeit zur Kritik und leistest der Dichtung einen großen Dienst. Du lehrst sie, inspirierst und förderst sie in anderen. Du hast nicht nur Gedichte geschrieben, die größte Auszeichnung verdienen, Du hast auch für Qualität und Urteilsvermögen gekämpft. Ich wünschte, man würde eine Schallplatte unserer Lesung von *Un Coup de Dés* in französisch und englisch machen.

[Frühling 1961]

Wieder in New York mußte ich mich den mühsamen Pflichten widmen, die das Verlegen und der Vertrieb meiner Bücher mit sich brachten. Viertausend Exemplare von *Cieties of the Interior* waren fertiggestellt. Es gab viele Bestellungen von Buchhandlungen. Aber da ich nicht zu den großen Verlagen gehörte, bezahlen sie die Rechnungen nicht. Um Einzelbestellungen zu erledigen, mußte ich Bücher verpacken und zur Post bringen. Alles kostete viel Zeit, und soweit es die Buchhandlungen betraf, war es ärgerlich.
Nachdem ich das viele Monate lang durchgehalten hatte, schrieb ich voll Verzweiflung an Alan Swallow in Denver. Ich wußte, daß er, der selbst als Dichter begonnen hatte, nun in seiner Garage die Gedichte anderer auf einer Handpresse druckte. Er arbeitete als Einmannbetrieb, und voll Idealismus verlegte er nur Bücher, die er liebte. Er begnügte sich mit einer kleinen Verdienstspanne. Ich hatte ihn durch Reginald Pole kennengelernt, als ich auf meiner ersten Reise an die Westküste durch Denver kam.
In einem Brief erläuterte ich Alan Swallow meine Situation:

Es ist einige Jahre her, seit wir Sie auf meiner ersten Reise in den Westen besuchten. Ich erinnerte mich wieder an Sie, als ich Ihren Namen auf den Büchern von Glenn Clairmonte sah und mit Maude Hutchins über Sie sprach, deren *Victorine* Sie veröffentlicht haben.
Wie sie vielleicht wissen, verlege ich seit Jahren meine Bücher selbst, aber ich habe Schwierigkeiten mit den Aus-

lieferungsfirmen, die ihre Rechnungen nicht bezahlen. So bin ich mit zwei Büchern im Rückstand und suche eine neue Lösung. Ich habe ein unveröffentlichtes Manuskript vorliegen und ein Buch, das lange vergriffen ist, für das ich aber immer wieder Bestellungen erhalte: *Eiszeit* (ich hatte vor, es zusammen mit *Die Stimme* und *Stella* in einem Band herauszubringen). Ich überlege, ob wir nicht zusammenarbeiten können. Hätten Sie Interesse daran, das neue Manuskript *Seduction of the Minotaur* oder die Neuauflage in Ihrem Verlag zu veröffentlichen? Ich könnte die Abnahme von eintausend Exemplaren garantieren. Wären Sie auch in der Lage, den Vertrieb meiner Bücher zu übernehmen? Sie haben sich gut verkauft, zwei- bis dreitausend Exemplare im Jahr, ohne Werbung, ohne Besprechungen und ohne Hilfe von außen. Die Taschenbuchausgabe von *Ein Spion im Haus der Liebe* bei Avon Paperbacks erreichte eine Auflage von einhundertsiebzigtausend Exemplaren. (Aber der Herausgeber arbeitet nicht mehr bei Avon, und nach dem Besitzwechsel zu Hearst haben sich die Titel und das Niveau der Bücher geändert.) Können Sie mir Vorschläge machen? Ich weiß, Sie verlegen nur gebundene Bücher. Hätten Sie Interesse an einem Sammelband mit dem Titel *Cities of the Interior,* den ich in einer kleinen Auflage drucken ließ? Sie könnten ihn mit Ihrem Einband und unter Ihrem Verlagssignet verkaufen. Bitte denken Sie darüber nach und schreiben Sie mir. In diesem Zusammenhang möchte ich erwähnen, daß ich die Absicht habe, dem Verleger meiner Romane eine Option auf meine Tagebücher zu geben (in Hinblick auf eine künftige Veröffentlichung). Für den Vertrieb der Bücher könnte ich sechzig Prozent anbieten, unter der Bedingung, daß sie bar bezahlt werden. Liegen Ihnen meine Bücher vor? Darf ich Ihnen welche schicken?

Brief von Alan Swallow:

Inzwischen habe ich die Bücher gelesen, die Sie mir übersandten, darunter auch das Manuskript Ihres neuen Romans, das von Mr. Gunther Stuhlmann kam. (Ich schicke ihm als Ihrem Agenten einen Durchschlag dieses Briefes.) Ich glaube, es ist nur folgerichtig, daß ich Ihr amerikanischer Verleger werde. Der Verkauf Ihrer Bücher hat offensichtlich bewiesen, daß sie für die großen, kommerziell orientierten Verlage nicht geeignet oder uninteressant sind. Aber für einen Autor, der von zuvielen kleineren ›Avantgarde-Verlegern‹ betreut wird, entstehen eine Reihe von Nachteilen. Diese Verlage stellen sich häufig als unzuverlässig heraus; sie sprechen bestimmte kleine Kreise an (deren Lesehunger zwar groß ist, die jedoch einer ständigen Fluktuation unterliegen). Das läßt sich auch von Autoren sagen, die wie Sie den Versuch unternehmen, ihre Bücher selbst zu verlegen. Ich nehme in dieser Hinsicht eine Mittelstellung ein. Die großen, sehr großen Stückzahlen verkaufe ich nicht, aber ich bin ein energischer und hartnäckiger Bursche, und für Bücher, an denen ich Interesse habe, erreiche ich ganz anständige Verkaufsziffern. (Ich bin sogar der Überzeugung, daß viele Bücher durch meine Methode über einen längeren Zeitraum hinweg höhere Verkaufszahlen erreichen, als dies bei anderen Verlagen der Fall wäre. Ich habe meine Methode für Bücher entwickelt, die ich für wichtig erachte, die sich aber in der Anonymität eines großen Verlags nicht von selbst verkaufen, etc. Für mich ist dieser Weg erfolgreich und am Ende auch für den Autor.) Wie gesagt, bin ich unter den kleinen Verlagen, die Ihr Schicksal in diesem Land zu sein scheinen, besser als jeder andere geeignet. Ich halte meinen Titeln die Treue und sorge dafür, daß sie, wenn irgendmöglich, lieferbar bleiben. (Zum Beispiel ein Buch wie Winters *In Defense of Reason*, von dem mir die Profis im New Yorker Verlagswesen prophezeiten, ich könne noch nicht einmal zweitausend Exemplare verkaufen, hat inzwischen die dritte Auflage erreicht; mehr als fünftausend Stück sind verkauft, und die Nachfrage ist nicht geringer geworden. Vor acht Jahren verlegte ich seine *Collected Poems,* blieb auf ihnen sitzen, ließ die Auflage auslaufen, brachte 1960 eine neue, leicht erweiterte Auflage gebunden und als Swallow-Paperback heraus, die 1960 den großen Bollinger Preis erhielt und zusammen mit zwölf anderen Titeln in die Endauswahl für den National Book Award für Lyrik kam.) Ich meine, in diesem Bereich kann ich mehr tun als andere Verleger, und das ist meine besondere Rolle, die ich im Verlagswesen spiele.

Außerdem weiß jeder, ich verlege nur, was mir gefällt, und ich bewundere Ihre Arbeit. Deshalb sollte es zu einer guten ›Ehe‹ zwischen meinem Verlag und Ihrem Werk kommen. Ich hoffe es!

Ich sehe das grundsätzliche Problem zunächst darin, ›praktisch‹ zu denken, für Ihr Werk ein verlegerisches Konzept zu erarbeiten. Sehe ich mir Ihre wichtigen Arbeiten an, stelle ich mir folgendes vor: Die Veröffentlichung aller Werke läßt sich nicht über Nacht realisieren, aber wir sollten versuchen, es so schnell wie möglich zu tun.

1. Die Romane: Sie streben an, sie alle (die fünf des vorliegenden Bandes und den neuen *Seduction of the Minotaur)* als einen Band herauszubringen ...

2. Die Kurzgeschichten: Drei davon, *Eiszeit, Die Stimme* und *Stella,* sollten in einem Band erscheinen, der in Zukunft gebunden und als Paperback lieferbar sein sollte ...

3. *House of Incest:* Es ist als Paperback erschienen. Mir ist nicht ganz klar, ob Sie es zur Zeit am Lager haben. Wenn ja, würde ich den Bestand übernehmen, es mit auf die Liste setzen und eine Neuauflage planen. Falls Sie jedoch keine Lagerbestände mehr haben, wäre ich bereit, es so schnell wie möglich neuaufzulegen ...

4. Die Erzählungen: In Ihrem Brief haben Sie sie nicht erwähnt, aber wenn der vorliegende Band *Unter einer Glas-*

glocke vergriffen ist, und die beiden Kurzgeschichten *(Eiszeit* und *Die Stimme)* herausgenommen werden, um zusammen mit *Stella* als ein Buch zu erscheinen, wären die Erzählungen dieses Bandes nicht mehr lieferbar. In der Gesamtplanung glaube ich, daß man sie als einen gesonderten Band veröffentlichen sollte (diese Geschichten und *House of Incest,* die alle nur einen geringen Umfang haben, sollten nur in Paperback vorliegen.)
Ich hoffe, ich habe das Problem und Ihre Wünsche klar erkannt. Sollte ich etwas falsch verstanden oder falsch interpretiert haben, berichtigen Sie mich bitte ...
Zusammenfassend möchte ich nocheinmal feststellen: Ich bin bereit, ein Langzeitprojekt zu starten und zu tun, was sich für Ihr Werk am richtigsten herausstellt. Als ersten Schritt sollten wir einen Vertrag für *Seduction of the Minotaur* vorbereiten, Ihren gesamten Lagerbestand aller Titel erfassen – unter Angabe, ob es sich um gebundene Exemplare, Taschenbücher, Bogen, etc. handelt, Verträge über Rechte und Tantiemen für diesen Lagerbestand abschließen und die Verträge über die ›geplanten‹ Bücher, s. o., unterschreiben. Dazu erkläre ich meine Bereitschaft, ja sogar mein großes Interesse. Ich werde jeden Vertrag unterschreiben, sobald Sie Ihre Bereitschaft zur Gesamtplanung und den einzelnen Verträgen etc. erklärt haben – unter der Voraussetzung, daß die Bedingungen für mich akzeptabel sind. Ich glaube nicht, daß es in diesem Punkt Probleme geben wird. Das große Problem ist jetzt, sich über den Weg grundsätzlich zu einigen und dann, unsere Pläne durchzuführen.

Es entstand eine genuine Zusammenarbeit. Ich bespreche und unterstütze seine Autoren. Er vertreibt die Bücher, so gut er kann. Große Zeitungen besprechen nie die Bücher, die in kleinen Verlagen erscheinen, und das ist das größte Hindernis. Ich entdeckte bald, daß über Allan Swallow auszuliefern, beinahe ebenso frustrierend war wie mein

Selbstvertrieb. Er konnte nur in Collegezeitschriften Besprechungen erwarten.
Ich unterstützte ihn durch mein Auftreten im Rundfunk, in den Sendern der Pacifica Foundation in Los Angeles, San Francisco und New York. Sie sendeten meine Lesung der Party-Szene aus *Ladders to Fire*, die das Living Theatre veranstaltet hatte.

Brief an Alan Swallow:

Wir beide möchten so wenig Probleme wie möglich. Ich sehe unsere Zusammenarbeit als eine Partnerschaft zwischen Nichtkommerziellen an. Ich möchte nicht, daß Sie Geld verlieren. Wir müssen unsere Bemühungen vereinen, um den Erfolg einer ehrlichen Arbeit genießen zu können.

Alan Swallows Geschichte: Nach den Angaben in *Current Biography* wurde er am 11. Februar 1915 in Powell, Wyoming geboren. Sein Vater war Farmer. Er legte sein Examen an der University of Wyoming ab, begann in früher Jugend, Gedichte und Prosa zu schreiben, gründete eine eigene Literaturzeitschrift, verlegte und gab *Modern Verse* heraus. »Er spezialisierte sich auf Vierteljahreszeitschriften und kleinere Zeitschriften. 1949 veröffentlichte er *Index to Little Magazines.* Nach seiner Ansicht sind kleine Zeitschriften ein wichtiges Korrektiv und spielen eine ergänzende Rolle, da sie der Lyrik und der neuen experimentellen Literatur als Forum dienen, denen in den großen Zeitschriften nur selten Platz eingeräumt wird. Wie Swallow sagt, ist die Funktion der kleinen Verlage in Analogie zu kleinen Zeitschriften zu sehen. Seit über zwanzig Jahren betreibt er seinen kleinen Verlag, der einen ausgezeichneten Ruf genießt. Von 1940 bis 1954 verlegte er nebenberuflich und 1954, dem ersten Jahr, in dem sein Unternehmen genug Gewinn erzielte, gab er den Lehrerberuf auf und widmete sich hauptberuflich dem Verlag.

»Heute fühle ich mich als glücklichsten Menschen der Welt, da ich mich ausschließlich auf eine Sache konzentrieren und so viele Stunden auf etwas verwenden kann, das in meinen Augen wichtig ist und mir einen bescheidenen Lebensunterhalt einbringt.«
Swallow ist eine echte Persönlichkeit aber ein bescheidener Mensch mit Mut und Integrität. Er weiß, daß seine Unterstützung der Schriftsteller, die für eine Minorität schreiben, die Majorität bereichert, wie Forschungswissenschaftler zur Bereicherung der Wissenschaft beitragen. Da er sich vom Profitdenken befreit hat, gleicht sein Blick in die Zukunft der Fürsorge eines Försters, der die Notwendigkeit erkennt, die Lücken im Baumbestand durch Neupflanzungen zu schließen. Er ist einer der letzten Idealisten. Man darf nicht zulassen, daß sein Konzept ausstirbt und ohne geistige Erben bleibt.
Sein eigenes Schreiben ist voll Weisheit, Menschlichkeit und Wärme. Seiner Gedichte sind von kristallener Klarheit.

Karl Shapiro ging nach Europa, ohne mir eine Kritik zu schreiben, die den Büchern geholfen hätte – und das nach seinen emotionalen Briefen. In einem Brief erklärt er, meine Bücher sollten im Geheimen, in einem verschlossenen Zimmer gelesen werden, und er habe dabei geweint. Dieses Verhalten liegt auf derselben Ebene wie das von Maxwell Geismar, der am Telefon sagte: *Ein Spion im Haus der Liebe* ist lebendig, *so lebendig*, und dann eine nichtssagende Kritik schrieb.
Alan Swallow verlegt die Bücher von Maude Hutchins, einer bewunderswerten Schriftstellerin. Sie ist ein amerikanisches Äquivalent zu Colette. Ihre lyrischen Studien von Familienbeziehungen sind von großer Präzision und voll subtiler Andeutungen erotischer Inhalte.
Cities of the Interior wurde nie an Kritiker geschickt und als Neuauflage behandelt, obwohl es mit *Solar Barque* eine neue Arbeit enthielt.

Gore Vidal ist jetzt Kritiker, was bedeutet, er ist Leichengräber.

New York.
Die Frauen wirken wie Blumentöpfe: Hüte voller Lilien, Mohn und Kirschen. In den Schaufenstern orangefarbene und leuchtendrosa Kleider, eine Farbexplosion. Die Hunde im Park laufen ihren Frauchen davon. Der Central Park tut Piccolo (meinem Pudel) sehr gut. Greenwich Village ist inzwischen voller Schnorrer von der Bowery, Bettler und neugieriger Touristen.
Lila verhandelt mit einem Millionär aus Phoenix über eine Zeitschrift, die sie gründen will.
Albee ist ein faszinierender Schriftsteller. Da ich keine Karten hatte, ging ich frühzeitig ins Theater, um *Zoogeschichte* und *Der amerikanische Traum* zu sehen. Ich wollte vorher noch einen Sandwich essen. Ich ging in ein Geschäft und kaufte einen, aber die Verkäuferin erklärte mir, ich könne ihn nicht im Laden essen und schickte mich in den Regen hinaus. Neben dem alten Theater wurde ein Haus abgerissen. Steinhaufen, verbogenes Eisen, Holz mit glänzenden Ölflecken – eine Lumpensammleratmosphäre. Ich setzte mich dorthin und aß meinen Sandwich im Regen. Es war eine passende Vorbereitung für den Abend. Ein schäbiges, verblichenes, rostiges, zahnloses Haus; ein heruntergekommenes Theater, aber im Zuschauerraum nur junge Leute. Die *Zoogeschichte* voller Spannung und Dramatik, *Ein amerikanischer Traum* eine wilde, surrealistische Satire mit Geist, die nie langweilig wurde.

Der Traum einer freiberuflichen Redakteurin, den ich all diese Jahre geträumt hatte, der Bewegungsfreiheit und ein gesichertes Einkommen verhieß, der mich dazu brachte, Artikel unter Pseudonym zu schreiben oder Beiträge unter anderem Namen zu veröffentlichen, der sich mit den Zeitschriften *Two Cities* und *Eve* zu verwirklichen schien und mit ihrem Fehlschlag endete, wurde durch Lila Rosenblum neu belebt. Meine Freundschaft mit Lila hatte sich durch die Jahre gehalten, obwohl ich sie selten sah, seit ich nicht mehr ständig in New York lebte. Aber sie stand in engem Kontakt mit Jim Herlihy, Stanley Haggart und zu den anderen Freunden. Sie war krank aber immer voller Mut und Einfälle. Sie besuchte mich in Sierra Madre in einem Auto, das jeden Moment seinen Geist aufzugeben drohte, und das mich an ihre eigene Zerbrechlichkeit denken ließ. Ihre Krankheit blieb mir ein Rätsel; sie galt als unheilbar. Als ich sie zum ersten Mal besuchte, mußte sie im Bett liegen, aber ihr Geist war lebhaft und ihr Einfühlungsvermögen in andere erstaunlich.

Jetzt plante sie eine Zeitschrift, wie wir sie uns alle erträumten. Ihre Begeisterung und ihr Konzept wirkten so mitreißend, daß ihre Freunde langweilige Jobs aufgaben, um an der Zeitschrift mitzuarbeiten. Stanley Haggart sollte der Photograph werden, ich freie Mitarbeiterin. Lila hatte einen Grafiker gefunden, der die Nullnummer und unsere Briefbögen entwarf. Sie war damit beschäftigt, Kapital aufzutreiben. Ihr Vater hatte die Hälfte bereits zugesagt. Sie stand in telefonischen Verhandlungen mit einem jungen Millionär aus Phoenix. Lila schrieb ein Porträt von Millie Johnston. Millies Geschichte interessierte uns, denn sie war eine ehemalige Tänzerin und eine Künstlerin, die in die Bethlehem Steel Dynastie eingeheiratet hatte. Zuerst haßte sie Hochöfen, denn sie sah in ihnen Monster, die ihren Mann auffraßen. Sie lebt dort praktisch nur als Krankenschwester für einen Mann, der von riesiger Verantwortung, riesigem Ehrgeiz und riesigen Projekten zermalmt wird. Wir bewunderten ihren Weg, mit dem Stahlwerk Frieden zu schließen. Ihr Interesse als Künstlerin erwachte. In Wandbehängen stellte sie die dramatischen Szenen der Arbeit dar: Der Mensch in seinem tödlichen Kampf mit einem Element, das er bezwingen muß. Dann begann sie sich für die Arbeitsbedingungen der Menschen dort zu interessieren und regte Reformen an. Sie versuchte, die unmenschlichen Büros und Flure zu humanisieren und brachte Bilder und Plastiken in die Fabrik.

Lila verstand das Drama, das hinter dem Luxus verborgen lag, und das Drama der Frau.

Ich schrieb einen Artikel über die Barrons, die eine elektronische Komposition für Gore Vidals Theaterstück *Visit to a Small Planet* schufen. *Time* hatte über sie geschrieben, aber ich wollte beweisen, daß man ein lebendiges Porträt auch ohne ätzende Bosheit schreiben kann.

Die Zeitschrift soll *Fair Sex* heißen, ein intelligentes ›Fair Sex‹. Endlich!

Wir verbrachten den Abend in der Wohnung von Don Combs, Lilas Mitherausgeber. Sein Freund, mit dem er seit Jahren zusammenlebt, wird an Krebs sterben. Er ist erst achtundzwanzig Jahre alt und hat nur noch wenige Wochen zu leben. Spontan gaben wir ihm alle die Illusion, daß er wesentlich an der ersten Nummer beteiligt sei. Wir übertrugen ihm die Aufgaben, das Büro zu entwerfen (er ist Bühnenbildner) und bei der Auswahl des Materials mitzuarbeiten. Die furchtbare Erkenntnis, daß dieser junge Mann sterben mußte, erschütterte uns sehr.

Lila schrieb mir, sie habe sich zum ersten Mal mit dem jungen Millionär getroffen. Er sei etwa fünfundzwanzig Jahre alt und sähe wie Gary Cooper aus. Mit zwanzig habe er seine erste Million durch Kupferminen verdient. Er versprach Lila das Kapital für zwei Jahre und mehr, falls es danach noch erforderlich sei. Er läßt ihr als Herausgeberin völlig freie Hand. Er reiste wieder ab und wollte in fünf Wochen mit seinen Anwälten zurückkommen, um die Verträge zu unterzeichnen. Lila hatte den Entwurf für die erste Nummer fertiggestellt. Es soll nun eine Weihnachtsausgabe werden. Als wir uns unter den Freunden umsahen, die uns unterstützen, stellten wir fest, daß wir eine Reihe guter Namen aufzuweisen hatten: Daisy Aldan, Lesley Blanch, James Leo Herlihy.

Ich schlug vor, Artikel über interessante und kreative Frauen zu schreiben. Mit Lilas Porträt von Millie Johnston hatten wir bereits den ersten Beitrag. Ich wollte über Lesley schreiben. Wir sind alle voller Hoffnungen und träumen von großen Erfolgen.

In Lilas Apartment warteten wir auf den jungen Millionär aus Phoenix, der mit seinen Anwälten kommen wollte, um die Verträge zu unterschreiben. Wir hatten Champagner auf ›Spesen‹ gekauft. Ich hatte eigens aus diesem Anlaß den ersten durchsichtigen Plastikregenschirm erworben, der wie ein Weihnachtsbaum aufleuchtete, wenn man ihn aufspannte – in Fliedersträußen versteckt, brannten kleine Birnchen. Wir schwammen in Glück. Ich würde für *Fair Sex* nach Paris reisen. Wir hatten für uns alle Visitenkarten drucken lassen.
James Leo Herlihy hatte eine Geschichte versprochen; ich wollte über Frauen schreiben, die ich sehr bewundere: Kim Stanley, Cornelia Runyon, Jeanne Moreau. Stanley hatte wunderschöne Fotografien einer portugiesischen Fadosängerin gemacht.
Der junge Millionär aus Phoenix erschien nie.
Später fanden wir heraus, daß er Gärtner bei einem Millionär in Phoenix war. Während er die Hecken schnitt, hörte er, wie aufregende Projekte diskutiert wurden, und das inspirierte ihn, die Rolle eines Millionärs zu spielen. Er ›investierte‹ am Telefon hier und dort, und natürlich konnte er allen unseren Plänen und Vorstellungen begeistert zustimmen. Sein Traum verband und verwob sich mit unseren Träumen.
Die Zeitschriften, die wir in den Schatten stellen und die wir übertreffen wollten, um die Talente, die Intelligenz von *Fair Sex* zu demonstrieren! Die langweiligen Arbeiten, die wir aufgegeben hatten, die Schätze, die wir entdecken wollten, die unbeachteten Bücher von echtem Wert, und das große Talent von uns allen ...

Brief von Roger Bloom:

Vor neunundzwanzig Jahren kam ich zum ersten Mal ins Gefängnis. Ich war gerade zwanzig Jahre alt geworden und fuhr per Anhalter von Pennsylvania nach Los Angeles. In St. Louis nahm mich ein Mann mit, der nach Oklahoma fuhr. Wir hielten in einer kleinen Stadt südlich von St. Louis, und der Fahrer verschwand. Die Polizei verhaftete mich und schickte mich für zwei Jahre ins Gefängnis, denn mit dem Auto und seiner Ladung stimmte etwas nicht. Innerhalb von sechs Tagen nach meiner Verhaftung war ich in die Gemeinschaft der Häftlinge aufgenommen worden und viele Jahre lang konnte ich meine Verbitterung nicht überwinden. Ich bin am 3. März 1912 geboren.

Brief eines Dichters im Gefängnis:

Ja, in sechs Monaten werden die verhaßten Mauern verschwunden sein, die die Qualen eines grauen Daseins umschließen, und mir den Blick auf ein schöneres Leben freigeben ... Es ist sehr freundlich von Ihnen, daß Sie mich mit Ihren Freunden zusammenbringen wollen, falls Sie bei meiner Entlassung nicht selbst in New York sind. Wie gelingt es Ihnen, so vorbehaltlos aufrichtig zu sein, noch Altruismus und Mitleid zu empfinden, nachdem Sie gesehen und erfahren haben, wie gemein, niederträchtig und schlecht die Menschen von Natur aus sind? Als ich die Grausamkeit einer häßlichen Welt kennenlernte, reagierte ich mit noch größerer Grausamkeit und Gewalttätigkeit – ich demonstrierte die Rebellion eines Mannes, obwohl ich noch ein Kind war. Ihre Methode ist es, ›eine eigene Welt zu erschaffen, die von Menschen Ihrer Art bevölkert ist.‹ Ja, das ist Ihnen gelungen ...

Brief an den Dichter im Gefängnis:

... meine einzige Sorge ist Ihr nicht besänftigter Zorn und Ihr Pessimismus. Wenn ich mich dessen schuldig mache, nenne ich es Hämophilie der Seele. Es sind die nie verheilenden Wunden, die durch die Grausamkeit anderer entstehen. Aber solche Qualen sind Teil des Lebens. Sie werden Ihrem Trieb zur Selbstzerstörung Ihre Fähigkeit zu schreiben und kreativ zu sein, entgegensetzen müssen. Sie sind zu intelligent, um sich nicht einzugestehen, daß Zerstörung letztlich Selbstzerstörung bedeutet.
Gestern war Varda hier. Er hätte viele Gründe, verbittert zu sein. Seine lebenssprühenden, schönen Collagen werden in San Francisco, wo er lebt, nicht ausgestellt; kein Museum hat je eine erworben. Aber er sagte erst gestern wieder, sobald ein Künstler verbittert sei, verliere er seine eigene Welt. Er liefe zum Feind über, zu den Feinden seiner Arbeit, die beabsichtigen, ihn zu verbittern, da sie wissen, daß Verbitterung Kreativität absterben läßt. Weshalb sind zur Zeit große, leere, sterile und abstrakte Bilder, weshalb ist die Wüste so beliebt? Als Sie die Grausamkeit der Welt entdeckten, weshalb schlossen Sie sich nicht den Kräften an, die nach Schönheit und Menschlichkeit streben? Ich begann als Mädchen, mich ausschließlich Dingen zu widmen, die Häßlichkeit neutralisierten. Der Mensch hat eine Seite, die nicht zerstörerisch ist. Um uns herum gibt es genügend Zerstörung, aber auch Kreativität. Wir können entscheiden, auf welcher Seite wir stehen wollen. Kehren Sie nicht zurück in die Gosse, wie Sie sagen, sondern zu Ihrem Schreiben und Theaterspielen.
Ich schreibe Ihnen in dem verzweifelten Bemühen, die Rachegefühle für erlittene Wunden auszulöschen. Ich glaube nicht, daß Sie geheilt sind. Wir sind alle irgendwann einmal gedemütigt und verraten worden, aber unser wirkliches Leben wird durch unsere Reaktionen auf solche Erfahrungen bestimmt. Die Flut der Gewalttätigkeit

ist zu groß. Ich kämpfe als Individuum dagegen, so gut ich kann.

Interview mit Antonin Artraud wenige Tage vor seinem Tod von Claude Nerguy in *Pléiades,* Nr. 49:

Ivry ... Ein schmiedeeisernes Tor, ein Park. Wir sind in der Anstalt. Ich hatte von Artrauds geistiger Umnachtung gehört und sein *Das Theater und sein Double* gelesen. Er sagte mir für diesen Samstag zwischen zehn und dreizehn Uhr ein Interwiev zu. Ein junger Wärter brachte uns zu einem kleinen rechteckigen Gebäude. Wir gingen zur Rückseite und klopften an eine niedrige Tür.
»Ja? Herein! Wer ist da?«
Die ängstliche tiefe Stimme überraschte uns. Es gab keine Pause zwischen den Fragen. Wir betraten den Raum, und der Wärter stellte uns vor. Der Anblick, der sich uns bot, bestürzte mich: Ein großes quadratisches Zimmer, ein schmutziger Fußboden, zerrissenes Bettzeug, ein Sofa und zwei Sessel. Die geschlossenen Läden verliehen dem Raum etwas erschreckend Verwahrlostes.
Artaud sitzt am Kamin, in dem ein Holzfeuer brennt. Er trägt dunkelgraue Hosen, ein schmutziges, offenes Hemd und einen Schal um den Hals. Das Haar fällt ihm ins Gesicht, und er wirkt entsetzlich abgezehrt.
Artaud legte seine beiden Zeigefinger hinter die Ohren, um dort lange nach einem bestimmten Punkt zu suchen, und nachdem er ihn offensichtlich gefunden hatte, begann er zu sprechen. Er erinnerte sich an meinen Brief. Dann sagte er: »Ich habe gerade drei Bücher veröffentlicht: *Artaud le Morro*, *Ci-Gît* und *La Culture Indienne*. Sie besitzen sie nicht. Sie können sie nicht besitzen, denn Sie können sie sich nicht leisten. Ich habe den Verleger gebeten, eine billige Ausgabe auf die Luxusausgabe folgen zu lassen. Ich weiß nicht, ob er das getan hat. Das andere, das dritte *Van Gogh* ist nicht teuer. Kaufen Sie es.« Er wen-

det sich uns zu und hält die Hände vor sich. Seine Haare fallen zu beiden Seiten des fanatischen Gesichts herunter. Es ist bleich und von Leid gezeichnet, ein Gesicht, das wie die Inkarnation des Leids wirkt. Seine blaugrünen Augen sind geweitet und starren ins Unendliche. »Mein wirkliches Publikum sind Männer Ihres Alters, Studenten, keine Spekulanten, die ich hasse.« Er setzte sich wieder ans Feuer. »Sie haben nichts anderes von mir gelesen? Vor ein paar Monaten verließ ich mein Asyl, das Irrenhaus. In meinem Rücken ist ein Loch. Die Ärzte haben mich mit Hämmern und Eisenstangen geschlagen.« Ich sah ihn an. Ein Gesicht, wie man es in unserer Zeit selten sieht: Das Gesicht eines Menschen, der Halluzinationen hat, eines leidenschaftlichen Mannes, der auch ein Dämon sein könnte. Er erhob sich und griff nach einem Hammer. Meine Freundin und ich wurden ängstlich, aber glücklicherweise beruhigte uns die Putzfrau mit einem Lächeln. Artaud kam näher, die Augen weit geöffnet, die Pupillen klein und schwarz. »Sehen Sie, auf diese Weise untersuche ich das Versmaß meiner Gedichte. Es gibt ihnen größere Kraft und stärkeren Atem.« Und er begann, auf einen Holzblock zu schlagen. Die Haare flogen ihm um den Kopf, seine Lippen wurden feucht, und er schrie ein Gedicht, von dem ich nur das erste Wort verstehen konnte: »Kain.« Es war unglaublich, schrecklich. Dieser leidende Mensch, der den Rhythmus mit einem Hammer schlug, diese beinahe unartikulierten Schreie, die wie das Kriegsgeschrei von Indianern klangen, Siegesschreie und Todesschreie in einem nahezu leeren Zimmer mit nackten Wänden. Mein Blick fiel auf eine Zeichnung, die uns anzustarren schien.

Nachdem das Gedicht beendet war, hielt er erschöpft inne. Der nun nutzlose Hammer hing in seiner Hand und auf dem Boden lagen kleine Holzsplitter verstreut.

Er ging zum Tisch, der ihm als Schreibtisch diente, und auf dem sich Papiere türmten und suchte nach einem Exemplar von *La Culture Indienne,* das er uns geben wollte. Er fand es nicht, sondern kehrte mit einem kleinen Skizzenblock in einem blauen Umschlag zurück, auf den er seine Gedichte schrieb. »Ich zeichne auch. Die Zeichnungen verstärken die Gedichte. Sehen Sie, hier sind die Zeichnungen und dort die Gedichte. »Er überließ uns den Block und begann von neuem, mit dem Hammer zu schlagen. Dann kam er zu mir zurück und sagte sanft und traurig: »Sie halten die Zeichnungen verkehrt.« Ich fürchtete einen Ausbruch und zog mich etwas zurück. Seine Stimme klang so merkwürdig, er sprach im Tonfall eines *Grand Seigneur*. Er nahm das Skizzenbuch wieder an sich. »Das war ein Mann, und die Ketten, die ihn umbringen, kamen aus der Unendlichkeit. Dies ist eine fliegende Maschine, die den interplanetaren Raum durchquert hat. Sie wurde angehalten, zerbrochen und vernichtet.« Dann stand er vor mir, in der linken Hand hielt er eine Zeichnung, legte einen Finger auf meine Brust und sah mir ins Gesicht. Ich hatte das Gefühl, daß magnetische Wellen mich durchdrangen. Er legte die Zeichnung zurück auf den Tisch und ging summend im Zimmer umher. Er wirkte wie ein Tier im Käfig, das nach einem Ausgang sucht, und ich erinnerte mich an eines seiner frühen Gedichte:

Oh, gibt uns Schädel.

Ich gab ihm mein Buch zum Signieren. Er griff nach seinem Füllhalter und schrieb: »Für Claude Nerguy, unter der Bedingung, daß er allein bleibt, denn ich bin ein Feind der Sexualität, Antonin Artraud.«

Er nahm eine Zigarettenpackung, bot uns eine Zigarette an, zog aus einem Stapel weißer Karten eine heraus, schrieb ein paar Worte darauf und gab sie mir:

»Kommen Sie am Montagabend zur Lesung von *Pour en Finir avec le Jugement de Dieu.* Diese Karte ist ausschließlich für Sie bestimmt, wie es dort steht, es gibt nur noch drei weitere Plätze. Sie, Mademoiselle, können es acht Tage

später hören, denn die Vorlesung wird wiederholt werden.«
Wir verabschiedeten uns, und er sagte: »Wir sehen uns am Montag.«
Seine Augen leuchteten noch immer mit einem seltsam unbeschreiblichen Glänzen, die Augen eines Sehers.
»Vielleicht starb er, während er ein Totengedicht auf seinem Holzblock reimte«, sagte meine Freundin, »ich wage mir das nicht vorzustellen.«
Und sie fügte hinzu: »Er hatte keine Augen sondern Lichtstrahlen.«

Die Zeit rächte Artaud. Die Zeit brachte ihm den verdienten Ruhm. Aber da ich nicht an ein Leben nach dem Tod glaube, weiß ich, daß das Geschenk des Künstlers an die Welt letzten Endes ein selbstloses Geschenk ist. Das Wissen, daß es das Ich vielleicht überlebt, muß aus dem Glauben an die Unsterblichkeit erwachsen. Oder kann man wirklich für Generationen schreiben, die man nie kennenlernt? Denke ich je an die, die mein Werk nach meinem Tod lesen werden? Das ›Ich‹ verschwindet, wie wir von LSD und der Narkose wissen. Der Kern und das Zentrum lösen sich auf. Wenn also unsere Worte und unsere Musik weiterhin in den Blutstrom anderer übergehen, sind sie nicht mehr identifizierbar. Ich liebe Proust und sein Werk. Was ich von ihm habe, ist etwas Abstraktes. Proust und Artaud wissen nicht, wer sie liebt.
Manchmal denke ich daran, daß es für die Toten schmerzlich wäre zu erleben, was geschieht, und ich bin froh über ihren Tod. Für meine Mutter bin ich froh, daß sie die kubanische Revolution nicht mehr erlebte.
Jack Hirschman lud eines Abends mehrere Leute ein, die sich für Artaud interessierten. Aber sie schätzten ihn nur, weil er wahnsinnig war und Drogen nahm. Sie wußten nichts von der Existenz seiner gesammelten Werke in sieben Bänden. Artaud hätte sie abgelehnt.

Er war von Edgar Allan Poe beeinflußt. Ihn verfolgte die Grausamkeit, die zum Leben gehört. Sterben Menschen zur rechten Zeit? Hätte Artaud die drogensüchtige Jugend bewundert? Zu seinen Lebzeiten blieb er unverstanden, und ich glaube nicht, daß ihm besser gefiele, was heute über ihn gesagt und geschrieben wird.

Ian Hugos Film *Venice, Étude Number One* ist ein Gedicht über Venedig, das zum ersten Mal gleichzeitig Venedig und die Träume einfängt, die es hervorbringt. Seine Überblendungen entsprechen unseren vielschichtigen Eindrücken: Farben, Texturen, Träume, Legenden und Erinnerungen. Szenen ziehen assoziativ und scheinbar zusammenhanglos vor unseren Augen vorüber, aber genauso nehmen Phantasie und Gefühle die Dinge wahr. Wir nehmen Eindrücke wie eine Folge musikalischer Impressionen auf. Unser emotionales Bild von Venedig ist unstet und symphonisch. Manchmal sehen wir nur das Licht auf dem Wasser, eine vorübergleitende schwarze Gondel, einen blauen Fleck, Wäsche, die im Wind flattert wie Fahnen, Statuen, die lebendig werden, Kerzenlicht und die silbernen Hälse der Gondeln.

Der Film beginnt mit dem Schatten eines Gondoliers, der auf die roten Flanken eines riesigen Schiffes fällt. Die Gondeln, die an gestreifte Holzpfähle gebunden sind, tanzen wie ein Ballett auf den Wellen, die vorbeifahrende Fährboote in Bewegung setzen. Die Spitzen eines Brautschleiers im Vordergrund des Bildes verschleiern das Vorüberfahren einer Begräbnisgondel. Reflektionen sind ein immerwiederkehrendes Thema. Gondeln, die sich in Fenstern, Gebäude, die sich im Wasser spiegeln, die Reflektionen von Menschen in Spiegeln, der Blick auf einen Kirchturm durch ein herzförmig gemeißeltes Sims. Die Bilder haben satte Farben und erinnern an Gemälde; sie sind so lebendig und sinnlich, daß man das Läuten von Kirchenglocken, die Töne von Glas, Metall und Holz zu hören glaubt, den plötzlichen

Luftzug der aufflatternden Tauben, das klatschende Wasser des Kanals, die Rufe der Gondoliere, die ihr Näherkommen ankündigen, die bellenden Hunde und die lachenden Kinder.
Der Höhepunkt des Films veranschaulicht den ewigen Konflikt der Stadt, die droht, vom Meer verschlungen zu werden. Die Kirchen spiegeln sich im Wasser überfluteter Plätze und scheinen auf dem Grund des Meeres zu liegen. Blau ist die vorherrschende Farbe.

[Sommer 1961]

Brief an Roger Bloom:

Die Behörden sollten weniger Zeit auf Verordnungen und Bestimmungen verwenden und darauf, Bücher, Schallplatten, Schreibmaschinen etc. zurückzuhalten, sie sollten stattdessen einem Mann helfen, seine brachliegende, unbekannte kreative Energie, sein wahres Ich zu finden.

Er erhielt und las die Bücher von Lindner, Rimbauds *Illuminations* und jemand schickte ihm *Cast the First Stone*, ein Buch über das älteste Gewerbe der Welt von Richter John Murtagh, dem obersten Richter von New York City. Ich korrespondierte mit dem großartigen George Dibbern, dem Autor von *Quest*, der zu erreichen versucht, daß Roger Bloom wegen guter Führung begnadigt und nach Neuseeland entlassen wird. Wir sammeln Referenzen.
Ich schickte Roger Bloom zwei Schallplatten meiner Lesungen, aber sie wurden ihm nicht ausgehändigt und kamen zurück. Ich war enttäuscht, daß die Gefängnisverwaltung hart blieb. Ich sehe den Sinn mancher Gesetze ein, aber ich sehe keinen Sinn oder Wert darin, Roger etwas vorzuenthalten, was ihm ein Freund schickt, besonders nachdem alles, was er von mir erhielt, ihn zum Lesen und Schreiben anregte. Man sollte glauben, die Behörden würden einen Mann bei seinem Versuch unterstützen, sich zu entwickeln und sein Verständnis zu vertiefen. Man sollte auch die psychologische Wirkung ungerechtfertigter Beschränkungen bedenken.

Lernte bei Kozlenko eines Abends Tracey Roberts kennen. Sie hat leuchtendrotes Haar, sehr große blaue Augen, ist intelligent und gefühlsbetont; sie ist schlank und in ihrer Stimme liegen viele Schattierungen. Sie verbreitet Glanz, ja sie scheint zu strahlen. Für mich ist sie die Inkarnation all meiner Frauengestalten. Wenn wir miteinander telefonieren, weiß ich nicht, mit wem ich sprechen werde: mit der klarsichtigen Djuna, der temperamentvollen Lillian oder der verwirrten und zerrissenen Sabina.

Ich glaube, sie ist Sabina, aber ich bin mir noch nicht sicher. Sie hat eisblaue Augen, schwere Haare, eine schimmernde Haut von der gleichen Intensität wie die der dunkelhäutigen, schwarzäugigen Südländer. Für mich ist sie, was ich eine russische Schönheit nenne.

Tracey beginnt eine Unterhaltung stets mit den Worten: »Ich möchte nicht negativ erscheinen ...«, aber sie geht daran, genau das zu beweisen. Sie ist eine ausgezeichnete Schauspielerin, talentiert und verführerisch, und doch hat sie noch nicht den Ruhm erreicht, den sie eigentlich verdient. Wieder stehe ich vor dem Rätsel, daß jemand seine Chancen selbst vereitelt. Ich bin sicher, daß es so ist, aber ich kann es nicht präzisieren. Liegt es daran, daß sie immer wieder Gründe findet, Rollen abzulehnen?

Ihre Stimme klingt verführerisch und fesselnd. Tracey ist eine unbegreifliche Frau, sie schillert in vielen Farben. Sie könnte Sabina spielen.

Als sie in einem Strickkleid und einer Perlenkette zu mir kam, wurde ich daran erinnert, daß sie keine von Dostojewskis Schönheiten ist, sondern eine Hollywoodschauspielerin. Ich hatte den Wunsch, ihr Make-up abzuwaschen und ihre falschen Wimpern abzunehmen. Sie ist so voller Leben und leidet unter so vielen Ängsten, eine magnetische Kraft scheint sie zu bremsen.

Wenn wir uns trafen, kam es zu keinem echten Gedankenaustausch, aber am Telefon weinte sie, schenkte mir ihr Vertrauen, beschrieb das Chaos, ihre Zerrissenheit, ihre

Vielschichtigkeit, und schließlich überzeugte sie mich jedesmal davon, daß sie das Opfer von Zufällen, Umständen und anderen Menschen sei. Ich zog sie ins Vertrauen, aber wenn wir uns gegenüberstanden, waren wir so befangen, als wüßten wir zuviel voneinander. In kurzer Zeit sah ich mich als Opfer meiner Sympathie für alle, die leiden, und ich begann nach alter Gewohnheit, den Abwärtskurs ihres Lebens mit Entschlossenheit zu ändern. Ich versuchte, die Irrtümer und destruktiven Entscheidungen ihres Lebens aufzuspüren.

Brief von Roger Bloom:

Ich habe gerade mehrere meiner letzten Briefe an Sie und einen oder zwei von Ihnen wiedergelesen. Der Brief, den ich heute erhielt, gibt mir eine Antwort auf das, was ich Ihnen am 10. schrieb. Wie ich in dem ersten der beiden Briefe erwähnte, werde ich Rosset vergessen und auf einen Brief von Henry warten. – Vielleicht hat er etwas vor, da er Rosset bat, sich dafür zu interessieren. (Bezieht sich auf Dibbern, sein Manuskript und *Quest*).
Ich bin den größten Teil des Tages im Laden und verbringe die Zeit mit Lesen, wenn ich nicht gerade einen Kunden bediene. – Im Laufe eines Tages gibt es viele Störungen – aber zur Nachtzeit liege ich dann wieder mit einem Buch in meiner kleinen Zelle. Nachdem das Ungewohnte der Umgebung vertraut geworden ist, unternimmt man Anstrengungen, um ein gewisses Maß an Leben, an Zusammenleben mit anderen zu ermöglichen, die ebenfalls dazu verurteilt sind, auf ihre Freiheit zu verzichten. – Ist man erst einmal an einem solchen Ort, offenbart sich jede Richtung, die die Gedanken nehmen, von selbst: das Unmögliche und das Mögliche, Wunsch und Realität, Dichtung und Gedanke, Glauben und Gewissen und manchmal alles zusammen. Man fragt sich oft – warum denken, brüten, überlegen, nachdenken oder planen? Wir möchten nicht

gegen das Leben kämpfen – es soll uns nur ein kleines Maß an Glück und Hoffnung bescheren. Wir lernen, alles zu akzeptieren, was als Privileg angesehen werden kann. – Kontrolle und alles, was sie nach sich zieht, gilt bei uns als lästiges Übel. – Wir lieben sie nicht, aber wir müssen sie hinnehmen, denn sonst gibt es Ärger.

Ich habe erst kürzlich etwas gelesen, was mich veranlaßt, von dieser Routine zu sprechen – es handelt sich um einen Artikel in der Gefängniszeitung über Briefe. Ich habe Ihnen diesen Artikel geschickt, und es ist besser, Sie lesen ihn, als daß ich ihn hier zitiere. – Auch Sie sprachen in Ihrem letzten Brief vom ›Blues‹ und davon, daß es besser sei, in einer solchen Stimmung nicht zu schreiben.

Es bereitet soviel Freude, Ihr Leben zu teilen. – Sie gehören so ganz in diese verführerische Welt, die jenseits meiner Reichweite liegt – und ich versichere Ihnen, das hat viel mit dem Leben im Gefängnis zu tun. Wenn Sie wüßten, daß man durch manche Ihrer Briefe das Parfum einatmen, die Weine kosten, köstliche fremdartige Gerichte essen, schöne Bilder bewundern, das Murmeln gedämpfter Stimmen in einem Salon ›fühlen‹ kann – all das –, und mehr liegt in der Welt Ihrer Briefe. Besonders wenn Sie von Ihren Reisen berichten – das Stöbern in Le Mistral, dieser schönen Pariser Buchhandlung –, vermitteln Sie mir eine lebendigere Vorstellung, eine intensivere Realität. – Sie fragen sich vielleicht, wie kann dies helfen – wie kann dies die Härte des Lebens hinter Gefängnismauern und Gittern mildern? Das ist leicht zu beantworten, und niemand kann diese Frage besser beantworten als ich: Seit dem ersten Mai 1960 ist mir kaum bewußt geworden, daß ich ein Gefangener bin; zumindest habe ich weniger Zeit damit verbracht, darüber nachzudenken, daß ich mich in einem Gefängnis befinde, als in den Jahren bevor es eine Anaïs Nin gab. Sicherlich, Henry hat mir in den letzten sechs Jahren viel gegeben, Briefe und Bücher – aber aus irgendeinem Grund kann ich wenig entdecken, was sich mit dieser echten Bereicherung des Lebens vergleichen ließe, mit dem, was eine umfassende Vorstellung von einem neuen und reichen Leben gebracht hat –, reicher nicht im Sinne materiellen Reichtums sondern Reichtum, den das Wissen vermittelt, daß Glaube, Vertrauen und das Verständnis von Freunden weit höher zu bewerten sind als Gold und Juwelen.

Vor einigen Tagen unterhielt ich mich mit Sammy – wir waren im Hof, und ich hatte ihm eine von Vardas Collagen mitgebracht (ich behielt die mit dem Entwurf eines Kleides auf der Rückseite). – Wir stellten uns vor, was aus einem solchen Ort würde, wenn jeder Gefangene einen Freund wie Sie hätte. – Wir kamen beide zum Schluß, in einem solchen Fall würden diese Mauern einfach zusammenstürzen, und kein Mensch wäre mehr hinter ihnen gefangen.

Noch mehr Abenteuer in *Miss MacIntosh, My Darling:* Marguerite liest mir am Telefon von ›blinden Porträtmaler vor, der uns alle malte‹.

Von den Kompositionen, die Mr. Spitzer in seinem Hutfutter verbarg, und die mit dem Hut davonflogen.

Von dem Begräbnis Perons. Man konnte keinen Schneider finden, der ihm sein Totenhemd schneiderte. Peron, der Schneider, telefonierte mit sich selbst.

Dinge tauchen aus dem Meer auf. Ein Leuchter, eine Kutsche. Andere Dinge werden vom Meer ausgespuckt: eine Uhr voller Lorgnons, ein Sonnenschirm und Brillen.

Marguerite grübelt über das Problem von Sein und Nichtsein.

Die Figur, die immer den falschen Zug bestieg.

Die Figur, die Kohle kaufte, damit aus ihr Diamanten würden.

Sie traf selten jemanden, der nicht von einer komplizierten, phantastischen Illusion befallen war. Diese Illusionen werden normalerweise nie aufgezeichnet, wie Marguerite es tut, und doch bilden sie die Atmosphäre, in der wir ständig leben.

Ich besuchte Renate. Sie zeigte mir eine Reihe höchst origineller und phantasievoller Zeichnungen von Peter. Jemand wollte einen Film daraus machen und suchte eine Erzählung dazu. So schrieb ich das Märchen von der Schlange:

Es lebte einmal eine freundliche Schlange, die Ophidia hieß, die zischte, aber niemals biß. Sie war auch nicht giftig. Ophidia langweilte sich, denn die Welt und alles, was es darin gab, sah heute so aus wie gestern. Man erzählte ihr von einem Kaktus, der auf dem Boden einer purpurfarbenen Flasche wuchs und eine Flüssigkeit ausschied, die die Welt verwandeln und einen an Orte bringen konnte, die noch niemand gesehen hatte. Und so ringelte sich die Schlange Ophidia um die bauchige purpurfarbene Flasche und trank von der Kaktusmilch. Die Tropfen flogen nach oben und umschwirrten die Schlange wie ein Feuerwerk. Jeder Tropfen hatte ein Maul, ein Auge und trug eine brennende Kerze. Unter dem wachsamen Blick eines riesengroßen Auges fielen sie aus einem riesengroßen Mund auf den Boden und wurden zuerst zu Elritzen und dann zu Blutstropfen, die an einem langen Schwert aufwärts flossen, hinauf bis in die Adern eines Armes und weiter in eine Hand mit ausgestrecktem Zeigefinger, an dem an einer Kette geschlossene, lächelnde Lippen hingen, durch die die Tropfen der Kaktusmilch zuerst hindurchgeflossen waren. Eine andere Hand war damit beschäftigt, die Kerzen im Innern der Tropfen zu entzünden. Ophidia war als Schlange verschwunden und in winzige Fragmente zerfallen – ein praktisches Gewand für die Reise.
Sie war in einer Kapsel eingeschlossen, Arme und Beine schwammen im Raum. Sie folgte durch ein kleines Periskop dem großen Raumschiff ins Weltall. Das Raumschiff sah wie das Oberteil einer Tonne aus, deren Unterteil fehlte.

Es wurde von fliegendem Seegras, Baumwurzeln und Zwillingsraketen durch den Raum getragen. In der Mitte befand sich etwas, das wie ein Roulettetisch aussah. Als das Roulette sich zu drehen begann, konnte Ophidia es durch Fernsteuerung anhalten und das Raumschiff zum Landen bringen. Drehende Scheiben, die Akrobaten des Raums, umkreisten sie. Der Flugplatz des neuen Planeten erinnerte an ein Schachbrett. Flache Steine mit winzigen Augen markierten die Landebahn, große Tränen wiesen den Weg.

Ein elektronischer Hundertfüßler sandte Botschaften durch die Schwingungen seiner drahtähnlichen Tentakeln. Sein Gesicht glich einer farbigen Scheibe, und roter Samt umhüllte seinen Körper. Die Botschaft lautete: Komm in das Land der Metamorphose. Nichts ist hier, was es zu sein scheint. Hier ist alles erholsam.

Ophidia folgte den riesigen Tränen entlang der Landebahn und kam in eine Welt der Flammen, der zischenden Schlangen, der kreisenden Planeten und der brennenden Kerzen. Sie schwebten, tanzten, kreisten und wiegten sich. Ophidia wurde zu einer Welle unter anderen Wellen. Sie wurde zu einem Planeten mit einer schwarzen Mütze und einem Schweif; sie wurde zu einem Schlangenvogel, zu einem Schlangenrohr, zu einem gefleckten Baumstumpf. Sie wurde zu einem Schlangenmaul, zu einer Orchidee, zu einem Schlangenstein, zu einem Ammonshorn.

Aus den schwarzgestreiften Wogen eines symmetrischen Meers erhob sich Ophidia als riesiger Drache, der eine Krone auf seinem Haupt trug. Die Zunge war ein roter Federwisch. Endlich befand sich Ophidia in einer anderen Welt. Die hohen Häuser standen leer, da alle Lebewesen geschäftig umherflogen. Die Fledermäuse hatten Schmetterlingsflügel, die Sonne war ein Oktopus mit fünfzehn Köpfen, die Fische standen auf ihren Schwanzflossen. Ophidia war so groß wie ein Baum; in der Krone des Baumes erschien ein Mann. Im Gegensatz zur Bibel war es der Mann, der die Schlange mit einem Apfel versuchte.

Sobald Ophidia von dem Apfel gegessen hatte, verwandelte sie sich in einen Drachen mit purpurnen Schuppen, der mit dem grünen Gesicht eines Menschen, dem Haar einer Meduse und den Armen eines Kraken zwischen den Felsen auftauchte. Ein wutschnaubender Drache forderte sie zum Kampf heraus. Aber Ophidia kämpfte nicht. Auf dem Kopf des Drachen stand ein kleiner Mann mit gezogenem Schwert.
Hände, die vom Körper unabhängig sind, können viel mehr bewirken. Sie können einen Pelikan zwischen ein fliegendes Krokodil und eine fliegende Seeschlange stoßen. Sie können in einer Blumenvase segeln und in einem Boot dahinfahren, dessen Segel zerschnittene Herzen sind. Die Flasche, die ins Meer geworfen wurde, enthielt Früchte. Wo ist Ophidia jetzt? Sie ist ein fliegender Fisch in einem riesigen Tropfen Meerwasser. Zwei Hände greifen über das Meer. Die eine Hand hat lange Fingernägel, die nicht kratzen, die andere ist gut manikürt. Die Wellen werden zu Pflanzen. Die Flasche verwandelt sich in eine riesige Birne, die winzige Früchte trägt, die geboren werden. Ophidia die Schlange ist zu einer Sonnenblume geworden, zu einem Tautropfen.
Jetzt ist die Schlange ein Auge. Zwei Hände halten das Auge empor und zerdrücken es. Die Schlange wird zu zwei Drachenköpfen (auch sie gekrönt, obwohl es in diesem Reich keinen König gibt, denn jeder ist zu sehr damit beschäftigt, etwas anderes zu werden und für Tyrannei bleibt keine Zeit.). Aus dem zerdrückten Auge fallen purpurne Tränen in einen roten Champagnerkelch. Die riesigen Tränen entströmen der Sonne, den Augen, den Bäumen, den Drachen, den Fledermäusen und dem Mond. Alles veränderte sich, und nichts war, was es zu sein schien. Die Zungen sind Wellen und die Wellen sind Haar, die Haare sind Blätter, die Blätter sind Schlangen und die Schlangen sind Wellen, die Felsen sind Boote, und die Boote sind Fledermäuse. Ophidia langweilte sich nicht, aber da es von jeder

Art nur ein Exemplar gab, fühlte sie sich bald einsam. Das große Auge begann zu weinen, die vielen Tränen verursachten einen Kurzschluß, und so wurde Ophidia zu drei Schlangen mit elektrischen Augäpfeln, die auf magnetischen Feldern tanzten. Ophidia wuchsen Augen wie Scheiben, an den Füßen Aggregate, und sie flog zurück zur Flasche.

Sinfonia Erotica:

In Los Angeles besuchte mich eine ratsuchende Freundin. Sie spielte in einem Orchester, das von einem temperamentvollen italienischen Dirigenten, einer überwältigenden und dominierenden Persönlichkeit geleitet wurde. Sie gestand mir, daß der Dirigent nicht nur das Spiel der Musikerinnen dirigierte sondern auch ihr Leben. Sein Taktstock diente nicht nur der Musik. Er war auch ein Symbol der sinnlichen Symphonie, die er dirigierte. Wenn er voll Entschlossenheit, Elan und mit hypnotischer Kraft den Taktstock erhob, die über die Musik herrschte, und wunderbare Töne hervorbrachte, dann erhob er gleichzeitig den entschlossenen, impulsiven Taktstock seiner Begierde, mit der er die Musikerinnen und die reichen Frauen, die sein Orchester subventionierten, unterwarf. Meine Freundin litt unter dem Konflikt, der aus ihrer Unfähigkeit entstand, sich vom Einfluß des Dirigenten zu befreien. Er verführte seine Musikerinnen, dann kommandierte er sie und machte schließlich Zombis aus ihnen wie Svengali: Spielen! Proben! Reisen! Spielen! Proben! Reisen! Noten tragen! Schuhe putzen! Diese Botschaft ist für meine Geliebte bestimmt! Meine Freundin war dem Dirigenten verfallen und gehorchte ihm, aber irgendwann begann der Wunsch nach Freiheit sich in ihr zu regen, und sie klopfte an meine Tür.
Nach vielen Gesprächen gewann sie langsam ihre Kraft wieder, und einige Monate später brachte sie ein anderes Mädchen, eine zweite Violinistin, danach eine Cellistin,

bald darauf die Harfinistin und die Flötistin, und allmählich gelang es ihnen, sich aus der sklavischen Herrschaft zu befreien. Bevor alle weiblichen Orchestermitglieder zu mir gekommen waren, spürte der Dirigent, daß seiner Autorität Gefahr drohte. Er stellte Fragen und entdeckte, wer das Leben seiner Musikantinnen jetzt dirigierte.
Er sagte: »Ich werde die Sache sofort bereinigen. Ich werde diese Frau besuchen. Wie ich höre, ist sie sehr feminin und sanft. Gut, ich werde sie verführen. Ihr werdet sehen, daß ich auch Macht über sie gewinne.«
Und so erschien der Dirigent an meiner Tür. Als er vor mir stand, glaubte ich mich einen Moment lang in das Rußland Rasputins zurückversetzt. Markante Gesichtszüge, stechende, hypnotische Augen, ein breites Kinn und eine Haut wie Stein.
Wir sprachen über Musik. Er wußte nicht, daß mein Vater Pianist gewesen war. Er räumte ein, das Spiel der Frauen seines Orchesters habe sich verbessert und war neugierig, den Grund dafür zu erfahren. Lag es an meiner Liebe und meinem Verständnis für Musik? »Oh, nein«, antwortete ich, »der Grund liegt in meiner Liebe und meinem Verständnis für das Bedürfnis nach Freiheit. Ihre Frauen hatten gelernt, sie zu fürchten, sie fühlen sich gehemmt und gedrückt. Sie hatten ihr Selbstvertrauen verloren.«
»Aber ohne mich könnten sie überhaupt nicht spielen!« Er dachte eine Weile nach. »Und wenn Sie allen helfen, wird kein Orchester mehr zurückbleiben. Meine Macht über sie hält es zusammen.«
»Es gibt zwei Arten von Macht. Die eine weckt die Kraft in Menschen, hilft ihnen, sie ans Licht zu bringen; die andere zwingt ihnen eine fremde Macht auf und schwächt den, der sich ihr unterwirft.«
»Ich kam hierher, um gegen Sie zu kämpfen.«
»Ja, ich weiß.«
»Aber jetzt möchte ich Sie bitten, mir zu helfen. Meine Macht – sie zerstört nicht nur die Mädchen des Orchesters,

sondern auch mich. Ich verliere alle meine Mäzene. Ich bin in großen Schwierigkeiten. Wollen Sie mir helfen?«
Offenbar unternahm der Dirigent, wann immer das Orchester Kapital für die Konzerte benötigte, eine Rundreise zu allen reichen musikliebenden Frauen, die ihn stets einluden, das Wochenende mit ihm zu verbringen.
»Ich konnte nicht anders, als sie zu verführen, und da die meisten ihre Ehemänner kaum je zu Gesicht bekommen, da sie ständig in Geschäften unterwegs sind, konnten sie meinen Verführungskünsten nicht widerstehen. Ich muß zugeben, ich bin auf mein Können als Liebhaber stolzer, als auf meine Leistungen als Dirigent.«
Es war nicht schwer, vom Dirigenten, der den zarten Armen seiner Musikantinnen Wogen rauschender Musik entlockte, auf seine Leidenschaft und seine temperamentvollen Gesten zu schließen, die ausgehungerten Matronen dahinschmelzen ließen.
»Aber es schuf Eifersucht und viele Probleme. Und jetzt steht das Orchester kurz vor der Auflösung.«
Die letzte, die seiner superben Technik unterlag, war Mrs. S., eine schöne Frau, die aussah wie die Opernsängerin Emma Eames: hoheitsvoll, aristokratisch und gebieterisch. Und doch hatte sie sich dem Dirigenten mit der Nachgiebigkeit einer *jeune fille* hingegeben. Ihre Kinder waren bereits erwachsen. Sie gehörte zum Kreis der Mäzene des Orchesters. Zu den Problemen einer solch komplizierten Beziehung gesellte sich eine Reihe anonymer Drohbriefe, die Mrs. S. ankündigten, Mann und Kinder zu informieren, falls sie nicht mit dem Dirigenten brach.
»Mrs. S. ist hysterisch und verliert beinahe den Verstand, aber sie will mich nicht aufgeben. Ich wünschte, Sie könnten ihr helfen; sie leidet so sehr. Wenn die Affäre droht, ihr Leben zu ruinieren, werde ich mich zurückziehen. Ich glaube, die anonymen Briefe kommen von einer ihrer alten Freundinnen, die sie häufig nach Europa begleitete. Sie war auf mich eifersüchtig.«

Das Orchester schien unter den Intrigen und Eifersüchteleien auseinanderzubrechen. Der Dirigent appellierte an meine Liebe zur Musik.
Für die nächsten Wochen wurde ich beinahe Teil des Orchesters. Mrs. S. besuchte mich. Sie ist eine vornehme Dame, eine Frau, die der Welt als Idealfigur erscheint, und unbewußt versucht jeder, sie in dieser Rolle zu bestätigen. Sie ist dazu verurteilt, sich als übermenschliche Idealgestalt zu verhalten. Die Welt achtet mit großem Nachdruck darauf, daß die Menschen ihre Rollen spielen und duldet keine Abweichungen oder einen Rollentausch. Mrs. S. war edel, der Dirigent der Versucher und das Böse. Mrs. S. brachte bei ihrem Besuch eine große Packung Papiertaschentücher mit, und diese praktische Einstellung zu ihrem Schmerz ließ mich beinahe an der Glaubwürdigkeit ihrer Probleme zweifeln. Ich konnte mich nicht daran erinnern, mich bei Liebeskummer mit Papiertaschentüchern versorgt zu haben. Es erschien mir zu wohlüberlegt. Aber da sie tatsächlich ohne Unterlaß weinte, war der Nutzen der Papiertaschentücher unbestreitbar. Eine spontanere, unvorbereitetere Schmerzensäußerung hätte mich allerdings mehr berührt. Beim Gehen überließ sie mir die feuchten Taschentücher zum Wegwerfen. Es war meine erste Begegnung mit der Effizienz im Leid.
Ich sah Mrs. S. jetzt häufig. Die anonymen Briefe waren höchst grausam und drohten, ihr Unglück zu bringen und einen Skandal hervorzurufen. Aber sie weinte über den Verlust des Dirigenten: »Oh, Sie wissen nicht – er war der einzige Mensch, der einzige, der in mir Liebe erwecken konnte. Er schenkte mir Freude. Ich habe drei Kinder und kannte niemals Freude!«
Ich fühlte mich mehr wie Simenon und weniger wie eine Vertraute. Schließlich sollte ich herausfinden, wer die Briefe schrieb. Ich schlug vor, Mrs. S. und der Dirigent sollten eine Nacht zusammen im Hotel verbringen, ohne jemandem etwas davon zu verraten.

Die ganze Zeit über hatte ich das vage Gefühl, daß nur der Dirigent selbst diese Briefe geschrieben haben konnte. Aber aus welchem Grund? Weshalb sollte er Mrs. S. quälen? Welchen Nutzen konnte er daraus ziehen, Ehemann und Kinder zu informieren?
Sie befolgten meinen Rat. In Erwartung der gemeinsamen Nacht verwandelte sich Mrs. S. in eine strahlende Frau. Es war erstaunlich zu erleben, wie sie, die so ruhig und zurückhaltend wie eine Statue wirkte, beinahe wie eine Dichterin über die Kunst des Dirigenten als Liebhaber sprach. Ich konnte mir gut vorstellen, daß er, der

den Violinen fröhliche Töne,
den Celli leidenschaftliche Töne,
dem Horn melancholische Töne,
den Trompeten und Zimbeln kriegerische Töne,
dem Fagott humorvolle Töne

entlocken konnte, ebensogut eine Symphonie erotischer Harmonien, eine Symphonie genußvoller Schwingungen in allen Körperteilen erwecken konnte. Ich hörte die Haare, den Hals, die blauen Augen, die klassische Nase, die üppigen Schultern, den wagnerschen Busen und die Beine von Mrs. S., die sich zu einer Symphonie vereinigten – einer *Sinfonia Erotica* – zu einer erotischen Fuge.
Aber – der Dirigent war indisponiert.
Einige Tage später erhielt Mrs. S. einen weiteren anonymen Brief, in dem das Geschehen im Hotel so detailliert beschrieben wurde, als sei ein Spion im Zimmer gewesen. Der Brief endete mit der Drohung: »Brich mit dem Dirigenten«, und in Großbuchstaben, »DU DARFST IHN NIEMALS WIEDERSEHEN!«
Als ich diesen Brief sah, wußte ich, daß der Dirigent der Absender sein mußte.
Ich stellte ihn unter vier Augen zur Rede. Schließlich brach er zusammen und gestand, er wolle Mrs. S. dazu bringen, mit ihm zu brechen. Es gab eine andere Frau, die das Orchester subventionierte ...

Das große Konzert des Orchesters stand bevor. Der Dirigent drohte zu gehen. Die Geldgeberinnen waren verfeindet, die Musikerinnen nervös. Meine Freundin bat mich, ihnen zu helfen, und der Dirigent bat mich, das Konzert nicht zu besuchen. »Vielleicht werde ich sie einfach sitzenlassen und davongehen. Das wird ihnen zeigen, wie sehr sie mich brauchen, und wie unersetzlich ich bin.«
Am Abend des Konzerts erschien ich zusammen mit der wichtigsten seiner Gönnerinnen in der großen Loge. Ich ging hinunter in die Garderobe, sah dem Dirigenten tief in die Augen und sagte ruhig: »Ich bin gekommen, um Ihr Konzert zu hören. Ich habe Ihr Orchester noch nie gehört.« Er betrat den Saal, blickte zu mir empor, warf den Kopf zurück, hob den Taktstock und gab ein hinreißendes Konzert.

[Herbst 1961]

Der Silver Lake im Osten Hollywoods ist von lieblichen Bergen umgeben. Dort ging ich häufig spazieren. Von den steilen Hängen an der Ostseite des Sees konnte man das Griffith Park Observatory und die endlose Kette der purpurnen Berge im Westen sehen. Ein Berg erhebt sich hinter dem anderen, und sie wirkten wie ein japanischer Wandschirm. Der Sonnenuntergang bot jeden Abend ein Schauspiel, das einem russischen Ballett gleichkommt: Das Gold und die wehenden Schleier der Peking Oper, alle Rottöne und duftige Wölkchen wie Räucherwerk, opalfarbene Koralleninseln der Südsee, die brennenden Sturzfluten der mexikanischen Sonnenuntergänge. Jede Farbe leuchtete einen Moment lang wie ein Juwel, löste sich aber sofort wieder auf, und selbst die grauen Wolken, die rauchfarbenen Schals umspielte noch ein Leuchten. Für einige wenige Augenblicke vereinigten sich alle Sonnenuntergänge der Welt, nordische, tropische, exotische über dem Silver Lake und gaben ihr pompöses Schauspiel.

An einem Berghang wurde ein Haus gebaut mit dem schönsten Blick auf den See und die Sonnenuntergänge. Wenn die Arbeiter gingen, setzte ich mich auf eine der Mauern und träumte von diesem Haus. Es gab eine Terrasse, ein Garten wurde angelegt und ein Swimming-pool ausgehoben, von dem aus man über den See blickte. Im Haus gab es einen prächtigen Kamin wie in einem Schloß. Ich fand heraus, daß Eric Wright der Architekt des Hauses war, Lloyd Wrights Sohn und ein Enkel von Frank Lloyd Wright. Ich verfolgte, wie das Dach Gestalt annahm. Es saß nicht flach auf dem Haus, sondern wurde von einem Lichtband getragen, und dies vermittelte den Eindruck, es schwebe über dem Haus. Ich beobachtete, wie sich das elegante Dach über das Haus legte und es beschattete wie eine Hand, die man über die Augen hält. Ich hatte immer stärker das Gefühl, dieses Haus zu bewohnen. Ich, die nie ein Haus haben wollte, da es bedeuten würde, Wurzeln zu schlagen, saß dort, und seine zunehmende Schönheit umrankte mich wie die Ranken einer Pflanze. Die Wurzeln des Hauses, die so fest im Boden verankert waren, die aus so dickem Holz und so dauerhaftem Stein bestanden, schienen nach mir zu greifen. Der sandgestrahlte Stein mit seiner rauhen Oberfläche, das Purpur der Berge, das sandgestrahlte Holz von der hellen Farbe des Strandes (es erinnerte mich an die erste sandgestrahlte Tischplatte, die ich 1935 auf der Ausstellung *›Art Décoratif‹* in Paris kaufte), das Glas, das bald den Garten, den See, die Berge und den Himmel einrahmen würde, alles wuchs um mich herum. Das Haus wurzelte in vollkommener Schönheit. Es war das Haus, in dem ich mir wünschte zu leben.

Mein Wunsch ging in Erfüllung. Ich zog in das Haus. Und alles darin war anders als in anderen Häusern. Die Küche ganz in Holz und venezianischem Glasmosaik sah nicht aus wie eine Küche, sie war ein Teil des Ganzen. Das Haus war ein einziges großes Wohnzimmer. Es gab keine Zwischenwände und keine kleinen Zimmer. Es schuf das Raumgefühl eines japanischen Hauses mit der Landschaft eines japanischen Wandschirms: Berge, Himmel und Wasser, und das vermittelte das Gefühl, im Freien zu leben. Das Dach jedoch auf seinen schweren Balken strahlte Geborgenheit aus, und die großen Fenster bildeten den Rahmen für den Flug der Vögel und vorübersegelnde Wolken. Das Lichtband, die kleinen Fenster dicht unter dem Dach, zogen den Blick nach oben und schienen das Haus mit Licht zu erfüllen.

Das Haus stand ganz in der Wrightschen Tradition, das Leben im Haus und in der Natur zu vereinen, Natur und

Herd zusammenzubringen. Haus und Natur standen in einer Wechselbeziehung und verschmolzen miteinander – Schutz und die Freiheit der Wälder. Die Vögel schienen durch das Haus zu fliegen und dort ihre Nahrung zu suchen. Es schien an dieser Stelle gebaut worden zu sein, damit man den Sonnenuntergang betrachten könne.

Ich hatte ein kleines Zimmer, in dem ich schrieb. Wenn ich im Wohnzimmer saß, das den Blick auf die Berge, den See und den Himmel freigab, wurde meine Aufmerksamkeit wie in Mexiko von immer neuen Dingen angezogen; ich wurde eins mit der Natur. Ich brauchte das kleine Zimmer mit seinen Wänden voller Bücher, das meine schweifende Phantasie festhielt.

Das Haus hatte etwas Einladendes. Aber durch ein anderes Haus wurde es dem Einblick von der Straße entzogen, und so schien auch etwas Geheimnisvolles über ihm zu liegen.

Es war auf eine Weise schön, daß ich nie ein Gefühl von Verlust, des Abbruchs oder der Enttäuschung empfand, ob ich nun aus Mexiko oder aus Paris zurückkam. Die Reise dauerte an. Die Lichter des Hauses, die sich im See spiegelten, konnten die Lichter von Acapulco sein, die Lichter der italienischen Riviera.

Ein neues Leben begann, ein neuer Zyklus. Es schien so leicht, Sonne und Luft einzulassen; Licht durchdrang das ganze Haus, Musik erhob sich zur hohen Decke und durchflutete den Raum. Wenn man nachts in den Garten ging und in den beleuchteten Raum blickte, wirkten Interieur, Kleider, Farben und Posen wie ein Theaterstück, wie Antonionis Film *La Notte*. Hier konnte ich einen Film drehen und das merkwürdige Gefühl vermitteln, das ich immer suchte: das Gefühl, in das geheime Leben eines Hauses einzudringen. Die Kamera konnte aus der Dunkelheit des Gartens rechts eine schlafende Frau beobachten, in der Mitte des Raums eine Frau, die umherging, die tanzte, die Gymnastik trieb, die Getränke brachte und in der Küche links Kaffee kochte.

Ich hatte immer geglaubt, ein Haus sei eine Last und würde das Reisen erschweren. Aber das war nie der Fall. Es fand sich stets jemand, der sich bereiterklärte, sich um das Haus zu kümmern, und meine Rückkehr von einer Reise wurde häufiger zum freudigen Erlebnis und war seltener von Wehmut begleitet.
Der Swimming-pool duftete nach Pittosporum. Die Vögel kamen, um zu fressen. Die Lianen der Trauerweide wiegten sich im Wind. Geräusche klangen gedämpft, und die Nachbarn blieben unsichtbar.
Das Haus zitterte kaum, wenn ein Erdbeben die Gegend heimsuchte.

Beim Hausbau freundete ich mich mit meinen nächsten Nachbarn, Louis und Edith Gross, an. Louis hatte ihr Haus aus Rotholz gebaut, ein schönes Haus, das in einem Eukalyptushain stand. Sie waren freundliche und warmherzige Menschen. Ihre Arbeit interessierte mich. In Ediths Bildern vereinigten sich Sanftheit und Stärke. Sie malt abstrakt, aber ihre Abstraktionen sprechen die Sinne an. Man spürt das Zittern von Blättern, das leise Rauschen des Windes, die greifbare Natur, Baumrinden, Wolken, die wechselnden Jahreszeiten und den Rhythmus von Tag und Nacht. Ein blauer Himmel ist die Essenz des blauen Himmels, ein herbstliches Sepia spricht von einem anderen, und hinter einer bläulichen Schneeszene ahnt man eine Winterlandschaft. Die Gegenwart der Natur ist spürbar, aber ohne jene oberflächliche Vertrautheit, die ihre Wirkung auf unsere Stimmungen und unsere Körper verwischt. Edith beherrscht die Kunst, Farben zart und harmonisch zu mischen.
Louis zeigt in seinen Holzplastiken eine neue Sehweise des Körpers. Durch seine konkrete Inkarnation in Holz, durch die Kombination verschiedener Formen, die an Wogen, Kurven, Täler, Fusionen und Verschweißungen denken lassen, stellt er den Körper in Beziehung zur Natur, zu Ber-

gen, Tälern, Hängen und Hügeln. Die seidigen Oberflächen sprechen den Tastsinn an und erwecken den Wunsch, dem Verlauf der Holzadern nachzuspüren. Sie lassen an Flußläufe, an harmonische Verbindungen, an Fließen und an sinnliche Bewegungen denken. Eine Verherrlichung des Körpers, der Teil der Natur ist: Ursprung von Geburt, Wachstum, Reife und Vereinigung – der Körper, der Lust und Schönheit kennt.
Louis war auch Photograph und webte abstrakte Wandbehänge, die er rahmte.
Wir schlossen eine dauerhafte Freundschaft.

Letzter Brief des Dichters im Gefängnis:

Ja, während Sie dies lesen, bin ich vermutlich schon in Freiheit. Ich erhielt Ihren Brief (Original) vor einigen Tagen und heute einen von Edwin Fancher. Sie sind sehr freundlich. Er gab mir seine Telefonnummer und bat mich, ihn anzurufen, sobald ich in New York bin. Dies wird am 25. Oktober sein. Ich fahre hauptsächlich nach New York, um Mr. Fancher zu sehen. Wenn ich mich mit ihm treffe, werde ich erst zwei Tage aus dem Gefängnis und zweifellos ganz benommen sein. Nach zehn Jahren werde ich mich vermutlich in New York nicht mehr zurechtfinden. Aber in Chicago wohl auch nicht. Hmmm. Vermutlich würde ich mich sogar in Boise, Idaho, verirren.
Damn! Nur noch ein paar Tage. Ich werde Ihnen sofort am ersten Tag schreiben und Ihnen das mit der anderen Adresse erklären. Es wird schön sein, wieder zu leben. Sie können mir nach 108 West Elm St., Streator, Illinois, schreiben. Was ich auch tue, die Post wird mir von dort überall nachgeschickt werden. Ich bin noch nicht sicher, wo ich in Chicago unterkomme. Ja, es wird herrlich sein, frei schreiben zu können.
Ich hoffe, Sie während der Ferien sehen zu können. Es ist das beste, zuerst mit Fancher zu sprechen, danach wird

eine Entscheidung fallen müssen – und ... wenn ich in die Gosse zurückkehre, werde ich Sie vermutlich nicht sehen. Sie sind ein ganz besonderer, wunderbarer Mensch, Sie haben anderen und der Kunst soviel von sich selbst gegeben. Wie meine Entscheidung auch ausfällt, das Schreiben wird immer an erster Stelle stehen. Pistole und Schreibmaschine sind nicht unvereinbar, wenn sie nicht in einem Koffer liegen. Ich denke oft an Sie, und wenn ich in die Gosse zurückkehre, ist es mir lieber, wenn Sie mich nicht kennenlernen. In Ihrem Brief sagten Sie, das Häßliche in der Welt sei immer häßlich und das Schöne immer schön. Ja, das stimmt. Aber auch – das Häßliche hat kein Recht, sich mit dem Schönen zu verbinden. Ja, und wie Sie ebenfalls sagten, die Welt ist gespalten, in eine liebenswerte und in eine hassenswerte Seite. Aber was ist mit denen, die im Zwiespalt leben und nicht wissen, zu welcher Seite sie gehören?! Bitte denken Sie nicht, ich erwarte finanzielle Unterstützung von Ihnen. Selbst wenn Sie so etwas beabsichtigten – Geld könnte ich nicht annehmen. Sie haben mir bereits soviel gegeben, so unglaublich viel, daß ich mir Gedanken darüber machen sollte, etwas für Sie zu tun.

Ich hörte auf, im Tagebuch zu schreiben, denn ein Abend mit Menschen, die sich für Artaud interessieren, erschütterte mich und konfrontierte mich mit der fehlenden Dimension des Tagebuchs. Jack Hirschman lud mehrere Freunde ein, die sich mit Artaud befassen, die Dissertationen, Examensarbeiten und Artikel über ihn schreiben. Sie hatten seine Schriften so gut sie konnten studiert, wenn man davon absieht, daß sein Werk sieben Bände umfaßt und nicht übersetzt ist. Sie schrieben wissenschaftliche Arbeiten, aber sie interessierten sich nicht für meine Freundschaft mit Artaud, für mein vertrautes Verhältnis zu ihm. Plötzlich fühlte ich mich mit meinem besonderen Wissen von ihm schrecklich einsam. Sie sprachen über das Theater und Jacks Übersetzungen (er kann kein Französisch), und ihr

größtes Interesse galt Artauds Drogenabhängigkeit und seiner Geistesgestörtheit.
Aber ich empfand plötzlich, daß diese sehr persönliche Sehweise des Tagebuchs, die Artaud als Freund und potentiellen Liebhaber schilderte, unvollständig blieb. Sie besaßen ein formales, akademisches Wissen von Artaud, das ich nie hatte. Es blieb noch nicht einmal Zeit für meinen Beitrag, und in gewisser Weise war ich froh darüber, denn der Artaud, den ich kannte, war der leidende Mensch, vertraut und rückhaltlos vertrauend.
In mich gekehrt ging ich nach Hause. Ich verurteilte mein Tagebuch, denn meinem Bedürfnis nach Vertrautheit, dem Bedürfnis, dieses tiefe, persönliche Wissen um Menschen zu erreichen, hatte ich objektives Wissen geopfert. Würde es mir gelingen, beides zu vereinen? Plötzlich wollte ich die Menschen von allen Seiten sehen. Zum ersten Mal betrachtete ich Henry auf diese Weise, losgelöst von meinen Gefühlen.
Ich hoffe, mir bleibt Zeit, mein Blickfeld zu erweitern und festzuhalten, daß Henrys großer Zorn von damals, als ich ihn kennenlernte, verschwunden ist, nachdem die Welt ihm ihre Liebe schenkte, festzuhalten, daß er bei einem Partybesuch von der Dumpfheit, der Gleichgültigkeit, dem Fehlen eines bereichernden Gesprächs außer sich geriet, daß er die Leute beschimpfte: »Ich bin lebendiger, als siebzig von Euch zusammen!«
Aber ist es nicht gerade die vertraute Kenntnis, die uns fehlt? Henry war so glücklich, wenn ihm jemand zuhörte, wenn er jemanden gefunden hatte, dem er sein Leben anvertrauen konnte, so glücklich, mit einer Frau vertraut zu sein. Ist es nicht das Fehlen dieses Interesses, das uns einsam macht, uns zu Therapeuten sprechen, Gruppen suchen und zu Vorträgen gehen läßt?

Ich schrieb einen Brief für Daisy Aldan, um sie für ein Guggenheimstipendium vorzuschlagen. Ich unterstrich,

daß sie nicht nur eine echte Dichterin sei, sondern durch ihre Übersetzungen für den kulturellen Austausch zwischen Amerika und Frankreich und für die Dichtung im allgemeinen viel getan habe, wie wenig Hilfe sie von den kommerziellen Verlagen erhielt, und daß sie neben ihren eigenen Büchern auch noch das viel beachtete *Folder* selbst verlegte. In *Folder* stellte sie die besten amerikanischen Dichter und Maler vor.
Aber die Guggenheim Foundation bleibt mir ein Rätsel. Sie hat unzählige gute Schriftsteller und Künstler abgelehnt, vor kurzem erst Oliver Evans, der von Tennessee Williams, Marianne Moore und T. S. Eliot sehr empfohlen wurde. Marguerite Young hatte beste Empfehlungen. Auf der Liste derer, die abgelehnt wurden, finden sich bessere Namen, als auf der Stipendiatenliste. Eine zusätzliche Ironie liegt darin, daß die Foundation Empfehlungsschreiben von vielen begabten Künstlern anfordert, deren eigene Anträge sie ablehnte. Ich habe viele, viele Schriftsteller vorgeschlagen, und meine Anträge wurden immer abgelehnt. Wie kann das Gremium die Meinung von jemand einholen, den es nicht genügend schätzt, um ihn zu unterstützen?

Brief an Frances Keene nach ihrer vernichtenden Kritik von *Ein Spion im Haus der Liebe:*

Ich weiß nicht, wie ich Ihnen dafür danken soll, daß Sie soviel Zeit geopfert haben, um meinen Roman noch einmal zu lesen, aber gleichzeitig muß ich Sie um Entschuldigung dafür bitten, Sie und Ihre Haltung meinem Werk gegenüber so völlig falsch eingeschätzt zu haben. Ich hätte im Traum nicht darangedacht, Ihnen auch nur vorzuschlagen, Ihre kostbare Zeit auf eine Lektüre zu verwenden, die Ihnen so wenig bedeutet. Als ich Sie kennenlernte, ließen Sie großes Verständnis für *Four-Chambered Heart* und für Djuna erkennen, ja sogar eine gewisse Identifikation

mit ihrer Rolle. Dann kämpften Sie darum, daß *Ein Spion im Haus der Liebe* verlegt wurde. Weshalb? Ihre abschließende Beurteilung ist nicht nur negativ, sie ist durch höchst unsachliche Kriterien sogar verfälschend. Zunächst räumen Sie großzügig ein, ich hätte die jungen Schriftsteller beeinflußt, dann machen Sie die Wirkung dieser Feststellung dadurch zunichte, daß Sie einen Schriftsteller anführen, in dessen Werk sich nicht die geringste Spur meines Einflusses findet, der das genaue Gegenteil von allem ist, woran ich glaube, nämlich Gore Vidal. Er ist der Vertreter einer Literatur, die ich ablehne. Entweder bedeutet dies, Sie haben Gores Bücher nicht gelesen, oder Sie verstehen nicht, was ich mit dem poetischen Roman meine. Dann führen Sie etwas Positives an: »Alle Bücher ... entspringen einem forschenden, inneren Auge. Dort liegt die Substanz.« Aber wenige Absätze weiter läßt Ihr Puritanismus Sie folgenden, außergewöhnlichen Satz schreiben, der des ungebildetsten, unkultiviertesten Kritikers des Mittleren Westens würdig wäre: »Die Geschichte Sabinas, einer Möchtegern-Schauspielerin mit dem ausgeprägtem Instinkt einer läufigen Straßenkatze für wahllose Paarungen ...« Diese, liebe Frances, ist geradezu unglaublich für jemanden, der *Madame Bovary,* Proust oder Simenon kennt oder zumindest einfache englische Bücher liest. Sabina ist die Geschichte vom Zerfall der Persönlichkeit (der Zusammenbruch der Einheit), und dies motiviert ihren Don Juanismus. Es ist ein Versuch, tiefer in den klassischen Don Juan, in die klassische Madame Bovary einzudringen. Es ist mit Ernsthaftigkeit, Würde, psychologischer Tiefe und Poesie geschrieben. War es Absicht, daß Sie auf einem offensichtlichen Druckfehler beharren? Sabina konnte nicht sagen: »Ich habe noch nie geliebt« (Djuna sagte es), da sie in dem ganzen Roman nach dieser Wahrheit sucht, und hätte sie darum gewußt, wäre das Buch nicht geschrieben worden.
Ich halte es auch für unmoralisch und für einen schweren Fehler subjektiver Kritik zu unterstellen, alle diese Frauen,

die ich beschreibe, seien ich, und ich hätte das Tagebuch einfach abgeschrieben. Zuerst einmal, liebe Frances, darf ich Sie daran erinnern, wenn Sie so etwas behaupten, hätten Sie das Tagebuch lesen müssen. Außerdem kann keine Frau diese ganze Galerie von Frauen sein, die ich porträtiert habe. Es ist reine Bosheit, Stellas Porträt auszulassen, nachdem Sie wissen, wessen Porträt es ist, das Porträt von Lillian oder das Porträt von Hejda ... Sie glauben also wirklich, ich sei eine fette, syrische Malerin? Haben Sie jemals Freud gelesen? Zwischen der Individualität und dem Ego besteht ein Unterschied. Im Hinblick auf das Ego und das Ich klingen Sie moralisierend und soziologisch. Bei unserem heutigen Versagen, Kriege zu verhindern, mag es gut sein, sich an Freud zu erinnern und an seine Erkenntnis, das Ich nicht als einen egozentrischen Akt zu verstehen. Die Erforschung des Unterbewußtseins ist ein konstruktiver, beinahe wissenschaftlicher Versuch, an die Wurzeln unserer kollektiven Neurose – der Ihren so gut wie der meinen – zu gelangen und ein Heilmittel dafür zu finden. Ihre Neurose wird daran sichtbar, daß Sie von den Frauen in meinem Werk so besessen sind, daß Sie sich zu der erstaunlichen Aussage hinreißen lassen, ich hätte unter Ausschluß der übrigen Menschheit nur über mich selbst geschrieben. Schließen Sie bewußt das Dienstmädchen in der ›Maus‹-geschichte von der Menschheit aus, den jugendlichen Paul in *Children of the Albatross*, den einbeinigen Kapitän, halb Clochard, halb Alkoholiker, in *Four-Chambered Heart*, den indianischen Revolutionär Rango in *Four-Chambered Heart*, den modernen Maler Jay in *Ladders to Fire*, den homosexuellen Donald, die Filmschauspielerin Stella, die Clochards am Seineufer, der moderne Christus in *House of Incest*, die französische Familie in *Unter einer Glasglocke*, das detaillierte Porträt eines Vaters in *Eiszeit* und die beinahe vollständige Studie über alle möglichen zwischenmenschliche Beziehungen? Das ›Ich‹ in meinem Werk ist lediglich ein Instrument des Bewußtseins, das Zentrum von Bewußtheit und Erfahrung, aber wie bei Proust ist es ein Spiegel für viele andere Persönlichkeiten. Es ist der Kern, dem alle Arten von Beziehungen zu anderen und auch die Studien dieser Beziehungen oder ihr Scheitern entspringen. Es gibt eine ständige organische Beschäftigung mit Entwicklung und Wachstum. Wenn diese verschiedenen Frauen (in denen ich die verschiedenen Entwicklungsstufen moderner Frauen untersuche) alle ich wären, könnte sich keine Frau mit diesen Figuren identifizieren. Und was Sie schließlich mit dem weiter gespannten Rahmen fordern, heißt nichts anderes, als das aktuelle politische Drama einbeziehen zu wollen. Das ist jedoch nicht das einzige Drama unseres Lebens. Wenn dem individuellen Reifungsprozeß ein wenig mehr Aufmerksamkeit geschenkt würde, könnte dies eine wohltuende Wirkung auf die politische Szene haben. Sie meinen mit dem weitgespannten Rahmen nicht vertraute oder intime Beziehungen sondern Cecil. B. De Mille Produktionen: Massen, hunderte von Figuren, die winzige Nebenrollen spielen wie in diesen Filmen. Der weitgespannte Rahmen wird nicht nur nach seiner Größe beurteilt sondern nach der Tiefe.

Mit diesem Ich, diesem Ego, wie Sie es nennen, habe ich einen Beitrag zum Wissen der Frau über sich selbst geleistet. Wenige Menschen anderen wirklich vertraut werden zu lassen, ist wichtiger, als über hunderte in der oberflächlichen Art zu schreiben, die man in so vielen Romanen unserer Zeit findet. In meinem Werk ist nicht das Ich wichtig sondern die erhellende Kraft des Bewußtseins, das auf der Suche nach Wahrheit die Führungsrolle übernimmt, eine neue Erkenntnis der unterschwelligen Strömungen und dessen, was in dieses Bewußtsein eindringt, und was es zu enthüllen vermag. Die Entartungen in unserer heutigen Welt sind nicht durch Ich-Versenkung entstanden, sondern durch das Fehlen eines Ichs, das Fehlen der Mitte, das Fehlen eines integrierenden Individualismus, der den Kern des Menschen bilden sollte und seine Persönlichkeit formt.

Es ist der Mangel, das fehlende Wissen vom Ich, das fehlende Verständnis des Ichs, das wir auf die Umwelt projizieren, das Sie auf mein Werk projiziert haben. Das läßt auf Ihre Ambivalenz gegenüber Werten und Ihr Unbehagen angesichts von Wahrheiten schließen. Ich bin nur das Bewußtsein, der rote Faden, der die verschiedenen Frauengestalten zusammenhält, und in dieser Funktion handle ich wie ein Wissenschaftler, der ein gefährliches Medikament an sich selbst erprobt. Ich gehöre in das Zeitalter Freuds, und Sie hätten in der Lage sein sollen zu begreifen, daß mein Werk ein Beitrag zu unserem Wissen über die Frau ist, und nicht mit den nihilistischen und negativen Kleinkrämereien anderer neurotischer Kritiker fortfahren dürfen.

Vogue nahm *Old Man and the Seals* an und änderte ohne meine Zustimmung den Titel.

Brief von einem englischen Fan:

Ich amüsierte mich über einen sehr britischen Gentleman, einen ehemaligen Offizier, den ich kürzlich kennenlernte, und der Durrell während des Krieges in Alexandria kennen gelernt hatte: »Ein Schriftsteller ... wissen Sie, und die Art, in der er seine Frauen behandelte! ... entsetzlich!« Weshalb sollten Durrells Frauen unter Kräften zerbrechen, die nicht in ihnen liegen, und *nicht* in erster Linie ihrer eigenen Natur gemäß handeln? Ich freue mich, daß Durrell die verdiente Anerkennung gefunden hat, und noch mehr darüber, daß er in England den größten Erfolg hat, wo die Kritiker phantasievolle Manipulationen der Sprache nicht wohlwollend aufnehmen.

Brief an Alan Swallow:

Ich schrieb einen Abschnitt von *Minotaur* um, der dadurch besser wurde, aber da ich nicht sicher bin, daß Ihr Exemplar dieselbe Seitenzählung wie das meine hat, möchte ich Sie bitten, diesen Abschnitt hinter dem Kapitel über Sabina einzufügen, das endet

Welle, ihre wogende Ruhelosigkeit, ihre Beweglichkeit.

Darauf folgen eine Leerzeile und ein Absatz, der mit den Worten beginnt: »Pierre war ein Theaterautor, der das Theater zu neuem Leben erweckt hat«, etc. (die Einführung einer Figur an dieser Stelle war nicht sehr gelungen). Der gesamte Abschnitt ersetzt den Abschnitt, der mit den Worten ›Forschung und Entdeckung‹ schließt und beendet das Sabina-Kapitel, bevor ich zu Djuna übergehe. In meinem Manuskript steht dieser Text auf Seite 242.

Da dies eine Fortsetzung der Romane und eng mit *Solar Barque* verknüpft ist, erhebt sich nun die Frage, ob Sie der größeren Einheit zuliebe und um ihm einen Hintergrund zu geben, *Solar Barque* mit in diesen Band aufnehmen möchten. *Solar Barque* ist ein kurzes Werk und ist vergriffen (es handelt zum größten Teil von Lillian). Auf diese Weise könnte ein gehaltvolleres Buch entstehen. Bitte denken Sie darüber nach. Es ist nur ein Vorschlag.

Da Gunther Ihnen wegen Einzelheiten schreiben wird, erwähne ich nur dies und möchte wissen, ob Sie einen Umschlag im Stil der anderen Bücher haben möchten, der Sie außer dem Druck nichts kostet: entweder eine Fotomontage von Val Talberg, von dem die Illustrationen zu *House of Incest* stammen, oder die Reproduktion eines Bildes von Janko Varda, das in meinem Besitz ist, und das sich sehr gut eignen würde. Gefällt Ihnen die Idee? Aber wie gesagt, dies sind lediglich Vorschläge. Sie mögen Ihre eigenen konkreten Vorstellungen davon haben, und ich werde sie natürlich respektieren. Beste Grüße.

[Winter 1961-1962]

Besprechung von Antonionis Film *La Notte*

In diesem Film leidet die Kunst des Regisseurs Antonioni unter dem unbedeutenden Schriftsteller und Drehbuchautor Antonioni. Alles, was die Kamera an Atmosphäre zu erschaffen sucht – eine Atmosphäre des unvermeidlichen Verhängnisses, der Isolation, der Einsamkeit und der Sinnlosigkeit, zerstört der Text durch Klischees. Dies führt zu einem Niveauverlust; die Ebenen wechseln von Subtilität zu Oberflächlichkeit, und das schwächt die Aussagekraft des Films. Nachdem man die Ungleichwertigkeit von Dialog und Bild erst einmal bemerkt hat, schwindet auch die Faszination der Bilder. Antonioni besitzt ein hervorragendes Gefühl für Rhythmus; die Bilder fließen ineinander – Bewegungen der Menge, Aufblenden der Schauplätze, Einblicke in Gassen und Zimmer, Reflektionen in Glas. Sein Spektrum der Stimmungsbilder ist poetisch und faszinierend. Da er das Tempo so weit herabsetzt, daß sich das Geschehen langsamer als das Leben vor unseren Augen entrollt, verdeutlicht er Passivität, Unterwerfung unter äußere Kräfte und das Dahintreiben der Menschen. Antonionis *La Notte* nimmt das Thema von *L'Avventura* wieder auf. Die Menschen besitzen nicht die Kraft, ihr Schicksal selbst zu gestalten; sie sind ihren Stimmungen und den Stimmungen anderer unterworfen, den Launen, Fluchten, blinden Verfolgungen und Wundern. Sie warten darauf, daß etwas mit ihnen geschieht. Ihre Passivität verursacht Einsamkeit, Dahinwelken und Tod. Das Thema ist ein Klischee, und in diesem Film wird keine neue Ein-

sicht gewonnen, kein verborgener, unerforschter Aspekt des Lebendigbegrabenseins wird sichtbar.
Die Heilung liegt nicht in der Begierde. Die Bilder porträtieren auf subtile Weise Einsamkeit und Angst, aber sie werden durch die Dialoge banalisiert. Die Kamera sucht tiefere Dimensionen, der Anblick der ausdruckslosen Gesichter von Jeanne Moreau und Marcello Mastroianni, auf denen sie zu lange verharrt, um Leere zu zeigen, schlägt jedoch schließlich in Langeweile um. Man hört auf, sich für Darsteller zu interessieren, die durch keine Tragödie, keine Sensibilität vom Strom des Lebens abgeschnitten worden sind, sondern von der eigenen Leere. Fehlende Leidenschaft und Leblosigkeit sind an sich noch kein sehr verlockendes Thema. Die Kamera verweilt zu lange auf unbelebten Dingen, auf den statischen Aspekten der Charaktere; sie begibt sich nicht nach innen oder hinter das Geschehen. Der Zuschauer empfindet deshalb nur die ansteckende Gleichgültigkeit. Die Liebesszene am Schluß ist weit davon entfernt, aufregend oder sinnlich zu sein. Sie wirkt eher wie eine Liebesszene von Zombies.

Billy Kluver, ein junger schwedischer Wissenschaftler, der für Bell Laboratories arbeitet, und seine Frau fuhren mit mir zu ihrem Haus in New Jersey. Dort traf ich Jean Tinguely, den Schöpfer der ›Motion Sculptures‹.
Vor der Eröffnung einer Ausstellung in Düsseldorf flog Tinguely über die Stadt und warf fünfzigtausend Flugblätter mit seinem ›Manifest für Statiker‹ ab. (Nicht ein einziges landete im Stadtgebiet.)

Alles ist ständig in Bewegung. Unbeweglichkeit gibt es nicht. Lassen Sie sich nicht von veralteten Konzepten beeindrucken. Vergessen Sie Stunden, Minuten und Sekunden. Akzeptieren Sie Unsicherheit. Leben Sie in der Zeit. Seien Sie statisch – mit Bewegung. Entscheiden Sie sich für eine Statik des gegenwärtigen Augenblicks. Widerstehen

Sie dem ängstlichen Wunsch, das Unbeständige zu fixieren und zu töten, was lebt.
Beharren Sie nicht länger auf Werten, die zerfallen müssen. Seien Sie frei und leben Sie. Hören Sie damit auf, die Zeit zu beschreiben. Hören Sie auf, Bewegungen und Gesten zu beschwören. Sie *sind* Bewegung und Geste. Hören Sie auf, Kirchen und Pyramiden zu bauen, deren Schicksal es ist zu zerfallen. Leben Sie in der Gegenwart. Leben Sie wieder in der Zeit und durch die Zeit – leben Sie für eine schöne und absolute Realität.

Billy Kluver führte Tinguely auf die Müllhalden von New Jersey. Sie brachten Glasballons, Kinderwiegen, Kinderwagen, Fahrräder und ein altes Klavier zurück. Billy arbeitete Tag und Nacht an der Verdrahtung. Sie bauten für das *Museum of Modern Art* ›Die Maschine, die sich selbst zerstört‹.
Der Hof des *Museum of Modern Art* in New York an einem Winterabend; es hatte bereits geschneit, und vom Pflaster erhob sich ein bläulicher Dunst, als atme es.
Im Hof des Museums türmte sich im Scheinwerferlicht ein Berg von Gegenständen, die man auf den ersten Blick nicht identifizieren konnte, Dinge, die von einem Schrottplatz hätten stammen können: ein altes Klavier, ein zerbrochenes Fahrrad, ein Kinderwagen mit drei Rädern, eine zerbrochene Leiter, die nur noch wenige Sprossen hatte, durchlöcherte Autoreifen, Seifenkartons, alte Flaschen, einzelne Teile von Maschinen, wie man sie auf Autofriedhöfen findet.
Alle Gegenstände waren kalkweiß angemalt, und das Ganze wirkte wie ein schneebedeckter Trümmerhaufen. An einem Gerüst hingen große Flaschen voll farbiger Chemikalien. Eine riesige Papierrolle war aufgehängt. Sie konnte sich jederzeit entrollen wie die Zeitungsrolle einer Rotationsmaschine. Darüber hing ein riesiger Pinsel, der auf das Papier wie auf einen Telegrafenstreifen schrieb.

Das gesamte Gebilde war von elektrischen Kabeln durchzogen, und mehrere Männer waren noch immer dabei, Kontakte zu überprüfen, die es in Bewegung setzen sollten. Ein riesiger Ballon krönte den Bau, ein zerrissener Regenschirm spannte sich über einen Feuerlöscher.

Die Zuschauer kamen langsam in den Hof. Sie stolperten über Fernsehkabel und wurden von Blitzlichtern geblendet.

In der eisigen blauen Nacht wirkten die Scheinwerfer orange. Beim Sprechen sah man den Atem der Menschen. Zwischen einem der Museumswärter und einem Photographen, der eine der kostbaren Statuen erklettert und seinen Kamerakoffer auf einem wertvollen nackten Arm abgestellt hatte, entstand Streit. Die Gesichter wurden grell beleuchtet, Kameras surrten, das verdrahtete Gebilde schien ins Wanken zu geraten, der Schnee schmolz.

Der Feuerwehrhauptmann in seiner Uniform blickte ernst und besorgt.

Man hörte ein Donnern, als kündige sich ein Erdbeben an. Das gesamte Gebilde begann zu klappern, zu dampfen, zu keuchen, zu vibrieren, zu fauchen, zu pfeifen, zu schwanken, aus dem Gleichgewicht zu geraten, zu erbeben. Es geriet in heftige Zuckungen, die darin gipfelten, daß die Flaschen mit den Chemikalien zerbrachen und als farbige Rauchschwaden explodierten, die den Ballon mit Luft füllten, die Papierrolle entrollten, während der Pinsel wahllos die Namen von Künstlern malte, als seien es Börsennotierungen. Aber noch ehe die Liste zuende war, rollte das Papier rückwärts und verschlang die Namen in einer verzweifelten, widersinnigen Umkehrung der Ordnung.

Der Kinderwagen löste sich aus der Masse sich schüttelnder, brennender Gegenstände, als wolle er der Zerstörung entfliehen. Er rollte auf einen der Zuschauer zu, als hielte er unter dem Publikum Ausschau nach einem Kind. In ihm lag eine Trommel, die mechanisch trommelte. Dann rollte er zurück, als sei er von den elektronisch gesteuerten Nabelschnüren hypnotisiert worden, ergeben in sein Schicksal, unfähig zu fliehen. Der Kinderwagen unternahm noch einen Fluchtversuch in Richtung der Zuschauer, noch einen Appell mit Trommel, noch einen Appell an das Leben, dann rollte er schicksalsergeben in den Scheiterhaufen zurück.

Langsam fing das Klavier Feuer, und während es brannte, spielte es wehmütig, verstimmt, unwirklich wie ein Pianola. Die Flammen verzehrten das Holz aber nicht die Melodie und nicht die Saiten. Die Melodie klang wie ein Aufschrei gefangener Musik, hohl, verlöschend.

Das Gebilde klapperte unbeherrscht im Konterrhythmus, sinnlos stampfend, alle Bewegungen im falschen Ablauf, sich gegenseitig störend. Die Bewegungen hoben sich gegenseitig auf und verhinderten jede Aktivität. Alles bog, verdrehte und zerriß sich selbst. Das nach innen gerichtete Tun endete zeitweilig in völligem Stillstand. In solchen Momenten konnte sich das Feuer schneller ausbreiten. Die Leiter erbebte, verlor ein paar ihrer Sprossen und fiel zu Boden. Der Ballon auf der Spitze des Gebildes, ein riesiger orangefarbener Ballon blähte sich und explodierte. Die Chemikalien rauchten grün, orange und blau.

Die Papierrolle mit den Namen der Künstler entrollte sich wieder und ein paar neue Namen wurden hinzugefügt. Dann wurden auch sie wieder verschlungen, und das Papier fing schließlich Feuer. Manchmal hatte man den Eindruck einer höllischen Fabrik, in der alle Abläufe durcheinandergeraten waren, in der Hebel und Knöpfe das Gegenteil von dem bewirkten, was sie bewirken sollten. Der gesamte Mechanismus schien auf dem Kopf zu stehen.

Das Feuer verschlang eine weitere Melodie des Klaviers, und am Ende waren nur noch drei übrig, dann zwei und schließlich nur noch eine, die nicht sterben konnte.

Der Feuerwehrhauptmann stand gedankenverloren daneben und fragte sich, wann der Selbstmord der Maschine zu dem Versuch ausarten würde, die Regierung zu stürzen.

Der Rauch und der Eishauch des Winters prallten in der Luft zusammen. Der Schnee schmolz an den Rändern, aber die weiße Farbe blieb.
Das Klavier spielte den letzten Willen und das Vermächtnis eines sterbenden Klaviers. Das Publikum rückte näher, um seine letzte Melodie zu hören. Der Feuerwehrhauptmann griff nach dem Feuerlöscher.
An dieser Stelle protestierte der Künstler gegen die Verhinderung des Höhepunktes. Die Zuschauer zischten den Feuerwehrhauptmann aus. Der Künstler beteuerte, es sei alles unter Kontrolle, aber der Feuerwehrhauptmann glaubte ihm nicht und griff wieder nach dem Feuerlöscher.
Noch eine Explosion einer orangenen Chemikalie, ein weiterer Ballon zerplatzte, noch ein Regenschirm, der sich trauernd schloß, noch ein Stück Holz fiel zur Erde, noch ein Reifen rollte aus der pulsierenden Maschine, eine Epilepsie aus Blech und Aufruhr, noch ein Stöhnen, noch ein Aufbäumen des Metalls, noch ein Seufzer.
Der Feuerwehrhauptmann unterbrach das Drama. Er verlangsamte den Ablauf. Wenn die Leiter nicht verbrannt wäre, hätte er sie erstiegen, um das Klavier und den Kinderwagen zu retten. Selbstmord ist illegal.
Das Skelett des unglücklichen Dinosauriers von Müllhaufen brach nicht zusammen. Sein Selbstmord drohte zu mißlingen. Der Künstler gab dem letzten stützenden Balken einen schnellen unauffälligen Tritt, dann brach das Gebilde zusammen, und das Publikum drängte sich dichter an die rauchenden Überreste, sammelte Teile als Souvenirs und zerstörte es endgültig.
Und die Fotografen hatten den Tritt festgehalten.

Brief an Professor Vowles:

Ich bin sehr froh, daß Sie mir Ihren Artikel über schwedische Lyrik geschickt haben. Ihre Gedanken interessieren mich sehr und sind, soweit ich es beurteilen kann, zutreffend. Ich war eine Woche lang in Stockholm. Die Schweden lieben mein Werk. Ich lernte Lundkvist kennen und begann, mich für die Lyrik zu interessieren, über die Sie arbeiten. Ich versuchte zu verstehen, weshalb sie nicht bekannter ist und brachte Übersetzungen mit zurück, eine Anthologie, für die ich einen Verleger finden wollte, was mir jedoch nicht gelang. Lundkvist sagte, die Isolierung läge an den schwedischen Dichtern selbst, aber ich bin sicher, kein Dichter, kein Künstler entschließt sich freiwillig, der übrigen Welt weitgehend unbekannt zu bleiben. Glauben Sie nicht auch, daß dies auf einer Wechselwirkung beruht? Natürlich wären schwedische Dichter für Amerika nicht attraktiv, und zwar genau aus den Gründen, die Sie in Ihrer Arbeit anführen. Angst. Schweden hat sich seine Angst eingestanden. Amerika tut alles, sie zu leugnen, selbst wenn die Werke der Künstler sie wiederspiegeln, behauptet Amerika: Das ist nicht unsere Angst. Es ist die Angst von Schriftstellern, die ›krank‹ sind. Aber das Gefühl der Angst ist in Schweden sehr stark. Ich sah gerade den letzten Film von Bergman, die traurige Geschichte eines Mädchens, das dem Wahnsinn verfällt. Wird ein ähnliches Thema hier in Amerika aufgegriffen, in den Theaterstücken von Albee oder anderen, behaupten die Kritiker, dies sei der Alptraum des Künstlers und nicht der ihre. Lindegren ist wunderbar. Mir gefiel Ihr Resümee zu *Anguish In Search of the Form.* Und besonders der Gedanke: »Ich glaube, der Dichter muß eine absolute und dauerhafte Harmonie der Teile finden.« Sie sagen, das Thema ›Angst‹ habe seinen Weg genommen, aber Sie lesen Schwedisch, und das ist mir nicht möglich; hoffentlich stimmt es. Ich würde gerne Ihren Artikel über die Romane von Pär Lagerkvist lesen. Wenn Sie jemanden kennen, der bereit wäre, schwedische Gedichte in englischer Übersetzung zu veröffentlichen, lassen Sie es mich bitte wissen. Ich werde Erik Lindegren auf französisch lesen, wie Sie vorschlagen. Waren Sie wieder einmal in Schweden? Ich fühle mich den

Menschen dort so verwandt. Vielleicht liegt es daran, daß mein Großvater Däne war. Ich schicke Ihnen meine Bücher, die Sie nicht gelesen haben.

Es begann alles mit einem Brief von William Kozlenko, auf dem Briefpapier der Hollywood Studios, in dem er Interesse an der Verfilmung von *Ein Spion im Haus der Liebe* zeigte. Er schrieb, er habe einen Geldgeber, der bereit sei, es zu produzieren.

Wir trafen uns zum Dinner und unterhielten uns über vieles. Er war nicht nur Schriftsteller, sondern auch Musiker. Er verstand *Ein Spion im Hause der Liebe.* Er gab mir *Masterplots of 1954,* eine Zusammenfassung der besten Filmstoffe und *Ein Spion* war darin aufgenommen.

Einige Monate später hatte sich der Geldgeber-Produzent entschlossen, sein Geld in einer Kette von Filmtheatern anzulegen, und die Fata Morgana löste sich auf.

Kozlenko lud mich in sein Haus ein und spielte Klavier für mich. Hier traf ich Tracey Roberts. Sie brachte Bekannte in mein Haus, die vielleicht daran interessiert waren, *Ein Spion* zu produzieren oder das Filmskript zu schreiben. Ich entdeckte eine Reihe Sabinas, die ich noch nicht kannte. Männer betrachteten oder beurteilten sie in erster Linie als Nymphomanin oder Abenteurerin. Keiner glaubte an ihre Gefühle, ihre Illusionen, ihre romantischen Erfahrungen, ihre Qualen und ihre Konflikte.

Brief an einen der Drehbuchautoren:

Wie ich von Tracey erfuhr, erweckt Djuna Ihr Interesse. Ich hoffe sehr, es ist ein flüchtiges Interesse, denn ich bin der Ansicht, daß Djunas Liebesgeschichte romantisch und weniger zeitgemäß ist als die Sabinas. Sabina hat bei Frauen größeren Anklang gefunden, mehr Menschen angesprochen. Ihre Geschichte ist nicht einmalig. Sabina lebt unter uns. Sie gehört in unsere Zeit der Angst. In ihrer Geschichte liegt mehr Spannung; es gibt mehr aktive menschliche Beziehungen, als in Djunas leidenschaftlichem Aufgehen in einer Liebe. Die Dramatisierung eines Krüppels wie Zora wäre bei weitem nicht so interessant. Ich möchte Sie auch daran erinnern, daß Sabina sich bereits mit großem Erfolg durchgesetzt hat. Der Roman wurde bei Avon als Taschenbuch verlegt und von den ausländischen Verlagen gekauft. Außerdem wurde es in *Masterplots in 1954* aufgenommen. Ich weiß, dies sind äußere Faktoren, aber die Briefe, die ich als Reaktionen auf Sabina erhalte, beweisen, daß es unter den Frauen mehr Sabinas als Djunas gibt. Der Aufbau von *Ein Spion* ist gestraffter, und es ist leichter zu dramatisieren. Die Geschichte zerfällt in Szenen, und jede Beziehung ist beinahe eine Geschichte in sich selbst. Wir brauchen Liebesgeschichten, aber weniger die außergewöhnliche und einzigartige Geschichte von Djuna und Rango, als die Geschichte vieler fragmentarischer Lieben, wie sie sich in unserer Welt immer ereignen. Djunas Geschichte steht noch in der romantischen Tradition, und sie kreist um eine Liebe bis zu deren völligen Zerstörung. Aber Sabina ist eine Erscheinung unserer Zeit. Hinzukommt, das Tracey und ich uns mehr für Sabina begeistern können. Ich hoffte, Sie würden ihr die Dimensionen hinzufügen, die ich beiseiteließ, um die inneren Prozesse herauszustellen. Ich abstrahiere nur, um das innere Drama zu intensivieren. Ich konzentrierte mich auf das Wesentliche, Sie können ihr eine abgerundete Gestalt geben.

Ich beschloß, selbst ein Filmtreatment zu schreiben.
Tracey kam gestern abend mit zwei Stunden Verspätung, erschöpft, ohne Make-up, in einem alten Kleid. Sie hatte einen ganzen Tag Proben hinter sich und war völlig verausgabt. Ich mußte ihr zuerst etwas zu essen geben. Dann setzte sie sich in eine Ecke und las, was ich geschrieben hatte. Es gefiel ihr, aber sie kritisierte auch verschiedene Dinge: zu wenig vom Lügendetektor; zu wenig von Alan; mehr

Hintergründe für Sabinas Motivationen, die zuerst aktiv ist, sich aber dann zurückzieht.

Tracey zog ihre Schuhe aus, legte Ohrringe und Kette ab und setzte sich auf die Couch, um zu lesen. Sie streifte sich die Haare aus dem Gesicht.

Tracey müßte eigentlich eine berühmte und erfolgreiche Schauspielerin sein. Sie bringt alle Voraussetzungen dazu mit. Ich sah sie spielen. Sie ist nicht nur eine gute Schauspielerin, sie strahlt auch Vitalität und Anziehungskraft aus. Ich begann mich zu fragen, weshalb sie sich nicht durchgesetzt hatte. Sie war zu intelligent, um ihren fehlenden Erfolg nicht rational erklären zu können. Es gelang mir jedoch nicht, den wirklichen Grund zu entdecken, den selbstzerstörerischen Akt aufzudecken, obwohl ich ahnte, daß das Schema der Selbstzerstörung in ihr lag.

Ich konnte mich nie der Herausforderung entziehen, die eine selbstzerstörerische Haltung darstellte. Ich mußte nach ihrem Grund suchen, Energie und Zeit darauf verwenden, sie zu bekämpfen. Ich verschwendete Zeit damit, Tracey meine ›Rezepte‹ für Arbeit, Beziehungen, konstruktives Verhalten und Disziplin zu empfehlen. Es war absurd, und ich hätte seit langem geheilt sein müssen, denn die *›fatalité intérieure‹*, wie Allendy es nannte, kann nicht durch Freundschaft, sondern nur durch Therapie geheilt werden.

Allmählich erkannte ich, daß alle, die ich durch Tracey kennenlernte, große Zeitverschwender waren, die endlose Gespräche liebten, aus denen nichts Kreatives entstand.

Jemand erklärte sich bereit, die ›Titelmelodie‹ für Sabina zu komponieren. Ein anderer zeichnete Entwürfe für die Ausstattung. Aber niemand näherte sich Sabina. Ich erhielt immer wieder Briefe von Frauen, die mir schrieben, sie seien Sabina, und selbst Tracey sprach oft von sich als Sabina, wenn sie von ihrem Leben erzählte.

Das Schema der Selbstzerstörung verursacht ebensoviel Leid wie die Katastrophen in der Welt. Ich empfand tiefes Mitgefühl für Tracey.

Ich konnte die potentielle Tracey erkennen und mir gut vorstellen, was sie unter einem europäischen Regisseur leisten würde, der es verstand, ihre Sinnlichkeit und ihre strahlende Schönheit zur Geltung zu bringen.
Meiner Meinung nach hat Amerika ebenso phantasievolle und begabte Regisseure wie das Ausland, aber sie werden von kommerziellen Unternehmen kontrolliert, beherrscht und unterdrückt. Als ich jedoch nach ihnen Ausschau hielt, konnte ich keinen finden. Ich bekam nur fertige Rezepte und Klischees vorgesetzt. Der Erfolg ausländischer Filme erstaunte sie, aber sie klammerten sich hartnäckig an ihre flache Routine. Am meisten irritierte sie, daß ich keine normale Umgangssprache benutzte. Einer von ihnen fragte immer wieder: »Ist Sabina ein Hippie? Sie trägt doch einen Umhang.«
Es stimmt, ich vermied das Element der Zeit in diesem Roman. Er erstreckt sich über einen Zeitraum von zehn Jahren. Aber da ich nicht ausführlich darauf hinweise, sahen sie in Sabina eine Nymphomanin. Tracey sagte im Spaß: »Ein verlorenes Wochenende mit Sex.«
Ich war völlig entmutigt, als ich den Film *Das Mädchen mit den goldenen Augen* nach Blazacs *Histoire des Treize* sah.
Dieser Film stellt unter Beweis, daß Realismus nicht Realität ist. Die Mehrzahl der Filme, die uns geboten werden, lassen uns gleichgültig, weil sie nur von einem flachen, eindimensionalen Realismus ausgehen. Wenn ein Dichter am Werk ist (Albicocco, der Regisseur, ist ein Dichter der Kamera), werden wir in die Realität geführt. Jede Geschichte, jede Erfahrung, jeder Ort und jede Welt öffnet sich uns durch den magnetisierenden Effekt der Gefühle und der hypnotisierenden Wirkung der Poesie. Wie bei einer Transfusion kann die dargestellte Erfahrung geteilt werden, und nur die Kunst kann dieses Wunder an Einfühlungsvermögen schaffen. Der Film respektiert das Geheimnis, den Schatten und die Suggestion; er spricht von einem

Gefühl für Höhepunkte, Timing und Rhythmus. Obwohl er die Gegenwart zeigt, die Welt der Mode, der Fotografen und Paris, wird alles durch die Konzentration des Ausschnitts auf wichtige Details erhöht. Jede Szene ist Ausdruck der Poesie, die uns bezaubert und uns in ihren Bann zieht. Wie geschieht das? Nur Dichter und Künstler wissen, wie man eine realistische Szene (Beleuchtung, Höhepunkt, Rhythmus) überhöht, damit sie andere Dimensionen suggeriert. Selbst die Klischeeszene einer Modenschau wird unter Albicoccos Händen ein lebendiges Gemälde. Man steht außerhalb des Realismus, selbst wenn Realismus präsent ist: Autos, Mauern, Verkehr und Flughäfen. Ein Telefon auf dem Boden in der Mitte eines Zimmers wird zu etwas Rätselhaftem und Dramatischem. Der Regisseur verleiht allen Dingen Echo, Schatten und Atmosphäre. Rhythmusverschiebungen beispielsweise – der Rhythmus eines träumenden Mädchens, das in Phantasiebilder eingesponnen ist, ist langsamer als der eines jungen Mannes, der mit gespannter Erregung das Tempo modernen Lebens in sich aufnimmt. Wenn etwas an dramatischer Bedeutung gewinnt, wenn beispielsweise eine Krise eintritt, und eine Liebe davon abhängt, ob ein Telefongespräch oder eine aufgedeckte Lüge Illusionen zerstört, dann konzentriert sich die Aufmerksamkeit auf das Telefon, das gewissermaßen eine aktive Rolle übernimmt. Das Mädchen und der Liebhaber sind weit von ihm entfernt, beinahe außerhalb der Szene, erschreckt und wie gelähmt. Das Schweigen des Mädchens, das den Hörer nicht abnimmt, die Zuspitzung der Dramatik sind atemberaubend. In einer Szene gibt der Mann ihr Frauennamen, die Namen aller Frauen, die er kennt, da sie ihm ein Rätsel ist: unversehrt, makellos und geheimnisvoll. Die inneren Phantasien spielen eine ebenso große Rolle wie das äußere dramatische Geschehen. Die emotionale Intensität erhebt den Film über den Durchschnitt und macht ihn zu einem fesselnden, unvergeßlichen Erlebnis.

Tracey hatte den Film nicht gesehen, aber sie kannte den Produzenten Norbert Auerbach, einen Amerikaner, der in Frankreich aufwuchs und europäische Regisseure besonders schätzte. Er verabschiedete sich von uns mit den Worten: »Geben Sie mir das Treatment und eine Kalkulation der Produktionskosten. Ich werde zur Premiere von *Das Mädchen mit den goldenen Augen* wieder zurück sein.« Offensichtlich war Albicocco mit einem ausgearbeiteten Drehbuch, mit einer Kalkulation und einer schönen Schauspielerin, Marie Laforet, zu ihm gekommen, und er hatte den Film produziert.
Ich schrieb das Treatment, Tracey erstellte eine Kalkulation, aber Mr. Auerbach kam weder zurück, noch beantwortete er unsere Briefe.
Mein französischer Verleger lud mich nach Paris ein. Ich hielt dies für eine gute Gelegenheit, um Albicocco zu treffen und reiste hin.

Im Hôtel de Crillon sieht man nur französische Afrikaner. Der Präsident des Tschad und sein Gefolge wohnen dort. Ganz Paris ist beflaggt, da eine Konferenz stattfindet. Auch der König von Saudi-Arabien mit seinem Harem ist hier. Auf jedem Stockwerk des Hotels stehen Leibwächter. Die Männer aus dem Tschad sind über zwei Meter groß und sehen erstaunlich gut aus. Sie sind im Gesicht tätowiert, und das erinnert mich an die Brandzeichen von Rindern. Einige tragen Smokings und wirken so förmlich, so sauber und so frisch gebügelt wie Dressmen. Andere tragen üppige Gewänder mit reichen Stickereien und kleine runde Kappen, die mit Perlen und Rubinen übersät sind. Die Frauen kleiden sich nach der letzten Pariser Mode. Sie sind außergewöhnlich schön, groß und edel; sie bewegen sich mit aufrechter Haltung und aristokratischer Würde.
Im Louvre fand eine Ausstellung der Kunst des Tschad statt. Gleichzeitig konnte man auch die größte und umfassendste Ausstellung mexikanischer Kunst sehen. Die Türen

des Museums mußten verbreitert werden, damit die großen Grabsteine und riesigen Statuen hindurchgetragen werden konnten.
Das Crillon hat nicht mehr die Farbe einer Radierung, sondern ist cremeweiß angestrichen. Ein neues Paris. Es gleicht mehr den Bildern des alten Roms. Es ist fröhlicher. Das Sympathische und Wundervolle an den Franzosen ist ihre Gabe, Kunst, Ausstellungen, Erfindungen, Schöpfungen, alle Erquickungen und Labsale des Geistes nicht stillstehen zu lassen, wie bedrückend die politische Szene auch sein mag, und deshalb zerbrechen die Menschen unter der Verzweiflung nicht.

Mein Zusammentreffen mit Albicocco. Italienisches Aussehen, klein, schwarze Augen, schwarze Haare und ein rundes Gesicht. Aber wenn er über Filme spricht, beginnen seine Augen zu leuchten. Marie Laforet begleitete ihn. Mit ihren langen schwarzen Haaren und den großen grünen Augen war sie so schön wie im Film. Unglücklicherweise hatte ich nur eine Rohübersetzung von *Ein Spion im Haus der Liebe* bei mir, die Jean Fanchette in großer Eile angefertigt hatte. Aber Marie Laforet liest Englisch, und der Roman gefiel ihr. Sie übersetzt immer wieder für Albicocco. Er beabsichtigt, in Kürze einen Abenteuerfilm in Südamerika zu drehen, etwas Ähnliches wie einen Western, zu dem Jaques Lanzman das Drehbuch schrieb. Aber danach wäre er frei, das Treatment zu schreiben. Das Geld für das Drehbuch wollten Freunde aufbringen. Schon die Idee, daß *Ein Spion* verfilmt werden würde, machte mich so glücklich, daß ich kaum essen und schlafen konnte.
Albicocco sprach fesselnd über Poesie im Film und erzählte die amüsante Geschichte, wie er im Zimmer des jungen Mädchens eine Schar Tauben fliegen lassen wollte, die Geldgeber aber, die sich bereits über die Ausgaben sorgten, die Zahl der Tauben drastisch reduzierten. Er mußte einen Kameratrick anwenden, um die Illusion eines Tauben-

schwarms zu erwecken. Er filmte immer wieder dieselben wenigen Tauben.

Calders Film über seinen ›Circus‹ ist hinreißend. Drähte, Blech und Stroh sind seine Mittel. Die Bauchtänzerin bewegt sich ausgelassen, der Löwe und der Akrobat, die aus Pfeifenreinigern gemacht sind, wirken sehr komisch. Als der Akrobat für die Vorstellung einen mottenzerfressenen grünen Läufer entrollte, lachte ich, bis mir die Tränen kamen. Calder drehte den Film in seinem Atelier in Long Island. Seine Frau saß neben dem Schallplattenspieler und legte die passende Zirkusmusik auf. Bereits das fröhliche rote Gesicht Calders brachte alle zum Lachen.

Abendessen *chez* André Bay, meinem Herausgeber. Ich lernte seine Frau und seine Kinder kennen. Ein schlichtes Familienmahl. André malt und schreibt. Später kam Anne Metzger, die *Ladders to Fire* aus Liebe zu dem Roman übersetzte. Wir hatten miteinander korrespondiert. Sie lebt in einem Haus, das meinem Haus in Louveciennes ähnelt. Ihr Mann ist Archäologe, und so unternimmt sie interessante Reisen an wenig bekannte Orte. Sie war lebendig und charmant.

Ein betrunkener Jean Fanchette rief mir beim Überqueren der Straße hinterher: »Ich habe Dich zu spät kennengelernt. Du hättest meine erste Geliebte sein können, die Geliebte, die man nie vergißt!«

Abendessen mit Stuart Gilbert. Wir sprachen über die Erwartungen, die alle hegten, als ein Schriftsteller das Informations- und Kultusministerium übernahm. Bisher sind die einzigen sichtbaren Veränderungen weiße Gebäude in Paris. Aber er verhinderte die kalten Neonlaternen am Place de l'Opéra nicht, das kalte tote Licht, das in Amerika erfunden wurde. Die Atmosphäre wird dadurch zerstört.

Glücklicherweise wurden die alten Lampen am Place de la Concorde als historisch wertvoll eingestuft, und so leuchten dort noch immer die gelben Birnen, die an Kerzenlicht erinnern, und die magische Atmosphäre eines historischen Traums blieb bewahrt.
Wir hatten gehofft, die von Henri Langlois zusammengetragene Cinématèque wäre das erste, worum man sich kümmern würde, denn sie ist einmalig in der Welt. Die Filmdosen lagern, Feuchtigkeit und Rost preisgegeben, in einer offenen Garage.
Der über neunzigjährige Stuart Gilbert ist noch immer lebendig und geistreich. Die Zeit kann ihm nichts anhaben. Er war der erste, der in den dreißiger Jahren eine Besprechung von *House of Incest* schrieb, in der er mich als Zauberin der Sprache bezeichnete, die in bislang verbotene Bereiche vordringe.

Ich besuchte Mrs. Bradley, die Witwe des bekannten amerikanischen Literaturagenten, den ich in den dreißiger Jahren kannte (als Henry und ich eine andere Meinung vertraten als er). Sie ist jetzt selbst eine einflußreiche Literaturagentin. Ich saß auf einem Sofa, und als ich den Kopf gegen die Wand lehnte, sagte sie: »Auf der anderen Seite dieser Wand liegen Prousts Notizbücher. Seine Nichte lebt in dieser Wohnung. Sie liebt das Geld und beabsichtigte, Prousts Manuskripte an einen Ölmillionär in Texas zu verkaufen, wo die französischen Studenten sie nie mehr zu Gesicht bekommen hätten. Malraux verhinderte den Verkauf. Aber das Gesetz kann über den Besitz nur bestimmen, solange die Erbin am Leben ist. Nach ihrem Tod kann der Nachlaß in alle Winde verstreut und auf Auktionen verkauft werden. Sie verkaufte die Filmrechte.«
Ich preßte meinen Kopf gegen die Wand, als könne ich so Prousts Notizbücher berühren.

Eine Ausstellung von Gegenständen, die Maler für Wohnungen entworfen hatten. Sie war spielerisch wie Pop Art, erinnerte an Hollywoodmobilar oder an Dinge, die man auf dem Speicher aufbewahrt. Ein Bett für acht Personen! Ein Teil erinnerte an Dalis Spässe und wirkte äußerst komisch, anderes war schön und nützlich. Ein Lichtkasten, ähnlich wie Wilfreds ›Lumia‹, der eine glänzende Wand mit nebelhaften, sich unablässig verändernden Projektionen bedeckte. Gegenstände aus durchsichtigem Plastik, die von innen beleuchtet wurden, leuchtende Türknöpfe, ein Frisiertisch wie der einer Märchenprinzessin, ein Springbrunnen aus Halbedelsteinen, die übereinandergetürmt waren und über die das Wasser rann, auch er von innen erleuchtet.

Dinner im Jockey Club, dem elitärsten aller Clubs, den auch Proust beschrieb.
Eine Separée, rote damastbezogene Wände, Kerzenleuchter mit unzähligen brennenden Kerzen, im offenen Kamin ein Feuer und für jeden Gast einen Kellner. Comte Jaques de Phalandre und seine Frau. Ein syrischer Bankier und seine Frau, eine amerikanische Millionärin und ihr Ehemann. Jaques Chambrun und seine Frau. Der syrische Bankier besitzt eine wundervolle Gemäldesammlung und hat die ganze Welt bereist. Seine Frau sagte: »Das Schönste und Modernste, was ich in Amerika sah, war die Wayfarers Glass Chapel am Meer in der Nähe von Los Angeles, die Lloyd Wright entworfen hat. Sie ist wunderbar, unglaublich und unvergeßlich!«
Die roten Rosen auf der Tafel verströmten ihr Parfum.
Die Chambruns erzählten eine Geschichte über amerikanische Gastfreundschaft. Im Flugzeug lernten sie einen texanischen Millionär kennen, der sie in sein Haus einlud. Er erzählte so viel über *Thanksgiving*, daß die Chambruns bedauerten, ihren Besuch nicht zu diesem Zeitpunkt einplanen zu können. Der Millionär sagte: »Kommen Sie, Sie

werden schon sehen.« Er kehrte nach Hause zurück, und mit viel Geld gelang es ihm, die kleine texanische Stadt zu bewegen, ein *Thanksgiving* für seine französischen Gäste zu feiern.
Das Soufflé war so leicht, daß man eine Wolke zu essen glaubte, und die Konversation geistreich und hinreißend. Man schien sich in einer anderen Welt zu befinden, die von Krieg, Feindseligkeit und Elend nicht befleckt war. Gedämpfte Geräusche. Selbst das Porzellan schien aus Samt zu bestehen, und die Weine waren wie flüssige Seide.

Der Gedanke an die Verfilmung von *Ein Spion im Haus der Liebe* ließ mich leichten Herzens nach Los Angeles zurückkehren. Es bereitete Tracey Kummer, daß ich die Anzahlung in Frankreich aufgebracht hatte, denn dies entzog ihr jede Möglichkeit einer Kontrolle, und sie fürchtete, daß Albicocco die Rolle seiner Frau geben könne. Ich erinnerte sie daran, daß Marie Laforet sie in San Franzisko kennengelernt und gesagt hatte, sie sei für Sabina die richtige Schauspielerin. Aber ihre Neurose ließ sie nicht zur Ruhe kommen. Sie wollte das Treatment von Ersparnissen bezahlen, die sie nie zuvor erwähnt hatte.
Inzwischen wartete ich auf Albicoccos Treatment und beruhigte Tracey täglich über das Telefon. In Wirklichkeit fürchtete sie sich davor, ihr Element Hollywood zu verlassen und in ein fremdes Land, in eine fremde Produktion zu geraten. Sie fürchtete, die Sprachbarriere würde ihr jede Kontrollmöglichkeit nehmen. Diese Hindernisse konnten mich nicht beunruhigen.
Wir warteten. Der letzte Termin war längst verstrichen. In einem Brief aus Südamerika berichtete Albicocco, daß die Aufnahmen wesentlich länger dauerten, als man angenommen hatte. Lanzman arbeitete am Treatment. Das alarmierte mich, denn ich wußte, daß Lanzman kein Dichter war.
Einen Monat später kam das Treatment – reinster Schund.

Albicocco mußte es einem Lohnschreiber gegeben haben, der das Buch verfälschte. Es war banal, ohne Tiefe, ein einziges Klischee und völlig wertlos. Er hatte mein Vertrauen mißbraucht.

[Frühling 1962]

Brief von Jim Herlihy, Key West:

Heute bin ich seit einer Ewigkeit zum ersten Mal wieder ich selbst – wer immer das auch sein mag! Ich danke Gott für all diese Wundermedizinen. Seit mehr als einem Monat hatte ich eine Grippe, aber nicht so, daß ich mich ins Bett legen mußte. Schließlich wurde es mir zuviel, und ich ging zum Arzt, der mir Medikamente verschrieb. Ich war so sehr davon überzeugt, die Krankheit sei psychosomatisch, daß mir nach Feiern zumute war, als er mir erklärte, es sei ein Virus!

Deine Karte aus Paris überraschte mich. Wie schön, daß Du in Frankreich einen Durchbruch erlebst. Es schien immer seltsam, daß Du in Frankreich solange nicht verlegt wurdest. Natürlich freute ich mich auch zu hören, daß sich mein Buch gut verkauft. Ich wußte nicht, daß es bereits erschienen ist, denn ich habe bisher kein Belegexemplar erhalten. Glaubst Du, Bay wird mir ein paar schicken, wenn ich ihm schreibe und darum bitte?

Wie schön, daß Dein Filmprojekt Fortschritte macht, und daß Du über Deinen Schriftsteller-Regisseur so glücklich bist. Bitte schreibe mir ausführlicher darüber. Ich wußte nur, daß diese Schauspielerin in Hollywood sich dafür interessierte und hatte keine Ahnung, daß die Sache bereits soweit gediehen ist. Hoffentlich lohnt es sich für Dich auch finanziell.

Gestern Abend las ich im Bett über das Leben des schwedischen Schriftstellers Stig Dagerman, der mit einunddreißig Jahren Selbstmord beging, weil er nicht mehr schreiben konnte. Einen Augenblick lang erlebte ich das schreckliche Gefühl der Identifikation mit ihm. Aber unerklärlicherweise erwachte ich heute morgen eher frohgemut! Ich habe eine schwierige Zeit hinter mir, in der ich versuchte, die Schwankungen meines Geistes zu verstehen, und ich weiß noch immer nicht, ob dies der Grippe zuzuschreiben ist oder umgekehrt.

Zu den Fotos von *All Fall Down* für Bay: Ich besitze keine, aber ich habe MGM geschrieben und um einige gebeten. Ich bin nicht sicher, in welchem Maß ich mit diesem Film identifiziert werden möchte, denn ich habe ihn noch nicht gesehen. Aber mich quält noch immer der Verdacht, daß er Gewalt um jeden Preis zeigen wird, und das würde mir ganz und gar nicht gefallen. Er wird zur Zeit in Miami aufgeführt. Ich sollte mich bei der dortigen Premiere verbeugen, aber ich habe mich dieser Situation entzogen. Es wäre etwas anderes, wenn ich das Drehbuch geschrieben hätte oder wüßte, daß der Film das Buch in Stil und Inhalt getreu wiedergibt.

Hast Du James Purdys ›63 Dream Palace‹ in dem Band mit dem Titel *Die Farbe der Dunkelheit* gelesen? (erschienen in einer Paperbackausgabe für ein Dollar fünfundsechzig bei Lippincott) Brilliant, schön und erschreckend. Purdys Realismus ist so großartig, von solcher Leuchtkraft, daß er letzten Endes Surrealismus ist. Ich las auch von Richard Yates *Revolutionary Road* (ein abstoßender, unpassender Titel für diesen großartigen Roman; vermutlich würde der Titel Dich davon abhalten, ihn zu lesen), die Tragödie einer amerikanischen Ehe, so haarsträubend ehrlich wie nichts, was ich zu diesem Thema je gelesen habe.

Hinter mir liegt eine schwere Zeit, Anaïs. Die wesentlichste Kompensation bestand darin, daß ich Gelegenheit hatte, meine Kräfte zu entdecken, oder zumindest einige davon, aber ich bin aus dem Dickicht noch nicht heraus und kann auch nicht schreiben. Als ich im Oktober hierher zurückkam, schrieb ich ein paar Geschichten, aber seither nichts mehr. Im Grunde bin ich davon überzeugt, daß das ein normales Phänomen ist, ein Winter des Herzens, wenn man so will, aber trotzdem lastet die quälende Frage auf mir: Werde ich je wieder schreiben? Ein Großteil der Energie geht damit verloren, daß ich mich an ähnliche und sogar schlimmere Zeiten erinnere, aus denen ich siegreich und produktiv hervorging, und es ist mir gelungen, eine echte Panik zu unterdrücken. Ich weiß jetzt, daß ich bald von hier weggehen werde, entweder nach New York oder nach Kalifornien, oder weiß Gott wohin. Ich habe zu – – – – noch immer eine tiefe Verbindung, die ich inzwischen als einen bleibenden Teil meiner selbst ansehe. Hat sich ein Mensch erst einmal in Dir festgesetzt, ist es fraglich, ob er Dich je noch einmal losläßt. Ich lerne eine Art des Alleinseins, das ich in diesem Ausmaß nie zuvor kennengelernt habe. Es ist keine Version der bekannten, sentimentalen Einsamkeit, die in so vielen Schlagern besungen wird, sondern die Einsamkeit, die an der Wurzel allen menschlichen Lebens zu liegen scheint und die normalerweise, wie ich glaube, bei den meisten Menschen unter so vielen Illusionen und romantischen Phantasien begraben liegt, daß sie nur gelegentlich ihr Vorhandensein ahnen – in Alpträumen oder im Leid. Ich habe kürzlich entdeckt, daß man sie einfach akzeptieren und weitermachen muß, daß ihr alptraumhaftes Wesen nicht nur gemildert und aufgehoben, sondern tatsächlich in etwas Wahres und Lebenspendendes umgewandelt werden kann. Wenn ich auch nur vage beschreiben sollte, was sich hier in letzter Zeit abspielt, würde ich sagen, ich versuche wahrscheinlich, erwachsen zu werden, hinter und über das Märchen, die alten Geschichten von der einen wahren Liebe hinauszugelangen. Wir beide haben im Lauf der Jahre oft darüber gesprochen, und ich verstehe das sehr gut, nur hat das Verständnis wenig mit dem tatsächlichen Wurzelausreißen zu tun. Das Märchen ist in der Seele verwurzelt, aber da ist auch noch etwas anderes: Die Gefahr, sich von dieser Legende zu be-

freien, indem man sich die noch tötlichere Antithese zu eigen macht: Es gibt keine Liebe, etc. Und deshalb, liebe Anaïs, um Dich über mich auf den neuesten Stand zu bringen, ist es vermutlich zutreffend, wenn ich sage, daß ich versuche, ein Gleichgewicht zwischen diesen beiden Polen aufrechtzuerhalten, und ich wäre keineswegs erstaunt zu entdecken, daß es darin einigen Fortschritt zu verzeichnen gibt. Aber für mich ist das eine lange Entwicklung, und Gott weiß, wohin sie mich führt ...
Ich hoffe, Du empfindest es nicht als merkwürdig, daß ich zuerst überhaupt nicht schreibe und mir jetzt plötzlich alles von der Seele rede. Ich nehme an, daß ich zu Dir auf dieser Ebene sprechen kann, ohne Eröffnungswalzer, Vorworte, Schnörkel und Vorspiegelungen, etc., und daß mein Schweigen hingenommen, verstanden oder vergeben wird. Und es kommt nicht vor, daß ich nicht viel und ohne große Liebe an Dich denke.

Ich erfuhr, daß das Kinsey-Institut einige der erotischen Geschichten kaufte, die ich (für einen Dollar pro Seite) für einen Sammler schrieb, als wir Geld brauchten. Aber es stimmte mich traurig, daß das Institut sie auf Grund der falschen Information, es handle sich dabei um mein Tagebuch, gekauft hatte. Um dies aufzuklären, schrieb ich einen Brief, und daraus entwickelte sich ein Briefwechsel mit Mr. Pomeroy. Er zeigte großes Interesse am Tagebuch, bedauerte sehr, daß sie das Original nicht bezahlen konnten, und ich bedauerte, nicht in der Lage zu sein, es ihnen zu überlassen, denn sie hatten eine Befreiung von der Zensur erreicht. Die Regierung hat versprochen, dem Institut in Hinblick auf die Sammlung freie Hand zu lassen, die inzwischen Teil der Forschungsarbeit ist. Ich überließ Mr. Pomeroy ein paar Bände zum Lesen. Er wollte wissen, ob das Institut nicht vielleicht ein Exemplar des Tagebuchs kaufen könne und versprach, alle meine Forderungen zu erfüllen, wie Versiegelung bis zu einem gewünschten Zeitpunkt etc.

Wir trafen uns in New York. Selbst eine Kopie überstieg ihre Mittel bei weitem. Das veranlaßte mich, das Tagebuch zu kürzen und zu edieren. Aber während ich daran arbeitete, starb Kinsey, die Forschungsarbeiten wurden abgebrochen, und aus einem mir unverständlichen Grund wurde die Sammlung, die wohl einmaligste und seltenste der Welt, nicht weitergeführt. Ich erfuhr nie, was geschah. Aber inzwischen hatte ich begonnen zu edieren. Ich beschäftigte mich ernsthaft mit dem Problem des Edierens und überlegte, wie ich es vermeiden konnte, andere zu verletzen oder ihnen Schaden zuzufügen. Wie konnte ich Enthüllungen auf so subtile Weise machen, daß sich keine klaren Aussagen und keine Fakten daraus ableiten ließen? Wie konnte ich skizzenhafte Teile ausfüllen, schwache oder unklare Passagen herausstreichen? Es war ein kompliziertes ethisches und menschliches Problem. Wie konnte man andere bereichern, wie konnte man enthüllen ohne die zerstörerischen Aspekte der Enthüllung, wie konnte man den Kern des Lebens herauslösen, ohne das Leben zu zerstören?

Ich habe einhundertfünfundsiebzig Seiten abgeschrieben und überarbeitet. Endlich scheine ich zu wissen, wie ich das Tagebuch behandeln soll. Da es wie ein Skizzenbuch geschrieben ist, bedarf es des Könnens eines Schriftstellers, um die richtige Auswahl zu treffen und Streichungen vorzunehmen. In einem Skizzenbuch wird dieselbe Person auf der Suche nach immer neuen Blickwinkeln, Veränderungen und einer neuen Sehweise vielleicht fünfundzwanzig Mal festgehalten. Diese beinahe identischen Wiederholungen müssen gestrichen werden. Menschen verändern sich und Veränderungen sollten festgehalten werden, aber in der Auswahl, im Feststellen fehlender Brücken liegt ein künstlerisches Element.

Wie Rimbaud trete ich aus meiner künstlerischen Welt heraus, die so unerwünscht ist. Ich beginne jetzt als Tagebuchautorin und Realistin. Daran werde ich für den Rest meines Lebens arbeiten. Die Poesie und das Märchen (Oliver Evans nannte *Collages* Geschichten aus Tausendundeine Nacht) haben mich zu sehr isoliert und der Welt entfremdet.

Brief an Oliver:

Die Frage, wie vieles in meinen Romanen autobiographisch sei, ist sehr delikat. Ich bin der Ansicht, der Vorgang des Romanschreibens ist ein unmittelbares Transponieren und Komponieren, das in keiner Beziehung zur persönlichen Erfahrung steht. Jeder Schriftsteller hat dies so gesehen. Denken Sie an Proust, wie gereizt er darauf reagierte, wenn Freunde behaupteten, sie seien ›Modelle‹. Es würde ein ganzes Buch in Anspruch nehmen, das Erdachte vom Erlebten zu trennen. Ich glaube nicht, daß man dies analysieren sollte. Hätte ich eine Autobiographie veröffentlichen wollen, hätte ich das Tagebuch verlegt. Aber ich spürte die Notwendigkeit, mein persönliches Leben von der Fiktion zu trennen und schuf Kunstwerke, die man unabhängig vom Leben beurteilen muß. Ich hoffe, Sie stimmen mir darin zu. Ich habe diese Fragen stets als eine Art Beleidigung empfunden. Wären Sie hier, und wir könnten miteinander sprechen, würde ich Ihnen ohne Zögern sagen, es gibt von meinem Vater *etwas* in *Eiszeit*, aber es handelt sich dabei nicht um meinen Vater, nicht um mich und auch nicht um mein Leben. Ich wäre Ihnen sehr dankbar, wenn Sie dieses Thema vermeiden würden. Ich glaube nicht, daß es für eine Untersuchung meiner Werke notwendig ist. Hätten Sie die Absicht, meine Biographie zu schreiben, wären diese Nachforschungen selbstverständlich. Ich möchte nicht, daß Sie glauben, ich wolle ausweichen oder Dinge verheimlichen. Ja, ich kenne alle die merkwürdigen Märchen, mit denen man mich umgibt, und über die man spricht. Aber das wird sich an dem Tag aufklären, an dem das Tagebuch veröffentlicht sein wird. Und dann werden

alle, die sich Freiheiten nahmen und Aussagen wagten, wie Soundso sei Soundso in meinen Romanen, enttäuscht sein. Bitte helfen Sie mir, mein persönliches Leben zu schützen. Es ist das Laboratorium, in dem die Dichtung entsteht. Ich werde beantworten, was ich beantworten kann. Ich begann das Tagebuch, als ich elf Jahr alt war und mit meiner Familie nach Amerika auswanderte. Es bedeutete für mich das Logbuch der Abenteurerin. Und es ist seit dieser Zeit weitergeführt worden und hat inzwischen den einhundertdritten Band erreicht. Es diente als Notizbuch, als Skizzenbuch, und einige Auszüge haben mir Material für Geschichten geliefert: ›Die Geburt‹ zum Beispiel in *Unter einer Glasglocke*. Aber der größte Teil seines Inhalts *unterscheidet sich von den Romanen.* Die Romane sind eine Art Mythologie. Die Tagebücher sind untransformiertes, untransponiertes und untransmutiertes Material. Ich möchte die Romane als Dichtung und nicht als Autobiographie angesehen wissen. Ich glaube, der Ursprung, die Wurzeln der Charaktere, die Quellen der Erfindung sollten späteren Untersuchungen vorbehalten sein und bei einer gegenwärtigen Interpretation des Werks keine Rolle spielen.
Ich hoffe sehr, wir können eines Tages darüber in aller Ausführlichkeit sprechen.
Ich habe den Gotham Book Mart für Sie um ein Exemplar der Broschüre *On Writing* gebeten. Wenn Sie es noch nicht erhalten haben, bedeutet das, daß sie keine Exemplare mehr besitzen. Ich versichere Ihnen, das meiste darin findet sich in einer objektiveren Form in dem Manuskript, das Ihnen vorliegt.
Die Fragen, die Sie mir persönlich, als Freund stellen, werde ich gerne beantworten. Aber die Antworten sind nicht für eine Veröffentlichung bestimmt. Kommen Sie nach New York? Werden wir uns eines Tages unterhalten können?
Lesen Sie Französisch? Ich habe eine Rezension von *Ladders to Fire* in Französisch, die Sie sicher interessieren

wird. Bitte haben Sie Verständnis dafür, daß ich die Romane nicht in verschiedene Bände aufgeteilt sehen möchte, die Realität nicht von der Surrealität trennen will, da ich im Gegenteil stets versucht habe, sie zu verschmelzen.

Brief an Oliver:

Mir gefällt die Ausgeglichenheit und Ernsthaftigkeit Ihres Artikels über mein Werk, die Zusammenfassung so vieler Elemente. Ich werde ihn meinem französischen Herausgeber André Bay von Editions Stock schicken, der Englisch liest und selbst Schriftsteller ist. Vielleicht benutzt er ihn als Vorwort.
Möglicherweise erreichen Sie, was Sie sich und mir in Ihrem Telegramm wünschten, das negative Urteil noch zu meinen Lebzeiten zu revidieren. Es hat mich immer erstaunt, daß ich für alle ein Rätsel blieb. Meiner Meinung nach habe ich indirekt soviel gestanden. Es ist wahr, ich habe Publicity vermieden und nur für meine Lieben und Freundschaften gelebt. Es fällt mir schwer, in der Öffentlichkeit aufzutreten. Da Sie in Ihrem Artikel persönliche Anspielungen vermieden haben, spüre ich, Sie sind ein Freund. Ich habe für Sie ein Exemplar von *On Writing* gefunden. Ich bereite ein Gespräch für die Schriftstellertagung am Los Angeles State College vor. Was Sie über Ihren ersten Eindruck von den Geschichten geschrieben haben, gefällt mir: ›das Gefühl unermeßlichen Raums‹.

[Sommer 1962]

Brief von Roger Bloom:

Henry war hier – vor etwa einer Stunde ist er gegangen –, nach dreistündigen Gesprächen über alles mögliche. – Als er heute morgen kam, begrüßte ihn der Direktor unseres *Corrections Department,* und wir zogen uns zu dritt etwa eine halbe Stunde lang in eines der Büros zurück. Nachdem der Direktor uns verlassen hatte, blieben wir etwa eineinhalb Stunden lang allein und verbrachten die restliche Zeit seines Besuchs mit ein paar Freunden von mir aus der Zeitungsredaktion. Gestern kam er um neun Uhr, und wir blieben etwa ebenso lange zusammen – ein offener Besuch, bei dem uns nichts trennte, keine Gitter wie im Besuchszimmer. – Bei seinem ersten Besuch verbrachten wir etwa eine Stunde in meiner Zelle. Er staunte über die vielen Bücher und blätterte lange im dicken Stapel meiner Korrespodenz – am meisten interessierten ihn Ihre Briefe –, er war von Ihrer Handschrift entzückt und sprach von den vielen schönen Briefen, die er von Ihnen besitzt – er sprach auch über Ihr Tagebuch und über die große Wirkung, die Ihre Tagesbücher eines Tages haben werden.
Als wir meine Zelle betraten, ging er sofort auf die Photos von Ihnen zu und sagte wie zu sich selbst: »O ja, dies ist Anaïs. Mein Gott, wie schön sie ist – ja, das ist Anaïs – wie jung sie aussieht. – Es ist so lange her, seit ich sie gesehen habe, ach ja, das ist sie.« Und als er das Photo auf den Tisch zurückstellte und sich umwendete, wischte er sich die Augen – wirklich, Anaïs, ein sehr bewegender Augenblick für mich, der mir viel bedeutete. – Sehen Sie, ich weiß

ein wenig von Ihrer gemeinsamen Vergangenheit, und ich weiß, daß Sie am Anfang einen sehr großen und wichtigen Platz in Henrys Denken einnahmen – durch Ihren Einfluß gelangte er soweit, daß er seine Ketten abschütteln und schreiben konnte. – Er sprach nur freundlich und liebevoll von Ihnen. – Er sagte, es sei etwa vierzehn Jahre her, daß er Sie zum letzten Mal gesehen habe. Dann sprach er ausführlich von Ihnen und Ihren Tagebüchern. Er sagte, sofort bei Ihrer ersten Veröffentlichung würde man erkennen, daß sie der wichtigste Beitrag zu unserer Literatur sind – und für die nächsten hundert Jahre würden sie ihre Bedeutung nicht verlieren. – (Als er mir heute Lebewohl sagte, waren seine letzten Worte – ich werde Anaïs sobald wie möglich schreiben, und wenn ich nach Los Angeles zurückkehre, werde ich sie besuchen. – Wir hatten beim Abschied beide Tränen in den Augen. – Ich konnte mehrere Male im Verlauf unserer Gespräche die Tränen nicht zurückhalten. – Ich weinte ganz einfach – zum Teil aus Freude.)
Das großartige Geschenk seines Besuchs brachte noch etwas anderes, sehr Schönes mit sich: Ich habe Sie viel besser kennengelernt. – Henry gab mir *The Comological Eye* mit zwei wichtigen Essays über Sie – der eine über Ihre Tagebücher und der andere über ein Theaterstück oder das Szenario für *House of Incest.* – Ich habe beide noch nicht gelesen, aber nachdem ich die Maschine beiseiteräume, werde ich sie sofort lesen. – Während er meine Bücher durchsah, öffnete er den Band mit den Reproduktionen seiner Aquarelle, den ich vor einigen Wochen aus Deutschland erhielt, und während er darin blätterte, erläuterte er verschiedene Bilder, die ihn zuhause und in seinem Atelier zeigen. – Er deutete fröhlich auf eine der Abbildungen und sagte: »Da ist sie, da ist Anaïs. Ist sie nicht schön?! – Und in seiner Stimme schwang soviel Gefühl – und er zeigte mir auch Moricand und Katsimbalis, seinen griechischen Freund –, und natürlich wurden sie mir dadurch viel vertrauter.

Ein guter Freund hier, ein Arzt und Pathologe aus Mid-Missouri, holte Henry am Flughafen ab und verbrachte den Abend mit ihm. – Gestern fuhr er mit ihm in eine kleine Stadt, und sie aßen in einem deutschen Restaurant. – Heute möchte er, wenn es sich einrichten läßt, den Vorsitzenden des Begnadigungsausschusses sprechen – heute abend ist er bei unserem Pfarrer und seiner Frau zum Essen eingeladen –, morgen fliegt er nach Europa. Anläßlich einer Konferenz wird er einen Monat in Spanien verbringen und dann über Minneapolis und Chicago nach Hause zurückkehren.
Dies ist alles für heute – ich wollte Ihnen nur sagen, daß er hier war. – Ich bin im ›Himmel‹. Ich liebe Sie und ich liebe Henry so sehr – die Schuppen sind mir von den Augen gefallen.

Brief von Roger Bloom:

Liebe Anaïs, heute schreibe ich über ein Problem, bei dem ich die Hilfe eines Menschen brauche, dem ich vertrauen kann. – Ich habe wirklich ein Problem, und es ist groß.
Zunächst, am 31. Mai, traf ich den Sekretär des Ausschusses auf dem Flur und erzählte ihm von Henrys bevorstehenden Besuch. – Am nächsten Tag ließ er mich rufen und übergab mir einen Brief des Ausschusses, in dem stand, daß mein Fall bis zum Mai 1963 ausgesetzt sei. – Ich weiß gar nicht, wie ich Ihnen beschreiben soll, was ich empfand. – Ich wurde krank, psychisch und physisch – ich schäme mich, gestehen zu müssen, daß ich auch weinte. – Ich konnte mir nicht vorstellen, daß diese drei Männer einfach übereingekommen sein sollten, daß ich keine Begnadigung verdiene. – Ich fragte den Sekretär, ob es irgendwelche Kommentare zu dieser Entscheidung gäbe. – Er erwiderte, es sei keine andere Entscheidung in Aussicht gestellt worden. – Und so fragte ich ihn, ob die Kommission der Ansicht sei, ein Mann könne seine Aufrichtigkeit nur durch Selbst-

mord unter Beweis stellen – denn ich habe alles getan, was in meinen Kräften stand, um sie davon zu überzeugen, daß ich im Hinblick auf mein künftiges Leben so ehrlich und aufrichtig bin, wie ein Mensch nur sein kann. Ich bot an, dem Ausschuß die Korrespondenz der vergangenen Jahre vorzulegen, und wenn man einen einzigen Satz darin entdeckte, der Betrug, Lügen oder Unehrlichkeiten bewies, dann stünde es ihnen frei, mich in eine Einzelzelle zu verlegen. – Ich kann mich nicht mehr genau daran erinnern, was ich alles sagte, aber ich bin sicher, der Sekretär war maßlos überrascht.

Ich bin nicht verbittert, Anaïs, ich bin verletzt. Und nicht nur, weil man mir die Begnadigung verweigert, ich bin verletzt, weil man sich so einfach über alle Empfehlungsschreiben und die angebotene Hilfe hinwegsetzte. – Ich fragte, was soll ich diesen Menschen sagen, was muß ich Henry Miller und Anaïs Nin sagen, den beiden großartigsten Menschen, die ich kenne – muß ich ihnen sagen, sie hätten keine Ahnung, wovon sie sprechen, sie täuschten sich, wenn sie an mich glauben (er saß nur da, und schüttelte den Kopf). Sie besaßen noch nicht einmal den Anstand, Ihnen allen für die Anteilnahme zu danken. – Sie reagierten auch auf Dr. Finks Angebot, mir Wohnung und Arbeit zu verschaffen, nur mit Schweigen. – Und wissen Sie, weshalb? Sie sind Götter geworden. – Ich und meinesgleichen sind Tiere. – Von ihrem Standpunkt aus die niedrigsten aller Tiere.

Schließlich fragte ich, ob sie mich vielleicht für all die Beziehungen zu Henry, zu Ihnen und den anderen, die sich für mich eingesetzt haben, bestrafen wollen. Sei man vielleicht der Ansicht, ich verdiene diese Freundschaften nicht (noch immer keine Antwort. Er sagte nur, ich solle mir nicht selbst schaden.). Ich kam in den Laden zurück; etwa um achtzehn Uhr dreißig rief mich der Direktor in sein Büro und wollte die Haare geschnitten haben. – Er wußte bereits von meiner Unterredung mit dem Sekretär. – Ich wiederholte lediglich alles, was sich am Morgen ereignet hatte. Er ermutigte mich, diese Freundschaften nicht abzubrechen – und gab zu bedenken, daß die Kommission möglicherweise eine Absicht verfolge, wenn sie mir die Haft nicht aussetzte, aber ich solle auf keinen Fall meine Freundschaften darunter leiden lassen. – Es ist ein guter Rat, Anaïs, aber ich meine, es gibt sehr viel mehr darüber zu sagen. – Ich muß in erster Linie an diese wunderbaren Menschen denken, die ihr Leben mit mir geteilt und mir dadurch etwas gegeben haben, was ich nie zuvor kannte: Den Wunsch, ein normales und nützliches Leben zu führen.

Und ich empfinde es als Zumutung meinerseits, wenn ich erlaube, daß sie in ihren Bemühungen fortfahren, mir zur Freiheit zu verhelfen. In gewisser Weise fühle ich, daß Henry einen Tiger am Schwanz gepackt hat, und obwohl er ihn gerne loslassen würde, spürt, daß er es nicht tun sollte. – Und so ist es nur richtig, wenn ich ihn auffordere, nach Kalifornien zurückzukehren und Roger zu vergessen – dies alles einfach als Teil seines ›Lebens in der Öffentlichkeit‹ anzusehen –, einfach irgendein Mensch, der ihm im Hotel über den Weg lief. – Wenn ich das tue, kann ich alles unternehmen, was in meiner Macht steht, um eine Begnadigung zu erwirken – im nächsten Jahr oder in zehn Jahren.

Brief an Roger Bloom:

Ich war erschüttert, als ich Ihren Brief las, aber lieber Roger, geben Sie nicht auf! Ich weiß, ich hätte meiner ersten Eingebung folgen und Sie bitten sollen, alle Ihre Brief zu kopieren. Sie sehen, die Tatsache, daß Ihre Freunde Schriftsteller und Künstler sind, beeindruckt den Ausschuß nicht, wie Sie hofften. Gewöhnliche Menschen verstehen den Künstler, den Schriftsteller nicht und legen auf sein Urteil keinen Wert. Was wir hätten tun sollen –

und ich glaube, wir sollten das jetzt als nächstes versuchen, ist folgendes: Wir sammeln alle Kopien Ihrer Briefe an mich, an Henry, an George, etc., und ich werde sie einem Psychiater vorlegen. Ich möchte die Meinung eines Fachmanns über Ihren Charakter einholen. Die Männer, die im Begnadigungsausschuß sitzen, werden sich davon mehr beeindrucken lassen. Ich wünschte, ich hätte es von Anfang an getan. Georges Bemühungen stimmten mich optimistisch, auch das Angebot einer Arbeit von Ihrem Arzt, und das Angebot der Freunde, die Reise zu finanzieren. Besprechen Sie das mit Henry. Vielleicht kennt er einen Psychiater, der anerkannter ist als die, die ich kenne. Er ist auch in der Lage, für die Konsultation aufzukommen, denn ich bin zur Zeit finanziell in einer etwas ungünstigen Lage. Vielleicht stimmt er meinem Vorschlag nicht zu, dann werde ich allein tun, was mir mein Instinkt von Anfang an sagte. In der Welt der hartgesottenen Männer, die in diesen Berufen arbeiten, ist es nicht gerade von Vorteil, mit Leuten wie uns befreundet zu sein. Geben Sie die Hoffnung nicht auf! Unsere Briefe haben sich gekreuzt; ich hatte bereits beschlossen, mich darauf zu konzentrieren, Ihnen zu helfen. Ich weiß, wie Ihnen jetzt zumute ist. Ich würde Henry die Wahrheit sagen. Fürchten Sie nicht, ihn zu belasten. Er hat sich diese Aufgabe gestellt, weil ihm sein ganzes Leben lang von anderen geholfen wurde.

Er versucht zurückzugeben, was er erhielt. Es ist seine Art. Ihm wurde immer gegeben, und in den letzten Jahren wollte er die Rolle des Gebenden übernehmen. Lassen Sie sich von ihm helfen. Er hat jetzt den Einfluß, er ist auf dem Höhepunkt seines Ruhms. Ziehen Sie sich nicht zurück. Ich weiß, das ist eine natürliche Reaktion, wenn man verletzt ist.

Gibt es bei Ihnen einen Gefängnispsychiater? Können Sie mit ihm sprechen? Sagen Sie, der Schock des abgelehnten Gnadengesuchs mache es notwendig, ihn zu sprechen (und das ist nicht gelogen). Es ist die Aufgabe des Psychiaters, das wahre Wesen eines Menschen zu beurteilen. Man erwartet von ihm Objektivität, und er hat viele Möglichkeiten, der Objektivität Gehör zu verschaffen. Ich kenne mehrere Psychiater in New York, aber ich muß den einen herausfinden, dessen Aussage den Ausschuß am nachhaltigsten beeindrucken wird. Edwin Fancher, der Herausgeber von *The Village Voice* arbeitet hauptberuflich als Psychiater für drogenabhängige Jugendliche. Ich werde mit ihm über Sie sprechen. Geben Sie die Hoffnung nicht auf, und kopieren Sie alle Ihre Briefe. Versuchen Sie, die Briefe von Henry und George zurückzubekommen ... ich werde die Ihren sammeln. Verlieren Sie nicht den Mut.

Telegramm von Roger Bloom: »Erhielt die Nachricht, daß George (Dibbern) plötzlich letzten Dienstag gestorben ist. Große Trauer. Werde schreiben.«
Ein tragisches Zusammentreffen. George Dibbern, der mutige Abenteurer, der allein um die Welt reiste, der in Neuseeland lebte und für Roger Bloom das Gesuch einreichte, ihn auf dem Gnadenweg nach Neuseeland zu entlassen, wo sich verschiedene Menschen seiner annehmen wollten. Wir arbeiteten alle daran, überzeugende Unterlagen zusammenzustellen. Wir korrespondierten und entdeckten, daß Dibberns Buch *Quest*, eine Schilderung seiner Reise, vergriffen ist, und bemühten uns um eine Neuauflage. Dibbern war bereits über siebzig, bereitete jedoch eine neue Reise vor. Gerade als die Dinge sich zu klären schienen, starb er. Für Roger bedeutete sein Tod das Ende der Hoffnung, nach Neuseeland begnadigt zu werden. Der Ausschuß stand unseren Aktivitäten mißtrauisch gegenüber. Dr. Fink bot Roger als Alternative eine gutbezahlte Arbeit in seinem Laboratorium an. Dies war jedoch ebenso verdächtig wie diese Schriftsteller, die selbst keine ordentlichen Bürger waren, und so entschied man sich plötzlich, die Begnadigung abzulehnen. Roger war vernichtet.
Henry setzte sich mit Elmer Gertz, einem ihm bekannten

Rechtsanwalt, in Verbindung und tat alles, um Roger Blooms Begnadigung zu erwirken. Die Korrespondenz enthüllte einen Mann, der aus eigenen Kräften, durch Lesen und Studieren seinen Charakter und sein Leben neu aufbaute. Ich entdeckte darin nichts, was als Motiv krimineller Haltung angesehen werden könnte: Rachegefühle, Ressentiments, Unvermögen, Beschuldigung der Gesellschaft oder anderer für das eigene Verhalten. Er verschlang die Bücher geradezu; er studierte und begann auch zu schreiben. Im Gefängnis galt er als ›Ehrengefangener‹. Er arbeitete als Gefängnisfriseur. Zu Weihnachten erlaubte man ihm, begleitet von Wärtern und in Zivilkleidung, Geschenke, die die Gefängnisinsassen hergestellt hatten, in Waisenhäusern zu verteilen. Er hielt Vorträge gegen Verbrechen. Wir arbeiteten alle für seine Begnadigung. Die Ironie wollte es, daß ich zur selben Zeit Briefe eines jungen Schauspieler-Dichters erhielt, der sich der Gewalt verschrieben hatte, aus dessen Briefen Zorn und Rache sprachen. Er hielt Gewalt für den einzig möglichen Weg. Er bereute seine Taten nicht. Der Gegensatz zwischen den beiden Männern konnte nicht größer sein. Ich wußte, der junge Dichter würde sich nach seiner Entlassung von neuem der Gewalt zuwenden. Er kehrte nach zehn Jahren wieder in die Freiheit zurück, und das schien mir unlogisch zu sein, denn jeder hätte sehen können, daß der junge Dichter gefährlich, Roger Bloom aber harmlos war. Als wir über diesen Widerspruch sprachen, erklärte man mir, Bloom habe das schlimmste aller Verbrechen begangen, er habe eine geheiligte Bank überfallen – eine weit schlimmere Tat als Gewaltanwendung gegenüber Menschen.

Der Austausch von Büchern und Nachrichten ging weiter. Roger Bloom schickte mir eine handgearbeitete Ledertasche und ein selbstgebautes Radio. Ich wollte ihm Schallplatten schenken, die ihm aber nicht ausgehändigt wurden. Man las unsere Briefe und stempelte sie ab. Der Kampf um Begnadigung ging weiter.

Henry besuchte Roger Bloom. Während des Besuchs zeigte Roger ihm seine Mappe mit Briefen, Bildern und Zeitungsausschnitten, die er sammelte. Die Bemerkung Henry Millers, ›sie seien viel Geld wert‹, schockierte mich. Bloom dachte in keiner Weise daran, aus unserer Freundschaft Nutzen zu ziehen. Ganz im Gegenteil: Als *Wendekreis des Krebses* bei Grove Press erschien, und man von einem Prozeß sprach, bat ich Roger Bloom, mir meine Briefe vorübergehend zurückzugeben, solange die Gefahr eines Skandals bestand, der uns alle besudelt hätte. Ich wußte, wozu die Medien in einem solchen Fall fähig waren. Er tat es.

[Herbst 1962]

Besuchte Henry Miller in Los Angeles. Das beiderseitige Interesse an Roger Bloom belebte unsere Freundschaft neu. Henry machte mir ein Geschenk; er überließ mir das Copyright seiner Briefe an mich.
Er lebte in den vergangenen Jahren hauptsächlich in Big Sur. Ich hatte ihn seit meinem Besuch dort 1947 nicht mehr gesehen. Jetzt bewohnt er mit seinen Kindern ein eigenes Haus. Ich hörte, daß es ihm gesundheitlich nicht gut ging, und wollte ihn deshalb gerne wiedersehen, um die guten Seiten unserer Freundschaft zu bewahren.
Mehr als je zuvor wirkte er wie ein buddhistischer Mönch, und er besaß noch immer die alte Fröhlichkeit. Ein Buddhabild hing an der Wand, als sei Buddha sein Vorbild. Ich traf den alten Henry mit den prüfenden Augen und der weichen, vollen Stimme.
Er sprach von seinen Kindern. Er liebte sie mehr als alle anderen Menschen (wie Eve mir schrieb). Die Nacht zuvor hatte er nicht geschlafen, da seine sechzehnjährige Tochter Val um vier Uhr morgens noch nicht zu Hause war. Er wollte gerade die Polizei anrufen, als er sie schlafend im Wohnzimmer auf der Couch fand. – Sie hatte ihn nicht aufwecken wollen. Er klagte darüber, daß die Kinder seine Aquarelle nicht beachteten, selbst wenn er sie so plazierte, daß sie sie nicht übersehen konnten. Sein Sohn hatte sich beim Wellenreiten einen Fußknöchel gebrochen. Sie kamen beide herein und wirkten wie Millionen anderer Teenager. Ich hätte nicht sagen können: Dies sind Henrys Kinder.
»Erfolg, Anaïs, ach, Erfolg bedeutet nichts. Das Einzige von

Bedeutung sind die wenigen herausragenden Briefe, die man im Laufe des Jahres erhält, die eine persönliche Reaktion erkennen lassen.

Er war unverändert bescheiden, natürlich, naiv und nicht Ich-bezogen, der Henry, der für einen Heiligen gehalten werden will. Ich erkundigte mich nach seiner Gesundheit. Er hatte in Mallorca eine Grippe, und der Arzt sagte ihm, sein Herz sei schwach. Aber als er nach Amerika zurückkehrte, ergab die Untersuchung keine Herzbeschwerden.

»Aber ich fürchte mich nicht vor dem Tod. Ich glaube an eine Reinkarnation. Ich glaube, ich werde an einem anderen Ort noch viel Zeit haben.«

In Deutschland verliebte er sich in eine Verlegerin. Er wäre in Europa geblieben, wenn er die Kinder nicht so sehr vermißt hätte. »Sie geben mir das Gefühl, jung zu sein. Wenn ich ihnen zuhöre, wenn ich sie spielen sehe, und wenn ich ihr Leben verfolge, fühle ich mich so jung wie sie. Mein Gott, es belebt mich. Weißt Du, daß Eve geheiratet hat?«

Wir sprachen über *Od Obsession*, den japanischen Film, für den er auf dem Filmfestival in Cannes gestimmt hatte. Ich bewunderte ihn. Er gab mir das Buch *(Der Schlüssel)*. Er erzählte mir, nach *Ein Lächeln am Fuß der Leiter* würde eine Oper komponiert.

In Deutschland schrieb er ein Theaterstück, *Ganz wild auf Harry*. »Die Franzosen fanden es zu sentimental. Sie sagten, ich würde alt, ich, der Harte, würde weich.«

Er konnte schon immer weich sein, aber wenige Leute kannten ihn von dieser Seite, in der etwas Kindliches lag, das in seinen Aquarellen und in *Das Lächeln am Fuß der Leiter* oder *To Paint Is to Love Again* sichtbar wird. Sein Mitgefühl war irrational. Es konnte sich auf jemanden wie Roger Bloom richten, aber nicht auf seine Frauen. Er hält nichts davon, jemanden zu beschützen. Er erzählte eine Indianergeschichte: »Ein Kind beobachtete einen Schmetterling, der sich entpuppte. Man sagte dem Kind, es dürfe dem Schmetterling nicht dabei helfen. Es sah die Anstren-

gungen des Schmetterlings und half ihm; dabei verletzte es die Flügel.« Er erzählte mir die Geschichte, weil ich, wie er sagte, überfürsorglich sei.
Wir sprachen über Roger Bloom.
Er sagte, er sei mit dem Schreiben noch nicht fertig, aber die Welt ließe ihm keine Zeit mehr dazu. Er wollte zu einer Schriftstellertagung in Edinburgh, dann nach Paris, Deutschland etc. Er würde erst im November wieder zurücksein.
»Tony versteht es, sich besser anzuziehen als ich«, sagte Henry bewundernd, »und meine Tochter kam neulich mit einem Gedicht von Rimbaud, das sie übersetzt hatte. Ich hätte nie gedacht, meine Kinder würden Rimbaud lesen und übersetzen.«
Henry kann nicht verstehen, daß ich Publicity vermeide. Er hat sein Leben immer in aller Öffentlichkeit gelebt.
In meinen Augen ist er kein einsamer Mensch. Seine Beziehung zur Welt war ihm immer wichtiger als enge persönliche Bindungen. Er liebte niemanden mehr als sich selbst. Er würde nie an gebrochenem Herzen sterben.

Die Geschichte von Raven:

Als Kind hatte Renate geglaubt, sie sei geboren worden, um alle Tiere zu befreien. Die Fesseln und das Sklaventum der Tiere bekümmerten sie: die Esel in den Tretmühlen in Ägypten, die Rinder auf den Eisenbahnwaggons, die Hühner mit zusammengebundenen Beinen, die Kaninchen, die in den Wäldern gejagt werden, die Hunde an Leinen, die Kätzchen, die an den Straßenrändern verhungerten. Sie unternahm verschiedene Versuche, sie zu befreien. Sie durchschnitt die Schnüre an den Beinen der Hühner, und sie flatterten über den ganzen Marktplatz. Sie öffnete alle Käfige, die sie finden konnte, und ließ die Vögel heraus. Sie öffnete die Gatter der Weiden und ließ die Rinder frei.
Erst als sie vierzehn Jahre alt war, erkannte sie die Hoff-

nungslosigkeit ihrer Bemühungen. Grausamkeit war zu weit verbreitet. Sie konnte nicht hoffen, sie auszulöschen. Sie reichte von den Gipfeln Perus und den Dschungeln Afrikas bis nach Arcadia, Kalifornien, wo sich die Bewohner über wilde Pfauen erregten, die sich in der Gegend aufhielten und sich einfangen ließen. Daher begann Renate, die Freundschaft zwischen Frauen und Tieren zu malen. Sie malte eine strahlende Frauengestalt, die friedlich neben einem Panther ruht, eine Frau mit blauschimmerndem Körper, die auf den geöffneten Flügeln eines Schwans dahingleitet, eine Frau mit Augen, die den Augen einer siamesischen Katze gleichen, eine Frau, die zärtlich eine Taube in der Hand hält. Die Taube war so klein, daß Renate eine Lupe benutzen mußte, um ihre Augen studieren zu können. Sie war sehr überrascht, als sie den kalten feindseligen Blick der Taube bemerkte. Renate glaubte nicht an die Feindseligkeit der Tiere. Zuerst hatten gefangene Tiere ihr Interesse geweckt, dann freilebende Tiere und schließlich Frauen und Tiere, die in Harmonie zusammenleben.

Raven, ein Mädchen mit langen schwarzen Haaren und blasser Haut, erzählte Renate von ihrem Raben, nachdem sie Renates mythologische Bilder gesehen hatte. Ihr Wunsch nach einem Raben war so früh in ihr erwacht, daß sie sich nicht mehr daran erinnern konnte, was ihn erweckt hatte: Edgar Allan Poes Gedicht oder eine kleine Radierung, die sie bei sich trug wie andere die Photographien ihrer Kinder bei sich tragen. Sie hatte sich immer als zu sanft und zu nachgiebig gesehen. Der Traum von einem wilden Raben schien das Gleichgewicht in ihrem Wesen herzustellen. »Seine schwarzen Flügel, sein spitzer Schnabel, seine starken Krallen vervollständigten mich; sie fügten meinem Wesen etwas hinzu, das ihm fehlte; sie brachten mir das Element der Dunkelheit.« Sie suchte nach einem Raben und war sehr beunruhigt, als sie erfuhr, daß in Amerika Raben beinahe ausgerottet sind.

Sie ging in den Zoo, um Raben zu sehen. Sie las, daß Raben früher Gegenstand der Verehrung und des Aberglaubens gewesen waren; Raben als Symbol der Nacht, der dunklen Seite unseres Lebens? Sie entdeckte, daß sie intelligent und listig sind. Sie lernen, mit rauher, krächzender und tiefer Stimme Wörter zu sprechen.

Dann fand sie in San Franzisko die Anzeige einer reichen exzentrischen alten Dame, die Vögel und Tiere hielt, und die gezwungen war, nach Europa zurückzukehren. Sie wollte einen Raben verkaufen. Raven eilte zu ihr und fand dort ihren Raben. Sie machte eine Anzahlung und bat die alte Dame, ihn so lange zu behalten, bis sie die Vorbereitungen für seine Unterkunft getroffen hatte. Aber noch ehe sie damit fertig war, erhielt sie ein Telegramm: »Rabe eintrifft TWA Flug 8 heute zwanzig Uhr.«

Die Vorstellung, daß ihr Rabe in einer Kiste von San Franzisko herbeigeflogen wurde, verwirrte Raven. Irgendwie hatte sie erwartet, er würde mit eigener Kraft zu ihr fliegen.

Als sie ihn in seiner Kiste am Flughafen abholte, schien er niedergeschlagen und gedemütigt zu sein. Er hielt die Flügel dicht an den Körper gepreßt, als habe ihn der Flug für immer verkrüppelt. Er betrachtete ärgerlich das Flugzeug, als sei es ein unwürdiger Rivale. Er krächzte und gab zeternd unwirsche Laute von sich. Raven nahm ihn mit nach Hause.

Sie mußte einen riesigen Käfig kaufen. Aber sie war glücklich. Sie hatte sich einen langgehegten Traum erfüllt und ihr Wesen vervollständigt. In dem Raben lag ein stummer Teil ihres Wesens, der nicht fliegen konnte, der jetzt sichtbar, hörbar war, und der fliegen würde. Seine Flügel, weitgeöffnet und kraftvoll, wurden ihre Flügel. Seine Schwärze wurde ihre Schwärze. Und das Kind in Raven, das zu freundlich, zu gehorsam gewesen war, fühlte sich jetzt von diesem sanftmütigen Bild ihrer selbst befreit, fühlte, daß der Rabe ein Teil ihres Wesens geworden war, dem sie Ausdruck verleihen wollte, ein stärkeres, dunkleres und

unabhängigeres Ich. Seine Ironie, sein Spott und seine Heftigkeit paßten zu ihr. Es waren Erweiterungen des Mädchens Raven, die sonst vielleicht selbstlos und in sich zurückgezogen geblieben wäre. Jetzt saß Raven auf dem roten Sofa, und ihr Rabe wanderte durch den Raum, der Rabe der Legenden, räuberisch, raubgierig, raubend, randalierend. Aber Raven liebte ihn mit all seinen Launen.
Sein schwarzes Gefieder glänzte dunkelblau. Seine Augen waren hart, seine Krallen umklammerten die Stäbe des Käfigs. Er blickte unverwandt auf Renate, und Renate blickte unverwandt auf ihn. Ein schwarzer strahlenloser Blick.
Raven löste die Kette. Renate erwartete, er würde sich auf Ravens Haaren oder Schultern niederlassen. Sie wollte die Berührung von Haaren und Flügeln sehen. Aber Raven und der Vogel boten kein Bild von Intimität. Mit seinem langen Schnabel pickte er an Ravens Zehen. Krächzende Töne erfüllten den Raum, die sich anhörten, als räuspere sich jemand nach dem Rauchen. Flügelschlagend erhob er sich von seiner Sitzstange.
Ravens Verehrer sahen in dem Vogel eine Bedrohung. Er starrte in ihre Augen und schien über einen Angriff nachzudenken. Raven beherrschte ihn wie eine Dompteuse. Sie scheuchte ihn mit einer gefalteten Zeitung in seinen Käfig zurück, und Renate bemerkte, daß sie seinen wütenden Rückzug genoß.
Die jungen Männer fühlten sich durch den Raben bedroht, für sie war er ein Rivale, der ihren Mut und ihre Männlichkeit herausforderte. Sie konnten ihr in seiner Gegenwart nicht den Hof machen und nicht von ihr träumen. Sie wollten ihn provozieren und vertreiben. Er schien Raven auf geheimnisvolle Weise zu bewachen und Intimitäten zu verhindern. Er war ein Hindernis, ein fremder Teil ihres Wesens, der über einen Bereich herrschte, den sie nicht kennenlernen wollten. Seine Anwesenheit wirkte zu bedrohend, zu gefährlich.
Raven erzählte: »Nachdem ich ihn gezähmt hatte, ließ ich

ihn in der Wohnung frei. Ich wollte wissen, ob er mich wirklich liebte, ob er bei mir bleiben würde. Deshalb öffnete ich das Fenster. Er flog auf das Dach des Nachbarhauses, untersuchte die Regenrinne, pickte an einigen herabgefallenen Blättern und kam wieder zurückgeflogen. Von da an wußte ich, ich war für ihn genauso notwendig wie er für mich.«

Der Rabe hüpfte munter zwischen den Möbeln, Vasen, Statuetten und kostbaren Stoffen umher. Aber wenn er seine Flügel ausbreitete, sie heftig schlagend und vibrierend schüttelte, konnte man den Wind der Berge hören, wo die Raben in Freiheit leben, und man wunderte sich, daß er in die Gefangenschaft einwilligte. Aufmerksam betrachtete er Raven, ihre Haare und ihre Augenbrauen, die zu seinem schwarzen Gefieder paßten, die aber durch den Kontrast mit ihrer mondblassen Haut noch schwärzer zu sein schienen.

Während sie Renate Modell stand, sann Raven über Renates Bild ›Our Lady of the Beast‹ nach. Eine strahlende, nackte Frau, die im Licht des späten Nachmittags neben einem Panther ruht. Das Gesicht des Panthers und das Gesicht der Frau sind von gleicher Größe, aber die Augen des Panthers strahlen heller von all den Bildern der Nacht, während der Körper der Frau im Licht des Fleisches erglüht. Es sind die Schöne und das Raubtier nach langer Ehe – beide gleich schön. Aber später in der Dämmerung schimmerten Gesicht und Körper der Frau golden im phosphorisierenden Licht des Tieres, und der Panther verschwand in der Nacht. Die Frau und der Panther hatten ihre Seelen getauscht. Der Panther war mit der Frau verschmolzen.

Renate malte Raven nackt vor einem Spiegel. Über ihren Rücken floß das üppige schwarze Haar. Ihr Spiegelbild war kleiner, die Haut eine Spur blasser, Augenbrauen und Lider durch Kohle intensiviert. Der Rabe wirkte winzig, er saß mit angelegten Flügeln zu ihren Füßen und pickte nach dem Saum ihres Spitzenschals. Das Mädchen war jetzt die Stärkere. Sie hatte die Eigenschaften der Nacht, des Geheimnisses, der verborgenen Gewalt in sich aufgesogen. Seine Flügel waren ihre Haare, seine Augen ihre Pupillen. Und so bot sie den Raben in sich, den sie getragen und gehegt hatte, den Augen der Welt dar, als wolle sie sagen: Liebt die rabenschwarze Nacht in mir, erkennt sie in mir – nachdem Raven dies der Welt enthüllte, verschwand der Rabe in der Nacht.

Ich besuchte Renate. Ihre Nähmaschine stand neben den Malpinseln auf dem Tisch, auf der Couch lag ein Stück schwarzer Stoff, über einer Stuhllehne hing ein Sackkleid aus Jersey, über den Eßtisch gebreitet lagen viele Meter schwarzer Spitze über Seidenpapier gewickelt. »John und ich lassen uns scheiden, deshalb nähe ich mir eine schwarze Garderobe.« Ich sah Renate ganz in Schwarz wie eine der Frauen von Goya vor mir, wie sie eine Party gab, zu der ich nicht kommen konnte und zu der sie zwei potentielle Liebhaber eingeladen hatte.
John hatte so nachdrücklich darauf bestanden, in Renate nicht die Mutter, sondern die Geliebte zu sehen, daß er auszog, und um die Beziehung wieder aufleben zu lassen, hatten sie sich ein Spiel ausgedacht: John gab Renate Geld und hielt sie aus. Die Vorstellung der Mätresse tauchte immer und immer wieder in seinen Kurzgeschichten auf. Er schrieb immer die gleiche Geschichte. Sein letztes Werk war ein Theaterstück, in dem die Prostituierte dem Mädchen vorgezogen wird, das den Helden liebt. Mit Ehe verband er den Geruch von Windeln.
Als Renate zurückkam, litt sie offenbar nicht unter dem Ende der Beziehung, unter dem Bruch. Sie nähte sich ein neues Kleid, ging zum Friseur, legte sich die mexikanischen Ohrringe an, hüllte sich in ein farbenfrohes mexikanisches Schultertuch und begann einen neuen Flirt. Sie zieht sich nicht zurück, sie wirft sich kühn und herausfordernd ins Leben. Ich liebe mutige Frauen.

Oliver Evans erhielt einen Lehrauftrag am San Fernando State College. Da seine Wohnung schwierig zu finden ist, trafen wir uns im Supermarkt. Eine merkwürdige Begegnung. Er hat hier noch keine Freunde, und so machte ich ihn mit Christopher Isherwood und anderen bekannt.
Er schreibt eine Arbeit über Carson McCullers. Nach seinem Essay über mich in *The Prairie Schooner* erhielt er das Angebot, eine Untersuchung meines Werks zu machen. Er nahm an.
Er ist ein ausgezeichneter und phantasievoller Koch, und so werden seine Abendessen immer zu einem Fest.
Aber er hatte Schwierigkeiten, die Akademiker mit seinen Schriftstellerfreunden zusammenzubringen. An einem Abend saßen alle Professoren aufgereiht auf einer Couch und die Schriftsteller auf einer anderen (Christopher Isherwood, Don Bachardy, Gavin Lambert, etc.). – Eine merkwürdige Barriere, beinahe sichtbar. Die Professoren zeigten sich von Olivers langjähriger Freundschaft mit Tennessee Williams nicht beeindruckt.
Oliver war ein Koch für Feinschmecker. Am Vortag eines wichtigen Abendessens fand er Schnecken auf dem Markt. Sie waren eisgekühlt aus Norwegen gekommen, nicht tot sondern nur gefroren. Man riet ihm, sie in eine Schüssel mit wenig Wasser zu legen, damit sie am nächsten Tag aufgetaut, wieder lebendig und kochfertig seien. Oliver folgte den Anweisungen. Er legte sie ins Spülbecken, ließ ein wenig Wasser darüberlaufen und ging schlafen. Am nächsten Morgen fand er die Schnecken nicht nur aufgetaut und lebendig, sie galoppierten (im Schneckentempo) durch die Küche. Sie waren aus dem Spülbecken gekrochen, hatten die Gardinen erklettert, die Fenster, den Kühlschrank, den Herd; sie krochen auf dem Linoleum, über die Wandplatten, den Toaster, die Töpfe und Teller; sie schillerten heiter und fröhlich in der Sonne. Er sah ihnen zu und brachte es nicht übers Herz, sie zu kochen. Ich dachte bei mir, ein so mitfühlender Mensch wird eine verständnis-

volle Untersuchung meines Werks schreiben, und von diesem Moment an vertraute ich ihm.

Er brachte häufig sein Tonbandgerät mit, wenn er mich besuchte. Es widerstrebte mir, daß er meine Interpretation von *House of Incest* verwenden wollte. Ich hielt es für richtiger, daß er eine eigene fand. Gide wiederholte immer wieder, die Interpretation sei nicht die Aufgabe des Künstlers.

Es dauerte lange. Oliver hat einen Lehrauftrag, er muß das Buch über Carson beenden. Einmal nahm ich eine Liste von Fragen mit nach New York, um Carson von dort aus anzurufen. Sie lebte irgendwo auf dem Land. Ihre Stimme klang so traurig und einsam. Sie lud mich ein, sie zu besuchen, aber zu dieser Zeit konnte ich nicht, und später, als sie starb, bedauerte ich sehr, diese Gelegenheit nicht wahrgenommen zu haben. Ich erinnerte mich noch gut daran, wie *Spiegelbild im goldenen Auge* uns in den vierziger Jahren sehr beeindruckte. Sie war damals erst achtundzwanzig Jahre alt. Obwohl der Einfluß von D. H. Lawrence spürbar wird, ist es ein fesselndes Buch.

Es gab noch einen anderen Grund, weshalb ich großes Verständnis von Oliver erwartete: Er war ein Dichter. Er schrieb ein bezauberndes Buch über New Orleans. Er hatte unter Schriftstellern gelebt und war nicht nur Akademiker.

[Winter 1962-1963]

Als Henrys Mutter starb, und er sich in New York aufhielt, besuchte er auch June. Die Geschichte, die er mir erzählte, stimmte mich sehr traurig. June leidet unter Arthritis, die sie verunstaltet. Zu seiner Begrüßung bereitete sie ein üppiges Mahl vor, mit gutem Wein und vielen Gerichten, denn sie erinnerte sich an seine Freude am Essen. Ihr Anblick versetzte Henry einen Schock. Sie sprach übersprudelnd wie üblich – ein zwanghafter Redefluß. Dies verstörte Henry so sehr, daß er gehen wollte. Plötzlich realisierte er, daß June erwartete, er würde bleiben. Sie wies auf das Bett. Er begann zu weinen und verließ sie.
Ich fragte immer wieder nach ihr. Henry schrieb mir: »June geht es wie üblich schlecht. Ich schicke ihr jeden Monat etwas Geld. Ich kann mir nicht vorstellen, wie sie weiterleben wird. Eve schreibt ihr ziemlich regelmäßig. Körperlich ist sie ein Wrack, aber voller Lebensgeister und Komplexen. Zwischen uns bestehen keine Spannungen. Aber als ich sie vor einem Jahr in New York besuchte, versetzte sie mir einen großen Schock.«

Brief an Dr. Bogner:

Zuerst möchte ich Ihnen ein erfülltes neues Jahr wünschen. Sie wissen, ich versuchte immer, Ihnen für all den Mut, die Ausdauer und die harte Arbeit ein symbolisches Geschenk zu machen, eine Veränderung, einen Fortschritt, eine Entwicklung. Dies scheint mir das angemessene Geschenk zu sein – und in diesem Jahr kann ich es Ihnen machen. Ein neues Jahr, das eigentlich Sie mir geschenkt haben, denn ich war in der Lage, es verändert zu beginnen. Ihre Arbeit trug Früchte: Nach der großen Enttäuschung mit dem französischen Drehbuch kam ich hierher und traf sofort mehrere wichtige Entscheidungen. Ich weiß, diese Dinge ereignen sich nicht plötzlich, aber die innere Arbeit scheint plötzlich katalytisch zu wirken. Ich fühlte und handelte entschlossen, ohne Umschweife und selbstsicher. Ich entschied, daß ich über Tracey, die ich jetzt eineinhalb Jahre kenne, genug weiß, um beurteilen zu können, daß sie sich weder zur Produzentin eignet, noch Kapital aufbringen kann. Ich überzeugte sie davon, diese Idee fallen zu lassen. Sie wollte den Einfluß nur, um sich die Rolle zu sichern. Ich traf mich selbst mit Leuten. Keine Scheu, keine Ängste. Ich lernte zwei wichtige Produzenten kennen, sensible und intelligente Männer, die aber auch erfolgreiche Geschäftsleute sind. Ich sagte ihnen die Wahrheit. Ich verließ mich auf einen Schriftsteller, stimmte zu, daß Tracey die Anzahlung aufbrachte (sie hat noch nie eine finanzielle Zusage eingehalten, ebensowenig wie ein Versprechen). Da ich natürlich auf mein Ziel zusteuerte, erweckte ich auch Vertrauen. Tracey begann, mir zu glauben und mir Gehör zu schenken. Meine Art, solchen Situationen zu begegnen, hat sich geändert.

Außerdem erlebte ich etwas sehr Unangenehmes, das mich früher verletzt hätte. Zwei Freunde baten mich, dem Ausschuß einer Filmgesellschaft beizutreten und über Filme zu referieren, die ich gesehen hatte. Die übrigen Mitglieder der Gruppe, verkrampfte junge Leute, nahmen sofort eine feindliche Haltung ein und sagten, sie wünschten keine berühmten oder bekannten Leute, die ihnen Ratschläge erteilten. Sie glaubten, es sei mein eigener Wunsch gewesen, dem Ausschuß beizutreten. Ich mußte mir ihre Argumente anhören, aber anstatt mich persönlich angegriffen zu fühlen, blieb ich objektiv, erkannte ihre Ängste (Autorität), ich sprach, half ihnen und zog mich zurück (ich verstand das Symbol, das ich repräsentierte). Ich machte sogar einen

Spaß. Ich sagte, ich hätte vorher nicht gewußt, daß ich so berühmt sei!
Ich will nicht zu sehr ins Detail gehen. Die Hauptsache ist, daß ich mich stark und sicher fühle. Ich werde einen Konflikt zu bestehen haben, das Menschliche gegen das Praktische. Wenn die großen Agenturen mir zutrauen, daß ich das Kapital für den Film aufbringe, besteht für Tracey das Risiko, daß sie die Rolle verliert. Ich werde alles tun, was in meinen Kräften steht, um sie zu beschützen (und dies läßt sich durch einen berühmten Regisseur erreichen, denn dann brauchen sie keinen Star). Man gibt mir auch Mitspracherecht am Drehbuch und bei der Besetzung. Aber ich erhielt folgenden Rat: Engagieren Sie sich nicht! (In der Filmsprache heißt das, nicht zu starr an Tracey festhalten, flexibel bleiben, die kämpferische Kraft dazu verwenden, einen guten Film zu machen.)
Ich werde um den zwanzigsten Januar in New York sein und Zeit haben, mit Ihnen darüber zu sprechen. Das Gefühl der Stärke und Festigkeit zeigt sich auch an meiner Produktivität. Ich habe Kurzgeschichten geschrieben.
Die Veränderung liegt in der Direktheit. Ich sage, was ich empfinde und denke auf eine neue Weise – allen gegenüber. Diese Bestimmtheit oder Aktivität wurde von meiner Furcht vor Aggressivität gehemmt. Ich kann handeln, anrufen, sprechen, nichts *ängstigt* mich.
Die wesentliche Veränderung zeigt sich auch daran, daß ich Tracey jetzt objektiv sehe. Ich habe immer Sympathie für sie empfunden. Sie ist chaotisch, selbstzerstörerisch, immer in Schwierigkeiten, immer verschuldet, sie hat immer Pech, sie kommt zu jeder wichtigen Besprechung zwei Stunden zu spät, ist immer zerstreut und angesichts einer Besprechung, eines Tests, einer Entscheidung oder der Kulmination einer Situation gerät sie in Panik. Ihre Beziehungen verlaufen katastrophal.
Ich konnte Ihnen lange Zeit nicht schreiben. Warum weiß ich nicht, aber bitte – ein neues Jahr beginnt.

Ich erinnere mich nicht, wie ich Jerry Bick kennenlernte. Aber er besaß literarischen Geschmack, wir liebten beide D. H. Lawrence, er war sensibel und zielbewußt. Nach der Enttäuschung mit Albicocco stürzte ich mich unglücklicherweise in meiner üblichen Art auf ein neues Projekt. Gunther Stuhlmann hatte mich mit einem Professor für englische Literatur bekanntgemacht. Ich lud ihn ein, da er erst kürzlich nach Los Angeles gekommen war.

An diesem Abend lieferte er mir eine perfekte Interpretation von *Ein Spion im Haus der Liebe.* Ich beging den Fehler zu glauben, die Interpretation eines Buches sei gleichbedeutend mit der Fähigkeit, ein Drehbuch zu schreiben. Er brannte darauf, sich an einem Szenario zu versuchen. Ich verpflichtete mich zu einer Vorauszahlung, die Tracey aufbringen wollte, denn ich hatte ihr eine freie Option zugesagt. Als ich Jerry Bick kennenlernte, gab es bereits Schwierigkeiten mit dem Professor und Tracey. Jerry sagte: »Wenn ich ein großer reicher Produzent wäre, der Ihnen für Ihr Buch fünfzigtausend Dollar bieten könnte, würde ich es kaufen und damit so arbeiten, wie ich es für richtig halte. Aber da ich Ihnen eine Partnerschaft anbiete, das Kapital beschaffen muß, und ich Sie achte, werden wir mit dem Professor zusammenarbeiten. Wir werden sehen, was dabei herauskommt.«

Tracey gab mir einen ungedeckten Scheck. Sie erhob Einwände gegen das Projekt, und als sie das Geld hatte, um ihn einlösen zu können, war es zu spät. Der Professor hatte Schulden bezahlt, und ich mußte ihn bezahlen. Er sagte: »Sie haben zuviel Verständnis mit denen, die sich selbst zerstören.«

Brief an den Professor:

Eigentlich besteht kein Grund, traurig zu sein. Das Gespräch war gut, es vertrieb die Nebel der Illusionen, und wir gelangten zum Kern des Dramas. Ich verstehe Ihre

Absichten, und ich weiß, Sie müssen in der Lage sein, Ihre Arbeit zu beenden. Nach der Aussprache verstand ich Sie. Selbstverständlich wünschte ich mir ein textgetreues Drehbuch – welcher Schriftsteller wünscht sich das nicht? Ich war bereit, allen Änderungen zuzustimmen, die das Medium Film verlangt. (Was nicht transponiert werden konnte.) Aber der Veränderung von Figuren kann ich nicht zustimmen. Zum Beispiel, daß Sabina in der Szene mit Philip sexuell aggresiv und männlich ist, was keineswegs auf sie zutrifft und nicht der Art entspricht, in der die Figur angelegt ist: Sabina handelt psychologisch gesehen aktiv, aber sie ist nicht wirklich maskulin; lediglich die Identifizierung mit dem Vater läßt sie die Rolle des aktiven Liebhabers übernehmen. Das zeigt sich in der Wahl des Geliebten und in ihrem Mut. Natürlich gibt es Fragen, über die sich diskutieren läßt. Filmisch gesehen, glaube ich, ist der Lügendetektor weit spannender und rätselhafter als ein ehemaliger Liebhaber. Aber ich denke, das sind alles Dinge, die man mit gutem Willen und in Zusammenarbeit klären kann. Ich vertrat schon immer die Überzeugung, daß Filme nicht werkgetreu genug sind, und daß eine Ehe von Grillet und Resnais richtig ist. Die grundsätzliche Auffassung von dem, was Film ist, scheint mir falsch zu sein, genauso falsch wie die grundsätzliche Auffassung von dem, was ein Roman ist ... Ich habe eine andere Vorstellung: Wenn eine Beziehung nicht zustandekommt wie im Falle Philip, könnten wir sie dann nicht zugunsten einer anderen, wie die mit dem Flieger beispielsweise (die in filmischen Begriffen zustandekommt) weglassen? Aber darüber später. Ich möchte Sabina auch nicht im Umgangston sprechen lassen. Sie ist eine stilisierte Figur, ohne volkstümliche Züge ... Ich erkenne jetzt, wie schwer es einem Schriftsteller wie Ihnen, mit ausgeprägter Individualität und eigenem Stil fällt, eine Adaption zu machen. Aber ich setze mein ganzes Vertrauen auf Ihre richtige Interpretation, die Sie bei unserem ersten Gespräch darlegten. Vor allen Dingen, beenden Sie unbeirrt Ihre Version. Dann wollen wir zusammen daran arbeiten, nicht wahr? Ich suchte eine Atmosphäre zu bewahren ... eine vorwiegend poetische. Wenn wir die Motivationen der Szenen weglassen wollen, können wir keine neuen unterlegen ... Wir sprachen zu früh miteinander. Wir wollen weitermachen. Weder Sie noch ich haben je zuvor *mit* irgend jemandem zusammengearbeitet. Die Welt des Schriftstellers, des Poeten und Romanciers ist autokratisch oder nicht?

Mir kommt noch ein Gedanke: Ich sehe, die Gefahr des Treatments liegt darin, eine Position außerhalb Sabinas einzunehmen und nicht innerhalb, wie es das Buch tut, das ihre Welt als gegeben hinnimmt und nicht versucht, sie anderen zu erklären.

Das Drehbuch des Professors führte mir den grundsätzlichen Fehler klar vor Augen. Jeder Drehbuchautor glaubte, er müsse das Buch neu schreiben, Sabina neu erschaffen, und so veränderten sich Stil, Atmosphäre, Sprache und Situation. Es klang dissonant wie ein falschgespieltes Konzert. Sabina wurde zu einer Karikatur. Sie zeigten sie zu männlich, zu aggressiv und zu verspielt. Es war eine andere Geschichte und eine andere Frau. Die Autoren projizierten ihre eigenen Platitüden auf das Buch.

Jerry Bick und ich waren traurig. Jerry glaubte, das Drehbuch des Professors könne umgearbeitet werden. Aber der Professor verlangte dafür mehr Geld. Er glaubte, Jerry, Tracey und ich hätten Geld. Ich versuchte, ihm die Situation zu erklären. Ich wiederholte, daß jeder Schriftsteller Werktreue suche, daß das Medium Film Änderungen verlange, daß es aber beispielsweise keinen Grund gäbe, Sabina in der Szene mit Philip sexuell aggressiv und männlich darzustellen. Außerdem sah ich in dem Lügendetektor eine subtilere, beunruhigendere Gestalt als ein rachsüchtiger Ex-lover sein konnte. Sabina sprach niemals ›vulgär‹. Die Szenen sind zu laut und zu direkt.

Dies war das Ende des Drehbuchs. Ich lernte daraus, daß jemand, der scharfsinnig und klug über ein Buch spricht, nicht derjenige sein muß, der es künstlerisch umzusetzen vermag.

1961 drehte Ian Hugo seinen Film *Venice, Étude Number One*. 1963 schuf er unter dem Titel *Gondola Eye* eine längere Version. Lotte Eisner, die hervorragende Filmkritikerin, die für die Cinémathèque in Paris arbeitet, schrieb: »Noch stärker als in dem ersten Film empfindet man hier auf seltsame Weise den Zerfall der Stadt im Meer, das Leiden, die Unruhe, den Kampf. Die leprösen Wände der alten Paläste springen mehr ins Auge. Arbeit, soziales Bewußtsein und die Probleme der Armut werden anschaulich. In der großen Sehnsucht, *le temps perdu* und den Glanz der Vergangenheit zu finden, liegt etwas Melancholisches.«
In *Gondola Eye* legt Ian Hugo einen größeren Akzent auf das Venedig bei Nacht. Das fließende, goldene Venedig, Lichter und Reflektionen von Lichtern und gespenstische Häuser aus kostbarem Stein. Er sieht die verschlungenen Filigrane der Gebäude, die üppige Ornamentik, das Wechselspiel von Schatten und weißen Kolonaden, die Musik des Wassers, das Treppen und Mauern, Boote und Landungsstege umspült, das gegen die Fundamente der Häuser klatscht, als wolle es sie verschlingen.
Hugos Venedig ist eine Stadt, die jeden Tag von neuem darum kämpft, sich aus dem Meer zu erheben, von einem Zauber erfüllt, den nur Wasser erschaffen kann; es wiegt Gefühle und Sinne, schläfert sie ein, bezaubert sie und hypnotisiert sie. Es ist keine Stadt, sondern eine Droge.
Er zeigt uns, wie die Sonne die kalkigen Farben mit Gold übergießt, und das Schaukeln der Fluten, auf denen sich Häuser und Gondeln wiegen. Kanäle und der Schlaf im Mutterleib. Die seidig schimmernden, schwarzen Gondeln tragen die Menschen geräuschlos in einem Strom der Passivität und stiller Betrachtung dahin.

Venedig in der Sonne ist ein Rausch für die Augen, ein Fest des schimmernden, flimmernden Lichts. Unter Ocker- und Sepiatöne mischen sich das Grau alter Stiche, rauchige Farben, verblaßtes Korallenrot und seidiges Türkis. Dann plötzlich eine dunkle Gasse, verschimmelt, rußgeschwärzt, pockennarbig, eine tote Gasse. Stufen, von den vordringenden Wellen ausgespült, Häuser, die sich aneinanderlehnen, gestützt von Wäscheleinen, auf denen sich Kleider wie Fahnen entrollen und einrollen, verlassene Häuser verblassen, zerfallen, lösen sich auf und werden vom Meer fast schon verschlungen. Ein unaufhörlicher, nagender Prozeß, eine ewige, erschöpfende Liebkosung. Der Kampf, sich gegenseitig zu verschlingen, schafft das Band zwischen Stadt und Meer. Plötzlich ein Fenster mit üppigem Blumenschmuck, ein Fenster, das den Blick auf Kronleuchter, Gobelins und Gemälde freigibt oder den Blick in die Dunkelheit. Eiternde Portale, die das Alter mit Schwären bedeckt hat, andere, die müde im letzten Glanz zerfallender Farben und sterbender Goldtöne aufleuchten. Feuchtglänzende Muscheln und grüner Schimmel verwandeln sich in der untergehenden Sonne in reiche Brokate. Venedig wechselt seine Kleider wie eine verwöhnte, begehrte Kurtisane, die vielen Liebhabern gefallen will, und alle ihre Roben, fröhlich oder traurig, tragisch oder frivol, erwecken das Verlangen, sie zu berühren, denn sie sind wie Haut, Samt oder wie die Schalen von Früchten. Ian Hugo läßt uns Oberflächen, Farbkombinationen, Farbvariationen und Farbveränderungen sinnlich erleben; manchmal zeigt er einen blauen Fleck in Großaufnahme, herausgelöst aus seiner Umgebung, und wir tauchen in Blau ein, in das Gefühl von Blau. Der Regen meißelt in die schwarzen Steine schneeige Rinnsale und kapriziöse Formen, die das Auge der Kamera einfängt. Dächer haben Giebel, Dächer sind flach mit abbröckelnden Rändern. Fenster sind vernagelt, Fenster stehen weit offen. Die Balkone verleihen den Häusern einen bestimmten Ausdruck. Sie wirken wie Fächer oder Masken.

Die Holzpfähle sind wie Zuckerstangen bemalt und in das Wasser gerammt und dienen den Gondeln als Ruheplätze. Ian Hugo beobachtet ihren gemeinsamen Tanz beim Vorüberfahren der Motorboote.

Das Wasser, aus dem die Häuser emporsteigen, verleiht ihnen eine ephemerische Schönheit. Sie scheinen ohne Verankerungen zu sein, sich ruhelos wie die Gondeln zu heben und zu senken, als könnten sie jeden Augenblick davongleiten. Die Sprache der Ornamente muß erlernt werden wie das Entziffern einer Pergamentrolle und ihre Variationen entziehen sich dem Auge. Die Gondeln sind alle schwarz mit silbernen Verzierungen. Sie gleiten mit ausgestreckten Hälsen wie schwarze Schwäne über das Wasser, bringen Aristokraten zur Oper und Särge zum Friedhof. Der silberne Bug ist geschnitzt und wirkt wie der Helm eines Kriegers, sein scharfes Profil durchschneidet das Wasser. Die Adligen sitzen wie Bildsäulen auf reichen Brokaten; sie sehen niemanden, sie sind dazu geschaffen, gesehen zu werden. Ian Hugo plazierte seine Kamera in der Gondel und so fühlt man den Rhythmus, das Schaukeln der Fahrt. Man scheint das Paar auf dem Weg zur Hochzeit, das Kind auf dem Weg zur Taufe beinahe zu berühren. Man streift die Boote, die Weinfässer, Abfall, Zement und Statuen transportieren. Für Ian Hugo sind die Statuen die Bewohner Venedigs. Sie sind überall. Aus ihren Nischen beobachten sie das Geschehen; sie sind Ausdruck der Ewigkeit.

Es gibt die Kanäle der Armut. Sie sind schmal und dort steht das Wasser still. Auf die Wäsche fällt keine Sonne. Es gibt die Kanäle der Arbeit, und die Gondeln gleiten zwischen Häusern dahin, die vom Lärm der Druckerpressen wiederhallen, in denen Glasbläser am Werk sind, und wo Zimmerleute in den Höfen hämmern. Es gibt die Kanäle der Leidenschaft, die Erinnerungen an unersättliche Liebe bewahren.

Der Film entläßt uns mit dem Gefühl, daß Venedig in seinen Spiegelungen versunken ist, vielleicht bereits auf dem Grund des Meeres liegt.

Aus dem Tagebuch 1935: »Ich glaube jetzt an die Intensivierung unserer persönlichen Erfahrung bis zu einem Punkt, wo sie in die universale Erfahrung überfließt. Eine reiche, persönliche Erfahrung, eine reiche, persönliche Intensität sprengt die eigene Schale und die eigenen Zwänge und erreicht das Ganze.«
Ich habe beschlossen, als Hauptfigur des Tagebuchs abzutreten, von jetzt an wird es *Journal des Autres* heißen.

New York.
Marguerite Young ruft mich an, um zu berichten, worüber sie gerade schreibt: Phantastische Sportler und ihre psychischen Schwierigkeiten. Der große gestohlene Karfunkel wird Mr. Spitzer auf der Straße angeboten. Er verließ sein Haus, weil die Spechte es zerhackten.
»Miss Young«, sagte der Mann in der Schreibmaschinenreparaturwerkstatt, »schreiben Sie Matrizen? Ihre Walzen sind völlig zerhackt.«
»Weißt Du«, sagte Marguerite, »ich hatte das Gefühl, er kommentierte mein Buch. Ich wünschte, ich könnte meine Figuren prägen.«
»Aber Du prägst Gestalten, ihr Wesen. *La Vida Es Sueno.* Ich kenne Mr. Spitzer so gut, daß ich ihn nie wieder vergessen werde. Unsere Gestalten sind das, was wir uns vorstellen und was wir träumen.«
»Ich wäre gerne jemand wie Stendhal.«
»Oh, wie langweilig, wie äußerlich.«
»Ich wäre gerne äußerlich. Ich habe das Gefühl, mich zu verlieren.«
»Aber das ist ja gerade Deine Begabung, Dich von den Wellen davontragen zu lassen. Du mußt die Bewegung zu Ende führen – sie ist eine Spirale und so organisch wie eine Zelle.«

»Mein Buch ist zu lang. Ich habe noch siebenhundert Seiten zu schreiben.«
»Länge ist auch etwas Organisches. Es wird seinen richtigen Umfang erreicht haben, wenn Du damit fertig bist.«
»Als Kind wollte ich den längsten Kreuzstich machen, der je gestickt wurde – einen endlosen Kreuzstich. Ich machte einen, der sich über drei Straßen hinzog. Nimm das in Dein Tagebuch auf.«
»Ich werde es tun«, antwortete ich und dachte dabei, ich sage ihr nicht, daß das Tagebuch starb, während ich mich von mir selbst wegbewegt hatte, mein altes Ich abstreifte; aber ich wollte es dennoch aufschreiben, denn es war für ihr Werk so charakteristisch. Vielleicht bin ich jetzt in der Lage, das Tagebuch der anderen zu schreiben.
Marguerite liebt rot. Sie trägt rote Kleider, ihre Vorhänge sind rot, ihre Sofakissen sind rot. Ihre Haare trauern, ihre Augenlider trauern, aber wenn ihre Stimme die rhythmischen Spiralen ihres Schreibens aufnimmt, dann spricht aus ihr die weibliche Seele von Joyce; Joyce ohne sein männliches Ego, Joyce, der intellektuelle Jongleur der Sprache. Aus ihr sprechen das Meer, die Wellen der Mythen, der amerikanische Mythos, der einzige Traum, den Amerika je geträumt hat. Als ich sie bei Bill Kennedy kennenlernte – eine mythomanische Abenteurerin, erschreckte mich ihr Redefluß, der sich wie eine Flutwelle ergoß. Ein- oder zweimal telefonierten wir, und in ihrer Stimme lag liebevolle Wärme. Dann las ich in *New World Writing* einen Auszug ihres Buches und war ihr verfallen. Ich besuchte sie. Damals wohnte sie in Greenwich Village in einer kleinen Wohnung, die vollgestopft wie ein Museum war, mit Dingen aus anderen Zeiten. Sie umgab sich mit der Welt ihrer Mutter und ihrer Großmutter, der Welt ihrer Kindheit. Sie kleidete sich, als sei der Körper unwichtig, als sei der Körper ein Mantel gegen die Kälte, ein Schal, ein Bademantel, etwas, das man vom Haken oder vom Kleiderbügel nimmt und das für den Tag gut genug ist. In gewisser

Weise war sie ein Mutterleib, voll Zärtlichkeit, einhüllend und nährend. Sie besaß Liebe, Humor und die einzige Art von Volkstümlichkeit, die man lieben konnte, da sie von ihr bereits in einen Mythos verwandelt worden war. Alle Menschen, die sie gestaltet, werden zum Mythos: Anwälte, Frauenrechtlerinnen, Busfahrer, etc. Am Telefon erfuhr ich von der Wandertaube, den Schmetterlingen, dem Fischnetz, mit dem Mr. Spitzer schwarze Tennisbälle und einen Tennisschläger fing – wenn er je zwei Tennisschläger darin auffischte, würde er sterben. Wir sprachen über unsere Familien.

Ich lernte ihre Freunde kennen, Mari Sandoz, Elizabeth Bowen, Gene Baro, Norman Zierold, Leon Edel, Ruth Stephan, usw. Sie lernte meine Freunde kennen, Sylvia Spencer, Daisy Aldan, Nobuko, Caresse Crosby. Ich sprach vor ihrer Literaturklasse an der New School, und unsere Theorien ähnelten sich so sehr, daß die Studenten glaubten, wir hätten uns vorher abgesprochen. Wir hatten uns jedoch nie über Methoden oder Theorien unterhalten.

Sylvia versprach, Marguerite würde ein Stipendium erhalten, wenn sie ihre Lehrtätigkeit aufgab. Aber nach drei Ablehnungen von Dorothy Norman, Jimmy Merrill und der Mary Roberts Rinehart Foundation resignierte sie. So mußte ich die Sache in die Hand nehmen. Ich schrieb an Tennessee Williams, der sehr freundlich aber negativ reagierte. Er gründete gerade eine Stiftung, die den Namen seiner Schwester tragen sollte, aber erst nach seinem Tod in Kraft treten würde.

Marguerites Stimme klingt häufig wie die einer Schlafwandlerin, sie verliert sich ...« Bleib noch am Telefon ...«, und ich kann die unzähligen Kupferdrähte des Telefons vor mir sehen, wie ich ihr Werk vor mir sehe, wie ich Prousts Werk vor mir sehe, ein unzerstörtes Netz, Zellen, die alle organisch miteinander verknüpft sind und sich schnell vermehren. Sie und Proust sind gegen Zelltrennung. Ich sehe Marguerite als einen träumenden Mutterleib, der mit Bildern schwanger geht. Alles, was sie berührt, erwacht zu symbolischem Leben und beginnt zu wachsen. Ihr erstes Buch war ein Gedichtband, ihr zweites trug den Titel *Angel in the Forest.*

Friedensträume beherrschen sie. Und sie schreibt Briefe gegen die Atombombe an den Präsidenten. Ihre Studenten lieben sie. Sie ist tolerant und wirkt befreiend. Manchmal ist sie tyrannisch und manchmal hält sie in sich versunken Monologe. In ihrem Urteil und in ihren Äußerungen über andere ist sie kaum jemals unfreundlich. Sie kann eifersüchtig sein, wie im Fall von Dr. Hammerschlag, der kürzlich heiratete. Er zählte zu ihren lebenslangen Freunden (Liebhaber?). Ich kann sie mir nicht sinnlich vorstellen. (Dieses Thema taucht weder in ihren Büchern noch in ihren Gesprächen auf). Sie gibt keine Anhaltspunkte. Manchmal wirkt sie wie Genêt, wie ein Hermaphrodit, aber in ihrem Werk findet sich nichts Maskulines; es ist eher asexuell. In ihrem Haß auf Zerstörung ist sie manchmal Mutter und Frau, aber in ihren ethischen, monumentalen Dimensionen und ihren geistigen Zielsetzungen wirkt sie männlich. Hin und wieder sehe ich ein Kind, schelmisch und in der Lage, mit Truman Capote zu spielen. Häßlichkeit, wie sie in Henrys, in Norman Mailers und in Albees Werken sichtbar wird, gibt es in ihrer Welt nicht (schießen, um zu töten). Sie töten den Appetit auf das Leben nicht. Das große Werk, an dem sie seit siebzehn Jahren gearbeitet hat *(Miss Mac Intosh, My Darling)* und von dem niemand glaubt, daß sie es je beenden wird, zeugt Kinder. (Dreihundert Seiten einer Mordgeschichte, die ein eigenes Buch geworden ist.) Sie ist großzügig. Sie teilt mit ihren Freunden, sie schafft eine warme und menschliche Welt. Der Träumer wird von ihren Träumen niemals entmenschlicht.

»Ich erlebe nie etwas.«

Vielleicht hat sie gelernt zu vergrößern, auszuschmücken, ein Gewächshaus für kleine Pflanzen zu werden, weil sie weniger erlebt hat als andere. Sie erschuf eine ganze Welt.

»Ein Zwillingshaus. Alles darin mußte doppelt sein, jedes Bild, jedes Zimmer, jedes Einrichtungsstück.«
Wir sprechen über Expansion und Kondensation. Wir sitzen im Café Figaro zu nahe an der Tür. Draußen ist es kalt, Leute kommen und gehen, aber ich sehe niemanden, ich bemerke niemanden, ich bin von ihren Worten in Bann gezogen. Ich blicke in ihre braunen Augen. Die Augenlider wölben sich; sie beginnen in einer Rundung und laufen schräg aus.
»Mein Leben verlief tragisch.«
Sie meint damit nicht leer. Sie hat eine Begabung, Freundschaften zu schließen. Truman Capote rief sie heimlich jeden Abend von seiner Mutter aus an.
Nachdem ich soviele Jahre geübt habe, der Melodie meiner inneren Stimme zu lauschen, kann ich jetzt die Stimmen anderer hören und wiedergeben. Ich kann sagen, was Marguerite denkt; ich kann den alchimistischen Prozeß erkennen, der alles verwandelt, was sie sieht.
»Wie können andere sagen, sie wüßten nicht, worüber sie schreiben sollen«, sagen wir gleichzeitig und lachen. Uns fehlt nur Zeit. Überall gibt es eine Geschichte.
Beispiele: Geschichte 1: Ich saß öfter in der Halle des Shelton Hotels neben einer alten Dame, die wie eine sehr alte, welke Greta Garbo aussah. Sie trug schulterlange Haare, einen Männerhut, sie rauchte und beobachtete die Vorübergehenden.
»Wie spät ist es?«
»Viertel vor sechs.«
»Welches Datum haben wir heute?«
»Dritter Februar 1963.«
Nach eine Weile wiederholte sie die Fragen, offensichtlich hatte sie meine Antworten vergessen. Sie hat grauen Star, aber sie fürchtet sich vor der Operation. Sie fragte von neuem: »Wie spät ist es? Welches Datum haben wir heute?« Ich antwortete. Dann sagte sie: »Mein Augenleiden zieht mein Erinnerungsvermögen in Mitleidenschaft.«

Geschichte 2: Der Taxichauffeur, der während des Krieges in Frankreich war, spricht über seine französische Geliebte.
»Sie verlangte so wenig. Sie brauchte einen Wintermantel. Alles, was ich ihr geben konnte, war eine Armeedecke. Sie färbte sie, nahm das Schnittmuster ihres alten Mantels und nähte sich einen schönen neuen Wintermantel. Als ihre Schwester heiratete, kaufte ich einen seidenen Fallschirm (damals waren sie aus Seide und noch nicht aus Nylon). Die Frauen der Familie gingen ans Werk und nähten aus dem Fallschirm ein wunderschönes Brautkleid mit Schleier, Unterwäsche und ein Nachthemd für die Braut.«
Geschichte 3: Capitol Records bittet Daisy (die früher in der *Let's Pretend* Show mitwirkte) in ihre Studios. Sie haben eine Schallplatte mit Ethel Merman von *Der Zauberer von* Oz aufgenommen. Aber Ethel kann nicht wie die Hexe lachen; sie kann kein Hexenlachen hervorbringen. So muß Daisy ganz allein im schalldichten Studio das Gelächter der Hexe lachen wie Ethel Merman es täte, wenn sie es könnte.
»War die opiumrauchende Dame Deine Mutter?« fragte ich Marguerite.
»In gewisser Weise ja. Sie war eine ›Opiomanin‹, die ich in Chikago kennenlernte. Ich kannte sie mehrere Jahre lang ganz gut. Sie lebte in einer schrecklichen Umgebung. Ich wohnte in einem trostlosen Zimmer, in dem nichts funktionierte – weder Heizung noch heißes Wasser. Das brachte mich auf die Idee, meine ›Opiomanin‹ in einem schönen Haus wohnen zu lassen. Es war für mich wunderbar, über ein schönes Haus zu schreiben. Und so versetzte ich das Haus in die Nähe des Meeres und umgab sie mit bizarren Gestalten. So nahm Mr. Spitzer seinen Anfang. Seine musikalische Ader hat er Dr. Hammerschlag zu verdanken. Neulich erzählte ich Dr. Hammerschlag am Telefon, daß Mr. Spitzer bald sterben werde, und er rief erschrocken aus: ›Mein Gott, ich habe das Gefühl, ich sei bereits tot!‹

Wir hatten zehn Jahre lang eine enge Beziehung, die eines natürlichen Todes starb. Er verehrte nicht nur mich, er brauchte immer diese andere Frau, etwas Vulgäres und Hüftenschwingendes. Ich glaubte aber nie, er würde eine von uns beiden heiraten.«

[Frühling 1963]

Auf der Fahrt nach Greenwich Connecticut, wo wir Ruth Stephan besuchen wollten, trug Marguerite einen großen braunen Briefumschlag mit dem Bündel Manuskriptseiten, die sie zuletzt geschrieben hatte, und die sie bei Ruth außerhalb der Reichweite der Bombe aufbewahren wollte. Unterwegs sahen wir blühende Bäume, deren Blütenpracht an Japan denken ließ, und viele Seen. Wir erreichten das Haus in der Abenddämmerung, die mich immer melancholisch werden läßt. Eine Frau spielte Harfe. Ein Dienstmädchen nahm unsere Mäntel entgegen.

Wir hatten Nobuko zu dieser Fahrt eingeladen. Sie ist ein japanischer Traum, ein vollkommenes Menschenkind. Klein, zierlich, schimmerndes schwarzes Haar hochaufgesteckt, ein mondförmiges Gesicht, vollkommene, makellose goldene Haut und eine singende kindliche Stimme. Ihre Gesten und ihre Haltung erinnern an klassische japanische Holzschnitte. Sie ist von äußerster Sensibilität. Die Linie ihres Nackens – Rücken, Schultern, Haarwurzeln – wölbt sich wie die Linien auf feinsten japanischen Tuschzeichnungen. Kein Wunder, daß man in Japan von der Erotik der Nackenlinie spricht. Nobuko ist etwa ein Meter fünfzig groß, der Rest sind Haare. Ihre Nase scheint an der Wurzel ohne Knochen zu sein und verbreitert sich dann, was bei Nichtorientalen unschön wirken würde, bei ihr aber das Gleichgewicht zwischen Kind, Frau, Elfe, Geist, Poesie und Exotik herstellt. Es ist das Gesicht des Mondes, der zur Frau geworden ist. Sie spricht atemlos, in einer Stimmlage, die an Lieder, Glöckchen, Tauben und Schulmädchen erinnert, die an verbotenen Plätzen kichern.

»Oh, Anaïs, in meinem Land galt ich als sehr fortschrittlich. In Paris traf ich dann gutaussehende charmante Zwillinge, Söhne einer Witwe. Sie luden mich für ein Wochenende in ihr Haus auf dem Land ein. Für die jungen Leute gab es ein eigenes Gästehaus, *La Maison des Oiseaux* (wenn Nobuko ›*Oiseaux*‹ sagt, klingt das S wie Federn, die über Laub streichen, wie das Summen der Bienen, wie das Säuseln einer Brise), und ich entdeckte, wie naiv, konventionell und furchtsam ich war. Christian hatte für meine Furcht großes Verständnis.« Sie kennt die Bedeutung von promisk nicht, und so sagt sie, wenn sie von Western spricht: »Sie schießen so promisk.«
Als ich sie kennenlernte, trug sie japanische Kleidung. Sie erzählte mir, daß die Damen im alten Japan so viele Kimonos besaßen, wie das Jahr Tage hat. Nobuko entschuldigte sich dafür, im März einen Kimono zu tragen, der mit einer Blüte bestickt war, die erst im Juni blüht. Die Japanerinnen tragen buchstäblich Kleider, die mit dem Dekor der Natur übereinstimmen; zum Beispiel im neunten Monat des Jahres Chrysanthemen. Für Ruth Stephans Party trug sie einen weißen Baumwollkimono, der mit kleinen Kreisen bestickt war, ›fils tirés‹, und darüber einen schwarzen, transparenten Organdy. Das Weiß wirkte wie der Perlmuttglanz von Keramik oder wie ein Brautkleid durch den Schleier einer Witwe gesehen. Der Obi war rot, der schwarze Überwurf trug eine große rote Blüte, die an die weitgeöffneten Blüten der amerikanischen Malerin Georgia O'Keeffe erinnerte. Auch dieses Mal entschuldigte sie sich dafür, daß ihre Kleidung nicht der Jahreszeit entsprach. Es dämmerte, als wir durch Greenwich, Connecticut, an mehreren kleinen Seen und vielen blühenden Bäumen vorüberfuhren. Nobuko lachte darüber, daß wir die Kirschblüten bewunderten: »Sie sind so nutzlos; sie blühen nur kurz, und in der übrigen Zeit des Jahres fallen Würmer aus den Bäumen auf unsere Haare.«
»Italien gefiel mir am besten, denn die Menschen sind so

natürlich. In Japan ist alles unnatürlich.« Mit zwei Fingern zog sie ihre Mundwinkel zu einem breiten Grinsen, »wir müssen lachen«, dann zog sie ihren Mund nach unten und mimte mit ihren Händen eine Tränenflut, »selbst wenn uns nach Weinen zumute ist.«
Sie führt Tagebuch.
»Anaïs, wie konntest du so freundlich und zart bleiben?« Das alte Japan stirbt. Das neue Japan ist ohne Formen. Um sich zu emanzipieren, müssen die jungen Japaner ihr Land verlassen. Die Tradition droht, sie zu ersticken. Wenn Nobuko etwas Vertrauliches erzählt (wie sie sich gegen Christian wehrte), neigt sie den Kopf, schließt die Augen, scheint nachzudenken, zu überlegen und um Verzeihung zu bitten. Ihre Pillendose, in der sie das Saccharin aufbewahrt, ist die kleinste Pillendose der Welt. Heute trägt sie ein Kimono aus gelber Seide und hält ein Körbchen in der Hand. Mit ihrem schwarzen Haar, das in einem dicken Knoten auf dem Kopf gehalten wird, wirkt sie wie eine der riesigen Sonnenblumen mit den schwarzen Herzen, die sich an den Feldrändern über die Zäune neigen.
»Anaïs, ich liebe Deine Stimme«, schreibt sie mir, »es ist jenseits von Worten, jenseits der Phantasie, wie sehr ich Deinen liebevollen Brief schätze, der mir wieder Mut machte. Einen sensiblen, verständnisvollen Freund zu haben oder nicht macht den ganzen Unterschied im Leben aus. Wenn sich jemand um dich sorgt und dich liebt, empfindest du dich kostbar und wert zu leben.«

Ein Abend bei Tennessee Williams. Er trägt einen Bart, um zu verbergen, daß sein Gesicht von Monoparese angeschwollen ist. Er trägt eine Brille. Tennessee ist warmherzig und lacht viel. Wir sind in seinem *pied á terre*, seiner *garconnière für garcons*, mit einem Balkon voll wuchernder Pflanzen, einem leeren Vogelkäfig, einem Gemälde von Larry Rivers, einer schönen runden Kupferlampe aus einem Bordell (Requisit oder New Orleans-Antiquität) mit vier roten

Birnen, einem spanischen Teppich, einem spanischen Bettüberwurf in leuchtenden Farben – eine zusammengewürfelte Einrichtung, in der Mutters und Großmutters Dinge dominieren.

Auf dem Tisch neben einigen Schallplatten liegen Manuskriptvorschläge von Lew Feldman und ein Manuskript von *The Milk Train.* Als wir uns setzen, kommen die Schauspieler, die in *The Milk Train* spielen, und schließlich Geraldine Page, die in der Bleeker Street in einem Stück von O'Neill spielt. Geraldine hat goldenes Haar, das sie wie ein Heiligenschein umgibt und ein blasses Gesicht. Sie trägt eine Handtasche, die von Verehrerpost überquillt. Jemand legt eine alte Schallplatte auf. Tennessee tanzt; ich tanze mit einem jungen Schauspieler. Tennessee überlegt, ob er seine Schwester mit einem solchen Bart besuchen soll; er könnte sie erschrecken. Er hatte großen Erfolg in Japan: »Ich bin neurotisch, sie sind neurotisch, wir verstehen uns gegenseitig.« Ich sage zu ihm: »Komm gesund wieder« (aus Taormina), und er antwortete: »Ich bin noch nie gesund gewesen.«

Er zog ein Foto von sich aus dem Jahre 1943 hervor, als Robert Symmes (später Robert Duncan) ihn zu mir nach Provincetown brachte und sagte, er habe herrliche Kurzgeschichten geschrieben. Aus diesem Besuch entwickelte sich keine Freundschaft. Wir waren beide schüchtern und brauchten Ermutigung und Zuneigung. Ich habe nur eine vage Erinnerung an einen blassen, wortkargen jungen Mann. Auf Partys traf ich ihn wieder, bei Dichterlesungen im *Circle* am Washington Square und in der Ninth Street, wohin er einmal mit Oliver Evans kam, und wo wir uns ungestört miteinander unterhielten.

Tennessee stand beinahe immer im Scheinwerferlicht der Öffentlichkeit. Er machte der Presse gegenüber aufschlußreiche Äußerungen über seine Psychoanalyse und über die Gründe, sie abzubrechen. Ich hörte von Jim Herlihy und Stanley Haggart Geschichten über ihn: Seine Mutter war senil. Eine Journalistin besuchte sie und schrieb ein destruktives Buch über Tennessee, das sie unter dem Namen der Mutter veröffentlichte. Die Mutter ließ an Tennessees Schwester eine Lobotomie vornehmen, durch die sie hoffnungslos verkrüppelt wurde. Drinks, chinesische Hors d'œuvres, Theaterklatsch. Sydney Lanier, Tennessees Freund, veröffentlicht einen Gedichtband. Sein früherer Freund starb an Krebs. Man sagte mir: »Tennessee trinkt zuviel. Er nimmt Schlaftabletten und dann wieder Tabletten, um wachzuwerden, und das beeinträchtigt seine Arbeit und sein Erinnerungsvermögen. Manchmal rührt er wochenlang seine Post nicht an. Er schreibt weniger und weniger Briefe.«

Meinen Brief wegen Marguerite Young, eine Bitte an seine Stiftung für Schriftsteller, beantwortete er mit einem sehr liebenswürdigen Brief. Ich bemerke die Liebenswürdigkeit und den Verfall, das Ausleben der Neurose und sein Einsichtsvermögen, wenn er sagt: »Rühre an die Krankheiten der Menschen, und sie fallen über Dich her.« Er besitzt Mitgefühl, das Albee fremd ist. Das schizophrene Amerika fordert mehr und mehr Gewalt, da es jeden Tag weniger empfindet, sich desensibilisiert und abstumpft. Deshalb verlangen die Zuschauer lautere und schreiendere Spektakel. Nur Horror und Sadismus können sie noch erregen.

Er holte ein Tagebuch hervor, das er in seiner Jugend führte. Es war eine Photokopie. Der Mann, der es kopierte (ein Biograph) behauptete, es im Haus seiner Mutter gefunden zu haben, aber Tennessee ist sicher, es nie dort gelassen zu haben, er ist überzeugt, daß man es ihm gestohlen hat. Man verkaufte seine Liebesbriefe. Ein hemmungsloser Biograph wurde in Key West eines Tages dabei ertappt, daß er in Tennessees Schrank kramte. Er fühlte sich dazu berechtigt, da ihm jemand an einer Universität den Titel eines offiziellen Biographen verlieh. Tennessee sagte, jede Adaption meines Werkes müsse notwendigerweise enttäuschend sein. Mein Werk sei schön etc.

Marguerite sagt: »Mit sechzehn faszinierte mich Anatole France. Er lehrte mich schreiben. Meine Großmutter starb kurz nach seinem Tod, und ich hoffte, sie würde ihm sagen, wie sehr ich ihn verehre. Ich schreibe über das Zwillingshaus. John Crowe Ransom sagte einmal, ein Gedicht sei die Phantasie, die man liebt, begleitet von einem Argument, das man für richtig hält. Ich glaube, daß man die Logik eines zwanghaften Verhaltens findet, wenn man danach sucht. Anaïs, Du hast ein starkes Gefühl für das Phantastische, aber Du mußt es entwickeln, ausweiten und ausfüllen. Man kann einem Zwang wie den Spiralwindungen einer Seemuschel folgen, und dann gelangt man an das Ufer der Normalität.«

Das Ufer der Normalität!

»Ich wußte sehr früh, daß ich eines Tages ein allesverschlingendes Buch schreiben würde, ein großes Buch, und ich wußte auch, daß ich es vielleicht immer wieder aufschieben würde, denn mein Vater, der auch Mr. Spitzer war, zögerte alles Tun hinaus; er träumte es. Aber durch diesen verrückten Zufall, als ich einen Verleger in *Grand Central Station* traf, den ich auf einer Party kennengelernt hatte und der mich zu Champagner einlud, unterschrieb ich den Vertrag für mein erstes Buch; er gab mir einen Scheck, und damit begann alles. Es war reiner Zufall. Wenn ich einmal einen Vertrag unterschrieben habe, halte ich mich gewöhnlich auch daran.«

Ihr Vater und Mr. Hammerschlag sind also Mr. Spitzer. Sie las mir am Telefon eine lange Passage vor. Zum ersten Mal verstand ich ihren Wunsch, alles einzubeziehen, den gesamten irdischen Katalog: die Bücher im Bücherschrank, die gesperrten Schecks, die Briefe einer Toten, die Mr. Spitzer zum Tee einlädt, etc. Es ist nicht wie in anderen realistischen Romanen, gegen die ich Einwände habe (Thomas Wolfe); bei ihr sind Gegenstände, die sie erwähnt, von Inhalt und Leben erfüllt. *Die ganze Welt.* Sie liest über *Liberace* und erfährt, daß er keinen Weihnachtsmann oder

einen Hirsch, sondern ein Klavier auf das Dach seines Hauses stellte. Und daraus schafft sie ein poetisches Bild, Mr. Spitzer, der über riesige Klaviernoten geht. Ein Kandelaber am Strand läßt an surrealistische Bilder denken.
Ein tragisches Leben. Sie wird von den Eltern verlassen. Ihr Leben verläuft ereignislos. Eine Reise nach Italien. Jahr für Jahr unterrichten. Herausgeberin von *Tiger's Eye* (Sie nahm eine meiner Geschichten an). Sie beendet ein Gespräch mit »Anaïs, ich glaube, Du stehst mit dem, was Du das Tagebuch der anderen nennst, vor einer großen neuen Entwicklung. Ich beginne, mich für Deine Geschichten zu interessieren (ich habe mich noch nie für die Geschichten anderer interessiert). Ich habe Lust, sie zu schreiben oder fortzuführen, wo Du sie enden läßt. Besonders die Geschichte von der Maschine läßt mich nicht mehr los.« (Tinguely)
»Du hättest sie mit mir erleben sollen.«
»Oh, ich hätte nicht gesehen, was Du sahst. Ich finde meine Einfälle auf andere Weise. Zum Beispiel dadurch, daß ich lese, was Du darin gesehen hast. Das setzt meine Phantasie in Bewegung. Ich las ein Buch über die Gesetze des Walfangs, ein altes Buch. Es inspirierte mich zu dem Satz: ›Der erste, der den Wal mit seiner Harpune trifft, ist nicht der, dem er gehört. In einem Wal mögen fünfzehn Harpunen stecken, und er schwimmt vielleicht wie ein Stier mit zahllosen Banderillas umher, aber solange er nicht wirklich gefangen ist, gehört er niemandem.‹ Du siehst, ich beziehe meine Ideen von überall her. Schreibe die Geschichte über Joaquin, das alte spanische Haus und über die Frau, die wie Deine Mutter aussieht. Du hast mir unzählige Geschichten erzählt. Mir geht es wie Dir, eigentlich liebe ich keine Gedichte. Sie sind so eng ... Poesie liegt in den Gestalten, in den Beziehungen.«
Wir regen uns gegenseitig an. In diesem Jahr hat sie mich inspiriert.

Als ich einmal im Smith College eine Lesung hielt, befand sich unter den Zuhörern auch einer der Professoren. Später schrieb dieser Professor für *Harper's Bazaar* einen Artikel über den ›romantischen Realismus in der Literatur‹. Er erwähnte mich nicht. Meiner Ansicht nach hätte er es tun sollen, und so schickte ich ihm *House of Incest* und *Unter einer Glasglocke* zusammen mit einem Brief. Er antwortete kurz und unfreundlich und schickte die Bücher zurück (einer von tausenden solcher Vorfälle).
Marguerite erzählt mir, daß seine private Korrespondenz irgendwie in die Hände des FBI geriet. Sein Tagebuch und seine Briefe enthüllten, was das Gesetz als ›sittliche Verwahrlosung‹ bezeichnet. Der Professor beging Selbstmord.

Glenway Wescott. Er ist in Monroe Wheelers Wohnung. Gemälde und gepflegte Möbel. Er hilft Monroe Wheeler, der nach Europa geht, beim Sortieren seiner Papiere. Monroe bezeichnet Bibliothekare und Händler als Kulturgeier. Das ist die Welt, in der wir leben. Die Texas University versucht, eine GROSSE Sammlung aufzubauen, indem sie alle anderen Universitäten überbietet. Die Library of Congress hofft auf ein Gesetz, das Bibliotheken Copyrights gibt, und sie dadurch die Veröffentlichung von Manuskripten oder Briefen, die dort deponiert sind, kontrollieren können. Geldgier liegt in der Luft, giftiger als Smog. Glenway erzählt mir die Geschichte des Buches *The Stallions,* an dem er arbeitet. Ein mythologisches Thema, angereichert mit anderen erotischen Situationen. Er erzählt mir, wie ermüdend die Vorlesungsreisen sind, und wie wenig Bücher er trotz guter Kritiken verkauft. An einer Reise verdient er sechs- bis siebentausend Dollar, und als Schriftsteller kommen noch ein paar tausend für jahrelange Arbeit hinzu. »Sie sind ein Aristokrat«, sage ich, »wir leben im ›voyou‹-Zeitalter.«
Bei meiner Erwähnung von LSD zuckt er zusammen. »Ich habe zuviele Drogensüchtige gesehen. Paris wimmelte von

ihnen. Ich traf Cocteau und fand ihn todkrank. Er nahm so hohe Dosen, daß er am Ende zu sein schien. Er schrieb nicht mehr, er ließ sich mit einem amerikanischen Boxer ein. Dann kam Jean Marais, ein schöner Junge. Er zwang Cocteau dazu, kreativ zu sein, zu schreiben und ihm zuliebe das Opium aufzugeben. Ich erinnere mich aber, daß er einmal in seinem Hotel lag und nicht mehr zu sich kam. Ein herbeigerufener Arzt sagte, Drogensüchtige gehörten nicht in seine ärztliche Verantwortung und ging wieder. Sie konnten mich nicht erreichen. Jean Marais wußte nicht, was er tun sollte – es konnte der tödliche Schlaf sein. Wenn es gelang, ihn soweit aufzuwecken, daß er eine Pfeife rauchte, bestand Aussicht auf Rettung, aber es gelang nicht. Deshalb zündete Jean Marais eine Pfeife an, sog den Rauch ein und atmete wie bei einer Mund-zu-Mund-Beatmung das Opium in Cocteaus Lungen, und das rettete ihm das Leben.

Glenway hat ein einnehmendes irisches Lächeln und irisches Temperament. Es war von der Grausamkeit in Albees Theaterstücken entsetzt. Aber nach seiner Meinung hat die *Vulgar Brigade* Breschen geschlagen, den Puritanismus beseitigt, Gesetze geändert, Freiheiten behauptet und einen wertvollen Sieg errungen. Dynamik. Das Schlüsselwort. Die neuen Barbaren. Amerikaner und überzivilisierte Europäer lieben sie, wie Japan Miller liebt. Sie wünschen Natürlichkeit auf Kosten der Ästhetik. Glenway versteht die Popularität von Durrell nicht. Er lachte, als ich sagte, Durrell sei wie Loti zum richtigen Zeitpunkt erschienen; als Amerika von seiner eigenen langweiligen Literatur, ›der sozialbewußten Literatur‹, den moralischen Verkrampfungen genug hatte, suchte man Sex, der aber exotisch, weit entfernt und durch eine fremde Umgebung zu entschuldigen sein mußte – Loti. *Justine* ist das Buch eines Malers, eines Dichters; es ist ein Versprechen, eine Verlockung, ein Zauber. Durrell ist ein meisterhafter Schriftsteller, dem eine reiche Sprache zur Verfügung steht.

Marguerite (am Telefon): »Ich schreibe zur Zeit, wie Mr. Spitzer die Kleider seiner Mutter verschenkt; ich erzähle von der Frauenrechtlerin, die als einziges Erbe vierzig Hochzeitskleider hinterließ. Mr. Spitzer sagt, ohne seinen großen Mantel mit dem Cape, das ihn umflattert, wäre er nicht der Tote, der über das Wasser geht, als sei es festes Land.«
Später: Marguerite traf Isabel Bolton: »Sie schreibt über ihre ertrunkene Zwillingsschwester. Und da ich über Mr. Spitzer schreibe, der einen Zwillingsbruder hatte, haben wir beide Zwillinge. Sie liebt Dich, Anaïs. Ich erzählte ihr, daß Du Pierre Brodin für seine amerikanische Literaturgeschichte auf sie aufmerksam gemacht hast.«

[Sommer 1963]

Ich lernte Timothy Leary und Richard Alpert eines Abends bei den Chues kennen, die in einem Glashaus auf dem Gipfel eines der Berge von Hollywood leben. Wir waren bereits vorher dort gewesen. Sie waren Künstler und hatten Umgang mit Künstlern. Ich hatte über Leary und Alpert bereits verschiedenes gehört. Mit halbherzigem Einverständnis der Universität betrieben sie in Harvard Drogenforschung, aber als ihre Forschungsarbeit Kreise zog und Studenten an den Experimenten teilnahmen, wurde man in Harvard vorsichtig und machte zur Bedingung, daß keinem Studenten ohne Examen erlaubt sei, an den LSD-Versuchen teilzunehmen. Huxleys Buch *(Die Pforten der Wahrnehmung)* hatte bereits allgemeines Interesse erweckt, weil ein kühler, wissenschaftlicher Intellektueller eine Droge beschrieb, die Träume, Phantasien und Halluzinationen hervorrief, verborgene Aspekte der Realität, die bisher noch nicht erkannt worden waren, Visionen, Wahrnehmungen und Phantasien intensivierte und freisetzte. Das beeindruckte die Amerikaner mehr als die Visionen von Blake oder die ›Surrealität‹ der Surrealisten. Huxley war ein Wissenschaftler; ein chemisches Präparat rief die Visionen hervor; und sie waren kontrollierbar. Es bestand nicht die Gefahr, daß ein Rimbaud seine poetische Welt auf immer verlassen würde. Das Interesse breitete sich aus. Für alle, die mit dem Surrealismus, mit dem Leben von Baudelaire und De Quincey vertraut waren, bedeutete LSD keine aufregende Neuheit. Leary beschrieb eine andere Vision der Realität – wir nannten sie ›Sur-realität‹, oder das, was jenseits der Realität liegt. Er beschrieb einen

Bruch mit unnatürlichen Verhaltensweisen, Werten, Rollen, mit den Dogmen und Konventionen, die uns gefangenhalten. Transparenz. Ich hatte nach Einnahme von LSD bei Dr. Janiger einen Wachtraum erlebt, der den Zuständen sehr nahekam, die ich durch Schreiben erreichte. Ich wußte nicht, daß Amerika mit seiner pragmatischen Kultur keinen Zugang zu dieser inneren Welt besaß, daß der Zugang durch Materialismus versperrt wurde. Unter den Menschen, die ich kannte, hatte niemand das *Tibetanische Totenbuch* gelesen. Niemand hatte unbewußtes Schreiben versucht. Niemand außer Neurotikern und Psychoanalytikern schenkte Träumen Aufmerksamkeit. Die Werke symbolistischer Schriftsteller wurden noch nicht einmal in den Lehrstoff aufgenommen. Die Studenten verstanden den Symbolismus im Werk von D. H. Lawrence nicht. Ich hatte die Berichte der Freiwilligen gelesen, die unter Dr. Janigers Aufsicht LSD eingenommen hatten. In Alan Watts erstem Bericht wird festgestellt, daß die LSD-Visionen nicht so mystisch wie religiöse Visionen sind. Aber alte Religionen bedienten sich der Drogen. Was Leary sagte, leuchtete mir ein. Alpert drückte sich unbestimmter und lyrischer aus.

Leary war groß und dunkel mit irischen Zügen; Alpert war blond und schwerer einzuordnen.

Wir besuchten verschiedene Partys. Die meisten bei Virginia und Henry Denison, in einem anderen schönen Haus an einem Berghang, das den Lake Hollywood und ein bewaldetes Tal überblickte. Wir trafen Huxley dort, Alan Watts und James Macy.

Ich unterhielt mich mit Huxley, aber wir fanden keinen richtigen Kontakt zueinander. Bei Alpert fühlte ich mich wohl und ungezwungen. Er sprach begeistert von *Seduction of the Minotaur*. Er sagte, erst nachdem er LSD kennengelernt habe, konnte er die Dimensionen des Unendlichen darin, seine unendliche Perspektive verstehen. Das stimmte mich zunächst traurig. Hieß das, meine Bücher ließen sich nur verstehen, wenn der Schleier des Bewußtseins durch Chemikalien zerrissen und die eigene transzendentale Vision der Erfahrung durch Drogen enthüllt wurde? Die Barrons sagten mir dasselbe. Vor ihren Erfahrungen mit LSD fragten sie mich oft: »Beruhen die Geschichten in *Unter einer Glasglocke* auf Wahrheit? Machst Du einen Scherz mit uns? Sie sind unwahrscheinlich.« Aber als die Barrons bei mir zuhause LSD nahmen, griff Bebe nach der Nummer von *Vogue,* in der die Robbengeschichte abgedruckt war, und las sie mit Erstaunen. »Hast Du das geschrieben? Ich sehe soviel Bedeutung darin, die mir vorher nicht aufging.«

Zuerst Entmutigung! Würde ich zu jedem Buch LSD liefern müssen? Dann Verständnis. Niemand hatte sie träumen gelehrt, ihnen beigebracht, äußere Ereignisse zu transzendieren und ihren Inhalt zu verstehen. Man hatte ihnen alle geistigen Disziplinen geraubt. Amerika wurde von einer wissenschaftlichen, einer technologischen Kultur beherrscht. Es schien nur logisch, daß die Menschen hier an Drogen glauben würden, an Drogen aller Art: heilende, beruhigende, stimulierende und (logischerweise) traumerzeugende Drogen. Sie entdeckten gerade das *Tibetanische Totenbuch,* das mich in den dreißiger Jahren so beeinflußt hatte, als ich die esoterische Bedeutung der ›Bardo-Zustände‹ erkannte, die man nicht notwendigerweise erst nach dem Tod erlebt. Damals verließen meine Geschichten den Boden der Realität, was alle beunruhigte, die mich liebten. Die Amerikaner gingen ihren eigenen wissenschaftlichen Weg in ihre andere Realität.

Auf einer Party diskutierte Leary seine Aussage, es gäbe keine Sprache, keine Möglichkeit, die LSD-Erfahrung zu beschreiben. Ich stimmte nicht zu, ich erinnerte an die Dichter. Ich erwähnte Michaux, ich erwähnte die Surrealisten. Niemand kannte sie. Sie waren Wissenschaftler und keine Dichter. Huxleys einfacher, präziser, methodischer Bericht klang glaubwürdiger. Sie sahen Verbindungen zu alten Religionen, aber nicht zur Literatur. Eine Zeitlang schien LSD auf ernsthafte, seriöse, intensiv forschende Menschen beschränkt zu sein. Es handelte sich um eine kleine Gruppe, wie die um André Breton. Unsere Partys bedeuteten etwas Außergewöhnliches; wir tauschten unsere esoterischen Erfahrungen aus. Diese Erfahrungen wären besser esoterisch geblieben wie die alten Glaubensformen, Religionen und Philosophien, was nicht Ausdruck einer Überlegenheit sein, sondern bedeuten sollte, daß es der Initiation bedurfte, um in gewisse Bereiche des Wissens und der Erfahrung vordringen zu können.

Aber dies ist ein antidemokratisches Konzept. Ich sah das langsame Eindringen der Medien. Bald konnte jeder in den Besitz von LSD gelangen. Es wurde eine Mode, ein Spiel mit erschreckenden Ergebnissen. Ich warnte Leary davor, nach Zihuatanejo zu gehen, und dort eine Kommune ins Leben zu rufen. Ich kannte die kleinen Städte Mexikos. Auch Acapulco war früher einmal eine puritanische, katholische Stadt gewesen. Das Benehmen der Touristen beleidigte die einheimischen Sitten. Anstatt Abgeschiedenheit in idyllischer Umgebung zu finden, würde die Kommune die Aufmerksamkeit auf sich ziehen. Sie luden mich ein, dorthin zu kommen. Aber ich erkannte den grundsätzlichen Fehler dieses Vorhabens. Journalisten folgten. Die Dorfbewohner zeigten sich über die nackten drogensüchtigen Menschen am Strand entsetzt. Es gab Beschwerden. Die Regierung verwies die Kommune des Landes.

ZIELE DER INTERNATIONAL FEDERATION FOR INTERNATIONAL FREEDOM (gegründet von Timothy Leary, Ph.D.):

DA die vergangenen Jahrzehnte eine Störung im elementaren Gleichgewicht menschlichen Lebens hervorgerufen haben, das Pendel weit in Richtung Kontrolle, humorloser Widersprüche, Stereotypien und mechanischer Intellektualität ausgeschlagen ist, und

DA wir Zeuge einer wachsenden Entfremdung von den

natürlichen Rhythmen und den Signalen des organischen Lebens, des Körpers und des Nervensystems werden, und

UM ein Gegengewicht zur unaufhaltbaren Tendenz der Gesellschaft zu schaffen, ekstatische Formen des Lebens zu vereiteln, die nicht mit ihren strukturierten Zielvorstellungen übereinstimmen, die alle Menschen ausbeutet, die sich diesen Zielvorstellungen unterwerfen, und

DA jede Generation den alten und heiligen Dialog zwischen dem Materiellen – Profanen – Künstlichen – Ethnozentrischen einerseits, und dem Spirituellen – Ekstatischen – Natürlichen – Empirischen andererseits führen muß:

DESHALB schlägt IFIF vor, alte soziale Formen und Kommunikationsmethoden wieder einzuführen, die das Verstehen und Erleben der ehrwürdigen und vernachlässigten menschlichen Möglichkeiten vergrößern, wie:

EHRFURCHT vor dem natürlichen Lebensprozeß, dem vielschichtigen Wechselspiel der Energie, dem evolutionären Geschehen;

KÖRPERBEWUSSTSEIN: Achtung vor dem inneren Universum;

BEWUSSTSEINSERWEITERUNG durch Methoden, die natürlich (vegetativ oder chemisch) und künstlich (Sprache, Kultur, Verhalten) sind. Neueste Informationen über zugängliche Mittel zur Bewußtseinserweiterung werden regelmäßig weitergegeben;

UNMITTELBARE ERFAHRUNG: »Wie kann man jemandem etwas erklären was er noch nicht erlebt hat?«;

EKSTASE – FREUDE;

FREIHEIT, innere und äußere;

SPIELERISCHE FLEXIBILITÄT, die Fähigkeit, Routine aufzunehmen und aufzugeben: Raum, Zeit, Spiel, Rolle, Ego sollen dem Willen unterliegen;

HUMOR;

INDIVIDUELLE und soziale Modi von Erfahrung und Kommunikation; und J, K, L, M, N, O, P, Q, R, S, T, U, V, W, X, Y, bis:

ZEN-Verständnis der artefaktuellen Natur von ›Problemen‹ und der ekstatischen Möglichkeit des ›Hier und Jetzt‹.

Aus dem San Franzisko *News-Call Bulletin*, 2. Juli 1963:

Paradise Lost. Die mexikanische LSD Kolonie von George Dushek

Das Leben war schön, unbeschwert und frei in Zihuatanejo, der inzwischen aufgelösten LSD-Kolonie an der mexikanischen Westküste, berichtete ein unvoreingenommener Beobachter am Montag.

Dr. J. J. (Jack) Downing, ein hervorragender Psychiater des San Mateo County und LSD-Forscher, gehörte zu den zwanzig Amerikanern, die von den mexikanischen Behörden am sechzehnten Juni aus Zihuatanejo ausgewiesen wurden.

Dr. Downing behandelte etwa vierzig Alkoholiker mit der bewußtseinsverändernden Droge am San Mateo County General Hospital mit ›vielversprechendem‹ Resultat, wie *News-Call Bulletin* im vergangenen Januar berichtete.

Allerdings ist er kein Mitglied der International Federation for International Freedom, die hinter der Zihuatanejo LSD-Kolonie steht. Dr. Downing hielt sich nach eigenen Worten »dort als Beobachter auf und wollte untersuchen, wie das Testprogramm der Gruppe durchgeführt wurde ...«

Er berichtete, es handle sich bei den Teilnehmern um ernsthafte Menschen aus allen möglichen Berufen: »Es gab keine Beatniks unter ihnen«, sagte er, »die Mehrheit setzte sich aus erfolgreichen Menschen zusammen, die sich aus religiösen Motiven dort aufhielten oder, um sich selbst weiterzuentwickeln.«

»Zihuatanejo ist ein Acapulco der Mittelklasse«, fährt Dr. Downing fort, »die Reichen sind in Acapulco, und wer weniger Geld hat, geht etwa einhundertfünfzig Kilometer weiter nördlich ... an die Küste ... nach Zihuatanejo.«

Dort haben Dr. Timothy Leary und Dr. Richard Alpert, beide frühere Psychologen der Harvard University, einen mexikanischen Zweig der IFIF, die ihren Hauptsitz in Boston hat, ins Leben gerufen.

Die Bewohner der Kolonie, die aus tausenden von Bewerbern ausgewählt wurden, zahlten für Verpflegung und Unterkunft zweihundert Dollar monatlich und lebten in mehreren Bungalows an einem schönen weißen Strand mit Palmen und Cabanas.

»Es gab einen Eßplatz unter freiem Himmel«, berichtet Dr. Downing, »der Funicular, eine kleine Bahn, die zum Strand fuhr, war außer Betrieb, und deshalb mußten wir zu Fuß gehen. Es gab viel frischen Fisch, den die Fischer von Zihuatanejo in der Bucht fangen. Der Stab war freundlich und leger. Die Umgebung ist sehr schön.«

In jedem Bungalow gab es vier Zimmer, erzählt er, eines stand für Gruppen-LSD-Sitzungen zur Verfügung. Jeden Morgen versammelten sich zwei bis fünf Personen in diesem Raum, in dem hinduistische Bilder an der Wand hingen und indische Stoffe über zwei Doppelmatratzen lagen. Zusammen mit einem Mitarbeiter des IFIF-Stabs nahmen die Teilnehmer flüssiges LSD ein und fielen in ihre Traumwelt der Visionen, der Bewußtseinserweiterung, der Selbsterkenntnis und mystischen Ekstase.

Der Stab bestand aus Dr. Leary, der die meiste Zeit damit beschäftigt war, Bewerber auszusuchen – über fünftausend Bewerbungen kamen aus allen Teilen Nordamerikas – und die neugierigen Beamten der mexikanischen Einwanderungsbehörde abzuwehren, dem Pharmakologen Ralph Metzner und seiner zweiundzwanzigjährigen Frau Susan. Einer von ihnen gesellte sich zu der LSD-Gruppe und

nahm ebenfalls die Droge. Wer LSD nimmt und, wie man sagt, auf die Reise geht, ist davon überzeugt, daß ihn nur jemand verstehen kann, der ebenfalls LSD nimmt.
Die Dosierungen waren hoch: einhundert bis fünfhundert Mikrogramm. Die meisten erfahrenen Pharmakologen und Psychiater sehen eine Dosis von mehr als dreihundert Mikrogramm als zu hoch an. Eine Million Mikrogramm ergeben ein Gramm, eine Dosis, die einen Stecknadelkopf bedeckt, genügt, um jemanden wie eine Atlasrakete hochzujagen.
Im Verlauf der Stunden tauschte die Gruppe ... die sich etwa aus einer Schauspielerin, einem Zeitschriftenredakteur, einem alkoholsüchtigen Geschäftsmann und Mrs. Metzner zusammensetzt ... ihre Visionen aus ... Ausrufe bei plötzlichen Erkenntnissen von Omnipotenz und Seligkeit. Sie hörten unterschiedlichste Schallplatten. Allmählich, gegen vier oder fünf Uhr am Nachmittag, ließ die Wirkung der Droge nach und die Therapierten traten einer nach dem anderen in den strahlenden mexikanischen Spätnachmittag hinaus.
Für die andern, die kein LSD nahmen, verlief der Tag entspannt und zeitlos. Frühstück um elf Uhr, Mittagessen um fünfzehn Uhr, Abendessen um einundzwanzig Uhr.
»Es herrschte eine höchst ungewöhnliche Atmosphäre«, stellt Dr. Downing fest, »die Anwesenden akzeptierten einander ohne Mißtrauen oder Furcht. Sie wirkten sehr offen und sehr entspannt.«
Selbst als die Beamten der Einwanderungsbehörde, aufgeschreckt durch die Geschichten in mexikanischen Zeitungen über das LSD-Paradies, am zwölften Juni anrückten, um die IFIF-Kolonie zu schließen, entstand keine Unruhe. »Dr. Leary blieb völlig gelassen. Er fuhr nach Mexiko City, um eine Änderung des Beschlusses zu erreichen, aber er nahm die Niederlage ohne Bitterkeit hin«, berichtet Dr. Downing.
Am Sonntag, den sechzehnten Juni, verließen alle Teilneh-

mer des Projekts mit einer Chartermaschine, einer DC 3 der Einwanderungsbehörde, Zihuatanejo, um nach Mexiko City zu fliegen. Das Experiment hatte am ersten Mai begonnen.

»Sechs Wochen sind eine zu kurze Zeitspanne, um ein Ergebnis erwarten zu können«, sagt Dr. Downing, »das Unternehmen muß als ein abgebrochenes Experiment angesehen werden. In meinen Augen haben Leary und Albert Techniken von potentiellem Wert entwickelt. Aber ich bin nicht ihrer Ansicht, daß LSD jedem zugänglich sein sollte, der danach verlangt. Es ist eine sehr wirkungsvolle, potentiell gefährliche Droge und sollte ausschließlich auf experimenteller Basis von qualifizierten Forschern angewendet werden.«

Zu dieser Zeit war LSD in aller Munde. Labile Menschen begingen Selbstmord. Aus Neurotikern wurden Psychotiker. Unvorbereitet, uneingeweiht, irrten sie in alptraumartigen, unbekannten Welten umher. Auch ich hatte meinen Führer beim LSD-Experiment ängstlich gefragt, ob ich sicher ans Ufer zurückkehren würde – ich, die ich mit Träumen so vertraut bin. Die Trennung vom Ich war weit größer als in Träumen.

Leary akzeptierte die Rolle des Führers im Drogenkult. Er entwickelte Rituale und verband sie mit Meditationen. Bücher und Artikel erschienen. Ich half Tom Payne dabei, eine Essay-Sammlung über LSD zusammenzustellen. Aber als das Buch erschien, war mein eigener Essay, in dem ich Ersatz für die Droge anbot, gestrichen. Es schien, als sei LSD in wenigen Monaten Allgemeingut geworden. Die Weisheit des esoterischen Wissens stand mir plötzlich klar vor Augen; jede Schönheit, die die Droge denen bringen konnte, die nie geträumt hatten, wurde für mein Empfinden geschändet. Auch Menschen wie Varda, die sie nicht benötigten, ergaben sich ihr. Meine Intuition erwies sich als richtig, daß ein passives, äußerliches und künstlich hervorgerufenes Traumgebilde unsere Kraft nicht wecken würde, uns nicht dazu befähigen konnte, diese neue Realität auf unser trübes, alltägliches Leben anzuwenden und eine Metamorphose zu bewirken. Die neugeborenen Träumer besaßen keinen Willen. Sie trieben richtungslos dahin. LSD gebar keinen Varda, keinen Michaux und keine neuen Lebensformen. Diese Welt entstand im Laboratorium und entsprang nicht unseren eigenen Anstrengungen.

Inzwischen erlebten wir, wie Leary zu Tausenden sprach. Das Schlüsselwort hieß *›La Vie Onirique‹* (Nachtleben). Ich mißtraute der Wissenschaft, die versuchte, unser unbewußtes, unterirdisches Leben zu enthüllen. Es gibt andere, organische Wege, und sie sind von Dauer. Die Kunst vermag, die Richtung zu zeigen: Musik, Sprache, Malerei, das Erwachen der Sinne, die Kombination von Träumen und Handeln. Ich sorgte mich um die Träumer, die durch künstliche Befruchtung geboren worden waren.

Louise Varèse hatte Michaux übersetzt, aber niemand wollte ihn veröffentlichen.

Wir studierten Yoga bei Virginia Denison. Wir lagen auf farbigen Matten auf der Veranda ihres Hauses und blickten auf die Berge von Hollywood. Sie ist hübsch, schlank und wohlproportioniert. In unseren Trikots übten wir Atemtechnik und Körperbeherrschung.

Virginia veranstaltete Partys, auf denen ich Leary und Alpert, Alan Watts und Aldous Huxley traf. Alan Watts schwieg auf diesen Partys; seine Schüler saßen ebenfalls schweigend um ihn herum. Vielleicht lag es am Marihuana. Das Schöne und Neue daran schien mir das lebendige Schweigen, das sie gelernt hatten, keine Unartikuliertheit sondern Meditation, die Reise nach innen. Alan besaß ein ansteckendes Lächeln, und ich erinnere mich daran, daß er einmal mit uns die Party verließ, verzückt unter einem Schirmbaum stehen blieb und durch das Laub in den Himmel blickte. An einem Sonntagnachmittag besuchte er mich mit einer Gruppe von Freunden. Die Stimmung war gedämpft. Alle litten unter den Nachwirkungen einer großen Party vom Abend zuvor. Plötzlich entdeckte Alan Watts am stürmischen El Greco-Himmel einen doppelten Regenbogen. Das Gespräch erstarb, und jeder beobachtete das Wachsen der beiden Regenbogen, die sich schließlich über den ganzen Himmel ausbreiteten. »Das ist ein gutes Omen«, sagte Watts, und die Stimmung der Gesellschaft hob sich. Christopher Isherwood sagte, das Haus sei sicherlich auf eine Drehscheibe gestellt und solange gedreht worden, bis es seine richtige Position gefunden hatte.

Ich fühlte mich zu Huxley nicht hingezogen. Er war ein schöner Mann, aber ohne Schwingungen oder Antennen. Ich konnte ihn mir als Freund von D. H. Lawrence nicht vorstellen. Er sprach mit mir über das besorgniserregende Problem der Überbevölkerung. Ich besuchte ihn in dem weißen Haus in den Bergen von Hollywood über dem Beachwood Canyon, das Laura entworfen hatte, in dem alles weiß war, damit er besser sehen konnte, und mir drängte sich die schmerzhafte Vorstellung einer psychischen Blindheit auf. Trotz all seiner Wissenschaft und seinem Wissen blieb ihm die mystische Welt verschlossen. Es war verständlich, daß ausgerechnet er ein Beispiel für das Vertrauen zu Chemikalien gegeben hatte. Er erinnerte mich daran, daß die Drogen von Nutzen sind, wenn sie den einzigen Zugang zu unserem Nachtleben bieten. Ich erkannte, daß der Ausdruck *blow my mind* darauf hinwies, daß Amerika den Zugang zu Imagination und Phantasie vermauert hatte, und man diesen Betonblock nur mit Hilfe von Dynamit sprengen konnte! Ich glaubte Leary, wenn er mit Nachdruck darauf hinwies, daß wir nur ein Prozent unseres Geistes oder unseres geistigen Potentials einsetzen. Unsere gesamte Erziehung zielt darauf, uns einzuengen und zu begrenzen. Ich wünschte nur, die Menschen hätten Zeit gehabt, Drogen zu studieren, wie sie Religion oder Philosophie studiert haben und sich auf die chemischen Wandlungen in unserem Körper einzustellen.

Meine Definition von LSD: Man nimmt ein chemisches Präparat ein, das keine permanente Veränderung der Persönlichkeit bewirkt, aber ermöglicht, Außenwelt, Bewußtsein, starre Formen und erstarrte Geleise unseres konventionellen Denkens auszuschließen, das den Willen temporär einschläfert, Hemmungen und formale Gewohnheiten, die Welt und andere und unser eigenes inneres Ich zu sehen, schwinden läßt. Es birgt keine Gefahr, man scheint zu träumen. Man kehrt in die Welt des Alltags zurück, wann immer man es wünscht. Sein Wert liegt darin, daß es eine Direktverbindung zum Unterbewußten herstellt, und man ungehindert und so rein wie ein Kind den Bereich der Intuition erreicht, den Bereich spontaner emotionaler Reaktionen auf die Natur und auf andere Menschen. In gewissem Sinn ist es die Rückkehr zur Spontaneität, Naivität und der Sehweise der Kindheit, die jedes Kind befähigt zu malen und zu singen. Man wird nicht sein Opfer, man wird nicht von ihm besessen und man verliert weder die Erinnerung noch das Bewußtsein wie bei übermäßigem Alkoholgenuß. Ein Überbewußtsein, ein erhöhtes Verständnisvermögen stellt sich ein. Wenn sich das Erlebnis anstelle einer Phantasie oder einer wundervollen Erfahrung von Farben, Musik, etc. zum Alptraum entwickelt, kann es durch eigenes Zutun oder durch ein Wort des Menschen, dem man sich anvertraut hat, in Sekundenschnelle unterbrochen werden. Das Wort Bewußtseinserweiterung sollte keine Furcht hervorrufen. Wenn wir erwachsen werden, bringen die Pflichten, Verantwortungen, der tägliche Abnutzungsprozeß durch unsere Arbeit, die Reibungen, das Konkurrenzdenken, die unaufhörliche Routine des Alltagslebens eine Verkümmerung der Fähigkeiten mit sich, zu erkennen, was uns umgibt, und was über unser Tun hinausgeht. Das ruft eine gewisse Starrheit hervor. Bereiche des Denkens religiöser und kreativer Erfahrung, die uns einst ungehindert offenstanden, werden unzugänglich und undeutlich. Wir schließen sie aus. Sie könnten die Ordnung und Disziplin, die Mechanismen unseres eingefahrenen Verhaltens stören. Die Schönheit der LSD-Erfahrung liegt darin, daß sie eine Reise ist, auf die man sich spontan begibt, befreit von allen Bindungen, rigiden Gewohnheiten und Verantwortungen. Aus diesem Grund ist das Wort ›Freiheit‹, innere Freiheit, damit in Verbindung gebracht worden. Die Wirkung des LSD gleicht der einer beschleunigten, kompakten Psychoanalyse. Das wirkliche Ich wird aus den Formen befreit, in die das Leben es gepreßt hat. Die Gesellschaft übt großen Druck aus, um uns zu standardisieren, um uns zu einem nützlichen Zahnrädchen in der Maschine zu machen, zu einem Roboter in der Organisation. Das bedeutet nicht, daß wir nach dem LSD-Erlebnis nicht zu unserem früheren Verhalten, unseren Gewohnheiten zurückkehren können. Wir haben einfach eine Reise unternommen, die uns nicht in den äußeren, sondern in den inneren Raum führte. Wir sind mit dem Ich, zu dem wir den Kontakt verloren hatten, vertrauter geworden. Die Menschen entwickeln als Selbstverteidigung ein ›soziales Ich‹. Die Unterdrückung des wahren Ichs schafft Müdigkeit und Langeweile.

LSD

Für

Das chemische Präparat ermöglicht den direkten Zugang zum Unbewußten und wird jetzt in der Psychotherapie eingesetzt. Berichte von ›normalen‹ Menschen, die es benutzt haben, zeigen, was Dr. Leary und Dr. Al-

Gegen

Ich bin gegen die wahllose Benutzung von LSD, ohne die Anwesenheit und Überwachung eines Arztes. Die unvorsichtige Anwendung auf der Suche nach ›Kicks‹ hat ihm einen schlechten Ruf eingebracht. Von Psypert ein *erweitertes Bewußtsein* nennen, oder eine größere Wahrnehmungsfähigkeit des unbewußten Ich, die Kinder oder Künstler besitzen. Es ist für Menschen von Nutzen, die den Kontakt zu ihrem tiefsten Ich weitgehend verloren haben.

Unser über-pragmatisches, über-rationales, über-kontrolliertes Alltagsleben schafft die Barriere gegen ein spontanes, phantasievolles und kreatives Leben. Es hat sich gezeigt, daß das Präparat Wirkungen hervorbringt, wie die Inspiration, die von Dichtern, Malern, Musikern oder Mystikern beschrieben wurden.

Huxley hat ausführlich über die Anwendung von Drogen in alten Religionen geschrieben. LSD ließe sich heute einsetzen, um kreative Kräfte wiederzuerwecken, Offenheit für Erfahrungen zu schaffen, die durch restriktive Konventionen der Erziehung verschüttet wurden. Kinder lernen zum Beispiel sehr leicht Fremdsprachen; Erwachsene entwikchotikern sollte es nicht ohne medizinische Betreuung benutzt werden. Es sollte nicht jedermann zugänglich sein. Die Forschungsarbeiten sollten nicht eingestellt werden, aber es sollte deutlich gemacht werden, daß es für geistig labile Menschen (ohne Therapie) und für alle, die unter Herz- oder Leberbeschwerden leiden, gefährlich werden kann. Unter seinem Einfluß (wie unter der Wirkung von Alkohol) mag ein Mensch glauben, er könne ein neues Leben beginnen, und dies kann sich als Illusion herausstellen. Diese Droge bewirkt keine Persönlichkeitsveränderungen, die nicht auch durch Reisen, Erfahrungen, Beziehungen zu anderen oder ein reiches, breitgefächertes Leben hervorgerufen werden kann.

Da das Präparat ein erhöhtes Wahrnehmungs- und Einsichtsvermögen bewirkt, bringt es Menschen aus dem Gleichgewicht, die nicht durch Kunst oder Religion auf solche Erfahrungen vorbereitet sind. Die LSD-Vikeln Blockaden. Unter dem Einfluß chemischer Präparate lernte eine Frau in wenigen Tagen eine neue Sprache. Ein Gefühl von Freiheit kann sich einstellen, das Gefühl einer Befreiung. Menschen ohne besondere Ausbildung gewannen Einsichten und eine Fähigkeit, sich auszudrücken, die sie vorher nicht kannten. Es entsteht durch LSD keine Drogenabhängigkeit. LSD könnte mit weit größerem Nutzen als Alkohol eingesetzt werden, um das Bewußtsein von Menschen zu erweitern, die sich zu eingeengt fühlen, die sich von Ereignissen bedrückt fühlen – kurz gesagt, die Klaustrophobie unseres mechanisierten Lebens könnte dadurch abgebaut werden.

sionen sollten von einem Spezialisten gedeutet werden.

Nach der Einnahme von LSD sollte man nicht alleingelassen werden. Man sollte weder Autofahren, noch Schwimmen oder zur Arbeit gehen.

[Herbst 1963]

Weitere Bemerkungen über Leary, LSD, etc.:
Erster Eindruck von Leary: ein ausdrucksloses Gesicht, das an ein geschlossenes Fenster denken läßt. Er spricht wenig. Er zeigt kein Einfühlungsvermögen für andere. In der Öffentlichkeit spricht er farblos und akademisch. Alpert ist aufgeschlossen, lebendig. Mit ihm konnte ich mich unterhalten.
Aber Leary änderte sich, und das erweckte mein Interesse. In der kurzen Zeit unserer Bekanntschaft veränderte er sich völlig. Seine Abkapselung von Menschen (beim ersten Treffen) wich einer spontanen, ungehemmten, assoziativen Reaktions- und Erfahrungsweise, einer veränderten Sicht der Welt. Mich fesselte sein Röntgenblick, den nur ich besaß, die Fähigkeit, hinter die Erscheinung zu sehen, die einen befähigt, die falschen Ichs und Rollen zu erkennen, den inneren Kern der Menschen trotz ihrer Verkleidungen aufzuspüren. Und Learys Gedanken über *Spiele*, die Verkleidungen, das falsche Leben leuchteten mir ein. Wieder einmal begegnete ich einem Menschen, den ich verstand, der mich aber weder lesen noch sehen noch begreifen konnte.
Was mich ebenfalls für LSD einnahm, war die Tatsache, daß Menschen, denen meine Bücher unbegreiflich blieben, sie plötzlich unter seinem Einfluß verstanden. Ich glaubte, darin läge vielleicht der Schlüssel zu dem eisernen Tor, das zwischen Amerika und meinem Werk stand. Ihr Unterbewußtsein, ihre Sinne blieben solange verschlossen (wie ich es mir bei Leary vorstellen konnte), bis LSD ihnen den Zugang öffnete, und dies ist ein Segen. Hier bot sich ein di-

rekter Zugang zum Unterbewußtsein, der an die Stelle meines langwierigen Forschens auf dem Weg der Analyse trat. Die Psychoanalyse liefert nur die Methode und die Fähigkeit, tiefer einzudringen, den Inhalt freizusetzen und den eigenen Wahrnehmungen zu vertrauen. Was würde all denen widerfahren, die plötzlich die Büchse der Pandora fänden und öffneten?

Huxley sagte einmal zu mir: »Sie haben Glück, Ihnen stand der Zugang zu dieser Welt auf natürliche Weise offen. Das läßt sich an Ihren Büchern erkennen. Aber andere sind nicht in dieser glücklichen Lage.«

Ein Stoß, ein Schock, ein heftiges Losreißen von der Erde, und plötzlich konnten sie transzendentale Elemente sehen, konnten sich mit allen Sinneswahrnehmungen auf die Schönheit einer Blume konzentrieren. Vor LSD wußte ich nicht, wie verschlossen die Sicht der Menschen ist, wie blockiert ihre Wahrnehmungsfähigkeit und ihre Antennen, wie abgestumpft ihre Sinne sind, und wie unfähig sie sind zu träumen, zu fühlen und zu sehen. Am Anfang begrüßte ich die Droge, denn plötzlich verstanden sie Hesse und Artaud.

Mir gefiel jedoch nicht, und ich vermochte dafür auch kein Verständnis aufzubringen, daß Leary bestritt, man könne solche Zustände auch ohne Drogen erreichen. Die deutschen Romantiker und die Mystiker kannten sie. Leary glaubte auch nicht daran, daß es für LSD-Visionen eine Sprache gäbe. Er kannte die Literatur nicht; Dichter wie Michaux, Artaud und die deutschen Mystiker. Er wußte einfach nicht, daß es für jede Erfahrung eine Sprache gibt – die Sprache der Dichter. Er war ein Wissenschaftler. Er eignete sich die Sprache östlicher Religionen an und vermischte sie mit wissenschaftlichen und psychologischen Begriffen. Er wollte beweisen, daß Hesse unter dem Einfluß von Drogen geschrieben habe. Warum aber dieser Zwang, diese Notwendigkeit, Schöpfungen des menschlichen Geistes auf chemische Präparate zurückzuführen? Er konnte nicht beweisen, daß Hesse oder Moricand Drogen genommen haben; er konnte nicht beweisen, daß Drogen mich in die Lage versetzten, *House of Incest* zu schreiben (zunächst setzte er voraus, daß ich Drogen genommen hatte). Natürlich finden in unserem Körper chemische Prozesse statt, und eine Verschiebung im Gleichgewicht des chemischen Haushalts mag einen Menschen zu größerem visionären Sehen befähigen als einen anderen. Dies kann seine Flucht aus dem Alltag, aus der Routine unterstützen, kann ihm helfen, aus dem Netz tatsächlicher und unentrinnbarer Versklavung zu entfliehen, die der Zwang zum Überleben uns auferlegt: Sorge für Nahrung, Schutzbedürfnis, Arbeit etc....

Chemische Prozesse in unserem Organismus können uns unter Umständen dabei helfen, aus der Welt zu entfliehen, in der wir leben. Aber die Macht der Imagination, der Erfindungsgabe und der Kreativität läßt sich nicht chemisch analysieren. Und was geschah mit den Menschen, die niemand mit der Bedeutung des Unbewußten vertraut machte, der Bedeutung der Träume, der Schöpfungen durch Träume, Mythen, Poesie und Psychologie. Sie wurden verängstigt, verwirrt und unter dem Schock der Träume, Visionen und Halluzinationen in Passivität gedrängt. Sie konnten die Visionen mit der Kunst des Lebens oder der Kunst der Sprache nicht in Einklang bringen. Sie wurden unvorbereitet und uneingeweiht in den großen Ozean des Unterbewußtseins gestoßen. Die alten Religionen, die sich der Drogen bedienten, weihten ihre Anhänger ein. Uns weihten die Mystiker und Dichter ein. Die Uneingeweihten stürzten kopfüber ins Chaos.

Meine Träume veränderten das Haus, in dem ich lebte; sie veränderten meine Beziehungen, bereicherten meine Lektüre, mein Bedürfnis nach schöner Kleidung und meine Reisen. Was geschah um mich herum? Die Entdeckung von Farbe, Bewegung und der explosiven Natur der Gefühle veränderte unser Bewußtsein. Es kam zu einer Revolte gegen die Grauheit amerikanischer Kleidung und Häuser, gegen langweilige Mode und gegen den Mangel an Phantasie. Das Geruchsempfinden erwachte und verlangte nach Weihrauch und Wohlgerüchen. Die Träume führten zu phantasievoller Kleidung. Manche der Ideen waren nicht neu; die jungen Menschen entliehen ihre Kleider der Vergangenheit oder fremden Ländern. Sie entdeckten vorhandene Religionen für sich, sie verlangten nach dem Zauber der Dichtung, der Kerzen und Lightshows. Sie schrieben Gedichte; sie revoltierten. Das hatte gute und schlechte Auswirkungen. Manche verloren Verstand und Gesundheit, andere wurden passiv und gerieten aus dem Gleichgewicht. Leary trat als Priester einer neuen Religion auf. Nicht selten wirkten die Filme und Happenings absurd, denn sie zeigten keine Kunst, waren keine Erfindung sondern Imitationen östlicher Rituale. Immerhin, das Unbewußte war befreit, wenn auch auf eine gefährliche Weise. Würden die Menschen jetzt seine schönen Aspekte in Malerei, Dichtung und Architektur wahrnehmen? Wirkte das plötzliche *blowing of the mind* so wohltuend wie eine organische, disziplinierte Suche nach dem Schlüssel zum unterirdischen Leben? Sie riskierten Überschwemmungen und Kurzschlüsse. Die menschliche Natur duldet nicht, daß ihre Prozesse beschleunigt, gewaltsam unterbrochen oder künstlich herbeigeführt werden.

Ich erkannte die Gefahr zum ersten Mal, als Leary und Alpert nach Mexiko gingen. Der mexikanische Puritanismus und das unvorsichtige Zulassen der Öffentlichkeit bedrohten ihr Projekt. Ich kannte die zerstörerische Macht der Öffentlichkeit, ihr eingewurzeltes Bedürfnis nach Karikatur, die verleumderische Haltung der Presse – und Publicity brachte das mexikanische Experiment zum Scheitern. Vom Symbol der befreiten Phantasie wurde Leary zum Symbol des Ausflippens, der Ablehnung von Kultur und der Abkehr von den sogenannten amerikanischen Werten (Arbeit, Überleben).

Leary wurde das Opfer einer blinden Justiz, die niemals den wirklich Schuldigen verurteilt, Opfer einer Kultur, die Drogen notwendig macht, einer Kultur falscher Werte, kommerzieller Versklavung, tabuisierter Träume, Ästhetik und Sinne, die Tabus gegen Imagination und gegen die Freiheit des Individuums aufgerichtet hat.
Eine amüsante Geschichte über Leary: Er verbrachte die Nacht bei einer schönen Verehrerin. Leary trägt ein Hörgerät (eine Kriegsverletzung), das er zum Schlafen abnimmt. Im Morgengrauen erschien der Liebhaber der Frau und entdeckte Leary in ihrem Bett. Er zertrümmerte die Einrichtung, zerschlug Spiegel und Töpfe, wütete und tobte. Aber Leary verschlief die ganze Szene, da er nichts hörte.

Als ich Ginsberg im Foyer des Living Theatre traf, versuchte ich mit ihm über die Aussage zu sprechen, daß Drogenerfahrungen nicht beschrieben werden können, die in jungen Menschen eine falsche Vorstellung erweckt. »Dichtung kann das, Michaux kann das, aber nur deshalb, weil er die Droge selten benutzt, und wie er mir erklärte, bis zu zwei Jahren an der poetischen Umsetzung des Erlebten arbeitet. Ist es nicht die Aufgabe des Dichters, mit dem Unbeschreibbaren, dem Unaussprechlichen zu ringen?«
Ginsbergs Antwort: »Oh, ich glaube nicht daran. Ich nehme das für Kicks.«
Diese Worte aus dem Mund eines Dichters zu hören, enttäuschte mich tief.

Ich erinnere mich nicht genau, wann Gunther Stuhlmann und ich beschlossen, die vielen Briefe Henry Millers an mich für eine Veröffentlichung vorzubereiten. Dieser Plan entwickelte sich zu einer weit größeren Aufgabe, als wir ursprünglich annahmen. Die Mehrzahl der Briefe trug kein Datum. Miller hatte die Gewohnheit, Schreibpapier der verschiedensten Cafés zu sammeln, es aber zu anderen Zeiten und an anderen Orten zu benutzen. Die Briefköpfe boten deshalb keinen Anhaltspunkt. Gunther mußte in Bibliographien oder anderen Büchern über Miller nachschlagen, ich mußte immer wieder die Tagebücher konsultieren. Hinzukam, daß Gunther die Briefe nach einem allgemeingültigen Gesichtspunkten edieren wollte, ich aber besonders darauf achtete, niemanden zu verletzen; auch Henry zeigte sich seit neuestem besorgt über die Folgen seiner Offenheit.

Eine mühsame Arbeit; es erschöpfte mich, an Millers Briefen und gleichzeitig an *Collages* zu arbeiten.

Mein Freund, der Förster, entschied, ich hätte zuviel gearbeitet und brauche Ablenkung. »Ich werde Sie zu den ältesten lebenden Dingen der Erde bringen.« Da wir von Los Angeles aus nach Norden fuhren, vermutete ich, er wolle zu den Mammutbaumwäldern. Zu unserer Rechten erstreckte sich die kalifornische Wüste, links erhoben sich die Sierra Nevadas (›die Schneeberge‹, die ihrem Namen alle Ehre machten), die etwa fünftausend Meter von der Sohle des Death Valley, eines der tiefstgelegenen Punkte der Erde, steil emporragen. Soweit das Auge reichte, überzog sie eine blendendweiße Schneedecke. Plötzlich verschwand die schwarze Straße in einer großen Sandwolke, der Förster fuhr schnell von der Straße ab und hielt an. »Es ist zu gefährlich, in einem Sandsturm zu fahren.« Der Sturm legte sich unvermittelt, und wir fuhren durch die Wüste, vorbei an ausgetrockneten Seen, denen Minerale sanfte Pastelltöne verleihen, Grau, Rotbraun und ein Grün wie patiniertes Kupfer.

In Big Pine fuhren wir nicht nach links in die Sierras, sondern rechts in die Wüste. »Ist es dort nicht zu heiß und zu trocken für die Mammutbäume?« fragte ich. Der Förster blickte geheimnisvoll. Wir fuhren hinauf in die schneebedeckten Berge, vorüber an Wacholder und Pinonkiefern. Die Piute Indianer kommen noch immer im Herbst hierher, um die Kiefernzapfen zu sammeln. Es ging hinauf in die rotbraunen Berge, durch schwarzes, rosafarbenes und graues Gestein, auf dem viele farbigen Flechten wuchsen. Die Straße wand sich immer höher; die Wegweiser zeigten 1200 m, 1500 m, 1800 m, 2100 m. Der Kühler kochte, und wir mußten anhalten. In einer Höhe von etwa dreitausendachthundert Metern erreichten wir den Bergkamm. Der Förster klappte das Verdeck des Wagens zurück. Es schien, als seien wir mit einem Raumschiff auf einem anderen Planeten, auf dem Mars, gelandet. In der riesigen Weite nackter, weißer, knochenfarbiger Felsen erhoben sich vereinzelt Bäume – sonst nichts. Die Bäume waren niedrig, verkrüppelt, verkrümmt, zerzaust und nur mit ein paar wenigen grünen Nadeln bewachsen. Sie sind ein Symbol der Stärke und des Widerstands. Der Förster sagte, es seien die Bristletonkiefern, die ältesten bekannten lebenden Pflanzen der Erde. Methusalem, der älteste Baum, ist viertausendsechshundert Jahre alt. Als die Ägypter ihre Pyramiden bauten, wuchsen hier viele davon. Er erklärte mir, nur diese Bäume seien in der Lage, hier in karger felsiger Erde, den Stürmen ausgesetzt und mit sehr wenig Regen zu gedeihen. Sie können überleben, weil der größte Teil des Baumes abstirbt, und nur ein kleiner Teil unbeschadet der rauhen Umgebung weiterlebt. Sie wachsen unglaublich langsam, in hundert Jahren etwa drei Zentimeter. Ihre verkrümmten Wurzeln sind durch die viertausendjährige Erosion beinahe völlig freigelegt. Die Kiefern sind lebende Plastiken von eindrucksvoller Schönheit, von Flugsand, Eis und Feuer geformt.

Ein starker Wind blies uns beinahe vom Berg. Es begann zu schneien. Der Förster schloß das Verdeck, und wir verließen schnell den Berggipfel. Vielleicht zürnten uns die Götter, weil wir in die Welt dieser fremdartigen edlen Bäume eingedrungen waren, die hier seit Jahrtausenden nur in Gesellschaft weniger Tiere und der Piute Indianer, die sie verehren und auf den Berg steigen, um mit ihren Geistern zu sprechen, leben.

Eine Geschichte, die ein Arzt erzählte: Eine Frau beklagte sich, daß ihr Mann sie zu häufig liebe, daß er nie genug habe, daß seine Begierde ihr Überdruß und Wundsein verursache. Nach einer ereignislosen Ehe war dies eine überraschende Entwicklung. Der Arzt vermutete eine Form von Syphilis, die Priapismus hervorruft. Er bestellte den Mann in die Praxis, untersuchte ihn, entdeckte aber keine Symptome. Der Frau fiel auf, daß die Exzesse in Zusammenhang mit den warmen Nächten zu stehen schienen, in denen der betäubende Duft des zur Nachtzeit blühenden Jasmin das Zimmer erfüllte. Sie sprach mit ihrem Mann darüber, und eines Abends gingen beide mit Scheren bewaffnet in den Garten und schnitten den Strauch bis an die Wurzeln zurück. Von da an belästigte er sie nie mehr.

Auf dem Flughafen sagt ein Kind: »Oh, ein General fliegt mit uns. Dann kann uns nichts geschehen.«

[Winter 1963-1964]

Vortrag an der Illinois University in Carbondale. Bruce Harkness, groß, dunkel, höflich, reserviert und taktvoll. Harry Moore (Verfasser von *The Intelligent Heart*, ein Werk über D. H. Lawrence), grauhaarig, stämmig, irisches Aussehen, große blaue Augen, humorvoll, verträumt und ernsthaft. Seine Frau Beatrice, von anmutiger Reife, eine schöne und liebenswerte Frau. Harrys Bibliothek sehr eindrucksvoll, zwei Zimmer mit Regalen bis zur Decke, ein großer Schreibtisch, Manuskriptstapel, Bücher auf Tischen und Stühlen, die Bibliothek eines Gelehrten. Die Werke von Proust, Aldington, des *Roman Nouveau*, Shakespeare, Milton und moderner Schriftsteller. Er schreibt eine Geschichte der europäischen Literatur, ist Herausgeber von *Crosscurrents in Literature* und beauftragte Oliver Evans mit der Untersuchung meiner Arbeit. Wenn taktvolles Benehmen von ihm erwartet wird, enttäuscht er diese Erwartung mutwillig. Während des Krieges hatte man eine wichtige Zusammenkunft arrangiert, bei der vom guten Kontakt zu einem General vieles abhing. Sie waren beide in derselben Stadt in Kalifornien geboren. Harry Moore erzählte dies dem General und fügt hinzu: »Erinnern Sie sich an den Araber mit dem Bauchladen, der Streichhölzer verkaufte?« Nein, der General erinnerte sich nicht. »Erinnern Sie sich an den Winter, als die Tiere in den Bergen keine Nahrung fanden und in unsere Höfe herunterkamen, und sich etwas zu fressen suchten?« Nein, der General erinnerte sich nicht. Er wendete sich ab und zuckte mit den Schultern, als wolle er sagen: »Der Kerl ist verrückt.« Die diplomatischen Erwartungen erfüllten sich nicht. Im Restaurant er-

regt Harry Moore sich über den leeren Gesichtsausdruck der Kellnerin: »Man hat ihr beigebracht, niemanden und nichts zu sehen!«
Der angeblich am Kauf meiner Tagebuchoriginale interessierte Bibliothekar ist Pinocchio in Person: klein, dick, Basedowaugen, die ihm vor Staunen aus dem Kopf zu fallen scheinen, freundlich, warmherzig und offen. Er trinkt Martinis *en masse.* Er wirkt fröhlich und heiter, obwohl ihm die Sammlung kostbarer Bücher und Manuskripte untersteht. Er kennt viele Geheimnisse; er öffnet Schubladen und zeigt mir Briefe von James Joyce, Glenway Wescott, D. H. Lawrence, Henry Miller, Crevel, Aldington, Tagebücher, Erstausgaben, Schätze, Indiskretionen und Verrat, der mit Gold bezahlt wurde. Als letztes erwarb er die Briefe von Caresse Crosby. Er öffnete die Schublade, in der die Korrespondenz zwischen Caresse und Kay Bole lag. Ich fragte ihn, ob Caresse diese Briefe nicht versiegelt habe. Er antwortete: »Oh ja, sie sind versiegelt. Aber sie Ihnen zu zeigen, bedeutet keinen Verrat.« »Ich möchte sie nicht lesen«, sagte ich, nachdem ich bereits den Schock hinter mir hatte, alle meinen Briefe an Caresse hinter Glas zu sehen.
Harry Moore – auch er ein Opfer. Seine Briefe an jemanden wurden verkauft; hier liegen sie jetzt, Studenten, Forschern, Bibliotheksassistenten, Biographen, der ganzen Bibliothek zugänglich. War dies ein Friedhof, die Küche der Unmoral? Mich fröstelte. Biographen. D. H. Lawrence' Verträge mit Verlegern. Welche Gattung Mensch, die sich von dem Leben anderer ernährt. Werde auch ich in diese unverschlossenen Schubladen aufgenommen werden? Wird Pinocchio einem Besucher anbieten, einen Blick in die Tagebücher zu werfen? »Bonbons«, sagt Pinocchio und kommentiert damit die Schätze in den Schränken. Auf mich machte dies alles einen gespenstischen Eindruck. Ich sehe Millers Briefe an Caresse, Aquarelle, Photographien, Schnappschüsse, die Cartier-Bresson gemacht hat, ein Ge-

mälde der Mühle, Porträts von Caresse und Harry, Harrys Tagebücher in roten Ledereinbänden und Briefe von Glenway Wescott und Tennessee Williams.

Eine fremde Welt, die ich plötzlich entdecke. Mr. Kaplan verkaufte meine Briefe in Zusammenhang mit dem Verkauf von Millers Bildern, als ich in Geldnot war. Alles ist verkauft, inventarisiert. Ja, ich verstehe, später werden die Biographen in diesen Schätzen stöbern, um Soundso unsterblich zu machen. Caresse, bereits über siebzig, sorgt sich nicht mehr um Geheimnisse und Vertrauen, das ihr entgegengebracht wurde. Aber da die Universität gerade erst ihre Sammlung gekauft hat, besitzt die Bibliothek keine Mittel für den Erwerb meiner Tagebücher. In gewisser Weise bin ich erleichtert. Ich will gerecht sein: Zeichne ich nicht ebenfalls Geheimnisse auf? Sind nicht die Geheimnisse von Caresse in den Tagebüchern aufbewahrt? Aber die Aktivität der Bibliothekare hat bereits Auswirkungen auf die Schriftsteller: Sie schreiben weniger Briefe. Becketts persönlichste Briefe fanden ihren Weg auf eine Auktion in London. Ein ehrenhafter Sammler, den ich kenne, ein Freund Becketts, kaufte die Briefe und schenkte sie ihm. Wir sind alle so sehr damit beschäftigt zu leben, daß wir an Aufzeichnungen nicht mehr denken. Aber Telefon und Telegramme sorgen dafür, daß es immer weniger Briefe geben wird. Es ist beängstigend zu erleben, wie ein Freund Geschichte wird, und alles, was einst persönlich und vertraut war, in den Besitz der Öffentlichkeit übergeht. In der Vergangenheit wartete man bis nach dem Tod des Autors und kümmerte sich erst dann um Briefe und Tagebücher, hörigen. Eine mühsame und langwierige Suche, und wenn borgen in Koffern, Truhen, in den Häusern von Angehörigen. Eine müsame und langwierige Suche, und wenn die Biographie erschien, hatte die Zeit den Schaden verhindert, der anderen durch die Veröffentlichung zugefügt werden konnte. Aber heute produzieren junge Dichter Dokumente; sie verkaufen Briefe und Manuskripte, sobald sie geschrieben sind. Amoralität, mangelnde Ethik, Gier, Ungeduld, gesteigertes Lebenstempo bringen die Jungen, die noch nicht Berühmten, die Kommerzialisierten dazu, überstürzt alles den zahllosen Bibliotheken zu verkaufen, die gefüllt werden müssen. Hinter Glas die Geschichte von Gonzalo und mir, aus den Tagen, als wir ein Buch für Caresse druckten und sie als anspruchsvolle, schwierige Auftraggeberin kennenlernten, wie ich im Tagebuch schrieb.

Wenn ich aufrichtig sein will, sollte ich mich daran erinnern, wie gerne ich Bücher über Proust lese – nicht nur seine eigenen, sondern jedes Buch, das mich in die Lage versetzt, seine Gegenwart zu spüren, etwas Persönliches über ihn, seine Familie, seine Wohnung, seine Freunde und über das Paris dieser Zeit zu erfahren. Historiker. Es fällt mir schwer, Pinocchio als Historiker zu sehen. Man wird viele Lügen erzählen, vieles erfinden, verzerren und trotz Dokumentationen wird das Leben als ein Roman erzählt. (Man lese die widersprüchlichen Versionen über das Leben von Chopin, George Sand und Musset; drei widersprüchliche Versionen, die auf den Biographen zurückgehen – seine Vorlieben, seine Identifikation und seine Affinitäten.) Es war ein Besuch von Gräbern, Mausoleen, Pyramiden, ein Ausflug in die Vergangenheit zu Relikten und Überbleibseln.

Und im Flugzeug nach St. Louis las ich *Le Temps Retrouvé*. Harry Moore arbeitet als Mitherausgeber von Caresse Crosbys *Portfolio*. Es war seine Idee. Ein Portfolio für jedes Land. Er brachte sie dazu, ihre Autobiographie zu schreiben, ihre *Passionate Years*.

Ich versuchte, ihn für Marguerite Young, für poetische Prosa zu interessieren. Er sagte einmal, Amerika liebe keine Lyrik. Edith Sitwell widersprach: »Sehen Sie doch nur, wie sie mich lieben!«

Bruce Harkness möchte über Conrad schreiben. Ein polnischer Schriftsteller sagte ihm, Conrad habe lediglich pol-

nische Klischeewörter benutzt, die im Englischen unverbraucht wirken.
Harry Moore erzählt mir die Handlung einer Henry James Geschichte und preist deren Subtilität. Er ist der einzige Kritiker, der Durrells Romane als melodramatisch ansieht und behauptete, Durrell sei nicht am Erforschen seiner Figuren, an psychologischer Genauigkeit interessiert. Harry Moore verteidigte *Wendekreis des Krebses*. Akademische Gelehrsamkeit ist so verschieden von meinem Denken – Gott sei Dank! Zum ersten Mal erkannte ich den Abgrund zwischen historischen, biographischen und archeologischen Untersuchungen und meinem Weg, eine Figur in ihrer ganzen Tiefe zu erfassen.

Das Netz. Ich mache Tana de Gamez mit Daisy bekannt. Tana liest ausgezeichnet spanische Gedichte, und das ist eine Bereicherung unserer Dichterlesungen im Rundfunk. Ich treffe Kim Stanley, die mit Alfred Ryder verheiratet war, der mich in Los Angeles besuchte und mich mit Jacobina de Caro bekanntmachte, die mich zu einem Abendessen mit Jeanne Rainer und Serge Bourguignon einlädt, dessen Film *Sundays and Cybele* mir sehr gefiel. Er ist charmant, intelligent, originell, er spricht lange über den lyrischen Henry Miller. Ich lerne Pola Chapelle mit ihrer schönen Stimme, mit ihrem schönen Gesicht kennen; sie erobert sich gerade New York. Ich sehe jetzt häufig Billy Kluver, der mich nach Schweden begleitete und mich dort mit allen Künstlern bekanntmachte. Als Billy und Hill Kluver nach Amerika kamen, wollten sie zwei Schriftsteller kennenlernen: Henry Miller und Anaïs Nin. Billy war an dem Abend im Museum of Modern Art, als Tinguely seine Maschine, die sich selbst zerstört, vorführte. Er half beim Elektrifizieren und beim Einrichten der Schaltungen, und im Scheinwerferlicht erinnerte mich sein schmales langes Gesicht an den Bergman-Schauspieler Max von Sydow. An diesem Abend im Museum stand Dr. Max Jacobson

neben mir. Er hatte sich soviel B 12 injiziert, daß er in Schnee und Kälte danach roch.
Kim Stanley spielte in Colettes *Cheri* hervorragend, und Colette hätte ihre sinnliche, strahlende, irdische, warme Ausstrahlung geliebt. Sie begeisterte uns auch in *Freud* mit ihrem kraftvollen Spiel und ihrer rauchigen Stimme, aber vielleicht war sie in *A Clearing in the Wood* noch besser. Kim konnte auch leidenschaftlich sein. Sie identifiziert sich mit meinen Frauengestalten. Wie ausgezeichnet gelang ihr die Darstellung der verschiedenen Ichs: Kind – Teenager – Frau – ältere Frau. Laurents gelang es meisterhaft, verschiedene Lebensalter zu dramatisieren. Er befand sich auf dem richtigen Weg, das innere Drama darzustellen, als er aufgab. Das Stück fiel durch. Er kam zu früh.

Maya Deren fühlte sich einige Jahre vor ihrem Tod isoliert und versuchte, in ihrer naiven Weise den Anschluß an alte Freunde wiederzugewinnen. Bebe Barron erwartete ein Baby, und Maya veranstaltete aus diesem Anlaß eine *Shower Party* – eine traditionelle Geschenkparty, wie bürgerliche Frauen sie geben: rosa Dekorationen, rosa Gebäck und rosa eingepackte Geschenke. Bebe zuliebe kamen wir alle. Aber Maya konnte nicht zulassen, daß dieser Nachmittag harmlos und bürgerlich verlief; die Hexe in ihr ließ sich nicht verbergen, und sie fragte Bebe, wann sie das Baby erwarte. Bebe antwortete ihr: »In ein paar Wochen.« Maya widersprach: »Das kann nicht sein, es kommt viel früher, ich kann es aus den Konstellationen und Formationen der Wolken erkennen.« Prompt setzten Bebes Wehen buchstäblich auf der Treppe ein, als sie Maya verließ.
Die rosa *Shower Party* konnte die schaurige Atmosphäre des Ateliers nicht abschwächen. Es wirkte wie ein Voodoo-Schuppen, voller Masken, Trommeln, Halsbänder, Muscheln, afrikanischer Körbe, afrikanischer Stoffe und Sitzkissen. Bürgerliche Mütter hätten die Gäste sicher nicht gerne in Gesellschaft ihrer Babys gesehen: Musikanten,

Filmleute, Schriftsteller, Elektroniker und Science-Fiction-Autoren – vom bürgerlichen Standpunkt gesehen, ein gefährlicher Einfluß!
Adam wurde zu früh geboren und mit den Füßen voran. Seinen Kopf ließ er noch eine Weile im Mutterleib, um sich an Dunkelheit und Schlaf zu erfreuen. Ich schrieb ein Tagebuch für ihn, das mit der Geschichte seiner Geburt begann. Maya war mit einem Guggenheim-Stipendium nach Haiti gereist, um einen Film über Voodoo-Zeremonien zu drehen. Sie lebte mit einem Voodoo-Priester zusammen; tanzte, betete, schrieb und filmte, aber als ich diesen Priester auf einer Party traf und ihn fragte, ob es wahr sei, daß Maya Deren in den Rang einer ›Priesterin‹ der haitianischen Religion erhoben worden sei, antwortete er klar und deutlich: »Natürlich wissen wir alle, daß Maya eine psychotische Hysterikerin ist.« Er benutzte dabei einen medizinischen Fachausdruck, an den ich mich nicht mehr erinnern kann. Maya führte ihre frühen Filme in Colleges vor. Es kam öfter vor, daß ich nach ihr dort Vorträge hielt. Ich hörte die Klagen der Studenten, die das Gefühl hatten, Maya habe ihnen autoritär erklärt, was sie in ihren Filmen sehen sollten; sie hatte ihnen nicht gestattet, eigene Interpretationen zu entwickeln. Sie stand unter dem Zwang, symbolische Handlungen zu inszenieren, aber sie weigerte sich, deren symbolische Bedeutung einzugestehen. »Eine Blume«, sagte sie, »ist eine Blume, ein Spiegel ein Spiegel und ein Messer ist ein Messer.« Aber die Blume erschien über einer Vulva, der Spiegel war verhängt, und das Messer steckte im Tisch wie von einem Messerwerfer geworfen. Wie konnte sie behaupten, es läge darin keine Symbolik, wenn sie eine Frau über eine lange Tafel kriechen ließ? Ich glaubte immer, das Abstreiten jeder Symbolik sei darauf zurückzuführen, daß sie einen Psychiater zum Vater hatte, und Maya ihn, seine Sprache und seine Interpretationen immer und wieder leugnen mußte. Maya, die Zigeunerin, die ukrainische Zigeunerin mit ihren un-

bändigen, gekräuselten Haaren, die ihr Gesicht beinahe wie einen Heiligenschein umgaben. Sasha Hammid ließ ihr Gesicht hinter Glas auftauchen, und auf diese Weise wirkte sie sanft wie eine Botticelli-Gestalt. Die Kamera kann ein Liebhaber sein, ein Hassender, ein Sadist, ein Diffamierender, wie die Photojournalisten sehr wohl wissen. Die Kamera lügt, die Photographie lügt. Als Freunde von mir ein altes New England-Dachgeschoß filmten, benutzten sie Filter, um die Farben neu erscheinen zu lassen. So sieht Paris in Hollywoodfilmen aus. Alles muß neu sein und glänzen. Die poetische Unklarheit, die dem Auge die Schärfe nimmt, ist tabusiert, ein Anachronismus. Heute lügt die Kamera durch Geschmacklosigkeit, die Sommersprossen werden Kaffeeflecken, das Muttermal verwandelt sich in einen Vulkan, die Falten sind ein Flußdelta, Nacken wirken wie Stacheldrahtzäune.

Ich sah Maya zum erstenmal am Strand von Amagansett. Als wir näherkamen, entdeckten wir, daß sie eine Filmszene drehten, in der Maya von den Wellen an den Strand geworfen wurde. Sie mußte diese Szene oft wiederholen, um den Eindruck von Treibgut zu erwecken, das von sanften Wellen ans Ufer der Träume gespült wurde (keine Symbolik bitte!), vom Salzwasser überflutet, gewaschen und gewiegt. Wir sahen noch, wie Maya aufstand und mit Sasha und einem anderen jungen Mann davonging. Dies war im Sommer 1945, als sich Künstler vieler Nationalitäten in Amagansett aufhielten – Syrer, Japaner, Mexikaner, Schotten, Russen, Südamerikaner und Franzosen. Der deutsch-jüdische Philosoph Jean Wahl kam in einem korrekten schwarzen Anzug, mit Kragen und schwarzer Krawatte an den Strand. Er wirkte wie ein Witwer, ein Trauernder, allergisch gegen die Sonne, das Glitzern des Meeres und gegen die Schwimmer, vom Brandmal des Leids, dem Brandmal seiner Rasse und den Geistern der Konzentrationslager gezeichnet.

1948 in Hollywood sahen die jungen Filmregisseure Curtis

Harrington und Kenneth Anger in Maya die Pionierin des Films, das amerikanische Äquivalent zu Buñel, Cocteau und Dali. Sie war älter, kühner und leidenschaftlicher als sie.

Als ich nach Hollywood kam, führten mich Curtis und Kenneth in die Welt des Films, in die Geschichte des Films und in die Häuser der Stars. Sie nahmen mich mit nach San Francisco, um Kenneth Angers *Fireworks* zu sehen, und obwohl mich sein Sadismus abstieß, erkannte ich sein Talent. Der sanfte, romanische und zarte Kenneth Anger gab einmal einen ganzen Wochenlohn aus, den er sich mit Tellerwaschen verdient hatte, um mich in ein exklusives russisches Restaurant einzuladen. In Hollywood führten mich Kenneth und Curtis zu den Häusern der frühen Filmstars hinter dem Franklin Boulevard. Die Häuser von Valentino, Harold Lloyd und Theda Bara, zu ihrer Zeit vielleicht prächtig, wirkten nun klein und rührend: Imitationen spanischer Gutshäuser, Schlösser, Haziendas. Wir saßen in Harold Lloyds verlassenem Haus neben einem leeren Swimming-pool auf einer zerbrochenen Schaukel, über die sich die Reste eines Sonnenschirms spannten, und sie erzählten mir die Geschichte Hollywoods, ihrer Heimat.

Heute filmt Kenneth die Beat-Szene: Lederjacken, Motorräder, Sadismus. Die französischen Dichter zerfleischten und zerstörten sich. Die amerikanischen Dichter zerstören andere.

Maya engagierte ihre Schauspieler aus der Gruppe meiner Freunde – Frank, den Tänzer, das schöne Mädchen, das mit einem Negermusiker zusammenlebte, den südamerikanischen Maler mit seiner Geliebten und andere. Sie rief früh morgens an, und wir erschienen zur Arbeit: in Riverside, im Central Park, in Wall Street oder in ihrem Atelier. In New Jersey filmten wir in einem Park mit Statuen und einem Gewächshaus. Wir tanzten. Es gab sadistische Szenen. Ja, die Maya, die eine rosa *Shower Party* gab, konnte die Zigeunerin nicht verleugnen, die afrikanische Tänze

tanzte oder ihre Kamera auf eine Katze richtete, die gerade Junge bekommen sollte.
Sie wollte improvisierte Filme machen, sie erwartete, daß die Situationen sich ohne ihr Zutun entwickeln würden. Aber die Zeit der Happenings war noch nicht gekommen. Wenn sie damit rechnete, durch Zufall eine Szene einzufangen, eine Beziehung festzuhalten, erstarrten ihre Amateurschauspieler. Sobald das Surren der Kamera nicht mehr zu hören war, kehrten sie zu ihrem natürlichen Verhalten zurück, das Maya hatte einfangen wollen. Sie wußte nicht, wie sie das Geschehen herbeiführen, es erschaffen sollte. Man muß den Schauspielern zumindest einen Anhaltspunkt geben wie bei einer Scharade. Wenn sie einen Maibaum aufstellte und uns farbige Bänder gab, entstand eine Maibaumszene. In ihrem Atelier gerieten wir einmal nach Stunden vager, verwirrender Anweisungen in einen Zustand hysterischer Müdigkeit, und dann geschah beinahe, was sie erhoffte.
Die Jagd nach Häßlichkeit wird mir immer unverständlich bleiben. Liegt es daran, daß die Amerikaner zum größten Teil in Häßlichkeit geboren werden, mit ihr vertraut sind und gelernt haben, sie zu lieben, oder bringen sie Schönheit mit undemokratischen Oberschichten der Vergangenheit und mit Europa in Verbindung? Lehnen sie deshalb jede Form von Schönheit ab? Die amerikanische Definition von Realismus ist Häßlichkeit. Um den Vorwurf zu vermeiden, Illusionen zu erwecken, gaben sie allem einen häßlichen Aspekt. Maya vergrößerte Unreinheiten der Haut, zeigte verkrampfte Muskeln und zu große Ohren, sie unterstrich fettige Haut, hervorquellende Augen, Kahlheit oder Pickel. Mayas Schauspieler waren schön, aber sie machte sie häßlich. Ich habe nirgends so deutlich wie bei Maya erlebt, daß das Auge hinter der Kamera die Macht besitzt, Dinge häßlich zu machen.

Daisy hat eine bezaubernde Stimme, ein bezauberndes Lachen und verbreitet jugendliche Lebhaftigkeit. Wir gingen zum Abendessen nach Greenwich Village und sprachen wie zwei enttäuschte Idealisten, die vom gefühllosen Verhalten der Menschen aus der Fassung gebracht worden sind. Daisy zählte auf, wer ihrer Arbeit feindlich gegenüberstand; ich tat das gleiche, und unser Band festigte sich durch die resignierende Anerkennung des Schlechten in der Welt. Es gibt da auch eine astrologische Verbindung. Daisy steht im Zeichen der Jungfrau, wie mein Vater und mein Bruder, aber Liebe mildert ihre Kritik.

Sollte ich aufhören, Moricand und Sidney Omarr miteinander zu vergleichen? Ihre Sprache, ihre Ausdrucksebene, dieselbe Gelehrtheit auf völlig verschiedenen Ebenen ...

Ich bin in einen Großteil dieses außerordentlich reichen Materials nicht eingedrungen, habe es nicht völlig miteinbezogen. Ich lebte zu fieberhaft. Ich lebe das Leben einer Liebenden. Ich nahm mir nicht die Zeit, alles, was ich fühlte und ahnte (wie mein Verständnis Artauds), zu vertiefen. Ich besaß nicht die Sorgfalt, die Geduld, das handwerkliche Können und die Gründlichkeit, die mir jetzt zur Verfügung stehen. Es ist kein Zufall, daß ich Artauds Briefe im Tresor fand, daß ich sie mit neuen Augen las, sie wiederentdeckte und in der Lage sein werde, sein Porträt zu vervollständigen. Ich schrieb Henry, daß ich diese Beziehungen jetzt mehr genieße als in der Vergangenheit, denn meine Überempfindlichkeit machte sie für mich qualvoll. Heute habe ich mich davon befreit.

Mary Caroline Richards übersetzte Artauds *Das Theater und sein Double*. Das Interesse an Artaud wächst ständig. Aber so wenige seiner Bücher sind ins Englische übersetzt, daß sich das Wissen über ihn auf den sensationellen Aspekt seiner Geistesgestörtheit und seines Drogenkonsums beschränkt. Heute, da ich Pierre Jean Jouves, Suarez' und Giraudoux' Romane wiederentdecke und sie mir wieder vergegenwärtige, empfinde ich eine schmerzhafte Sehnsucht

nach meinem Leben in Frankreich. Das widerfährt mir selten, denn ich lebe in der Gegenwart. Marguerite ist eine große Dichterin, aber sie nährt sich von heimischer Kost. Die Bereiche, aus denen ich meine Kräfte zog, interessieren sie nicht, und so kann ich die Schriftsteller, die ich liebe, nicht mit ihr teilen.
In diesem Monat träumte ich die Worte *Apologia pro Vita Sua.* Ich bin mir nicht einmal sicher, wie ich sie buchstabierte. War dies der Titel von Oscar Wildes Beichte, die er im Gefängnis schreibt? Frau Bogner öffnete eine neue Schublade der Schuld. Meine proustsche Welt ist meine einzige Freude, denn in ihr spüre ich Verbindungen und Korrelationen.
Pinocchio ist von dem konzentriert edierten Tagebuch wie erschlagen. Er saß eine Stunde lang in seinem Stuhl, ohne sich zu rühren und ohne zu sprechen. Er konnte mir nicht schreiben. Verdammtes Schweigen. Ich mußte ihn anrufen, und dann sagte er es mir. Aber die Universität kann sich das Original nicht leisten. Mein französischer Herausgeber André Bay ist aufgewacht und schreibt mir: *»Je vous embrasse pour ce que vous êtes.«*

Als ich Varèse zum ersten Mal sah, flößten mir die blitzenden Augen, das wilde Haar und sein Temperament große Ehrfurcht ein. Neben ihm die sanfte Louise – *Grande dame.* Das Wohnzimmer ist grün von den Bäumen im Hof. Ihr Haus wirkt sehr europäisch. Es quillt über von Möbeln, von liebevoll gesammelten Dingen, Büchern, Schallplatten, Sofas, kleinen Tischen und Sesseln. Louise arbeitet an einem kleinen Schreibtisch; dort übersetzt sie Michaux, Rimbaud und Simenon. Eine Treppe tiefer, im Parterre, ist Varèses Reich. Partituren an den Wänden, große chinesische Gongs, Instrumente, deren Namen ich nicht kenne, ein Klavier, ein Schallplattenspieler, Schallplatten, ein überquellender Schreibtisch – Chaos. Man muß ihn bei der Arbeit gesehen haben, um sich die Freude vorstellen zu können, die er dabei empfindet. Jeder Ton ist ein Wunder! Er lauscht dem letzten Echo. Er spielt die Bänder so laut wie möglich. Ich hatte das Gefühl, im Glockenturm von Chartres neben den Glocken zu stehen; eine Lautstärke, die eine Art Folter ist. Varèses Lachen, seine Wortspielereien (»Sie leiden an Proustatitis«), seine treffenden *jeux d'esprit.* Er ist immer zum Spott bereit, er ist aufrührerisch und explosiv. Er schüchterte mich ein, bis ich härter wurde und er sanfter. Frauen lassen sich immer von seinem Temperament beeindrucken. In Brüssel gehörte er der Filmjury an; Baronin Lambert war von ihm bezaubert.

[Frühling 1964]

Die Odyssee von *Ein Spion im Haus der Liebe* ist noch nicht beendet. Jerry Bick interessierte Robert Wise, der schon immer einen Kunstfilm mit eigenem Kapital drehen wollte.

Er bewundert Marguerite Duras. Ich bemühte mich darum, mit ihr Kontakt aufzunehmen. Ich kannte ihren französischen Literaturagenten. Marguerite Duras zeigte Interesse. Telegramme und Überseegespräche. Sie fürchtet sich vor dem Fliegen. Sie ist bereit, Robert Wise zu treffen, wo immer er gerade *Die Trappfamilie* filmt. Robert Wise lud Jerry Bick und mich ein, ihn in Salzburg zu treffen.

André Bay, mein Verleger, gab ihr das falsche Buch – *Ladders to Fire* anstelle von *Ein Spion im Haus der Liebe.* Ich hatte das Gefühl, sie sehen und den Irrtum aufklären zu müssen. Ich versprach mir sehr viel von ihrer subtilen Darstellung von Beziehungen, ihren schwebenden Dialogen, ihrem indirekten Aufspüren von Situationen, ihre Suggestivität und ihrer außergewöhnlichen Poesie. Ich dachte an *Moderato Cantabile.* Ich konnte bereits sehen, wie Sabina unter ihren intelligenten, meisterhaften Händen Gestalt annahm.

Zusammentreffen mit Marguerite Duras in Paris – freundschaftliche und spontane Zuneigung. Wir umarmten uns wie alte Freundinnen. Sie ist klein und wirkt mit ihren kurzen dunklen Haaren und den leuchtenden schwarzen Augen orientalisch. Bei unserer ersten Begegnung waren wir allein. Sie liebt *Ein Spion im Haus der Liebe* und sagt, es sei ein sehr schöner Roman. Sie ist bereit, es für den Film zu adaptieren. Dann trafen wir uns mit Jerry Bick. Jerry hatte zunächst geglaubt, meine Anwesenheit sei nicht erforderlich. Er wollte nicht auf eine vage Idee hin Geld investieren. Aber als er feststellte, wie wenig Englisch Marguerite sprach, war er glücklich über mein Kommen. Ihm stand wenig Zeit zur Verfügung; wir entführten Marguerite und fuhren zu dritt mit der Bahn nach Salzburg, um Robert Wise zu treffen, der dort *Die Trappfamilie* filmte. Da Wise tagsüber drehte, sollten wir uns beim Abendessen sehen.

Salzburg ist zauberhaft. Ein breiter Fluß, eine alte Stadt, Blumen und Berge. Jedes Café, jede Bäckerei trägt den Namen Mozart: Café Mozart, Konditorei Mozart, Mozart-Lichtspiele.

Jerry ist als Manager höflich und rücksichtsvoll. Er begleitete Marguerite beim Einkaufen. Marguerite ist geradeheraus und steht mit beiden Füßen auf der Erde. Sie sagt von Jerry, er sei ›gentil‹. Ich schreibe, während ich darauf warte, daß Wise von den Dreharbeiten zurückkommt. Bis jetzt war ich sehr gefügig und habe ohne Murren mitangesehen, wie meine Kinder (die Figuren in meinen Büchern) vor meinen Augen wachsen, sich verändern, zu Duras' Kindern und Jerrys Kindern werden.

Marguerite Duras' flache Schuhe, ihre unauffällige Bluse, der abgetragene Pullover, die braune Lederjacke, ihre Natürlichkeit, Direktheit und Jungenhaftigkeit beeindruckten die Amerikaner sehr. Sie ist wirklich einfach und liebenswert.

Robert Wise ist kultiviert, hat sensible Hände, wirkt wie ein Geschäftsmann, aber er besitzt scharf beobachtende Augen und ausgezeichnete Manieren. Die Bemerkung der Duras, sie wolle nicht wiederholen, was sie bereits einmal getan habe (langsamer Rhythmus), fand großen Anklang. Ihr gefiel der schnellere Pulsschlag meines Buchs, und sie liebt das Tempo amerikanischer Filme. Lange anstrengende Gespräche. Jerry stellt immer ein vorsichtiges Gleichge-

wicht her, aber die Duras ist direkt und nicht empfindlich. Sie setzt sich durch. Vielleicht wird trotz allem eine gute Ehe daraus. Ich beschränkte mich darauf zu ermutigen, zu unterstützen und zu übersetzen. Das Abendessen verlief entspannt und angenehm. Mrs. Wise stieß später zu uns; sie kam aus einem Konzert. Der Regen hielt mich davon ab, die Stadt anzusehen. Ich war glücklich. Selbst wenn der Film nicht *Ein Spion* werden sollte, so wird er doch einen Durchbruch für die anderen Bücher bringen.
Marguerite Duras ist sehr klein, ja sie ist winzig. Sie ist in Indochina geboren und stammt aus einer Bauernfamilie. Der Film *The Sea Wall* wurde nach einem ihrer Romane gedreht und erzählt ihr Leben. Ich sah diesen Film vor langer Zeit. Sie ist erdverbunden und kann sich an allem erfreuen. Wise mochte sie.
Wir kehrten nach Paris zurück.
Ich kam um dreiundzwanzig Uhr ins Hôtel d'Angleterre, das ich liebe. Das Bad ist im Schrank. Ich fand einen Strauß roter Rosen von André Bay vor und einen Stapel der französischen Ausgabe von *Ein Spion im Haus der Liebe*. Unter den Augen riesiger Margeriten und Rosen, die auf den Wänden, auf der Bettdecke tanzten und riesiger Kiefernzapfen auf den Vorhängen schlief ich ein. Die Franzosen lieben die Natur. Ich hatte mein traditionelles Frühstück im Bett.
Fernsehen, Rundfunk und Pressekonferenzen. Am Sonntag werde ich Marguerite Duras wiedersehen.
Photographien von Tracey. Ein Telegramm von Antonioni, der Jerry treffen will. Jerry ist in London und trifft sich mit Joseph Losey (die Duras schätzt ihn). Nach Jerrys Rückkehr besuchten wir gemeinsam Malraux. Jerry möchte *Conditio humana* verfilmen. Er kennt es auswendig und kann mit größter Selbstverständlichkeit über die Figuren sprechen. Malraux hatte gesagt, er spräche nicht Englisch, aber ich bemerkte, daß er Jerry verstand und keinen Übersetzer benötigte. Ein Empire-Zimmer – nur Spiegel und

Gold. Ein Lakai in roter Livree mit einem Stab. Viele Türen. Aus dem Fenster von Malraux' Arbeitszimmer sieht man auf der gegenüberliegenden Seite des Hofs den Balkon von Colettes Zimmer, in dem sie vor ihrem Tod lebte. Als besondere Geste erlaubte man ihr, eine der Balustraden zu entfernen, damit sie vom Bett aus den Garten sehen konnte.
Ich erinnerte mich an den schmächtigen, leidenschaftlichen Malraux aus der Zeit des Spanischen Bürgerkriegs, als Gonzalo und ich zu seinen Reden gingen, auf denen er gegen den Faschismus sprach. Dieses Bild konnte ich mit dem Mann vor mir, einem gutgenährten und zufriedenen Geschäftsmann, nicht in Einklang bringen. Er wirkte wie ein gutsituierter Bougeois mit leicht vorstehenden Augen und nervösen Ticks (die er bereits in seiner Jugend hatte). Wir führten ein interessantes Gespräch. Ihm gefiel die Idee, den Film jetzt zu drehen, da Frankreich mittlerweile Beziehungen zu China aufgenommen hatte. Die Franzosen lieben Jerry, denn er ist aufgeschlossen und sehr belesen.

Am Sonntag saß ich in einem kleinen Café vor Saint-Germain-des-Près und sprach mit Marguerite Duras. Ihr letztes Buch ist ein Bestseller und liegt in allen Schaufenstern. Sie fährt aufs Land, und so war dies unser letztes Gespräch. Zum Abschied gab sie mir Fotos von sich.

Ich besuchte Paule Thevenin, die das Gesamtwerk von Artaud herausgibt. Sie zeigte mir Zeichnungen Artauds, ich sah seine Briefe und Notizen. Auf der Rückseite eines Bildes von Heliogabalus stand in seiner Handschrift: *»Mon amour pour vous, Anaïs, prend la forme d'une sorte de religion.«*

Arbeitete zusammen mit Jean Le Gall-Trocmé an den Fahnen von *House of Incest,* das bei *La Table Ronde* erscheint.

Der gravierende Unterschied zwischen französischen und amerikanischen Filmen ist das Tempo. Die französischen Filme sind langsam und nachdenklich; bei amerikanischen Filmen dominieren *action* und Tempo. Die Amerikaner lieben Humor und wünschen keine Tragödien. Mir gefällt das Tempo, aber es gibt Themen, die man nicht komisch behandeln kann, zum Beispiel echte Gefühle. Deshalb versuchen wir eine internationale Allianz zu bilden.

Heute morgen ein Interview mit der Zeitschrift *Art*.
Die Stadt ist sanft und schön. Malraux hat die Beleuchtung verbessert. Die Kirche von Saint-Germain-des-Près – das Licht fällt durch die Bäume, tanzende Schatten überziehen die Kirche. Ich wurde gefilmt, wie ich die Seine entlanggehe und nach meinem Hausboot Ausschau halte. Die kleinen Häuser, die kleinen Fenster, die kleinen Restaurants in Paris gefallen mir immer wieder von neuem – die Menschen sitzen an kleinen Tischen mit kleinen roten Lampen –, alles erinnert an ein Puppenhaus.
Marguerite Duras wohnt in der Nähe meines Hotels. Drei Stockwerke hoch über dunkle, schmutzige Treppen, aber sie hat eine große Wohnung mit Blick auf einen winzigen, höchst malerischen Hof, der von kleinen alten Häusern umrahmt wird. Bücherberge. Wenige Möbel. In ihrem Schlafzimmer ein großer Schreibtisch. Ihr Sohn ist sechzehn Jahre alt, uninteressiert, gleichgültig wie ein amerikanischer Teenager, ohne Manieren. Mir gefallen ihre kurzen, zerzausten Haare, ihre großen warmen Augen, ihr Lachen. Sie ist herzlich und lebendig. Sie zeigt kein Ego. Sie wünscht sich sehnlichst, in Amerika zu arbeiten.
Ein Interview mit Du Mallet für das Fernsehen. Er fragte mich, warum mein Name stets mit Miller und Durrell in Verbindung gebracht wird. »Sie haben mit Ihnen nichts gemein. Sie stehen Marguerite Duras näher. Sie sind unverfälschter und menschlicher.

Ich besuchte eine Blumenausstellung, in der die Besucher darauf hingewiesen wurden, daß neunzig Prozent aller Blumen für Menschen giftig seien. Eines Tages wird man vielleicht nachweisen, daß neunzig Prozent aller Menschen für andere Menschen giftig sind.

Ich bin nicht für das Leben in der Öffentlichkeit geschaffen, selbst wenn man mich so freundlich behandelt wie hier in Frankreich. Ich leide unter Lampenfieber, ich bin nervös und die ganze Zeit über angespannt.
Lernte Maurice Nadeau, den Kritikerpapst, kennen. Er machte Miller und Durrell berühmt.

Interviews. Eines für den *Lausanne Express.*
Da das Fernsehinterview direkt übertragen wurde, wußte jeder, daß ich mich in Paris aufhielt, und Freunde riefen mich an. Mir tat das nach soviel Vernachlässigung im Amerika gut. Dieses Verständnis gibt mir das Gefühl, nicht so einsam zu sein.
Eine Stunde für Radio Canada.
Im Musée Moderne eine deprimierende Ausstellung. Die Malerei ist verrückt geworden. Schrecklich. Alte Koffer voller alten Puppen, ein Regal mit Küchengewürzen, ein schwarzer Mutterleib, gefüllt mit Fragmenten von Puppen. Eine kopflose Frau auf einem Motorrad.

Marguerite spazierte mit mir durch den Marais, einst ein schmutziges, vernachlässigtes und ungepflegtes Viertel, wo niemand hinging. Malraux machte sich ans Werk, ließ alle historischen Gebäude erfassen, restaurierte, säuberte und beleuchtete einige Juwelen der Architektur des vierzehnten, des fünfzehnten und sechzehnten Jahrhunderts. Wirklich sehr schön. Er ließ die Parks wieder in ihrer früheren Form anlegen. Einst standen dort die Häuser von Aristokraten und berühmten Persönlichkeiten. In einigen der Parks veranstaltet man Freilichtaufführungen von Konzerten und Theaterstücken. Wenn man jetzt dieses Viertel in seinem neuen Glanz vor sich sieht, versteht man den französischen Geist, der Ordnung, Symmetrie und Klarheit suchte. Am Abend wird die Vergangenheit in Szenen aus klassischen französischen Theaterstücken wieder lebendig.

Mittagessen mit Lotte Eisner. Sie schreibt über Filme und kennt die gesamte Geschichte des Films. Sie ist das Herz der Cinématèque.
Ein langes Interview mit dem *Figaro.*
Französische Wohnungen sind bis zum Überquellen mit guten Büchern gefüllt. Die Gespräche sind geistreich und lebendig, lassen geistige Beweglichkeit, Wissen und Esprit erkennen.
Heute morgen melden sich noch mehr Journalisten.
Hochgefühle. Ich muß mich nicht wegen unpassender Kleidung sorgen, denn Amerika hat saloppe Kleidung in Mode gebracht.
In den Schaufenstern der Buchhandlungen liegen die Bücher von Burroughs, Mary McCarthy zusammen mit meinen Büchern.
Varèses Musik zu *House of Incest* soll bei den Berliner Festwochen im nächsten Jahr aufgeführt werden. Ich bin so euphorisch, wieder mit Frankreich verbunden zu sein.
Die Journalisten schreiben Unsinn: »Anaïs Nin hat das Gesicht einer Pharaonin (in Französisch *Pharaonne).* Sie trägt ein rotes Kleid. Sie trinkt nur heißen Kaffee.« Wie erstaunlich!

[Sommer 1964]

Und jetzt nach Hause!

Warten, warten, warten. Das Drehbuch kommt. Es ist ganz Marguerite Duras. Das ist nicht mehr Sabina. Ich übersetzte es und war enttäuscht: Eine veränderte, geänderte und nicht wiederzuerkennende Geschichte. Ich hatte die Entscheidung nicht getroffen. Robert Wise gefiel das Drehbuch nicht.
Manchmal konnte ich die Ironie darin erkennen: Die Kombination meines verschleierten Schreibens und Marguerite Duras' indirekter Stil konnte nur dichten Nebel hervorbringen.
Noch eine schmerzliche Enttäuschung, die ich am wenigsten erwartete.

Alan Swallow kam zu einer Verlegerkonferenz, zu der Leo Hamalian eingeladen hatte, nach Los Angeles. Ich war erschüttert, ihn an Krücken und mit weißen Haaren zu sehen, denn er ist erst neunundvierzig Jahre alt, aber wie ich ihn mir vorgestellt hatte, warmherzig, natürlich und aufrichtig. Als einziger Diskussionsredner sprach er nicht von Geld; er sprach über die Schriftsteller, die er liebte, und die er verlegte, weil er sie verehrte. Er erzählte, wie er mit einer Handpresse in der Garage begonnen hatte, Gedichte zu drucken. Heute ist sein Verlagsprogramm sehr umfangreich. Meiner Meinung nach erweckten die Verleger bei den Studenten falsche Vorstellungen, wenn sie von Mailers fünfzigtausend Dollar Vorschuß sprachen, wenn sie den Beruf eines Romanschriftstellers als verlockend darstellten, obwohl in Wirklichkeit nur wenige den Bestseller-Status erreichen. Alan Swallow sprach über die Freude, Autoren zu entdecken – die ›Außenseiter‹, wie er sie nannte, und er wies mit Nachdruck auf die Liebe zum Verlegen und auf die Schriftsteller hin, die ihre Arbeit lieben. Er sprach mit großer Überzeugungskraft und entwickelte wichtige Gedanken.

Hinterher trafen wir uns zu einem Zusammensein, zu dem er seine Autoren eingeladen hatte. Es ist bewundernswert, daß er Maude Hutchins verlegte, als noch niemand sie kannte. Er verlegte Allen Tate, Vardis Fisher, Natalie Robbins, Glenn Clairmonte und Frank Waters. Mir mißfiel die snobistische Haltung der Ostküstenverleger gegenüber dem ›kleinen Verlag aus dem Westen‹ sehr.

Beim Abendessen sprach er von seinem Wunsch, nach Kalifornien zu übersiedeln. Das Klima würde ihm guttun. Das Problem der Lagerhaltung wurde in Denver immer größer. In seiner Rede behauptete er nicht, es solle keine kommerziellen Verlage geben; nach seiner Meinung müßten sie vielmehr durch kleine, unabhängige Verlage ergänzt werden. »Ein kleiner Verleger kann seinen Geschmack und sein Urteil behaupten. Er muß nicht so viel Kompromisse eingehen, und kann deshalb auch manches hervorragende Werk verlegen.«

Häufig fand ein Buch, das er entdeckt hatte, den Weg in die Kataloge größerer Verlage.

Er ist selbst auch Schriftsteller, Dichter und Essayist.

Er veröffentlichte ein wichtiges Buch, Wallace Fowlies *The Art of Surrealism.*

Die Schriftsteller könnten ohne die kleinen Verleger nicht überleben. In vielen kleinen Zeitschriften erhielten Autoren, die sonst nicht bekannt geworden wären, die Möglichkeit zu schreiben. Kleine Verlage lassen sich mit den Forschern und Pionieren vergleichen, die von der Großindustrie bezahlt werden.

Dr. Raymond Weston und Lynn Weston luden mich zu ihrer *House warming Party* ein. Ich interessierte mich für beide. Lynn ist Malerin und ihre Bilder hängen überall im Haus, und ich wußte, daß Raymond ein hervorragender Arzt war. – Zu talentierten Ärzten fühlte ich mich schon immer hingezogen (vielleicht, weil ich sie brauchte). Wir wurden Freunde. Sie haben zwei Söhne. Einer wirkt sehr zerbrechlich. Er hat sehr große, grüne Augen und erinnerte mich an Proust – er hätte mein Sohn sein können.
Lynn rief mich häufig an, wenn die Ereignisse in der Welt sie deprimierten und am Malen hinderten. Ich schlug ihr vor, sie solle den Tag mit Malen beginnen und die Zeitungen erst später lesen, wie ich es tue.
Als sie eine Ausstellung hatte, bat sie mich, über ihre Bilder zu schreiben, und ich tat es gern.

Lynn Weston stellt den menschlichen Körper voll Kühnheit und Dynamik dar, aber nicht mit der statistischen Detailtreue gegenständlicher Malerei. Ihr Werk bezieht den Menschen in eine totale, sehr moderne und verdichtete Version der Welt ein. Ihre Bilder besitzen eine kraftvolle emotionale Ausstrahlung, und doch sind sie in der Lage, die mythologischen Untertöne des menschlichen Lebens zu suggerieren. In ihren Gestalten zeigt sie das Drama, die Freude, den Schmerz, die Einsamkeit und Ungerechtigkeit, aber stets umgeben von der Atmosphäre kraftvoller und unzerstörbarer Natur. Ihre Menschen wirken durch eine moderne Selektion wichtiger Details abstrahiert, aber sie sind ganz. Die Abstraktion in der Malerei hat uns Formen vor Augen geführt, die die Wissenschaft entdeckte; sie ist eine Entwicklung, die parallel zur Wissenschaft verläuft. Lynn Westons Methode der Abstraktion läßt sich mit dem Vorgehen moderner Romanschriftsteller in Frankreich vergleichen – das Ergebnis ist ein Konzentrat menschlicher Erfahrung in einer Form, die unserem schnellen Lebensrhythmus und unserem geschärften Bewußtsein für die Bedeutung des Lebens gemäß ist. Abstraktion heißt bei Lynn Weston eine Auswahl wichtiger Elemente. Sie erreicht in ihren Bildern, was man vielleicht die Mathematik der Emotionen nennen könnte.

Ihre Menschen besitzen einen Kern, sie sind Individuen, die in der strahlenden Atmosphäre wachen Bewußtseins leben. Sie ist in der Lage, das Thema der Unmenschlichkeit darzustellen, ohne je zu banalisieren. Ein gutes Beispiel dafür ist ihr Bild ›Gib mir Worte‹. In Montagen dramatisiert sie die Misere der Schwarzen; sie erschafft Figuren, die ohne Sentimentalität von Farbe oder Form Mitgefühl hervorrufen. In ihren Gouachen erzählt sie Träume und spricht von Sensibilität. Die Farbtöne zerfließen und werden transparent, aber die Konturen bleiben klar, sind Teil des Ganzen, imaginativ und poetisch. Sie liebt Details, die in einer Welt des Lichts, des Lyrischen und der Transparenz explodieren. Sie spricht den Geist an, aber auch die Sinne. Lynn Weston ist eine intelligente Malerin. Das Menschliche, das aus ihren Arbeiten spricht, läßt ein Wissen um Mutation und Metamorphose, um Wachstum und Ausdruck erkennen. Ihr Werk besitzt zwei Elemente, die in unserer Zeit selten als Einheit auftreten: das Menschliche und das Abstrakte, Einsicht und poetischer Überschwang, Klarheit und Träumerei.

Ich kann mit den Ereignissen und der anschwellenden Korrespondenz kaum Schritt halten.

Oliver Evans beginnt seine Arbeit über mein Werk für Harry Moores Reihe von Werkinterpretationen, die in *Crosscurrents* von der Southern Illinois University Press veröffentlicht werden. Das bedeutet regelmäßige Treffen und die Beantwortung seiner Fragen auf Tonband.

Marguerite Youngs *Miss MacIntosh, My Darling* ist von Scribner's angenommen worden, und deshalb stellen wir jetzt Äußerungen über ihr Werk zusammen, planen Rezensionen und informieren alle ihre Freunde.

Robert Wise läßt den Plan einer Verfilmung von *Ein Spion im Haus der Liebe* fallen. Für mich bedeutet das, neue Kontakte zu potentiellen Produzenten anzuknüpfen. Marguerite Duras schätzt Losey, und sie besprach das Projekt mit ihm. Er zeigte Interesse, bis er das Drehbuch las.
Seit ich für die Kinsey Collection das Tagebuch edierte, überlegte ich mir, wie ich es veröffentlichen könne. Als das Kinsey-Projekt wegen Kinseys Tod nicht verwirklicht werden konnte, arbeitete ich bereits an der Edition und zeigte Alan Swallow und Gunther das fertige Manuskript. Ihre Reaktion ermutigte mich. Alan Swallow gefiel das Tagebuch sehr gut, aber er befürchtete, es könne ein zu großes Unternehmen für ihn werden. Bereits der erste Band sollte ein umfangreiches Buch mit Fotografien werden und andere würden folgen. Wir begannen, die Möglichkeit einer Koproduktion zu diskutieren. Er nannte mir Verlage, mit denen er zusammengearbeitet hatte, und die vielleicht an dem Projekt interessiert sein konnten. Ich hätte es vorgezogen, mit ihm allein zu arbeiten, da unsere Beziehung so harmonisch ist, da er seine Autoren so hingebungsvoll betreut und hart für sie arbeitet. Aus seinen Briefen klang zunehmende Müdigkeit. Er konnte keine Helfer finden. Die jungen Männer, die vielleicht interessiert gewesen wären, fürchteten, eingezogen zu werden, und wollten ihm nicht die Mühe einer Ausbildung aufbürden, um ihn dann doch allein lassen zu müssen.

[Herbst 1964]

Ich hatte eintausend Seiten der Originaltagebücher durchgearbeitet. Ich konnte jetzt straffen und mit strengeren Kriterien an die Edition herangehen.

Gunther zeigte das Manuskript einigen Verlegern.

Ich hatte viel damit zu tun, von den Hauptfiguren des Tagebuchs die Erlaubnis zur Veröffentlichung zu erhalten. Ich mußte ihnen das Manuskript vorlegen und korrespondieren. Ihre Einwände bezogen sich aber stets auf Unwesentliches. Gegen die Porträts gab es keine Einwände.

Ich erhalte regelmäßig Briefe von Bibliothekaren, die anfragen, ob ich nicht die Originale der Tagebücher und Briefe ihrer Bibliothek überlassen möchte. Ihnen ist nicht klar, daß die Tagebücher mein einziges Kapital sind. Sie haben sehr wenig zu meinem Ruf als Schriftstellerin beigetragen; sie blieben passive Zuschauer meiner Schwierigkeiten.

Collages wurde von Alan Swallow veröffentlicht, der Umschlag zeigt die Reproduktion einer Collage von Varda. Es erhielt gute Besprechungen, eine von William Goyen in *The New York Times*, und eine einfühlsamere von Deena Metzger in *The Free Press*.

Auch die englische Ausgabe bei Peter Owen Ltd. erhielt gute Kritiken. Für England ist das sehr ungewöhnlich, denn mein Werk wird dort nicht verstanden. Ich mache mir bereits jetzt Sorgen, wie man in England die Tagebücher aufnehmen wird, wenn sie je veröffentlicht werden sollten, denn die Engländer haben einen Horror vor allem Persönlichen und sind darin überempfindlich. Amerika übernahm das Tabu, mit dem persönliche Dinge belegt werden, von England. Das Interesse an Eigenentwicklung, Wachstum, Selbsterziehung und Selbsterweiterung wird unvermeidlich als ein Symptom der Neurose, des Narzismus und der Egozentrik bezeichnet.

Nirgends ist das Wort ›Ego‹ so falsch interpretiert worden wie in Amerika. Die Definition im Lexikon lautet: »Das Ich, das fühlt, denkt, will und handelt.« Ego wird stets mit Egozentrik oder Egomanie verwechselt, was etwas völlig anderes ist. In Amerika gilt nur die Tugend der Selbstlosigkeit, und Amerika lebt in der Illusion, daß ein amerikanischer Gemeinschaftsgeist existiere. Als Ergebnis solcher Tugend sollte man Humanismus erwarten, der aber bezeichnenderweise fehlt, denn was kann ein nichtexistentes Ich zur Allgemeinheit beitragen? Die unnachsichtigen Verfolger des Ich schließen die Augen vor der Egomanie des Wettbewerbs, des Ehrgeizes und der Habgier. Und das Resultat dieses sogenannten Nicht-Ichs ist ein Volk, das sich leichter als jedes andere einer Gehirnwäsche unterziehen läßt. Ohne das Ich gibt es keine Instanz, um Werte festzustellen und Wertvorstellungen zu entwickeln.

Nach mühevoller Arbeit beendete ich meinen Teil am Datieren und Edieren der Briefe Millers. Es entstand ein umfangreiches Buch. Ich mußte das Tagebuch zu Rate ziehen, meine Briefe wiederlesen und Freunde befragen. Auch Henry arbeitete daran, und Gunther und ich mußten seine Kommentare und Einwände berücksichtigen. Seit einiger Zeit macht er sich Sorgen über die Konsequenzen seiner Offenheit. Henry bezweifelte auch, daß eine solch konzentrierte Auseinandersetzung mit seinem Werk die Leser interessieren würde; aber alle, die die Briefe lasen, faszinierte die Geschichte seiner Entwicklung als Schriftsteller. Sie nahmen Anteil an seinem Tun und Denken.

Drei Romanschriftsteller (neben Proust und D. H. Lawrence) übten großen Einfluß auf meine Romane aus: Jean Giraudoux, Pierre Jean Jouve und Djuna Barnes. *Nightwood* bestärkte mich schließlich in meinem Bestreben nach poetischer Prosa im Roman. Ich las *Nightwood* in den dreißiger Jahren und schrieb Djuna Barnes einen Brief, den sie nicht beantwortete. Ich bewunderte sie aus der Ferne, wenn sie am Dôme saß. In ihrem Schneiderkostüm und mit den roten Haaren sah sie gut aus, aber ich wagte nicht, mich ihr zu nähern. Ich vergaß die Enttäuschung darüber nie, daß sie meinen Brief unbeantwortet ließ und beantwortete deshalb jeden Brief, den ich erhielt.

Ich habe *Nightwood* in meinen Vorträgen immer wieder erwähnt, ich schrieb über Djuna Barnes und pries ihr Werk, wann immer sich Gelegenheit bot. Für mich ist *Nightwood* nach wie vor das vollkommenste Beispiel des poetischen Romans – ein Klassiker.

In den vierziger Jahren beunruhigte mich, daß niemand den Weg einschlug, den D. H. Lawrence, James Joyce und Djuna Barnes gewiesen hatten.

Ich las das Kapitel ›Watchman, What of the Night‹ in meinen Vorlesungen immer und immer wieder und bekannte, daß ich meine formativen Wurzeln unter anderem Djuna Barnes verdanke. Mir schien, Amerika habe ihr nicht die verdiente Anerkennung geschenkt, nicht dieselbe Achtung wie Isak Dinesen. Ich reihte sie unter die *poètes nocturne* ein.

Albert Guerard behauptete, sie sei kraftlos. In *Nightwood* ist nichts Kraftloses zu finden. Djuna Barnes schreibt über die Ängste der Liebe, aber nicht über die Schrecken von Zerstörung und Sadismus.

Ich bin froh, daß es mir möglich ist, *Nightwoods* Tiefe, seiner Kraft und seinen Visionen Tribut zollen zu können.

Beatrice Wood ist eine sehr schöne Frau. Sie trägt Saris und Indianerschmuck. Ihre Keramiken schimmern in Perlmuttfarben; sie leuchten im Licht ihres Ateliers wie kostbare Edelsteine. Das State Department schickte sie nach Indien, damit sie dort ausstellen und ihre Kunst lehren könne, weil ihre Keramik so außergewöhnlich ist. Sie schreibt ein Buch über ihr bewegtes Leben, über ihre Reisen und ihre Abenteuer als Kunststudentin in New York. Sie kannte Marcel Duchamp und besaß ein Exemplar des berühmten, nie beendeten Buches, dem ersten dadaistischen Jux. Marcel Duchamp sammelte Skizzen, Notizblätter über geplante Bücher, Fragmente verschiedenster Art, Zitate, die er liebte, und einen Notizblock in einer Schachtel und bot sie in dieser Form als Buch an.

Sie hat Reginald geliebt und ihn in geistreichen Briefen wegen seiner englischen Zurückhaltung geneckt. Reginald war von ihr fasziniert, aber er verhielt sich vorsichtig, denn er wollte sich nicht binden. Als sie einen anderen Mann heiratete, beklagte er sich und kam häufig als vorwurfsvoller Besucher in ihr Haus in Ojai.

Wir besuchten sie und sahen ihr bei der Arbeit zu. Der Ton, die Brennöfen und die Glasuren waren ein eindrucksvolles Vorspiel zu ihren Keramiken, die sie in einem lichtdurchfluteten Raum ausstellte. Ihre Keramiken erinnerten an alte ägyptische Keramik; sie schienen aus Perlen gemacht und mit den Farben eines Regenbogens bemalt zu sein.

Ich schrieb über ihre Ausstellung:

Manchmal steht man im Museum traurig vor Stücken alter Keramik, als sei solche Schönheit Teil versunkener Vergangenheit. Beatrice Wood ist eine moderne Keramikerin, die in unserer Zeit Dinge schafft, die das Leben verschönern können. Der Komponist Erik Satie sagte einmal: »Der Künstler hat eine Vision der Schönheit, aber der Kritiker sieht sie nur durch Brillengläser.« Farben, Oberflächen und Formen ihrer Keramiken sind lebendig und zart. Noch wichtiger ist vielleicht, daß Beatrice Wood dank ihrer Ausbildung als Schauspielerin auch das ganze Spektrum eines Bildhauers beherrscht; ihre dramatischen Ausdrucksmöglichkeiten reichen von tragisch bis komisch. Unter ihren Händen verwandelt sich das Dekorative zur Darstellung von Euphorie, Humor und Meditation. Sie formt eine Vase von vollendeter Schönheit und ritzt dann ein Band lustiger abstrakter Clowns am Trapez ein. Ihre Farben sind vom Licht durchdrungen. Manche Stücke besitzen Würde und Anmut, andere sind schlicht rund und bauchig; wieder andere haben weiche, anziehende, liebliche und sanfte Formen oder sind dynamisch und lebendig. Sie sind dekorativ und unterhaltsam; sie füllen einen leeren Raum mit derselben individuellen Ausstrahlungen wie eine Plastik. Es gibt Stücke, deren Oberflächen winzige Krater bedecken, als seien sie durch Evolution, durch die Bewegungen der Erde entstanden, wieder andere scheinen aus kochender Lava geformt zu sein. Manche schimmern wie zerstoßene Seemuscheln oder Perlen. Es gibt irisierende und wolkige Glasuren, die an Kondensstreifen denken lassen. Die Wärme und der Reichtum ihrer Stimmungen sind eine Erholung in unserer harten, nüchternen Architektur. Die Japaner sagen, der Töpfer bringe seine Menschlichkeit durch die Unregelmäßigkeit des Tons zum Ausdruck. Beatrice Wood benutzt ihre Farben wie eine Malerin und bringt sie zum Klingen wie ein Musiker sein Instrument. Sie liebt kräftige Farben, die aber schimmern und transparent sind. In Ihnen liegen das Feuer und das Leuchten von Juwelen und Menschenaugen. Wasser aus Ihren Krügen müßte wie Wein schmecken.

Als Nobuko nach Japan zurückkehrte, interessierte sie den japanischen Verleger Kawade für meine Bücher. Sie besuchten mich zusammen in New York. Nobuko übersetzte. Kawade brachte mir ein Körbchen niedlicher kleiner Geschenke, die ich sehr liebe. Das Ergebnis des Besuches – er will *Spion im Haus der Liebe* veröffentlichen.

Das Lincoln Center in New York hat einige höchst denkwürdige Besonderheiten: ZWEI Rollen Toilettenpapier, damit man ganz bestimmt nicht rausrennt, außerdem ertönt das liebliche Geheul einer Kriegssirene, wenn es Zeit ist, den protzigen Saal mit einem Himmel voller Bullaugen, die an ein billiges Restaurant denken lassen, zu betreten. Der Weg zum Taxistand ist in wundervoller Harmonie aus Stein, Stahl, Marmor und Glas von einem *Old-Ladies-Home-Trellised Canopy* überspannt, um die Besucher vor Regen zu schützen. An schwäbischem, zerbrechlichem Kaffeehausgartengitterwerk rankt sich Efeu empor. Und noch ein Einfall, um Wärme in diese kalte Welt zu bringen: Man hat ein paar traurige Tische mit Sonnenschirmen lokker verteilt, die an die Piazza San Marco erinnern und die liebenswerte Atmosphäre unterstreichen sollen ... Aber selbst die Tauben bleiben aus. Sie können sich auch nicht damit anfreunden.

[Winter 1964-1965]

Die Frauen in New York tragen Stiefel und haben großgeschminkte Augen. Wegen der vielen Überfälle fürchten wir uns alle, die Untergrundbahn zu benutzen. Die Scheiben der Wagen sind mit Graffitis beschmiert, die Rowdys schlitzen die Sitze der Wagen auf und berauben die Fahrgäste. Die Stadt ist gezwungen, Polizisten in den Zügen patroullieren zu lassen.

In New York hörte ich von Peters Selbstmord. Renates Stimme am Telefon klang verzweifelt; es war entsetzlich, ihre Klagen, ihr Weinen, ihre Verzweiflung mitanzuhören. Ich konnte nichts anderes tun, als mit ihr leiden. Ich konnte keine Fragen stellen. Ich wäre so gerne bei ihr gewesen, um sie zu trösten. Aber John tat alles Menschenmögliche; er wich Tag und Nacht nicht von ihrer Seite, denn er fürchtete, sie könnte den Verstand verlieren.
Peters Geschichte: Da Renate sich vor Jahren von Peters Vater hatte scheiden lassen, betrachteten wir Peter in gewisser Weise als unser aller Kind; und das um so mehr, als er ein Träumer war, ein Künstler, ein überaus empfindsamer Junge.
Als Dr. Janiger fragte, ob wir ein Kind kennen, dessen Eltern einem LSD-Versuch zustimmen würden, dachte ich an Peter, weil ich mir sagte, er lebte so versunken in Träume, in Phantasien und in die Arbeit der Künstler, die ihn umgeben, daß er mir mehr als jedes andere Kind für Träume und Visionen vorbereitet zu sein schien. Aber Renate hatte panische Angst vor Drogen und lehnte sie so heftig ab, daß dies Peter davon abhielt, ihr zu gestehen, daß

er im College von einem Dealer Drogen kaufte, der mit ihm im Zimmer wohnte.

Vor dem College – im Alter von sieben Jahren –, zeichnete er bereits mit großer Phantasie. Er schuf mythische, phantasievolle Zeichnungen, Science Fiction Bilder, Automobile und Flugzeuge. Er war ein Kind seiner Zeit und daran gewöhnt, das einzige Kind unter Erwachsenen zu sein. Renates junge Liebhaber behandelten ihn eher als Kameraden und weniger als Kind. Für Partys und Maskeraden erfand er eigene Geschichten und Kostüme. Er spielte eine Rolle in Kenneth Angers Film *The Pleasure Dome* und war ein Teil der phantastischen Handlung.

Er schuf einige sehr ausdrucksstarke Zeichnungen, die mir wie eine moderne Version von Mayaskulpturen erschienen. Ich benutzte sie als Illustration für die erste Ausgabe von *Seduction of the Minotaur* (zuerst unter dem Titel *Solar Barque),* und das kleine Buch sah schön aus.

Er war ein Träumer. In der Schule hörte er zum ersten Mal vom Unterschied zwischen Juden und Nichtjuden. Er fragte seine Mutter danach. Seine Großmutter war Jüdin. Er entdeckte auch, daß er seine Mutter den kleinen Mädchen vorzog, und sagte, er wolle lieber mit ihr schlafen.

Er hatte blaßblaue Augen. Eine freundliche Art. Aber er war schweigsam. Als Renate mit John auf dem Segelboot durch Europa reiste, fand Peter keine Möglichkeit, mich zu besuchen. Das eine Mal, als er kam, wirkte er so verstört über die Abwesenheit seiner Mutter, daß er kaum sprechen konnte. Ich sah ihn am Strand. Vielleicht vertraute er mir nicht, weil ich eine Freundin seiner Mutter war. Er geriet in Schwierigkeiten; es fiel ihm schwer, sich an das Leben im College zu gewöhnen. Er konsultierte einen Psychiater. Er vertraute sich seiner Mutter nicht an. Und da er immer als Träumer galt, bemerkte niemand die Veränderung, die in ihm vorging. Er wirkte vielleicht noch verschlossener als gewöhnlich – das war alles.

Als seine Mutter mit John nach Europa reiste, blieb er in

der Obhut einer recht konventionellen Familie zurück. Er kannte keinen feststehenden Tagesablauf von geregelten Mahlzeiten, pünktlichem Nachhausekommen; er kannte kein geordnetes Leben. Es gab Zusammenstöße. Er fühlte sich einsam. Er vermißte das ungezwungene Künstlerleben seiner Mutter, das Spielerische, das Lachen, die Unbeschwertheit. Bei seinem Besuch fand ich keinen Zugang zu ihm, der Kokon seiner Tagträume umschloß ihn, das entfernte ihn weit von den Menschen, und niemand konnte ihm die Mutter ersetzen.
Kein Mensch bemerkte die Veränderung, denn er hatte immer blaß und distanziert gewirkt. Er zeigte wenig von seinen Gefühlen. Er hatte sich weiter als wir alle vom alltäglichen Leben entfernt. Seine Mutter sagte oft genug, sie lehne Drogen ab, es gäbe andere Wege, die zu Glücksgefühlen, Erleuchtungen und Träumereien führten. Er hielt ihre Worte für ein unumstößliches Urteil.
Keinem von uns gelang es, ihn festzuhalten, seine Reserviertheit und Zurückgezogenheit zu durchdringen.
Er litt unter Depressionen und reiste mit seinem Zimmergefährten nach Mexiko, um Drogen zu kaufen. Er kam zurück und wendete sich an Synanon. Man sagte ihm, wenn er Hilfe suche, müsse er dort wohnen. Wieder fürchtete er die Entdeckung durch die Mutter.
Er wollte wieder bei Renate leben und kam zurück. In ihrer Abwesenheit nahm er eine Überdosis und starb in ihrem Haus.
Renate erlebte eine Agonie, die so schlimm war wie der Tod, ein Alptraum, aus dem sie nicht erwachen konnte, eine Zeit des Leidens, das an Wahnsinn grenzte. Sie klagte, weinte und jammerte. John blieb an ihrer Seite. Ich befand mich in New York, am Telefon klang ihre Stimme wie ein einziger, gepeinigter Aufschrei. Sie litt größeres Leid, als eine Mutter beim natürlichen Tod eines Kindes; auf ihr lastete die unerträgliche Bürde der Verantwortung einer Mutter, die sich schuldig fühlt. Eine Mutter ist dazu da zu

helfen, zu lindern, zu retten, und Renate konnte all dies; im Grunde ihres Wesens war sie mütterlich. Warum hatte er sich nicht an ihr festgehalten? Warum war er allein in diese endgültige Einsamkeit gegangen? Warum war er stumm gestorben, ohne sich jemandem anzuvertrauen, obwohl ihn soviel Liebe umgab? Warum zerrissen alle Bande zu anderen, und er trieb in eine Leere? Wir empfanden alle das gleiche; wir hatten versagt, wir konnten ihn nicht halten. Eine bittere Ironie, daß ein Sohn von Renate, die so unglaublich mütterlich, so beschützend und nährend, voller Zuneigung und Hingabe war, aus eigenem Entschluß starb.

Gab es Zeichen, die wir nicht verstanden hatten? Wie nahe stand er dem Leben und den Menschen? War er nicht schon immer zurückgezogen, in sich gekehrt und ließen sich die Drogen nicht als Bestätigung dieser Einsamkeit deuten? Die Drogen führten ihn endgültig in die Einsamkeit. Denn wenn eine Droge den Träumer weckt, bringt sie ihn den anderen Menschen nicht näher. Sie kann seine Reise in das Unbewußte verlängern, aber den Weg zurück ins menschliche Leben zeigt sie nicht. Was lag ihm am Meer, an der Sonne, an Frauen, an Vergnügen, an Gemeinschaft mit anderen, an Zärtlichkeiten? Hatte er uns schon vor langer Zeit verlassen, lange vor seinem endgültigen Abschied?

Wenn man sich im menschlichen Leben nicht wohlfühlt, dann träumt man. Aber diese Träume können in Erfüllung gehen und eine Welt erschaffen, die von Dauer ist. Der Weg seiner Mutter, der Weg des Künstlers.

Das freie ansteckende Lachen Renates klang nie mehr wie früher. Sie besitzt den Humor, die Ironie, jedes Erlebnis in eine Komödie zu verwandeln. Aber ein Teil von ihr fehlt – der Teil, der mit Peter starb.

Wir konnten nichts anderes tun, als ihr das Gefühl von Schuld zu nehmen. Peter war geliebt, beschützt und verstanden worden. Aber das Gefühl der Schuld läßt sich rational nicht erfassen. Jeder Selbstmord wirft die Frage unserer Verantwortung auf. Wir stellen unsere Aufmerksamkeit, unsere Sorge für den anderen, unsere gemeinsamen Pflichten in Frage. Waren wir aufmerksam genug, hellsichtig genug, hörten wir den Schrei des Alptraums, die Klage? Beobachteten wir den Ruhigen, den Zurückgezogenen, den Schweigenden, den Rätselhaften? Sind wir der Meinung, jeden am Leben erhalten zu müssen? Müssen wir uns gegenseitig retten, die Phantome der anderen zerstreuen, über den Schlaf des anderen wachen? Damit wir niemanden versinken, verschwinden oder ohne Hilfe und Rettung zurücklassen.

Die Berge von Korrespondenz führen dazu, daß ich nur noch wenig im Tagebuch schreibe. Viele Briefe von Daisy Aldan, an Gunther über Veröffentlichungen, mehr und mehr Editionsfragen; Bücher werden ins Katalanische und Spanische übersetzt, in England, Frankreich veröffentlicht, und dies alles erfordert Korrespondenz, Erörterungen. Briefe an Rezensenten, an Alan Swallow, an Nobuko, an Ruth Wirt Diamant, um die sich in San Francisco alle Dichter geschart hatten. Sie zog sich von ihrem Lehramt zurück und widmete sich mutig einer neuen Aufgabe. Sie nahm alle ihre Bänder von Dichterlesungen mit nach Japan und begann dort, amerikanische Literatur zu lehren. Sie schrieb ausführliche Briefe über das Leben in Japan. Ich wechselte viele Briefe mit Henry und besuchte ihn häufig, um die Herausgabe der Briefe und meines Tagebuchs mit ihm zu besprechen. Es gab viele Zusammenkünfte und eine ausführliche Korrespondenz mit Oliver Evans, der eine Untersuchung meines Werkes verfaßt. So viele Aktivitäten hielten mich davon ab, Ereignisse zu beschreiben, darüber nachzudenken und zu analysieren. Die Veröffentlichung der Briefe Henry Millers an mich verursachte Aufsehen und zog Besprechungen und Briefe nach sich. Ich saß in einem Ausschuß des San Fernando State

College und entdeckte, daß ich für Ausschüsse ungeeignet bin. Ich ziehe mich bei Diskussionen zurück. Ich kann nur allein wirken. Ich versuchte, ein sorgfältig ediertes Tagebuch vorzulegen, und das brachte eine Menge Arbeit mit sich. Wiederholungen mußten ausgemerzt werden. Joaquin las das Tagebuch und berichtigte Irrtümer in der Familiengeschichte.
Das Problem, die Gefühle anderer nicht zu verletzen, bereitete mir viel Kummer. Henry fühlte sich durch gewisse Äußerungen beleidigt; ich wollte ihm gegenüber nicht ungerecht sein. Die Aussprachen endeten friedlich, und er schenkte mir eine Collage von Varda. Er macht sich inzwischen selbst Sorgen über die Konsequenzen seiner Offenheit. Er fürchtet Beleidigungsklagen von seiner ersten Frau und von June. Er schreibt mir: »June verbrachte zwei oder drei Jahre in einer Anstalt. Seit einiger Zeit ist sie entlassen und arbeitet in einer Verwaltungsbehörde der Stadt New York. Ich unterstütze sie, wenn ich kann.«
Für ihn wird die Zeit der Armut beendet sein, wenn fünf seiner Bücher gleichzeitig bei Grove Press erscheinen.

Alan Swallow hat Schwierigkeiten mit seinem Bein. Er leidet unter einer Knocheninfektion, die sich durch Antibiotika nur zeitweilig bessert, ihm aber häufig große Schmerzen bereitet.

Ich bewundere Simenon sehr. Ich las alle seine Bücher. Ich glaube, er kennt die menschliche Natur besser als jeder andere Schriftsteller. Er schreibt mit großer Subtilität, und er ist ein großer Psychologe. Er besitzt die größte Tugend eines Schriftstellers: Er verurteilt seine Figuren niemals.

[Frühling 1965]

Eine große Menschenmenge versammelte sich zur Vernissage der Ausstellung von Vardas Collagen in der Brand Library, Glendale. Es ist eine Bibliothek, in der Ausstellungen veranstaltet werden, in der es Kunstbände, Schallplatten und Musik gibt – das Geschenk einer reichen Frau. Das Gebäude ist eine Imitation des Taj Mahal in Indien. Durch einen Zufall trugen sechs von uns Saris, denn wir unterstützen alle einen indischen Studenten, indem wir Saris kaufen, die sein Vater herstellt. Es sah sehr hübsch aus. Harry Partch befand sich unter den Gästen. Varda, weißhaarig und rosig, genoß das Ereignis. Ich las sein Porträt aus *Collages* und Studenten zeigten einen selbstgedrehten Film über Varda bei der Arbeit an Collagen auf seinem Hausboot in Sausalito. Danach gingen wir alle zu einem Imbiß zu Dr. Bob Macy (Jim Macys Bruder). Ich hatte keine Zeit, Dr. Jim Macy zu beschreiben, einen hochqualifizierten Augenchirurgen, der sich neben seinem Beruf für Drogen, Zen und Miller interessiert. Wir nennen ihn den Hippy-Doktor. Er brachte mir einmal in einer kleinen Schachtel ein Auge. Da wir alle unsere Fähigkeiten demonstrierten, wollte er auch seine zeigen. In seinem Ordinationsraum hängt eine der goldenen Collagen von Varda. Die Goldcollagen habe ich mir immer gewünscht, konnte sie mir aber nicht leisten. Er steckt voller Humor und Späße; er benutzt unbekümmert Millers Sprache.

Varda zu ehren, wollten Freunde eine Zeitschrift drucken. Sie konnten ihn aber nicht dazu bringen, eine Vita zu schreiben. Wir wissen so wenig über ihn. Schließlich schrieb er mir:

Fakten: Geboren aus einem Mutterleib, Gewicht bei der Geburt achteinhalb Pfund. Mein Kopf war so groß, daß ich mit Geburtszangen in die Welt geholt werden mußte. Kaum hatte ich den Mutterleib verlassen, begann ich mit der Spitzendecke des Betts zu spielen, woraus meine Mutter schloß, ich würde zeitlebens unwiderstehlich von Frauen angezogen und mich mit ihren Kleidern beschäftigen. Dies sind die gottgegebenen Wahrheiten, prosaischere folgen: Ich studierte in Paris, haßte und verachtete alle meine Lehrer und wechselte deshalb ständig von einer Akademie zur anderen. Mit neunundzwanzig hatte ich meine erste Einzelausstellung in London. Sie wurde ein großer Erfolg. Seit dieser Zeit habe ich von meiner Malerei gelebt und nie mehr von Verbrechen (nur noch sporadisch). Ich hatte Ausstellungen in allen großen Städten der USA und in Europa u. a. London, Paris und Marseille. In letzter Zeit hat sich die Anzahl der Ausstellungen bis auf durchschnittlich drei im Jahr gesteigert. Der FBI überwacht mich als Krypto-Exhibitionisten.

Kein Museum interessiert sich für meine Arbeiten. Meine Bilder hängen nur in Häusern, in denen Geschmack, Intelligenz und alle Raffinessen spiritueller und physischer Sinnenlust regieren. Aber vor allem bin ich auf den Titel stolz, den Rexroth mir verliehen hat: Boudoir-Maler. Die schönsten Augen Amerikas genießen wonnetrunken meine Bilder, während Museen Werke sammeln, die von aerodynamisch psychoanalysierten Computern nach wissenschaftlichen und elektronischen Maßstäben hergestellt werden, um den Betrachtern auf die Nerven zu gehen. Ich unterrichte nicht mehr. Meine letzte Klasse, die zum größten Teil aus Damen bestand, fand ein abruptes und heftiges Ende. Ich entließ den ganzen Haufen, aber ohne die Samthandschuhe, die ich aus angeborener Höflichkeit im Umgang mit dem schönen Geschlecht trage. Zwei oder drei Schülerinnen brachten eine so vulgäre und gräßliche Obszönität hervor, daß ich zögere, sie dem Papier anzuvertrauen (mehrere Male in meinem Leben hatte ich mit gefährlichen Burschen und dem Mob in den verrufenen Hafenvierteln der Mittelmeerhäfen zu tun, und bin deshalb nicht so leicht zu schockieren). Aber was ich von diesen wohlerzogenen Damen der Gesellschaft zu hören bekam, war die Krönung der Verworfenheit. Diese charmanten Puppen gestanden, sie zögen noch immer Genuß – (ich wage es kaum, diese Obszönität dem Papier anzuvertrauen), sie gestanden tatsächlich, sie zögen noch immer Genuß aus Rouault und Rembrandt.

Im Haus eines Musikers lernte ich Deena Metzger kennen, eine Erscheinung wie die schönste der biblischen Frauen: schwarzes Haar, gebräunte Haut und temperamentvolle schwarze Augen. Wir schlossen sofort Freundschaft. Sie und ihr Mann Dr. Metzger nahmen mich mit auf ihr Segelboot. Sie schreibt auf sehr originelle, manchmal geheimnisvolle Weise. Während sie an ihren Romanen arbeitet, schreibt sie Rezensionen für die *Los Angeles Free Press*.

Nachdem ich ihren ersten Roman *Skin-Shadows/Silence* gelesen hatte, schrieb ich Deena:

Mir gefällt, was Du geschrieben hast. Ich habe nichts anderes erwartet. Aber ich konnte nicht ahnen, wie meisterhaft Du diese sinnliche Wahrnehmung von Ereignissen mit Realismus, mit dem unbewußten Dialog und den Fakten verwebst, denn dies ist das Problem aller Schriftsteller in unserer Zeit. Jeder von uns hat damit zu kämpfen. Ich finde, Du hast mit Schweigen, mit Bildern, die manchmal aus einem Film sein könnten, mit der sinnlichen Welt und ihren Freuden Wundervolles getan. Ich kann verstehen, weshalb Du die Wahrnehmungen der Sinne so gut begreifst. Du besitzt Achtung vor dem Bild, vor dem Gefühl, vor einer Aufnahmefähigkeit und einem Bewußtsein, das andere Möglichkeiten der Erfahrung zu entwickeln sucht. Die Geschichte ist eindrucksvoll, manchmal beinahe übersteigert wie emotionale Erlebnisse. Du spiegelst nicht Objektivität und Unbeteiligtsein vor, wie so viele Romanschriftsteller es tun. In dieser Hinsicht arbeitest Du als Dichterin. Dein Schreiben enthält viel Poesie. Das Meer, die Tiere, die Bäume, sie alle spielen eine Rolle. Sie sind keine Kulissen. Es gefällt mir, wie alles miteinander verwoben ist, eines organisch auf das andere wirkt: Worte, Töne, Menschen, Bilder, Orte ... Du wärst eine gute Drehbuchautorin. Die Dialoge sind innerlich und real. Aber weder Wort noch Wille noch Geist sind in der D. H. Lawrence'schen Definition des modernen Verbrechens *überstrapaziert*. Mach weiter so! Und zeige mir mehr! Ich finde, Dein Schreiben ist individuell, persönlich und originell. Mehr brauche ich heute nicht zu sagen, denn wir ertrinken in lebloser, standardisierter Literatur. Mach weiter und wage alles, bis zum Ende, auf Deine Art.

Im Haus von Dr. Haas treffe ich einen Redakteur von *Partisan Review*, den mein Aussehen sehr erstaunt. Er sagt: »Die Natur ist wirklich sehr freundlich zu Ihnen.« Ich antworte: »Ein Ausgleich für die Unfreundlichkeit von *Partisan Review*.«

Ich habe so viele neue Freunde und keine Zeit, sie zu beschreiben. Ich schätze Dr. Robert Haas, den Leiter des Department of Humanities an der University of California, Los Angeles. Er ist aufgeschlossen und der Kunst ergeben. Er ist mit Tomi, einer charmanten Japanerin, verheiratet. Sie haben zwei süße kleine Mädchen. Er spricht mit großem Enthusiasmus über seine Pläne, Programme und Bücher. Als junger Student verehrte er Gertrude Stein. Er ist ihr sein ganzes Leben lang ein treuer Verehrer geblieben.

Heute kommt Oliver Evans mit seinem Tonbandgerät und einer Reihe von Fragen. Er arbeitet jetzt an *House of Incest* und widmet ihm soviel Sorgfalt und Genauigkeit, als sei es ein Buch von Rimbaud oder Mallarmé. Er ist ein äußerst verantwortungsbewußter, analytischer Kritiker. Er fragt mich, ob die Wiederaufnahme des Quena-Motivs, der Flöte aus Menschenknochen, beabsichtigt sei, da später Knochen erwähnt werden, die unter dem Gewicht sich liebender Körper knacken. Es ist schwer zu erklären, wie ich unbewußt arbeite, mich vertrauensvoll einem Blindflug überlasse, der nicht vom Bewußtsein, sondern von einem anderen Sinn gelenkt wird, und wie diese unerklärliche Koinzidenz von Bildern auftritt. Bevor er die Arbeit an meinem Werk aufnahm, bat ich ihn dringend, die Quellen zu studieren, die er nicht kannte: Surrealismus und Psychoanalyse.

[Sommer 1965]

Proust vertrat entschieden die Ansicht, ein Schriftsteller und sein Werk sollten nicht miteinander identifiziert werden. »Ein Buch ist das Werk eines Ichs, das sich von dem Ich, das wir in unseren Gewohnheiten, in unserem gesellschaftlichen Umgang und in unseren Schwächen manifestieren, unterscheidet. Es ist nicht gerade angenehm, mir vorzustellen, daß nach meinem Tod jedermann in der Lage sein wird, meine Manuskripte zu studieren, sie mit den endgültigen Texten zu vergleichen und daraus Vermutungen über meine Arbeitsweise und über den Werdegang meiner Gedanken abzuleiten, die immer falsch sein werden.«
Dieses Zitat spiegelt meine Gefühle wieder, als ich Auszüge aus Olivers Buch las. Schrießlich schrieb ich ihm:

Vielleicht täusche ich mich, aber ich hatte das Gefühl, daß Sie in dem letzten Kapitel, das mir vorliegt, Ihre Einstellung grundlegend geändert haben, Ihr anfängliches inspriertes Konzept ist einer nüchternen Interpretation gewichen. Sie beurteilen die Romane vom konventionellen realistischen Standpunkt aus. Aber alles, was ich schreibe, hat eine symbolische Bedeutung, wie bei Lawrence. Wenn ich von emotionalen Beziehungen zwischen Frauen spreche, von Hochgefühlen, dann meine ich damit nicht notwendigerweise lesbische Liebe. Zum erstenmal stellen Sie bestimmte Kategorien auf, machen Sie eindeutige Aussagen: Lesbierin, Nymphomanin, Inzest. Zum ersten Mal haben Sie die Lektüre des Tagebuchs benutzt, um feststellen zu können: Djuna ist Anaïs Nin.
Wenn Sie die Romane im engen Zusammenhang mit dem

Tagebuch sehen, werden Ihnen Irrtümer unterlaufen. Je weiter sich das Tagebuch entfaltet und entwickelt, desto klarer beweist es, daß Dichtung nicht Biographie ist. Wenn man Dichtung schreibt, gibt es Veränderungen und Transpositionen. Was mich ebenfalls bekümmert, ist der Vergleich mit Henry Miller. Miller ist ein komödiantischer Schriftsteller und kein Romantiker. *Eiszeit* ist ein tragisches Buch, und in einem tragischen Buch sucht man keinen Humor. Sie suchen weder bei Djuna Barnes noch bei Kafka nach Millers Komödiantentum. Diese Suche nach Humor und karikierenden Elementen wurde von Kritikern eingeleitet, die in meinem Werk nach dem Falschen suchten. Ich schrieb ein heiteres Buch, *Collages*, dort sind die Inhalte unbeschwert. Sie haben einmal die poetischen Traumpassagen in meinen Romanen gepriesen. Aber Sie können nicht einerseits von Surrealismus sprechen und dann plötzlich die Handlungen der Romane nach den Kriterien konventioneller Literatur beurteilen. Am Anfang Ihrer Interpretation sprechen Sie von den Romanen als Gedichten; Sie sehen mich als Dichterin. Sie können die Elemente konventioneller Strukturen nicht bei jemandem suchen, der diese Elemente in seiner Arbeit ausklammert. Mir ist die grundsätzliche Schwierigkeit klar: Ihnen sind meine Wurzeln und Einflüsse nicht vertraut. Sie entnehmen Ihre Kriterien amerikanischer Literatur und nationalen Einflüssen. Sie werden in Ihrem Urteil auch sehr persönlich, wenn Sie zum Beispiel feststellen, daß ich die Salonwelt meines Vaters ablehnte, weil ich ihn nicht mit anderen teilen wollte. Im Roman und im Tagebuch spreche ich jedoch deutlich aus, daß es sich um den Konflikt zwischen bürgerlichem Leben und Bohèmeleben handelt. Ich glaube, ich sollte nun nicht mehr Kapitel für Kapitel lesen. Ich überlasse Ihnen, eigene Interpretationen zu finden.

Nach der Bearbeitung des Tagebuchs für das Kinsey Institut blieb in mir der Wunsch wach, trotz der drohenden Auflösung des Instituts (für die Zukunft) mit dem Edieren fortzufahren, und allmählich zeichnete sich die Form ab, in der ich das Tagebuch für die Gegenwart gestalten konnte. Ich ließ andere lesen, was ich getan hatte, und hoffte dabei, eine endgültige Heimat für die Originaltagebücher zu finden; danach setzte ich meine Hoffnungen auf Alan Swallow und Gunther.

Das eine zog das andere nach sich. Die Reaktionen ermutigten mich. Aber bevor ich Gunther erlaubte, das Manuskript Verlagen vorzulegen, erlebte ich eine Krise.

Es begann mit einem Alptraum: Ich öffnete meine Haustür und wurde von einem tödlichen Blitzstrahl getroffen.

Ich wurde furchtsam und ängstlich. Ich besuchte Dr. Bogner, und wir analysierten die Ängste im einzelnen. Am meisten fürchtete ich mich davor, andere durch meine Enthüllungen zu verletzen. Da ich das Tagebuch stets in der Überzeugung geschrieben hatte, kein Mensch würde es je lesen, zensierte ich mich auch nie. Ich schrieb spontan. Die Abschnitte, die ich andere lesen lies, wählte ich sorgfältig aus. (Ich ließ Henry sein und Junes Porträt lesen, denn er machte sich Sorgen über das, was ich geschrieben hatte.) Die Offenheit der Porträts war also eine der Ängste.

Ich hatte noch einen Traum: Meine Mutter (die nicht mehr am Leben ist) las das Tagebuch und zeigte sich so schokkiert wie damals, als ich das Buch über D. H. Lawrence schrieb.

Eine andere Furcht: Die Mehrzahl der Kritiker hatte meine Romane boshaft rezensiert. Was würden sie mit dem Tagebuch tun?

Frau Bogner führte mir vor Augen, daß meine Ängste mit vergangenen Erfahrungen zusammenhingen.

Die alten Schuldgefühle wegen sinnlicher Erlebnisse stellten sich wieder ein. Hier lag mein eigenes Tabu.

Unterdessen reagierten mehrere Verlage ablehnend, und das schien meine alten Ängste zu bestätigen.

Joaquin zeigte sich tolerant und verständnisvoll. Er stellte nur fest, wo ihm in der Familiengeschichte Unterschiede auffielen, unterschiedliche Versionen von Ereignissen, die es in jeder Familie gibt. Ihm mißfiel die Tendenz meines Vaters, seine Vergangenheit zu beschönigen und zu färben. Ich griff auf Geschichten und Erzählungen des Vaters zurück, ohne eine Bestätigung dafür zu suchen. Joaquin verhielt sich vorsichtiger: »Dies ist weder zu beweisen noch zu widerlegen.« Ich, die Romanschriftstellerin, zog die Ausschmückungen meines Vaters vor. Wir kamen zu einem Kompromiß.

Frau Bogner unterstrich, daß wir alle von den Ereignissen der Vergangenheit gezeichnet sind, in denen Eltern oder Lehrer als *Richter* erscheinen. Bestrafungen für sexuelle Spiele hinterlassen tiefe Wunden.

Plötzlich hatte ich das Gefühl, mich der Gehässigkeit der Welt auszuliefern.

Nein, ich würde die Tagebücher nicht veröffentlichen.

Aber eine andere, weit stärkere Kraft drängte mich vorwärts – ich glaubte an das Tagebuch. Hier hatte ich mein natürlichstes und ehrlichstes Schreiben verwirklicht. Der Zwang zur Geheimhaltung belastete mich zu sehr; ich war es leid, nur einen kleinen Teil meiner Arbeit zu zeigen. Ich wußte, der stärkste und beste Teil meines Werks lag hier. Ich besaß die Reife, es zu edieren. Ich fühlte mich in der Lage, die Probleme zu lösen. Es gab soviel Material, und niemand wird vermissen, was nicht veröffentlicht werden kann. Ich wußte, daß sich Leerstellen vermeiden ließen.

Ein ungestümes Vertrauen trieb mich vorwärts. Der verletzbare Mensch zitterte. Aber hatte ich nicht trotz meiner Ängste kühne Schritte gewagt? Als ich das Vorwort zu *Wendekreis des Krebses* schrieb, riskierte ich, alles zu verlieren, alle Menschen, die mich liebten oder beschützten. Ich schrieb das Vorwort in einem Akt der Auflehnung und der Rebellion gegen die Welt, die mich beschützte.

Frau Bogner beobachtete meinen Kampf. Sie griff eine Angst nach der anderen auf, und wir untersuchten sie. Was würde bleiben, wenn ich die wenigen Sätze wegließ, die Henry bekümmerten? So viele andere! Ich konnte den Wunsch der Menschen nicht mißachten, die nicht im Tagebuch in Erscheinung treten wollten. Manche fürchteten sich vor einer Bloßstellung. Schritt für Schritt kämpften wir uns durch die menschlichen und ethischen Probleme. Natürlich konnte ich nichts von dem aufnehmen, was mir während der fünf Monate anvertraut worden war, in denen ich unter Ranks Aufsicht als Therapeutin arbeitete. Henry hatte solche Dinge nie in Betracht gezogen, als er in Paris schrieb. Er sah in seinem Leben das Thema seiner Arbeit. Über meine Einwände spottete er. Aber heute macht er sich Sorgen wegen June und seiner ersten Frau, und in einem Brief an mich beschützt er seine älteste Tochter.

Jedes Gespräch endete mit der Feststellung, es blieb ein Reichtum an Erfahrungen, und Schnitte würden nichts ins Gewicht fallen, man würde zwischen den Zeilen lesen. Es lag nie in meiner Natur, in sexuellen Dingen deutlich zu werden, denn für mich verbanden sie sich untrennbar mit Gefühl, Liebe und Vertraulichkeiten. Deutlichkeit zerstört die Atmosphäre, die geheime Schönheit, das Mondlicht, die die Sinnlichkeit umgeben.

Der Zwiespalt schmerzte. Ich wollte geben und teilen; ich konnte mich selbst geben und teilen, aber da mein Leben sich nicht vom Leben anderer trennen ließ, konnte ich ihre Leben nicht geben; sie gehörten mir nicht.

Ein Hauptthema zeichnete sich ab: Ich mußte meiner Natur entsprechend handeln, oder das Tagebuch würde zerstört. Andere vertrauten mir ihr Leben an. Wenn ich dieses Vertrauen mißbrauchte, würde ich nicht länger Anaïs sein, und das Tagebuch fände sein Ende. Es entsprach ohnedies meiner Natur, die destruktiven Aspekte anderer nicht aufzugreifen, sondern mich auf die kreativen und positiven Seiten zu konzentrieren. Das war meine Welt.

Bald begann ich zu begreifen, daß meine Ängste der Vergangenheit entsprangen – der spähende Blick über die

Schulter, Eltern, Lehrer, Therapeut – wie damals, als Allendy vergaß, daß ein Therapeut nicht urteilen darf, und er mein Künstlerleben vom Standpunkt eines Bürgers und Marxisten beurteilte – auch wenn ich mich nicht danach richtete, hinterließ sein Urteil einen bleibenden Eindruck. Der amerikanische Puritanismus, obwohl ich nicht an ihn glaube, drückt sich in jeder Kritik an einem Schriftsteller aus; und für Frauen gilt in jeder Hinsicht ein doppelt so strenger Maßstab!

Und deshalb, Frau Dr. Bogner, erscheint mir die Welt als ein tiefer gefährlicher Dschungel, der meine Verletzlichkeit bedroht. Ich muß es wagen, und das nicht mit einem Kunstwerk, das von meinem Ich getrennt ist, sondern mit dem Einsatz meines ganzen Ichs, meines Körpers, meiner Stimme und meiner Gedanken, die preisgegeben werden.

Ich hatte bereits unter der Auffassung leiden müssen, daß jedes Tagebuch narzistisch und daß Selbstbeobachtung neurotisch sei, obwohl ich wußte, daß meine Liebe zu anderen unerschöpflich ist, daß Selbstbeobachtung der einzige Weg ist, um die innere Reise der Selbsterschaffung zu bewältigen.

Helfen Sie mir, Dr. Bogner. Sie bemerkt, daß ich zur katholischen Beichte zurückkehre. Geben Sie mir Absolution. Das könnte mir Frieden bringen.

Aber sie ist zu klug, um eine Kindheitskonditionierung wiederaufleben zu lassen. Ihre Rolle besteht darin, mir zu zeigen, daß es keine Sünde und kein falsches Handeln gibt, sondern nur eine Künstlerin, die davon besessen ist, ihre Erfahrungen darzustellen. Seit ich Europa verlassen hatte, und die wunderbaren Gespräche, in denen ich alles gestehen konnte, nicht mehr stattfanden (wie Henry und ich sie in Louveciennes führten), empfand ich die Einsamkeit der Amerikaner, die aus der Angst vor Vertrautheit mit ihrem geheimen Ich entsteht, und die sie daran hindert, auch mit anderen Vertrautheit zu finden. Ich spürte den starken Drang, die Tagebücher zu veröffentlichen, wie eine

Schlange, die ihre alte Haut abstreift, die zu eng und zu klein geworden ist, wie eine Krabbe, die verzweifelt versucht, die alte Schale zu verlassen, die zu klein und zu eng geworden ist. Jede Entwicklung ist durch diesen Impuls gekennzeichnet; der Impuls zu geben und der Impuls sich zu verbergen, kämpften in diesem ruhigen Zimmer, das auf einen Garten hinausgeht, einen harten Kampf. Für mich war es eine Schlacht zwischen der Frau und der Schöpferin. Die Frau opfert schützend und verschwiegen die eigenen Bedürfnisse den Bedürfnissen anderer. Sie ist mit den Mysterien vertraut, die der Mann fürchtet, und als Schöpferin ist sie nicht länger in der Lage, ihre Entdeckungen, ihr Wissen, ihre Erfahrung, ihre Erleuchtung, ihren angesammelten Reichtum, ihre Kenntniss der verborgenen Aspekte der Menschen zurückzuhalten, die sie leidenschaftlich suchte. Frau Bogner, Sie werden mir nicht eine Absolution im alten Sinn erteilen und mir sagen, daß ich kein Verbrechen begangen habe. Sie wollen mich zu der Erkenntnis führen, daß Ängste von der Vergangenheit hervorgebracht werden, und daß dieses Werk vielleicht jenseits kleinlicher Urteile steht und über das Persönliche hinausgeht. Anaïs, Du mußt jetzt ebenso mutig sein wie beim Schreiben. Während des Schreibens blickte niemand über die Schulter, während Du das Tagebuch schriebst, las es nicht deine Mutter, auch nicht dein Vater, der behauptete, D. H. Lawrence sei chaotisch und schwerfällig. Der irische Priester, der Dir verbot, Zola und Gide zu lesen, las es nicht. Du bewundertest Henry dafür, keine Rücksichten auf das Familientreffen in Brooklyn zu nehmen, das er so rücksichtslos darstellte. Dein Tagebuch ist in erster Linie ein Werk der Liebe. Du bist immer eine Liebende gewesen. Laß die Frau ihre kleinen persönlichen Ängste überwinden. Sie soll es wagen, der Welt ihr Werk zu geben, und wenn es sein muß, auch die Konsequenzen tragen. Schließlich ist die Furcht, verurteilt zu werden, von geringer Bedeutung. Jeder Künstler ist dieses Risiko eingegangen.

Dr. Bogner sitzt ruhig, heiter, gelassen und klug in ihrem Stuhl. Die kleinen Verzagtheiten fallen ab. Das gereifte und angestrebte Ziel wird deutlich. Ich glaubte jedes Wort, das ich schrieb. Sie wurden von einem anderen Ich geschrieben. Dieses Ich, die Schöpferin, soll sich der Welt stellen. Nachdem ich daran arbeitete, all diese Ängste an die Oberfläche zu holen, akzeptierte die gereifte Schriftstellerin die Herausforderung. Ich löste das Problem des Edierens nach meinen Grundsätzen und nach meiner Ethik.

Ich fühle wie Proust, daß ich das Tagebuch vor meinem Tod veröffentlichen muß. Obwohl ich nicht unter einer organischen Krankheit leide, ging es bei jedem Krankenhausaufenthalt um Leben und Tod, wie bei der doppelseitigen Lungenentzündung. Ich rechne nicht damit, die nächste Krise zu überleben. Aber ich leide nicht mehr darunter, seit ich die Freude erlebte, in Frankreich akzeptiert zu werden, was mir soviel bedeutet. Gute Rezensionen, Korrespondenz, freundliche Kritiker. Eine Kompensation für die amerikanische Gleichgültigkeit.

Gunther bot das redigierte Tagebuch (achthundert Seiten) den Verlagen an. Ihre Reaktion war nicht sehr ermutigend. Bei Random House kam man nach der Lektüre von einhundertfünfzig Seiten zu der Ansicht, es fänden sich nicht genug Leser für die von mir vorgeschagene Auflage.
Peter Israel von Putnam schreibt mir:

In erster Linie möchte ich Ihnen sagen, wie fasziniert ich von den Tagebüchern sind. Ich hatte keine Vorstellung, was sie enthalten würden, da ich nicht mehr wußte, als man sich erzählt. Ich konnte nicht ahnen, daß die Lektüre mich so fesseln würde. Zweifellos sind die Tagebücher ein Markstein im Genre der Selbstdarstellung. Vielleicht erwartete ich eine offene Selbstenthüllung – und diese Erwartung erfüllte sich. Ich hatte nicht geglaubt, daß Menschen, die ich kaum kenne, und die mich eigentlich auch wenig interessieren –, Allendy, der Vater, etc. – so faszinieren und lebendig werden könnten wie Gestalten in einem Roman von Proust. Ich habe die achthundert Seiten beinahe ganz gelesen, und ich entdecke mich dabei zu wünschen, sie mögen nie zu Ende sein. Insgesamt weiß ich nicht, ob dieses Tagebuch vom kommerziellen Standpunkt aus vertretbar ist, oder wie sich die verlegerischen Fragen beantworten lassen; ich meine damit, ich weiß nicht, wie ein Leser darauf reagieren wird, der nichts über Anaïs Nin weiß. Ich halte sie für atemberaubend und für eine großartige Selbstdarstellung, und das ist meine persönliche Meinung, bei der ich nicht als Verleger spreche. Das wollte ich Sie ganz spontan wissen lassen.

Kein Vertrauen in ihre persönlichen Reaktionen. Immer die Sphinx: Ist es kommerziell verwertbar oder vertretbar? Er wird es jetzt am Verkäufer, am Portier, am Fahrstuhlführer, am Nachtwächter, an der Putzfrau, am Botenjungen oder an der Telefonistin testen, und danach wird er mich auffordern, es mehr wie *Candy* zu schreiben oder mehr wie Simone de Beauvoir oder mehr wie Mary McCarthy, und es auch für *Ladies Home Journal* salonfähig zu machen; es vielleicht in die dritte Person umzuschreiben, aus Allendy einen schwarzen Arzt, aus meinem Vater einen Taxichauffeur zu machen – um menschliches Interesse zu wecken, und anstatt einer Fehlgeburt soll ich vermutlich von neun gesunden Kindern berichten, über mein Leben in Harlem, oder mein Leben als Missionarin in Indochina (um den sozialen Touch nicht zu vernachlässigen) und ein paar berühmte Namen einstreuen. Vielleicht könnten auch ein oder zwei Gestalten mit Alkoholproblemen zu kämpfen haben; ich könnte Joaquin zum Drogenabhängigen machen, um mit der Zeit zu gehen. Alles, um es wie andere Bestseller zu machen.

Brief von William Morrow an Gunther Stuhlmann:

Bitte entschuldigen Sie, daß sich unsere Entscheidung über das Tagebuch von Anaïs Nin so lange hinausgezögert hat, aber es handelt sich dabei wirklich nicht um ein leicht abwägbares Projekt. Der erste Band wurde mehrmals gelesen, und wir haben auch viel darüber nachgedacht.
Ich muß Ihnen allerdings leider mitteilen, daß wir uns nicht für den richtigen Verlag der Tagebücher halten. Um offen zu sein, uns enttäuschte der erste Teil vom rein redaktionellen Standpunkt aus; vielleicht liegt das aber auch daran, daß wir uns nicht ganz auf Anaïs Nins Standpunkt und Stil einstimmen können. Wie auch immer, wir vermißten in diesem Teil die Direktheit und das Gefühl des Kontakts mit wirklichen Menschen, das man in einem Tagebuch erwartet. Alles wirkt beinahe wie ein Roman, selbst wenn es spontan niedergeschrieben wurde, und das vorliegende redigierte Manuskript verstärkt diesen Eindruck noch. Man liest das Tagebuch beinahe wie einen offen strukturierten Roman. Kurz gesagt, wir sehen nicht, daß das Buch einen größeren Leserkreis als den derzeitigen ansprechen wird – eine treue, aber wie wir glauben, kleine Leserschaft. Im Hinblick darauf bedeutet dieses Projekt eine unangemessene Investition, selbst bei Unterstützung von Alan Swallow.
Ich schicke Ihnen hiermit das Manuskript zurück. Es tut uns aufrichtig leid, daß wir uns nicht für das Tagebuch begeistern konnten.

In New York verbrachte ich viel Zeit mit den jungen, außergewöhnlich begabten Schauspielern des Open Theatre. Sie improvisieren und experimentieren in einem Loft nahe der Houston Street.
Die Ereignisse laufen mir davon. Edgar Varèse schreibt eine Partitur für *House of Incest*. Es ist rätselhaft, er, der kein Gespräch über das Unbewußte ernst nahm, erschließt

sich dieses Gebiet über *House of Incest.* Die Musik ist eine fremdartige Klage; sie spricht von einem Leid, wie es in der Musik bisher noch nicht zum Ausdruck kam.
Das Englische Institut am Amherst College gab Bruce Tsuchida nicht die Genehmigung, seine Doktorarbeit über mein Werk zu schreiben. »Sie ist eine exzentrische Schriftstellerin.« Wir korrespondierten, da er sich nicht mit der Entscheidung abfinden konnte. Ich mußte ihm zureden, deshalb nicht das College zu verlassen.
Keine Rezension in der *Los Angeles Times,* keine Rezension von Millers *Briefen* in *Time Magazin,* das sich zur Regel macht, Miller zu vernichten und mich zu ignorieren.
Nach den ablehnenden Briefen von Random House, Putnam und Morrow sprach Alan Swallow mit Hiram Haydn von Harcourt Brace. Ich kam nach New York, und Gunther veranstaltete eine Cocktailparty. Auf dieser Party lehnte Peter Israel das Tagebuch endgültig ab, und Hiram Haydn sagte zu mir: »Ich liebe es, ich werde es machen.« Seine Direktheit und seine Überzeugungskraft gefielen mir sehr. Wir unterhielten uns. Wir hatten uns bereits früher getroffen. Er lud mich ein, vor seinen Studenten in der New School zu sprechen. Er hat eine Tochter, und er sagte, daß ihn die Vater-Tochter-Beziehung im Tagebuch tief berühre.

[Winter 1965-1966]

Ich schrieb an einen belgischen Dichter und gestand, daß ich die Zustände kenne, die er beschreibt, die Ängste, das Herzklopfen, das Ausbleiben der Einfälle, die Wüsten, die Distanz zu anderen Menschen, aber ich schrieb ihm auch, daß ich einen ständigen, hartnäckigen Krieg gegen meine Neurose führe. Ich habe nie wie die Romantiker geglaubt, daß Kreativität aus dem Eintauchen in die Hölle entsteht. Ich vertraute der Psychoanalyse, und nachdem viele Jahre lang Ängste meine Energie verbrauchten, schwanden sie, und es gelang mir, besser zu arbeiten, besser zu leben, besser mit anderen zusammenzuleben, mich in der Welt wohl zu fühlen. Mein Leben wurde reicher durch Einfälle, durch Erkenntnisse, durch größeres Bewußtsein, mehr Inspiration und Fruchtbarkeit als zuvor. Ich bin wirklich davon überzeugt, daß es nicht notwendig ist, in der Hölle zu leben. Der Dichter muß nicht in der Hölle leben. Kafkas Leben ist das beste Beispiel für die zerstörende Wirkung der Neurose. Was er sich auch wünschte, eine Frau, eine Familie, Erben, er zerstörte alles. Es hätte sich nicht mit seinem Schreiben vereinbaren lassen. Und doch war das Schreiben schmerzvoll und für ihn als Menschen schädlich.

Las gerade in der Zeitschrift *Art,* daß Frankreich endlich Pierre Jean Jouve als großen Dichter und als möglichen Vater des *Nouveau Roman* entdeckt hat. Er legte das Samenkorn des poetischen Romans, der mich 1931 faszinierte. Bis heute beachtete man ihn kaum. Als ich seine Romane zum ersten Mal las, erkannte ich, was ich mit dem Roman ausdrücken wollte. Das kann ich Frankreich mit seiner großen Tradition poetischer Romane nicht verzeihen. Amerika konnte nicht anders, als alles am Hemingway-Journalismus zu messen. Aber Frankreich! Und am gleichen Tag noch ein Schock. Ein ganzes Buch, um zu beweisen, daß Jean Giraudoux schizophren, zu weit von der Realität entfernt war! Frankreich, das Zentrum von Symbolismus, Surrealismus, das Zentrum der Metaphern.

Marguerites Buch *(Miss MacIntosh, My Darling)* ist bei Scribner erschienen. Man wird viel über dieses Buch schreiben, aber ich glaube, das Porträt der Persönlichkeit, der Frau, die es schrieb, ist ein Schüssel zu diesem Werk.
Sie ist eine erdverbundene Frau aus dem Mittleren Westen, deren Gespräche ins Unendliche schweifen. Sie selbst ist eine ihrer faszinierensten Gestalten. Sie besitzt einen angeborenen Sinn für Komik und versteht es, die amerikanische Phantasie zu beflügeln. Sie studierte Philosophie, ist von großer Ausdruckskraft, beredt, schöpferisch und lebt im Einklang mit der Alltagswelt. Sie besitzt die Kraft eines epischen Schriftstellers und nichts von dem kleinen Horizont, den wir als ›feminin‹ ansehen. Sie schreibt mit dem großen Atem Amerikas, seiner grenzenlosen, epischen Landschaften. Ihre Wohnung ist angefüllt mit Dingen, die ihren Respekt vor der Vergangenheit beweisen. Sie liebt ihre Wurzeln.
Ihre Freunde wissen, daß sie Antiquitäten liebt, und helfen ihr, sie zu sammeln. Es kann geschehen, daß sie einen Besucher barfuß und in einem weiten Hauskleid begrüßt, aber während sie ihr tägliches häusliches Leben führt, träumt sie, wie Don Quichote es für Spanien tat, wie Thurber für Amerika träumte, aber *Miss MacIntosh* ist Amerikas literarischster Traum.
Proustsches Zellwachstum ist auch ein Schlüssel für das endlose Gewebe, das sie zusammenfügt. Die menschliche Plattform dieses aufwendigen Gebildes läßt sich mit der

›Schal-Geschichte‹ gut veranschaulichen. (Als Kind wollte sie den längsten Schal der Welt stricken.) Diese Bienenwabe, diese organische Zellwucherung ist die Anstrengung, alle Erfahrungen und nicht nur das fragmentarische Leben zu vereinen, wie es von sovielen Autoren heute getan wird. Ihr Wunsch nach dem längsten Schal setzte sie in die Lage, die Stimmung und die Geschlossenheit dieses Werkes durchzuhalten. Sie knüpfte eine endlose Kette, ein Buch, dessen Uferlinie am Horizont verschwindet.

Ihre Gestalten sind amerikanisch – die alte Jungfer, der Preiskämpfer, die Frauenrechtlerin –, aber ihre Heldin ist die Illusion. Wo sonst, als auf ihrer Suche nach Illusion und der Entlarvung der Illusion, konnte sie eine Esther Longtree finden, eine immer Schwangere, die sich nicht an die Väter ihres noch nicht geborenen Kindes erinnern kann? Wer wird den Fliegengewichtschampion vergessen, der sich wünschte, sein Sohn solle Schwergewichtskämpfer werden? Sie konnte sich überhaupt nicht an ihn erinnern, obwohl er der Vater eines Kindes war, das er nie gesehen hatte. »Er bedeutete nicht den Höhepunkt ihres Lebens. Er wünschte, Esther Longtree solle ihn lieben, sich an diese Nacht mit ihm erinnern, an den Wendepunkt, ein Triumph über den Tod, wenn sie das Datum gewußt hätte.«

Fehlgeburt der Träume.

»Die Natur kümmert sich nicht darum, ob wir geboren werden oder nicht.«

Sie interpretierte es anders, als sie zu mir sagte: »Ich versuchte nur, den Weg so deutlich zu markieren, damit niemand sich verirren konnte.« Nach ihrer Überzeugung muß man den Kreis vollenden, wenn man die ganze Weite eines Phantasieflugs ermessen will; man muß mit der Welle, die einen davontrug, wieder ans Ufer zurückkehren.

Sie ist die verkörperte Mütterlichkeit: Sie trägt und leitet uns durch die abstraktesten Dimensionen; sie begleitet uns auf die weitesten Reisen, aber sie bringt uns auch sicher wieder zur Erde zurück.

Sie sagte einmal, Joyce sei nicht ihr Ideal, Amerika sei ihr Ideal. Adlai Stevenson definiert es so: »Ein Amerika, aristokratisch im Ausdruck, das sich realistisch gebärdet und dabei gleichzeitig die kühnsten Träume träumt.«
»Modernes Schreiben (mit Ausnahme großer Dichter) bedeutet Prosa«, sagt Marguerite.
Sie wollte alles erzählen, was sie von Realität und Illusion wußte. Sie brauchte siebzehn Jahre dazu. Viele ihrer Freunde glaubten, sie würde das Buch nie beenden.
Als ich meine Rezension schrieb, hörte ich im Geist ihre Stimme, die mir am Telefon Ausschnitte daraus vorlas. Sie liest mit der Poesie eines Dylan Thomas, mit dem hypnotisierenden Rauschen der Wellen, und den klatschenden Fluten des Meeres.

Besprechung von *Miss MacIntosh, My Darling:*

Wenn ein Schriftsteller beschließt, uns sein ganzes Universum zu schenken, alles, was er erforscht und entdeckt hat, entsteht notwendigerweise ein riesiges Buch. Niemand hat je die Weite des Ozeans oder die Höhe eines Berges in Frage gestellt. Der Schlüssel zum Genuß dieses erstaunlichen Werkes liegt darin, sich ganz den Umwegen, den Wanderungen, den elliptischen und tangentialen Reisen zu überlassen und als Belohnung dafür wunderbare Überraschungen zu erleben. Das Buch ist eine Suche nach Realität durch ein Gewebe der Illusionen, ein Labyrinth der Phantasien und Träume, und es bestätigt schließlich die Worte Calderons: ›Das Leben ist ein Traum.‹
Marguerite Youngs eigene Worte liefern die Erklärung für das zellenartige Wachstum des Buches: ›Ich versuchte nur, den Weg so deutlich zu markieren, damit niemand sich verirren konnte.‹ Die Autorin ist davon überzeugt: wer sich von der Woge der Phantasie auf diese gefährliche Forschungsreise nach Illusion und Realität davontragen läßt, muß mit der Welle wieder ans Ufer zurückkehren. Erst

durch das ganze Ausmaß und die Vollständigkeit der Bewegung wächst die Fähigkeit zu verstehen.

Deshalb gelingt es ihr, den reichen, satten Klang und den machtvollen Rhythmus des Buches durchzuhalten. Es ist ein Meisterwerk der Geduld, ein unbeschädigtes Zellgewebe mit unzerstörbaren Brücken, die von Wort zu Wort, von Bild zu Bild, von Satz zu Satz führen. Marguerite Young ist eine Akrobatin des Raums und des Symbols, aber sie gibt ihren Lesern ein Sicherheitsnetz.

Das gewaltige Gebäude ist nicht so abstrakt, wie es scheinen mag, denn es wird durch Marguerite Youngs Vision zusammengehalten; und diese Vision ist in erster Linie menschlich, mitfühlend und humorvoll.

Ihre poetischen Sätze entfalten sich, gleiten dahin und erinnern manchmal an das langsame Schwenken einer Kamera, die nicht nur das einfache, schlichte, vertraute Leben beobachtet, sondern die Höhenflüge der Phantasie, das Flüchtige und den schnellen emotionalen Wechsel, den nur Zauberer der Sprache einfangen können.

Unter ihren Händen wird aus dem amerikanischen Volkstum ein unsterblicher Mythos, wie ihn Joyce für Irland schuf; aber Joyce war nicht ihr Vorbild. Sie ließ sich von Amerika, ihrem Mittleren Westen inspirieren, von einem Amerika, das fest in der Erde verwurzelt ist, und in dem Träumer leben, die sich ihrem Phantasieflug in den Raum überlassen. Sie werden selten porträtiert und sind doch geborene Amerikaner, mit den typisch amerikanischen Charakterzügen von Komik, Skurilität und Lebendigkeit: der Busfahrer, die Frauenrechtlerin, die alte Jungfer, der Komponist ungeschriebener Musik, Muschelsammler, der tote Spieler, die Serviererin, der Federgewichtschampion, der Henker, der Detektiv, der Steinhauer, die Wandertaube, der Frosch und der Elch.

Ihre kraftvollen Bilder lassen an Gemälde denken (sie gesteht, sie hätte Chagall geheiratet). Ihre unübertroffene Meisterschaft zeigt sich in der Beschreibung subtiler, mehrdeutiger Ereignisse, die sich nicht eindeutig festlegen lassen. Eine ihrer Figuren, Esther Longtree, ist in ihrer Einbildung ständig schwanger, und am Ende ist sie unserer aller Mutter, denn sie ist die Mutter totgeborener Phantasien. Eine andere Figur ist der Federgewichtschampion, der sein einziges Kind liebt, das er nie hatte. Es gibt noch andere Schattenboxer in diesem Buch: »Der Natur ist es gleichgültig, ob wir geboren werden oder nicht.«

Der Horizont des Werkes entschwindet der Sicht. Seine Welt ist die Welt unter Wasser, geographisch im Unbewußten und in der Nacht angesiedelt. »Das Meer ist ungefährlich, wenn Du auf seinem Grund schläfst und nicht auf ihm schwimmst. Es ist der beste Platz, um Perlen aufzubewahren«, sagt eine ihrer Figuren. Wie in der Wissenschaft führt es uns so weit in den Raum und so tief in die Erde, wie es einem Menschen nur möglich ist.

Die zahllosen Gestalten dringen in den Strom des eigenen Bewußtseins ein und verlassen es nicht wieder, denn sie sind Teil der amerikanischen Psyche, einer Psyche, die, wie Marguerite Young sagt, der ungezügelsten Phantasien fähig ist. Sie sind nur im *Blue Book of the Uncommon* zu finden. Marguerite Young ist eine Aristokratin unter den Schriftstellern, vielleicht die Vorbotin einer neuen Ära der amerikanischen Literatur.

Das Buch ist auch ein Gesang an die Besessenheit. Das Leben ist voller Wiederholungen, die in Variationen kulminieren, die von der Empfindsamkeit menschlicher Reaktionen auf Erlebnisse sprechen. »Um eine Figur wirklich zu begreifen, muß ich sie vielleicht sehr weit ausspinnen, aber wenn ich sie verkürzte, würde ihre Besessenheit fehlen, und Besessenheit zieht Menschen in ihren Bann. Würde ich die Wiederholungen entfernen, bedeutete dies, ein Motiv des Lebens selbst zu entfernen.«

Die Figuren sind handgreiflich, zugänglich und vertraut. Marguerite Young hinterfragt das Wesen ihrer Erfahrungen, ihrer Sedimente, ihrer Echos und Reflektionen. Was ist Realität? Tief in uns ist sie so flüchtig wie ein Traum, und wir sind niemals sicher, daß etwas wirklich geschehen ist.

Nobuko besucht mich. Sie trägt weiße Spitzenstrümpfe und ein erbsengrünes Wickelkleid. Sie hat einen Mittelscheitel und riesige Gänseblümchen halten ihr loses schwarzes Haar hinter den Ohren zusammen.
Sie bringt mir einen Strauß Frühlingsblumen und vergräbt ihr Gesicht darin, als schenke sie mir auch ihr Gesicht und das Lächeln.
Beim Lachen verbirgt sie das Gesicht hinter den Händen. Sie beugt sich zu mir herüber und flüstert verschwörerisch: »Anaïs, ich werde Dir alles erzählen.«
Ihr Sprechen gleicht dem Flüstern von Blättern. Versucht man, auf eine Frage eine klare Antwort zu erhalten, flattern ihre Worte wie eine Schar Zugvögel auf und fliegen davon. Impressionen, Andeutungen, Suggestionen und Verschwommenheiten. Ich konnte nicht sagen, wen sie liebte, wen sie verließ und mit wem sie reiste, wer ihr gleichgültig war und mit wem sie zusammenarbeitete, obwohl ich mich für eine Meisterin darin halte, Flüchtigkeiten einzufangen. Als sie mich verließ, erkannte ich, daß ich über ihre Gefühle, über ihre Gedanken und über ihre wirklichen Erlebnisse nicht mehr wußte als bei unserem ersten Zusammentreffen.
In japanischen Romanen entdeckte ich dieselben Elemente. Ich müßte ein Wort finden, das das absolute Gegenteil von Deutlichkeit ausdrückt. In den Romanen fand ich viele verschwommene, poetische und mondlichtige Andeutungen.
Ihre entzückenden Briefe sprühen von Ideen; sie schrieb in einer eigenen Sprache, zu der ich sie ermutigte, denn ich wartete immer auf den Roman, den sie schrieb, während andere sich darum bemühten, ihre Ausdrucksweise zu korrigieren. Aber wieviel Originalität kann aus einer fehlerhaft gesprochenen Sprache entstehen.

Beispiele:

Die Arbeit hat mich buchstäblich ermordet.
Soviel ist über mich hinweggetrampelt.
Du mußt in Deinem Inneren eine Feuerprobe bestanden haben (bezieht sich auf meinen Krankenhausaufenthalt).
Es verletzt mich, mitanzusehen, daß Japan den Verstand verloren hat.
Im Grunde bin ich sehr nostalgisch geschaffen.
Ich bin wie ein Vogel mit sieben Flügeln, ich flattere nur, ich kann meine Gedanken nicht sammeln.
New York bemerkt dich nicht, als handle es sich um eine einstimmige Verschwörung ... Aber aus wischi-waschi Selbstmitleid muß ich und will ich mit aller Macht aufsteigen.
Mein Lesen Deines Tagebuchs lieferte mir Supertreibstoff.
Ich habe das Gefühl, wie eine Caravelle starten zu können.

Wir feierten den Erfolg von Marguerites *Miss MacIntosh, My Darling*. Endlich ein Werk der Literatur. Vierzigtausend Exemplare sind verkauft. Intelligente Leser würdigen es.
Die ignoranten Rezensenten von *Time Magazin* bis hinunter zu *The Village Voice* demonstrierten, was ich ihre giftige Feder nenne. Es läßt sich nur noch mit dem Ausspucken in der Untergrundbahn vergleichen.
Sie waren nicht fähig, das Buch zu lesen. Sie betrachteten seine tausend Seiten und lasen, daß Marguerite Young siebzehn Jahre daran geschrieben hatte. Sie griffen den Riesen an, denn er demonstrierte ihr Analphabetentum. Ich habe immer den Herausgeber dafür verantwortlich gemacht, wenn ein unqualifizierter, offensichtlich ungebildeter Mensch ein Buch besprach, was stets mit unkontrollierbaren Giftspritzen endet. Solche Rezensionen warfen ein deutliches Licht auf die Zeitschrift oder die Zeitung.
William Goyen schrieb eine schöne Kritik in *The New*

York Times; ich schrieb in der *Los Angeles Times.* Literaturwissenschaftler schreiben Essays; französische Studenten an der Sorbonne kämpften sich mit ihren mangelhaften Englischkenntnissen durch das Buch, um Dissertationen darüber zu schreiben.

Es schien das Ende der *Four-Letter-World-School* in der Literatur einzuleiten. Es erneuerte den Glauben an die literarische Bedeutung von Melville, Poe, Emerson und Whitman. Irland hatte seinen Joyce, Spanien seinen Cervantes, und Amerika hat Marguerite Young.

In England wurde es sofort ein Erfolg. Marguerite wurde nach England eingeladen.

Ruth Stephan gab in ihrem Haus in Connecticut eine phantastische Party. Die Gäste wurden in einem Bus dorthin gefahren. Im Garten leuchteten Laternen. Eine illustre Gesellschaft.

Ich lernte zwei bemerkenswerte Frauen kennen: Anita Faatz und Virginia Robinson. Sie arbeiteten beide früher an der Philadelphia School for Social Research, wo Otto Rank Vorlesungen gehalten hat. Sie widmeten ihr Leben dem Werk von Otto Rank, achteten darauf, daß Neuauflagen der vergriffenen Bücher erschienen, sie übersetzten Material, das die Witwe der Columbia University überlassen hatte, seine Tagebücher, die Korrespondenz mit Freud, Gedichte und Theaterstücke. Sie gründeten das *Journal of the Otto Rank Association.* Alle Verehrer Ranks lieferten Beiträge. Die Zeitschrift wurde zum Mittelpunkt der Bewegung, die sich um ihn gebildet hatte.

Anita Faatz besuchte mich. Sie wollte im *Journal* mein Porträt von Rank veröffentlichen, aber Harcourt Brace stellte ihnen nur zehn Seiten kostenlos zur Verfügung und wollte berechnen, was darüber hinausging. Wir freundeten uns an. Dies waren die beiden Frauen, die die lange Reise nach Paris auf sich genommen hatten, um an den Rank Seminaren an der Cité Universitaire teilzunehmen. Damals war ich nicht reif genug, ihre Arbeit richtig einzuschätzen.

Heute beeindrucken sie mich, und wir arbeiteten freundschaftlich und loyal zusammen. Ich machte das *Journal* bekannt, wohin ich auch kam. Sie ihrerseits druckten alles, was ich von Rank besaß: Sein Vorwort zu *House of Incest* und seine Einführung in mein Kindheitstagebuch. Sie veranstalteten Jahrestreffen, die ich besuchte, und auf denen ich sprach. Einmal kam ich um ein Uhr nachts aus Europa zurück; das Flugzeug hatte Verspätung, und ich überredete den Pförtner, mich rechtzeitig zum Seminar zu fahren. Ich verließ das Haus morgens um sechs und hielt um zehn Uhr meine Rede. Anita Faatz und Virginia Robinson sind außergewöhnliche Frauen, die wichtige Beiträge zur Sozialwissenschaft leisten.

Die Veröffentlichung des Tagebuchs brachte viel Arbeit mit sich. Ich mußte Fotografien heraussuchen und kopieren. Ich zeichnete die Konstellationen meiner Freundschaften wie ein Astrologe ein Horoskop. Allerdings waren meine Planeten Städte und Menschen.

Bei dem Versuch, die Menschen, die im Tagebuch erwähnt werden, kartographisch zu erfassen, erkannte ich, daß die Beziehungen ähnliche Konstellationen wie Planeten formten. Das Herz der Aktivitäten bildeten anstelle großer Planeten Städte: New York, Paris, London, Los Angeles, auch Schweden, Mexiko etc. Die Menschen kreisten um diese Planeten. Kleinere und freundschaftlichere Konstellationen drehten sich um Persönlichkeiten, diese wiederum standen durch Interrelationen und Aktivitäten miteinander in Verbindung und formten kleine Schwärme. Ein riesiges Netz demonstrierte den Kreislauf der Freundschaften, ihre Verlagerungen und ihre Reisen. Und so entstand in mir die Idee, Planeten zu zeichnen, sie mit den Namen der Freunde zu umgeben und den Kern der Aktivitäten einzutragen.

New York besitzt ein elektronisches Herz; Kalifornien ein Sonnenherz; Mexiko ist ein Nebel und Paris eine andere Nebelformation.

Auch die Tiere befinden sich in einer Umlaufbahn.
Ich hatte gehofft, mein Verleger würde die Darstellung auf das Vorsatzpapier drucken, wie man es bei Reisebüchern und geographischen Werken tut. Sie hätte den Lesern vieles verdeutlicht. Aber man entschied sich dafür, die Grafik als Vorankündigung zu verschicken, die unbeachtet blieb und über die nie ein Wort gesprochen wurde.
Ich mußte Genehmigungen für meine Porträts einholen. Die Rechtsanwälte von Harcourt wiesen mit Nachdruck auf mögliche Beleidigungsklagen hin. Da ich mit June nicht direkt in Verbindung treten konnte, gab mir Henry die Adresse ihres Psychiaters Dr. Baxter, der June geholfen hatte. Er ist ein sensibler und einsichtiger Mann. Ich besuchte ihn und seine Frau Annette Baxter, eine begabte Literaturlehrerin, die eine Arbeit über Henry Miller geschrieben hat. Sie wollte beweisen, daß Amerikaner ihre Wurzeln niemals völlig verleugnen können. Die Baxters erwiesen sich als taktvoll, äußerst hilfreich und Junes Porträt wurde durch sie möglich.

Inmitten all dieser Betriebsamkeit brachte man mich wieder einmal in größter Eile in die Klinik. Dieses Mal war es noch ernsthafter. Ich hatte mich kaum wieder erholt, als Mrs. Lindley mir den Umschlag von Band I der Tagebücher schickte. Ich erinnere mich, gedacht zu haben: Hätte ich die Operation nicht überlebt, wäre ich in dem Glauben gestorben, im Leben versagt zu haben. Aber jetzt zeigten alle Interesse, Spannung, Neugierde und Wohlwollen.

Während meines Krankenhausaufenthaltes starb Edgar Varèse, aber niemand wollte es mir sagen, da alle wußten, wie sehr ich um ihn trauern würde.
Wie Louise mir später sagte, wollte er nicht sterben. Er war noch nicht bereit zu sterben. Bis zum Ende lehnte er sich gegen den Tod auf. Es verursachte ihm große Schmerzen. Trotz dieser Vitalität überlebte er eine Operation nicht.

Sobald ich meine Energie wiedergewonnen hatte, schrieb ich für *Perspectives of New Music*, Princeton Press, einen Artikel über ihn:

Die meisten Menschen warten auf Zeit und Distanz, um die Einzigartigkeit eines Menschen und Künstlers anzuerkennen. Aber die Freunde von Edgar Varèse, denen bewußt war, wie überzeugend Persönlichkeit und Musik dieses Mannes übereinstimmten, erkannten bereits zu Lebzeiten die wahre Größe und den herausragenden Platz, den er in der Musikgeschichte einnimmt. Er lebte in einem riesigen, endlosen Universum; seine sensiblen Antennen konnten Vergangenheit, Gegenwart und Zukunft einfangen. Wenn ich an seiner Tür klingelte, und er öffnete, empfing er mich mit der Wärme, die er allen seinen Freunden schenkte. Ich konnte das Meer der Töne hören, das ihn umgab, und das dem Haus entströmte; eine Musik, die nicht für einen Menschen, für ein Zimmer, für ein Haus, eine Straße, eine Stadt, ein Land, sondern für den Kosmos geschaffen war. Seine großen lebendigen blaugrünen Augen strahlten nicht nur vor Wiedersehensfreude, sie verströmten das Willkommen in einem Universum neuer Schwingungen, neuer Töne, neuer Effekte, neuer Tonbereiche, in denen er aufging. Er führte mich in sein Arbeitszimmer, in dem das Klavier dominierte. Auf dem Notenpult lag stets eine Partitur, an der er gerade arbeitete. Seine Partituren ähnelten meist Collagen: Er hatte Blätter geordnet, neugeordnet und arrangiert, bis ein turmähnliches Gebilde entstand. Mir gefielen diese Fragmente, die er auch an das Bord über seinem Schreibtisch und an die Wände heftete, denn in ihnen enthüllte sich das Wesen seiner Arbeit und seines Charakters. Sie waren in Bewegung, beweglich, im Fluß und immer bereit, in eine neue Metamorphose überzugehen; sie gehorchten keiner monotonen Folge oder Ordnung, nur seiner eigenen. Er ließ das Tonbandgerät mit voller Lautstärke spielen, als sei er unter freiem Himmel. Er wollte, daß man in die ozeanischen Wellen und Rhythmen eintauchte und sich von ihnen aufsaugen ließ. Edgar Varèse führte eine neue Glocke vor, einen neuen Gegenstand, der eine neue Nuance, eine neue Tonfarbe hervorbringen konnte. Er liebte seine Instrumente mit einer unersättlichen Neugier; in seinem Arbeitszimmer wurde man ebenfalls zu einem Instrument, zu einem Klangkörper; man erhob sich mit ihm auf seine planetarischen Höhenflüge ins Reich der Töne.

Wenn wir die schmale Treppe zum Wohnzimmer und zum Eßzimmer hinaufstiegen, um uns zu anderen Freunden zu gesellen, und von seiner charmanten, freundlichen Frau Louise begrüßt wurden, verwandelte sich der Komponist Varèse in einen wortgewandten Gastgeber. In Gesellschaft begann er zu funkeln, er sprach ironisch, satirisch und geistreich. Sein Werk und seine Gespräche standen miteinander in Harmonie. Seine Ablehnung richtete sich gegen Klischees, in der Musik, im Sprechen und im Denken, und er gab den Kampf gegen das Unechte nie auf. Er sprach temperamentvoll und sarkastisch. Er bewahrte sich die revolutionäre Kühnheit der Jugend, aber er ließ sich stets von seiner Intelligenz und von seinem Scharfblick leiten und handelte niemals blind und unüberlegt. Er bekämpfte nur Mittelmäßigkeit, Scheinheiligkeit und falsche Werte. Er bekämpfte nur, was bekämpft werden mußte, und das nicht persönlich, kleinlich und blindwütig, wozu sich heute manche Künstler hinreißen lassen.

Über einen unangenehmen Politiker sagte er einmal: *»A faire vomir une boîte à ordure.«*

Er führte seine Kämpfe auf einem hohen Niveau; sie richteten sich gegen die Männer, die sich großen schöpferischen Projekten in den Weg stellen, weil sie sie weder verstehen noch kontrollieren können.

Bei unserem letzten Zusammentreffen sprachen wir über die Ironie, daß Stiftungen und Universitäten ihm kein eingerichtetes elektronisches Studio für seine Arbeit zur Verfügung stellten. Ihn erfüllten unzählige Ideen, die er aus Mangel an elektronischen Geräten nicht verwirklichen konnte. Er brauchte die Technik, die den jungen, ungeformten Musikern so leichtfertig anvertraut wird; er brauchte ein Laboratorium, um die Töne der Zukunft erforschen zu können. Die meisten dieser jungen Männer konnten die Geräte nicht füttern, sondern nur bedienen. Aber Varèse hätte sie mit seinem unerschöpflichen vulkanartigen Reichtum an Ideen auslasten können.

Viele Musikexperten werden über Varèses Werk schreiben. Ich möchte betonen, daß man ihm nicht erlaubte zu schaffen, was er hätte schaffen können. Jeder Künstler träumt davon, der Welt vor seinem Tod alle angesammelten Reichtümer geschenkt zu haben; wenn er uns verläßt und seine verborgenen Schätze mit in die Vergessenheit nimmt, sollte das ein Gefühl der Schuld in uns erwecken. Varèse wußte um die Blindheit, die die meisten Menschen der Gegenwart angesichts großer schöpferischer Persönlichkeiten befällt. Ich erzählte ihm die Geschichte eines Essens, das für die Mitglieder einer berühmten Vereinigung veranstaltet wurde, die zu dem Zweck gegründet worden war, neue Erfindungen auszuarbeiten. Ich nahm an diesem Dinner teil und erlebte, wie man nach einer Methode suchte, um diesen Menschen, die in Standardformen gepreßt, diszipliniert und an ihrer Entfaltung gehemmt worden waren, spontane, kreative Ideen zu entlocken. Zu Automaten reduziert, saßen die Männer an einem Konferenztisch und jemand rief: »Nicht nachdenken, sagen Sie das Erste, was Ihnen in den Sinn kommt.« Dieses groteske Bemühen trägt auch noch einen technischen Namen. Natürlich läßt sich von Männern, die vor langer Zeit ihre kreativen Fähigkeiten eingebüßt haben, nichts mehr erwarten. Ich schlug vor, sich an die Künstler zu wenden, von denen ich wußte, daß sie voller Ideen, Pläne, etc. steckten. Ein Schweigen entstand. »Oh, ja, wir wissen«, sagten sie, »Sie sprechen von diesen verrückten Genies, die kein sauberes Hemd oder eine Krawatte tragen, die unpünktlich und *unkontrollierbar* sind.« Kontrolle hieß das entlarvende Wort. Auch in der Musik werden alle soweit verwandelt, daß sie kontrollierbar und disziplinierbar sind, daß sie imitieren, zu Epigonen werden und nicht mehr wagen, die Quellen zu erschließen, aus denen Schöpfungen und Erfindungen kommen, und die sich mit den großen Naturphänomenen vergleichen lassen, den größten Wasserfällen, den höchsten Bergen, den tiefsten Canyons und den grundlosesten Seen. Jeder Künstler kennt diese Isolation, in die man die Großen stößt, als seien sie gefährliche Wesen. Eine vertrautere einfachere Verbindung läßt sich zu den Ungefährlichen herstellen: Mit dem Auftragsmaler läßt sich leichter umspringen als mit dem wirklichen Künstler. Dem Künstler zu begegnen, fordert einen Kritiker, einen Zuhörer, einen Dirigenten, einen Stiftungspräsidenten von gleichem Format. Denn durch das natürliche Recht des Schöpfers ist der Künstler auch Herrscher in seinem Reich. Wie sehr fürchten wir eine revolutionäre Kraft, wenn sie sich voll entfaltet.

Varèse zeigte sich unnachsichtig gegen die Furchtsamen, gegen die Wachsweichen und die Unfähigen. Er sagte: »Sie haben alles den Technikern überlassen. Die neuen Geräte und Apparaturen brauchen Komponisten, die ihnen Aufgaben stellen, die sie füttern.« Dies war das Resümee unseres letzten Gesprächs. Und zum ersten Mal beobachtete ich, daß er mit seinen einundachtzig Jahren gebeugt und müde wirkte; aber der Grund dafür lag in seiner Krankheit. Er war weise genug, um die Ängste der Menschen zu kennen. Er wußte, man würde ihm nicht länger furchtsam ausweichen, wenn keine Gefahr mehr bestand, von den tönenden Spiralen, seinen klingenden Höhenflügen davongetragen zu werden. Er ist jetzt ein Archetyp, dessen Potential von der Welt nicht ausgeschöpft wurde, aber was er uns hinterließ, gehört zu der unendlichen Kosmologie, die die Wissenschaft abzustecken versucht. Zu jeder Entdeckung brauchen wir neue Töne, und Varèse hörte sie,

bevor die unerforschten Räume erreicht wurden. Nachsichtig sagte er einmal: »Es gibt keine Avantgarde, es gibt nur Menschen, die etwas langsamer sind.«
Das Licht ist schneller als der Ton, aber im Falle von Varèse ist der Ton weit schneller als das Licht.

[Frühling 1966]

Die Zeit meiner Genesung verbrachte ich mit dem Korrekturlesen von Band I. Der Garten, die Sonne, die Nachtigallen, der Swimming-pool in Los Angeles unterstützten meine Rekonvaleszenz.

Schließlich fühlte ich mich in der Lage, in einer Fernsehsendung über Henry Millers Briefe zu sprechen und daraus zu lesen. Alfred Ryder las die meisten Briefe, und Turnley Walker und ich sprachen darüber.

Das Rank *Journal* wird einen Teil meines Rank Porträts veröffentlichen.

Ich begann Band 2 der Tagebücher zu redigieren.

Ich erhielt eine Einladung nach Japan.

Ich besprach für *The New York Times* die Theaterstücke von D. H. Lawrence. Der Redakteur Christopher Lehmann-Haupt wollte den Artikel umschreiben, denn er sei ›feminines Schreiben‹. Ich sagte, in diesem Fall würde ich ihn zurückziehen. Seine Vorstellung, das Feminine des Artikels zu ändern, erschöpfte sich darin, einen verstaubten Ausdruck wie ›Kochtopfrealismus‹ auf Lawrence anzuwenden.

Eine Privatvorlesung von Genêts Film *Un Chant d'Amour* in der University of California. Dieser Film faszinierte mich so sehr, daß ich für unsere Undergroundzeitung, die *Los Angeles Free Press*, eine Besprechung schrieb:

Jean Genêts Film *Un Chant d'Amour* beweist, daß echte Moral in Ästhetik liegt und nicht in der Natur der Ereignisse. Die Schönheit und Kraft dieses Films über homosexuelle Liebe erfassen das Wesen der Liebe durch Ehrlichkeit und das Fehlen jeglicher Vulgarität. Genêt ist ein Poet des Eros und hat mit viel Stolz und Stil ein Lied der Liebe geschaffen, in dem die ganze Schönheit sinnlichen Verlangens zum Ausdruck kommt. Es gibt nur die Moral eines großen Künstlers; er kann den Stolz auf Sinnlichkeit lebendig werden lassen. Er beleidigt niemals die Sinne, wie soviele andere Filme es durch ihre abstoßende Hilflosigkeit oder demütigende Häßlichkeit getan haben. Genêts Film ist ein Film der Männlichkeit. Sie ist das wichtige Thema. Es könnte sich bei den Gefangenen um jeden Mann handeln – und das Gefängnis sind die Mauern der Zellen, die die Gesellschaft zwischen Männer und ihre unerwünschte Liebe stellt. Die Männer im Gefängnis sind voller Leben; sie sind von Liebe erfüllt und ironischerweise ist der Wärter das einzig perverse Wesen: Er liebt nicht, er begehrt auch nicht; er ist der Voyeur – eifersüchtig, neidisch, impotent. Was er nicht besitzt, kann er nur bestrafen. *Un Chant d'Amour* ist der offenste Film, den ich je gesehen habe, aber Genêts Kraft, Natürlichkeit und sein ausgeprägter Sinn für Schönheit verleihen ihm einen ritualistischen, klassischen Adel. Er verwandelt Erfahrungen in symbolische Handlung. Durch die eindrucksvollen, kraftvollen und leidenschaftlichen Männer sagt Genêt: Wir bringen jeden hinter Gitter, der lebendig ist, denn für alle, die nicht lebendig sind, ist der Lebendige eine Gefahr.

Die Symbolik der Handlung spricht von Poesie und Gefühl. Ein Strohhalm wird durch die Zellenwand gesteckt, der Rauch einer Zigarette wird als Träger des verlangenden Atems eingesogen, schwingende Blumen von Fenster zu Fenster bleiben gerade außer Reichweite sehnsüchtiger Hände. In anderen Filmen spricht ein Schatten der Häßlichkeit von der Einstellung und der Sehweite des Regisseurs; der Puritanismus malt in häßlichen Farben. Hier bleibt der priapische Tanz des Negers in seiner Zelle ungefärbt von scheinheiligen Vorspiegelungen und erreicht

die Kraft eines heidnischen Rituals. Der Gegensatz zwischen den destruktiven sadistischen Impulsen des Wärters und den poetischen, primitiven Gefühlsausbrüchen der Gefangenen zeigt die feinen Schattierungen, die zwischen Impotenz und Männlichkeit, zwischen Leben und Krankheit liegen. Wenn ein Dichter darüber spricht, der den vollen Ausdruck sinnlichen Verlangens als Akt des Lebens ansieht, wird das Geschehen so unverhüllt wie die Natur – und ebenso unschuldig. Wenn alle Erfahrungen die Zensur der Kunst passieren würden, ließe sich erreichen, was dem Gesetz nicht gelang: Die Kunst unterstreicht das Verlangen nach Schönheit und lehrt, daß Häßlichkeit das einzige Laster ist; sie würde uns automatisch von den Karikaturen des Sex befreien, die uns als Erotik vorgesetzt werden, und so gelänge es, den Adel der Sinnlichkeit wiederherzustellen, der in Anspruch und Erlesenheit erotischen Ausdrucks, in der Erlesenheit der Ganzheit liegt.
Die Zellen werden zu einem tragischen Gefängnis, das den Menschen vom Leben, von der Freude trennt. In der sadistischen Szene des Films wird ein Gefangener vom Wärter gepeitscht und träumt dabei von Wäldern, von Sonne und heidnischer Lust. Der Wärter ist dazu nicht fähig; er kann nur einen Revolver als Symbol der Männlichkeit schwingen, er kann nur zerstören, denn er ist zur Begierde unfähig.

Band I der Tagebücher ist erschienen!
April, Mai und Juni haben alle Enttäuschungen der Vergangenheit ausgelöscht. Ich erhielt wunderbare Besprechungen von Karl Shapiro, Jean Garrigue in der *New York Times,* von Harry Moore und Marion Simon im *National Observer,* Deena Metzger in *The Free Press* und andere.
Ich sprach im Barnard College vor einem überfüllten Saal.
Es gab eine Sendung im *Camera Three* mit realitätsgetreuen Kulissen von Louveciennes, und ich las aus dem Tagebuch.

Eine Signierstunde im Gotham Book Mart. Soviele Menschen kamen, daß sie auf den Treppen standen, im unteren Teil des Ladens und sogar auf der Straße.
Einer meiner Korrespondenten bezeichnete meine Post nicht als Fanpost, sondern als Liebesbriefe. Plötzlich herrschten Freude, Feiern, Lob; es gab Einladungen zu Vorlesungen, Interviews und man schickte mir Blumen. In Codys Book Shop in Berkeley streute Ferlinghetti, einer meiner Lieblingsdichter, Rosenblätter über mein Haupt.
Robert Kirsch schrieb in der Los Angeles Times die verständnisvollste und einfühlsamste Kritik:
›Leiden ließ mich eine schützende Höhle schaffen, das Tagebuch. Und nun bereite ich mich darauf vor, das Leiden und die Höhle zu verlassen‹, schrieb Anaïs Nin im November 1933, als sie sich bei Dr. Otto Rank einer Psychoanalyse unterzog. Er sah das Tagebuch als ›letzte Verteidigungsstellung gegen die Analyse. Es ist wie eine Verkehrsinsel, auf die Sie sich retten wollten ... Mit mir werden Sie nicht die Analyse analysieren.‹
Zum Glück für die Literatur kehrte Anaïs Nin nach der Analyse zu dem Tagebuch zurück, einem der bemerkenswertesten der Literaturgeschichte. Eine Auswahl erscheint jetzt als *The Diary of Anaïs Nin, 1931–1934* (Swallow Press – Harcourt, Brace & World: $ 6.95; mit Abbildungen), herausgegeben und mit einer Einführung von Gunther Stuhlmann.
Dr. Rank hatte gesagt, das Tagebuch halte sie ›gefangen‹, es sei der ›Zwang‹, das Tagebuch zu führen, gegen den er kämpfe. Aber die Künstlerin in Anaïs Nin spürte, daß das Tagebuch, das sie aus persönlichen Motiven als Kind begann, sich zu einem eigenständigen Werk entwickelt hatte. Es unterschied sich im Inhalt und auch im Stil von ihren Romanen und Geschichten, stillte ein anderes Bedürfnis in ihr, spiegelte einen bestimmten Bereich von Wahrheiten über sich selbst: ›Eine große Leidenschaft für Genauigkeit, weil ich weiß, was in der Perspektive, was durch die künst-

lerische Formung verloren geht. Ich will dem unmittelbaren Eindruck, der unmittelbaren Stimmung entsprechen.‹

Dieses Thema taucht immer und immer wieder auf. ›Wenn es wahr ist, was Proust sagt, daß man glücklich ist, wenn man nicht fiebert, werde ich niemals wissen, was Glück ist. Denn ich bin besessen von einem Fieber nach Erkenntnis, Erfahrung, dem schöpferischen Akt‹, schreibt Anaïs Nin. ›Ich glaube, daß ich eine unmittelbare Beziehung zum Leben habe, die schrecklich und schmerzvoll ist. Zwischen der Gegenwart und mir gibt es keine Zeitlücke, keine Distanz. Nur Unmittelbarkeit.‹

Andere sprachen über das Tagebuch, stellten den erstaunlichen Unterschied in Stil, Intensität und Sprache fest. Einer, der den Unterschied bemerkte, war ihr guter, enger Freund Henry Miller. ›Sprich alles aus! Das ist der einzige Weg, der aus deinen wasserdichten Abstraktionen herausführt. Durchbrich sie, nimm ihnen ihr Geheimnis, laß sie in Bewegung geraten ... Ich bin immer noch der Meinung, daß einer der Gründe, warum du dich so an dein Tagebuch klammerst, die Angst ist, die du davor hast, dein zerbrechliches Ich mit der Welt zu konfrontieren. Du erzeugst Schmuck.‹

Wieder folgte Anaïs Nin ihren eigenen Gefühlen. ›Was die Arbeit anbetrifft, gebe ich Henry recht. Aber er versteht nicht, daß die natürliche Bewegung im Tagebuch stattfindet: Was ich nach außen produziere, ist die Essenz davon, der Mythos, das Gedicht.‹

Niemand, selbst Miller nicht, hat ein so genaues, lebendiges Porträt von Miller, von Antonin Artaud oder von June, Millers äußerst schwieriger zweiter Frau, und von vielen anderen, denen sie in dieser Zeit in Paris begegnete, gezeichnet. ›Schluß mit dem Tagebuch, sagen sie, schreib Romane; aber wenn sie ihr Bild gezeichnet sehen, sagen sie: Das ist wunderbar.‹

Und diese Porträts sind kompromißlos, vielleicht aber am kompromißlosesten ist das Selbstporträt. Schwäche und

Stärke sind in gleichem Maß in einer Prosa festgehalten, die so poetisch, so anpassungsfähig ist, daß alles in seinem ganzen Schrecken, seiner Größe und seiner Schönheit lebendig wird. Nach ihrer zweiten Analyse (die erste bei Dr. René Allendy verwandelte sich in eine Analyse des Analytikers) denkt Anaïs Nin daran, selbst Analytikerin zu werden. Sie verwirft den Gedanken. ›Ich habe eben gelernt, den Blumen ihr Parfum zu lassen, den Tau nicht zu berühren, die Vorhänge nicht zurückzuschlagen, aus Blumenblättern nicht die Essenzen zu ziehen, Erregungen und Tränen aufsteigen, fallen, versickern zu lassen. Der Duft der Stunden wird nur in der Ruhe spürbar; am schweren Parfum der Mysterien soll man nicht mitmischen wollen... Etwas zu sagen, ohne es mit dem Verstand zu zerstören, ohne es umzumodeln, zu töten, auszutrocknen, das ist es, was ich vom Leben gelernt habe, diese Empfindsamkeit und diesen Respekt für die Sinne, für das Parfum. Ich mache es zu meinem literarischen Gesetz.‹

In der veröffentlichten Auswahl wirkt das Tagebuch wie eine Odyssee, machtvoller als ein Roman, obwohl es die Elemente eines Romans aufweist: Anfang, Mitte, Höhepunkt, aber kein Ende, denn es steht zu erwarten, daß die restlichen Bände veröffentlicht werden. Der vorliegende Band steht für sich allein. Wenn in allen Bänden dasselbe Maß an Einsicht und Erkenntnis zutagetritt, wird das Ganze sicher eines der bleibenden literarischen Werke in Tagebuchform sein.

Man sagt, daß jedes Leben etwas von einer Offenbarung an sich hat, wenn man seinen labyrinthischen Erfahrungen folgt. Aber wie wir hier sehen, ist etwas anderes am Werk. Es ist notwendig, daß jemand das Detail sieht, unter die Oberfläche dringt, die individuelle Erfahrungen mit universellen Wahrheiten verbindet. ›... Leben aber heißt, ständig nach weiteren Enthüllungen drängen, in einer dynamischen Bewegung von Geheimnis zu Geheimnis.‹

Wir sehen uns dem Mysterium der Weiblichkeit und dem

Mysterium der Identität gegenüber, dem Mysterium der Poesie und dem Mysterium der Realität, dem Mysterium von Dingen, Orten und Ereignissen. ›Ich will die Schriftstellerin sein, die andere daran erinnert, daß diese Momente existieren; ich will beweisen, daß es unendlichen Raum, unendliche Bedeutung, unendliche Dimensionen gibt.‹ Der Prüfstein dieses Tagebuchs, der seine literarischen Qualitäten unter Beweis stellt: Man lasse die Namen der berühmten Persönlichkeiten heraus und wird noch immer an den verbleibenden Figuren und Ereignissen interessiert sein. Schon lange erwog man eine Veröffentlichung der Tagebücher, denn Anaïs Nin erlebte Jahre explosiver Kreativität. Sie kannte Schriftsteller, Maler, Musiker, Tänzer und Schauspieler; sie war selbst eine große schöpferische Kraft in dieser Zeit. Aber im Unterschied zu anderen Memoiren – beispielsweise denen von Sylvia Beach – entzündet sich das Interesse an diesem Band nicht an Ereignissen und Anekdoten. Es handelt sich hier um die eigenständige Chronik eines Lebens, das mit außerordentlicher Intensität und Sensibilität, mit großem Einfühlungsvermögen und klarsichtigem Verständnis gelebt wurde.

Anaïs Nin begann als Kind, dieses Tagebuch zu schreiben, um für ihren Vater, den spanischen Musiker Joaquin Nin, der seine Familie verlassen hatte, ihre Reise nach Amerika festzuhalten; sie versuchte, ihn dadurch zurückzugewinnen. (Einige der ergreifendsten Szenen dieses Buchs erzählen von der Beziehung zum Vater.) Das Tagebuch wurde zur Insel, zum Zufluchtsort. Wäre es dabei geblieben, wäre es für uns von geringerem Interesse.

Aber es begann sich zu verändern. Als sie auf der Suche nach sich selbst ins Leben eintauchte, wurde das Tagebuch mehr als ein Schutzwall gegen die Welt. Im Niederschreiben, in der Rückschau gelang es ihr, die tausend Fragmente des Ichs zu entdecken, aus denen ein tiefer und sensibler Mensch besteht. Der Welt zeigt sie das Gesicht einer schönen Frau, einer der schönsten Frauen ihrer Zeit. Auf den

Seiten des Tagebuchs werden wir Zeuge ihrer Verzweiflung, ihrer Scheu, ihrer Unsicherheit, ihrer unzerreißbaren Bindung an die Vergangenheit. Aber im weiteren Verlauf des Tagebuchs verschmelzen die Identitäten; sie werden bedeutungsvoll und konfrontieren sich mit Wahrheiten. Doch selbst am Ende des Jahres 1934, kurz vor ihrer Abreise nach Amerika, nach drei kritischen und aufregenden Jahren, bleiben noch viele Rätsel zu lösen. Mit ihr zusammen erleben wir Beziehungen und Freundschaften, Analyse und die schmerzliche Erfahrung, das zu früh geborene Kind zu verlieren.

Von besonderem Interesse ist, was sie den Frauen zu sagen hat. Wenige Tagebuchautorinnen haben nach dem 18. Jahrhundert vermocht, das Wesen der Weiblichkeit so beredt auszudrücken. ›Wir lieben jene am meisten, die an unserer Stelle sind und handeln als ein Ich, das wir nicht zu sein wünschen, dessen Entscheidungen wir nicht treffen wollen‹, schreibt sie gegen Ende des Buchs. Sie bringt in anderen nicht nur eine Erweiterung ihrer selbst zum Vorschein, sondern bewirkt durch eine Art Katalyse klarsichtige Erkenntnis. Selbst der gepeinigte Artaud, gequält und getrieben von Verfolgungswahn, spricht davon: ›Mit den meisten Menschen kann man nur über Ideen sprechen, nicht über die Kanäle, durch die sie kommen, die Atmosphäre, aus der sie auftauchen, die feine Essenz, die entflieht, wenn man sie in Worte kleidet.‹

All dies wird erreicht ohne den Verlust der Weiblichkeit – so wenig wie eine optische Linse ihre Wirkung verliert, wenn das Licht durch sie hindurchfällt. Mit diesem ersten veröffentlichten Band der Tagebücher hat Anaïs Nin, der bereits ein Platz in der zeitgenössischen Literatur sicher ist, ihren Rang als Schriftstellerin erneut bestätigt.«

Robert Kirsch bestätigte meinen Glauben, daß man über das Persönliche hinausgelangt und es transzendiert, wenn man tief genug in das Persönliche eindringt.

Das alte Klischee, ich sei nur am Persönlichen interessiert, wird mich nicht mehr treffen. Ich glaube, am Ende dieses Tagebuchs erreicht zu haben, was ich zu erreichen hoffte: zu enthüllen, wie persönliche Irrtümer der Geschichte beeinflussen und daß es unser wirkliches Ziel ist, einen Menschen zu erschaffen, der keine Kriege führt.

Ich stehe den größeren Dramen, die ihre Schatten über uns werfen, nicht gleichgültig gegenüber, aber das Drama ist überall dasselbe, ob im Mikrokosmos oder im Makrokosmos. Es ist nicht meine Bestimmung, das Drama Spanien zu leben: Krieg, Tod, Agonie und Hunger. Mein Schicksal ist es, das Drama der Gefühle und der Imagination zu leben, der Realität und der Unwirklichkeit, das Drama hinter den anderen Dramen, ein Drama ohne Kanonen, Dynamit und Explosionen. Aber es ist dasselbe, das eine gebiert das andere: Konflikt, Grausamkeit, Rache, Eifersucht und Neid. Für mich ereignet sich all das in einer anderen Welt, in mir selbst und in mir als Künstlerin, die sich jeden Tag deutlicher bewußt wird, wie jeder Tag meines Lebens von der Vergangenheit beeinflußt wird. Ich lebe nicht jenseits vom Krieg, dem Drama, das den Tod beschleunigt, das Ende schneller herbeiführt. Ich lebe das persönliche Drama, das für das größere Drama verantwortlich ist, und ich versuche, eine Lösung zu finden. Vielleicht ist es eine größere Agonie, dieses Leben zu leben, in dem meine Gedanken tausend Revolutionen bewirken, während andere nur eine zuwege bringen. Mein Wirkungsbereich mag kleiner erscheinen, aber in Wirklichkeit ist er größer, denn er umschließt alle gewundenen Pfade der Seele und des Körpers, die nach Wahrheit suchen, die ein Antiserum gegen Haß und Krieg suchen, aber ich erhalte keinen Orden für meinen Mut. Ich schreibe meine tausend Jahre Leben als Frau nieder; ich schreibe von den tausend Frauen.

Es wäre einfacher, kürzer und bequemer, nicht nach dieser in die Tiefe führenden Perspektive meines Lebens zu suchen, sondern mich in der einfachen Welt von Krieg, Hunger und Tod zu verlieren.

Register